STAR BRINGER

Trigger Warning :

Ce livre contient des scènes de sexe explicites.

Illustration et design de couverture : Antoine Desfilis

L'édition originale de cet ouvrage a été publiée pour la première fois en 2023
en langue anglaise (États-Unis) par Entangled Publishing, LLC,
sous le titre *STAR BRINGER*.
La présente édition est publiée avec l'aimable autorisation
de Alliance Rights Agency, LLC.

ISBN : 978-2-7002-8348-8

TRACY WOLFF
Nina Croft

STAR BRINGER

Traduit de l'anglais (États-Unis)
par Emmanuelle Casse-Castric

RAGEOT
NEW ADULT

À mes garçons, qui sont tout pour moi.
Tracy

À Rob, qui a promis d'explorer l'espace avec moi si l'occasion se présente !
Nina

CHAPITRE 1

KALINDA, PRINCESSE HÉRITIÈRE DES NEUF PLANÈTES

– En voilà trop. Tes privilèges de dame de compagnie te sont officiellement retirés.

Sans se troubler, Lara repousse ses longs cheveux bruns tandis qu'elle étend l'informe horreur violette qu'elle a choisie pour me vêtir. Mais je décèle l'ombre d'un sourire qui se dessine sur ses lèvres.

– Et de quels privilèges s'agit-il donc, Votre Altesse ?

– Tu n'estimes pas avoir de privilèges ? (Je lui adresse un regard malicieux depuis le lit où je suis assise, mais déjà elle s'est remise à lisser ma robe.) Quelle ingratitude.

Ce qui est bien quand tu as ta meilleure amie pour dame de compagnie, c'est que tu peux la chambrer. Certes, Lara a tendance à s'en tenir aux règles de bienséance même quand nous sommes seules, mais ce que je préfère, c'est quand j'arrive à fendiller son masque de circonstance. Le grand sourire qu'elle m'adresse à présent me réchauffe jusqu'au fond du cœur.

Évidemment, quand tu as ta meilleure amie pour dame de compagnie, elle peut te convaincre de faire des trucs dont tu n'as aucune envie. Comme porter une gigantesque robe violette qui te donne un look de limaceuse du désert kridacien sérieusement atteinte de varicelle cosmique.

– Si par « privilèges » vous parlez de l'insigne honneur de se lever avant cinq heures tous les matins, que les Anciens vous bénissent pour cette faveur.

Lara entreprend de déboutonner la robe la plus hideuse de l'histoire avant d'aller chercher des talons hauts assortis.

– Avoue, je minaude, tu adores nos baignades matinales.

– Oh, mais absolument, Votre Altesse. (Après avoir rajusté ses mèches brunes, elle se saisit d'un escarpin pour en défaire la boucle richement ornée de joyaux.) Presque autant que vous aimez les rendez-vous avec les fils d'ambassadeurs. Je devrais peut-être mentionner à l'Impératrice combien Jorathon vous manque.

Je lui jette un regard perçant.

– Tu n'oserais pas.

Avant qu'elle ait pu répondre, la capsule dans laquelle nous voyageons s'arrête. Nous venons d'atterrir sur la Station spatiale impériale *Caelestis*.

Mon ventre se serre, sous l'effet de l'excitation tout autant que de l'anxiété. Cela fait des années – depuis la cérémonie d'inauguration spatiale – que je meurs d'envie de voir le joyau des programmes scientifiques de l'Empire. Mais c'est la première fois que j'en approche réellement, et j'en perdrais presque mes moyens.

Mon excitation est en partie neutralisée par le fait que c'est aussi ma première mission hors du palais – ainsi que par l'obligation de parader dans toute ma magnificence impériale tout en évitant de gaffer lamentablement. À la moindre erreur, les doutes du Conseil seront confortés et je me retrouverai cloîtrée pour les cinquante années à venir.

Et c'est pourquoi je n'ai pas l'intention de tout faire foirer. Je n'ose même pas songer aux conséquences.

– Donnez-moi votre jambe.

Comme je me contente de la regarder d'un air mauvais, Lara attrape mon mollet pour fourrer mon pied dans la chaussure. Elle referme la boucle d'un geste si vif qu'elle me tire un jappement, puis saisit l'autre escarpin.

– Je te répète que je peux le faire moi-même.

Pour avoir essayé d'attraper la deuxième chaussure, je me prends une tape sur la main.

– Dame. De. Compagnie, dit-elle simplement en m'enfilant le soulier, plus délicatement cette fois.

– Oui, de compagnie, pas d'habillage.

– C'est ça que ça veut dire, et c'est donc mon boulot. (Elle ajuste le talon et son expression s'adoucit.) Vous allez être resplendissante dans cette robe, Votre Altesse.

Je soupire.

– Si resplendissante que je vais peut-être trouver un garde sexy ou un intello mignon qui saura me faire passer du *bon* temps ?

Je gigote des sourcils pour souligner l'expression « bon temps », au cas où elle n'aurait pas compris. Mais Lara a repris son masque digne et son visage à la peau mordorée et lisse ne présente pas l'ombre d'un sourire.

– Certainement pas. Pour de nombreuses raisons.

Elle me tient la robe pour que je l'enfile par les pieds – afin de minimiser les risques de ruiner la coiffure compliquée qu'elle vient de passer une heure à réaliser.

– Je plaisante. Je n'ai pas oublié que nous sommes là pour essayer de sauver tout le système solaire de la destruction. J'ai l'impression que c'est plus important que de m'envoyer en l'air.

Lara marmonne quelque chose qui ressemble beaucoup à « discutable », mais c'est si rapide que je n'ai pas le temps de relever.

– Et ma mère a bravé l'avis du Conseil pour autoriser ce déplacement, j'ajoute. Elle compte sur moi pour mener à bien cette mission et ne pas tout foutre en l'air. Et coucher avec un type au hasard dans un labo spatial semble être la définition même de tout foutre en l'air.

Je tente de prendre une grande inspiration, car la gravité de la tâche qui m'attend m'apparaît soudain bien plus concrètement qu'un instant plus tôt, mais Lara boutonne déjà ma robe qui est si lourde avec tous ses joyaux qu'elle est aussi confortable qu'une armure. Mon diaphragme ne dispose plus d'espace pour se dilater. Plus moyen de plaisanter. Ni de respirer, malheureusement.

– Vous êtes magnifique, Votre Altesse. (Lara recule après en avoir fini avec les minuscules boutons ornés de pierres précieuses.) Qu'en dites-vous ?

– Est-ce qu'il existe des limaceuses plus grosses que celles de Kridacus ? Si c'est le cas, j'en fais partie.

– Non, répond-elle en me faisant pivoter vers le miroir en pied qui couvre tout le mur. Les limaceuses kridaciennes sont sans conteste les plus grosses.

Je soupire en examinant mon reflet d'un air morose.

– Alors, je suis une nouvelle espèce. D'une sorte non venimeuse, avec un peu de chance.

Lara saisit une cape assortie dans le placard et la drape sur mes épaules. Car, visiblement, il me manquait une gigantesque cape violette…

Je la fusille du regard, et elle m'ignore superbement, se contentant de me l'accrocher sous le menton à l'aide d'une broche étoilée.

Alors que je m'apprête à essayer de la convaincre de me passer de cape – l'acharnement vestimentaire, ça existe ! –, l'intercom grésille. Nous échangeons un regard et je pousse un profond soupir. Une seule personne est susceptible d'utiliser le système de communication en cet instant : son titre commence par un IMP et se termine par TRICE. Quelle chance.

– Mais qu'est-ce qu'elle veut, encore ? je marmonne en me glissant devant l'écran.

Enfin, j'essaie de m'installer, mais c'est impossible avec cette robe, alors je pousse la chaise et reste debout.

– Vous souhaiter bonne chance, sûrement.

La réponse de Lara est prudente, et c'est exactement ce que l'on attend d'une dame de compagnie. Toutefois, son visage laisse entrevoir, l'espace d'une seconde, son vif agacement.

Je glousse en répondant à l'appel.

À l'écran, l'Impératrice me regarde en plissant les yeux.

– J'espère que tu ne prévois pas de rire ainsi à ta sortie du vaisseau, Kalinda. Qu'est-ce que je te dis toujours ?

– Les membres de la royauté ne laissent jamais tomber le masque.

C'est au moins la millionième fois que je répète ce leitmotiv.

– Bien. Je sais que tu en es capable, Kalinda. (Elle m'adresse un bref sourire qui semble réellement indulgent. Mais évidemment, elle poursuit :) Ne m'oblige pas à regretter de te laisser quitter la planète. Dois-je te rappeler l'importance capitale de ce voyage ?

Je lève les yeux au ciel – mentalement.

– Je sais à quel point il est important, mère. Et j'ai eu envie de visiter la *Caelestis* avant même qu'elle soit opérationnelle. C'est promis, je ne ferai honte à personne. Ni à vous, ni à l'Empire.

– Fais le nécessaire. Assure-toi aussi de ne pas te retrouver seule avec l'ambassadeur Holdren. Ses projets ne coïncident pas avec les nôtres et je ne voudrais pas que tu en viennes à lui faire des promesses. Et évite le représentant de Glacéa. J'ai ouï dire qu'il avait une tendance aux conversations inappropriées et j'aimerais éviter d'autres *incidents fâcheux*.

Elle m'adresse un regard qui est censé me mettre mal à l'aise. Mais j'assume ma décision de pousser le conseiller Samalani dans les parterres de verbonie de ma mère. La seule chose que je regrette est d'avoir dû poser les mains sur lui pour accomplir cela.

L'avantage, c'est qu'il n'a fait aucun commentaire sur ma poitrine depuis.

Quelqu'un frappe à la porte.

– Je suis désolée, mère, Arik est là, je dois y aller.

– Je t'assure qu'il attendra la fin de notre conversation. (Elle s'adoucit pourtant.) Ne promets pas trop de choses. Ne pose pas trop de questions. N'oublie pas ton attitude impériale et tu t'en sortiras très bien.

Comme si je pouvais oublier un jour la fameuse attitude impériale. Pas de sourire, pas de grimace. Intéressée, mais légèrement blasée. Et surtout sans remuer le moindre muscle facial. Elle m'entraîne à cet exercice depuis mes cinq ans.

– Bien sûr. Merci de me donner cette chance, mère.

Je coupe la communication avant qu'elle ait le temps de poursuivre. Je suis assez nerveuse comme ça, pas besoin d'un long discours de motivation.

– Heureusement qu'elle est là pour nous, dit Lara.

Encore une fois, ses paroles sont parfaitement impersonnelles. Et pleines de sous-entendus. On frappe de nouveau.

– J'arrive, Arik !

Lara m'ouvre la porte puis recule pour me laisser la précéder dans la zone principale de la navette – qui fait à peu près la moitié de la taille de la loge royale dans laquelle je me trouvais.

– Navré de vous presser, Votre Altesse, s'excuse Arik en baissant respectueusement la tête.

Ses yeux verts pétillent d'amusement.

– Ce n'est rien, je parlais seulement avec l'Impératrice.

Il me fait un clin d'œil compatissant. Comme Lara, il m'a accompagnée toute ma vie. C'était un ami de mon père et je lui fais entièrement confiance.

Mon autre garde du corps, Vance, est un nouveau venu dans mon entourage. Je suis presque sûre qu'il fait des rapports à ma mère. Je veux bien remettre ma vie entre ses mains, mais je ne lui confierais pas mes secrets – enfin, si j'en avais.

Soudain un signal aigu déchire le silence, me faisant sursauter, ce qui inquiète tant Arik que Vance. Encore une fois, je lève mentalement les yeux au plafond : comme s'ils étaient les seuls à pouvoir être un peu nerveux. C'est la première fois que je vais représenter l'Empire. Ça autorise à avoir les nerfs en pelote, non ?

Je me comporterai à la perfection une fois sur place.

Le pilote aussi doit avoir remarqué ma réaction, car il me fait un sourire avant d'actionner un tas de boutons qui se ressemblent tous à mes yeux.

– Ce n'était que l'indicateur du dernier contrôle de système, Votre Altesse, me rassure-t-il. Nous avons l'autorisation de descendre.

– Merci.

Lara esquisse un geste réconfortant à mon égard, mais se retient au dernier moment : à partir de maintenant, une stricte application du protocole royal est de mise, et personne ne peut toucher une princesse du système Senestris en public – même si cette personne *habille ladite princesse tous les jours*. Encore une bizarrerie du règlement imposé par ma mère... Je l'ajoute à ma liste de points à modifier une fois que je serai impératrice.

Je prends une grande inspiration et adresse à Lara mon sourire le plus confiant. Elle me sourit en retour, avec un petit mouvement de tête qui m'invite à y aller.

En voyant la rampe de débarquement se déployer, mon ventre se serre. J'ignore cette sensation et me concentre sur la tâche qui m'attend. Tenir mon rang. Transmettre le message. Ne pas faire honte à l'Empire.

Je redresse les épaules et prépare ma plus belle attitude blasée et régalienne. Puis je me tourne vers Lara pour approbation.

Son air soucieux m'apprend qu'il faut alléger le rictus et tendre vers le sourire. Entendu.

– Prête ? me demande-t-elle.

– Plus que jamais.

Je m'apprête à poser le pied sur la rampe, mais Vance et Arik me prennent de vitesse. Les yeux gris acier de Vance m'ordonnent de reculer malgré l'impatience qui frémit en moi. C'est son rôle de s'assurer que personne ne puisse m'atteindre. À part l'Impératrice, bien sûr...

En attendant, j'examine la baie d'amarrage : c'est un immense hangar aux murs argentés et au plafond en voûte, encombré d'élégantes navettes brillantes de divers modèles. Toutes semblent flambant neuves et impressionnantes (même celles qui ont été rafistolées), comme si chaque délégation était déterminée à faire sa meilleure impression.

Puis mon regard tombe sur quelque chose qui détonne dans cet assortiment. Il est en cale sèche tout à l'extrémité de la baie. J'imagine que c'est un vaisseau. Sa silhouette est bien plus imposante que les navettes, mais on n'en distingue pas grand-chose, car il est recouvert d'une sorte de tissu sombre.

Pour le protéger ou pour le cacher ?

J'adore les mystères et il me démange d'aller y jeter un coup d'œil. Mais à cet instant Arik nous donne le feu vert, d'en bas, et il faut se mettre au travail. Mon pouls s'accélère. J'essaie de rester détachée, mais c'est colossal. Et pas seulement pour moi.

Car si nous sommes rassemblés ici, c'est pour découvrir où en est exactement la fameuse et brillante Dr Veragelen dans ses recherches de la plus haute importante – et aux coûts exorbitants.

Les sommes astronomiques dévolues à cette station de recherche vont-elles nous sauver tous d'une fin imminente et incandescente ?

Ou, pour dire les choses simplement, allons-nous tous mourir ?

CHAPITRE 2

RAIN, GRANDE PRÊTRESSE DE L'ORDRE SORORAL DE LA LUMIÈRE

– Oh, Merrick, regarde ! La voilà. Elle est si parfaite, on dirait une…

Mon esprit se vide, comme chaque fois que je suis surexcitée. Heureusement, cela ne se produit pas souvent – le vide comme l'excitation.

C'est peut-être dû aux médicaments qu'ils m'ont donnés pour que mon corps s'adapte à la gravité plus forte sur la *Caelestis*. La station spatiale est réglée sur la pesanteur askkandienne, deux fois plus élevée que celle de ma planète, Serati. En tout cas, jamais je ne me suis sentie aussi lourde, c'est comme si je pataugeais dans la boue à chaque pas.

Mais ça pourrait aussi être seulement nerveux. Jamais je n'aurais imaginé me trouver un jour sur cette station spatiale. Non seulement parce que son but (empêcher le soleil d'exploser) va à l'encontre de ma mission dans notre système, mais surtout parce que, normalement, les grandes prêtresses ne participent pas à ce genre d'événement.

– Je crois que le terme que tu cherches est « princesse », grande prêtresse.

Merrick me parle sèchement. En même temps, il use toujours d'un ton sec. Je crois que le sarcasme est une seconde nature chez lui, qui vient juste après sa vocation de garde du corps.

– Peut-être bien, mais comment suis-je censée le savoir ? Je n'avais encore jamais vu de princesse en vrai.

D'ailleurs, je n'ai pas vu grand-chose de ma vie. Mais Merrick n'y est pour rien.

Ce n'est la faute de personne, en fait. C'est comme ça, c'est tout.

La princesse glisse le long de la rampe et je me hisse sur la pointe des pieds pour mieux la voir. Elle est grande – vraiment grande – et j'ai beau me répéter que ça n'a pas d'importance, je ne peux pas m'empêcher d'être un peu jalouse.

Pas de son diadème, ni de sa tenue incroyable, mais de sa grande silhouette élancée.

Je sais que les grandes prêtresses ne devraient pas se soucier de leur apparence, et la plupart du temps, ce n'est pas mon cas. Mais parfois, ça me déprime d'être la plus petite personne dans la pièce.

Aujourd'hui, c'est encore plus difficile que d'habitude. En partie parce que je me noie dans la foule, et aussi parce qu'à chaque aperçu que je réussis à avoir d'elle, la princesse semble parfaite. Royale. Sereine. Confiante.

J'aurais tant besoin d'un peu de cette sérénité. Et de cette confiance. Ces qualités sont la marque de fabrique de toutes les grandes prêtresses qu'a connues l'Ordre. Avant moi.

La princesse flotte en direction de l'estrade ; ses pieds touchent à peine le sol. Alors que l'assemblée se penche dans l'espoir de l'apercevoir, je me rends compte qu'elle sera bientôt devant Merrick et moi.

– Merrick ?

– Grande prêtresse ?

– Comment je dois m'adresser à elle ?

Il soupire, et dans ce souffle j'entends toute la déception qu'il n'exprime pas par des mots. Ce n'est pas nécessaire, je sais que je suis une épreuve pour lui et que je lui cause des tourments à un rythme quotidien. Mais je le soupçonne malgré tout de tenir à moi.

– Si elle s'adresse à toi directement – et prions tous pour que cela n'arrive pas – alors tu dois l'appeler « Votre Altesse ».

Sa réponse émousse temporairement ma joie d'être là, dans la même pièce que la princesse, mais aussi sur cette station spatiale, si loin du seul endroit que je connaisse – le monastère.

Mais bien vite l'énergie du lieu, de ces gens, me met les sangs en ébullition.

– Compris. Et, Merrick ?

Il soupire à nouveau.

– Nous avons passé tout cela en revue pendant le vol. Tu aurais dû être plus attentive.

– Je sais. Mais j'étais dans l'espace, Merrick ! Au sens propre !

Et je voulais tout savoir sur le fonctionnement de tout. Je crois que j'ai agacé le pilote avec mes questions incessantes.

Mais à quoi s'attendait-il ? Mes dix-neuf années d'existence se sont déroulées dans le monastère de Serati. Et après cette escapade, il est probable que j'y coule le reste de mes jours. Comme les autres grandes prêtresses avant moi. Alors je compte bien en profiter.

– Pas de révérence, me rappelle-t-il tout en lissant sa toge blanche d'une de ses grandes mains. Les ambassadeurs n'ont pas à le faire. Et pour l'amour de l'Astre Mourant, ne la touche pas. C'est un affront passible de mort. N'oublie pas que tu représentes à la fois l'Ordre sororal, et la planète Serati tout entière.

Comment l'oublier ? L'affirmation de ma propre importance m'a été martelée chaque jour de ma vie.

Mais honnêtement, j'ai toujours du mal à croire que je suis là. Je ne devrais pas être ici. Mais il y a quatre jours de cela, au cours du dîner, l'ambassadrice qui devait faire ce voyage… je refoule cette pensée avant que surgisse à mon esprit l'image de cette femme agonisant, l'écume aux lèvres.

Merrick dit qu'elle a été empoisonnée. Par quelqu'un qui déteste l'Ordre, visiblement. Et qui voulait qu'elle souffre.

Même suite à la fin horrible de cette pauvre femme, je ne pensais pas être choisie pour ce voyage. En tant que grande prêtresse, seconde dans la hiérarchie de l'Ordre sororal, je sais que je suis importante, pour l'Ordre et pour ma planète. Mais habituellement, je n'ai aucun rôle actif. Je… me contente d'attendre. Et d'avoir la foi. Et quand le moment viendra, je… Bon, personne ne connaît vraiment la suite. Et si certains savent, ils n'ont pas encore jugé bon de m'en faire part.

Enfin, un jour tout sera révélé.

Ou pas.

Comme chaque grande prêtresse avant moi, il est probable que je meure sans savoir, avant de me réincarner.

Sauf que, cette fois, pour la première fois, il pourrait en aller autrement.

Merrick affirme que nous vivons une époque sans précédent. Mes conseillers spirituels m'annoncent que tout est différent.

L'heure de l'Astre Mourant est proche. Cela a débuté près de vingt ans plus tôt. Au début, il y a eu seulement quelques signes d'instabilité, des éruptions solaires, mais au fil des années, notre soleil a commencé à changer de couleur. Initialement orange, il est désormais teinté de rouge. Et il grossit, provoquant un réchauffement du système qui jusqu'à présent affecte surtout les planètes du centre. Il a toujours fait chaud sur Serati. Maintenant il y fait vraiment très chaud.

Malgré ces désagréments, c'est un moment exaltant pour l'Ordre, qui enregistre une augmentation record de ses membres. Malheureusement pour moi, cette effervescence n'a pas gagné le monastère.

Mais évoquer ma renaissance me fait penser à quelque chose.

– Sais-tu que nous venons d'Askkandia ? je demande à Merrick.

Il est inhabituel qu'une grande prêtresse vienne d'une autre planète que Serati. Apparemment, je suis une anomalie, mais les présages étaient formels. Quand une grande prêtresse meurt, une autre vient au monde. Et il y a toute une batterie de signes et d'éléments précurseurs qui guident l'Ordre sororal vers la nouvelle prêtresse. Et cette fois, les signes ont guidé l'Ordre jusqu'à moi.

– La princesse et moi, je précise.

– Oui, répond laconiquement Merrick.

Il est vrai que ses connaissances sont infinies.

– Et que nous avons toutes les deux dix-neuf ans ?

– Je le sais aussi. (Il me désigne la princesse d'un léger mouvement du menton.) Sois attentive, maintenant.

Merrick scrute soigneusement la foule. Il est prêtre guerrier, et c'est mon garde du corps depuis quatre ans. Franchement, c'est un boulot tranquille. Il est entraîné pour le combat, mais ce n'est pas comme si les menaces surgissaient de toutes parts dans un monastère. À part le poison, mais c'est nouveau. Nouveau de quatre jours, pour être précise.

Depuis ce soir-là, Merrick goûte une bouchée de ma nourriture et une gorgée de mes boissons avant que j'y touche. Il est désormais garde du corps *et* goûteur.

Sa mauvaise humeur est compréhensible.

Ce rassemblement est une situation bien différente de notre ordinaire et il a l'esprit ailleurs depuis que nous avons appris la nouvelle. Je ne saurais dire si c'est parce qu'il est inquiet au sujet de ma protection, ou s'il se demande pourquoi on m'a choisie, moi, pour être ambassadrice de Serati.

Parmi tous les habitants de notre planète, comment l'Ordre sororal a-t-il vraiment pu penser que je devais remplacer feu l'ambassadrice Frellen ? Il y avait sûrement quelqu'un de plus compétent pour ce rôle. Une personne formée à l'étiquette des Familles Dirigeantes.

Je n'ai même pas l'allure d'une Seratienne.

Les natifs de Serati – comme Merrick – sont uniques en leur genre ; ils se sont adaptés au fil des générations pour supporter les conditions peu propices de leur environnement : canicule, faible gravité, et pour couronner le tout, taux de radiation qui crèvent le plafond. Moi, je suis petite avec un teint blafard, alors que Merrick est grand, mince, et sa peau est bronzée, car il passe plus de temps que moi dehors, mais elle est aussi ornée de légères arabesques argentées que l'on rencontre chez les Seratiens, car cela aide à abaisser la température corporelle. Il a les yeux légèrement en amande et les iris noir profond pour résister aux radiations, tandis que ses cheveux sont blond platine.

Son apparence est saisissante, et je me trouve toujours insipide à ses côtés.

Au moins, notre voyage le distrait des soucis qu'il a par ailleurs. Son père est décédé récemment et il en a beaucoup souffert. Je devine qu'ils étaient proches, même s'il ne m'a jamais parlé de sa famille.

Je reporte mon attention sur le côté de l'estrade, que la princesse est en train de gravir. Elle ne monte même pas les escaliers comme une personne ordinaire. On a l'impression qu'elle flotte majestueusement au-dessus.

Je crois que je suis en train de tomber amoureuse.

Tandis qu'elle se rapproche de nous, je promène mon regard sur les autres délégués. Ils sont si colorés, on dirait d'exotiques créatures volantes comme celles que l'on trouve dans les forêts tropicales d'Ellindan. Je soupire en baissant les yeux vers ma vilaine toge blanche. Je sais que c'est indigne de moi – mon esprit est appelé à de plus grandes choses – mais je n'y peux rien, j'ai envie de couleur !

Et puis c'est encore un détail qui creuse le fossé entre eux et moi, comme si la différence de système de croyances ne suffisait pas.

Je sais grâce à mes lectures – je lis beaucoup, je n'ai pas grand-chose d'autre à faire dans le monastère – que chaque délégation arbore une couleur attribuée par la tradition. Bleu, vert, violet, rouge, jaune, orange et blanc. Bien sûr, seuls les membres des Familles Dirigeantes ont le droit d'afficher ces couleurs. La guilde des ouvriers porte des teintes marron et grises. Les techniciens travaillant pour la Corporation sont en noir.

Au milieu de ces tenues colorées, on remarque aussi les uniformes noir et gris de ceux que je suppose être les agents de sécurité de la station. Ils sont nombreux. Est-ce qu'ils s'attendent à des incidents ? C'est peut-être la raison de la nervosité de Merrick.

Depuis une heure maintenant, nous sommes tous alignés sur cette estrade érigée au milieu de la baie d'amarrage, disposés en fonction de la position de nos planètes respectives par rapport à Serail, notre soleil. Il y a d'abord les planètes périphériques : Glacéa, Vistenia, Askkandia et Ellindan. Puis les planètes du centre : Permuna, Kridacus et enfin Serati, où je vis, la seule qui n'est pas gouvernée par une Famille Dirigeante. C'est l'Ordre sororal qui s'y substitue. Évidemment, il n'y a personne en provenance des contrées les plus éloignées, les planètes « mortes » Tybris et Nabroch, trop froides et inhospitalières pour accueillir la vie humaine.

À l'autre extrémité de la rangée, vêtu d'un long manteau bleu garni de fourrure, se tient donc le représentant de Glacéa. Comme la plupart des Glacéens, il est petit, encore plus que moi, et a une chevelure abondante pour se protéger du froid. Son sourire révèle ses dents pointues, et sa peau couleur taupe est abîmée et gercée par les vents glacés. La princesse le salue d'un mouvement de tête, lui adresse quelques mots, puis avance.

Tu vois, Rain, c'est pas si impressionnant. Tu peux y arriver.

L'espace d'un instant, j'anticipe mentalement notre entrevue. Elle me sourit, ses yeux sont d'une belle teinte argentée – j'adore la couleur argent – et son regard se fait plus chaleureux en rencontrant mes simples yeux marron. Elle me pose une question sur Serati et je l'impressionne avec une réponse qui lui fait écarquiller les yeux de surprise. Son sourire, qui est déjà plus qu'un masque de politesse, se teinte d'un nouvel intérêt et…

– Concentre-toi, siffle Merrick à mon oreille.

Je soupire, mais pour lui montrer que je l'ai entendu, je me tiens droite à m'en faire mal aux lombaires avec cette pesanteur accablante. Bon, ce n'est pas aussi palpitant que ma vie imaginaire, mais je dois dire que voir enfin des gens venant des sept planètes habitées est assez fascinant.

Le représentant suivant dans la rangée est la déléguée de Vistenia, voisine la plus proche de Glacéa et principal producteur de céréales du système. L'ambassadrice est une grande blonde à la peau nacrée et aux grands yeux aux pupilles dilatées caractéristiques des habitants de cette planète où il fait souvent sombre. Elle est entièrement vêtue de vert et m'évoque les élégants lys gala qui fleurissent sur Vistenia un seul mois par an.

– Votre Altesse, murmure-t-elle.

Cette fois, la réaction de la princesse est plus cordiale.

– Ambassadrice Terra, j'espère que vous avez fait bon voyage.

Puis c'est au tour d'Askkandia, dont le délégué est en violet comme la princesse. Et ainsi de suite.

Elle salue l'ambassadrice d'Ellindan, habillée d'une combinaison rouge ajustée, à peine plus sombre que sa peau cuivrée. L'ambassadrice affiche un grand sourire. J'avais entendu dire que sur Ellindan, tout le monde a les dents rouges, teintées par le jus d'akara dont ils abusent. Il est fascinant de constater que c'est véridique. Selon moi, ce n'est pas très seyant, mais apparemment les Ellindiens en sont très fiers. Et puis la boisson est si addictive qu'ils passeraient outre de toute façon.

La princesse se rapproche et je sens mes muscles se crisper. Bientôt mon tour.

Ne la touche pas. Même si ses doux yeux argentés te sourient, n'effleure même pas sa cape du bout des doigts. On ne doit pas toucher la princesse.

Mais à mesure qu'elle approche de moi, je me demande si elle me témoignera vraiment de la bienveillance. Ou si elle sera contrariée par ma présence – à cause de mon statut et des croyances de ma religion.

Le cinquième délégué vient de Permuna, la première des planètes du centre. Il a un poitrail imposant et de grosses oreilles, comme la plupart des Permuniens, et il porte une longue toge jaune comme le sable des déserts de sa planète. La peau autour de ses yeux est plus foncée que le reste de son visage. Ses mains aussi.

Apparemment, dès leur plus jeune âge, ils teignent ces parties exposées pour éviter la brûlure du soleil, jusqu'à ce que la couleur imprègne leur peau de manière permanente. C'est comme s'il portait un masque et cela fait ressortir ses yeux jaunes. On dirait ceux d'un prédateur. Mais j'ai lu que ce coloris inhabituel est un effet secondaire de leur régime riche en cactus supernova, une des rares plantes poussant en quantité sur Permuna.

L'ambassadeur semble mécontent. Alors qu'il s'avance à la rencontre de la princesse, il plisse les yeux, pince les lèvres et serre les poings. Immédiatement, un colosse en armure à la peau sépia et aux cheveux gris coupés en brosse s'interpose entre eux – le garde du corps de la princesse, sans doute – et je sens Merrick se raidir.

– Laissez !

L'ordre de la princesse est prononcé d'une voix presque inaudible, mais son garde du corps s'immobilise aussitôt. C'est un bon truc ! J'aimerais avoir ça dans mon répertoire. Enfin, Merrick n'écoute que lui-même, qu'il soit à mon service n'y change rien.

– Parlez, ambassadeur Holdren, dit la princesse.

– Votre Altesse, j'aimerais vous demander, de la part du peuple de Permuna, pourquoi les deux dernières livraisons de céréales ont été reportées. Nos réserves sont presque épuisées, les gens ont faim. Je…

L'ambassadrice de Vistenia intervient.

– Je crois que ce n'est ni le lieu ni le moment, Holdren.

– Je crois que si, au contraire. On nous a promis que les distributions ne seraient pas interrompues. Et pourtant…

Fascinée, j'assiste à ces récriminations, mais il suffit que la princesse lève une main pour que l'ambassadeur se taise immédiatement.

– Je suis désolée pour les difficultés que vous rencontrez. J'attirerai l'attention de l'Impératrice sur ce sujet dès mon retour, ambassadeur.

– Vous pensez qu'elle n'est pas au courant ?

Son ton est amer, irrévérencieux, et un murmure agite l'assemblée. La tension est palpable. La princesse hausse les sourcils, mais je ne saurais dire si cela indique la surprise ou l'arrogance.

Merrick se place devant moi, ce qui me donne envie de le pousser, mais je comprends sa nervosité. Serati est sous la domination de l'Ordre et nous nous tenons à l'écart des autres planètes, mais même au sein du monastère, j'ai entendu des rumeurs d'agitation chez nos voisins. Depuis des décennies, les températures ne cessent de grimper dans notre système, et les productions agricoles déclinent. De fréquentes éruptions solaires perturbent les télécommunications et le réchauffement exponentiel rend certaines régions des planètes du centre totalement inhabitables.

Nos textes sacrés affirment que tout ira bien, et qu'une période de grande joie succédera à ces épreuves. Je sais que je dois simplement avoir la foi. Mais ce n'est pas facile quand tant de gens souffrent.

Comme les contestations se font plus fortes, la princesse parcourt la foule du regard.

– Silence, je vous prie, demande-t-elle. N'oublions pas la raison de notre présence ici aujourd'hui. Je suis certaine que le Dr Veragelen pourra nous donner des nouvelles d'une solution à tous nos problèmes. (Elle se tourne de nouveau vers l'ambassadeur.) Je vous promets de me pencher sur cette affaire.

Dubitatif, il incline néanmoins la tête.

– Merci, Votre Altesse.

Je m'attends plus ou moins à entendre l'ambassadrice de Kridacus – une femme à l'air avisé vêtue d'une robe orange – formuler les mêmes doléances, mais l'expression de son visage blanc abîmé par le soleil reste résolument neutre.

Et c'est mon tour. Princesse Kalinda tourne son visage sérieux et son regard bienveillant – tel que je l'imaginais ! – vers moi.

– Reste calme. Tu peux y arriver.

Merrick me touche l'épaule et aussitôt mon cœur emballé s'apaise en ressentant sa force physique et mentale. J'ai beau lui donner du fil à retordre, ces dernières années, il a été à la fois mon maître, mon ami, mon protecteur et ma seule famille.

S'il me dit que ça va bien se passer, c'est que ça va bien se passer.

De près, la princesse est encore plus belle. Elle a la peau brun doré et les cheveux roux foncé de l'Impératrice. Mais sa peau porte des arabesques argentées semblables aux marques de Merrick et, sous cette lumière, on dirait presque qu'elle rayonne de son propre éclat. À côté d'elle, je me sens terne et immature, alors que nous avons le même âge.

– Ambassadrice Fr… (Son visage se chiffonne un instant.) Vous n'êtes pas l'ambassadrice Frellen.

On dirait une accusation et je me demande si elle m'a reconnue, si c'est la raison de son expression contrariée. Elle est ici pour trouver comment surmonter les problèmes liés à l'Astre Mourant, alors que mon existence repose sur l'absence de solution à ce sujet.

Je ne parviens qu'à battre des paupières en la regardant, attendant qu'elle me fasse une remarque sur nos croyances. Comme elle n'en fait rien, se contentant de m'observer en fronçant les sourcils, mon instinct prend le relais et… alors même que je m'ordonne « *ne fais pas la révérence* », c'est exactement ce que je fais. Je me plie jusqu'à terre tandis que Merrick serre mon épaule dans une vaine tentative pour stopper mon mouvement.

Trop tard, Merrick. Bien trop tard.

Je suis pratiquement à plat ventre lorsqu'il me redresse comme une marionnette. Mais le mal est fait, tout le monde a vu ma gaffe. Surtout la princesse, évidemment.

Je m'attends au pire quand j'ai enfin le courage de regarder son visage. Mais à ma grande surprise, elle sourit, et je lis de l'amusement dans ses yeux.

– Je ne crois pas que nous ayons déjà été présentées, murmure-t-elle.

– Rain ! C'est un honneur de vous rencontrer, princesse.

J'entends Merrick qui retient son souffle derrière moi, car évidemment j'ai encore commis un impair. Mortifiée, déroutée, rouge de confusion, je me rabats sur le seul geste qui me vient pour arranger les choses : je tends la main pour la toucher… Bon, c'est officiel, je suis un désastre diplomatique intégral.

Heureusement, Merrick m'a brutalement tirée en arrière avant que je ne commette l'irréparable. Simultanément, le géant en armure bondit pour s'interposer entre la princesse et moi, prêt à dégainer son arme.

– Bon sang, Vance, marmonne la princesse. Reculez.

Le dénommé Vance semble vouloir protester, mais finit par se retirer. Sa réaction est bien compréhensible, aussi je fais de mon mieux pour avoir l'air inoffensive. Ce qui n'est pas bien difficile avec mes 1,60 m et ma tête de bébé. Mais après la confusion que j'ai semée, je ne jure plus de rien.

Je remarque alors que la princesse se retient de rire. Je suis une source d'amusement pour elle. C'est l'humiliation totale.

– Je crois que des présentations en bonne et due forme sont nécessaires, dit-elle.

Merrick fait un pas en avant.

– Votre Altesse, puis-je vous présenter Rain, grande prêtresse de l'Ordre sororal de la Lumière et ambassadrice *temporaire* de Serati ?

– Grande prêtresse ?

Ses yeux s'agrandissent et je me demande quels sont ses sentiments à l'égard de l'Ordre. Nos relations avec les Familles Dirigeantes sont souvent un peu... tendues.

– Ma foi je suis bien contente d'avoir empêché Vance de vous tirer dessus. Cela aurait assurément créé un incident diplomatique.

– Oui, Prin... (Je me retiens à temps.) Oui, *Votre Altesse*. Je suis bien contente aussi. Très contente.

Et c'est alors qu'elle rit, en me regardant droit dans les yeux. L'espace d'un instant, je perçois de la lassitude – ou alors de la commisération ? – dans son regard. Puis elle pose un doigt sur l'emblème du deuxième soleil qui orne le revers supérieur gauche de ma toge. Son geste provoque des chuchotis autour de nous et Merrick se raidit à côté de moi.

Mais avant que quiconque puisse piquer une crise, une bruyante alarme se déclenche. Le son assourdissant détourne l'attention vers une lumière qui clignote au-dessus d'une porte à double battant, à l'autre bout du hangar.

La princesse laisse retomber sa main et recule.

– On dirait qu'il se passe enfin quelque chose.

Et sans autre forme de procès, elle fait demi-tour et s'éloigne de moi, au son de la sirène.

En effet, il se passe enfin quelque chose. On dirait qu'il est temps d'oublier le désastre que j'ai provoqué pour s'occuper du désastre dont je suis censée sauver le monde.

CHAPITRE 3

IAN, MERCENAIRE, TRAFIQUANT ET CHIC TYPE À L'OCCASION (MAIS RAREMENT)

L'alarme incessante annonçant l'arrivée d'un vaisseau supplémentaire sature les haut-parleurs. Je jette un œil à l'horloge de luxe au-dessus de la porte.

Encore vingt-deux heures et dix-sept minutes environ avant de me tirer de ce tas de boulons volant. C'est pas comme si je comptais les heures.

Mais c'est pas facile quand on est coincé sur ce gourbi depuis deux fois plus longtemps qu'on avait prévu, Max et moi.

C'est vrai, la plupart des gens considèrent la *Caelestis* comme le joyau de la flotte *très impressionnante* de l'Empire. Et c'est peut-être vrai, en tout cas la station est reluisante, putain, mais je suis resté assez longtemps à bord pour savoir que c'est un foutu réservoir à merde maléfique. Et je serai bien content de le voir derrière moi. Le vaisseau-prison, le *Réformateur*, arrive demain. Max et moi partons à son bord.

Le *Réformateur* nous conduira à Milla. Obligé. Sinon, nous serons dans une impasse.

Je serre les dents en longeant un étroit couloir. J'aurais pu me passer de ces heures supplémentaires aujourd'hui. J'ai des choses à faire. Mais tout le monde est d'astreinte. Il se passe un gros truc, une présentation importante ou je sais pas quoi. Dr Veragelen, aussi appelée Dr Vicelarde, fait visiter les lieux à des gros bonnets. Je ne sais pas du tout de quoi il s'agit, et très franchement, je m'en tape.

Il faut juste que je me cogne ces heures sup' et cette cérémonie que le Dr Vicelarde a sournoisement préparée depuis des semaines. Elle a beau se comporter comme si cet événement lui importait peu, comme si c'était pour elle un dérangement monumental, il est clair pour ceux qui travaillent à ses côtés qu'elle ne pense qu'à ça depuis un bon moment.

Comme j'ai le malheur de travailler encore plus près d'elle que la plupart – être le garde du corps de la grande patronne comporte beaucoup d'inconvénients –, je sais à quel point elle est stressée par ce rassemblement. C'est vrai que ça doit être plus difficile de conquérir l'univers dès qu'on se met l'Impératrice à dos. Et s'il y a bien quelque chose que le docteur désire – encore plus que faire fonctionner son expérience flippante –, c'est d'accéder à tous les secrets de l'univers. Et au pouvoir qui va avec.

C'est sans doute pour ça qu'elle s'est bien sapée aujourd'hui. Elle porte sa blouse de laboratoire habituelle, mais elle a ajouté une cape noire. Elle est carrément ridicule. Qui porte encore des capes ?

La rumeur veut que cette médecin qui-ne-veut-pas-que-votre-bien soit âgée de plus de trois cents ans, et que la Corporation (organisation fondée par les sept Familles Dirigeantes et ayant le monopole de toute la technologie) ait trouvé des méthodes pour augmenter l'espérance de vie. Si c'est le cas, c'est un secret qu'ils ne partagent pas avec nous autres.

Mais ils sont comme ça, à la Corporation, que voulez-vous. Des salopards cachottiers.

En tout cas, depuis que le Dr Veragelen a posé le regard sur moi à notre arrivée il y a deux mois de ça, je suis chargé d'assurer en permanence sa protection. Je crois qu'elle a un faible pour moi, mais ça n'arrivera que dans ses rêves. J'aimerais encore mieux baiser une limaceuse.

En plus du fait qu'elle me fout les jetons, je la tiens pour personnellement responsable de ce qui est arrivé à Milla – quoi qu'il lui soit arrivé. J'ai eu un aperçu de ce qui se passe dans les labos ici. Et imaginer que l'une des personnes les plus importantes du système pour moi subisse ça me met en rage. Je crois qu'une fois Milla en sécurité, je me paierai une petite visite au docteur pour régler mes dettes en souffrance.

Mais pas de la manière qu'elle voudrait.

Les portes de la baie d'amarrage coulissent à notre approche et elle les franchit. Je suis deux pas derrière elle, exactement comme elle aime. Je suis hyper vigilant – ça aussi elle aime bien – scannant l'assemblée du regard à l'affût de la moindre menace potentielle. J'en ai rien à faire qu'elle se fasse descendre, mais je ne veux aucun prétexte pour que le vaisseau-prison n'atterrisse pas demain comme prévu.

Il y a énormément de navettes dans la baie – je ne m'attendais pas à ça – et une estrade a été installée au milieu du hangar, où s'aligne une poignée d'imbéciles endimanchés.

Mon regard est attiré vers la femme au centre du groupe, légèrement devant. Mes lèvres frémissent. Encore une madame-je-sais-tout qui ne connaît rien à la vie, mais celle-ci porte du violet à la place du noir.

Elle est grande, c'est peut-être la plus grande femme de la pièce, et, sous sa cape, elle porte une robe moulante violet foncé qui descend jusqu'au sol. Le vêtement suit ses courbes, et je dois dire qu'elle est sacrément bien foutue. J'imagine que cette tenue serait très chiante à lui retirer : il faudrait défaire tous ces minuscules boutons brillants. N'empêche… je me porte volontaire.

Nous sommes presque arrivés à l'estrade lorsque je regarde enfin son visage. Elle a une grande bouche sensuelle, des pommettes hautes et elle m'observe de ses étranges yeux argentés. Quelque chose dans son attitude m'indique qu'elle apprécie ce qu'elle voit.

En guise de réponse, je hausse un sourcil et lui adresse un petit sourire, sans même chercher à le faire discrètement. Elle écarquille aussitôt les yeux puis me jette un regard méprisant avant de détourner la tête. C'est plutôt sexy – ce qu'elle est aussi, malgré la cape.

Dommage, je ne vais pas pouvoir m'éterniser ici.

Le docteur gravit les marches menant au podium et vient s'interposer entre elle et moi. Je me décale sur le côté.

– Votre Altesse, la salue Dr Vicelarde avec un bref mouvement de tête.

C'est quoi cette histoire ?

J'ai déshabillé du regard une putain de princesse ? C'est une première !

Mais je ne ferai rien de plus, parce que je hais les Familles Dirigeantes. C'est un ramassis de parasites dégénérés qui se protègent les uns les autres et n'en ont rien à foutre du reste du monde. Et si je me fie à ce regard hautain qu'elle m'a lancé, cette princesse ne vaut pas mieux que ses congénères.

– C'est un honneur de vous accueillir aujourd'hui sur la SSI *Caelestis*, poursuit le docteur de son débit rapide.

Elle n'est pas du genre à perdre son temps à parler de la pluie et du beau temps.

– Tout l'honneur est pour moi, Dr Veragelen, répond princesse Balai-dans-le-cul d'une voix calme et chic en accord avec le reste de sa personne. Je suis impatiente de visiter les laboratoires et de prendre connaissance des progrès qui ont été accomplis ici.

Je ne peux pas m'empêcher de me demander si elle a l'intention de voir *tous* les laboratoires, ou seulement ceux dont le Dr Veragelen n'interdit pas l'accès par des écriteaux « SECRET DÉFENSE ». En même temps, elle doit avoir accès au secret Défense et bien plus encore. Ce qui signifie qu'elle sait déjà parfaitement à quoi s'occupe le bon docteur derrière les portes verrouillées.

Après tout, ce sont les Familles Dirigeantes qui ont fondé et qui dirigent pour ainsi dire la Corporation, organisme qui détient pratiquement le monopole des technologies du système Senestris. Il y a encore peu de temps, je ne savais pas grand-chose là-dessus. D'habitude les gens de ma planète se tiennent le plus possible à l'écart de la Corporation. Comme toute personne sensée. Mais maintenant qu'on est là, mieux vaut connaître l'ennemi.

Il y a ce type, Gage, technicien sur la station, qui nous file un coup de main – payant – et il nous a raconté des horreurs à propos de la Corporation qui me font passer, moi, criminel endurci, pour une sœur de l'Ordre de la Lumière.

– Il me tarde de vous faire visiter, lâche le Dr Veragelen en tordant bizarrement les lèvres, si bien que je me demande si son visage va se fendiller.

Ça fait près de deux mois que je suis là et je ne l'avais encore jamais vue sourire. Je ne pensais pas qu'elle savait comment faire.

– En temps voulu, ajoute-t-elle avant de s'adresser aux autres personnes sur l'estrade. Comme vous le savez sans doute, la *Caelestis* est la plateforme scientifique la plus sophistiquée du système. Nous hébergeons vingt-sept laboratoires à bord, ainsi que les ordinateurs les plus rapides, à la pointe de la technologie. Aujourd'hui, nous allons…

Elle s'interrompt en voyant une lumière verte clignoter au-dessus des portes du sas. Ce vaisseau qui a déclenché l'alarme tout à l'heure doit avoir atterri. Voyant le docteur froncer les sourcils à l'approche d'un membre d'équipage, je suis sur mes gardes, la main droite prête à dégainer le pistolet laser sanglé à ma cuisse.

– Madame, le *Réformateur* demande l'autorisation de se mettre à quai.

Merde. Ça, ce n'est pas une bonne nouvelle. On n'est pas prêts, Max et moi.

– On ne l'attendait pas avant demain. J'avais spécifiquement requis qu'il arrive demain.

Les narines frémissantes du docteur sont le seul signe laissant voir sa contrariété.

Curieusement, il semblerait que la présence d'une princesse l'oblige à bien se tenir.

Elle fait la moue en évaluant la situation puis ordonne :

– Assurez-vous qu'il fasse son chargement et reparte avant la fin de la visite.

Encore pire. C'est un putain de désastre – pour moi en tout cas. Visite ou pas, princesse ou pas, je ne compte pas attendre la prochaine tournée du *Réformateur*. Ça pourrait prendre des mois. Et pendant ce temps, Milla est seule, on ne sait où, souffrant on ne sait quels tourments.

Pas question.

– *Max !* je l'appelle mentalement, comme nous communiquons depuis l'enfance.

Je n'obtiens pas de réponse tout de suite.

– *Quoi ? Je suis occupé.*

Mais il n'a pas l'air énervé d'être interrompu. C'est tout Max, ça : enjoué en toute situation. Franchement, ça m'épuise rien que d'envisager comment il fait pour garder le moral, mais cet optimisme à toute épreuve pourrait bien être ce que j'apprécie le plus chez lui. Bon, ça et ses crêpes aux pépites de chobwa.

– *Le* Réformateur *est en train de se mettre à quai là, maintenant. On doit passer à l'étape suivante.*

– *Tu as besoin de quoi ?* (Sans me laisser le temps de répondre, il ajoute :) *Je vais rameuter Gage.*

– *D'accord. Il est grand temps qu'il mérite les sommes astronomiques qu'on lui file. Retrouvez-moi à la baie d'amarrage. Je reviens dès que j'arrive à semer Dr Vicelarde. Essaie peut-être de faire une diversion. Tu sais ce que tu as à faire.*

– *Compris.*

Dr Veragelen prend une grande inspiration, se colle un sourire totalement faux sur la gueule et se tourne vers la princesse.

– Commençons la visite.

Puis elle tourne les talons pour repartir dans la direction d'où nous sommes arrivés, et je lui emboîte le pas.

J'arrive presque à sentir Cape Violette qui me mate tandis que je m'éloigne, et je ne peux pas m'empêcher de penser que, pour elle, j'aurais peut-être condescendu à revoir mes critères de sélection.

Dommage, il me reste environ vingt minutes pour me tirer de ce rafiot et embarquer sur le *Réformateur*. Sinon, je risque de laisser passer ma chance de sauver Milla, pour toujours.

CHAPITRE 4

KALINDA

Arrête de mater le boule du garde du corps sexy. Ne le fais pas. *Surtout qu'il s'agit de ta première visite en tant que porte-parole de l'Impératrice.*

Je dois adopter un comportement digne et royal en toutes circonstances, peu importe le physique du garde du corps du Dr Veragelen.

Et crois-moi, il est sexy. Très sexy.

Épaisse chevelure noire qui met en valeur son visage ciselé.

Peau veloutée brun foncé.

Mâchoire affûtée comme une lame.

Grand et large d'épaules bien qu'il vienne de Kridacus, à en croire l'insigne sur son uniforme. Je n'ai jamais entendu parler de personnes de cette taille ayant grandi sous la gravité puissante de Kridacus. À cette faible pesanteur, il doit disposer d'une force physique colossale.

Ses yeux sombres et intenses sont ourlés des cils les plus longs et les plus fournis que j'aie jamais vus. Il semble percer sans mal l'étiquette protocolaire et avoir accès à tout ce que j'essaie de cacher au monde.

Mais je ne sais pas si c'est une bonne ou une mauvaise chose. Et puisqu'il s'éloigne à présent, je ne le saurai probablement jamais. Ce qui est pour le mieux. Car ces choses-là ne se font pas… même s'il a vraiment fière allure avec ses larges épaules et ses pectoraux saillants mis en valeur par son uniforme noir.

Sexy. Très, très sexy.

Lara attire mon attention en tirant sur ma cape.

– Vous devriez peut-être vous départir de ce petit air, murmure-t-elle d'une voix à la fois amusée et inquiète.

– Quel petit air ?

– Le petit air « j'ai envie de me taper ce garde ».

Malheureusement, elle n'a pas tort. Même s'il est aussi alléchant de dos qu'il l'était de face, il sent les embrouilles à plein nez. J'ai soudain une envie irrépressible de toutes ces choses qui me sont interdites.

C'est alors qu'il me jette un regard par-dessus son épaule, avec ce petit sourire qui me donne l'impression qu'il sait exactement ce que je pense. Et mon désir cède la place à l'agacement. Je lui retourne mon plus parfait regard royalement blasé, celui que ma mère m'a appris à maîtriser avant même que je connaisse les gravités respectives des neuf planètes.

Contrairement à la plupart des hommes, il ne perd pas ses moyens. Peut-être que je n'ai pas réussi ma mimique. Ou alors il est d'une autre étoffe. Peu importe. J'ignore son sourire et me force à penser à autre chose.

Je me demande ce qu'est ce *Réformateur*. Je n'ai jamais entendu ce nom de vaisseau, et pourtant je me considère comme experte de notre flotte aérienne. En tout cas, son arrivée a désarçonné le docteur et cela m'intrigue d'autant plus.

D'après ce que je sais sur le Dr Veragelen – et j'en sais beaucoup, car les sciences me fascinent et je suis l'une de ses plus grandes fans –, elle a tout vu et tout fait, au cours de sa carrière. Elle a commencé sur un vaisseau d'exploration il y a bien longtemps, puis elle a patiemment gravi les échelons et aujourd'hui non seulement elle est la responsable scientifique de la *Caelestis*, mais aussi directrice de la Corporation. Elle ne doit rendre de comptes qu'au conseil d'administration contrôlé par les Familles Dirigeantes.

Pas étonnant que tout le monde soit rassemblé pour rencontrer le docteur et voir ce qu'elle a accompli ces quatre dernières années ! Les problèmes, elle n'en fait qu'une bouchée, et ce dès le petit-déjeuner. C'est pour cela que ma mère l'a mandatée pour travailler sur le plus gros de nos soucis : sauver Senestris de l'anéantissement.

Tandis que je la suis, les autres diplomates juste derrière moi, je ne peux m'empêcher de remarquer que le docteur est exactement comme je l'imaginais – et à la fois pas du tout. Grande, presque émaciée, des cheveux gris, une coupe courte et pratique : c'est exactement l'image que je connaissais d'elle.

Je mets de côté ma déception face à sa brusquerie lors de cette première rencontre et franchis à sa suite la grande porte à deux battants. L'avantage, c'est que ma nervosité a reflué, ne laissant que l'excitation.

Je meurs d'impatience de visiter cette station.

Il paraît qu'il y a des vestiges des Anciens à bord, et j'ai toujours eu une fascination pour ce qui touche aux Anciens. C'est le nom que nous avons donné à ceux qui devaient vivre ici bien avant nous. Bien sûr, certains ne croient pas qu'il y ait eu la moindre vie alien sur les planètes du système, mais Senestris regorge de preuves de leur existence, surtout sur Serati. Je crois qu'il est plus rassurant pour certains de croire que nous sommes les premiers, au lieu d'admettre qu'une autre civilisation s'est éteinte. Surtout dans les circonstances actuelles qui semblent annoncer une disparition imminente de la nôtre.

La porte donne sur un couloir au plafond arrondi. Les murs sont en métal argenté. Les lieux baignent dans une douce lumière orangée, et j'ai beau en chercher la source, je ne vois pas d'où elle vient.

À mesure que nous avançons, les questions fusent dans mon esprit ; il y en a tellement que j'ai du mal à les mettre en ordre. Quelle énergie alimente le vaisseau ? Combien de personnes sont actuellement à bord ? Sur quoi travaillent-elles ? Quels sont les vestiges des Anciens ? Et surtout : le Dr Veragelen et son équipe ont-ils trouvé un moyen de sauver notre soleil ?

Je veux lui poser la question, mais elle marche d'un pas rapide et j'ai du mal à suivre dans cette tenue ridicule.

Enfin, elle s'arrête devant ce que je pense être une porte de sécurité et appose sa paume sur le lecteur biométrique. J'en profite pour me rapprocher d'elle.

– Dr Veragelen, pouvez-vous m'en dire plus sur les travaux menés ici par la Corporation ? Avez-vous fait des avancées décisives ?

Quand elle se tourne vers moi, l'éclat dans ses yeux me met légèrement mal à l'aise.

– Je peux vous confirmer que nous sommes en bonne voie pour trouver une solution à l'accélération de la dégénérescence de notre soleil. Nous pensons disposer des moyens pour non seulement stopper le phénomène, mais aussi en inverser les effets. N'ayez crainte, vos vies sont entre nos mains et nous allons vous sauver.

Sa voix ferme se veut convaincante, mais quelque chose dans le bref regard qu'elle m'a lancé me laisse soupçonner qu'elle ne me dit pas tout. Par ailleurs, je ne passe pas à côté du fait qu'elle n'a pas précisément répondu à ma question.

J'ouvre la bouche pour aborder les choses d'une autre manière, mais déjà nous reprenons notre course, et j'ai besoin de toute ma concentration pour ne pas me prendre les pieds dans ma cape. Qu'importe l'étiquette royale, je ne porterai plus jamais ce machin.

Nous longeons toujours la même coursive qui doit décrire un anneau parallèle à la circonférence de la station. Rien ne différencie une portion du couloir d'une autre : des portes toutes semblables s'alignent de chaque côté, closes, munies de panneaux de sécurité complexes et d'écriteaux « SECRET DÉFENSE » et « RÉSERVÉ AU PERSONNEL AUTORISÉ ».

Plus nous laissons de portes sécurisées derrière nous et plus le Dr Veragelen se passe de commentaires, plus ma curiosité grandit. N'avait-elle pas parlé de nous faire *visiter* ?

Certes, ces portes indiquent « SECRET DÉFENSE », mais nous sommes les représentants du gouvernement de chaque planète. Nous avons une habilitation de sécurité du plus haut niveau et nous sommes accompagnés par la femme qui dirige la station et qui a sûrement accès à tous les recoins du vaisseau.

Alors qu'est-ce qu'elle attend ?

Cette rencontre est censée fournir aux délégations de bonnes nouvelles à transmettre à leur peuple, pour apaiser les tensions et redonner espoir en l'avenir. Nous avons tous besoin d'être convaincus que l'Impératrice collabore avec la Corporation pour mettre au point une solution. Mais si nous ne voyons aucune preuve de l'existence de cette solution, il sera impossible de rassurer qui que ce soit.

– Dr Veragelen, j'interviens finalement alors que nous dépassons un nouveau panneau « ZONE RÉGLEMENTÉE » au pas de course. (Je commence à croire qu'elle s'entraîne pour les prochains Jeux interplanétaires. Il n'y a aucune autre explication pour qu'elle nous montre ces portes de laboratoires en coup de vent sans y entrer.) Allons-nous vraiment visiter l'un des laboratoires, ou avez-vous seulement prévu de nous faire passer devant ?

J'entends un ricanement assourdi. Je me tourne légèrement pour regarder le garde qui se tient à côté d'elle, mais son visage est parfaitement inexpressif. Mes oreilles me jouent peut-être des tours.

– Nous y sommes presque, m'assure le Dr Veragelen avec un sourire qui semble lui être passablement douloureux.

– Presque où ? demande l'ambassadrice Terra. Cela fait dix minutes que nous marchons et nous n'avons vu que des pièces dont l'entrée nous est interdite.

Les grommellements des autres délégués expriment un mécontentement partagé. Visiblement, je ne suis pas la seule à être agacée par cette déambulation qui ressemble plutôt à une perte de temps.

La grande prêtresse que j'ai rencontrée plus tôt est la seule qui ne semble pas prête à écorcher vive Dr Veragelen – et moi avec. Mais elle n'a pas l'air satisfaite pour autant, elle semble désemparée, et ce n'est pas non plus la meilleure impression que les gens devraient retirer de cette visite.

Cela signifie que je vais devoir prendre de nouveau la parole. Même si je n'ai pas la moindre idée de ce que je vais dire. Je m'éclaircis la voix et me lance :

– Dr Veragelen. (Cette fois, elle me regarde d'un air plus agacé que pensif, mais ma détermination grandit.) Pouvez-vous au moins nous informer sur les expériences que vous conduisez dans chacun de ces laboratoires ?

Nous nous défions du regard pendant quelques longues secondes, et je vois clairement l'instant où ça finit par lui revenir : elle réalise enfin qui je suis. Elle expire lentement et longuement par le nez, et ses lèvres pincées se détendent un tout petit peu.

– Je suis désolée, Votre Altesse, me dit-elle (sauf qu'elle semble tout sauf désolée), mais c'est pour votre bien. Ces zones sont interdites en raison des substances chimiques que nous utilisons et qui seraient dangereuses pour des personnes ne portant pas de tenues de protection appropriées.

Elle me sert de nouveau son sourire forcé. Cette fois c'est une véritable grimace ; sans doute parce qu'elle a essayé de parler *et* de « sourire » alors que sa bouche n'est toujours pas complètement relâchée.

– Je ne voudrais pas que vous rentriez chez votre mère… endommagée.

Cette phrase sonne davantage comme une menace que comme une gentille attention, mais cela fait dix-neuf ans que je supporte la marque de fabrique de l'Impératrice : les comportements passifs-agressifs. Le docteur va devoir mieux faire si elle espère me voir filer la queue entre les pattes.

– J'imagine que c'est le cas pour les salles réservées au personnel autorisé, mais quelles expériences menez-vous derrière les portes « SECRET DÉFENSE » ? je riposte. Et pourquoi s'agit-il de secret Défense alors que nous sommes sur une station qui travaille à résoudre des problèmes qui sont d'utilité publique ? Des problèmes connus de tous et qui nous touchent tous.

Le garde du corps se tourne pour me dévisager et lorsque nos regards se croisent, de petits frissons me parcourent la colonne vertébrale. Je ne sais pas comment il fait, mais il donne l'impression d'être à la fois impressionné et blasé par mes questions. J'apprécie malgré tout sa réaction.

Je reporte mon attention sur le Dr Veragelen qui jette un coup d'œil vers la porte la plus proche, soupire et se frotte le front comme si je lui causais énormément de tracas. Tant mieux. On peut dire que mon béguin d'enfant pour elle est en train de connaître une mort rapide.

Elle doit finir par comprendre que je ne renoncerai pas tant que je n'obtiendrai pas de réponses, car elle cesse son petit manège et affirme :

– Je vous le promets, Votre Altesse, si vous parvenez à contrôler votre… impatience encore un peu, vous serez amplement satisfaite.

Puis elle s'empresse de repartir sans me laisser le temps de lui demander autre chose.

Enfin, nous nous arrêtons devant une porte à larges battants. Comme les autres dans le couloir, elle est barrée d'un écriteau « SECRET DÉFENSE ». Mais contrairement aux autres, il semblerait que nous ayons une petite chance inespérée de la franchir.

Dr Veragelen tape dans ses mains, telle une maîtresse essayant d'attirer l'attention de ses élèves dissipés. Cette femme est peut-être brillante, mais elle a clairement de gros soucis de contrôle. Encore un trait de caractère que je connais bien, après deux décennies avec ma mère.

– Je vais maintenant vous faire entrer dans notre laboratoire le plus important et qui a l'avantage d'être rendu accessible au public, exceptionnellement pour votre visite.

Elle donne cette précision d'un ton mordant, en me regardant, le sourcil levé. Ma mère la rappellerait à l'ordre – non, elle la ferait sans doute éviscérer pour son impertinence –, mais je choisis de laisser passer, pour l'instant, parce que j'ai l'espoir de voir enfin quelque chose d'intéressant.

J'espère simplement que ce qu'elle cache là-dedans est aussi miraculeux qu'elle a l'air de le croire. Nos vies en dépendent.

Derrière moi, la petite assemblée s'impatiente.

Dr Veragelen doit le ressentir aussi, car soudain elle coupe court à ce qui s'annonçait comme un long discours, me semble-t-il.

– Ce qu'il y a ici, dit-elle en indiquant la porte derrière elle, dépasse largement toute forme de technologie actuellement utilisée dans l'Empire du système Senestris. Ce que j'ai là va vous impressionner, vous frapper, vous inspirer. Et cela vous donnera la preuve, une bonne fois pour toutes, que je suis capable de bien plus qu'éviter le désastre. Je vais accéder – nous allons accéder – à rien de moins que le salut suprême. Nous allons sauver vos familles. Vos planètes. Sauver… (Elle baisse la voix pour finir sur un murmure qui résonne dans le couloir à présent plongé dans le silence :) le système tout entier.

Bon, voilà, ce genre d'allocution, ça ressemble plus à ce qu'on attendait. Mon cœur bat vite tandis qu'elle appuie la paume sur le lecteur biométrique.

Ça y est. Ça y est. Pourvu que ce soit la solution.

– Ambassadeurs. (Le docteur nous regarde tour à tour.) Je vous livre ce qui va, j'en suis certaine, répondre à toutes vos interrogations. Et à toutes vos prières.

D'un geste théâtral, elle ouvre alors en grand les battants.

La mâchoire m'en tombe.

Nom d'une crotte de drokaray fumante !

CHAPITRE 5

KALINDA

Pendant un moment, personne ne bouge ni ne dit mot.

Depuis le couloir, je regarde bouche bée par l'ouverture de la porte, m'efforçant de comprendre ce qui s'offre à ma vue. La pièce est gigantesque – plus grande encore que la baie d'amarrage. Elle doit prendre toute la hauteur au centre de la station. Une immense sphère noire occupe presque tout l'espace, flottant à environ un mètre du sol, sans support visible.

Je déglutis avec difficulté.

Pour sa part, Dr Veragelen a l'air fière comme un bamiling qui a avalé un varmak. Et elle mérite bien ce moment de jubilation. Y a-t-il eu une seule autre occasion au cours de laquelle tout un groupe de politiques est resté sans voix ?

– On peut entrer ? demande Rain avec une excitation qu'elle ne parvient pas à modérer.

Elle est la déléguée la plus proche de moi. Arik se tient entre nous deux, s'assurant que personne ne puisse m'approcher, mais elle essaie néanmoins de tendre le cou pour mieux voir. On dirait davantage une jeune fille émotive qu'une grande prêtresse de l'Ordre sororal.

Cela me la rend plus sympathique que je n'aurais cru – plus que je ne devrais me le permettre.

– Bien sûr, bien sûr, confirme Dr Veragelen en franchissant le seuil. Après tout, c'est *ceci* que je vous ai tous invités à venir voir.

L'accent mis sur « ceci » ne m'échappe pas. Pas plus que les regards noirs qu'elle me jette quand elle s'imagine que je ne la vois pas.

Rain entre en sautillant, mais l'homme qui l'escorte lui touche le bras avant qu'elle ait pu faire plus d'un pas. Quand elle le questionne du regard, il me désigne d'un discret signe de tête. Aussitôt, elle étouffe un cri mortifié et baisse la tête en marmonnant.

J'ai envie de lui dire que ça ne fait rien, que je me fiche de qui entre en premier. Mais les règles protocolaires sont de la plus grande importance pour ma mère et, comme je la représente ici, je dois en tenir compte. Sinon elle ne me laissera jamais plus quitter notre planète.

Et il y a tellement d'endroits que je veux découvrir. Et peut-être, si le Dr Veragelen ne se trompe pas sur ce qu'elle peut accomplir, peut-être y a-t-il une chance pour que j'aie effectivement le temps de voyager.

Mais cette nouvelle gaffe de Rain – la deuxième ou déjà la troisième ? – soulève une question : pourquoi Serati aurait-elle envoyé une ambassadrice n'ayant reçu aucun entraînement à l'étiquette royale pour un événement de cette envergure ? Aucune planète ne ferait une chose pareille sans raison, mais encore moins celle dont la législation est si précise et complexe qu'en comparaison l'Impératrice a l'air d'une anarchiste. J'essaie de rassembler ce que j'ai entendu dire au sujet de la grande prêtresse. Pas grand-chose… L'Ordre sororal de la Lumière est plutôt du genre secret, mais je sais qu'habituellement les grandes prêtresses ne prennent pas activement part à la politique.

Ce faux pas n'est pas la faute de Rain. Je lui adresse donc un signe de soutien en entrant dans la pièce, avant de concentrer mon attention sur la sphère noire. De quoi s'agit-il ? Un souvenir titille mon esprit : je sais que j'ai déjà vu quelque chose de semblable. Mais c'était dans un rêve.

À l'âge de treize ans, j'ai commencé à faire des rêves étranges. Des rêves où je voyais le soleil mourant et des objets que je savais mystérieusement n'avoir pas été construits par des humains. Des rêves où je me déplaçais à travers l'espace, alors que je n'étais jamais montée à bord d'un vaisseau. Je m'étais confiée à mon père, qui m'avait dit de garder tout ça pour moi. Je ne sais pas bien pourquoi. Peut-être qu'il pensait que ces rêves déplairaient à ma mère. Elle peut se comporter bizarrement avec moi quand je donne le meilleur de moi-même, alors mieux vaut ne pas lui rappeler que je ne suis pas exactement parfaite.

Deux ans plus tard, mon père a été assassiné. Le pire jour de ma vie. Et depuis je n'ai parlé à personne de ces rêves.

La sphère fait environ la taille d'un bâtiment de deux étages. Et contrairement à ce que j'ai d'abord cru, elle n'est pas opaque, mais vaguement translucide. Malgré tout, je ne vois pas l'intérieur. Au centre, juste en face de moi, il y a un motif, on dirait une étoile dans un cercle. J'ai rêvé de ce symbole, aussi. Un frisson inexplicable me traverse.

Le laboratoire grouille de techniciens en combinaison noire moulante qui vaquent à leurs occupations autour de la sphère. En périphérie, des gardes sont postés à intervalles réguliers, armés de pistolets laser et de matraques électriques. Dr Veragelen s'attend-elle à des troubles ?

Derrière la sphère, des échafaudages ont été dressés, où s'affairent des techniciens qui semblent faire des relevés en différents points de la surface. D'autres se déplacent autour de la sphère avec divers équipements et des affichages holographiques. D'autres encore portant l'insigne de la Corporation sont à des postes de travail autour de la pièce.

Je ne suis jamais entrée dans un laboratoire où l'activité était aussi intense et je me demande ce que le Dr Veragelen pense exactement avoir là. Ou, plus important encore, ce qu'elle pense que cette chose fait.

Est-ce pour cette raison que les gardes sont armés ? Parce qu'elle croit que cette sphère est précieuse au point d'être *dangereuse* ?

Un mélange de peur et d'excitation m'assaille ; j'ai le souffle court. C'est donc ça ? Cette sphère est ce que nous cherchions depuis tout ce temps ?

Lara doit partager les mêmes questionnements, car elle se penche vers moi pour me chuchoter :

– Vous pensez que c'est quoi ?

– Pas la moindre idée.

Mais ce n'est pas tout à fait vrai. C'est un vestige alien. Et un gros.

C'est complètement incroyable. Soudain mes doigts sont pris d'une envie quasi irrépressible de s'en approcher. De la toucher.

– Eh bien c'est très impressionnant, dit l'ambassadrice Kellarp en souriant pour exhiber ses dents rouges. Mais qu'est-ce donc ?

– C'est une heptosphère, répond d'une voix dénuée de toute émotion l'homme qui accompagne la grande prêtresse. Ça vient des Anciens.

Je n'ai jamais entendu le terme « heptosphère » avant, mais la confirmation de son origine alien dont j'avais l'intuition me pousse à l'examiner plus attentivement. Et je ne suis pas la seule. Pour la première fois depuis que nous sommes arrivés sur la *Caelestis*, Dr Veragelen semble presque… contente.

– En effet. (Elle regarde l'homme en souriant comme s'il était son meilleur élève.) Qui êtes-vous ?

– Merrick, madame. De l'Ordre sororal de la Lumière. Délégué adjoint de Serati.

Je lui jette de nouveau un coup d'œil rapide. Jusqu'ici, j'ai évité de l'observer trop attentivement, de peur de me retrouver à le dévisager. Avec sa grande stature élancée, ses cheveux blonds et sa peau mate, il m'évoque tellement mon père que j'en ai le cœur serré. C'était la meilleure personne qu'il m'a été donné de connaître, et il me manque encore chaque jour.

Je repousse les souvenirs au fond de ma mémoire pour revenir dans le présent.

– Où l'avez-vous trouvée ? je demande.

Et pourquoi n'en ai-je jamais entendu parler ? Ma mère m'aurait sûrement mise au courant d'une chose aussi incroyable si elle en avait eu vent. Et si elle ignore son existence, le Dr Veragelen va avoir à répondre à un tas de questions très inconfortables.

– Elle a été découverte sur Askkandia il y a près de vingt ans, me répond-elle. Au cœur des montagnes Rodos. Après être restée enfouie pendant des siècles, semble-t-il, elle a commencé à émettre une sorte de signal, pour une raison inconnue, et nous l'avons intercepté. La déterrer et la faire quitter la planète a été un vrai défi. L'Impératrice a dû envoyer ses meilleures équipes de recherche et de travaux en renfort. La *Caelestis* a été conçue et construite spécifiquement pour étudier l'heptosphère.

Ma mère était donc au courant. Pourquoi ne m'en a-t-elle jamais parlé ? Elle sait à quel point je m'intéresse aux Anciens et aux recherches pour sauver notre système.

Mais l'Impératrice agit comme ça lui chante. Elle avait peut-être une raison de me cacher ça. Ou pas. En tout cas, ce voyage soulève plus de questions qu'il ne donne de réponses.

– Mais qu'est-ce qu'elle fait ? demande l'ambassadrice Terra.

Toute l'assemblée retient son souffle, suspendue aux lèvres de la chercheuse.

Pour la première fois, cette dernière semble hésitante.

– Nous ne savons pas vraiment. (D'un geste, elle coupe court aux murmures déçus qui s'élèvent dans le laboratoire.) Mais nos recherches suggèrent fortement qu'elle détient la clé pour guérir notre soleil en déclin.

– Alors c'est ça ? dit l'ambassadrice Kellarp. C'est votre solution pour nous sauver ?

– En effet, confirme Dr Veragelen d'un ton assuré. Nous sommes sur le point de découvrir tous ses secrets et bientôt nous serons en mesure de maîtriser ses pouvoirs formidables.

– Eh ben bonne chance, grommelle Merrick.

Il n'y a aucune émotion dans sa voix, mais il serre les poings et je sens qu'il est plus choqué qu'il ne le laisse voir. Ce n'est pas étonnant. Depuis des millénaires, l'Ordre sororal de la Lumière appelle de ses prières l'extinction du soleil… afin d'avoir l'occasion de nous sauver. Et désormais tous les autres tentent d'éviter que cela arrive.

C'est l'élément central de cette religion : accueillir l'Astre Mourant. Croyance héritée de la civilisation qui semble avoir occupé le système avant nous. Les Anciens, comme l'Ordre les appelle, ont laissé des vestiges d'une civilisation avancée sur les neuf planètes, mais surtout sur Serati, la planète la plus proche du soleil et la plus… inconfortable pour la vie humaine.

D'après leurs observations sur cette civilisation, les premiers Sératiens ont déduit que les Anciens avaient créé notre système, et ils ont acquis la conviction que le soleil finirait par connaître des dysfonctionnements majeurs, mais que les Anciens reviendraient alors pour le réparer et nous sauver. Un groupe religieux s'est alors formé, l'Ordre sororal de la Lumière, affirmant que l'Astre Mourant apporterait une période de grands changements et d'éveil, et prédisant le retour des Anciens.

Bien sûr, personne ne savait quand le soleil mourrait, mais il s'agissait alors d'un futur lointain. Il n'était donc pas utile de s'en soucier. En fait, sur certaines planètes, surtout celles plus hospitalières pour la vie humaine comme Askkandia, l'Ordre était très peu représenté. Certes, les enfants askkandiens connaissaient l'histoire de l'Astre Mourant, mais elle était considérée comme une légende, et non une prophétie. Il y a vingt ans, tout a changé. *Est-ce à cette époque que l'on a trouvé l'heptosphère ?*

Même si les conséquences ont été immédiates et désastreuses (la destruction d'écosystèmes, le déclin de l'agriculture et l'augmentation des éruptions solaires), l'Ordre a déclaré que c'était un miracle en réponse à leurs prières, que nous devions avoir la foi et que tout serait révélé. Sur les sept planètes habitées du système, les habitants ont commencé à se convertir en masse.

L'Ordre ne s'est pas officiellement prononcé là-dessus.

J'imagine qu'ils croient qu'un miracle va se produire. Malheureusement, le reste de la population – dont l'Impératrice – souhaite simplement éviter de finir en cendres.

Et même si cette grande prêtresse semble vraiment charmante, au stade où nous en sommes, ce n'est plus la foi qui est nécessaire. Nous avons besoin de la science.

J'épie Rain du coin de l'œil, m'attendant à voir sur son visage la même colère que celle qui transparaît chez son garde. Mais, le regard rivé sur l'heptosphère comme si elle brûlait autant que moi d'y toucher, elle semble seulement très curieuse.

– Est-il possible de la toucher ? je demande.

Pourquoi pas ?

Mais comme je m'approche, le garde (au fessier musclé et aux traits ciselés) du Dr Veragelen s'interpose pour me bloquer l'accès. Il est assez imposant pour m'arrêter dans mon élan. Je sens la tension de Vance et Arik derrière moi. Même Lara se raidit, comme si elle s'apprêtait à se jeter entre ce beau gosse et moi.

Je lève la main pour les rassurer et me concentre sur le garde. Il est assez rare que quelqu'un contrarie un membre d'une Famille Dirigeante. Et quand le cas se produit, la personne se répand en excuses en essayant de faire machine arrière dès qu'elle se rend compte de son erreur.

Mais ce type, lui, ne recule pas. Du tout. Il tient bon et me regarde droit dans les yeux, avec une insolence qui ressemble beaucoup à un défi.

Cette insolence est gratuite, je suis sûre de ne jamais l'avoir rencontré auparavant. Je ne me souviens pas de l'avoir croisé sur Askkandia, et je ne l'aurais certainement pas oublié. Difficile de ne pas garder en mémoire le plus beau mec que j'aie jamais vu. Surtout quand il a visiblement la personnalité d'un drokaray enragé.

Peut-être n'a-t-il pas apprécié que je le reluque.

– Recule, ordonne Arik d'une voix qui n'admet aucune contestation.

Le type ne bouge pas. Il se contente d'incliner la tête comme s'il écoutait une musique audible de lui seul. Et même si une partie de moi aimerait rester là à le défier du regard, je suis péniblement consciente de l'attention que nous focalisons en ce moment. Alors qu'elle devrait être sur le Dr Veragelen et sur l'heptosphère, pas sur un duel de regards entre un garde et une princesse.

Alors je recule, ignorant l'éclair de triomphe que je vois brièvement luire au fond de ses yeux marron foncé. Je dois m'occuper de choses bien plus importantes que d'un petit con arrogant et son complexe de supériorité. Le destin de notre monde, de notre système solaire, est en jeu.

– Bien sûr, vous pouvez la toucher, me dit le Dr Veragelen lorsque je me tourne vers elle.

Elle lance au garde un regard agacé. Le visage qu'il lui présente alors est si neutre que son expression est certainement étudiée.

– Je suis navrée pour ce malentendu. Le soldat Ian, comme nous tous, se montre simplement très protecteur envers l'heptosphère.

– Pas de problème, je lui assure.

Et c'est vrai. L'avancée scientifique – d'autant plus quand elle est de cette envergure – est bien plus importante que ma curiosité. Pour preuve de ma bonne foi, j'enfonce résolument les mains dans les poches de ma cape et entreprends de faire le tour de la sphère, en ajoutant :

– Cela me convient très bien de regarder.

Elle semble toujours contrariée.

– Non, vraiment, je vous y encourage si vous voulez la toucher. C'est une expérience intéressante. (Elle se tourne vers les autres délégations.) D'ailleurs, tous ceux qui le désirent peuvent aller toucher la sphère. Elle est composée d'une matière très inhabituelle, et, d'après ce que nous avons pu constater, inaltérable.

À peine a-t-elle fini sa phrase que le groupe se précipite sur la sphère. Et tout le monde de la toucher, de s'extasier à propos de son contact étrange. Froid, brûlant, lisse, grumeleux, dense, intangible. Chacun semble vivre une expérience unique. Cela me donne plus que jamais envie de toucher cette chose, pour voir par moi-même.

Mais un regard en direction du soldat Ian suffit à renforcer ma décision de ne pas montrer à quel point je suis fascinée. Il m'observe avec une expression qui me rappelle ma mère quand elle m'attend au tournant, guettant le moment où je me plante pour me tomber dessus.

Je ne vais certainement pas lui donner cette satisfaction – tout comme j'évite de procurer ce plaisir à ma mère, ces derniers temps.

Je ne sais pas qui a pissé dans ses chamalunes ni pourquoi il a décidé de passer ses nerfs sur *moi*, mais c'est un fait. Et cela m'agace assez pour que je lui retourne un regard noir avant de m'éloigner de cent quatre-vingts degrés autour de l'heptosphère, afin de ne plus le sentir épier mes moindres mouvements.

Bien entendu je ne peux même plus approcher de la chose puisque tous les membres de la délégation sont massés autour. Je pourrais forcer le passage – une princesse a la préséance sur n'importe quel ambassadeur – mais je ne veux pas être ce genre de personnage.

Au lieu de me focaliser sur l'heptosphère comme les autres, je me tourne vers le tableau de commande qui longe le mur derrière moi. Il me semble différent des autres équipements informatiques du laboratoire et je devine qu'il doit s'agir d'un panneau de contrôle pour corréler toutes les données concernant la sphère. Il est sophistiqué et compliqué et, à sa vue, je me sens prise d'une certaine fébrilité. Je me trouve réellement en présence de quelque chose qu'une race ancienne a construit il y a si longtemps que leur histoire est de l'ordre de l'hypothèse plus que des faits.

Je ne peux même pas deviner à quoi servent tous ces boutons, mais le Dr Veragelen doit en avoir une idée assez précise maintenant, puisqu'elle travaille là-dessus depuis presque cinq ans, peut-être même davantage si ses recherches ont débuté avant que la construction de la *Caelestis* ne soit achevée.

Au-dessus du tableau, il y a des dizaines d'écrans de toutes les tailles et tous reçoivent un flux constant d'informations, à en juger par les données qui y défilent à vive allure.

S'agit-il de résultats obtenus en temps réel par les techniciens du laboratoire qui font des relevés sur l'heptosphère ? L'idée de pouvoir extraire autant de données d'un vestige aussi ancien est fascinante en elle-même.

Alors que je me penche pour observer ces appareils de plus près, un grondement s'élève et un tremblement puissant ébranle le vaisseau. Cette perturbation est suivie par un instant de silence absolu, juste avant une violente déflagration.

J'ai le temps de me dire « C'est quoi ce bordel ? » et je m'envole en arrière. J'atterris sur quelque chose de dur, la douleur m'assaille. Puis c'est le noir.

CHAPITRE 6

KALINDA

M*ais qu'est-ce qui s'est passé, bordel ?*

Je suis allongée sur le côté et une chaleur brûlante irradie dans ma joue. Mes oreilles s'emplissent de grésillements. Mauvais signe.

Je dois sortir d'ici.

Péniblement, j'ouvre les yeux sur le chaos.

L'air est chargé d'une épaisse fumée, des cris résonnent de toutes parts et, en cet instant, plus rien n'a de sens. Je secoue la tête et me relève tant bien que mal. J'ai dû heurter quelque chose.

Je suis en vie, c'est déjà ça, mais pour combien de temps ? L'écran que j'examinais un instant plus tôt est en feu. Je recule précipitamment.

Et si c'était une tentative d'assassinat ? Je déglutis en pensant à mon père et refoule cette hypothèse.

Il est plus probable que ce soit l'œuvre de quelqu'un essayant de s'emparer de l'heptosphère – mais alors, pourquoi prendre le risque de la faire exploser ? À moins que cela soit précisément le but. Dans ce cas, l'attentat a échoué. La sphère flotte gentiment au centre de la pièce tandis que le plafond s'écroule tout autour. Par les trous, j'aperçois ce qui doit être le carénage de la station spatiale. Au moins, il est intact. Dans le cas contraire, nous ne serions plus que débris dans l'espace.

Le laboratoire est empli des cris et des gémissements des blessés et des agonisants. J'ai le cœur au bord des lèvres.

Ressaisis-toi.

Il faut que j'apporte mon aide.

Mais tandis que je me relève précipitamment, une nouvelle explosion secoue le vaisseau et me projette contre l'heptosphère.

Lorsque mes paumes touchent la surface un bref instant, un grand frisson me traverse. Puis une autre explosion retentit et me propulse en arrière, me faisant percuter quelqu'un. C'est la grande prêtresse Rain, qui semble indemne. Je commence à me tourner lorsque je remarque l'heptosphère. Elle n'est plus noir translucide.

L'heptosphère est illuminée de l'intérieur, où l'on voit des anneaux multicolores tournoyer comme un gyroscope ne parvenant pas à garder son orientation. A-t-elle été endommagée par les explosions ?

Je suis fascinée, les couleurs emplissent mon esprit, je n'arrive plus à en détacher mon regard. Ce n'est qu'en entendant un autre cri que je me remets en action, me précipitant vers les blessés.

Je m'accroupis à côté de l'ambassadrice Terra. Elle pleure en silence, les mains crispées sur son ventre. Le sang qui coule entre ses doigts teint peu à peu sa robe verte de rouge. Son chignon blond s'est défait et ses grands yeux sont emplis de terreur.

– Ça va aller, je lui assure avant de déchirer une large bande dans ma cape de cérémonie en lambeaux. Laissez-moi vous aider.

Je replie plusieurs fois le tissu avant d'écarter doucement ses mains. Je m'immobilise, envahie par le désespoir : la plaie est profonde et les bords irréguliers. Cela dépasse largement mes compétences. Mais j'essaie de ne rien laisser paraître et applique fermement la compresse sur son ventre.

L'ambassadrice, prise de tremblements, se cambre et elle pousse un cri d'agonie étranglé. Je regarde autour de moi en quête d'un urgentiste, de toute forme d'aide… Mais je ne trouve que le Dr Veragelen, debout, apparemment indemne, qui me regarde avec une drôle de lueur dans ses yeux noirs. J'en suis glacée jusqu'aux os.

Mais qu'est-ce qui se passe dans sa petite tête de génie ? Quoi que ce soit, je ne veux pas y être mêlée, et je détourne la tête.

Lara tombe à genoux à côté de moi lorsqu'une nouvelle explosion secoue le laboratoire et m'envoie valdinguer. Je m'accroche comme je peux.

– Ça va ? me demande-t-elle.

Sa voix est rauque comme si elle avait le souffle coupé, mais je ne vois pas de blessures sur elle.

– Il n'y a rien qui va, je réponds.

De nouveau, l'ambassadrice Terra gémit et je lui touche la joue pour essayer de la réconforter. Elle me regarde, consciente de l'imminence de sa mort.

– Je voulais dire…

– Je vais bien.

Je coupe Lara, car si je commence à réfléchir à ce que je ressens, je vais m'effondrer.

L'ambassadrice Terra pousse un long soupir rauque. Puis… plus rien.

– Oh non, non, non, non !

J'applique de puissantes pressions sur son sternum, essayant de convoquer le souvenir de ma formation aux premiers secours que je n'avais encore jamais mise en pratique.

Lara me tire par la manche et crie quelque chose à mon oreille, mais je la repousse et continue mon massage cardiaque.

– Elle est morte, Kalinda, et si on ne veut pas subir le même sort, on doit partir.

– On ne peut pas juste la laisser…

– On n'a pas le choix. On ne peut plus rien pour elle. Nous devons vous mettre à l'abri.

Des explosions secouent la station, qui tremble de toutes parts et se déforme autour de nous. Je me protège la tête à deux mains lorsque des décombres s'écrasent au sol, nous manquant de peu. Lara se jette sur moi avec une telle force qu'elle me coupe le souffle. Et déjà elle se redresse et me force à me relever. Il n'y a plus de protocole qui tienne. Avec un dernier regard pour l'ambassadrice, je la laisse m'entraîner vers la porte à double battant. L'espace d'un instant, les lampes s'éteignent et la pièce se retrouve éclairée uniquement par les illuminations qui tourbillonnent dans l'heptosphère, créant un kaléidoscope coloré et déroutant. Je trébuche sur un corps immobile.

Puis l'éclairage se rallume et nous franchissons la porte. En regardant par-dessus mon épaule, je vois Arik courir vers nous.

– Princesse Kalinda ! crie-t-il à l'instant où un message vocal automatisé est diffusé par le système de communication interne de la station.

« Activation du système de décontamination. Vous avez dix secondes pour évacuer la zone 27. »

J'ignore totalement ce que cette annonce implique, mais ça n'augure rien de bon.

– Dépêche-toi ! je crie.

Il nous a presque rejointes lorsqu'une sirène se met à hurler et qu'une cloison métallique se referme brutalement entre nous, me coupant d'Arik et des autres personnes encore dans le laboratoire.

– Noon !

Je tambourine contre le métal, je ne veux pas les abandonner ! Mais de nouveau Lara m'entraîne et je n'ai pas la force de lui résister. Je n'arrive même plus à respirer.

Mes poumons me font mal. Je devine que le processus de décontamination utilise tout l'oxygène, nous laissant une atmosphère raréfiée pour respirer.

J'accepte de donner la main à Lara et cherche la sortie, paniquée. Mais merde, on est sur une station spatiale ! Où aller ?

Je ne veux pas penser à ce qui se passe à l'intérieur du laboratoire. Heureusement, nous ne sommes pas les seules à être sorties à temps. Je vois l'ambassadeur Holdren, la grande prêtresse Rain et Merrick. Autour de nous, les gens tombent à genoux. J'ai de plus en plus de mal à respirer, je sais que je ne tiendrai plus très longtemps. Il faut que je trouve le tableau de commande pour désactiver le système de décontamination, mais je ne sais pas comment faire. Il faut évacuer la station.

Si nous atteignons la baie d'amarrage, nous pouvons espérer décoller dans une navette. Je regarde autour de moi, entre les volutes de fumée grise. C'est par où ? Je n'en sais rien, mais à droite, le passage est bloqué par une porte de sécurité. J'entraîne Lara vers la gauche.

Tout à coup, une main saisit mon coude et me propulse dans le couloir. Je n'ai qu'un instant pour m'étonner qu'un inconnu me touche avant de me rendre compte qu'il m'a entraînée dans une direction que je ne voulais pas prendre.

Je fais volte-face, prête à me battre. Puis je m'immobilise quand je découvre qui a été assez téméraire pour risquer la peine de mort en posant la main sur moi.

CHAPITRE 7

IAN

La princesse regarde fixement l'endroit où ma main est en contact avec son bras nu, comme si j'avais commis une sorte de crime de lèse-majesté.

Et peut-être bien que c'est le cas.

Comment je saurais ? Pas de leçons d'étiquette au programme, là où j'ai grandi…

– Vous, lance-t-elle d'une voix sifflante, et ça ne ressemble pas à un compliment.

Je devrais la laisser se démerder. Je perds du temps alors que j'en manque déjà.

La princesse est assez grande pour se gérer. On a dû lui enseigner l'instinct de survie dès la naissance. Et je dois rejoindre la baie d'amarrage – ou ce qu'il en reste, après tout ce bordel. Si c'est l'idée que se fait Max d'une diversion, on va devoir causer.

Et cette princesse… je n'ai pas besoin d'un problème en plus. Je me dis qu'il faut que je la laisse, mais bizarrement, je ne le fais pas. Au contraire, je l'agrippe encore plus solidement.

Une mauvaise décision dans la succession des mauvaises décisions que j'ai prises aujourd'hui. Je suis censé faire profil bas. Alors qu'est-ce qui m'a pris tout à l'heure ? L'empêcher de toucher cette foutue sphère bizarre qui obsède Dr Vicelarde !

J'en sais rien, et ça n'a pas vraiment emballé Max non plus. Je sais juste que je voulais surtout pas qu'elle y touche. J'ai entendu des bruits de couloirs… il paraît que cette chose a changé des gens en chips – des prisonniers. N'empêche, j'ai pas réfléchi. Ce qui en soi n'est jamais une bonne idée, mais un jour comme aujourd'hui, c'est une très mauvaise idée.

Et me voilà de nouveau qui agis impulsivement au lieu de raisonner, merde !

J'essaie de me persuader que c'est parce qu'elle pourrait me servir d'otage, ce genre de chose, mais en vrai, j'ai pas les idées claires. Sans doute le manque d'oxygène. Ma vue se brouille sur les côtés, ce qui semble me donner raison. On aurait dû se tirer d'ici hier.

Je traîne la princesse vers la porte de sécurité, mais elle se débat et me donne des coups.

– Arrêtez donc de gigoter ! je grogne, mais quelqu'un me saute sur le dos et commence à me cogner la tête. Qu'est-ce qui te prend, toi ? Dégage !

– Ne touchez pas la princesse ! me hurle cette furie.

Ce qui prouve qu'on n'obtient jamais rien de bon en essayant d'aider les autres. Surtout une fille comme elle.

Je retiendrai ma leçon.

Je passe un bras derrière moi pour décoller cette personne de mon dos avant de la laisser retomber sur le sol. Je ne sais pas du tout qui est cette fille, mais elle me ralentit, et ça, c'est juste pas possible. Alors que sauver la princesse pourrait s'avérer être un pari gagnant par la suite, celle-ci ne m'apportera rien. Elle peut bien sombrer avec cette salle de torture volante.

Mais avant ça, je prévois d'être très loin d'ici.

Je continue à me coltiner princesse Paie-ta-Chieuse alors que mes poumons réclament leur quota d'oxygène.

Arrivé à la porte de sécurité, je la lâche pour taper le seul code de sécurité que je connaisse pour débloquer ces trucs.

Rien ne bouge. Quelle surprise…

Gage, notre technicien corrompu, a mémorisé le code de chaque porte sur cette foutue station. Maintenant que c'est la grosse merde, je regrette de ne pas l'avoir fait. Mais c'est pas avec des regrets que je vais ouvrir cette porte. Je dégaine un truc beaucoup plus efficace.

La princesse recule en me dévisageant avec ces étranges yeux argentés, comme si elle s'imaginait que j'allais la buter.

Je devrais, sans doute… Quelque chose me dit que, sans elle, fuir serait beaucoup plus facile.

Mais à la place, je dégomme le lecteur. Toujours rien.

– Merde.

Je tire de nouveau. Cette fois le lecteur prend feu, et la porte s'ouvre en coulissant gentiment.

Me tournant vers la princesse, je lui indique la porte avec le geste le plus galant de mon répertoire. D'abord, elle ne semble pas décidée à bouger. Mais quand le vaisseau commence à se dandiner au point de la faire heurter le mur, elle se précipite, suivie de près par l'autre fille.

Je les suis, et une fois la porte franchie, l'oxygène se répand dans mon corps, mes poumons se gavent.

Putain ça fait du bien.

J'inspire profondément plusieurs fois avant de regarder autour de moi pour me repérer. La princesse me lance des regards noirs, comme si je lui avais piqué son diadème préféré ou je ne sais quoi. Typique. Dire « merci », ce n'est pas le genre des Familles Dirigeantes.

– Ne me touchez pas ! me hurle-t-elle.

C'est quoi le problème ? Je lève les mains.

– Promis, je ne comptais pas le faire. (Elle commence à m'énerver.) Mais je viens de vous sauver la vie, alors un petit « merci » serait pas de trop. Sans parler…

Deux autres personnes déboulent par la porte de sécurité, vêtues toutes deux de ces grandes robes blanches qui leur donnent un air sacrément flippant. À ce rythme-là, qui sait ce qui va surgir ensuite ? Un Ancien ?

Bon, ces deux-là vont pouvoir s'occuper de la princesse maintenant. J'ai fait ma bonne action de la journée – du siècle, sûrement ! –, faut que j'y aille.

Alors que je me mets en route, une nouvelle explosion secoue le vaisseau. Les sirènes hurlent sans discontinuer dans le couloir et les haut-parleurs grésillent en s'allumant.

« Le protocole d'évacuation a été déclenché. Vous êtes priés de gagner votre terminal d'évacuation. »

– Et tous ceux dans le laboratoire ? demande la princesse. On ne peut pas les abandonner. Et s'il y avait un problème ?

– Ça vous a peut-être échappé, Princesse, mais *il y a* un problème.

– Je m'appelle Kalinda, me lance-t-elle. Ou, si vous tenez à la bienséance, Votre Altesse.

– C'est vrai que je suis très préoccupé par la bienséance, en ce moment, Princesse.

Je m'engage dans le couloir, mais, sans doute à cause du manque d'oxygène qui a dû faire vriller mon instinct de survie, je lui lance par-dessus mon épaule :

– Vous pouvez rester là et vous faire pulvériser avec le vaisseau, ou venir avec moi et essayer de foutre le camp de ce merdier.

Pourquoi j'ai dit ça ? Je n'ai pas besoin qu'elle me colle au train.

Elle examine le couloir où les deux en robe ont disparu, puis jette un coup d'œil à l'autre fille, qui a le visage blême et les yeux agrandis par la panique. Elle opine.

– Allons-y.

Elle tente de courir, mais trébuche au bout de deux pas à cause de sa jupe serrée et atterrit sur les fesses en marmonnant quelque chose à propos de limaceuses.

Je sors mon couteau de l'étui que j'ai en bas du dos – il n'est pas très réglo, mais il m'a tiré d'affaire plus d'une fois dans ma vie. Je ne m'en sépare jamais. L'expression de la princesse se fige d'une façon dérangeante et elle s'éloigne de moi en se traînant sur le sol.

Mais pourquoi je perds mon temps, encore ! Je m'apprête à lâcher l'affaire, mais une fois de plus, quelque chose me retient de la planter là.

Je lui fais donc remarquer :

– Vous pouvez pas courir avec ça.

Je vois le moment où elle comprend, car elle se remet debout et me fait un petit signe d'assentiment.

– Allez-y.

On dirait tellement un ordre que ça me tape sur les nerfs, mais je laisse pisser et m'agenouille à côté d'elle.

Son amie lâche un hoquet horrifié, mais elle aussi je l'ignore, et j'empoigne l'épais tissu brodé de brillants. C'est des vrais ou quoi ? Je m'interroge en essayant de trouver le meilleur moyen de couper cette calamité. Si c'est le cas, elle se balade avec assez de richesses sur le dos pour nourrir une bonne partie des habitants de ma planète natale pendant un mois.

Foutues Familles Dirigeantes.

Une incision sur l'avant serait le plus simple, mais ce truc est tellement long qu'elle risquerait de se vautrer quand même et de casser son cou royal. Alors je taillade sa robe juste au-dessus des genoux. Dessous, ses longues jambes sont nues et elle porte de *très* hauts talons.

Elle suit mon regard et, fronçant les sourcils, les envoie valser.

– On y va ? Ou on attend le déluge ?

– C'est parti.

Mon regard s'attarde un instant sur ses mollets nus, mais je me répète mentalement qu'ils appartiennent à une princesse, ce qui suffit à me faire détaler à fond de train.

Je les entends peiner derrière moi, mais je ne ralentis pas. J'ai déjà fait bien plus que mon devoir.

Je fonce en direction de la porte menant à la baie d'amarrage, déterminé à l'atteindre avant qu'une nouvelle catastrophe nous tombe dessus. J'y suis presque quand une déflagration parcourt tout le vaisseau, m'envoyant taper dans le mur.

– Mais bordel, il se passe quoi sur ce rafiot ? je rugis.

Je me redresse pour me précipiter vers la porte quand j'entends quelqu'un trébucher et tomber derrière moi.

Ne regarde pas. C'est pas tes affaires. Rien de tout ce merdier n'est ton problème.

C'est une vraie philosophie de vie, littéralement. Et pourtant je me retourne, à temps pour voir la princesse courir vers son amie. Mais elle n'a pas fait trois pas qu'une autre secousse nous atteint et elle s'écrase au sol. Au même instant, une cloison se referme entre elles.

– Non ! hurle la princesse en se relevant précipitamment pour bourrer le métal de coups de poing. Lara ? Lara !

– Trop tard, je lui dis. Elle est perdue.

Elle n'en tient aucun compte, suivant les contours de la porte du bout des doigts comme si elle espérait trouver un passage. C'est mort. Max et moi avons étudié les plans de toute la station : une fois que ces satanés machins sont scellés, rien ne peut les ouvrir tant que l'état d'urgence n'est pas levé. Et vu la manière dont elle fait des sauts comme une océorque mal lunée, c'est pas près d'arriver.

– On ne peut pas ouvrir, je lui explique de ma voix la plus raisonnable.

– Je ne peux pas la laisser. C'est impossible.

Elle tambourine contre la porte.

– Merde, on n'a pas le temps ! La station…

– Princesse Kalinda. (La voix vient de derrière moi et en me retournant je vois la fille en robe blanche, avec ses longues tresses blondes et son visage d'ange.) C'est trop risqué. Il y a plus de gens qui ont besoin de vous que de personnes sur cette station. Vous avez des devoirs envers le plus grand nombre, et non envers un seul individu. Il faut partir.

Je devine à l'expression de la princesse qu'elle ne veut pas écouter. Ni le conseil, ni la conseillère. Mais la gamine pose une main sur son épaule et tout le corps de la princesse semble s'affaisser.

Leurs regards se croisent et elles communiquent d'une manière que je capte pas. La princesse cligne des yeux, elle me semble sur le point de pleurer. Je tiens pas à voir ça. Mais elle redresse les épaules sans verser la moindre larme et tend le bras pour effleurer la cloison métallique du bout des doigts avant de se détourner.

Dieu merci. Je me retourne aussi et le soulagement m'enlève un poids des épaules, car je vois que Max est là, un sourcil relevé. Il me lance un sac – mon matos – et je l'attrape d'une seule main en plein vol.

Il ne dit rien, mais à sa mimique, je sais qu'il me traite de frimeur.

– *Bravo*, me dit-il à la place.

Je ne relève pas.

– *J'ai failli attendre.*

– *Eh, j'étais au rencard. C'est toi qui es en retard.*

– *Je sauvais des demoiselles en détresse.*

Il fronce les sourcils.

– *Ça, ça te ressemble pas.*

Je désigne le petit groupe de la main. En plus de la princesse et de la petite blonde, il y a un grand type en robe blanche – un Sératien, d'après son allure – qui a l'air à peu près aussi réjoui que moi.

– Je te présente la princesse Kalinda, je lui dis.

Je la vois nous observer tour à tour, remarquant nos ressemblances. Max porte le même uniforme de garde que moi, mais il n'y a pas que ça. Nous nous ressemblons, même si Max est plus petit, plus massif. Et qu'il sourit beaucoup plus que moi.

Lèche-cul.

– *Ah ben putain. Une princesse ? Rien que ça ?*

Il semble incrédule.

– *Tu l'as dit.*

Il a déjà retrouvé le sourire, et s'avance main tendue. Elle regarde la main de Max comme si elle risquait de se faire mordre, puis la serre rapidement. Tiens, lui, elle ne lui crie pas dessus quand il la touche.

– Moi c'est Max. Enchanté de faire votre connaissance, princesse Kalinda.

Il examine les deux autres en robe, puis m'interroge du regard.

– Pas la moindre idée, je réponds.

La blonde prend les devants.

– Je m'appelle Rain, dit-elle en lui tendant la main. Et voici Merrick… mon ami. (Elle se tourne alors vers moi.) Merci pour ce que vous avez fait tout à l'heure. Je crois que nous serions morts si vous n'aviez pas tiré dans la porte.

Le type en robe dit quelques mots que je ne comprends pas. Sans doute du sératien. C'est la seule planète qui a sa propre langue, sûrement parce qu'ils sont restés isolés si longtemps. Ou parce qu'ils adorent être différents : cette histoire d'Ordre sororal le prouve bien.

La fille opine avec solennité avant de se tourner vers nous.

– Merrick dit que si nous voulons partir, il faut le faire tout de suite. Cet endroit est instable.

Carrément. Je suis plus que prêt : la station fait des bonds sous nos pieds, il y a de la fumée dans l'air… Je ne sais pas combien d'explosions supplémentaires la *Caelestis* peut encaisser avant d'imploser, mais je sais que je ne veux pas être là quand ça arrivera.

Je promène mon regard autour de moi, et m'immobilise. C'est un vrai carnage dans la baie d'amarrage.

– Oh merde.

– Ouais, marmonne Max. Ça résume bien la situation.

Le hangar est dévasté, les jolies navettes rutilantes réduites à l'état d'épaves. Il ne reste rien de l'impeccable demi-cercle de vaisseaux bien garés, remplacé par une zone de guerre. Mais tout au bout, près des portes du sas, un vieux machin est encore debout, apparemment épargné.

– *Le* Réformateur, *hein ?* je demande mentalement à Max.

Il hoche la tête. Enfin une bonne nouvelle.

– *Gage ?*

– *J'en sais foutre rien. Mais il a fait son taf, il a graissé la patte des bonnes personnes. Tout ce qu'on a à faire, c'est monter à bord, et l'équipage prétendra que personne nous a vus.*

– *Bon débarras. Allons-y.*

Il regarde en direction des autres, mais avant d'avoir le temps de sortir une connerie, la princesse demande :

– Que faisons-nous, maintenant ?

– Notre navette est apparemment la seule à être intacte, dit le dénommé Merrick en désignant un véhicule à l'autre extrémité du tas d'épaves.

Il n'a pas tort, elle semble en bien meilleur état que les autres.

– Bien. Bon voyage ! je lance, parce que je ne peux carrément pas l'emmener sur le *Réformateur*.

Bizarrement, je ressens un pincement de ce que je crois être de la culpabilité. Mais je ne suis pas un habitué de cette émotion, alors c'est sans doute autre chose. Un truc que j'ai mangé ?

– Vous ne venez pas ? demande la princesse.

Et quelque chose dans sa voix me fait me retourner. Est-elle *déçue* ? Mais, regardant ostensiblement mon uniforme, elle demande :

– N'est-ce pas votre rôle d'assurer notre protection ?

Nan, pas déçue, juste arrogante comme tous les membres des Familles Dirigeantes. En voilà une qui ne va pas me manquer ! Ma culpabilité – non, mon indigestion – a sûrement été provoquée par l'air de Max… et ce que je savais qu'il allait proposer. C'est toujours lui qui a le beau rôle.

En même temps, il ne s'est pas farci les aboiements de la princesse depuis tout à l'heure.

– Plus maintenant, Princesse, j'interviens. Je crois que c'est le moment de se dire adieu.

Après lui avoir adressé un dernier sourire, je tourne les talons pour aller jusqu'au *Réformateur* en enjambant les débris de véhicules spatiaux. Max me suit de près.

– Attendez ! Vous ne pouvez pas partir comme ça. J'exige que…

Elle se tait brusquement et je jette un coup d'œil pour voir ce qui l'a interrompue. Effarée, elle regarde fixement la fameuse dernière navette. Des flammes sortent du moteur arrière.

Soudain, un craquement sinistre retentit.

– À terre ! crie quelqu'un.

La navette explose complètement. Le souffle me soulève et je pars en vol plané arrière. J'atterris sur quelque chose, la respiration coupée.

Oh putain.

CHAPITRE 8

RAIN

– Grande prêtresse ? Rain ! Dis-moi quelque chose !

La voix paniquée de Merrick me fait ouvrir les yeux. Je vois des étoiles. Est-ce que je flotte dans l'espace ? La panique me gagne à mon tour, puis je prends conscience que je respire. Mon hypothèse de l'espace est donc peu probable.

À force de cligner des yeux, les étoiles s'en vont. Et je me rends compte que je suis allongée sur le dos, le regard tourné vers le plafond incurvé de la baie d'amarrage de la *Caelestis*, à demi caché par une épaisse fumée noire. J'ai mal au nez, ma gorge me brûle et mes oreilles tintent – je suis presque certaine que je me suis cogné la tête – mais je parviens tout de même à entendre des cris au loin.

– Rain ? Tout va bien ? me demande Merrick.

C'est un peu trop demander puisque j'ai mal partout, mais... je suis encore vivante.

Je me redresse lentement en secouant la tête pour recouvrer mes esprits. Les cris deviennent plus forts et pas si lointains. J'ai tout le corps qui tremble, et mon cœur est comme un faconal enfermé essayant de sortir de ma poitrine à coups de serres.

La vie au monastère ne m'avait pas préparée à ça.

Merrick se tient au-dessus de moi, l'expression grave, me tendant une grande main calleuse. Je la saisis et il me relève.

– Et toi, ça va ? je demande, car il n'a toujours pas l'air dans son assiette.

– Bien sûr. J'étais seulement inquiet pour toi. Tu t'es évanouie.

Je lui tapote le bras pour le rassurer.

– Je crois que je me suis cogné la tête. Mais ça va. Tu n'auras pas à te présenter à Sœur Grinor pour lui annoncer que tu as failli à ta mission et qu'elle doit attendre que la prochaine grande prêtresse s'éveille.

Du moins, pas pour l'instant.

Il frémit et sa peau mate prend une teinte jaunâtre.

– N'imagine même pas cela.

Voilà : il se soucie de moi. Même s'il s'agit juste de garder la Grande Prêtresse en vie. Je sais que ce n'est pas tout à fait la même chose que de se soucier de moi, Rain, en tant que personne, mais c'est mieux que rien.

À travers la fumée, j'aperçois la princesse. Elle est en compagnie du garde qui nous a aidés – Ian – et ils semblent avoir… une discussion houleuse.

– Allons, je dis à Merrick, rejoignons les autres.

Avant qu'ils ne s'entre-tuent.

– Ne me touchez pas, j'entends la princesse ordonner sèchement alors que nous approchons d'eux.

Visiblement, ses nerfs – ainsi que sa robe – ont été mis à rude épreuve.

Ian répond d'une voix hargneuse.

– C'était pour vous aider. Encore une fois.

– Je ne vous ai rien demandé.

Elle se relève et, en nous voyant, reprend une expression neutre.

– Rain, je suis si contente de voir que vous allez bien.

– Merci, Votre Altesse.

Je souris : cette fois j'ai réussi à m'exprimer correctement ! Je glisse un coup d'œil en direction de Merrick pour voir s'il l'a remarqué. Il me regarde en secouant la tête, ce qui me fait sourire de plus belle. Nous nous côtoyons depuis assez longtemps pour que je sache ce que ce geste signifie : les grandes prêtresses sont censées s'occuper de choses moins triviales.

Mais les cris de personnes en détresse quelque part sur le vaisseau coupent court à ce petit moment d'autocongratulation. La station se disloque autour de nous et il y a de grandes chances pour qu'on y reste, tous autant que nous sommes.

Et bien que d'après les textes, mon destin veut que je sois réincarnée après ma mort, je n'ai vraiment pas envie de mourir. Surtout sur une station spatiale au milieu de nulle part.

– D'où viennent ces cris ? demande la princesse, devançant ma question.

Ian donne un coup de tête vers l'extrémité de la baie.

– De là.

– Où ça ?

Je repère un vaisseau garé tout au bout, près du sas. Il est bien plus grand que les navettes et, pour l'instant, il est encore en un seul morceau, mais couché sur le flanc. On dirait bien qu'il ne va pas décoller de sitôt.

– Il y a du monde dans ce gros vaisseau tout là-bas ? demande la princesse. Mais pourquoi ?

Il lui adresse un regard incrédule.

– C'est un vaisseau-prison. Je ne pense pas qu'ils aient choisi d'être là.

– Un vaisseau-prison, répète-t-elle lentement comme si elle réfléchissait à cette information. Mais ce n'est pas logique. Nous sommes dans un centre de recherche. Pourquoi Dr Veragelen autoriserait-elle un vaisseau-prison à atterrir ici ?

– J'imagine qu'elle se débarrasse de ses déchets, répond Ian d'une voix débordante de mépris.

– Je ne comprends même pas de quoi vous parlez.

– Elle fait venir des gens ici. Pour ses expériences. (Il parle lentement, en articulant chaque mot.) Et elle doit gérer leur évacuation quand ils ne lui sont plus utiles. Ne me dites pas que vous n'êtes pas au courant des expériences ?

Le choc se lit clairement sur le visage de la princesse. Apparemment, elle n'était pas au courant. Moi non plus. Je n'ai jamais entendu parler de quoi que ce soit de ce genre. J'interroge Merrick du regard et il secoue la tête. Mais Ian a l'air sincère, il est difficile de douter de sa parole. Si seulement mes oreilles voulaient bien cesser de tinter, j'arriverais peut-être à trouver un sens à tout ça.

Ian lève un sourcil.

– Ça vous coupe le sifflet, Princesse ?

– Arrête de l'embêter, lui dit Max en nous rejoignant. Il faut qu'on y aille.

Il a une plaie qui saigne au bras, mais il ne semble pas s'en rendre compte. Ian ne s'en émeut pas non plus.

– Je t'attendais.

Max fronce les sourcils.

– Je cherchais Gage, mais il est introuvable.

– Il a dû courir se mettre à l'abri dès le premier « boum ». Il est du genre à sauver ses fesses sans se préoccuper des autres.

Max sourit.

– Ah, je suis pas sûr. D'après ce que j'ai compris, il aime bien certaines collisions. Et les fesses des autres, aussi.

– Ferme-la, putain, le rabroue Ian en secouant la tête. Tu choques la princesse. Et l'autre, certainement.

L'autre ? Est-ce qu'il parle de moi, là ?

– Je... je ne suis pas choquée.

En fait, j'aimerais en savoir un peu plus sur les collisions que ce fameux Gage aime bien.

Ian hausse les sourcils, mais n'ajoute rien.

– On n'a pas le temps de plaisanter.

Sans un mot de plus, il prend la direction de ce qu'il a désigné comme le vaisseau-prison.

– Venez, princesse Kalinda, lui dit Max en faisant un geste qui nous inclut aussi, Merrick et moi. On ferait mieux de monter à bord.

– C'est Kali, murmure la princesse. Et qu'est-ce...

– Laisse-la, lâche Ian par-dessus son épaule. On n'a pas besoin d'elle.

– Tu n'en sais rien, rétorque Max. En guise d'assurance par exemple ?

Que veut-il dire ? Je jette un coup d'œil à Merrick, mais il s'applique à présenter une expression neutre, ce qui m'indique à coup sûr qu'il est aussi avancé que moi. Qui sont donc ces hommes ? Je commence à croire qu'ils ne sont pas tout à fait ce dont ils ont l'air. Ils semblent en savoir bien plus long que nous sur certaines choses. Est-ce que cela veut dire qu'ils poursuivent d'autres objectifs ?

Merrick me touche le bras et se penche vers moi.

– Je pense qu'il vaut mieux nous tenir à l'écart de ces gens, me dit-il en sératien. Nous trouverons un autre moyen.

J'aimerais lui donner raison – il y a vraiment quelque chose qui cloche – mais je ne pense pas qu'il y ait d'autre solution.

– Ce vaisseau va là où nous voulons aller, explique Ian à la princesse. Et c'est tout ce que vous avez besoin de savoir.

– Je ne veux pas jouer les rabat-joie, mais ce vaisseau n'ira nulle part. Regardez, il est sérieusement endommagé.

– On va le faire décoller, répond-il.

– Comment pouvez-vous en être sûr ? je demande.

Il hausse les épaules.

– Il faut bien.

Avec un sourire triste, Max se dépêche de rattraper Ian. La princesse me regarde d'un air clairement interrogateur. Mais je n'ai pas de réponse à lui donner.

Du moins pas avant que la *Caelestis* ne donne un soubresaut particulièrement violent, semblable au dernier sursaut d'une grande bête passant de vie à trépas. Sans plus tergiverser, nous leur courons après.

Nous sommes à mi-chemin lorsque les portes du vaisseau s'ouvrent, déversant un torrent de personnes en combinaisons grises. Des prisonniers ?

Sans me laisser le temps de poser la question à quelqu'un, une nouvelle explosion déchire la station, et une perte de gravité artificielle nous donne l'impression de nous élever à un mètre du sol. J'écarte les bras pour trouver l'équilibre tandis que la tonalité perçante d'une autre alarme emplit la baie d'amarrage. C'est si fort que nous restons figés, les mains plaquées sur les oreilles pour atténuer le vacarme.

Malheureusement, je sais ce qui va se produire. C'est toujours le même schéma : explosion, puis…

Avant d'avoir pu aller au bout de ma pensée, une immense cloison s'abat devant nous, bloquant l'accès au vaisseau-prison, et nous privant – pour de bon – de ce qui était sans doute notre dernière échappatoire.

– Non, non, non, non, non ! hurle Ian en se précipitant sur la porte. C'était notre seul espoir de trouver Milla ! crie-t-il.

Il donne des coups de pied dans la cloison, comme s'il pouvait l'ouvrir de cette façon. Cela ne fonctionnant pas, il sort son pistolet – qu'il semble beaucoup apprécier – et tire. Rien ne bouge et il pousse un rugissement de frustration qui n'a rien à envier au volume de l'alarme qui résonne toujours autour de nous.

Cette Milla doit être vraiment très importante pour lui.

Je regarde la princesse, qui hausse les épaules comme si c'était une contrariété mineure. Mais la panique dans son regard contredit l'assurance qu'elle affiche. Et je sais que la même peur se reflète dans mes yeux. Ian n'est peut-être pas la personne la plus digne de confiance, mais au moins il avait un plan. À présent, il perd ses moyens et nous n'avons pas le début d'une idée.

– Que faire, maintenant ? demande Merrick, comme en écho à mes pensées, d'une voix forte pour être entendu malgré la sirène et les torrents de jurons très inventifs et sonores d'Ian.

Je n'ai jamais entendu la plupart des expressions qu'il utilise et je tâche de les retenir, au cas où j'en aurais l'usage une fois de retour au monastère.

– On attend que ça passe ? suggère la princesse d'une voix peu convaincue.

Je secoue la tête.

– Je crois que nous n'avons pas le temps d'attendre, Votre Altesse.

La chaleur commence à devenir inconfortable et l'air toujours très enfumé me pique les yeux. La sueur me coule dans le dos sous le tissu épais de ma toge. Ian s'est à peu près calmé. Il converse à mi-voix avec Max, qui semble essayer de l'apaiser.

L'espace d'un instant, j'imagine un scénario différent… je me jette sur la cloison, la soulève à mains nues, libérant le passage jusqu'au vaisseau-prison et vers notre salut à tous. Merrick serait fier de moi pour une fois, princesse Kali serait si reconnaissante qu'elle me serrerait peut-être dans ses bras, Ian et Max…

– J'imagine que non, dit la princesse, interrompant ma rêverie bien plus séduisante que la réalité. Mais appelez-moi Kali, je vous en prie.

Ce n'est pas une embrassade, mais je m'en contenterai.

Alors que je fouille des yeux la baie d'amarrage, je repère une masse informe tout au fond, que le chaos semble avoir laissée intacte, mais une bâche sombre la recouvre, si bien que je ne sais pas trop de quoi il s'agit. C'est assez gros pour être un vaisseau. En tout cas, c'est plus volumineux qu'une navette.

– Et ça, c'est quoi ? je demande en montrant la forme du doigt.

Ian cesse de grommeler ses jurons le temps de voir de quoi je parle.

– Eh bien, je suppose que si on est désespérés… dit-il, les yeux plissés. Et je crois qu'on peut avouer qu'on l'est.

– Oh putain, non ! (Max semble horrifié.) Pas moyen.

– Allez, je sais que tu n'as pas de meilleure idée, rétorque Ian d'un air goguenard.

– Qu'est-ce… ? commence princesse Kalinda.

Mais déjà Ian s'éloigne. Elle tourne la tête vers moi, et cette fois, c'est moi qui hausse les épaules. Apparemment, ils savent ce que cache la bâche, mais Max ne croit pas que ce soit la solution pour nous tirer d'affaire.

Pourtant, nous n'avons plus l'embarras du choix.

Ian s'arrête devant la bâche et la tire pour faire apparaître le vaisseau le plus minable que j'aie jamais vu. Ce n'est pas comme si j'en avais vu beaucoup, mais pas besoin d'être spécialiste pour constater que c'est un tas de ferraille qui n'a pas dû voler depuis un siècle. La *Caelestis*, même après tous les dégâts qu'elle vient de subir, est en meilleure forme.

– C'est une blague ? lance Kali en regardant Ian comme s'il était une variété de limaceuse particulièrement dégoûtante.

– C'est quoi le problème ? la nargue Ian. Pas assez bien pour vous, Princesse ?

– Ce piège volant n'est assez bien pour aucun être doué de raison, répond-elle froidement. Pas étonnant que ça vous paraisse être une bonne idée.

Si on me disait une chose pareille, je serais mortifiée, mais Ian se contente de mettre sa main en coupe sur son oreille, comme s'il n'entendait pas bien. Puis il se dirige vers l'avant du vaisseau, suivi par Max.

Adressant un haussement d'épaules désolé à la princesse – apparemment c'est notre mode de communication – je leur emboîte le pas.

Le vaisseau est plus grand qu'une navette, mais plus petit que le vaisseau-prison. Environ quarante mètres de long. Son corps est triangulaire, posé sur un train d'atterrissage qui ressemble à un trépied, à environ six mètres du sol. Difficile de deviner la couleur de la coque sous la saleté. Couleur rouille, j'imagine. Il y a une porte près de la pointe du triangle. Ian s'arrête en dessous et appuie sur le bouton du train d'atterrissage qui, j'imagine, est censé faire descendre la rampe d'accès.

Il ne se passe rien.

– Étonnant, marmonne Kali derrière moi.

On dirait néanmoins qu'elle a décidé que le piège volant méritait d'être examiné.

Ian ignore sa remarque et appuie de nouveau sur le bouton. Sans surprise, il n'obtient rien de plus. Si ce n'est que la *Caelestis* choisit ce moment pour s'incliner dramatiquement dans un grognement déchirant.

– Il faudrait peut-être réévaluer la situation, commente Max.

– Il n'y a rien à réévaluer. On n'a plus d'autre solution. (Ian glisse un regard vers moi.) C'est le bon moment pour prier.

Malheureusement, notre religion ne fonctionne pas comme ça. Ce qui doit arriver arrive, selon la volonté de la Lumière. Chaque année, le monastère accueille des pèlerins venus de tout le système, qui supplient les prêtresses – surtout la grande prêtresse – de prier pour que la Lumière intercède en leur faveur, mais ils sont mal informés, je ne peux pas changer le monde. Je suis juste là pour le sauver quand la Lumière montrera le chemin.

Mais je n'ai pas besoin de m'engager dans une explication compliquée, car à cet instant un homme sort la tête du sommet du vaisseau. Il porte une blouse de laboratoire noire, donc il doit travailler pour la Corporation. Il a une chevelure d'un noir soyeux avec une mèche mauve, la peau blafarde et des yeux marron et étroits. J'adore ses cheveux. J'espère que rien dans le Livre de la Lumière Mourante n'interdit aux grandes prêtresses d'avoir les cheveux mauves, car je crois que ce sera ma prochaine décision en matière de mode.

– Gage, lui crie Ian. Voilà où t'étais planqué, mon salaud ! Laisse-nous entrer.

Gage se penche par-dessus bord en grimaçant et lui crie quelque chose d'inintelligible. Ian lui fait signe qu'il n'a pas compris et le nouveau venu répète en vain. Pour finir, il lève les yeux au ciel et dresse un doigt avant de disparaître. Quelques secondes plus tard, une échelle descend sur le côté du vaisseau.

– Une foutue échelle ? grommelle Kali en secouant la tête, incrédule. De mieux en mieux.

Je suis plutôt d'accord, mais je n'ai pas le cran de le dire. D'autant plus que ce dispositif primitif ne semble poser aucun problème à Ian. Il a déjà gravi la moitié des barreaux et Max le suit de près.

Je m'approche, mais Merrick pose une main sur mon bras.

– Je ne pense pas que ce soit une bonne idée. Nous serons plus en sécurité en restant sur la station. Ils sont sans doute en train de régler le problème en ce moment même.

– C'est vrai qu'il s'agit de la station spatiale la plus sophistiquée qui existe, ajoute Kali.

Malgré son visage serein, elle semble hésitante.

– Le plus important est que tu puisses rentrer saine et sauve, me rappelle Merrick.

Je m'imagine de retour au monastère et j'attends que des émotions agréables emplissent mon esprit. C'est le choix raisonnable, le *bon* choix. Mais à cette idée, je ne ressens aucune joie. Au contraire, le seul fait d'y penser me donne l'impression qu'un narthompalus adulte s'est assis sur ma poitrine, et pèse de plus en plus lourd, si bien que je n'arrive plus à respirer.

Je contemple cette échelle qui mène je ne sais où, en compagnie de gens qui ne sont pas des saints, d'après ce que j'ai vu. Pourtant, mon sentiment d'oppression s'allège. Et c'est suffisant pour que je sache ce que je vais faire. Quand la station émet encore un gémissement particulièrement fort, je le prends pour un message personnel.

– On n'est pas en sécurité, ici, je dis. Je crois qu'on devrait partir. Tout de suite.

Sans attendre que Merrick me sorte un nouveau raisonnement parfaitement logique pour rester là, j'attrape le premier barreau et commence à grimper, sans un regard en arrière. C'est peut-être le mauvais choix, mais mon ressenti est sûrement la manière dont la Lumière me guide. Et puis, est-ce si mal de vouloir être libre encore un petit peu ?

Juste un moment, et ensuite je rentrerai et ferai mon devoir, sans me plaindre.

Je le jure.

CHAPITRE 9

KALINDA

Je me trompe, ou ma première mission officielle se passe vraiment, vraiment bien ?

Certes, je m'apprête à renier toutes les règles qu'on m'a inculquées, car non seulement je ne suis pas calme, mais vu l'expression de Merrick, j'ai aussi échoué à donner le change. Évidemment, c'est sans doute parce que je suis en pleine panique. Mais tout va bien, hein ? Juste un jour comme les autres. Tout est sous contrôle. Ma chère petite maman serait fière de moi.

Comme pour étayer mes pensées, la *Caelestis* émet un autre grognement bruyant qui fait trembler toute sa carcasse et me donne des frissons dans le dos. Parce que les stations spatiales ultra sophistiquées font toujours ces bruits-là, lorsque tout fonctionne comme il faut. Bien sûr.

Il ne reste que Merrick et moi, debout dans la baie d'amarrage, regardant les bottes de Rain disparaître en haut de l'échelle. Je ne suis pas certaine que rester sur la station soit la solution, mais je ne suis pas prête à monter dans ce tas de boulons mal vissés qui se tient devant nous.

Il doit sûrement y avoir une autre option. Je ne l'ai juste pas encore trouvée.

Alors que Rain disparaît au-dessus du vaisseau, la station tremble violemment et mon cœur fait un bond dans ma gorge avant de plonger jusque dans mon estomac. C'est le signal pour Merrick de passer à l'action, car il grimpe soudain à toute vitesse en haut de l'échelle, comme si sa vie en dépendait.

Me voilà donc seule au sol tandis qu'il disparaît à son tour. Je me demande ce que je dois faire maintenant.

Je n'ai pas envie de monter à bord de ce débris de l'espace délabré. Vraiment pas.

Puis les sirènes d'alarme se taisent. Et même si j'ai envie d'y voir un bon signe, je soupçonne que c'est parce que les systèmes d'urgence sont tombés en panne. Tout autour de moi, la station tremble et craque, et le bon sens, que j'ai repoussé de toutes mes forces jusqu'ici, me dit que ce n'est qu'une question de temps – un temps très court – avant qu'elle ne se disloque complètement.

J'ai le choix entre une catastrophe et un naufrage volant. Aucune de ces perspectives ne semble idéale.

Mais rester plantée là ne m'apportera rien, sinon la mort, alors je prends la seule décision qui me reste.

J'empoigne l'échelle.

Elle mène au sommet du vaisseau, près d'une écoutille ouverte. Je ne distingue rien à l'intérieur. Après un dernier regard au chaos qui règne alentour, je me glisse dedans.

Une fois que mes pieds nus touchent le sol en métal, je regarde autour de moi pour essayer de trouver mes repères. Je crois que je suis dans ce qui était considéré comme un sas il y a environ mille ans. Il y a une porte ouverte sur ma gauche, alors je me dirige vers là. Je ne vois personne, mais j'entends des voix. En me dirigeant vers elles, je me retrouve dans ce qui doit être la passerelle de pilotage, à l'avant de l'engin. C'est un espace triangulaire d'environ vingt mètres de long. Il y a un siège tout devant, trois autres de chaque côté, et un plus gros au milieu de la pièce, doté d'un assortiment de boutons très impressionnants sur les accoudoirs.

Ce dernier m'attire tout spécialement.

Les écrans de contrôle occupent toute la longueur des parois latérales, mais ils sont couverts d'une sorte de protection pour l'instant. Sans doute parce que ce machin est en cale sèche depuis *des lustres*.

La bonne surprise, c'est que l'intérieur du vaisseau semble en bien meilleure condition que l'extérieur, comme s'il avait été protégé des aléas de l'espace. Mais toute la disposition m'est étrangère, comme s'il s'agissait d'un modèle obsolète, différent de tout ce que j'ai vu jusqu'ici.

Rain, Merrick et Max se tiennent du côté droit, près du rang de sièges. Ian tripote un panneau de contrôle au fond, tandis que le type à la mèche violette – il semble avoir mon âge et porte une blouse de laboratoire, donc il travaille certainement sur la *Caelestis* – se penche vers lui, armé d'un tournevis et d'une immense clé à molette.

– J'te dis qu'il fonctionne pas. Tu peux appuyer sur tous les boutons, dans n'importe quel ordre, ce vaisseau ne va pas s'activer par magie. J'essaie de le réparer depuis que je me suis réfugié ici et ça donne rien.

– Ouais, Gage, mais peut-être bien que t'es pas aussi futé qu'on le dit, lui rétorque Ian en s'accroupissant pour regarder sous la console, comme s'il allait trouver *le* bouton qui avait échappé à son collègue.

– Je suis un crack de la technologie, réplique Gage avec un air supérieur. Et tu le sais, sinon vous me demanderiez pas sans arrêt d'arranger des trucs. Pas vrai, Max ?

Avec un petit sourire, il regarde par-dessus son épaule, et s'immobilise en me voyant. Il laisse échapper un hoquet et s'incline *manu militari*. Il fait une profonde révérence, si bien que ses cheveux glissent sur le côté, révélant le signe *CT* tatoué sur sa nuque – il fait bien partie de la Corporation – et une longue boucle d'oreille en rondolinite. Puis il relève la tête avec un sourire narquois.

– Votre Très Royale Altesse. Je suis un grand fan.

C'est la première fois qu'on me dit ça comme ça, mais après une journée pareille, je ne fais pas la fine bouche.

– Si vous arrivez à faire voler ce truc, ce sera réciproque.

L'air mécontent, Ian lance à Gage :

– Si tu veux bien arrêter de lécher le cul de la princesse, je veux bien que tu me donnes un coup de main.

– Je t'ai déjà dit : il n'y a rien à faire. Ce vaisseau ne vole plus.

Mais il finit par se redresser et se penche à nouveau sur le tableau de contrôle sous la console.

– Sors de là, veux-tu ? Tu risques d'aggraver les choses.

Je commence déjà à l'apprécier.

– Je peux être utile ? je demande.

Ian tape plusieurs fois du poing sur le panneau avant de sortir de sous la console si brusquement qu'il manque de se faire décapiter.

– Non ! On a surtout pas besoin que vous mettiez votre nez là-dedans.

– Pourquoi ? Parce que vous, jusqu'ici vous vous en sortez *tellement bien* ? je lui demande d'un air supérieur.

– Vous voulez bien vous asseoir pendant que je tente encore une fois ? demande Gage. Ça va pas marcher, mais bon...

– Comme je dis toujours, c'est ton optimisme qui fait ton charme, lance Max depuis son siège contre le mur.

Je suis trop stressée pour m'asseoir. Le vaisseau nous coupe du chaos environnant, mais je ne peux pas m'empêcher de me demander ce qui se passe et de combien de temps nous disposons avant que tout s'écroule. Je ne veux pas mourir, ni qu'aucun de mes sujets ne connaisse un sort funeste.

Mais je crains terriblement qu'il soit déjà trop tard. Qu'est-il arrivé à Vance, Arik, Lara ? Et le Dr Veragelen ? Sont-ils encore en vie ? Est-ce que je les condamne à mort en les laissant ici ?

Et l'heptosphère ? Va-t-elle survivre à la destruction certaine de la *Caelestis* ? Dans le cas contraire, quelles seront les conséquences pour notre système ? Elle était notre dernier espoir...

Cela me pousse à envisager l'hypothèse d'un sabotage. Les rebelles, peut-être ? Ils détestent les Familles Dirigeantes, nous reprochent tout ce qui ne va pas dans le système. Mais détruire la *Caelestis* leur serait aussi dommageable qu'à nous. Ça n'a aucun sens.

Et pour l'instant, je ne peux rien y faire, alors j'essaie de chasser ces pensées. Certains diraient que j'imagine des problèmes, mais une vie au milieu des intrigues de palais m'a appris à me fier à mes intuitions... et non aux gens qui semblent poursuivre leurs propres intérêts. Ian et Max ne se comportent pas comme de vrais agents de sécurité. Je suis bien placée pour le savoir : j'en suis entourée depuis ma naissance. Et j'ai beau apprécier Rain, bien qu'elle fasse partie de ces illuminés de l'Ordre, il est évident qu'elle n'a reçu aucune formation pour être ambassadrice… ce qui signifie qu'elle est là pour d'autres raisons. Même chose pour son garde du corps. Gage est peut-être bien le seul personnage authentique du lot. Il a l'air d'être un bon gars. Mais ça pourrait aussi être simplement l'impression qu'il veut me donner…

Pour l'instant, il s'active sous la console en plaisantant avec Max tandis qu'Ian fait les cent pas en jurant à voix basse. Rain et Merrick, sagement assis, échangent des propos en sératien.

Je n'arrive pas à rester en place. Je me dirige vers la console, plutôt poussée par la curiosité que convaincue de pouvoir aider. Je devine que ce vaisseau est vieux – décrépit même – et cela pique l'intérêt de la mordue d'histoire que je suis. Au moins ça me distrait de la perspective de ma mort imminente.

Est-ce que j'aurai mal ?

Ne pense pas à ça.

J'examine la console. C'est une surface noire uniformément lisse, à l'exception de ce qui ressemble à un lecteur biométrique, tout en haut. Alors que je me penche pour mieux voir, une explosion retentit à l'extérieur. Je me retourne si vite que je perds l'équilibre et tombe sur la console.

Une femme apparaît soudain à la porte, restée ouverte. De taille moyenne, elle doit avoir quelques années de plus que moi ; elle a le teint olivâtre et une chevelure noire bouclée. La peau autour de ses yeux est d'une carnation plus foncée et j'y reconnais la caractéristique d'une native du désert de Permuna.

Elle a une cicatrice le long du cou, un serpent noir tatoué sur le bras et je suis presque sûre que c'est du sang qui tache le devant de sa combinaison grise déchirée. À la vue de son visage, je me raidis et m'immobilise. Elle me regarde de ses yeux jaunes inexpressifs et j'y perçois quelque chose d'obscur et tordu.

Puis elle bat des paupières et c'est fini.

– Merde alors ! Je *suis* un génie !

Les cris enthousiastes de Gage dissipent la tension qui s'était installée, et il ressort de sous le panneau de contrôle. Je reporte mon attention sur l'avant du vaisseau et constate qu'il a raison. La console est allumée.

– C'est toi qui as fait ça ? demande Ian, pas convaincu.

C'est sans doute la première fois qu'on est sur la même longueur d'onde, lui et moi.

– Ouais ! affirme Gage avec un grand sourire qui se transforme en froncement de sourcils. Je sais pas du tout comment j'ai fait, mais ça s'allume. Après, savoir si on peut décoller, c'est une autre affaire.

– Je peux piloter, intervient la femme sortie de nulle part.

– T'es qui, toi ? demande Ian, de plus en plus soupçonneux.

Et voilà un deuxième point commun entre lui et moi.

La femme cligne des yeux plusieurs fois, comme si elle n'était pas sûre de la réponse.

– Beckett, dit-elle enfin, mais elle semble hésitante.

Je me dis que c'est parce qu'elle s'est cogné la tête, mais mes tripes me hurlent de ne pas lui faire confiance.

– Comment êtes-vous entrée ici ? je demande, car son nom ne nous livre aucune information. Je croyais que nous étions isolés du reste de la station.

Son regard revient sur moi et elle fronce les sourcils.

– J'étais dans l'autre vaisseau.

– L'autre…

Je m'interromps en comprenant de quoi elle parle. Elle vient du *Réformateur*, le vaisseau-prison, selon Ian. Je n'avais pas remarqué que des prisonniers avaient réussi à passer de notre côté avant que la cloison s'abaisse.

C'est peut-être une pirate. Une meurtrière. Ou tout autre type de hors-la-loi qui ne devrait pas évoluer librement dans le système. Mais ça n'a plus vraiment d'importance dans notre situation. Nous n'allons quand même pas l'abandonner sur une station spatiale qui peut se disloquer à n'importe quel moment.

Et ça doit être encore une de ces occasions où Ian et moi tombons d'accord, car au lieu de perdre davantage de temps avec des questions inutiles, il balance :

– Alors installe-toi, tu pourras être ma copilote.

Puis il se tourne vers moi :

– Vous comptez rester plantée là toute la soirée, Princesse, ou vous allez boucler votre ceinture ?

– Oh, je vais m'attacher solidement, oui, il le faut bien si vos compétences de pilote sont à l'image de vos dons d'ingénieur.

Je vise le gros fauteuil au milieu de la pièce, mais Ian me coupe l'herbe sous le pied et je suis trop épuisée pour me battre pour ce que ma mère appellerait « mes privilèges royaux ». Faute de mieux, je me laisse tomber sur le siège le plus proche, à côté de Max.

Attacher sa ceinture n'est pas aussi simple qu'il y paraît. Le système est si vétuste qu'il me faut quelques minutes pour comprendre son fonctionnement. Mais tous les autres rencontrent cette difficulté, ce qui me rassure. Et je me fais la réflexion que si les commandes sont aussi archaïques, nous allons rencontrer problème sur problème.

– Par pitié, dites-moi que vous savez piloter ce machin ? je demande, et même moi je trouve ma voix un peu désespérée.

– Pas la moindre idée, répond-il.

À cet instant, une explosion retentit dans la baie d'amarrage, faisant osciller toute la station, et Ian saisit les commandes.

– Mais je vais prendre un cours accéléré ! (Il m'adresse un sourire.) Alors, on s'amuse, Princesse ?

– Vous pensez bien. Tellement !

Ian donne une grande tape au panneau de contrôle, et rien ne se produit. Un nouveau choc se répercute dans la *Caelestis*.

Ne vomis pas, ne vomis pas. Putain, ne vomis pas !

Il donne des coups de poing, encore et encore. Je me cramponne à mes accoudoirs et serre de toutes mes forces. Ces coups devaient être exactement ce dont le vaisseau avait besoin, car il connaît un petit soubresaut et la console s'illumine de toutes les couleurs. Les plaques de protection couvrant les écrans se lèvent, nous montrant le spectacle de chaos qui se déroule dans la baie d'amarrage de la Station spatiale impériale *Caelestis*, le joyau de l'Empire en piteux état et bientôt complètement détruit.

Notre vaisseau commence à s'élever au-dessus du sol. Je m'accroche encore plus fermement. À côté de moi, Max sourit.

– Il sait ce qu'il fait, me rassure-t-il.

Puis nous nous mettons en route, slalomant entre les décombres.

– Eh, tu gères, Ian, le félicite Max quelques secondes plus tard.

– En fait, je fais que dalle. (Il semble éberlué.) Je crois que j'ai dû enclencher le pilote automatique. Il fait tout ça tout seul.

Je ne sais pas trop si c'est une bonne chose, mais de toute façon il ne reste plus qu'à retenir son souffle et prier : nous nous dirigeons vers le sas fermé.

Cela n'arrête pas Ian, ni le pilote automatique qui contrôle soi-disant le vaisseau. En fait, il continue de prendre de la vitesse, alors que nous fonçons droit sur une porte constituée du métal le plus dur et le plus résistant du système Senestris.

Apparemment, nous allons tester ses capacités dans très peu de temps.

La peur me liquéfie les entrailles, et pour ne pas hurler, je me mords les lèvres jusqu'au sang. Règle numéro un des princesses ? Ne jamais hurler lors d'un crash de vaisseau spatial. À la place, il suffit de mourir dignement.

Malheureusement, je me sens tout sauf digne, là.

À côté de moi, Max grommelle des jurons. Rain pousse des glapissements étouffés. Merrick a l'air malade. Gage se cache les yeux avec les mains. Et Beckett se met à rire, d'un ton haut perché et fou qui me donne la chair de poule. Quant à Ian, il regarde droit devant lui, le visage grave et la mâchoire serrée, comme si sa détermination allait suffire à ouvrir le sas.

Et… soit ça fonctionne, soit c'est autre chose, mais à la dernière seconde, les portes coulissent miraculeusement et nous franchissons le sas sans encombre.

J'ai le temps de ressentir un bref soulagement, puis les portes se referment derrière nous et nous restons dans le noir total.

– Allez, sale fils de varnouk, grogne Gage. Sésame, ouvre-toi.

De longues secondes passent dans l'obscurité, je retiens mon souffle… et enfin les portes donnant sur le vide s'ouvrent et la lumière de milliers d'étoiles troue la nuit.

Nous restons suspendus un instant, puis le vaisseau file dans l'immensité spatiale, abandonnant la coque embrasée de la *Caelestis* à son destin.

CHAPITRE 10

KALINDA

Ma mère me dit toujours : « Pour obtenir ce que tu veux, garde le sourire jusqu'à ce que sourire ne soit plus de mise ». Alors que nous traversons l'espace sans la moindre idée de notre destination, j'aimerais me dire que j'ai atteint ce moment où je peux légitimement cesser de sourire. Mais je crois que ce n'est pas comme ça que ça marche. Ma mère m'a appris que sourire n'a rien à voir avec le fait d'être heureux. C'est un moyen d'orienter les autres vers une certaine réaction. Et c'est exactement la même chose avec le choix de ne pas sourire.

Elle m'a fait travailler mon sourire royal dans le miroir (ainsi que mon expression blasée) depuis mes quatre ans. Vers dix ans, ça m'est devenu naturel. Elle me disait que ça consolidait ma carapace, parce que nous devons être fortes, pour le bien du système.

Mais là, ça ne m'est plus du tout naturel.

J'essaie de sourire, vraiment, mais ma lèvre inférieure ne veut plus s'arrêter de trembler. Je la fais tenir en place avec les dents et cligne des paupières pour chasser un picotement suspect au niveau de mes yeux. Si les émotions me sont interdites, les larmes constituent une humiliation pire que la mort.

Dans l'écran montrant l'arrière du vaisseau, je vois la *Caelestis* imploser. Son carénage bien lisse s'enfonce vers l'intérieur, toutes les stations spatiales impériales étant conçues pour se comporter ainsi en cas d'accident critique, afin de ne pas polluer le système de décombres mortels. Je fais mon possible pour ne pas laisser mon imagination deviner ce qu'il advient de Lara, Arik, Vance et tous les autres restés à bord. Ils ont peut-être réussi à s'échapper après nous… Je sais que c'est seulement mon souhait – ce que ma mère désigne comme une technique pour fuir le réel, à éviter absolument. Nous avons la responsabilité de chercher plutôt à anticiper.

J'imagine que ça n'a pas d'importance que Lara et les autres soient morts dans la station, c'est peut-être même une bénédiction, car nous allons probablement périr brûlés dans un avenir plus ou moins proche. La *Caelestis* était notre seul espoir de survie. À présent, il est en cendres.

Et moi ? J'espérais tellement pouvoir enfin me montrer utile. Faire de bonnes choses.

Ha ha.

Les courtisans de l'Impératrice vont sûrement dire « Nous vous l'avions bien dit » dès qu'ils sauront ce qu'il s'est passé. Et ils trouveront sûrement aussi le moyen de me faire porter le chapeau pour ce désastre.

Je les entends d'ici glisser à l'oreille de ma mère que c'est moi qui ai fait exploser la *Caelestis*, par incompétence. Pis encore : par dépit.

Je n'ai jamais été très populaire auprès du Conseil, ni auprès des hautes sphères des Familles Dirigeantes. Et ce n'est pas seulement parce qu'ils espèrent prendre la place de ma famille dans la hiérarchie du pouvoir. La plupart d'entre eux se sont opposés au mariage de ma mère avec mon père, parce qu'il n'était pas des leurs. C'était un prêtre originaire de Serati – il faisait partie d'une délégation en visite sur Askkandia – quand il a rencontré ma mère et qu'il est tombé amoureux. Il me racontait cette histoire quand je n'arrivais pas à dormir, et j'adorais l'écouter.

Bien sûr, je n'ai compris que bien plus tard que ces sentiments n'étaient pas réciproques, et que ma mère avait dissimulé le mépris qu'il lui inspirait pendant toutes les années où elle avait eu besoin de lui. Et pas une seconde de plus. Elle a souri, jusqu'à ce qu'il ne soit plus temps de sourire… mon père et moi en avons fait les frais.

La plupart des gens de sa cour pensent que j'ai du sang impur parce que mon père n'était pas issu d'Askkandia, ni même d'une Famille Dirigeante. Je m'en fiche. Je n'échangerais son sang pour rien au monde.

Un abîme de tristesse s'ouvre en moi – comme chaque jour depuis son décès – mais je n'en tiens pas compte... comme chaque jour depuis son décès. Il est temps de faire le point et de décider de la direction à prendre, au sens propre comme au sens figuré. Si j'avais voulu errer sans but dans l'espace, j'aurais pu enfiler une combinaison spatiale et sauter de la *Caelestis* en comptant sur ma bonne étoile.

Je tire sur un fil qui pendouille du tissu déchiré de ma robe impériale. Elle est coupée juste au-dessus du genou, ce qui dévoile mes jambes comme jamais auparavant. Ainsi que mes pieds nus. Et sales. J'ai perdu ma cape au cours de ma fuite entre le laboratoire et la baie d'amarrage. Elle ne me manquera pas. Bon débarras le *fashion faux pas* ! Mais si Lara me voyait, elle piquerait une crise. Tous ses efforts réduits à néant...

En pensant à elle, je sens que ma lèvre inférieure tremble de plus belle. Alors je repousse cette pensée, je bannis Lara de mon esprit et serre les lèvres à me faire mal. Que dirait ma mère ?

Un jour, je serai capable de penser à Lara, quand je pourrai faire quelque chose de positif du souvenir que j'ai d'elle. Mais pas pour l'instant.

Et ce jour pourrait bien ne jamais arriver, étant donné que je suis piégée dans une épave spatiale qui va probablement se désintégrer dans très peu de temps, nous laissant flotter dans l'espace pour l'éternité. Et vu mes fréquentations du moment, la suite des événements est ouverte à tous les paris. Surtout que chaque individu dans ce groupe semble se soucier uniquement de lui-même – à part Ian, peut-être, qui veut protéger une certaine Milla.

Il était prêt à monter à bord de cette boîte de conserve sans réfléchir pour avoir une chance de la sauver. J'aimerais dire que c'est tout à son honneur, mais en vérité, son impulsivité le rend encore plus dangereux.

Je sens que quelqu'un m'observe. En levant la tête, je découvre Beckett, la prisonnière évadée du *Réformateur.* Avachie sur la console, elle a de nouveau cette lueur dans le regard… Je n'arrive pas à déceler sa signification, mais je suis sûre qu'elle ne me veut pas du bien. Quand elle remarque que je l'observe, sa bouche se tord en un petit sourire et elle agite les doigts dans ma direction. Ce geste me procure un profond sentiment de malaise.

Je me dis que c'est à cause de ce qu'elle a fait pour gagner sa place sur ce vaisseau-prison. Elle peut très bien être une massacreuse de pichons, de kanadous et de bébés varlans, et mériter son sort.

Ou peut-être a-t-elle été introduite sur la *Caelestis* pour la saboter. Elle pourrait même faire partie de la Rébellion. Je serre les dents à cette idée : je déteste les rebelles et tout ce qu'ils représentent. Ils ont tué mon père. Ils l'ont fait exploser en mille morceaux, si bien qu'il n'y a même pas eu de corps à enterrer.

Mais quand je regarde de nouveau Beckett, elle a les deux mains qui pendent le long du corps, agitées de tremblements. Elles portent les mêmes taches qu'elle a autour des yeux. Comme si elle avait senti mon regard, elle serre le poing gauche. La tache disparaît, mais pas le tremblement.

Je me remémore le commentaire d'Ian sur les expériences menées à bord de la *Caelestis*. Elles sont forcément illégales : ma mère est une politicienne froide et implacable, mais jamais elle ne tolérerait qu'on fasse des expériences sur ses citoyens.

Le Dr Veragelen a très bien pu prendre des décisions toute seule. Et les cicatrices qu'elle a faites à Beckett ne sont pas forcément seulement inscrites dans sa chair. Elle a dû abîmer aussi son esprit. Je ne peux donc pas supposer que Beckett est une mauvaise personne entretenant des pensées horribles à mon sujet. Elle est peut-être simplement… brisée. Si c'est le cas, il faut au moins que j'essaie de me montrer aimable avec elle.

Je lui souris alors, tout en cherchant quelque chose à dire. Mais elle me renvoie un mépris total, avant de me tourner délibérément le dos. Je sens la colère monter en moi, puis je remarque ce qui est écrit dans le dos de sa combinaison : *Prisonnier 826*.

Son mépris est peut-être justifié.

Je porte mon regard vers Max qui vient de se lever de son siège. Il est toujours en uniforme de garde, mais je confirme ma première impression : Ian et lui ne sont pas de vrais gardes. Maintenant que j'ai les idées plus claires, je devine qu'ils étaient à bord de la *Caelestis* uniquement pour trouver la trace de cette fameuse Milla.

Je me demande même s'ils ont provoqué l'explosion de la station pour dissimuler leur évasion sur le vaisseau-prison. Si c'est le cas, ils se sont plantés, puisque le *Réformateur* a été détruit au passage… ce qui voudrait dire qu'ils sont incompétents, en plus d'être de dangereux menteurs armés. Mais lorsque Max lève la tête et m'adresse un clin d'œil espiègle, je trouve vraiment difficile de le considérer ainsi. Je dois même me retenir de lui rendre la pareille.

Gage, qui lui aussi a quitté son siège, tripote un panneau de contrôle au fond. De tous les passagers sur ce vaisseau, il semble le plus agréable et le moins compliqué. Mais si j'ai bien compris, il travaille pour Max et Ian depuis le début, donc il ne doit pas être aussi transparent qu'il en a l'air.

De l'autre côté de la passerelle, Rain et Merrick sont en conciliabule. J'aime beaucoup Rain, mais j'ai des doutes concernant Merrick, bien qu'il me rappelle mon père. Il a juré allégeance à l'Ordre sororal, mais il se déplace comme un guerrier, et semble un peu plus âgé que nous. Il doit avoir dans les vingt-cinq ans.

Rain et lui sont les représentants officiels de l'Ordre, et leur but – adorer l'Astre Mourant et même hâter sa fin – sera donc toujours en opposition avec ce que nous voulons tous : préserver le soleil par tous les moyens. Dans ces conditions, pouvons-nous leur faire confiance ? Rain est l'ambassadrice la plus incongrue que j'aie jamais rencontrée – et je connais bien les politiciens. Est-ce que l'Ordre aurait appris l'existence de l'heptosphère et décidé de la détruire ? Ses délégués ont failli mourir dans l'explosion, mais le martyre est quelque chose qui se pratique dans les organisations religieuses.

Et enfin, il y a Ian. J'ai gardé le pire, le plus odieux, pour la fin. En ce moment, son grand corps élancé est affalé dans le fauteuil de capitaine, même s'il a cessé de faire semblant de piloter ce tas de ferraille. Il a les yeux mi-clos et son visage séduisant affiche une expression maussade. Je me demande à quoi il pense. À Milla ? À son plan qui s'est catastrophiquement cassé la figure ? Se sent-il responsable de ce qui est arrivé à la *Caelestis* et de la situation critique dans laquelle nous sommes ?

Je ne dois pas oublier qu'il m'a bel et bien sauvé la vie. Je crois que je me serais évanouie s'il ne m'avait pas sortie de la zone de décontamination à temps. Mais il avait sûrement une idée derrière la tête. Il devait songer à comment s'en sortir, et à m'utiliser comme otage.

En fait, chaque passager sur ce vaisseau pouvait avoir une raison de faire sauter la *Caelestis*. Je dois garder la tête froide et trouver un moyen de mettre les innocents en sûreté. Et je suis la seule à avoir un plan pour le faire.

Je les regarde les uns après les autres et décide qu'il est temps de leur faire part de mon plan. Et grand temps de leur montrer quelle brillante dirigeante je peux être. Car si le responsable de la destruction de la *Caelestis* est à bord, je ne vais pas laisser cette personne s'en sortir si facilement.

CHAPITRE 11

IAN

Je sens que la princesse m'observe de nouveau, mais je ne me donne pas la peine de lui rendre son regard. Elle est une source de problèmes, et j'en ai déjà ma dose en ce moment.

Bon, on a échappé à ce brasier en perdition qu'est devenue la *Caelestis*, mais le *Réformateur* aussi est parti en fumée, et avec lui notre meilleure chance – et sans doute la dernière – de trouver Milla.

Mes poings se serrent d'eux-mêmes. Je dois faire un effort pour déplier les doigts un à un. Pas simple quand t'as envie de cogner. On y était presque, putain, à un cheveu ! Mais ça, c'était avant que la princesse se pointe. Après, tout est parti en couilles.

C'est sans doute injuste de la tenir responsable de ce désastre, mais je m'en tape. Ces explosions, ça peut pas être un accident. Au mieux c'est un sabotage, mais ça pourrait bien être une tentative de meurtre. Il y avait un tas de diplomates sur la *Caelestis*, mais quelque chose me dit que c'est logiquement la jolie princesse qui était visée.

Et ayant passé moi-même près d'une heure avec elle, je ne peux pas en vouloir à celui qui a essayé de la foutre en l'air. Mais j'aurais carrément apprécié qu'il fasse ça une fois qu'on se serait arrachés à bord de ce vaisseau-prison, Max et moi. Si ça s'était passé comme ça, on aurait déjà parcouru la moitié du chemin pour rejoindre Milla, au lieu de naviguer sur un vaisseau pourri vers on ne sait où, en espérant échapper à la mort.

C'est un merdier total, et je suis bien content de pouvoir attribuer à la princesse la responsabilité de ce fiasco.

Et ça, c'était avant qu'elle se lève en tapant dans ses mains. Sans surprise, personne ne lui prête la moindre attention, à part moi. Mais je ne vais pas lui accorder cette satisfaction de lui laisser savoir que je la regarde. N'empêche, je tourne légèrement la tête pour surveiller son petit manège derrière mes paupières mi-closes. Et je dois admettre qu'au moins au niveau du look, elle se démarque des ambassadeurs sur leur trente-et-un qui ont débarqué sur la *Caelestis* il y a quelques heures.

Elle est plutôt débraillée, je ne peux pas le dire autrement, avec sa robe découpée et ses pieds nus. Des mèches de ses cheveux roux foncé se sont échappées de la coiffure compliquée qu'elle avait à son arrivée, son maquillage s'est estompé depuis longtemps, et elle a une trace de saleté sur la joue gauche qui serait ridicule sur n'importe qui d'autre.

Étrangement, malgré ce désordre, elle garde un port de princesse. Elle pourrait être en guenilles qu'elle dégagerait toujours cette assurance innée : comme s'il lui suffisait d'ouvrir sa petite bouche parfaite pour que tout le monde tombe à genoux et obéisse à ses ordres.

C'est ça, oui !

Mais ça va être drôle à regarder.

Une légère grimace de contrariété passe effectivement sur son visage quand elle constate que personne ne tourne la tête vers elle, mais elle se ressaisit vite et adopte un grand sourire qui ressemble à un masque. Et immédiatement, je deviens ultra méfiant. Selon mon expérience, les gens qui savent masquer leurs émotions comme ça ont plein de choses à cacher, et que du mauvais. En plus, c'est carrément effrayant.

– Excusez-moi, lance-t-elle avec son accent de la haute. Puis-je avoir l'attention de tout le monde un instant ?

Réactions toujours au minimum.

Max et Gage discutent – ils parlent à voix basse et je n'écoute pas ce qu'ils disent, mais vu la tête de Max, il s'agit de Milla. Je comprends qu'il s'inquiète – moi-même je deviens dingue à force de m'arracher les cheveux pour savoir quoi faire maintenant –, mais je ne suis pas ravi qu'il se confie à Gage. On aura peut-être encore besoin de lui pour trouver Milla, mais on ne peut pas lui faire confiance. C'est un mercenaire dans l'âme, le mec le plus cupide que j'aie rencontré. Il a suffi de le soudoyer pour qu'il trahisse son camp. Et c'était même pas une grosse somme. Tant mieux pour nous, mais moi je dis qu'un type qui trahit une fois trahira sans doute de nouveau. Putain, en ce moment même, il doit essayer de calculer combien de planétas il peut tirer de ce désastre.

– J'aimerais avoir votre attention.

Pas de « puis-je » cette fois, et elle a parlé plus fort. Je crois que la princesse est un poil vexée. Je ne serais pas surpris de la voir commencer à taper du pied. Son pied nu.

J'ai du mal à ne pas rire.

Depuis sa place près de la console, Beckett se retourne pour regarder la princesse, un petit sourire aux lèvres. Mais ce n'est pas un sourire bienveillant, et il n'atteint pas ses yeux jaunes et distants.

Elle a beau avoir été prisonnière, elle peut très bien n'avoir rien fait de mal. Elle n'a pas l'air innocente, mais je sais qu'en plus des prisonniers politiques, certains des « sujets d'expérience » de la *Caelestis* ont été achetés aux pillards. Le pillage est illégal, du moins officiellement, mais d'après ce que j'ai vu, ces types-là naviguent sans encombre aux quatre coins du système. J'imagine que c'est parce qu'ils sont bien pratiques pour faire le sale boulot sans que les Familles Dirigeantes ni la Corporation ne se salissent les mains.

Bref, nombreux sont les prisonniers qui ne sont coupables d'aucun délit : ils se trouvaient juste au mauvais endroit au mauvais moment. Je suis bien placé pour le savoir. C'est ce qui nous est arrivé, à Milla, Max et moi, il y a dix ans. On a fini par s'en tirer, mais tout le monde n'a pas cette chance.

Et Milla est de nouveau prisonnière.

Mais on va la libérer. C'est vital. Il nous faut juste un nouveau plan. Sans princesse Balai-dans-l'Cul qui voudrait tout décider. Elle n'aura pas son mot à dire, point.

Plus je reste assis là et plus cet uniforme me démange. Je déteste ce truc : non seulement il est d'une qualité immonde, mais c'est une marque de soumission à un régime que je méprise. Il est grand temps que je m'en débarrasse.

Je jette un bref coup d'œil au dispositif sur le bras de mon siège. Rien qui clignote, rien qui bourdonne, donc j'imagine que tout fonctionne nickel. Je me lève et ramasse mon sac par terre, envisage un instant de me changer sur place – mais je ne voudrais pas trop chauffer ma princesse ni donner une crise cardiaque à la petite fille en blanc – et me dirige donc vers la sortie.

– Hé, je suis en train de parler ! s'indigne la princesse quand je passe à côté d'elle pour gagner le couloir. Où est-ce que…

La porte coulisse, la coupant en pleine phrase. Pas du tout satisfaisant.

Maintenant que je suis seul, je retire rapidement mes armes et mon uniforme, puis me rhabille avec mes propres vêtements. Je glisse un couteau dans son fourreau en bas de mon dos, un autre dans ma botte gauche, un sous ma veste, puis je replace le pistolet laser à ma taille et l'attache à ma cuisse.

Je me sens mieux. Davantage moi-même.

Quand je reviens dans la pièce, la princesse encaisse le choc, les yeux écarquillés. Elle est toujours attirée par ce qu'elle voit, même si sa mine renfrognée semble exprimer le contraire. C'est très subtil.

Ce qui est surprenant, c'est qu'elle semble avoir réussi à obtenir l'attention des autres pendant que je me changeais. Trop sympa de m'épargner cette peine.

Mais avant que j'aie eu le temps de parler, elle s'éclaircit la gorge et m'informe :

– J'étais en train de dire à tout le monde que nous devons mettre le cap sur Askkandia.

– Ah, c'est une idée, je réponds sur le ton de la conversation, et je souris lentement, parce que je sais que je vais l'agacer. Mais ça va pas se passer comme ça. Dommage, Princesse.

– Que voulez-vous dire ? Bien sûr que si. Quoi d'autre ?

Elle s'interrompt un instant et m'observe comme si elle tentait de me cerner.

J'ai toutes les peines du monde à ne pas rire en lui disant que ça non plus, ça n'arrivera pas.

Mais elle se fend alors de ce sourire effrayant qu'elle a déjà utilisé et continue :

– Je vous assure que vous serez dédommagé de m'avoir raccompagnée chez moi. Ma mère récompensera très généreusement mon retour.

Cette fois, je ris franchement. Max et moi sommes recherchés sur toutes les planètes du système Senestris. Sans doute même sur les planètes mortes. Dès l'instant où nous poserions le pied sur Askkandia – et qui plus est, avec la fille de l'Impératrice – nous serions jetés en prison. Et une rapide exécution ne tarderait pas, j'en suis certain. Ça, c'est le scénario où l'Impératrice est d'humeur généreuse parce qu'on lui a rapporté son bébé.

Et si elle est de mauvaise humeur… eh bien elle nous refilera à la clique du Dr Vicelarde pour ses expériences. Je sais qu'un bon capitaine est supposé couler avec le navire, mais vu qu'elle n'a rien de bon… Et puis les gens comme elle sont coriaces et ne meurent pas si facilement. Je parierais un gros paquet de planétas qu'elle reprendra du service d'ici peu, s'efforçant de sauver Senestris en s'assurant que tous les étrangers aux Familles Dirigeantes restent sur la touche.

C'est franchement pourri, mais je ne me fatigue pas à partager mon opinion avec la princesse, puisqu'elle sait probablement déjà tout ça. Je me contente de lâcher :

– J'ai d'autres projets.

– Cette amie, Milla ? (Elle prend une grande inspiration et sourit plus sincèrement, cette fois.) Je vous promets que si vous me déposez saine et sauve chez moi, ma mère vous aidera à la retrouver.

Beckett lâche un rire étouffé.

– Elle déconne ou quoi ? demande-t-elle à la cantonade avant de regarder la princesse en face. T'es sérieuse ? Je veux dire, tu crois à toutes les conneries que tu débites, ou ça fait juste partie de ta partition de gentille petite princesse ?

La princesse ouvre la bouche comme un maquerlan devant un hameçon. Mais je m'arrête pas à sa réaction, je suis concentré sur Beckett, qui semble soudain bien plus lucide que quand elle est arrivée parmi nous. Elle a toujours un tic incontrôlable à la main gauche, et elle cligne des yeux d'une manière qui me fout les jetons, mais elle demande des comptes à la princesse, et ça, je kiffe.

– Tu t'imagines vraiment que maman va pas nous tuer parce qu'elle est une gentille dame qui aime bien aider les autres ?

– Je sais exactement ce qu'est ma mère, répond la princesse, ce qui ne veut absolument rien dire. Et elle prendra soin de vous tous, si vous m'aidez à rentrer.

Beckett pousse un grognement et se penche en avant comme si elle s'apprêtait à en venir aux mains avec la princesse. Mais soudain elle grimace et se frotte l'arrière du crâne en fermant les yeux un instant. Puis elle secoue la tête, se détourne et gagne le siège le plus proche, où elle s'installe en fermant de nouveau les yeux, comme si la douleur était trop forte.

Je ne sais pas ce qu'il faut en déduire – ni que penser d'elle. Soit elle a été blessée lors des explosions, soit – plus plausible – elle souffre des effets secondaires d'une expérience menée par Dr Vicelarde. Je la plaindrais presque. Ce qui ne veut pas dire que j'accepterais qu'elle se défoule sur moi si elle décide de changer de cible.

D'ailleurs, la princesse regarde Beckett, bouche bée. Ah, ça lui a enfin cloué le bec ? J'en doute, mais je crois qu'elle a vécu jusqu'ici dans un cocon et s'imagine que tout le monde l'adore parce qu'elle est une foutue princesse. Et là, elle se prend le vrai monde en pleine poire. Et tu sais quoi ? Je ne la plains pas, même pas un peu.

Le type en robe blanche se lève :

– Je pense que nous devrions prendre la direction de Serati. Nous devons remettre la grande prêtresse en sécurité au monastère.

– Grande prêtresse ? je relève, en regardant vraiment la fille qui l'accompagne pour la première fois.

Elle me sourit.

– Eh oui, je sais, on s'attend à ce qu'une grande prêtresse soit plus grande, n'est-ce pas ?

Je n'avais aucune attente à ce sujet. Honnêtement, je peux dire que les mots « grande prêtresse » ne m'avaient encore jamais occupé l'esprit.

– Mais franchement, il ne faut pas vous en faire, ce n'est absolument pas pressé de me ramener sur Serati.

– Je m'en faisais pas, je lui assure.

– Oh, tant mieux. Merrick et moi nous ne voulons surtout pas vous déranger alors que vous avez tous des choses bien plus importantes à faire. (Elle prend une grande inspiration, puis, évitant visiblement de regarder Merrick, elle suggère :) Nous devrions peut-être quand même conduire la princesse sur Askkandia. C'est là que je suis née. Mais je n'y suis jamais retournée après mon départ quand j'étais bébé, et j'aimerais beaucoup visiter la capitale. Tout le monde devrait le faire au moins une fois dans sa vie, vous ne pensez pas ?

Absolument pas. En ce qui me concerne, la capitale peut aller se faire mettre, et l'Impératrice et tous les membres du Conseil avec.

Je m'apprête à lui faire cette réponse, mais pour finir je secoue juste la tête. Pour une si petite fille, Rain a un sacré rôle, mais… je l'aime bien. Il y a chez elle une douceur qu'on ne rencontre pas si souvent et un enthousiasme pour la vie que le reste d'entre nous a perdu depuis longtemps, il me semble. Si jamais il a existé un jour.

– Il y aura une récompense, ajoute Merrick. Vous serez généreusement récompensés si vous nous ramenez sur Serati.

Cette habitude qu'ont les riches de croire que leur fric peut leur obtenir tout ce qu'ils veulent a toujours été ce qui me débecte le plus chez eux. Et le fait qu'ils aient généralement raison sur ce point est le truc qui m'écœure le plus à propos de la société dans laquelle nous vivons.

J'échange un regard avec Max, et sans qu'il ait besoin de le dire, je sais qu'il ressent exactement la même chose.

– Voyons, Merrick, fait la petite grande prêtresse, ils ne veulent pas de récompense. Ce sont des gens bien. M. Ian nous a tous sauvé la vie !

Merrick secoue la tête. J'imagine que c'est parce qu'il est aussi abasourdi que moi face à sa manière de voir les choses, mais il poursuit comme si elle n'avait rien dit.

– Et nous pourrons nous assurer que princesse Kalinda rentre chez elle ensuite, en toute sécurité.

La princesse fronce le nez.

– Mais je ne peux pas faire escale sur Serati, je dois aller sur Askkandia. Tout de suite.

– Et bien sûr, ce que la princesse veut, la princesse l'obtient, marmonne Beckett. Pourquoi ? T'es plus importante que nous ?

Cela laisse la princesse sans voix, mais un léger sillon apparaît entre ses yeux, comme si elle avait du mal à comprendre la question. Enfin, elle toussote et répond :

– Non, pas plus importante.

La manière dont elle dit ça nous laisse entendre que si, précisément, elle se trouve plus importante, même avant qu'elle ne précise :

– Je suis une princesse, et vous…

Elle semble si perplexe que j'ai toutes les peines du monde à ne pas exploser de rire.

Beckett n'essaie pas, et son rire est tout sauf plaisant.

– Je crois pas que t'obtiendras grand-chose avec ton titre sur ce vaisseau, *Princesse*.

Je me raidis en entendant le ton qu'utilise Beckett. En fait je n'aime pas qu'elle appelle Kali « Princesse ». C'est un plaisir que je me réserve.

Je parcours la pièce du regard pour voir si quelqu'un a quelque chose à ajouter, d'autres suggestions sur notre destination, avant que je leur dise précisément ce qui va se passer. Mais tout le monde se tait. Même la princesse. Surtout elle. Je crois qu'elle commence enfin à comprendre qu'ici, ce n'est pas elle qui est aux manettes. Il était temps !

Je n'aime pas beaucoup plus mon idée que celles des autres, mais c'est le seul moyen d'obtenir les informations dont nous avons besoin, maintenant qu'on a perdu le *Réformateur* dans l'explosion de la station. Et c'est pas gagné d'avance, loin de là, mais concernant Milla, je suis prêt à prendre tous les paris. Même ceux qui risquent de me mener à ma perte – et quand je dis « risquent », je veux dire « vont certainement ».

Je brise le silence devenu inconfortable.

– Nous allons vers Vistenia.

Dans un premier temps, personne ne l'ouvre. Puis Merrick demande :

– Vistenia ? Pourquoi ?

En temps normal, je n'aime pas qu'on interroge mes décisions, mais cette fois, je leur accorde un peu d'indulgence, parce qu'ils ne me connaissent pas encore, et que tout se passera sans doute mieux s'ils se montrent coopératifs.

– Le port d'attache du *Réformateur* est sur Vistenia. On va accéder aux registres pour essayer de découvrir où il se rendait.

– *Ça a l'air si facile, à t'entendre*, me dit mentalement Max, railleur.

– *J'arrondis les angles.*

– *Depuis quand tu te soucies des angles ? D'habitude tu tires sur tout ce qui te résiste, point.*

– *Je m'entraîne à la diplomatie*, je réponds nonchalamment. *J'aurai tout le temps de tirer sur quelque chose – ou quelqu'un – plus tard.*

Il rit, mais retrouve vite son sérieux.

– *Tu sais que ces registres ont sûrement été trafiqués ? En supposant qu'ils existent. Ce n'est pas comme si le* Réformateur *faisait un truc légal.*

– *Raison de plus pour garder Gage avec nous encore un moment.* (Le plus court possible.) *C'est un connard, mais un connard doué. Il arrive à repérer n'importe quelle irrégularité. Et puis il est de la Corporation. Quand on aura trouvé le vaisseau, il pourra nous dénicher l'info qu'il nous faut pour rejoindre Milla.*

– *Pas faux.* (Max réfléchit quelques secondes.) *Vistenia n'est pas le pire endroit pour se planquer.*

– *Tu l'as dit.*

Cet honneur revient à Askkandia, truffée de politiciens et de personnages très importants. Sur Vistenia, il n'y a personne d'important. Du moins selon les critères du Conseil.

La planète est principalement peuplée de fermiers, des gens plutôt tranquilles, qui pour la plupart n'ont jamais eu faim de leur vie, alors ils ne sont pas sur la défensive comme les gens du reste du système. Et puisque les mesures de sécurité sont pratiquement inexistantes là-bas, c'est mieux qu'ailleurs pour faire profil bas en attendant de décider de la prochaine étape.

– Pourquoi ça t'intéresse de savoir où allait le *Réformateur*? demande Beckett.

– C'est à cause de cette Milla, non? intervient la princesse. Vous la cherchez toujours.

Évidemment que je la cherche toujours. Pas question d'arrêter. Même si je voulais, je pourrais pas. Et pareil pour Max.

Je ne réponds pas, mais ça ne la décourage pas d'insister.

– Qui est-elle exactement pour vous? Je vois qu'elle est importante.

Soudain, la colère me submerge. Ce n'est pas du tout ce qu'elle croit! Merde! Je fais un pas dans sa direction et elle commence à reculer, mais ne baisse pas les yeux. À croire qu'elle est plus courageuse que ce que je pensais.

– Je vous l'ai dit: ma mère vous aidera, rappelle-t-elle d'une voix qui tremble clairement.

Pas si courageuse, finalement. Et carrément endoctrinée.

– Princesse, l'Impératrice nous jettera dans une cellule et coupera l'arrivée d'oxygène. Si on a de la chance.

– Vous n'avez aucune…

– Laissez tomber, Princesse, je gronde, perdant patience. On n'ira pas sur Askkandia, bordel!

Elle observe les autres, s'attendant peut-être à trouver du soutien, mais tous les regards se détournent. Sauf celui de Beckett, qui lui fait un sourire odieux. Bon, ces deux-là ne peuvent clairement pas se sacquer.

– Nous devrions procéder à un vote, propose Merrick.

– *Reste calme,* m'enjoint Max.

Je fais de mon mieux : je prends une grande inspiration et compte jusqu'à dix dans ma tête comme Milla me conseille toujours de faire. Et puis je sors mon flingue et le pointe sur la tête du type.

– Comme dans notre foutu système, il ne s'agit pas d'un fonctionnement démocratique.

Il me dévisage, et je suis sûr que s'il disposait aussi d'une arme, il l'utiliserait. Il a du cran pour une grenouille de bénitier. Mais il y a longtemps que j'ai compris que, dans notre système, le cran, ça va un moment. Pour aller plus loin, il faut un flingue.

Il en a pas, moi si. Alors il peut juste fermer sa gueule.

– Joli calibre, interrompt Beckett comme si elle discutait de la pluie et du beau temps, et pas qu'elle regardait un mercenaire menaçant un prêtre. Il reste chargé combien de temps ?

Vraiment ? Mais c'est pas le moment !

– Deux mois à peu près, je réponds.

Son intérêt technique casse un peu l'ambiance.

– Sympa, commente-t-elle. Très sympa.

– Bon, je fais en rangeant mon pistolet après m'être bien fait comprendre. Alors on va faire comme ça. En route pour Vistenia.

CHAPITRE 12

KALINDA

Bon… pour la brillante dirigeante, on repassera.

Comme de nombreuses règles mystérieuses édictées par ma mère, le truc du sourire n'a pas aussi bien fonctionné qu'escompté. Surprise…

Mais aussi, quand un sourire a-t-il jamais surpassé une arme ?

Jamais, surtout quand c'est un gars comme Ian qui tient le pistolet. Tout ça pour dire qu'on va assurément sur Vistenia.

Le positif (par là j'entends « plus positif que de finir dans le sang suite à un combat au pistolet avec un arrogant qui tire avant de penser »), c'est que je n'ai encore jamais visité Vistenia, et vu le fiasco qu'a été ma première mission officielle, il est probable que ce soit là ma seule et unique chance d'y aller.

Par ailleurs, Ian peut exiger que nous allions à Vistenia, mais ça ne veut pas dire qu'on y arrivera. D'autant plus que personne ne sait piloter ce vaisseau.

Certes, pour l'instant, il se débrouille par lui-même, mais qui sait pour combien de temps? Et si nous ne trouvons pas rapidement comment communiquer avec le vaisseau, il nous mènera là où il veut. Même si c'est en plein cœur de Serail.

Très franchement, au point où on en est, ça ne me surprendrait même plus.

Maintenant que nous ne sommes plus en danger immédiat, je prends conscience des séquelles de ce que j'ai vécu. Mes pieds sont contusionnés et meurtris, la fumée m'a irrité la gorge et donné soif. J'ai vraiment très

très soif. Je suis sur le point de demander à quelqu'un de m'apporter un verre d'eau quand Gage prend la parole.

– Ne ressors pas ton pistolet, Ian, mais je crains qu'il y ait un problème avec ton plan.

– T'as des tas de problèmes, rétorque Ian sans même le regarder. Mais ça veut pas dire que je veux en entendre parler.

– Ouais, mais ça veut pas dire qu'on ne devrait pas être au courant, intervient Max en soupirant. Vas-y, Gage.

– Merci de me donner la permission de parler, dit Gage avec une grimace. J'ai eu le temps de fouiller un peu avant votre arrivée, et je suis assez certain qu'il n'y a ni nourriture ni boisson à bord. Je viens de lancer le système de récupération de la condensation, donc un jour on obtiendra de l'eau distillée – et en prime, on évitera de se noyer dans notre sueur – mais c'est pas ça qui va nous nourrir à court terme.

– C'est censé être surprenant ? lance Beckett. Ce truc est tellement vieux qu'il était en cale sèche. Pourquoi il y aurait des vivres à bord ?

Elle a raison, mais ça n'empêche pas mon ventre de se mettre à gargouiller aussitôt. J'espère seulement que personne ne l'a entendu. Ça ne cadre pas vraiment avec l'image digne que j'ai envie de donner.

– C'est pas si grave, dit Ian. On peut survivre sans manger pendant quelques jours.

Gage pousse un soupir d'impatience.

– Il y en a pour plus que quelques jours, et tu le sais bien.

– Combien, exactement ? je demande, car cela semble soudain faire toute la différence.

– Ça nous prendra combien de temps pour atteindre Vistenia ? insiste Gage, consultant Ian du regard.

– Avec l'alignement planétaire actuel, il faudrait quatorze jours askkandiens à un aéronef cargo pour aller d'Askkandia à Vistenia. Sur celui-ci, je ne sais pas.

La voix d'Ian est dénuée de toute émotion – un signe qui ne trompe pas : il commence à comprendre à quel point nous sommes… dans la merde.

– En gros tu nous dis qu'on sera tous morts le temps d'arriver sur Vistenia.

Pour la première fois, Max laisse paraître sa frustration.

De nouveau, mon ventre gargouille, et à en juger par la mimique de compassion de Rain, je suis sûre que ça s'est entendu, cette fois. Je m'applique à ne pas regarder Beckett, mais je sens malgré tout son air narquois sur moi tandis qu'Ian se laisse retomber dans le fauteuil de capitaine.

– Merde, il grommelle en se tournant vers Max.

Le silence s'installe, ainsi que le malaise. Max soutient son regard, puis secoue la tête, sourcils froncés. Ian répond en levant les yeux au ciel, puis hoche la tête comme à contrecœur, et je me demande comment ces deux-là communiquent de manière si précise sans parler. Car il est évident qu'ils se font passer des messages, et ne veulent pas que nous le sachions.

– Ian et moi avons de quoi manger et boire pour nous deux pendant cinq jours, annonce finalement Max. Mais ce n'est pas suffisant pour arriver tous en vie sur Vistenia.

Il attrape le sac à ses pieds et en sort quelques bouteilles d'eau. Je m'humecte les lèvres. J'ai si soif à présent que j'arrive à imaginer la sensation de l'eau sur ma langue.

– J'ai cinq bouteilles, continue Max. Pareil pour Ian. Mais je doute que cela nous tienne plus d'une journée.

– Nous devons aller au port le plus proche.

C'est la première fois que Merrick intervient depuis qu'Ian a pointé son pistolet sur lui.

– C'est Askkandia, je fais remarquer.

On dirait que finalement, je vais rentrer à la maison.

– Remballez votre soulagement, Princesse, vous allez pas nous fausser compagnie tout de suite, me nargue Ian.

– Vous ne pensez quand même pas pouvoir me garder cachée sur ma propre planète ?

Il hausse les épaules.

– Askkandia, c'est grand. Je ne vois pas pourquoi on irait dans le périmètre du palais.

Une fulgurance de crainte et d'indignation me traverse, accompagnée d'une troisième émotion que je n'ose pas reconnaître, et encore moins nommer. C'est pourquoi je me concentre sur l'indignation quand j'ouvre la bouche pour débattre. Il a beau le croire, ce n'est pas lui qui commande, ici.

Mais quand il me fusille du regard comme il l'a fait avant de menacer Merrick avec son arme, je choisis de me taire. Du moins pour l'instant.

– Et puis il y a l'autre petit souci, dit Gage.

Ian expire bruyamment.

– Quoi encore ?

– On n'a pas la moindre idée de la manière dont fonctionne ce machin. Pas moyen de manœuvrer. En ce moment, je ne sais pas où on va, ça pourrait être n'importe où, et je sais pas comment y faire quelque chose.

– Donc si ça se trouve, on va passer à côté de Glacéa, arriver dans le champ d'astéroïdes et se faire percuter ? résume Max.

– Ouaip. Ou foncer dans l'autre direction et plonger tête la première dans le soleil. (Gage passe la main dans ses cheveux, faisant ressortir sa mèche mauve.) Putain, pour l'instant on n'a aucun instrument de navigation ni de communication d'allumé. C'est même pas le moment de se demander où on va, mais où on est !

– Je vois pas pourquoi vous vous inquiétez tant que ça, commente Beckett en bâillant. On sera tous morts de soif avant de cramer dans le soleil.

Et sur cette note joyeuse… je m'efforce de retrouver une expression neutre. Je ne sais pas ce qu'en pensent les autres, mais cette Beckett commence à m'être franchement antipathique.

– Tout ceci est sans doute inutile, je dis après une seconde de silence. On est sûrement à notre recherche en ce moment même.

– Génial, grommelle Beckett.

J'ignore son commentaire.

– En attendant, pourquoi ne pas nous occuper en fouillant le vaisseau ? Peut-être qu'on trouvera de quoi nous aider à piloter.

– C'est ça, oui, parce que les derniers à voler dans ce machin ont sûrement gardé leurs outils de navigation dans la baie d'amarrage, répond-elle.

C'est officiel, je ne l'aime pas. Et je présume que c'est réciproque.

Ian se lève, s'étire, et je me surprends à le reluquer tandis qu'il fait rouler ses épaules. Pas parce qu'il est sexy – mais c'est vrai qu'il l'est, et il le sait, aussi – mais parce qu'il a l'air… sans foi ni loi. Dans son uniforme de garde, il avait encore un semblant de légitimité, comme s'il était à sa place, dans un rôle. Maintenant qu'il a enfilé ses véritables vêtements, ce n'est plus du tout le cas. Pis encore, on dirait qu'il rejette tout ça.

Pour quelqu'un qui a toujours été obligé d'agir, de parler et de paraître exactement selon les volontés de sa mère et de son entourage, cette liberté d'être juste soi-même est étrangement attirante.

Ian est étrangement attirant.

Sur Senestris, le rôle de chacun est défini à la naissance. On naît fermier et on reste fermier à vie. Ou marchand. Et quand on naît princesse, c'est pareil.

Il en va de même avec l'endroit où l'on vient au monde, à quelques exceptions près. Celui qui naît sur Kridacus y passe son existence et y meurt. Les seuls qui échappent à ce système sont les membres de la Corporation, qui vivent la plupart du temps sur des stations spatiales. Et les hors-la-loi.

Il est maintenant assez manifeste qu'Ian ne travaille pas vraiment pour la Corporation. Donc, c'est un hors-la-loi.

Il en a certainement l'allure : pantalon en cuir noir moulant comme une seconde peau, bottes hautes, chemise rouge foncé et veste noire. Avec son pistolet sur la hanche et ses yeux brun foncé qui envoient tout balader, c'est un type dangereux, féroce et prêt à tout. Il est aussi canon comme pas permis. Mais c'est peut-être subjectif. Mon attrait pour les mauvais garçons est mon secret le plus sombre et le mieux caché. Plus encore que mes rêves étranges. Même les fouineurs du Conseil n'ont pas réussi à me faire avouer ça.

Non pas qu'Ian m'attire. Loin de là. Les mauvais garçons, c'est une chose. Les connards avec des envies de meurtres, c'est une autre affaire.

C'est alors qu'il se tourne vers moi et que nos regards se croisent. Il me surprend en train de le mater.

Merde. Bravo pour la subtilité.

Il hausse un sourcil, comme pour m'inviter à engager la conversation. Mais les princesses ne font pas ça. *Moi* je ne fais pas ça. Au contraire, je me détourne, résistant à cette partie de moi qui voudrait se prendre au jeu d'Ian, qu'importe combien cela risque d'être dangereux et imprudent.

– D'accord, finit-il par lâcher après une trop longue pause. Gage : toi et Max vous allez rester ici pour essayer de découvrir comment ce machin fonctionne et mettre le cap sur Askkandia. Nous autres, on va écumer le vaisseau à la recherche de tout ce qui pourrait nous être utile. Surtout en termes de nourriture et de boisson. On se retrouve ici ensuite pour décider de ce qu'on fait.

Aux mots « nourriture et boisson », mon ventre gargouille une troisième fois. J'ai l'impression qu'un désert s'est installé dans ma bouche. Mais mon inconfort ne m'empêche pas de remarquer que, pour une fois, Ian a pris mon parti et adopté ma suggestion.

Ce n'est pas grand-chose. N'importe quelle personne sensée envisagerait de faire l'inventaire du véhicule dans lequel il traverse l'espace à une vitesse ébouriffante. N'empêche. Après ma tentative ratée pour prendre la direction des opérations, ça fait du bien de voir que ma proposition a été jugée valable par Ian. Et par tous ces gens. La manière de faire de ma mère n'a pas fonctionné. Ils me méprisent. C'est peut-être ma chance de devenir dirigeante à ma façon. D'une autre manière.

Ça me donne presque envie de recommencer. De me montrer utile à leurs yeux. Presque.

Je détourne le regard de ces séduisantes petites bouteilles, car les contempler ne fait qu'accentuer ma soif. Mais en jetant un coup d'œil derrière moi, je découvre Rain qui m'observe d'un air pensif.

Elle m'adresse un petit sourire avant d'aller vers Max.

– Est-ce que je pourrais avoir à boire s'il vous plaît ? Je ne me sens pas très bien. J'ai mal à la gorge à cause de toute la fumée.

– Bien sûr.

– On devrait rationner l'eau, prévient Ian.

Il n'a pas tort, mais c'est quand même un sacré obsédé du contrôle.

– Une petite gorgée, ça ne fera pas de mal. Tiens.

Max tend une bouteille à Rain, qui boit un peu avant de me la tendre.

J'hésite un instant, mais je ne peux pas résister davantage. « Merci » j'articule silencieusement, car ce qu'elle a fait ne m'a pas échappé. Elle a compris que j'étais trop fière pour demander. C'est une bonne personne, même si elle fait partie de l'Ordre.

Je porte le goulot à mes lèvres. Cette eau a meilleur goût que l'alcool le plus fin qu'il m'ait été donné de boire. J'ai envie de tout engloutir, mais je me restreins à une seule gorgée. Car Ian a raison. Nous devons faire attention aux maigres ressources dont nous disposons.

– Bon, au boulot.

Ian tourne les talons et se dirige vers la porte, qui s'ouvre à son approche. Je me dépêche de le rattraper. Ça ne va sans doute pas marcher, mais j'ai envie de refaire une tentative pour le persuader que me laisser rentrer chez moi est une bonne idée.

À l'extérieur de la passerelle, le vaisseau baigne dans une douce lueur, presque imperceptible. À gauche, il semble y avoir une porte à double battant. J'imagine qu'il s'agit de la sortie principale – celle qui ne fonctionnait pas. Juste devant, une porte mène au sas par lequel nous sommes entrés, et au-delà, deux couloirs s'ouvrent de chaque côté, contournant une zone centrale fermée. Attirée par une force incompréhensible, j'appuie ma paume sur la paroi. Elle est tiède, animée d'une légère vibration. Il y a une porte noire et lisse, mais elle demeure verrouillée. Je me demande ce qu'il y a derrière. Mais déjà Ian disparaît dans le couloir de droite. Je me lance à sa poursuite.

Je distingue les contours de portes du côté externe, mais Ian les dépasse et nous parcourons ce qui doit être la longueur du vaisseau, peut-être vingt mètres en tout. Je le rattrape en arrivant à une porte qui doit mener à l'arrière du vaisseau. Elle coulisse lorsqu'Ian s'arrête devant. Puis il disparaît de l'autre côté. Jusqu'ici, il n'a donné aucun signe montrant qu'il a perçu ma présence. Mais je suis presque sûre qu'il m'a remarquée et se contente de m'ignorer.

– Vous feriez mieux d'entrer et d'arrêter de rôder, dit-il soudain.

– Quel est cet endroit ? je demande, bien décidée à faire oublier que je l'ai clairement suivi jusqu'ici.

– Je pense que c'est la salle des machines, mais je n'ai jamais rien vu de pareil. Très franchement, je ne suis même pas sûr de ce qui alimente ce truc. Tout ce que je sais, c'est que ça m'a pas l'air de ressembler aux propulseurs des vaisseaux sur lesquels j'ai volé.

– Vous avez été sur beaucoup de vaisseaux ?

Soudain j'éprouve une grande curiosité à son égard. Et pourquoi ne serait-ce pas le cas ? Ma vie est entre ses mains, et c'est une perspective plutôt effrayante vu sa prédilection pour les armes.

Ian arque un sourcil et finit par hausser les épaules.

– Quelques-uns, Princesse. Et vous ?

– Le vol pour aller sur la *Caelestis* était une première.

La surprise se lit dans ses yeux.

– Ha. Je croyais que la royauté passait son temps à voleter par-ci par-là pour le plaisir.

– Ce qui montre l'étendue de vos connaissances sur les Familles Dirigeantes. Tous les voyages spatiaux sont contrôlés par la Corporation. Et nous ne prenons pas de plaisir, nous faisons notre devoir.

– Bien entendu.

Je laisse passer le sarcasme et regarde autour de nous. Nous sommes dans la partie la plus large du triangle formant le vaisseau et la pièce est longue et étroite, avec des compartiments s'avançant dans la queue. Les parois et le plafond sont du même métal sombre et mat que les couloirs, et le sol est remarquablement propre pour un si vieux vaisseau. Il y a de nombreux tableaux de commande, mais ils sont tous éteints pour l'instant. Il n'y a même pas de clignotements lumineux. Je passe le doigt sur le plus proche, et je ressens un léger picotement, comme de l'électricité statique.

– Y a rien qui s'allume, me dit-il.

– Ce que je ne comprends pas, c'est ce qu'un véhicule aussi obsolète faisait sur la *Caelestis*.

– Pas la moindre idée. (Ian tape les consoles du poing, comme il l'a déjà fait sur la passerelle.) Allume-toi, saloperie !

– Vous pensez vraiment que ça va…

Je m'interromps en entendant un étrange vrombissement. Cette sorte de bourdonnement doux m'emplit les oreilles.

– Vous voyez. Parfois la violence paie.

Il affiche un sourire satisfait.

– Et parfois non. (Je désigne le moteur, à présent silencieux.) Je ne vois rien qui fonctionne vraiment. Mais peut-être qu'en y regardant de plus près, je pourrais…

– Ne touchez à rien. (Il m'arrête tout en m'adressant un rapide clin d'œil.) Sortons d'ici et allons explorer le reste du vaisseau.

Je le suis en essayant de déterminer ce qui se passe. Il paraît bien plus amical qu'un peu plus tôt sur la passerelle. Mais rien ne garantit qu'il ne redeviendra pas un salaud dans trois secondes. Ian est une contradiction difficile à suivre.

Mais alors que nous cheminons en silence, je me souviens de quelque chose que je voulais lui demander. Je presse le pas, car je veux voir son expression en entendant ma question.

– Pourquoi n'avez-vous pas voulu que je touche l'heptosphère ? Dans le laboratoire. Vous m'en avez empêchée. Pourquoi ?

Ian me regarde d'un air calculateur, même si son expression ne change pas. Il ne dit rien, hausse les épaules, et j'en déduis qu'il ne va pas répondre, mais il finit par dire :

– Il est dangereux, ce truc. Je n'ai pas assisté à ça, mais j'ai entendu des rumeurs : des gens ont été grillés à mort par ce machin.

Alors il voulait me protéger ? Ce n'est vraiment pas une réponse à laquelle je m'attendais, et elle me fait un drôle d'effet. C'est sans doute dû à la faim.

– Mais Dr Veragelen nous a dit que nous pouvions la toucher sans danger.

Il me jette un regard qui semble dire « t'es quand même pas si naïve ? ».

– Ouais, ben elle n'est pas vraiment réputée pour sa bienveillance. Vous savez quel surnom lui a donné l'équipage ?

– Aucune idée.

– Dr Vicelarde. Et ces prisonniers expédiés dans le *Réformateur* ? Les chanceux survivants de ses expériences. D'autres ont mal fini. (Il s'interrompt un instant, comme pour décider ce qu'il veut me révéler.) Enfin, je ne sais pas si « chanceux » est le terme approprié pour parler des survivants. On ne sait pas où ils allaient être conduits.

– Je vois qu'il semble y avoir un problème avec le Dr Veragelen, mais je ne la crois tout de même pas capable d'une chose pareille. Utiliser les gens de cette manière… Ma mère n'aurait jamais autorisé cela.

Je n'arrive pas à décrypter le regard qu'Ian pose sur moi. Mais je sais qu'il n'est pas sympathique, et cela me met en colère.

– Ma mère est bien des choses, mais elle ne fermerait pas les yeux sur des expériences telles que ce que vous décrivez, je déclare d'un ton outré. Et elle ne tolérerait certainement pas qu'on entasse des gens dans un vaisseau-prison pour qu'ils aillent se faire torturer, comme vous le sous-entendez. Elle est dure, mais pas cruelle.

Alors même que je prononce ces mots, je doute. Des années passées à décevoir l'Impératrice m'ont montré qu'elle dispose d'une certaine facilité pour la cruauté, même si je ne sais pas à quel point elle s'y adonne. Ni de quelles manières, quand il ne s'agit pas de moi. Mon ventre se serre à cette pensée.

Je m'attends à ce qu'Ian débatte avec moi, mais il se contente de dire :

– Vous devriez peut-être discuter de ça avec Beckett.

Pas la moindre envie. Peut-être parce que je redoute ce qu'elle aurait à me dire. Je presse le pas.

– C'est ça. Mais même si le Dr Veragelen faisait des expériences sur les humains, cela ne signifie pas que ma mère était au courant et les avait autorisées.

– Ouais, raccrochez-vous à ça, Princesse, si ça vous aide à dormir.

Je commence à protester, mais il ouvre une porte et inspecte la pièce avant que je trouve quoi dire.

– Cabine, dit-il avant de passer à la pièce suivante. Salle de bain.

Il entre et je ne vois pas ce qu'il fait.

– Pas d'eau. Quelle surprise…

Les autres portes mènent à des cabines et à une autre salle de bain.

– Apparemment, il n'y a que trois cabines, conclut Ian. Certains vont devoir partager.

Je lui passe devant pour inspecter la chambre moi-même. Elle est assez petite, avec trois étroites couchettes, une contre chaque mur. Il n'y a pas de literie, mais il fait bon dans le vaisseau. Au moins, le froid ne nous empêchera pas de dormir.

Et cette pensée suffit à faire déferler sur moi une vague d'épuisement. La journée a été longue. Mais il n'est pas encore l'heure de dormir. Nous avons des décisions à prendre.

– Alors, avec qui vous allez partager votre chambre, Princesse ?

Sa voix est taquine, mais son expression est parfaitement sérieuse et cela me met mal à l'aise. Mais d'une bonne manière, si cela a le moindre sens.

– Je… je ne peux pas partager. Il me faut ma propre chambre.

– Je crois que ça va pas se passer comme ça. (Il m'examine comme si j'étais un spécimen exotique.) Vous êtes toujours aussi égoïste ? Ça fait partie du personnage ?

Je m'apprête à lui dire qu'il ne s'agit pas d'égoïsme, que j'ai besoin d'une chambre seule parce qu'une princesse ne doit pas être vue dans des situations de faiblesse ou de vulnérabilité. Je ne dois pas me changer devant qui que ce soit d'autre que ma dame de compagnie. En pensant à Lara, le chagrin manque de me happer de nouveau. Je refoule mes émotions.

Et je ne peux pas dormir en présence de quelqu'un non plus. Imaginons que dans un de mes rêves – ou de mes cauchemars – je me mette à crier ?

Je ne peux pas lui raconter tout ça. Le fait même de réclamer cette intimité me fait paraître faible ou capricieuse, et ce n'est pas acceptable de donner cette image non plus.

Comme je garde le silence, le regardant simplement d'un air qui doit sembler dérouté, Ian secoue la tête avec agacement.

– Tu peux oublier les privilèges du palais, ici tu es juste une personne comme les autres. Enfin, juste un peu plus inutile, j'imagine.

Ses mots me font mal, plus qu'ils ne devraient. Je veux protester, lui assurer que je ferai ma part sur le vaisseau, mais il poursuit son chemin sans m'en laisser la possibilité.

– Tu peux te mettre avec Max et Gage. Max, il ne te fera jamais de mal. Et Gage… (Il secoue la tête, visiblement agacé.) Gage est un sale pourri de mercenaire, mais y a pas de risque qu'il se glisse dans ton lit au beau milieu de la nuit. T'es pas son genre.

– Je n'avais pas cette prétention, mais qu'est-ce que vous en savez ?

– Gage, c'est les mecs qui lui plaisent et toi, je suis sûr que t'es pas un mec. (Il hausse les épaules.) Mais bon, si tu préfères avoir Beckett comme coturne…

– Max et Gage, très bien, je m'empresse de dire.

– C'est ce que je pensais, dit-il avec un sourire narquois. Mais je dois te prévenir : Max ronfle.

Je me contrefiche des ronflements de Max, mais je retiens qu'Ian ne fait pas confiance à Gage, bien qu'il l'ait visiblement engagé pour quelque chose sur la *Caelestis*. S'il loue ses services, je pourrais peut-être le persuader de m'aider à regagner mon palais, en échange d'une généreuse récompense, évidemment.

Je lève les yeux vers Ian, qui me regarde en souriant, comme s'il lisait dans mes pensées. Et brusquement je prends conscience de sa proximité.

Il est à bien moins d'un mètre de moi, ses yeux sombres brillent dans la pénombre et tout à coup j'ai la tête qui tourne un peu.

– Et toi ? je demande, d'une voix légèrement rauque (sans doute les séquelles de la fumée que j'ai inhalée).

Quelque chose en moi me pousse à prendre un risque, pour une fois, à faire sauter quelques garde-fous. Et je me laisse convaincre, même si je sais que je ne devrais pas.

– Quel genre de mecs te plaisent ?

– En règle générale, aucun. (Il se rapproche encore et j'ai du mal à respirer – à cause de ma gorge sèche.) Tu veux vraiment savoir ce qui me plaît, Princesse ?

Je déglutis, puis secoue la tête avec un petit reniflement dédaigneux pour marquer le coup.

– Qu'est-ce que j'en aurais à faire ?

Il ne tient même pas compte de ma remarque.

– En ce moment, on dirait que j'aime bien les princesses coincées qui pètent plus haut que leur cul. J'ai une envie irrépressible de découvrir ce qui les rend si spéciales.

J'envisage de reculer, mais j'ai déjà suffisamment battu en retraite aujourd'hui. Alors je lui tiens tête et me redresse, tout en essayant d'ignorer la sensation de chaleur qui se diffuse dans mon ventre.

– Pourquoi tu ne viens pas voir par toi-même ?

Il s'approche pas à pas.

– J'arrive, Princesse. Prépare-toi.

Il se penche lentement vers moi, et ne s'arrête que lorsque l'air entre nous est empli de son odeur tiède de café et de cuir.

C'est une odeur agréable – excitante – et je me surprends à en emplir mes poumons tandis que j'attends. J'attends, j'attends…

– Je me fiche de ce que tu peux faire.

J'ai voulu prendre un ton supérieur, mais je me demande si ma voix ne tremble pas un peu.

Et franchement, je n'en ai rien à faire à cet instant, car Ian est juste là, grand, fort et si dangereux, et je ne pense qu'à son regard sur moi. Et je suis la pire des menteuses, car rien ne compte plus que ce qu'il veut faire ensuite.

Soudain, il y a un bruit sourd derrière nous, comme si quelqu'un avait fait tomber quelque chose ou heurté un mur.

Je fais un bond en arrière, le cœur au bord des lèvres. Puis je regarde Ian, les yeux écarquillés, prenant soudain conscience de ce qui a failli se produire… et que quelqu'un à bord nous a vus.

CHAPITRE 13

BECKETT, PRISONNIÈRE ÉVADÉE N° 826

J'ai mal à la tête. Très mal. Et pas parce que j'ai failli surprendre le capitaine auto-proclamé et la princesse en train de… peu importe ce qu'ils faisaient, mais en tout cas ce que j'en ai vu a suffi à me retourner l'estomac. J'aurais pensé qu'Ian avait meilleur goût.

Non, la douleur dans ma tête est différente. Elle dure depuis des jours. Des semaines. Je ne sais pas d'où elle vient, ni quand elle a débuté exactement. Je sais qu'un jour en me réveillant, j'ai eu l'impression qu'on me fendait le crâne en deux avec un pied-de-biche. Avec une lenteur atroce.

J'ai beau essayer d'y réfléchir, je ne trouve rien. Je me souviens de fragments de mon enfance. De Jarved. De ma mère. D'avoir rejoint les rebelles et m'être fait capturer. De mon arrivée sur la *Caelestis*. Et même de certaines des expériences qu'ils ont faites sur moi. Et puis… plus rien. J'étais attachée à un fauteuil et ils me posaient des questions, et l'instant d'après j'étais roulée en boule dans le coin de ma cellule, pleurant de douleur.

Mais entre les deux, des semaines se sont écoulées. Des semaines dont il ne me reste aucun souvenir. Ça me rend dingue. Et c'est terrifiant. Je ne peux pas m'empêcher de me demander si c'est aussi ce qui est arrivé à Jarved quand ils l'ont emmené.

J'espère fort que non. Je subis ces douleurs et cette confusion, mais imaginer que mon petit frère a autant souffert, c'est bien pire.

Si seulement je pouvais me souvenir précisément de ce qui…

Une douleur intense me fend la tête, mon cerveau est dans un étau, la souffrance me met presque à genoux. Je laisse échapper un cri en me retenant au mur, m'efforçant de respirer le temps que ça passe.

C'est plus difficile que ça en a l'air. Quand la douleur reflue enfin, je tiens à peine sur mes jambes.

Mais je n'ai pas le choix. Je ne connais pas les autres sur ce vaisseau, et je ne leur fais certainement pas confiance. Pas question de baisser la garde un seul instant. Surtout avec la princesse héritière à bord.

Quand la nausée me laisse enfin tranquille, je me remets en marche. Le vaisseau n'est pas grand, mais pas minuscule non plus. Et si mon séjour sur la station spatiale de l'horreur m'a enseigné quelque chose, c'est l'importance de connaître son environnement. Si je n'avais pas été attentive – du moins quand j'étais assez lucide – à tous les endroits dans lesquels ils m'ont trimballée, à tous les codes qu'ils entraient alors qu'ils pensaient que je ne regardais pas, jamais je n'aurais réussi à sortir du *Réformateur*. Et je ne serais pas ici maintenant.

Je ne suis pas convaincue que ce soit une place particulièrement enviable, mais c'est toujours mieux qu'être morte, ce qui est très certainement arrivé à tous les autres sur la station. Pour l'instant, c'est suffisant. D'ici la fin de la nuit, je connaîtrai ce vaisseau dans ses moindres recoins.

En passant dans un couloir, j'aperçois la petite – Rain, je crois – sortant en douce d'une des salles. Elle ne fait rien de précis qui montre qu'elle agit subrepticement – elle n'avance pas sur la pointe des pieds, elle ne regarde pas par-dessus son épaule – mais je m'en tiens à ma première impression. Il y a quelque chose dans sa manière de se déplacer silencieusement, avec précaution, comme si elle craignait d'attirer l'attention, qui m'intrigue. Du coup, je change mes plans et décide de faire demi-tour pour la suivre.

À présent, nous longeons toutes les deux le couloir en catimini. Je me sens à peine ridicule. Mais elle m'intrigue trop pour que je change d'avis. Je veux savoir où elle va et pourquoi elle ressent le besoin d'agir discrètement.

Je ne devrais probablement pas être en train de faire ça alors que j'ai encore beaucoup à découvrir dans ce nouvel environnement. Mais en temps de crise, on doit connaître ses ennemis pour les comprendre. Je peux sûrement mettre mon détour sur ce compte-là. Le fait qu'elle ne m'ait pas semblé être une ennemie quand j'ai fait sa rencontre ne rend que plus nécessaire d'arriver à la cerner.

Après tout, quoi de plus douteux que quelqu'un qui n'éveille aucun soupçon ?

CHAPITRE 14

RAIN

Dès qu'Ian et la princesse ont disparu, Merrick a laissé voir son mécontentement. Je comprends ses raisons : être coincé sur ce vaisseau avec quelqu'un qui vient de pointer une arme sur lui et qui nous donne des ordres ressemble sans doute à son pire cauchemar. Surtout que je suis presque certaine que nous nous éloignons de Serati, alors qu'il veut vraiment y retourner à tout prix.

J'ai essayé de copier son expression dépitée – je suis censée être aussi contrariée que lui – mais ce n'était pas facile, car je pétillais secrètement d'excitation.

– Quel connard arrogant, a-t-il marmonné après le départ d'Ian, suivi de près par la princesse Kalinda.

– Complètement, j'ai approuvé en essayant de mettre dans ma voix un agacement que je ne ressentais pas du tout. Allez, on va inspecter le vaisseau, j'ai ajouté pour essayer de lui changer les idées.

Sans l'attendre, je suis sortie dans le couloir. Il se sépare en deux parties pour contourner un bloc au milieu du vaisseau, fermé par une porte qui refuse de s'ouvrir. Une sorte de générateur, peut-être ?

J'ai entendu Ian sur la droite, et comme Merrick était juste derrière moi, j'ai pris l'autre couloir. La première porte menait à une sorte d'entrepôt, avec plein de caisses. J'en ai ouvert une, qui contenait ce qui semblait être du linge de lit. Pas palpitant.

Mais Merrick s'est attelé à la tâche de manière méthodique, passant en revue le contenu de chaque caisse.

Moi, je voulais voir le reste du vaisseau, alors je me suis glissée dans le couloir. Mais j'avais à peine fait quelques pas que la voix de Merrick a retenti :

– Rain, a-t-il fait du ton d'avertissement que j'avais bien trop l'habitude d'entendre.

En soupirant, j'ai fouillé une autre boîte.

Ce n'est pas sa faute s'il est si barbant, me suis-je rappelé en faisant l'inventaire d'un assortiment de coussins. C'est juste qu'il prend son devoir de protection un peu trop au sérieux.

En attaquant une troisième boîte, je m'imaginais sortir de la pièce en catimini pour continuer seule l'inspection du vaisseau. Il devait grincer un peu, vu son grand âge, mais ça ne me faisait pas peur. Je n'avais peur de rien.

Et j'aurais pu croiser les autres passagers au fil de mon exploration. Princesse Kali, Beckett – en évoquant cette étrange femme, un frisson m'a traversée – Max, Gage. Ils me diraient tous de retourner sur la passerelle, mais je ne me laisserais pas décourager…

– Je suis à peu près sûr qu'il n'y a pas de réserve d'eau cachée dans ces taies d'oreillers, Rain.

La voix soigneusement mesurée de Merrick a chassé ma rêverie, me ramenant immédiatement dans cette petite pièce triste remplie de boîtes contenant des choses dont nous n'avons pas besoin, comme une quantité incompréhensible de papier blanc et d'encre bleue.

– Pourquoi n'ouvres-tu pas ces boîtes de l'autre côté de la porte ?

C'était bien la dernière chose que j'avais envie de faire, mais ce n'est pas comme si j'avais le choix. Je n'ai jamais eu le choix.

Merrick et moi avons continué ainsi dans un silence (relativement) amical pendant quelques minutes. Mais lorsqu'il a disparu derrière une gigantesque pile de boîtes, presque aussi haute que la porte, j'ai saisi l'occasion et lui ai faussé compagnie.

Et me voilà maintenant dans le couloir en direction de la porte suivante, qui mène à ce que je pense être la cuisine, ou la cambuse, puisque nous sommes sur un vaisseau. Elle est plus large que la pièce précédente, avec une table au milieu et dix sièges autour, et une sorte d'évier sur le côté. J'essaie le robinet, mais rien ne sort. Je crois que Gage avait raison : il n'y a pas d'eau sur ce vaisseau.

Il y a aussi de hautes armoires. J'ouvre l'une d'elles : il fait froid à l'intérieur, mais elle ne contient pas de nourriture. Il n'y a rien dans les autres non plus. Mon ventre gronde. Je n'avais encore jamais eu faim. C'est une nouvelle expérience, et j'essaie de l'accepter comme telle. Une chance que me proposent l'univers et la Lumière pour être plus proche des populations défavorisées de Senestris.

Je sais que ce n'est pas la même chose. Avoir faim pendant quelques jours n'est pas comparable à toute une existence le ventre creux. Mais c'est un début. Et je n'oublierai pas cette sensation, même une fois de retour dans la sécurité du monastère.

J'entends des pas derrière moi. Merrick. Évidemment, il a sûrement paniqué en constatant que je n'étais plus là et il est parti à ma recherche.

– Il n'y a rien à manger ici, je déclare sans même me retourner. On dirait bien que ce soir ce sera au lit sans dîner.

– Merde, je meurs de faim.

Je fais volte-face, car ce n'est clairement pas la voix de Merrick. C'est cette femme, Beckett.

Je lui souris. Elle ne me retourne pas la politesse. Mais cela ne me freine pas. Honnêtement, je crois que rien ne pourrait me repousser. Je n'ai jamais rencontré quelqu'un comme Beckett. Elle me fascine.

On sent chez elle poindre le danger, mais chez Ian aussi. Et même chez Merrick quand il laisse s'exprimer cette facette. Mais je ne suis pas fascinée par eux. C'est peut-être parce qu'au monastère, je n'ai jamais vu cela chez une femme. Les sœurs ne sont pas vraiment dangereuses. Au fond, je crois qu'il y a autre chose.

Simplement, je ne sais pas quoi.

Elle fait bien quinze à vingt centimètres de plus que moi. Ses cheveux noirs bouclés lui arrivent au menton et donnent l'impression d'avoir été tailladés aux ciseaux de cuisine. Ses lèvres pleines sont serrées, comme si elle souffrait.

Instinctivement, je vais vers elle : s'il y a quoi que ce soit que je puisse faire pour la soulager, j'aimerais le faire. Elle suit mes mouvements du regard. Ses yeux sont immenses, de la teinte du soleil matinal sur Serati, et elle a les plus longs cils que j'aie jamais vus. Elle est sans doute native de Permuna – cette caractéristique est apparemment utile pour protéger les yeux du sable. Mais c'est aussi très joli, et cela met en valeur ses yeux saisissants.

Maintenant que je suis près d'elle, je remarque qu'elle a un peu de sang séché sous le nez – il contraste énormément avec son teint olivâtre – et le devant de sa combinaison grise en est tout taché aussi.

– Tu es blessée, je dis en désignant son visage.

Elle fronce les sourcils et se passe un doigt sous le nez.

– C'est rien, affirme-t-elle en regardant son doigt.

– C'est arrivé dans l'explosion ?

Son visage se fige un instant, comme si elle avait du mal à s'en souvenir. Puis elle cligne des yeux et secoue la tête.

– Nan.

Je remarque alors la vilaine cicatrice sur sa nuque. C'est une blessure mal cicatrisée, aux bords irréguliers, et imaginer ce qui a pu causer cela me peine.

En fait, beaucoup d'éléments me rendent triste quand je regarde Beckett.

J'ai envie de lui demander pourquoi elle a saigné, mais elle se met à grimacer, et je lis la douleur dans ses yeux couleur topaze impériale. Puis elle se frotte la nuque, comme elle l'a déjà fait avant.

– Tout va bien ? je lui demande.

– Ah ça non, répond-elle avec un petit rire ironique.

– Laisse-moi regarder.

Sans attendre sa réponse, je me place dans son dos. Elle s'immobilise, mais ne dit rien tandis que je monte sur un plan de travail pour passer les mains dans ses boucles emmêlées.

Elle se décontracte un petit peu, ses épaules s'affaissent. Je soulève sa chevelure et examine cette vilaine cicatrice qui suture tout l'arrière de son crâne et se poursuit le long de sa nuque vers sa colonne vertébrale.

C'est une ligne rouge vif, mais comme celle qu'elle a sous l'oreille, ce n'est pas une blessure qui date d'aujourd'hui.

– Il y a une cicatrice ici, je lui dis.

– Ouais.

J'attends qu'elle me donne une explication, mais elle n'en fait rien, alors je l'encourage :

– Que s'est-il passé ?

– Ils m'ont fait… quelque chose. Mais je ne sais pas quoi.

Une émotion inconnue s'éveille en moi, au fond de mon ventre, mais je n'en tiens pas compte, essayant de comprendre ce qu'elle me dit – et ce qu'elle omet.

– Qui ça « ils » ?

– Sur la station.

– La *Caelestis* ?

J'essaie de ne pas laisser ma voix exprimer que je suis choquée. Elle fronce les sourcils.

– Sans doute. Si c'est de là qu'on vient.

– Tu ne savais pas où… ?

– Non. J'ai été… (Elle secoue la tête comme pour clarifier ses pensées.) Je crois que j'ai été droguée quand ils m'ont amenée à bord. Je n'ai pas beaucoup de souvenirs de mon séjour… juste une cellule, et le labo où ils…

Elle agite la main en direction de sa nuque, de sa cicatrice.

– Où ils t'ont fait ça.

Je me rappelle les paroles d'Ian à propos d'expérimentations sur les humains. Je croyais qu'il exagérait ou qu'il l'avait inventé pour provoquer la princesse. Mais on dirait bien qu'il disait la vérité.

Je redescends pour faire de nouveau face à Beckett. Le fait que quelqu'un puisse faire ce genre de chose est tout nouveau pour moi.

– C'est diabolique.

Elle laisse échapper un rire sec.

– C'est la Corporation, ma puce.

– Ils font des expériences sur des innocents ?

Dans mon ventre, la sensation est de plus en plus brûlante, plus difficile à passer sous silence.

Elle détourne les yeux un instant.

– Pas des innocents, non.

– Peu importe ce que tu as fait ! Ils n'avaient pas le droit de t'utiliser comme ça ! Pas le droit de te faire subir tout ça !

Surprise, elle m'examine. Elle semble ne pas trop savoir comment me situer. Pas plus que moi je n'arrive à la cerner. Je crois qu'elle va ajouter quelque chose – quelque chose d'important – mais elle se contente de hausser les épaules et agite la main de bas en haut.

– En voilà une jolie robe.

Jolie ? On repassera.

– Pas vraiment. Je suis toujours habillée comme ça.

Elle ouvre grand les yeux.

– Ah, dur. Et moi qui pensais être mal tombée, fait-elle en désignant sa combinaison de prisonnière.

Elle est grise, déchirée, et une manche arrachée dévoile son bras maigre, sa peau lisse et tatouée. Soudain, j'ai une envie irrépressible de la toucher.

– Alors, qu'as-tu fait pour mériter cette punition ? demande-t-elle.

– Rien. C'est un honneur de porter cette tenue. Je suis la grande prêtresse de l'Ordre sororal de la Lumière.

Elle me dévisage pendant de longues secondes, puis jette la tête en arrière et éclate de rire.

Ha. Ce n'est pas la réaction habituelle quand j'annonce ça. Je fais la moue en essayant de ne pas me vexer.

– Tu n'es pas sérieuse ? s'enquiert-elle face à mon silence.

Je laisse passer un instant.

– Eh bien, ce n'est certainement pas une blague.

– Je n'avais encore jamais rencontré de grande prêtresse.

Ce n'est pas comme si on était nombreuses. Mais je ne lui dis pas ça. Même en pensée ça me semble snob, alors que ce n'est pas comme ça que je vois les choses.

– Eh bien moi je n'avais jamais rencontré une…

Je m'interromps en me rendant compte que je ne sais pas du tout ce qu'elle est ni comment je pourrais la catégoriser. Et je ne veux pas l'offenser. Et surtout je ne veux pas qu'elle parte.

– Une criminelle ? suggère-t-elle.

Je bats des cils.

– C'est le cas ? je demande d'une petite voix.

Elle hausse les épaules et se frotte le front.

– Sans doute. C'est un peu… flou, mais je suis assez certaine que je faisais partie de la Rébellion.

– Oh ! Wow. Même au monastère, j'en ai entendu parler.

Les rebelles utilisent des tactiques d'intimidation pour renverser le gouvernement de Senestris. Ils sont violents, dangereux, abjects. Ils n'œuvrent assurément pas dans l'intérêt de la sainte Lumière.

Jamais je n'aurais imaginé en rencontrer une. Ni que je l'apprécierais. Car Beckett m'attire. Plus qu'elle ne devrait étant donné son passé. Ou son présent, car elle fait peut-être toujours partie des rebelles.

– Tu n'as pas peur, petite prêtresse ? (Son ton est devenu moqueur.) Tu n'as pas envie de fuir ?

Même pas un peu. Je ne le dis pas à voix haute, je me contente de nier de la tête.

Elle me considère alors en plissant les yeux et se rapproche d'un pas. Je ne bouge pas d'un cil. Je ne suis pas sûre que j'y arriverais si je le voulais.

Mais je n'ai pas envie de reculer, surtout qu'elle tend la main et attrape le bout de ma tresse. Ses doigts calleux caressent les fines pointes de mes cheveux, puis elle tire dessus pour me rapprocher d'elle.

– Joli, murmure-t-elle.

Je ne sais pas si elle parle de moi ou de mes cheveux. Je crois que ça importe peu puisqu'un frisson délicieux me traverse de toute manière. Je me sens un peu bizarre, glacée et brûlante à la fois, et très consciente de ma peau tout à coup.

– Tu m'intrigues, dit-elle, la tête penchée sur le côté. Pourquoi tu m'intrigues autant, petite prêtresse ?

– Je… (Ma voix s'étrangle et je dois me racler la gorge pour faire une nouvelle tentative, mais ma bouche est soudain asséchée comme un désert, et quelque chose me dit que ça n'a rien à voir avec le rationnement de l'eau auquel nous sommes soumis.) Tu m'intrigues aussi.

Ça la fait rire.

– Tu dis ça pour être gentille.

J'ai envie de protester : je ne suis pas gentille. Comment pourrais-je l'être puisque j'ai sans cesse des pensées mauvaises ?

– Dis-moi quelque chose, murmure-t-elle, et ses doigts passent de mes cheveux à ma joue.

Une étrange chaleur dévastatrice s'allume en moi.

– Que veux-tu savoir ? je chuchote, craignant que si je parle plus fort, elle arrête ses caresses.

Mais elle continue, ses doigts sont en mouvement, glissant vers la partie sensible de ma mâchoire, puis ils se mettent à danser le long de ma nuque.

– On t'a déjà embrassée ?

Je hoquette sous le choc, tandis qu'une nouvelle délicieuse bouffée de chaleur monte en moi.

Ma réaction la fait rire, puis elle s'humecte les lèvres, et je me retrouve le regard rivé à sa bouche. Même si le sort de l'univers en dépendait, je serais incapable de la quitter des yeux.

Je déglutis laborieusement, sans lui répondre. Je ne peux pas.

Et c'est sans doute une réponse en soi, d'ailleurs elle le confirme :

– Je vais prendre ça pour un « non ».

Je secoue la tête avec véhémence.

– Bon, je crois que ça ne me laisse qu'une seule autre question.

J'attends qu'elle me la pose, mais comme elle n'en fait rien, un gémissement guttural monte de ma gorge et résonne dans la pièce silencieuse. Je serais mortifiée si je n'étais pas si… *excitée*.

De nouveau, Beckett rit. C'est un son grave et vicieux qui me retourne le ventre et me titille les terminaisons nerveuses. Mais elle ne parle toujours pas.

– Qu'est… (Ma voix me fait encore défaut.) Qu'est-ce que tu veux me demander ? je parviens enfin à lui demander.

– Facile, répond-elle avec un sourire, tout en se rapprochant de moi. Est-ce que tu veux être embrassée ?

Oh, par la Lumière !

Ça, ce n'est pas facile, non. Pas facile du tout. Tout le contraire.

Je sais ce que je *devrais* répondre. Ce que je *dois* répondre. Je le sais parfaitement. Mais bizarrement, je n'arrive pas à prononcer ce mot. À la place, j'arrive tout juste à… acquiescer ?

Beckett semble tout aussi surprise que moi par cette réponse. Néanmoins, cela ne l'arrête pas. Elle se rapproche, me fixant de son regard jaune et direct, une main épousant l'arrière de ma nuque. Puis, lentement, si lentement qu'on dirait qu'elle ne bouge pas, elle se penche et effleure ma bouche de ses lèvres.

Je n'arrive plus à respirer. Ni à bouger. Je me consume.

– Encore ? chuchote-t-elle contre mon visage.

Sans consulter mon cerveau, ma tête opine. Et elle appuie ses lèvres contre les miennes, tandis qu'au même moment, de vives lumières s'allument, une alarme se déclenche et j'entends appeler mon nom.

Je crois que Merrick m'a retrouvée.

CHAPITRE 15

IAN

Mais qu'est-ce qui m'a pris ? Embrasser la princesse ? Quel désastre ça aurait été !

Je n'ai pas vu qui nous a surpris, mais cela a été un rappel à l'ordre bien nécessaire. Je parle pour moi, pas pour elle, puisque je ne sais absolument pas pourquoi elle a soudain voulu m'embrasser. Je sais qu'elle me trouve sexy, mais j'ai du mal à croire qu'il y ait un lien. Ça doit plutôt être une tentative pour que je l'aie à la bonne, et obtenir que je la reconduise chez maman. Bien essayé, mais ça n'arrivera pas. Elle a beau dire, l'Impératrice nous enverrait toute sa flotte spatiale au cul dès qu'elle aurait récupéré sa fille chérie.

Je n'ai pas l'intention de la garder éternellement – qui voudrait se compliquer la vie comme ça ? Mais jusqu'au moment où on aura retrouvé Milla et qu'on pourra disparaître tous les trois sur l'une des planètes périphériques, hors de portée de l'Impératrice, je garde un œil sur la princesse.

Un œil, pas la bouche, je me répète en me dépêchant de rejoindre la passerelle tandis que l'alarme retentit. Même si cette bouche couleur prune est très sexy, très attirante…

Max n'arrête pas de commenter ma décision de la garder avec nous depuis que j'ai annoncé qu'elle n'approcherait ni du palais ni de sa mère. Il pense que c'est une erreur. Quoi de surprenant ? Nous avons toujours fait les choses différemment. Bien sûr, nous sommes déterminés à faire ce qu'il faut pour rejoindre Milla. Mais nos avis sur ce qu'il faut faire divergent immanquablement.

L'alarme ne s'interrompt pas – elle semble même être de plus en plus forte – et je m'attends à ce qu'on s'écrase d'un instant à l'autre. C'est dans le style de la journée.

De l'année, même.

Mais je finis par arriver à la passerelle et freine brusquement : Gage et Max sont tranquillement assis à discuter en forçant la voix, se fichant éperdument de l'alarme tonitruante.

– Mais c'est quoi ce bordel ? je crie pour me faire entendre.

Gage hausse les épaules.

– Tout s'est rallumé il y a cinq minutes. J'ai appuyé sur le gros bouton rouge là-bas. (Il agite la main en direction du bouton en question.)

– Pourquoi ?

Ce trou du cul trouvait qu'on n'avait pas assez de soucis comme ça et s'est dit qu'il devait en créer de nouveaux ?

– Parce qu'il est gros, et rouge, et que je voulais voir ce que ça ferait.

Il me sort ça comme si c'était une preuve de bon sens.

Et, oui, bien sûr, à quoi serviraient les gros boutons rouges s'il n'y avait pas des abrutis pour appuyer dessus ?

Mais je lui demande quand même :

– Et il s'est passé quoi ?

– Rien, mais l'alarme s'est déclenchée environ trente secondes après.

– Bon, et tu as réappuyé dessus ?

– Ben ça me semblait pas une très bonne idée, vu ce que ça a fait la première fois.

J'interroge Max du regard.

– Il est sérieux le mec ?

L'air goguenard, il me répond par télépathie :

– Apparemment.

– La prochaine fois, rappelle-moi d'opter pour le nec plus ultra des techniciens corrompus, parce que cette version au rabais ne vaut pas les planétas qu'on a payés !

Puis je vais appuyer sur le gros bouton rouge. Parce qu'il est gros et rouge et qu'est-ce qui pourrait nous arriver de pire ?

– Hé, ne… commence Gage, mais il laisse sa phrase en suspens quand il constate que la sirène se tait. Oh, bon, d'accord. (Et là il fait un grand sourire, comme s'il était le type le plus futé du système.) Je crois que ce gros bouton rouge est une alarme manuelle.

– *Comment un type qui maîtrise à fond les technologies peut être aussi débile à propos de tout le reste ?*

– *Est-ce qu'il y a un terme pour dire « encore moins bien que du second choix » ?* rétorque Max.

– *Ça devrait exister.*

Je me tourne vers Gage :

– N'appuie pas sur les boutons si tu ne sais pas à quoi ils servent.

– Rho, c'est pas marrant.

– C'est vrai que mis à part ça, c'est carrément la fête aujourd'hui, je grogne.

– Le problème est réglé ? demande une voix à l'entrée de la passerelle.

Je découvre Beckett dans l'encadrement de la porte et, quelques secondes plus tard, la grande prêtresse et Merrick apparaissent à leur tour. La petite blonde a les joues toutes roses. Ça lui va bien.

Par contre, pour son pote baraqué, c'est la soupe à la grimace. J'en conclus que ce n'est pas lui qui lui a donné le rose aux joues.

Aucune trace de la princesse. Enfin, je m'en fous. Elle peut faire ce qu'elle veut, ça m'en touche une sans faire bouger l'autre – du moment qu'elle ne sabote pas le vaisseau. Mais ça me fait quand même chier d'avoir remarqué son absence.

– Il n'y avait pas de problème, je réponds. Juste un crétin qui appuie sur des boutons.

– Tu ne devrais pas te déprécier comme ça, me dit Gage. On ne t'a jamais dit que tu devrais t'aimer davantage ?

Et on se demande pourquoi j'ai pris le contrôle de ce sketch. La seule personne en qui j'ai confiance ici, c'est Max. Et il ne veut rien contrôler du tout.

Je fais un doigt d'honneur à Gage en m'installant dans le siège de capitaine que je me suis attribué un peu plus tôt.

Beckett s'avance nonchalamment et remarque les batteries de lumières qui clignotent et les écrans allumés sur la console à l'avant.

– Alors il est enfin opérationnel ?

– Ça nous fait une belle jambe, je lâche. On ne sait toujours pas comment le piloter.

Elle jette un coup d'œil à Max.

– Bouge.

Il hausse les sourcils en la dévisageant, mais il finit par se pousser, parce que c'est Max, et Max n'aime pas faire d'histoires. Sauf quand il décide qu'il est temps de faire des histoires.

Beckett prend sa place à l'avant du vaisseau avec une assurance de propriétaire.

– Tu crois faire quoi là ? je lui demande.

Déjà que je ne lui fais carrément pas confiance pour défendre ses propres intérêts, mais alors s'agissant de ceux des autres…

– Je pilote. (Elle me jette un regard par-dessus son épaule.) Te vexe pas, mon grand. Tu peux garder le gros fauteuil avec les boutons et le titre de capitaine.

Je songe à protester pour le principe – je *suis* le capitaine – mais si elle veut prendre la responsabilité de trouver comment on dirige ce truc, je vais quand même pas l'en empêcher. Bon, je suis un pilote acceptable, mais de nous trois, c'était Milla qui était vraiment douée pour ça. C'était elle qui nous maintenait en l'air et qui réparait le vaisseau quand il était en panne – c'est-à-dire souvent.

J'imagine même pas comment elle va réagir quand elle apprendra qu'on a vendu son bébé pour rassembler assez d'argent pour soudoyer des gens et parvenir jusqu'ici. Mais je donnerais bien plus qu'un vaisseau si ça me permet de récupérer Milla.

Je donnerais tout pour ça. Et je sais qu'elle le comprend.

Mais à Beckett, je dis simplement :

– Je compte bien.

– Oh, mais on dirait qu'il sait être raisonnable, commente-t-elle, faussement impressionnée. C'est la saison des miracles.

Elle semble de bien meilleure humeur. Je me demande si ce n'est pas elle qui a titillé la petite. Si c'est le cas, j'espère que ce sera amené à se reproduire, parce que Beckett est beaucoup plus facile à gérer, tout à coup. Même si elle me parle mal.

– Je vais attendre que tu fasses tes preuves pour nous montrer que c'est pas que de la gueule avant de te laisser nous mettre tous en danger, la prévient Max.

– Prends-en de la graine, dit-elle en se tournant vers le tableau de bord pour tripoter les nombreux boutons, leviers, écrans et autres trucs imbitables.

Il ne se passe rien.

– Ça ne…

– Chut, me rabroue-t-elle sèchement.

Un instant plus tard, l'écran face à elle s'allume. Au milieu, il y a un petit point rouge, rien d'autre.

– C'est nous, ça, annonce Beckett.

– Ouais, mais ça nous apprend rien. On est où, à la fin ? je demande en me levant pour mieux voir.

– Attends.

Elle bouge la main et obtient un zoom arrière. Une planète bleu-vert dotée d'une seule lune apparaît sur le bord de l'écran. Askkandia. On dirait bien qu'on s'en éloigne.

– Qu'est-ce qu'il se passe ? interroge dans mon dos une voix bien reconnaissable.

Apparemment, la princesse a fini par décider de nous faire profiter de sa présence. Je lui adresse un sourire narquois par-dessus mon épaule. Elle me répond d'un froncement de sourcils.

– Beckett apprend à piloter le vaisseau, l'informe Rain.

– Spectaculaire, dit-elle, sans doute pour m'énerver.

Mais je suis trop content qu'on sache enfin où on est pour m'en soucier. Même si je fais remarquer :

– On va dans la mauvaise direction.

Beckett accentue le zoom arrière et une autre planète apparaît, bien plus éloignée qu'Askkandia. Permuna, je crois. On se dirige droit dessus. À moins de me gourer sur la position orbitale actuelle des planètes – et ce n'est pas le cas –, elle est presque aussi loin que Vistenia.

– Il faut faire demi-tour, je lui dis.

En guise de réponse, elle m'aboie :

– Ferme-la et laisse-moi me concentrer une seconde, tu veux ?

Et voilà le retour de l'ancienne Beckett, plus enragée que jamais.

Elle s'adosse à son siège et observe la console face à elle.

– Accélérateur, dit-elle en montrant un endroit du panneau qui à mes yeux ne se distingue pas du reste.

Je ne fais pas de commentaire. Je sens Kalinda qui suit attentivement la leçon par-dessus mon épaule. Moi, j'attends de voir. Beckett appuie d'un doigt sur le truc en question, mais rien ne se passe.

– Je crois pas… commence Gage, mais il ne poursuit pas, car dès que Beckett appose toute la paume, le vaisseau fonce en avant si brusquement que la princesse perd l'équilibre et tombe contre moi.

Je me retiens au siège de Beckett et attrape Kali par la taille pour nous éviter de finir le cul par terre. C'est agréable de la sentir si proche – très agréable.

J'attends que Beckett donne une allure plus raisonnable au vaisseau, mais au contraire, nous allons de plus en plus vite. Autour de nous, ça crie, ça grogne.

– *Faut la stopper, bordel !* hurle Max dans ma tête.

C'est déjà ce que j'essaie de faire. Seulement, ça prend un peu de temps et tous mes efforts pour avancer la main, lui attraper le bras et l'arracher à la console.

Immédiatement, l'allure ralentit – mais trop tard : Rain a vomi à l'arrière de la passerelle.

– Qu'est-ce qui t'a pris ?

Je suis furieux contre elle, contre moi, et je cherche vainement une serviette ou du moins un équivalent. Une pincée de confiance et voilà ce qui arrive : migraine d'accélération et vomi sur la passerelle.

J'aurais dû m'en douter.

Beckett me regarde avec un grand sourire. Ses yeux, brillants comme des lasers, ont quelque chose de déchaîné.

– Je voulais tester sa vitesse.

– Eh ben tu as vu : plutôt rapide, je gronde.

– Je crois que tu veux dire « vraiment » rapide, me corrige-t-elle. Pourquoi ? Tu as eu peur, *capitaine* ?

Sa manière d'insister sur ce mot en fait une insulte, mais je m'en tape.

– On a tous eu peur, putain, mais le problème c'est que toi ça ne t'a pas inquiétée ! Pourquoi ?

Mais elle se contente de sourire, avec cet éclat inquiétant dans le regard.

– T'as vraiment un pète au casque, tu sais ? T'aurais pu tous nous pulvériser.

– *Bon, elle vient de passer je ne sais combien de temps à jouer les cobayes pour Dr Vicelarde...* me rappelle Max.

Ce qui est sa manière pas si subtile de me suggérer de la laisser tranquille – tout en me rappelant indirectement qu'on n'a pas idée de l'état dans lequel on va récupérer Milla.

Quand je sens une poussée contre mon torse, je me souviens que j'ai toujours le bras solidement serré autour de la taille de Kali – et qu'elle n'est pas ravie.

– Lâche-moi, glapit-elle.

– Mais je te portais assistance, *Princesse*, je rétorque. Et puis c'est quoi ton problème avec le fait d'être touchée ?

– C'est passible de mort, m'informe Rain qui se relève en frottant sa robe qui n'est plus très blanche désormais.

– De mort ? Si on te touche ? (Avant même qu'elle confirme, je regarde Kali d'un air incrédule.) C'est complètement tordu.

– C'est la loi, dit-elle. Ça ne vient pas de moi et elle existe depuis très, très longtemps. Mais la sentence n'a jamais été mise à exécution.

– T'es sûre de ce que tu dis, Princesse ? demande Beckett sans quitter des yeux les écrans de contrôle.

– Oui, répond sèchement Kali, mais elle semble prise de doute.

Je crois que cette aventure lui ouvre les yeux, et elle n'aime pas ce qu'elle découvre.

– Je suis désolée d'avoir vomi, s'excuse Rain d'une petite voix.

Si c'était Kali qui présentait des excuses, je ne manquerais pas de faire un commentaire sarcastique, mais comme c'est Rain, je réponds d'un geste désinvolte. Même moi je ne suis pas assez trou du cul pour ça.

– C'est juste de l'eau, je minimise en lui tendant une serviette sortie de mon sac.

D'ailleurs, ça me rappelle que cette gorgée d'eau est tout ce qu'elle a ingurgité depuis trop d'heures que je refuse de compter. C'est le cas pour tout le monde.

– Est-ce que quelqu'un a trouvé de la nourriture ou des boissons ?

Ils secouent tous la tête. À part Kali qui va s'asseoir sur le siège le plus éloigné de Beckett, les genoux remontés sur la poitrine.

Merde. On peut sans doute s'en sortir quelques jours, en faisant vraiment attention. Mais ça nous mènera pas à Vistenia, comme Gage l'a annoncé.

– On dirait bien qu'on va faire un détour par Askkandia. Enfin, si Beckett arrive à nous emmener là-bas.

– Je vais nous conduire là-bas, confirme-t-elle d'un ton morne.

Elle se penche déjà vers l'accélérateur, mais je lui barre le passage d'une main.

– Pourquoi ne pas t'occuper de faire demi-tour pour l'instant ? je suggère. À une vitesse normale.

– T'es aussi barbant que t'en as l'air, me reproche-t-elle, mais elle n'insiste pas.

Je fouille dans mon sac : les rations que nous avons Max et moi sont des barres protéinées raflées à l'intendance de la *Caelestis*. J'en attrape une poignée et en lâche une devant Beckett avant d'en lancer une autre à la princesse.

Elle l'attrape au vol, mais ne semble pas savoir ce que c'est ni quoi en faire. Le temps de faire la distribution, Beckett a fini sa ration, alors je lui donne aussi la mienne. Je crois qu'elle n'a pas dû manger à sa faim ces derniers temps.

Surprise, elle lève la tête vers moi. Mais je ne veux pas établir quoi que ce soit avec elle, alors je m'appuie sur la console à l'avant et observe les autres.

Kali fixe ses pieds nus et tient la barre entre ses mains. Rain mâche sa ration en regardant Beckett tandis que Merrick la surveille. Max somnole dans un siège, les jambes étendues devant lui, et Gage le regarde.

C'est une catastrophe en matière d'équipage : une princesse, une prêtresse, un garde du corps, une prisonnière, un escroc, un crétin et puis moi, connard de service responsable de ce ramassis improbable.

C'est une bombe à retardement, mais il va falloir faire avec. Parce que je ne quitterai pas ce vaisseau avant d'avoir sauvé Milla.

– Je crois que j'ai trouvé, Ian, me dit Beckett depuis son fauteuil de pilote. Préparez-vous au demi-tour.

D'instinct, j'agrippe le siège le plus proche, et je fais bien, car l'instant d'après, on se met à tournoyer.

On vrille à fond la caisse, je ne sais pas si on va pouvoir rattraper ça. J'essaie de me retourner, pour voir comment la princesse s'en sort, mais on tourne et on tourne, et la force centrifuge est si puissante que je n'arrive même pas à regarder derrière.

Les cris s'élèvent, de plus en plus forts, mais j'entends aussi un autre son. Beckett, secouée d'un rire dément.

Et là, je comprends qu'on est condamnés pour de bon.

CHAPITRE 16

KALINDA

Cela fait deux jours que nous sommes sur ce vaisseau, et franchement j'ai l'impression qu'il s'est écoulé une éternité.

Et pas une éternité de félicité.

Je trouvais que la vie au palais était un terrain miné à cause des intrigues et des coups en douce, mais là je découvre la vie en collectivité avec six personnes des plus étranges – et pour certaines, des plus dangereuses – et c'est un autre niveau de calamité.

Je me sens complètement chamboulée, ce qui n'aide en rien. Il ne s'agit pas seulement de mon apparence, mais de mes connaissances pratiques sur… tout. Je n'ai été formée qu'à la diplomatie et au commandement. Et dans ce groupe, ça ne m'est d'aucune aide.

J'ai beaucoup de mal à me prendre au sérieux vu mon état, alors par quel miracle me prendraient-ils au sérieux, eux ?

Ma robe de limaceuse part en lambeaux. Elle m'arrive à mi-cuisse et bientôt je serai franchement indécente. Je suis pieds nus, mes cheveux se rapprochent plus du nid de drokaray que de la tresse en couronne de ma coiffure initiale. Bref, je suis un désastre sur tous les plans.

On pourrait croire que ça m'aide à m'intégrer – chaque membre de notre groupe est un éclopé –, mais manque de chance, ça ne fait que m'isoler davantage.

Ce n'est pas comme si j'y accordais la moindre importance… encore quelques jours et je n'aurai plus jamais à les revoir. Merci bien.

Ma lèvre inférieure se remet à trembler. Je la mords et le regrette aussitôt en sentant le goût du sang, car je n'ai rien pour me débarbouiller.

Cela fait une heure que nous avons épuisé nos réserves d'eau. Et le savoir me donne encore plus soif. Comparée aux autres, je me sens pathétique. Ils semblent prendre cette situation plutôt bien, alors que je me focalise sur ma faim et ma tristesse. Hier soir, j'ai choisi de partager la chambre de Rain, plutôt que celle de Gage et Max. Et Merrick a monté la garde. Il est évident qu'il se soucie d'elle, et son attitude me rappelle celle d'Arik qui traînait toujours autour de moi. Et ça me fait penser à Lara. Il y a de grandes probabilités qu'elle soit morte. C'est la seule amie que j'aie jamais eue et je l'ai laissée périr sur la *Caelestis*.

Certes, la cloison de sécurité s'est refermée entre nous, mais j'aurais dû tenter de la rejoindre par un autre chemin…

– Ça va, Princesse ?

En levant la tête, je découvre Max qui me sourit. Il est bien plus gentil qu'Ian, si bien qu'après deux journées en leur compagnie, je me demande même comment ça se fait qu'ils soient amis.

Le fait qu'il m'appelle par mon titre me fait grimacer. Je ne l'ai jamais beaucoup aimé, mais la manière railleuse dont Ian l'utilise m'a amené à le détester complètement.

– Comme un charme, je lui réponds.

Il sourit.

– Moi qui croyais que les princesses ne devaient pas mentir.

Ha, voilà qui prouve qu'il ne connaît rien à la royauté. Mentir est la première compétence qu'on nous enseigne. Au palais, ça fait partie du kit de survie de base.

– On nous apprend bien des choses. (Je lui souris à mon tour, même si je n'ai pas le cœur à ça.) Mais rien de bien utile dans notre situation.

Sa mimique semble dire « bien vu ».

– Pour être franc, je ne suis pas sûr qu'il y ait grand-chose d'utile à faire dans cette fichue boîte volante.

– Eh là. Pas besoin de dire du mal de notre véhicule, proteste Beckett en se carrant dans le siège de pilote qu'elle n'a pas dû quitter depuis deux jours. C'est grâce à lui qu'on en est là.

– Je suis pas sûr que ça soit un bon point, fait remarquer Gage en levant le nez du croquis qu'il esquisse sur un vieux carnet que Merrick a trouvé dans le local de stockage.

– Mais si. On arrive en vue d'Askkandia. (Elle m'adresse un regard clairement condescendant.) Fais coucou à maman, Princesse.

Je l'ignore superbement, me lève et traverse la passerelle.

Sur l'écran de droite, je vois ma planète natale, encore trop éloignée pour en distinguer les détails, mais nous nous en rapprochons indéniablement. D'ici, il est difficile d'imaginer qu'en contrebas, ma mère vaque à ses occupations pour diriger un empire. Est-ce qu'elle se fait du souci pour moi ? Ou a-t-elle déjà conclu à mon trépas ? Peut-être est-elle trop occupée à limiter les dégâts après la destruction de la *Caelestis* pour avoir le temps de penser à moi.

Ça ressemble à de l'apitoiement, mais en fait, c'est dans la fiche de poste : Senestris est en crise et la *Caelestis* était notre plus grand espoir de surmonter le danger. Maintenant que cet espoir est en miettes, je sais que le Conseil et l'Impératrice se démènent pour trouver un plan B. Pour l'instant, il n'y a pas le temps de porter le deuil.

– Tu crois que tu lui manques ? me demande Beckett. On peut peut-être faire un saut au palais pour qu'elle te fasse un bisou magique.

– Arrête, lui dit Ian en entrant, tout en se passant la main dans les cheveux, si bien qu'ils rebiquent.

Je vois rouge.

– Je n'ai pas besoin de quelqu'un pour me défendre.

– Parfait, j'avais pas l'intention de le faire.

Il ne me regarde pas en me parlant, mais ça, ce n'est pas nouveau. Depuis que je l'ai prévenu de ne pas me toucher (et que Rain a précisé que c'était un affront passible de mort), il fait presque comme si je n'existais pas.

J'imagine qu'il trouve que le risque est trop grand. Mais je m'en fiche. C'est bien plus calme quand il ne me dit pas constamment ce que je dois faire.

Mais je ne peux pas m'empêcher de l'épier en douce tandis qu'il se déplace. Il bouge comme un prédateur aux lignes épurées et à la puissance brute maîtrisée. Il me regarde en coin quand il passe à côté de moi. Aussitôt, je détourne le regard. Moi aussi je sais jouer à ce jeu-là. Malgré tout, un agréable frisson me traverse de part en part.

Il s'immobilise derrière Beckett et se penche pour étudier l'écran qu'elle a en face d'elle. Ce rapprochement met en évidence leurs similarités : un parfum de violence qui se diffuse dans l'atmosphère autour d'eux, comme si la civilisation n'était qu'une fine couche de vernis voilant une nature plus primitive.

À l'autre bout de la pièce, je vois que Rain aussi les observe. Je n'arrive pas à déchiffrer son expression. Du désir ? Ou quelque chose de plus sombre… plus viscéral. La prêtresse aurait-elle un faible pour les mauvais garçons ?

Cette hypothèse provoque chez moi une émotion assez déplaisante que je choisis de reléguer aux oubliettes. À la place, je me concentre sur Ian qui se retourne pour nous faire face.

– Bon, voilà ce qui va se passer. On descend vers la planète et on atterrit à Rangar.

Je n'arrive à dissimuler à quel point je suis choquée que grâce à mes années d'entraînement au palais.

– Rangar ? C'est une plaisanterie ?

– Et pourquoi j'aurais envie de plaisanter ? rétorque Ian avec son petit sourire.

– Rangar est… un endroit dangereux.

Je n'y suis jamais allée, mais la ville portuaire de Rangar est bien l'endroit le plus mal famé d'Askkandia. Ma mère menace régulièrement de la faire raser. Mais elle change d'avis en se disant qu'au moins elle sait où trouver les éléments perturbateurs.

– Ah, et comment tu le sais, Princesse ? Tu es allée t'encanailler ?

– Non, c'est ce que j'ai entendu dire.

– C'est vrai, Rangar est un lieu dangereux, mais c'est tout son intérêt. C'est sans doute le seul endroit d'Askkandia où on pourra obtenir ce qu'il nous faut sans qu'on nous pose de questions.

– Oui, mais…

En voyant l'expression de dégoût sur le visage de Beckett qui me regarde, je laisse ma phrase en suspens.

– Alors, comme ça, la princesse a peur du petit peuple ? essaie-t-elle de me provoquer.

– Ce n'est pas de la peur, je me défends. (Eh bien si, je sais mentir.) Je sais que ma mère peut se montrer sans pitié, mais il le faut bien, ce n'est pas facile de diriger un Empire. Mais elle m'aime. Elle sera réellement reconnaissante si vous me ramenez à elle. *Extrêmement* reconnaissante.

– Reconnaissante à quel point ? demande Gage, en même temps qu'Ian dit « non ».

Pas de discussion, pas d'explication. Juste non. Quel con.

– Alors personne d'autre n'a voix au chapitre ? (Malgré mon agacement, j'essaie de paraître raisonnable.) Nous devrions peut-être voter.

– Moi je vote pour que tu la fermes, jette Beckett.

Quelle surprise.

– Je dis simplement qu'il y a d'autres moyens que de négocier avec des voleurs et des renégats.

– Ah, pourtant j'avais compris que tu voulais qu'on aille au palais, persifle Beckett.

– Ça suffit.

Ian me coupe la parole.

– Nous avons surtout besoin d'eau et de nourriture. Bon, ce n'est pas indispensable, mais ça faciliterait les choses si on peut payer pour ça. Est-ce que quelqu'un a de l'argent sur lui ? Ou le moyen d'obtenir un crédit de planétas ?

– Vous étiez sur le point d'embarquer à bord d'un vaisseau-prison, pour je ne sais quelle destination, rappelle Merrick. Vous n'avez pas pensé à l'argent ?

– On a pratiquement tout donné à Gage pour en arriver là, explique Max en regardant ce dernier. Où est tout l'argent qu'on t'a donné ?

Gage hausse les épaules avec nonchalance.

– Dans ma cabine sur la *Caelestis*.

– Tu es monté à bord les mains vides ?

Ian n'a pas l'air convaincu. C'est vrai qu'il est de nature méfiante.

Gage lève les yeux au ciel.

– T'as p't-être oublié, mais on est un peu partis à l'arrache.

Ian le scrute un moment, les yeux étrécis, puis se tourne vers les autres membres du groupe. Personne ne dit mot.

– Et vous deux ? L'Ordre vous fait voyager dans l'espace sans le sou ?

– Nous avions de l'argent, répond Merrick. Dans la navette.

Ça se présente mal. Ian doit tenir le même raisonnement, car il arrête son regard sur moi. S'il cherche à obtenir mon aide, c'est qu'il est vraiment réduit à utiliser ses dernières cartouches. L'espace d'un instant, je regrette de ne pouvoir l'aider, même si je n'ai aucune envie d'aller à Rangar. Ça ferait du bien de se sentir un peu utile. Mais je n'ai jamais touché à de l'argent. Merde, je ne suis jamais entrée dans un magasin de ma vie.

Il vient vers moi sans me quitter des yeux. Je résiste à l'envie de tirer nerveusement sur le bas de ma robe.

– Je n'ai pas d'argent, je réponds. Enfin, où je pourrai le ranger avec cette tenue ?

Il promène son regard sur moi, et un petit sourire chatouille ses lèvres pleines. Ce qui a le don de m'agacer superbement. Pourquoi ne me sourit-il que quand il veut quelque chose ?

– Dis-moi, Princesse, c'est des vrais ?

Il désigne d'un geste la rangée de boutons ornés de pierres le long de ma robe.

Évidemment. Une princesse de Senestris ne se baladerait pas en public en arborant de fausses gemmes !

– Ils sont vrais, affirme Beckett. Rien que le meilleur pour notre princesse.

Ian tend la main et arrache un des boutons. Je lui tape aussitôt la main.

– Hé, arrêtez ça.

Il tient à hauteur de ses yeux la rare malinnite noire, qui scintille à la lumière.

– Très joli, apprécie-t-il. On dirait bien qu'on a notre solution.

À un détail près : je suis déjà très peu vêtue et ces boutons sont tout ce qui protège encore ma dignité.

– Ça vous a peut-être échappé, j'interviens sèchement, mais je n'ai pas de robe de rechange.

L'amusement fait pétiller son regard. Mais il y a autre chose aussi. La peau me picote et j'ai des papillons dans le ventre, tandis qu'il reluque ma robe ajustée et mes jambes nues.

– Donne-moi la robe, Princesse, je vais t'en acheter une autre.

– Avec mon argent, donc ?

Il hausse les épaules et Merrick se lève.

– Vous pouvez emprunter ma toge, me propose-t-il.

– Et du coup c'est vous qui serez nu ? je demande. Vous n'avez pas à subir ça.

Les coins de sa bouche se soulèvent un tant soit peu : c'est le plus grand sourire que je l'ai vu faire jusqu'ici.

– Je ne serai pas nu.

Il fait passer le vêtement par sa tête ; dessous, il porte une armure noire. Voilà pourquoi il semblait aussi musclé.

Mon père en portait une semblable. Il m'avait dit que c'était à cause de la gravité plus faible de Serati, qui donne à ses natifs des os moins denses et qui se brisent plus facilement. Il y a des renforts au niveau des bras et des jambes pour mieux les protéger. Apparemment, tous les Sératiens en portent quand ils ne sont pas sur leur planète.

Maintenant qu'il n'a plus son vêtement caractéristique, Merrick n'a plus du tout l'air d'un prêtre, mais d'un guerrier. Il est tout en muscles et je me demande si j'ai mal jugé d'où pourrait venir la plus grande menace sur ce vaisseau.

– Arrête de mater, Princesse, tu gênes le monsieur.

Je ne réponds pas aux moqueries d'Ian, car je ne suis pas la seule à mater. Rain aussi le regarde avec insistance. J'imagine qu'elle non plus ne l'a jamais vu sans sa toge.

Il me lance le vêtement, que j'attrape. Il est composé de fibres naturelles, blanchies sans doute, et la seule fioriture présente est l'emblème de l'Astre Mourant en haut à gauche sur la poitrine. Le tissu est grisé, sale et sent la fumée, mais c'est mieux que rien.

– Atterrissage dans dix minutes, annonce Beckett.

Gage a réussi à contrefaire une autorisation d'atterrissage d'apparence légitime pour traverser l'atmosphère askkandienne. À vrai dire, je ne sais pas si c'est si difficile que ça, surtout pour aller à Rangar, où l'on accueille, d'après ma mère, n'importe quel rebut de l'espace à bras ouverts. Le décompte est maintenant visible sur l'écran de Beckett ainsi que sur la console principale.

– Allons, Princesse, la robe. J'ai pas envie de traîner ici plus longtemps que nécessaire.

Je pousse un gros soupir, résignée. Mais je ne vais quand même pas me déshabiller devant tout le monde. Je me dirige vers la sortie, mais à la porte, je me rends compte de quelque chose. Je me tourne vers Ian qui hausse un sourcil.

– Donne-moi ton couteau.

Maintenant il écarquille les yeux.

– Pardon ?

– Ton couteau. Ne t'en fais pas, je ne vais pas te poignarder. Enfin, pas aujourd'hui en tout cas. Mais je ne pourrai pas retirer cette robe sans l'aide d'un couteau.

– Mais comment as-tu fait pour entrer dedans ?

– Lara, ma dame de compagnie, m'a habillée.

Beckett émet un grognement de rire.

– Elle sait pas s'habiller toute seule.

– Je saurai mettre seule une combinaison de prisonnier, je rétorque, lassée de lui servir de punching-ball verbal. La tenue impériale n'est pas aussi facile à enfiler.

Ian sort sa lame à l'allure menaçante de l'étui dans son dos et me la tend. Sans un mot, je la prends et quitte la passerelle pour gagner la chambre que je partage avec Rain. En passant à côté de la zone fermée au centre du vaisseau, à laquelle nous n'avons pas accès, je pose la paume un instant sur le métal tiède. Pour une raison que je ne m'explique pas, c'est devenu pour moi une habitude réconfortante.

Une fois dans la chambre, j'écarte la robe de ma peau et fends le tissu avec le couteau. Lorsque l'avant de ma robe s'ouvre enfin, je soupire d'aise. Cela fait des jours que je n'ai pas respiré librement. Encore quelques entailles stratégiques et je parviens à quitter les vestiges de ma robe de limaceuse.

J'aimerais profiter un peu de cette nouvelle liberté de mouvement, mais nous allons atterrir d'un instant à l'autre, alors j'enfile la toge en me retenant de respirer son odeur prégnante de fumée et de mâle. Je n'avais encore jamais porté les vêtements de quelqu'un d'autre. Il faut bien une première fois…

De retour sur la passerelle, je lance la robe à Ian. Dans son regard amusé, je vois qu'il devine que sous ma tenue impériale, il n'y avait pas de place pour des sous-vêtements, et que je suis nue sous cette ample toge. Mais il ne fait aucune remarque, il se contente de se mordre la lèvre inférieure en secouant la tête et s'enfonce dans son fauteuil de capitaine. Puis il sort un autre couteau de je ne sais où et commence à détacher les boutons et autres breloques précieuses.

– Tu sais combien ça vaut ? demande-t-il.

Je secoue la tête. Je n'en sais absolument rien, et cet aveu me donne le rouge aux joues. C'est de la honte, je crois… Ai-je vécu dans une bulle jusqu'ici ?

J'ai l'impression d'être au bord d'un précipice, comme si je titubais à la lisière de tout ce que je prenais jusqu'ici pour la vérité, sur le point de tomber dans l'inconnu. C'est terrifiant, mais une partie de moi a envie de tomber malgré tout.

– Fais voir, lui dit Beckett.

Ian traverse la passerelle pour lui montrer les pierres, qu'elle touche et examine.

– À la régulière, dix mille planétas au moins.

Ian émet un sifflement appréciateur. J'imagine que c'est une somme importante. Mais Beckett n'a pas fini son estimation.

– Au marché noir, dix pour cent seulement.

– Ça suffira pour faire les provisions, décide Gage.

– Nous devrions sans doute trouver de quoi habiller Beckett, au cas où elle aurait à sortir en public, je suggère. Avoir « prisonnier » écrit dans le dos, c'est comme une invitation à…

Je m'interromps, car je me rends compte que je m'exprime de manière particulièrement peu diplomatique – péché capital pour les membres de la royauté.

Mais Beckett fait un grand sourire.

– Oh, je savais pas que tu t'en faisais pour moi, Princesse.

Ce n'est pas ça. Ou peut-être bien que si. Je ne sais plus.

Rain se lève et me regarde.

– Tu voudrais bien me prendre des vêtements aussi ?

À côté d'elle, Merrick se raidit, mais il ne dit rien, et moi non plus. Je ne sais pas pourquoi elle s'adresse à moi, ce n'est pas moi qui vais aller aux courses. Je doute qu'ils me laissent quitter le vaisseau.

À cet instant, un signal sonore retentit et Beckett se tourne vers ses écrans.

– Nous sommes dans l'atmosphère, en approche de Rangar, annonce-t-elle. Les appareils de communication avec l'extérieur sont toujours en panne, mais ils ont fait une vérification en vol. Les autorisations bidon ont marché. Et avec une place attitrée pour atterrir, sans demander les états de vol, pas de questions. Ah, cet endroit me plaît déjà.

Mon pouls s'emballe. Nous allons atterrir sur Askkandia. Il suffit que je trouve un moyen pour contacter le palais sans impliquer les autres. Peut-être que si Gage me file quelques tuyaux high-tech, j'arriverai à faire fonctionner le système de télécommunications du vaisseau ? Ensuite, ils pourront poursuivre leurs affaires, et moi je rentrerai à la maison.

C'est ce que je veux.

Non ?

Nous ralentissons et le vaisseau produit une sorte de vibration, comme s'il n'était pas content.

– Tu sais comment atterrir avec ce machin, hein ? s'enquiert Ian.

Beckett tourne dans le siège de pilotage.

– Pas du tout.

De mieux en mieux.

La planète approche à grande vitesse et il semble bien que nous ne ralentissions plus. Je crois que Beckett est suicidaire. Enfin, peut-être pas, mais en tout cas elle se fiche totalement qu'il lui arrive malheur. Alors je m'assieds dans le fauteuil le plus proche et attache ma ceinture. Difficile de croire qu'il y a seulement deux jours, j'étais sur le point de vomir en approchant de la *Caelestis*. Me voilà voyageuse de l'espace aguerrie.

Je souris à cette pensée puis lève les yeux et découvre Ian qui m'observe. Il détourne le regard.

Au dernier moment, le vaisseau freine brutalement. Je me prépare au choc, cramponnée aux accoudoirs, mais je parviens tout de même à garder les yeux ouverts. Quelques secondes plus tard, le vaisseau se gare posément à sa place.

– Beau travail, la complimente Ian qui se lève de son siège et défroisse ses vêtements.

– Je sais pas ce que tu considères comme un mauvais boulot alors, grommelle Gage en se levant à son tour.

– Quand on meurt dans l'affaire, répond Max depuis le sol.

S'attacher à un siège était vraiment une bonne idée. J'ai peut-être de bons instincts pour les voyages dans l'espace.

– J'ai rien fait, leur dit Beckett. Tout le mérite revient au vaisseau.

– Tu veux dire qu'il est passé de lui-même en pilote automatique pour atterrir sans assistance ? je demande. Un vaisseau peut faire ça ?

– Apparemment, sinon nous n'aurions pas cette conversation, me répond-elle, narquoise.

Je ne me donne pas la peine de trouver une repartie alors que nous venons bel et bien d'atterrir sur Askkandia.

C'est incroyable d'être de retour sur ma planète natale tout en demeurant aussi éloignée de mon foyer. C'est un échec particulièrement amer, de la pire espèce. D'un autre côté, c'est étrangement libérateur. Je baisse les yeux vers ma toge blanche trop longue et crasseuse, avec le bout de mes orteils qui dépassent de l'ourlet, et je laisse échapper un rire. Ce n'est vraiment pas comme ça que j'avais prévu de revenir après ma première visite officielle.

Ian me regarde d'un drôle d'air, comme s'il se demandait ce qui cloche chez moi, ce qui me donne le fou rire. Bientôt je me demanderai ce qu'il pense de moi de nouveau – ce qu'ils pensent tous de moi. Mais pour l'instant, je vais juste rester là à apprécier la vue d'Askkandia et son sol bleu vif.

En attendant la prochaine catastrophe.

CHAPITRE 17

IAN

– Bon, tu viens avec moi, toi, je préviens Kali lorsque le train d'atterrissage s'enclenche.

Elle est toujours en train de rire sous cape. Pas flippant du tout. Je crois qu'elle a un problème. Et je me dis qu'il faut que je sois là si elle se met à paniquer ou quoi que ce soit.

Mais aussitôt que cette idée me vient, j'essaie de l'oublier. Cette princesse, j'en suis pas responsable, moi. Par contre je suis le capitaine du vaisseau – du moins pour l'instant – donc, techniquement, toute personne à bord est sous ma responsabilité. Putain, non. Je ne suis finalement *pas* libéré de mes responsabilités envers elle. Merde !

Capitaine et tout le tralala, c'est plus chiant que ce que je croyais.

– Vraiment ? s'étonne-t-elle. Qu'est-il advenu de l'attitude « je ne te fais pas confiance pour ne pas courir retrouver maman » ?

– Je ne plaisante pas. C'est justement parce que je ne te fais pas confiance que je t'embarque avec moi.

– Je n'essaierai pas d'entrer en contact avec elle, je te le promets.

Elle me fait même le coup de battre des cils. Comme si ça pouvait marcher avec moi.

Je lève les yeux au ciel.

– Debout.

– Allez, quoi, plaide-t-elle en désignant son habit. Je ne vais pas sortir dans cette tenue !

Je ne vois pas le problème. D'ailleurs elle est plutôt mignonne là-dedans, on dirait un fantôme cracra à une fête costumée. Je regrette ses jambes nues, quand même.

– Si ! On te prendra pour une bonne sœur, parfait.

– Je suis une grande prêtresse, pas une religieuse, rectifie Rain.

– J'ai pas posé de question, je rétorque.

Mais je souris pour adoucir mon ton mordant, sinon ça revient à donner un coup de pied à un petit pichon tout mignon. Puis j'explique à Kali :

– Les gens trouvent les bonnes sœurs inoffensives, même ici. Vous serez en sécurité.

Je vois presque les rouages de sa cervelle se mettre en mouvement pour évaluer la situation. Ou plutôt : pour élaborer divers scénarios visant à me fausser compagnie, et aller retrouver maman. On n'a certainement pas besoin d'avoir l'Empire aux trousses, alors je vais bien m'assurer qu'elle reste juste à côté de moi. Elle finit par hocher la tête. Ça m'arrange de ne pas devoir lui forcer la main. Mentalement, je m'adresse à Max :

– *Tu restes ici surveiller le vaisseau.*

– *J'y compte bien.*

– *Tant mieux.*

Je regarde Gage qui examine la console du vaisseau, à présent éteinte, comme s'il essayait de trouver comment elle fonctionne. Je devrais sans doute me pencher là-dessus aussi, tant qu'on est au sol, mais en vrai, je m'en tape. Du moment qu'on arrive à rejoindre Milla, ce vaisseau peut voler en arrière ou à l'envers, j'en ai rien à carrer.

– Il faut que tu t'arranges pour faire remplir les réservoirs d'eau, je lui dis. Va voir le responsable du port, ils puisent l'eau dans le lac.

Rangar est une ville portuaire située au bord d'un immense lac d'eau douce. Enfin, lac, ce n'est peut-être pas le bon mot, vu qu'il est plus grand que n'importe quel océan des autres planètes. Au moins, ici, il n'y aura pas de pénurie d'eau : la moitié de la planète en est couverte. Ils l'exportent vers les planètes du centre, et la vendent à prix d'or à ces pauvres gars.

La plupart n'ont pas les moyens de boire suffisamment. Un de mes rares souvenirs d'enfance, c'est la soif.

– Il faudra payer pour ça, je poursuis en sortant les quelques planétas que j'ai en poche pour les lui donner. S'il n'y a pas assez, dis-leur que je paierai en rentrant.

Il est ravi d'empocher les bandes orange en composite carbone dans sa combinaison de la Corporation. Typique de ce mec.

En faisant le tour de la pièce du regard, je vois Merrick qui ne quitte pas d'une semelle la petite prêtresse. Sans sa toge, il est carrément intimidant – et c'est exactement ce qu'il me faut.

– Accompagne Gage. Si quelqu'un fait des ennuis, règle ça.

Il a l'air surpris, mais il accepte d'un signe de tête.

Bien.

– Et que vas-tu faire ? me demande Merrick.

Je suis tenté de lui dire de s'occuper de ses oignons. Ce type me hérisse le poil. Sans doute parce que je pressens qu'il va poser problème, une fois que les questions vitales (comme mourir de faim ou de soif) seront classées.

Mais je décide d'être gentil. Pour l'instant.

– La princesse et moi allons transformer ses boutons de robe en espèces sonnantes et trébuchantes et acheter des provisions. On se retrouve ici dans quelques heures.

– *Appelle si tu as besoin de moi*, me dit Max.

– *Je sais me débrouiller.*

– *Tu dis toujours ça.*

– *Et j'ai toujours raison.*

Il rit.

– *Si tu as besoin de t'en convaincre…*

– Est-ce qu'il va falloir descendre par l'échelle ? demande Kali.

Beckett actionne un bouton de la console devant elle.

– Pour la princesse, on sort le tapis rouge.

Dès qu'elle parle à Kali, quelque chose dans sa voix me met sur le qui-vive. On dirait de simples piques, mais je sens qu'il y a derrière une rage profonde et dévorante. Max pense qu'il s'agit d'une rebelle. À cause de son attitude, et aussi parce qu'elle était prisonnière du Dr Vicelarde.

Sans plus de discours, Kali et moi sortons du vaisseau. Comme Beckett l'a sous-entendu, la rampe menant au sol est déployée sous la sortie triangulaire du vaisseau. Triangulaire ! Évidemment, tout est bizarre sur ce foutu rafiot. Je scrute les alentours. C'est la fin de l'après-midi. Le soleil est encore haut dans le ciel sans nuages. Nous sommes à la périphérie de l'aéroport spatial. C'est tranquille. Ce qui est habituel puisque la plupart des transports spatiaux sont contrôlés par la Corporation, et Rangar n'est pas homologué.

Il n'existe plus d'appareils de plaisance dans le système. Maintenant, tout ce qui vole sans l'aval de la Corporation est illégal. Nous, par exemple. Si ça fait des vagues, j'expliquerai qu'on s'est échappés de justesse de la *Caelestis*.

C'est l'une des raisons pour lesquelles j'emmène la princesse. Au pire des cas, je pourrai l'exhiber et annoncer que je lui ai sauvé la vie. Même s'ils doutent de ma parole, ça m'étonnerait que quiconque ici veuille prendre le risque de blesser la fille de l'Impératrice.

Finalement, on dirait que c'était bien réfléchi, ma décision de la prendre à bord. Ce n'était pas de l'altruisme, mais du pragmatisme. Et du bon vieil instinct de survie.

Pas étonnant que je ne l'aie pas reconnu tout de suite : ce n'est pas ma spécialité, habituellement. Mais jusqu'à ce qu'on sorte Milla de l'enfer où elle doit être, je vais faire attention comme jamais. Si quelque chose nous arrivait, à Max et moi, elle serait bloquée là-bas pour toujours, et je ne peux pas laisser ça se produire.

Je descends la rampe, suivi de près par Kali, tandis que Gage et Merrick ferment la marche.

– Il y a quelque chose de changé à propos du vaisseau, fait-elle remarquer lorsque nous posons le pied sur le sol askkandien au coloris bleu ridicule.

Je me retourne et constate qu'elle dit vrai.

Au moment de quitter la *Caelestis*, ce vaisseau était d'un gris sale. Maintenant, la saleté a disparu et il est d'un ton argenté presque luminescent, rutilant sous le soleil vif. C'est la couleur des yeux de Kali.

– Oh, murmure-t-elle, qu'il est beau !

Je ne vais pas contester ça. Elle en fait le tour à pas lents, laissant son doigt courir à la surface. Puis elle s'arrête au niveau de l'avant, ses sourcils noirs rapprochés. Je la rejoins et lui demande :

– Quoi ?

– Regarde.

Elle montre du doigt un des flancs du vaisseau, juste devant les écrans avant. Il y a un dessin. Couvert de saleté quand nous avons embarqué, il apparaît désormais clairement. C'est une étoile d'où partent des rayons lumineux et entourée d'un cercle.

J'ai déjà vu ce symbole. Kali aussi, et visiblement, elle ne l'a pas oublié.

– C'est le même que sur l'heptosphère, murmure-t-elle. Comme dans mes…

Elle s'interrompt soudain. Je me demande ce qu'elle était sur le point de dire. Mais elle poursuit sur des sujets plus pragmatiques.

– Le vaisseau doit venir des Anciens. Pas étonnant qu'aucun de nous n'ait jamais rien vu de tel. C'est un vestige alien.

Elle dit cela avec une sorte de révérence mêlée de surprise. Ça craint un peu.

– Évidemment, confirme Gage derrière moi. Je croyais que tu le savais, que c'était un truc alien.

Connard.

– Et comment je suis censé deviner ça ? je demande, même si je commence à voir que ça explique tellement de choses que c'en est flippant.

– Tout le monde sait ça, lâche-t-il, ce qui n'explique rien du tout.

Je le fusille du regard.

– Pas tout le monde, non.

– D'où vient-il ? demande Kali en tendant la main pour caresser la carlingue.

Quand ses doigts entrent en contact avec le métal, elle est prise d'un léger frisson. Soudain j'ai terriblement envie qu'elle me touche de la même manière. Je fais de mon mieux pour ignorer cet élan. On a assez d'ennuis comme ça sans y ajouter du sexe. D'autant que le sexe avec moi a tendance à être… compliqué, et la princesse n'a pas l'air d'être du genre à tolérer les complications. Même si elle en est une.

– Du même endroit que l'heptosphère, répond Gage. Dr Veragelen les a achetés en lot.

– Ha, c'est pas ça qui va me rassurer, je râle. Ce truc était maléfique.

– Non, me contredit Kali. Pas maléfique, juste incompris.

Carrément pas d'accord.

– Il faut qu'on y aille.

Elle recule pour mieux voir le vaisseau.

– On devrait lui donner un nom.

Je suis tenté de lui demander pourquoi, puisqu'on ne va pas garder ce machin éternellement, mais je garde mes réflexions pour moi.

– Appelons-le *Starlight*, propose-t-elle. Lumière d'étoile. Il en a la couleur. Et puis cette image… C'est charmant.

Mais oui, charmant. C'est sûrement pour ça que j'ai une grosse boule désagréable qui prend ses quartiers dans mon bide.

On a volé dans un *vestige alien*.

Ce genre de trucs, la Corporation veut les récupérer… et vite.

Mais le plus inquiétant, c'est que ce vestige alien… semble n'en faire qu'à sa tête.

CHAPITRE 18

IAN

– Allons-y, je presse Kali.

Elle n'en tient aucun compte, continuant d'examiner ce vaisseau antique. Je commence à me dire qu'il va falloir que je l'arrache à son nouveau joujou lorsque, après un dernier regard, elle se dépêche de me rejoindre.

Bien. Je préfère passer le moins de temps possible sur Askkandia.

Superficiellement, c'est la plus attractive des planètes. C'est bien pour ça que l'Impératrice et le Conseil y sont installés. C'est sûrement vachement plus agréable que Kridacus où je suis né, mais ça, c'est pas difficile, l'endroit est un vrai merdier.

Ici, il y a beaucoup d'arbres, je vois des collines bleues et vertes au loin. L'air est tiède, mais ne te grille pas les poumons, et une fois que nous quittons le port lui-même, il est pur et agréable à respirer.

Rangar a beau être la ville la plus sale d'Askkandia, ça reste mieux que les autres planètes, et de loin. Je ne vois pas ce que Kali pouvait trouver à redire.

Je me dirige vers la ville, et bientôt nous marchons entre les bâtiments. Ce n'est pas chic et ça ne l'a jamais été. Ce n'est pas le problème. Je suis choqué de voir à quel point ça s'est dégradé depuis ma dernière visite.

Il y a un sentiment de désespoir dans les rues et chez les gens. Ce n'était pas le cas avant. C'est une impression familière. Je suis allé sur beaucoup de planètes et cet état est la norme, pas l'exception. Mais je m'interroge quand même sur l'Impératrice et son Conseil. La situation du système Senestris doit être grave pour qu'ils laissent leur propre planète tomber si bas.

Je ne suis pas le seul à être surpris. Kali tourne sans cesse la tête, les yeux écarquillés et les sourcils froncés. Tous ceux que nous croisons se dépêchent et évitent de croiser notre regard. J'imagine que c'est à cause du pistolet laser à ma taille et pas parce que je me balade avec une princesse – mais j'espère sincèrement qu'elle est méconnaissable dans cette robe blanc sale. Les travailleurs n'ont pas le droit d'avoir des armes, donc le fait que j'en porte une indique que j'ai un autre statut. Et je pense qu'ils ne savent pas trop lequel.

J'avais songé à ne pas prendre mon arme, mais par expérience, je sais que dans cet endroit, il vaut carrément mieux être armé. Et puis je suis en noir, ce qui pourrait indiquer que j'appartiens à la Corporation – si j'étais un bon citoyen – et la plupart des gens préfèrent éviter ces types-là.

– Qui sont tous ces gens ? murmure Kali alors que nous tournons au coin d'une rue.

– Principalement des employés du port, je pense.

– Alors ils ont un emploi ?

Elle semble stupéfaite. Ce qui m'agace un peu.

– Tout le monde ne peut pas rester toute la journée à se tourner les pouces dans un palais, Princesse.

– Ce n'est pas ce que je voulais dire. (Elle ne s'énerve pas comme elle le fait d'habitude, elle continue d'observer calmement.) Mais s'ils travaillent, je suppose qu'ils reçoivent un salaire, alors pourquoi semblent-ils si…

– Pauvres ? je complète.

– Brisés, dit-elle doucement.

– Parce que l'Empire les préfère comme ça, je rétorque.

Je sais qu'elle a eu une vie protégée, mais voir à quel point elle est larguée par rapport à ce qui se passe dans le système qu'elle est censée diriger un jour me rend malade.

Elle prend un air plus sombre encore.

– Ce n'est pas vrai. Nous voulons que tout le monde prospère.

– Si c'était le cas, pourquoi les gens d'ici, même de Rangar, vivent mieux que ceux des autres planètes ? je lui demande tandis que nous contournons un homme en toge sale assis dans la rue.

La princesse semble horrifiée : par lui ou par mes paroles, je ne sais pas.

– C'est impossible, dit-elle en promenant son regard sur les détritus qui jonchent la rue, les habitants en haillons.

Je hausse les épaules.

– Ta chère maman a augmenté les taxes, il y a quelques années, ce qui a rendu la plupart de ces endroits exsangues. Les gens étaient déjà au seuil de la pauvreté, ils ont été durement touchés. Après, on rajoute le rationnement des céréales… tout le monde est dans la merde en ce moment. S'ils ont juste de quoi acheter du pain et qu'il n'y en a plus, qu'est-ce qui se passe ?

– Mais nous avions besoin de la *Caelestis*. C'était notre seul espoir pour sauver le système. Nous devons tous faire des sacrifices.

Sa conviction serait plus crédible si je ne venais pas de raser une poignée de pierres précieuses sur sa foutue robe.

– Ah ouais, et toi, Princesse, quels sacrifices as-tu faits ? Tu as déjà eu faim ?

– J'ai faim en ce moment.

– C'est pas pareil. Tu sais que ce problème sera réglé dès qu'on trouvera de la nourriture à acheter. Et si c'était ton quotidien ? Imagine si on n'avait pas les poches pleines de cailloux brillants qui décoraient ta robe. Et si tu étais obligée de vivre ici, à Rangar, pour toujours, sans autre issue que la mort ? Et prends en compte qu'un seul de tes petits boutons brillants pourrait nourrir une famille entière pendant un an.

Elle me regarde en plissant les yeux.

– Alors tu vas les vendre et distribuer l'argent ?

Elle m'a bien piégé.

– Non. Mais au moins je ne prétends pas agir pour le bien des autres, juste pour ma pomme. (Et pour Max et Milla, mais je ne lui communique pas cette information.) Je ne taxe pas les gens ordinaires jusqu'à ce qu'ils n'aient plus de quoi se nourrir en prétendant que c'est pour leur bien, alors que je les regarde du haut de mon palais plaqué or.

– Il n'est pas en or, et je ne prends pas les gens de haut. (Elle se mordille la lèvre du bas, signe qu'elle est nerveuse ou réfléchit intensément.) Je les plains.

Je pousse un grognement.

– C'est à peu près la même chose, non?

Elle garde le silence un long moment. Puis, alors que nous nous engageons dans une rue particulièrement lugubre, elle chuchote :

– Tu détestes cordialement les Familles Dirigeantes, n'est-ce pas?

C'est le cas, mais lui confirmer ça maintenant, c'est un peu lui donner un coup de pied alors qu'elle est déjà à terre.

– Faut pas le prendre personnellement. Je déteste beaucoup de monde. (Tous ceux qui essaient de me dire ce que je dois faire, déjà.) J'ai toujours eu un problème avec les figures d'autorité.

– Mais il faut bien des responsables, sinon c'est le chaos et l'anarchie.

– Oui, mais ils ne devraient pas être super riches aux dépens de tous les autres. C'est indécent. Et ils devraient être élus par le peuple.

Ça, je le dis juste pour l'asticoter. Enfin, c'est un peu ce que je pense, mais je me suis jamais vraiment intéressé à la politique. Tu t'occupes de toi-même, et tout le monde fait pareil – si t'as un peu de bon sens.

Je m'arrête de marcher en remarquant qu'elle est restée en arrière. Elle est au beau milieu de la rue et me détaille, le visage dénué de toute expression. Flippant.

– C'est…

Elle ne trouve pas de mot assez fort pour exprimer son dégoût.

– Contestataire? je suggère. Tu serais surprise par le nombre de personnes qui pensent comme moi.

– Es-tu un rebelle? demande-t-elle alors, d'un ton sincèrement horrifié.

– Putain, non! J'essaie juste de m'en sortir comme je peux.

Elle semble abattue.

– Tu détestes tout le monde, et pourtant tu ne détestes pas les rebelles, alors qu'ils sont cruels.

– Nan. Ta mère est cruelle. Dr Veragelen est cruelle. Les rebelles, ils essaient juste de libérer les paysans de l'oppression et de toutes ces merdes.

– Ils ont assassiné mon père.

Ça, je ne le savais pas. J'entends l'écho de la peine dans sa voix. Mais il y a plein de gens qui meurent. Ma mère a été assassinée devant moi quand j'avais onze ans. Et c'est même pas ce qui m'est arrivé de pire cette année-là. Et ça s'est pas arrangé depuis.

– Et moi ? demande-t-elle au bout d'un moment de silence. Tu penses que je suis cruelle ?

– Pas encore. Mais je pense que tu te voiles la face, et c'est une pente glissante vers l'abysse.

– Oh, fait-elle en reculant. Contente de savoir que tu as une aussi haute opinion de moi.

Je ne devrais peut-être pas lui parler aussi crûment, mais la vie est trop courte pour perdre son temps avec des mensonges. D'autant qu'elle est réellement en mesure d'agir pour influer sur toutes ces choses qui semblent l'horrifier.

– Allez, Princesse. Tu es l'héritière de ce fichu système et tu ne connais rien à la vie de « ton peuple ». Je parie que tu ne remets même pas en question ta mère ni les décisions qu'elle prend.

– Si, mais ça n'a pas d'importance. Elle doit faire ce qui est juste pour tout le monde et parfois ce sont des décisions pénibles. Je ne réalisais pas à quel point.

J'éclate d'un rire sans humour.

– Et tu t'étonnes que les rebelles existent.

– C'est injuste, me lance-t-elle, les yeux étrécis.

– Info exclusive, Princesse : la vie est injuste. Et si quelque chose ne te convient pas, il faut te bouger pour changer la donne. (C'est comme ça que je fais, et Max et Milla aussi.) Toi tu peux juste dire « Hé, maman, tu crois pas qu'on devrait faire quelque chose au sujet du taux atrocement élevé de mortalité infantile sur Kridacus ? Ou alors on pourrait m'acheter une autre robe à la place, ou peut-être une cape superchic pour avoir l'air d'une bouffonne quand je sors rendre visite aux péquenots ? »

Elle me dévisage comme si c'était moi, le bouffon. Puis elle cligne des yeux.

– Le taux de mortalité infantile sur Kridacus est atrocement élevé ?

– J'avais deux petites sœurs. Elles sont mortes avant leurs trois ans.

Putain ! J'arrive pas à croire que je lui aie dit ça ! Je ne parle jamais d'Amelia et Farrah, et certainement pas avec la princesse qui va croire que je cherche à l'apitoyer ou je ne sais quoi.

Je ne me suis pas autorisé à penser à elles depuis si longtemps… maintenant que j'ai commencé, je n'arrive plus à arrêter les souvenirs de remonter. Amelia, avec son petit nœud rouge qu'elle aimait plus que tout. Et la petite Farrah, qui me suppliait de jouer aux cailloux avec elle. J'étais jeune quand elles sont mortes. Certains jours, je ne distingue même plus leurs visages de ceux de tous ces enfants malades sur Kridacus.

À cause du soleil, les taux de radiations sont élevés et affaiblissent le système immunitaire des plus faibles. Donc quand tu tombes malade, tu ne t'en sors pas. Beaucoup y passent dans l'enfance. Près de cinquante pour cent.

– Je suis désolée, dit-elle d'un ton sincère. Au moins, vous avez survécu, Max et toi.

C'est vraiment une remarque à la con, et elle ne connaît même pas assez le monde pour s'en rendre compte. Et puis elle ne sait rien sur Max et moi, mais ça, c'est normal. Max, Milla et moi, nous ne discutons de notre relation avec personne. Jamais. On nous croirait même pas si on essayait.

– Un jour, quand je serai impératrice, je pourrai changer les choses.

Encore une fois, elle a l'air d'y croire, mais combien de temps sa résolution tiendra, une fois de retour dans son palais tout brillant ?

– C'est un beau rêve, Princesse. Mais bon, il y a des chances pour qu'on finisse tous en cendres dans un avenir pas si lointain, donc pourquoi s'en faire pour les mômes qui crèvent ?

– Ian.

Elle m'attrape le poignet, nous obligeant à nous arrêter.

Surpris, je baisse les yeux vers elle, et j'ai envie de me mettre des baffes quand je vois qu'elle a la lèvre qui tremble et que ses yeux vifs argent sont devenus ternes comme du zinc.

Merde. Je suis allé trop loin. Mais aussi, la diplomatie, c'est pas mon fort, et puis elle l'a cherché.

– Peut-être, mais tu étais obligé de répondre si durement ?

La voix de Max est de retour dans ma tête.

Sans doute que non. Je soupire et me passe une main sur le visage en essayant de trouver quelque chose à dire pour me rattraper. En dehors de « désolé » que je ne peux pas dire alors qu'on est entourés de gens qui souffrent d'autre chose que de la sensibilité. Et puis elle avait besoin d'entendre ça.

Mais ça va comme ça. Je me libère de sa poigne de fer et me détourne pour porter mon regard vers le bout de la rue. Je crois que j'ai explosé mon quota de ses petites mines pour aujourd'hui.

– *Largement explosé*, concède Max, ironique.

– Viens, je grogne en me remettant en marche sans un regard en arrière.

Mais je ne parviens à me détendre qu'en entendant ses pieds nus claquer sur les pavés à côté de moi.

Nous traversons à présent ce qui fait office de quartier des affaires. Je sais exactement où je vais tenter de négocier en premier. Il y a plus de monde ici, et parmi les vêtements marron et gris, il y a parfois un éclair de couleur – ce qui prouve que cet endroit est vraiment une ville de hors-la-loi.

J'ordonne à Kali :

– Mets ta capuche.

– Je ne verrai plus rien.

– Peut-être, mais au moins les gens ne te verront pas non plus.

Je ne pense pas que quelqu'un, en repérant une fille pieds nus dans une robe sale, se dira que c'est la princesse Kalinda – l'expérience m'a appris que les gens ont tendance à voir ce qu'ils s'attendent à voir – mais mieux vaut rester prudent. Même habillée comme ça et avec ses cheveux roux en bataille, elle est belle. Ça va même au-delà : elle arrête les regards, et la beauté est quelque chose dont les gens se souviennent.

L'air maussade, elle obéit sans protester, couvrant ses cheveux et son visage.

– Je ne vois plus rien, grommelle-t-elle d'une voix étouffée par l'étoffe épaisse.

Avec un sourire, j'attrape sa main, qu'elle retire aussitôt. Je répète mon geste et nous nous mettons en marche. Je n'ai vraiment pas envie qu'elle trébuche et se fasse remarquer.

– On tue vraiment ceux qui te touchent ? je lui demande.

– Pas jusqu'ici, mais ils feront peut-être une exception pour toi. (Elle marque une pause avant d'ajouter :) Si je leur demande gentiment.

Ça me fait rire. Je me rends compte que je ris davantage avec elle qu'avec qui que ce soit d'autre, même Milla et Max.

Je n'ai jamais été du genre à tenir la main, mais avec elle ça me semble naturel et agréable. Sa main s'adapte bien à la mienne, sa peau est douce et chaude.

– Où allons-nous, au juste ? demande-t-elle.

– Ici, je réponds en m'arrêtant devant une taverne.

– Le Drokaray Enivré, lit-elle sur l'enseigne au-dessus de la porte. J'adore les drokarays !

– Ah bon ? Mais ils mangent les gens, non ?

Je ne suis pas expert en bêtes sauvages, mais si je me souviens bien, c'est un animal de trait carnivore originaire d'Askkandia.

– Seulement les méchants. (Le regard lointain, elle sourit, puis son expression redevient grave.) Quand j'étais petite, je voulais avoir un drokaray comme animal de compagnie. Mon père aimait enseigner par l'exemple concret au lieu des discours, alors plutôt que d'essayer de m'en dissuader, il m'a emmenée visiter une ferme et faire connaissance avec un bébé drokaray. Il a failli me croquer le nez.

– Attendrissant.

– Après ça, on inventait des jurons contenant le mot drokaray. Et quand j'étais fâchée, mon père me rappelait qu'un drokaray risquait de me mordre.

Maintenant elle a l'air triste. Je n'aime pas ça, je préfère quand elle est énervée contre moi.

– Écoute, il vaut mieux que tu la fermes ici, d'accord ?

– Pourquoi ? (Elle me lâche la main.) Tu crois que je vais crier au secours ?

À vrai dire, je n'y avais pas pensé, mais comme elle en parle, je me dis que je devrais la bâillonner.

Elle doit deviner mes pensées, car soudain elle me foudroie du regard à travers son capuchon, je le sens même sans voir ses yeux.

– N'y pense même pas, espèce de bouse de drokaray, siffle-t-elle, mais sans véritable colère. Et oui, je la ferme. Bon, on peut y aller maintenant ? Je tuerais pour un sandwich.

J'essaie de retenir mon sourire en l'entraînant à ma suite. Mais ce qui nous attend une fois le seuil franchi m'aide grandement dans cette démarche.

CHAPITRE 19

IAN

La pénombre du bar surprend après la lumière du soleil qui brille à l'extérieur, et il me faut un moment pour m'y habituer. C'est l'après-midi, mais le bar est animé, et la sono diffuse une musique rythmée. Je fais le tour de la salle du regard pour vérifier si je reconnais quelqu'un – ce qui pourrait être une bonne ou une mauvaise nouvelle, selon l'individu. Personne.

Je prends le coude de Kali pour l'orienter et tous les regards convergent vers nous.

D'après leur apparence et leur habillement, les clients sont des locaux pour la plupart, mais je repère un groupe de Permuniens nantis qui boivent à une table. Sans doute des marchands qui négocient une vente de stellenium qu'ils extraient pour le compte de la Corporation. Lorsque nous passons à côté d'eux, ils nous examinent de leurs yeux jaunes.

– Ils nous regardent tous, murmure Kali.

– Je ne crois pas qu'ils voient beaucoup de nonnes par ici.

– Je ne suis pas une nonne et Rain non plus ! Il n'y a pas de nonne ! (Elle semble exaspérée.) Et c'est quoi cette musique ? Je n'ai jamais rien entendu de pareil !

– Tu devrais t'encanailler plus souvent. Tu devais la fermer, tu te souviens ?

– Arrête de dire des choses qui me poussent à l'ouvrir alors.

Mais au moins, elle se tait.

Je pose ma main libre sur mon pistolet et ignore les regards insistants. À cet instant, une jeune femme portant une robe ajustée qui moule ses courbes généreuses entre par la porte à l'arrière. Elle me remarque tout de suite et se dirige droit vers nous, un grand sourire aux lèvres.

Il me faut un instant pour reconnaître la fille avec qui Max a eu une histoire la dernière fois que nous étions ici. Enfin, une parmi d'autres personnes... Il a des goûts très variés. C'est aussi la fille du propriétaire de cet établissement pas si recommandable. Parce que Max est un tel cliché qu'il a levé une serveuse. Je retrouve son prénom de justesse alors qu'elle nous aborde.

– Ian, où étais-tu passé ? demande Ella chaleureusement (sans doute plus que ce que je mérite, étant donné comment ça s'est fini entre eux). Tu nous as manqué.

Je n'en tiens pas compte. Elle doit dire ça à tout le monde.

– Ici et là.

– Max n'est pas avec toi ?

Elle semble déçue.

– Pas cette fois.

– Et qui est-ce ?

Curieuse, elle jette des coups d'œil à Kali.

– Un boulot, c'est tout. (Je sens Kali se crisper à côté de moi et j'espère qu'elle se souvient de notre discussion sur la nécessité qu'elle garde le silence.) Une bonne sœur que l'Ordre voulait envoyer hors planète. (Je me penche et baisse la voix.) Entre nous, je crois qu'ils sont contents de se débarrasser d'elle un moment. Elle est un peu difficile si tu vois ce que je veux dire.

Je sais que mes paroles hérissent Kali. Si on m'avait dit que c'était aussi amusant de faire enrager une princesse... Je devrais compter les points, pour voir combien de fois je peux la vexer en moins d'une heure.

– Mais elle ne parle pas ?

– Muette. Ou alors elles lui ont coupé la langue parce qu'elle n'arrêtait pas de réclamer des trucs.

Cette fois Kali tressaille visiblement. Ça me fait un point de bonus.

– Ces gens de l'Ordre, ils sont pas nets.

– T'as pas idée ! Eh, ton père est dans le coin ? J'ai des affaires qui pourraient l'intéresser.

– Il est dans l'arrière-salle. Vas-y.

De nouveau je prends le bras de Kali pour l'entraîner dans la bonne direction. J'aurais préféré qu'elle n'ait pas à rencontrer Dylan McBride, mais je ne vais pas la laisser là toute seule, donc elle doit m'accompagner.

Je pousse la porte en bois (ça doit être sympa d'avoir assez d'arbres qui traînent pour en faire des portes intérieures… putains d'Askkandiens) et je la fais entrer dans la petite pièce. Il y a un bureau et une chaise, et pas beaucoup de place pour autre chose. Un homme est assis sur la chaise, ses pieds chaussés de bottes sur le bureau, les yeux clos. Dylan est natif d'Askkandia, il a les yeux verts, la peau cuivrée, et un penchant pour les ragots, si bien qu'il est au courant de tout dans sa petite ville.

– De retour, fait-il en ouvrant un œil. T'as changé d'avis et décidé de travailler pour moi, hein ?

– Nan. Tu sais bien que je travaille que pour moi.

– Ah, tu devrais pourtant.

Il retire ses bottes du bureau et se redresse, jetant un bref coup d'œil à Kali, mais sans poser de questions. C'est pas le genre de Dylan.

– Alors, qu'est-ce qui t'amène ? J'aurais cru que le coin était devenu trop chaud pour toi après ton dernier coup.

– J'ai pas trop eu le choix. Écoute, Dylan, j'ai besoin de cash, et vite fait.

– Et qu'est-ce que t'as pour moi ? demande-t-il en haussant le sourcil. Je t'aime bien, mon gars, mais je ne me suis pas mis aux bonnes œuvres.

Je sors de ma poche la bourse contenant les boutons faits de pierres précieuses. J'en verse le contenu sur la table et vois ses yeux s'illuminer. Il tripote le petit tas brillant du bout du doigt, en prélève une pierre pour l'étudier à l'aide d'une loupe qu'il sort de son tiroir, puis me regarde droit dans les yeux.

– T'as trouvé ça où, exactement ?

Je feins de rire.

– Tu sais bien que je vais pas te le dire.

Il fait la moue en nous regardant alternativement, Kali et moi.

– Tu devrais jeter un coup d'œil à ça.

Il sort un papier – des prospectus en *papier*? – de son bureau et me le tend. Ah, l'opulence askkandienne, je m'y ferai jamais. Je regarde de quoi il s'agit et me tourne légèrement pour que Kali ne le voie pas.

C'est une photo d'elle, dans sa robe violette aux petits boutons brillants, que l'on voit très clairement. Une offre de récompense pour toute information concernant l'endroit où se trouve la princesse Kalinda, disparue sur la SSI *Caelestis*. Il y a d'autres trucs que je ne lis pas. Je froisse le papier et le jette dans la corbeille tout en lançant un rapide coup d'œil à Kali. Son visage est entièrement couvert, ce qui ne me laisse aucun moyen de savoir ce qu'elle pense, mais elle a les bras croisés sous sa toge et tape du pied, ce qui n'augure rien de bon pour nous deux, je crois.

– Rien à voir avec moi, j'assure à Dylan avec un grand sourire. Bon, ça t'intéresse ou pas? Je peux aller voir d'autres personnes sinon.

– Peut-être, fait-il avec un air sournois. Ça va être dur d'écouler ça pendant un moment. Surtout sur Askkandia. Tout dépend du prix. Ça doit valoir le coup de prendre ce risque.

Je lance la valeur estimée par Beckett. Il éclate de rire. Au moins, j'ai fait un heureux, aujourd'hui. Il riposte avec un chiffre vingt fois plus petit. Je négocie petit à petit et nous nous mettons d'accord sur le prix de marché noir annoncé par Beckett. Elle est bizarre, mais elle s'y connaît.

J'empoche les planétas, Dylan attrape un des joyaux et l'embrasse avant de le remettre dans la bourse avec les autres. Puis il nous regarde de nouveau à tour de rôle, Kali et moi.

– À ta place, je mettrais le plus de distance possible entre cette planète et moi. Les forces impériales vont envahir les lieux d'un instant à l'autre.

Conseil avisé, et doublement, car je ne lui fais pas suffisamment confiance pour croire qu'il ne va pas me dénoncer. Ok, on est amis, en quelque sorte. Mais la récompense est super élevée, et Dylan n'aime rien de plus que l'argent. Pas même sa fille.

Je le salue brièvement et pousse Kali hors du bureau. Quand nous repassons devant le bar, je sens que nous attirons de nouveau les regards. Et l'argent me brûle la poche. Dès que nous sommes dans la rue, Kali passe à l'attaque :

– Qu'y avait-il sur ce papier ?

– Rien.

– Pourquoi te montrerait-il un papier blanc ? Ça me concernait, non ?

Je pousse un grognement.

– T'en fais pas. Tout va bien.

– Tu ne le nies pas. Et que voulait-il dire à propos des forces impériales ?

– Rien à voir avec nous.

Je regarde autour de nous. Au coin de la rue, il y a un marchand de nourriture qui vend la spécialité locale, des petits pains épicés. J'en achète deux et lui en fourre un sous le nez. Si elle a la bouche pleine, elle arrêtera peut-être de me poser des questions.

– Peuh, je sais ce que tu essaies de faire.

Malgré tout, elle se penche pour humer le parfum appétissant de levure chaude.

– Ça marche ?

Bien qu'elle ne réponde pas, son ventre gargouille, ce qui vaut mille mots. Une main sort de sous la toge et elle m'arrache le petit pain des mains, qu'elle fait disparaître sous son capuchon. Quelques secondes plus tard, sa main ressort vide. Incroyable. Elle a dû battre un record.

Pour ma part, je prends mon temps pour mâcher une bouchée de mon pain. Moi aussi j'ai faim, mais contrairement à elle, j'ai l'habitude. Quand je me remets à marcher, elle m'emboîte le pas.

– Pourquoi ne pas me laisser simplement ici ? demande-t-elle. Visiblement, tu ne m'apprécies pas, alors pourquoi ne pas te débarrasser de moi ? Et si les forces armées sont en route, je me présenterai à elles.

Je réfléchis à cette éventualité, qui m'est déjà venue à l'esprit. Elle a bien insisté sur sa conviction que sa mère prendrait soin de nous, mais je sais dans mes tripes que l'Impératrice n'est pas digne de confiance. Une fois qu'on aura récupéré Milla et qu'on pourra se faire oublier, oui. Mais pour l'instant ? Pas question.

Mais je ne vais pas lui raconter tout ça. À la place, je change de sujet.

– Qui a fait péter la *Caelestis* ? je demande.

– Quoi ? Mais comment le saurais-je ?

Elle semble déroutée et passablement offensée. Je ne poursuis pas la conversation. Il y a un magasin de vêtements au coin de la rue.

– Plus tard, je lui dis en entrant avec elle. Choisis des vêtements. Fais vite.

– On a assez pour prendre quelque chose pour moi aussi ?

Elle semble surprise.

– Tu ne pensais pas que j'allais te laisser dans ces loques crasseuses quand même ?

À son tour, elle élude la question. Ce qui signifie que c'était bien ce à quoi elle s'attendait. Je ne sais pas si je dois me sentir insulté ou me féliciter pour ma sollicitude. Clairement, elle me prend pour un connard cosmique. Exactement l'impression que j'ai voulu lui donner.

– Choisis un truc avant que je change d'avis.

Je me dirige vers le fond, où sont rangées les bottes.

– Tu es toujours aussi autoritaire ? s'enquiert-elle en me suivant.

– Oui. Tu te déplaces toujours aussi lentement ?

Elle se met à rouspéter, ce qui me fait sourire sans que je trouve une raison valable pour l'expliquer. Pendant ce temps, elle s'est rendue au beau milieu du magasin et fait un tour complet sur elle-même. Évidemment, la vendeuse la regarde, mais ça ne doit pas être le premier client louche à faire des trucs louches dans son magasin. À voir son expression blasée, elle ne doit même pas être la première aujourd'hui.

– Je ne suis pas sûre de savoir quoi faire, me confie la princesse.

– Tu choisis des fringues, tu paies, tu sors. C'est quoi le problème ?

– Je n'ai jamais fait ça.

Je me demande un instant comment lui parviennent toutes les tenues sophistiquées qu'elle doit sûrement porter au quotidien. Puis je me dis que je ne veux pas le savoir, c'est sans doute trop révoltant.

– Choisis un truc.

Elle soupire.

– Tout est si… terne.

– Eh, tu vas pas au bal, merde. Pas besoin de paillettes.

Je grogne d'agacement, car maintenant c'est *moi* qui attire les regards de la vendeuse. J'ai l'impression qu'elle voudrait nous mettre dehors, mais n'ose pas à cause de mon pistolet. Je prends les devants.

– Vous auriez quelque chose de plus… coloré ? je lui demande.

– Pas de violet, précise Kali.

La vendeuse écarquille les yeux.

– Ça ne risque pas d'arriver, seules les Familles Dirigeantes portent du violet, je dis à Kali d'un ton savamment mesuré qui lui signifie « Bordel, tu veux nous faire remarquer ou quoi ? ».

J'exhibe alors une liasse de planétas pour tenter de faire oublier à la vendeuse la gaffe de Kali. Ça fonctionne. Aussitôt elle retrouve son sourire.

– Nos belles pièces sont ici, dit-elle en nous conduisant dans une pièce plus exiguë.

Je n'ai jamais fait de shopping avec une femme – sauf Milla, mais ça compte pas – mais je crois que Kali ne se comporte pas de manière typique. Et ça, c'était ce que je me disais avant qu'elle fasse un pas de danse au milieu de la pièce.

La vendeuse revient avec un assortiment de vêtements sur son bras.

– Ces tenues ont été commandées, mais les clientes ne sont jamais venues les réclamer. (Elle pose les vêtements sur le comptoir au fond du magasin.) Je vous laisse regarder si quelque chose vous plaît.

Kali les passe en revue, mettant de côté quelques pièces.

– C'est pas mal, je commente. Noir comme ton cœur.

Elle lève les yeux au ciel et poursuit sa sélection.

– Ce n'est pas pour moi, précise-t-elle enfin. Je cherche quelque chose pour Rain.

– Elle passe ses journées en toge blanche… Une combinaison blanche ?

Kali me dévisage comme si j'avais soudain une deuxième tête. Les femmes…

– Bon, dépêche-toi de prendre ce qu'il faut.

Pour une fois, elle fait ce que je lui dis et dix minutes plus tard, nous ressortons dans la rue. Kali est chargée de sacs et porte les bottes que je lui ai choisies. Il ne nous reste plus qu'à faire les courses de nourriture et nous pourrons retourner au vaisseau.

Je m'en charge sans difficulté, optant pour des denrées qui nous permettront de tenir quelques semaines. Je n'oublie pas de prévoir du matériel de premiers secours pour tout le groupe, car il est improbable qu'on ne se fasse pas quelques bobos. Des produits frais pour les prochains jours, une tonne d'eau en bouteille, des produits de toilette, des barres protéinées, des repas déshydratés périmés depuis des années (mais on devrait y survivre), et un sac de farine de maïs, l'aliment de base sur Kridacus. Mais surtout des sacs de maquerlans séchés.

Je déteste les maquerlans séchés. Les lacs askkandiens regorgent de ces minuscules poissons d'eau douce. C'est la nourriture des pauvres, ça a un goût de merde et l'odeur est encore pire. Mais c'est riche en protéines, ça nous permettra de survivre, et puis il n'y a rien d'autre. La plupart des rayons du magasin étaient vides : encore un signe que ça part en couilles à toute vitesse.

Pour compenser tout ce maquerlan, j'achète aussi quelques bouteilles de gerjgin, un alcool fort askkandien. Un peu plus que quelques bouteilles, d'ailleurs, mais qui sait combien de temps il faudra faire avec ? Je paie en liquide, et promets de donner dix planétas de plus s'ils livrent les marchandises au vaisseau immédiatement. Il est temps qu'on s'arrache.

En sortant du magasin, je prends l'itinéraire le plus court en direction du port. Mais nous ne sommes encore qu'à mi-parcours quand je me rends compte qu'il y a un problème. On est suivis.

Peut-être que Dylan les a envoyés pour récupérer son fric. Franchement, ce type est un escroc.

Ou alors il a deviné l'identité de Kali et veut la récompense.

Ou c'est juste un inconnu qui a remarqué par hasard qu'on semble avoir beaucoup de cash. À Rangar, on peut s'attendre à chacune de ces hypothèses, ou aux trois à la fois, et à bien pire encore.

Pour l'instant, ils sont seulement trois, donc je ne m'en fais pas trop, mais la princesse risque de m'entraver si une bagarre éclate. Et je parierais assez là-dessus, vu l'allure maigre et affamée de ces trois-là.

La première étape consiste donc à mettre Kali au courant du problème. Je me penche vers elle et lui dis à voix basse :

– On est suivis. Ne regarde…

Trop tard, elle s'est déjà dévissé le cou.

– Merde, je marmonne. Tu devrais donner des cours pour apprendre à ne pas être discret.

– On devrait demander de l'aide ? m'interroge-t-elle, le visage savamment neutre.

Ah, la vie de princesse…

– Où ça ? Et puis ils sont seulement trois.

– Précisément ! Ils sont trois !

J'essaie de ne pas me sentir insulté en me concentrant pour trouver un itinéraire pour leur fausser compagnie. Ce que je veux éviter à tout prix, c'est de les mener au vaisseau. S'ils ont des copains qui les rejoignent, ça pourrait faire du vilain. En plus, cette horreur alien ne passe pas vraiment inaperçue.

Enfin, je repère une ruelle qui s'éloigne de la rue principale. Je pousse Kali dans cette direction.

– Où allons-nous ? Je ne vois rien. Je ne pense pas que…

– Arrête de me déconcentrer.

Je fouille la ruelle du regard puis guide Kali vers un grand porche. Cette foutue toge blanche est repérable même dans l'ombre, mais je ne peux pas faire mieux pour l'instant. J'hésite à sortir mon flingue puis décide de le garder en guise de dernier recours. Les tirs au laser ne sont pas vraiment courants, j'aimerais éviter d'attirer (encore plus) l'attention.

Je m'éloigne rapidement de Kali et m'accroupis, faisant semblant d'examiner quelque chose par terre. J'essaie de constituer une cible aussi grosse que possible.

Je n'attends pas longtemps avant d'entendre quelqu'un venir vers moi. Je me redresse, puis d'un seul mouvement fluide, je fais volte-face et lui envoie un coup de pied en pleine poitrine. Il est projeté en arrière, mais déjà un autre arrive sur moi. Nous commençons à nous tourner lentement autour. Mon expression lui laisse croire que j'ai l'éternité devant moi. Il plisse les yeux.

C'est un signe fréquent, si bien que je suis parfaitement prêt à le recevoir quand il attaque. Il est mince, noueux, fort, et nous nous empoignons quelques secondes, puis je le laisse me faucher les jambes et me mettre à terre.

Je roule aussitôt, si bien qu'il se retrouve sous moi, et je lui mets mon poing dans la tronche.

Son nez se met à pisser un sang rouge gorgé d'oxygène, mais il ne se laisse pas démonter et entoure mon cou de ses mains comme s'il s'imaginait pouvoir m'étrangler à mort. Dans une autre situation, je prendrais le temps d'admirer sa résilience, mais les deux autres gars rôdent pas loin. Pas question qu'ils chopent Kali.

Au lieu de laisser ce naze apprécier le moment, je relâche ma prise sur son torse – ce qui lui tire un sourire triomphant, quel crétin au final ! – et je lui enfonce mes pouces dans les yeux de toutes mes forces.

Le cri qu'il pousse est sans doute assez puissant pour qu'on l'entende du *Starlight*, et je me focalise là-dessus pour surmonter le bruit mouillé dégoûtant de ses globes oculaires qui éclatent sous mes doigts. Il finit par lâcher ma gorge pour porter ses mains à ses orbites.

Il est K.-O., mais j'ai besoin qu'il se taise, alors je lui remets un coup de poing. Il s'évanouit avant même que je retire ma main.

Je prends une grande inspiration, savourant l'air qui entre dans mes poumons avides.

Puis je me relève.

Et je me prends un coup à l'arrière de la tête.

Espèce de lâche !

De retour à quatre pattes, sonné, je parviens de justesse à rouler avant que l'adversaire ne se jette sur moi. Mon coup de pied l'atteint en plein dans les burnes. Il part en arrière en jurant, mais revient aussitôt à la charge, un couteau à la main, cette fois.

Il faut en finir.

Je sors mon couteau de son étui. La lame brille à la lumière. Dès qu'il l'aperçoit, il essaie de freiner son mouvement, mais il a déjà trop d'élan. D'une main, j'attrape sa veste pour l'attirer vers moi, et j'évite sa lame tout en enfonçant la mienne entre ses côtes, au niveau du cœur.

Il meurt avant que j'aie retiré mon couteau.

Je me retourne alors, espérant que le troisième larron ait saisi le schéma et soit déjà en train de filer. Mais non, il se dirige droit vers le porche où j'ai abrité Kali. Son allure décidée me laisse croire qu'il l'a repérée.

Une sorte de peur me saisit alors et j'agis instinctivement. Je lance mon couteau vers lui. Je l'atteins en plein dos et il tombe à genoux, la main cherchant à saisir quelque chose dans sa poche. Je n'attends pas de vérifier s'il a un flingue. À la place, je récupère mon couteau, lui attrape les cheveux pour lui tirer la tête en arrière et lui tranche la gorge d'un coup net.

L'odeur tiède et cuivrée du sang emplit l'air. Je nettoie mon couteau sur la veste du macchabée, puis mes mains, encore couvertes de morceaux de globes oculaires.

Je me penche alors pour fouiller le type, au cas où il aurait quelque chose d'intéressant, mais j'en doute. Ces trois-là n'étaient pas du genre à avoir des objets de valeur.

Je ne trouve qu'un morceau de papier dans sa poche.

Un prospectus. En voyant le mot « récompense », je me dis que c'est l'avis de recherche de la princesse que Dylan m'a montré. Ce n'est pas le cas. Et c'est largement pire.

C'est une photo de moi. De bonne qualité et sûrement récente puisque je porte l'uniforme de garde que j'avais sur la *Caelestis*.

Pas étonnant que ces trois-là nous aient pris en chasse. La légende sous la photo précise « Recherché mort ou vif ». Il paraît que je suis dangereux et armé. La récompense est sacrément élevée. Au point que je suis tenté de me rendre.

Merde alors. Tout va de travers.

En tout cas, il est plus que temps de se tirer d'ici.

Mais quand je me dirige vers le porche, je remarque que la princesse a disparu.

CHAPITRE 20

RAIN

J'aspire une grande goulée d'air pur. Il fait doux, ça sent le carburant, l'eau et la fumée qui arrive de la ville visible au loin. Le ciel est dégagé, j'admire sa voûte bleu foncé qui se déploie au-dessus de nous.

Être ici me semble incroyable. Il y a quelques jours seulement, j'étais convaincue que je ne verrais rien d'autre que le monastère de Serati de toute ma vie.

Et me voilà assise sur un muret, sur Askkandia, face au lac le plus immense et le plus clair que j'aie jamais vu. Des lumières flottent à la surface lisse : des pêcheurs installent d'immenses filets pour pêcher les maquerlans qui pullulent à cet endroit.

C'est beau, si différent de ce que je connais. Il n'y a ni lacs ni océans sur Serati. D'ailleurs, l'eau y est rare. Parfois, il fait si chaud qu'il est difficile de respirer à l'extérieur. Si l'on ne dispose pas d'un filtre, chaque douloureuse inspiration incendie la trachée et attaque les poumons.

Il existe une faction au sein de l'Ordre qui veut s'installer sur une planète périphérique, mais Serati était le principal lieu de vie des Anciens, et la majorité du conclave pense qu'il n'arrivera rien de grave. Ils croient que nous allons sauver le monde de l'anéantissement et que déménager véhiculerait un message contradictoire à nos fidèles.

Je suis plutôt d'avis que laisser nos fidèles périr serait un message bien pire, mais la décision ne me revient pas. Je ne suis qu'un instrument de foi pour l'Ordre sororal – même si certains jours j'ai du mal à avoir la foi moi-même.

Quand j'étais plus jeune, j'étais gênée d'avoir autant de doutes. Mais, un jour, une des sœurs – Sœur Luz, qui est morte dans son sommeil peu après notre discussion – m'a dit que j'avais le droit de remettre les choses en question, qu'une grande prêtresse devait avoir la foi, mais qu'elle devait aussi à son peuple de mettre en doute les croyances de l'Ordre, afin de s'assurer qu'il reste sur la voie de la vérité.

Un mouvement sur la gauche de mon champ périphérique attire mon regard. Je comprends aussitôt qu'il s'agit de Beckett. J'ai passé suffisamment de temps à l'étudier ces derniers jours pour reconnaître sa façon de se déplacer, même du coin de l'œil.

Alors qu'elle se rapproche, j'ai un flashback de la sensation produite par ses lèvres sur les miennes. Je n'aurais pas dû la laisser m'embrasser. Mais j'en avais envie.

Ces derniers temps, je trouve que j'ai envie de beaucoup de choses auxquelles je ne devrais même pas penser. Par exemple : j'ai envie que Beckett m'embrasse encore.

Elle vient se poser à côté de moi et je me tourne pour voir son visage. Elle regarde mes cheveux.

– Si beaux, murmure-t-elle. Comme la lumière du soleil et des étoiles.

Jamais personne ne m'a rien dit de semblable auparavant. Une sensation de chaleur m'envahit. Je m'imagine un instant ce qui se passerait si je n'attendais pas qu'elle me touche… si j'en prenais l'initiative, moi.

Je la prendrais par les épaules, je caresserais du bout des doigts ses clavicules saillantes qui contrastent si fortement avec la douceur de sa peau. Puis je me pencherais pour faire courir mes lèvres le long de sa mâchoire, en prenant soin de ne pas effleurer la cicatrice sous son oreille qui semble encore lui faire mal. Je ne veux surtout pas lui faire mal. J'ai si envie de la faire succomber de plaisir.

Elle se cambrerait sous mes caresses, le corps tremblant du même désir que moi. Et quand nos lèvres se rencontreraient, elle…

– Je ne sais pas à quoi tu penses, mais ça te va bien, me dit-elle.

Sa voix, et le ton légèrement taquin qu'elle utilise me ramènent brutalement à la réalité. Je ne sais pas comment répondre, alors je me contente de la regarder, les yeux écarquillés et le cœur battant.

– Tu n'as rien à dire ?

Je secoue la tête et m'en veux aussitôt de mentir. Car en vérité, ce n'est pas que je n'ai rien à dire, mais que je ne sais pas par où commencer !

Et personne n'a voulu m'écouter jusqu'ici.

– Tu pensais à quoi ? demande-t-elle en tendant la main pour me passer les doigts dans les cheveux.

– À toi, je lâche, puisque c'est le cas.

Et je ne veux pas le cacher. Ce n'est pas aussi radical qu'oser l'embrasser, mais en voyant ses yeux jaunes briller, je me dis que c'est un début.

– Ah ouais ?

Ses doigts s'enfoncent plus profondément, jusqu'à glisser sur mon cuir chevelu. Je me raidis. Puis elle commence à me masser et la tension dans mon corps se relâche.

– Hum, ça fait du bien, je murmure. Je crois que personne n'a touché mes cheveux avant toi. (Je fouille dans mes souvenirs.) Quand j'étais petite, sans doute, mais je ne m'en souviens pas.

Elle m'examine, la tête sur le côté.

– Et Merrick ? Ce n'est pas ta femme de chambre ?

Je ris.

– Tu me confonds avec Kali, je crois. Elle, elle a une dame de compagnie pour l'aider à s'habiller. Mais sa robe était bien plus complexe que ma toge.

Je tire sur le vilain tissu et soupire.

– Alors, Merrick et toi… poursuit-elle après un instant. Il y a quelque chose entre vous ?

Je pousse un cri étouffé et me tourne pour la dévisager.

– Non ! Jamais Merrick ne… Même s'il voulait – et je suis sûre que ce n'est pas le cas –, il prend son devoir bien trop au sérieux pour ça. Il doit trouver qu'une relation sentimentale compromettrait ses capacités à faire son travail.

– Qui consiste en quoi ?

– Assurer ma sécurité.

Elle sourit.

– Et pourtant te voilà seule ici.

– Non, je suis avec toi. En fait Merrick m'a dit de rester dans le vaisseau et de ne pas m'attirer d'ennuis, mais j'avais besoin de prendre l'air. Je ne tenais pas en place, j'avais envie de voir cet endroit. L'eau.

Elle opine, me fixant de ces yeux saisissants qui me donnent des frissons. Puis, elle détourne délibérément le regard et tout en moi s'affaisse un peu. Jusqu'à ce qu'elle dise :

– Tu n'as pas parlé de toi.

– C'est-à-dire ?

– Tu as répondu que jamais Merrick ne risquerait de faillir à son devoir en étant avec toi. Mais tu n'as rien dit sur ce que tu ressentais, toi. À propos de lui.

– Oh ! Je ne le vois pas comme ça ! Merrick est mon… (protecteur, guide, ami ? Finalement, je me décide pour :) Merrick prend soin de moi, c'est ce que nous voulons tous les deux, et rien de plus.

Elle ne dit rien et je l'épie du coin de l'œil quelques minutes, puis j'abandonne et reprends ma contemplation du lac.

Nous passons alors un moment en silence à regarder l'eau immobile. Le soleil baisse dans le ciel, la journée se fond peu à peu dans la nuit, jetant une lueur rosée sur l'eau. Bientôt, le crépuscule sera là.

Le silence est paisible. Pour une fois, l'énergie presque électrique de Beckett semble apaisée et son visage est libéré de cette expression douloureuse qui emplit si souvent ses yeux. Quand je la vois ainsi, je la trouve… troublante. Impressionnante. Envoûtante.

Je n'ai jamais rencontré quelqu'un comme elle.

Et tout à coup, je ne tiens plus en place, j'ai besoin de faire quelque chose. J'ai besoin de m'activer, de courir… Je regarde l'eau de nouveau.

– Tu veux aller nager ?

Elle se tourne vers moi, le regard dans le vague, comme si son esprit était à des milliers de kilomètres d'ici. Puis elle cligne des yeux.

– Je ne sais pas nager.

– Moi non plus.

– J'avais cru comprendre que tu étais née sur Askkandia ? me dit Beckett.

Elle était présente quand nous bavardions de tout et de rien sur la passerelle, Max, Gage et moi. Je ne pensais pas qu'elle nous écoutait, mais en fait elle était attentive. À moi. Mon cœur fait un saut.

– Oui, c'est vrai, mais j'ai été emmenée sur Serati quand j'étais encore bébé, je précise. Je n'ai pas de souvenirs de cet endroit. Mais… on pourrait apprendre à nager ensemble, je propose avec un grand sourire.

– Ou à se noyer.

Elle ne semble pas plus embêtée que ça à cette idée.

– On pourrait juste patauger un peu. Ou tremper nos pieds.

Elle saute du muret et me tend la main. Les picotements envahissent ma peau de plus belle.

Qu'est-ce qui me prend ?

Quelque part, je sais que c'est mal. Dangereux. Mais il y a chez Beckett quelque chose de cassé, et je sens que je peux l'aider.

En souriant, je glisse ma main dans la sienne, ce qui me procure un frisson de plaisir.

Je comprends aussitôt que je me mens à moi-même. Encore. Ça devient une mauvaise habitude. J'aimerais sincèrement aider Beckett, mais ce n'est pas pour cette raison que je lui ai proposé d'aller nager avec moi. Ni que j'ai accepté de lui prendre la main.

Me souvenir de ses lèvres sur les miennes me plonge dans un océan de désir qui s'infiltre dans le moindre recoin de mon être, des lieux que je ne savais pas si vides jusque-là. J'ai envie qu'elle m'embrasse encore, de me réchauffer à sa chaleur tandis que je lisse les rides de douleur sur son front et lui fais oublier tout le mauvais. Ne serait-ce qu'un court instant.

Nous marchons tranquillement vers le bord de l'eau. Tout à coup, Beckett fait une discrète grimace.

– Comment va ta tête ? je demande.

– Ça va.

– Vraiment ? j'insiste, car je ne la crois pas.

Je perçois la tension dans son corps, la douleur qui semble irradier d'elle. Elle hausse les épaules.

– C'est pas mal détraqué là-dedans. Des fois, j'ai beau essayer, j'arrive pas à suivre une seule pensée. Des fois je sais ce que je veux dire, mais les mots ne sortent pas correctement. Tout est flou. Le passé, le présent. Des fois ça va mieux. Là ça va. (Elle me fouille du regard.) Tu rends le monde plus clair.

– Tant mieux. (Je serre sa main dans la mienne.) Ça ira mieux avec le temps.

– Ou pas. (Elle hausse les épaules.) De toute façon, je ferai avec.

– Tu ne devrais pas avoir à subir ça ! je dis avec véhémence, puis je soupire, car la colère est mauvaise conseillère. On devrait peut-être t'amener voir un médecin, tant qu'on est ici.

– Peut-être, admet-elle, mais j'ai l'impression qu'elle essaie juste de me ménager.

Je me rends soudain compte que nous sommes les seules personnes en vue. Le soleil, réduit à un frémissement coloré à l'horizon, va bientôt disparaître.

– C'est magique, je dis.

– Je crois que personne n'avait encore qualifié Askkandia de magique…

– Je ne parlais pas de la planète. Je veux dire… (Je m'interromps, j'ai du mal à exprimer ma pensée. Mon ressenti.) Au monastère, chaque journée était identique à la précédente et à la suivante. Parfois je me disais que j'allais mourir d'ennui. Mais depuis que j'ai mis le pied sur la *Caelestis*, je ne me suis pas ennuyée une seconde !

Beckett hausse les sourcils.

– Tu trouves que la terreur est préférable à l'ennui ?

– Carrément !

Je réalise alors ce que je suis en train de dire, et quel effet ça doit faire à quelqu'un qui a enduré ce que Beckett a connu. Je soupire de nouveau.

– Par la Lumière, c'est horrible de dire ça. Je sais que beaucoup de gens ont bien moins de chance que moi. J'ai un rôle dans la vie, peut-être une chance d'aider ceux qui en ont besoin. Mais parfois j'ai du mal. J'ai envie de tellement plus que contempler les mêmes murs, le même désert, pour le restant de mes jours.

Il y a une étroite bande de plage. Je me laisse tomber dans ce magnifique sable céruléen et envoie valdinguer mes bottes.

– J'arrive pas à croire ce que je fais. Je suis là avec toi, tu es si différente des personnes que j'ai rencontrées jusqu'ici.

– Je sais pas si c'est une bonne chose. (Elle m'examine avec curiosité.) Ça ne t'intéresse pas de savoir pourquoi j'étais sur ce vaisseau-prison ? Ce que j'ai fait pour atterrir là-dedans ?

– Si, évidemment. Je m'intéresse absolument à tout. Et mes questions incessantes agacent infiniment Merrick.

– Alors, pourquoi tu ne poses pas la question ?

– Parce que ce que tu as pu faire dans le passé ne m'importe pas. (Je lui adresse un sourire bienveillant.) Et puis tu m'en parleras quand tu seras prête.

– Peut-être.

Un « peut-être pas » flotte dans l'air entre nous, mais je n'insiste pas. Je n'ai aucune envie de gâcher la magie de l'instant. Beckett me sourit.

– Allez, on se jette à l'eau.

Je bondis sur mes pieds et cette fois c'est moi qui lui tends la main. Ce n'est toujours pas un baiser comme dans ma rêverie, mais ce n'est pas rien non plus. C'est un pas en avant, qui me rend d'autant plus heureuse qu'elle répond en entrelaçant ses doigts avec les miens. Ensemble, nous marchons lentement vers l'eau.

Elle est plus chaude que je ne m'y attendais, c'est comme de la soie sur ma peau – enfin, c'est ce que j'imagine être le toucher de la soie. L'eau m'attire, m'entraîne plus profond.

Je me dis qu'à un moment je vais m'immobiliser et on fera demi-tour. Mais je continue d'avancer, et elle aussi.

Quand j'ai de l'eau jusqu'à la taille, je me tourne pour regarder Beckett. Puis je souris, lui lâche la main et me laisse tomber dans l'eau en arrière en criant d'excitation. Je passe sous la surface et ressurgis en crachant et riant, mes cheveux mouillés collés aux joues et à la poitrine.

Elle me regarde comme si j'avais perdu l'esprit. C'est peut-être le cas. Puis elle se met à rire aussi et plonge. Je la suis, je retiens mon souffle le plus longtemps possible avant de remonter, haletante.

– Je me souviendrai de ça quand je serai de retour au monastère, je déclare. Il se pourrait bien que ce soit le plus beau jour de ma vie.

Incrédule, elle secoue la tête.

– Et moi qui croyais que j'étais pathétique…

Je sais qu'elle ne le dit pas méchamment.

– J'ai envie de flotter, mais j'ai peur de couler, avec cette toge ridicule. J'ai l'impression qu'elle pèse une tonne.

– Enlève-la, alors. C'est pas moi que ça va gêner.

Je la regarde dans la lumière mauve du crépuscule et soudain l'atmosphère prend une nouvelle tournure. J'ai le goût de ses lèvres dans la bouche. Leur goût sucré.

Je m'encourage à donner vie à ma rêverie. À aller l'embrasser pour retrouver ces sensations. Mais mes jambes sont figées, mon courage immobilisé.

Heureusement, Beckett n'a pas ces problèmes.

Elle fait un pas vers moi, écarte les cheveux de mon visage. L'air crépite entre nous, puis elle se penche et lèche l'eau sur mes lèvres.

J'ai les genoux qui tremblent, tous les nerfs de mon corps soudain éveillés. Je prends une inspiration saccadée et elle s'écarte, m'interrogeant du regard. Je veux la supplier de revenir, encore, encore, mais j'ai oublié comment on forme des mots. Ce qui sort de ma bouche n'est qu'un gémissement doux et désespéré qui exprime terriblement bien le désir impérieux qui coule dans mes veines.

Les pupilles de Beckett s'élargissent, ses lèvres forment un sourire dément, aussi vicieux que moi en cet instant. Et alors elle se penche de nouveau vers moi, mais cette fois elle ne se contente pas de me lécher les lèvres. Elle colle sa bouche contre la mienne et j'ai l'impression que mon cœur va s'arrêter, pourtant c'est merveilleux.

Je gémis encore, ses lèvres bougent sur les miennes.

– Ça, c'est un son que j'aime bien, murmure-t-elle.

– C'est toi que j'aime bien, je réponds honnêtement, et parce que j'ai envie qu'elle cesse de parler pour mieux m'embrasser, m'embrasser vraiment, comme dans toutes les histoires d'amour que j'ai lues ou rêvées.

Cette fois, je ne peux m'empêcher de remarquer qu'elle a les lèvres fraîches. Ou ce sont les miennes qui sont brûlantes. Je ne sais plus. Mes sensations se mélangent en moi. La fraîcheur de l'eau, la douceur de sa peau et le feu de mon sang. Je la désire comme jamais je n'ai désiré de ma vie.

Je me rapproche d'elle, j'ouvre mes lèvres aux siennes et… une déflagration déchire l'air nocturne.

CHAPITRE 21

KALINDA

Mes nouvelles bottes sont inconfortables, pas pratiques pour courir, mais je cours quand même, aussi loin que possible, aussi vite que possible, jusqu'à sentir une brûlure dans mes poumons et une vive douleur au côté.

Je repère enfin un porche sous lequel je me réfugie, pliée en deux, pour reprendre mon souffle.

Putain, ne vomis pas.

Je sens la bile amère qui brûle l'arrière de ma gorge.

Ian a arraché les yeux de cet homme, puis tué les autres. À trois contre un, il est allé au combat comme si de rien n'était.

Peut-être que pour lui ce n'était rien.

Cette pensée est terrifiante. Depuis le début, j'ai senti qu'il était dangereux. Qu'il ne laisserait rien se mettre en travers de sa route. Mais il y a une différence entre « dangereux » et « assassin cruel ». Le dernier homme lui tournait le dos, il ne l'attaquait plus, et Ian l'a abattu malgré tout. Une fois qu'il était à terre, un couteau dans le dos, Ian l'a achevé en lui tranchant la gorge.

J'ai encore l'odeur écœurante du sang dans les narines. Tellement de sang.

Je ne peux pas vivre comme ça. Je ne suis pas comme ça.

Pendant un temps, je me suis laissée aller à l'excitation de cette aventure, j'ai oublié qui j'étais, ce que je suis. J'ai oublié mon devoir. Cette bagarre a été une piqûre de rappel que je ne suis pas près d'oublier.

Je déglutis et enroule mes bras autour de moi. Je ne suis pas à ma place ici. Avec lui. Avec eux tous. Je n'ai rien à leur offrir et je ne pourrais jamais vraiment vivre dans ce monde-là.

Je dois m'enfuir. Le seul problème, c'est que je n'ai qu'un seul endroit où aller. Et je ne suis plus très sûre de vouloir y aller. J'en ai trop vu à Rangar. Pauvreté, désespoir, violence. Et ma mère est au courant? Pis encore : elle en serait responsable ?

Calme-toi. Organise-toi.

Mais que puis-je faire ? À qui faire confiance ? Je suis la première à admettre que je ne suis pas dans mon élément, ici. Où aller, en dehors du palais ou du vaisseau ?

Je prends une grande inspiration pour essayer d'apaiser mon esprit en déroute. Je décide que je devrais sans doute commencer par quitter ce porche.

Mais un regard dans la rue suffit à entamer ma résolution. On dirait bien que je suis tombée de mal en pis. Ce quartier est très délabré, beaucoup de bâtiments, bardés de planches, tombent en ruine, il n'y a pas un passant et le couchant projette des ombres inquiétantes. Maintenant que je sais à quel point cette ville est dangereuse, chaque ombre semble dissimuler une menace.

Je relève un peu mon capuchon, juste assez pour y voir sans dévoiler tout mon visage. Ne décelant aucun danger, je me risque à sortir de ma cachette.

Je passe à côté d'un panneau sur lequel sont punaisées des affiches. Je serais passée sans regarder, mais je repense au papier que l'homme du bar a montré à Ian. Je repère aussitôt le poster affiché en plein milieu.

« Recherché mort ou vif » est inscrit sous une photo de Gage.

Ça n'a aucun sens. Qui voudrait la mort de Gage ?

De Max, de Merrick, de Rain ou d'Ian ? Il y a un avis pour chacun d'eux, avec une promesse de récompense pour quiconque les livre – morts ou vifs.

Mais c'est celui placé tout en bas qui retient mon attention. Je l'arrache pour mieux voir. On ne peut pas s'y tromper. Il s'agit de moi, en grande tenue impériale.

Je devine que la photo a été prise sur la *Caelestis*, avant les explosions. Mais pourquoi suis-je affichée là ? Plus grave encore, pourquoi suis-je « recherchée, morte ou vive » ?

J'ai la tête qui tourne.

Je regarde attentivement ce qui est écrit en tout petit en bas. Je suis accusée d'avoir usurpé l'identité d'une princesse des Familles Dirigeantes… Mais je *suis* une princesse. Je suis *la* princesse.

C'est le monde à l'envers. Et il paraît que je ne suis plus moi. Usurper l'identité d'une princesse ? Morte ou vive ? Qui est à l'origine de ça ? Et pourquoi ?

Une porte s'ouvre de l'autre côté de la rue, formant une flaque de lumière le temps que quatre hommes franchissent le seuil.

Je m'immobilise comme un drokaray pris dans un rayon de lumière. Je ne sais pas si je dois fuir ou me comporter normalement. Je veux surtout éviter d'attirer l'attention. Non, en fait je veux surtout éviter de me faire prendre. J'essaie de reculer, mais la toge blanche ne m'aide pas à me fondre dans le décor.

Ils s'avancent vers moi. Je décide de ne pas attendre pour voir ce qu'ils vont faire. Sinon je n'aurai pas la moindre chance.

Tête baissée, je pars d'un pas pressé, tout en me maudissant d'avoir relevé mon capuchon.

J'ai le ventre en vrac, les jambes qui tremblent. Alors que la distance entre nous s'amenuise, ils ne disent pas un mot, et je commence à me dire que ça va bien se passer…

– Qu'est-ce qui presse, ma jolie ? demande l'un d'eux.

Sa voix est pâteuse, ses mots s'imbriquent. Mon cœur bat trop vite et quand l'homme s'interpose devant moi, j'ai l'impression qu'il explose.

Je m'adresse aux deux autres à côté de lui :

– Excusez-moi.

Ils ne bougent pas et je fais l'erreur de lever la tête un instant. Je croise alors le regard du quatrième larron, qui n'a pas dit un mot jusqu'ici.

Ses yeux s'élargissent puis vont à l'affiche punaisée derrière moi.

– Hé ! crie-t-il d'une voix avinée. C'est la fille. Celle qu'ils cherchent, qui s'est fait passer pour la princesse.

– Nan, c'est pas possible, rétorque un des autres, tout en sortant de sa poche un papier désormais familier.

Fini la politesse. J'essaie de forcer le passage, mais ils se placent de manière à me couper totalement la route. La panique m'envahit comme une vague glacée.

– Laissez-moi passer, j'ordonne en insufflant à mes paroles tout ce que je parviens à feindre d'attitude bravache.

– Merde alors, elle parle comme une princesse, coasse un des quatre. On va être riches !

Pas la peine d'essayer de les raisonner. Je fais volte-face pour tenter de prendre la fuite, mais l'un d'eux m'attrape le bras avant que j'aie pu faire dix pas. Il me tire en arrière et me plaque contre lui, mon dos contre sa poitrine.

L'adrénaline déferle en moi, la terreur et les larmes me secouent, mais je refuse de m'y abandonner. Je lâche mes sacs et essaie de me défendre à coups de talons dans les tibias et de tête en arrière.

Il rit et me fait pivoter vers lui.

– On te veut morte ou vive, et moi, ça m'est égal, dit-il. Et toi ?

Son haleine qui empeste l'alcool bon marché me pique les yeux. Enfin, ça, c'est l'explication dont j'essaie de me convaincre.

Non, ça ne m'est pas égal.

Je baisse la tête et mords de toutes mes forces la main qui me retient, déchirant sa peau sale. Le sang et d'autres joyeusetés immondes emplissent ma bouche – je manque de m'étouffer, mais je tiens bon jusqu'à ce qu'il lâche prise en criant un juron.

Sans demander mon reste, je prends mon élan, jupe retroussée pour ne pas trébucher dessus, et je fonce le long du trottoir.

Mais je ne vais pas loin avant de recevoir un coup de poing dans le dos. Je pars en avant, perdant l'équilibre, et m'étale sur le sol. Ma tête heurte la chaussée avec une telle force que cette fois c'est mon propre sang qui afflue dans ma bouche. Malgré tout je cherche à me relever, mais une botte me cloue au sol ; je m'attends à sentir mes côtes se briser sous la pression. La douleur est soudaine, cuisante, je n'arrive plus à respirer, à amener l'air à mes poumons. Je sens la panique me gagner. Je vais mourir, ici, dans cette ruelle immonde, entourée d'étrangers appâtés par la perspective d'une grasse récompense.

Et je ne peux rien y faire.

CHAPITRE 22

KALINDA

– Lâche-la.

La voix, calme et autoritaire, provient de juste devant moi.

Ian.

Le soulagement submerge mon corps douloureux. Je ferme les yeux. Jamais je n'ai été si heureuse d'entendre la voix de quelqu'un.

– Va te faire foutre, grogne celui qui m'enfonce son pied dans le dos.

– Ça va pas être possible, répond Ian. Il te reste environ trois secondes pour virer ta sale botte et libérer la princesse avant que je t'explose la tête.

– C'est pas la princesse. T'as pas vu les affiches ? Si tu veux une part de gâteau, ça peut s'arranger…

– Un, le coupe Ian.

Puis je perçois un éclair et la pression dans mon dos disparaît. Je roule sur le côté, hoquetant pour reprendre mon souffle, et mes poumons s'emplissent d'une odeur nauséabonde de tissu brûlé et de… viande. De viande rôtie. Beuark…

– Vous autres, je vous suggère de décamper, menace Ian. Et vite.

Un nouvel éclair, et le bruit d'une cavalcade. Je cligne des yeux et vois Ian apparaître au-dessus de moi.

– Ce serait vraiment bien que tu arrêtes de t'éloigner, Princesse.

Essayant de retrouver ma voix dans le tourbillon de douleur et de soulagement qui m'assaille, je me contente de le dévisager.

– Tout va bien ? Tu peux bouger ? On doit partir, ils vont revenir. Avec des renforts.

– T… tu n'as pas compté jusqu'à trois.

C'est tout ce que je trouve à dire pour ne pas fondre en larmes en me jetant dans ses bras. Il ne comprend pas tout de suite à quoi je fais référence, puis il hausse un sourcil.

– Eh ouais. Ils n'étaient pas fair-play, alors pourquoi j'aurais dû l'être ?

Il n'a pas tort. En me relevant en position assise, je pousse un petit couinement de surprise et de dégoût : il y a un homme mort à côté de moi. Le tir de laser lui a arraché la moitié de la poitrine, et la blessure fume encore. Je ravale encore une fois ma bile tout en reculant aussi vite que mes jambes chancelantes le permettent.

D'un côté, j'estime que je devrais être catastrophée – la mort est une chose grave et terrible – mais en vérité, ce n'est pas ce que je ressens. Cet homme était vraiment horrible. Il a sous-entendu qu'il me réservait un sort funeste, son rire glauque résonne encore à mes oreilles et je sens l'empreinte de sa botte dans mon dos.

– Allons, Princesse. Retrouve-moi ce caractère, ce cran royal inflexible dont tu es si fière.

Alors qu'il me tend la main pour m'aider à me relever, Ian semble toujours inquiet.

J'hésite un instant, puis je me souviens qu'il a passé l'après-midi à m'aider à me diriger en me tenant la main. Il est passablement ridicule que je me soucie encore des règles de bienséance. Et encore plus dans la situation actuelle.

– Apparemment, je ne suis *pas* une princesse. Je fais juste semblant.

Il laisse échapper un grognement railleur et je le laisse me relever.

– Tu peux courir ?

Je voudrais lui répondre que oui, évidemment, mais j'ai toujours des élancements dans le dos.

– Je crois.

Il ramasse les sacs que j'ai lâchés pour me défendre.

– Bien. Allons-y.

Les premiers pas me font atrocement souffrir, mais je serre les dents. Si je n'y arrive pas, je serai encore là à leur retour, et je préfère vraiment éviter ça. Mais lorsque nous tournons au coin de la rue, j'entends un cri derrière nous.

En quelques secondes, d'autres personnes surgissent et bientôt la rue toute entière prend vie, résonnant de jappements, comme si elle était envahie de pichons déchaînés.

– Merde, râle Ian en accélérant.

Ignorant désormais la douleur que je ressens toujours, je relève ma jupe et m'élance comme si ma vie en dépendait. Je sais que ce n'est rien comparé à ce que je subirais s'ils nous mettent le grappin dessus.

Ian fonce dans une ruelle, puis ralentit.

– Putain, lâche-t-il.

Il n'est pas difficile de deviner la raison de son agacement. Les éclats de voix se rapprochent.

– Sur le toit, décrète-t-il.

Je me répète mentalement les mots, sans en comprendre le sens. *Sur le toit*. Comment compte-t-il s'y prendre pour nous envoyer là-haut ? Il sait voler ?

– Pardon ?

– On doit aller sur le toit. (Il regarde alentour.) Tu peux grimper sur cette benne à ordures pour sauter.

– Je… je ne peux pas.

Je secoue violemment la tête. Grimper, ça n'a jamais été mon truc. Quand j'étais petite, mes précepteurs d'éducation physique n'ont jamais réussi à me faire exécuter les exercices d'escalade les plus simples. Ni avec des menaces, ni en me promettant des récompenses. Sans compter que mes côtes sont si douloureuses que je suis au bord des larmes.

– Je n'arriverai jamais à grimper si haut.

– Il ne faut jamais dire jamais, Princesse, m'avertit Ian avant de m'attraper par la taille pour me poser purement et simplement sur la benne avant de se hisser à côté de moi.

Je prends une grande inspiration pour calmer mes nerfs et le regrette aussitôt. La puanteur est indescriptible. Lui ne semble même pas le remarquer. Il jette les sacs sur le toit, attrape le rebord et se propulse à leur suite. À le regarder, ça semble facile. Mais il est plus grand – et bien plus costaud, je pense.

– Allez, tu peux y arriver.

Impossible. Je m'y essaie à plusieurs reprises, mais je n'atteins même pas la gouttière et le sang bat à mes tempes à chaque élancement de douleur.

– Vas-y, pars, je lui dis. Tu n'as plus beaucoup de temps.

Je m'attends à ce qu'il parte en me laissant là. Après tout, c'est ce que je lui ai fait tout à l'heure. Mais il se met à plat ventre et se penche dans le vide en me tendant son bras droit.

Il propose d'être ma corde de sauvetage. Je ne me fais pas prier. J'attrape sa main et bondis tandis qu'Ian me hisse. Je reste un instant suspendue au-dessus de la benne, agitant les pieds en tous sens. Puis le toit apparaît devant moi et je m'agrippe de ma main libre tandis qu'il m'attrape par l'arrière de ma toge. Grâce à nos efforts conjugués, je passe le bord du toit et atterris à plat ventre. Je roule rapidement sur le dos, percluse de douleurs.

– Merc…

– Chut, m'interrompt-il en s'aplatissant sur le toit bleu foncé.

Je serre les lèvres et reste parfaitement immobile, observant le ciel qui s'assombrit rapidement. La lune se lève déjà. Mon cœur bat si fort dans ma poitrine que nos poursuivants vont forcément l'entendre.

En contrebas, j'entends des pas précipités dans la ruelle. À mi-chemin, ils ralentissent. J'ai un creux dans le ventre. Ils vont nous trouver, nous tuer et… je ne veux pas mourir.

Ce n'est d'ailleurs pas la première fois que j'ai cette pensée aujourd'hui, chaque fois pour des raisons différentes. Très étrange. Il y a quatre jours, ce que j'avais fait de plus dangereux dans ma vie, c'était aider ma mère à organiser un dîner de conciliation lorsque des querelles au sein du Conseil menaçaient de le faire imploser.

Des murmures flottent jusqu'à nous, mais nos poursuivants parlent si bas que je ne distingue pas leurs paroles.

À côté de moi, Ian respire de manière calme et régulière. J'essaie de calquer mon souffle sur le sien. L'attente semble durer une éternité.

Enfin les bruits de pas s'éloignent.

Tremblante de soulagement et de douleur, je commence à m'asseoir, mais Ian stoppe mon mouvement d'une main. Nous attendons encore cinq bonnes minutes, peut-être sept, pour nous assurer que la voie est libre. Puis il se redresse.

Je distingue les arêtes vives de son visage dans la lumière déclinante. Ses yeux sombres sont brillants.

– T'es un sacré aimant à problèmes, Princesse.

Je sais. Et je me demande pourquoi il continue à m'aider. Mais je suis contente qu'il le fasse.

Cette pensée me fait monter les larmes aux yeux. Je m'empresse de les chasser à coups de cils. Je me suis déjà copieusement apitoyée sur mon sort. Je m'assieds en serrant les genoux contre ma poitrine.

– Mais pourquoi tu t'es enfuie ? me demande-t-il.

– Tu as arraché les yeux de cet homme. C'était atroce.

– J'aurais reçu le même traitement. Et il t'aurait sans doute fait subir pire encore.

Je frissonne violemment à cette pensée. Car après la demi-heure que je viens de vivre, je suis forcée de le croire.

– Mais le dernier s'enfuyait et tu l'as achevé quand même.

– Il s'enfuyait pas. Il allait vers toi. (Il me regarde alors avec ces yeux… je ne suis pas sûre de ce qu'ils expriment. De la pitié ?) T'es plus dans ton palais, Princesse. Là on est dans la réalité, et c'est pas joli. Mais faut s'adapter. Ou mourir.

Je réfléchis à ce qu'il me dit. J'ai vu bien des choses aujourd'hui ; je sais qu'il a raison. Mais comment s'adapter instantanément à la lumière quand on a vécu toute sa vie dans l'obscurité ?

– Ian, si nous arrivons à regagner le *Starlight*, tu m'apprendras à me battre ?

Choqué, il me demande :

– Tu veux savoir te battre ?

– Oui. Et Gage pourrait peut-être m'initier aux outils technologiques ?

Cette fois, il roule les yeux.

– Ce type est peut-être un génie, mais certainement pas un prof.

– Écoute, je raisonne, je ne peux pas m'attendre à ce que tu interviennes chaque fois que j'ai un problème. Ces hommes se seraient fait un plaisir de me tuer et je n'étais capable de rien faire pour les en empêcher. J'ai essayé, pourtant.

J'ai l'impression qu'il voudrait refuser, mais il finit par simplement hausser les épaules.

– On pourra essayer, j'imagine. Mais mes leçons ne sont pas bon marché.

– Eh bien je t'ai déjà donné tous mes objets de valeur. On va dire que c'était un paiement en avance.

– Nan, ça c'était pour nous tous. T'en fais pas, je trouverai une idée. (Il pousse une longue expiration puis se passe la main dans les cheveux.) On attend encore cinq minutes et on bouge. Qu'est-ce qu'on fait en attendant ?

J'essaie de m'appuyer sur mes bras, mais la douleur me tire une grimace.

– T'es blessée ? (Il tend la main et touche délicatement mes lèvres – un frisson me traverse.) Tu as du sang sur la bouche.

– J'ai heurté le sol.

Je me rends compte – et ce n'est pas la première fois – que bien peu de personnes m'ont déjà touchée. Et jamais encore de cette façon.

Je me sens bizarre, larmoyante, instable, complètement étrangère à moi-même. C'est peut-être parce que je ne sais plus vraiment qui je suis – si jamais je l'ai su un jour.

Ian m'effleure la joue avec le pouce et je m'efforce de ne pas tressaillir. J'aime la manière douce dont il me touche, et plus encore les sensations que me procurent ses caresses. Ça me fait un peu peur, aussi, d'être touchée alors que jusqu'ici c'était si rare. Mais le plus effrayant, c'est à quel point c'est bon.

– Pleure pas, Princesse, murmure Ian. Je ne peux pas supporter les femmes qui pleurent.

Surprenant...

– Pourquoi ? Elles font peur au grand méchant Ian ?

Je m'attends à ce qu'il élude la question en riant, mais il répond en toute franchise :

– Putain, ouais.

Sa réponse me tire un sourire, mais ça me fait mal à la lèvre, alors je grimace encore.

– Je ne supporte pas qu'il t'ait fait mal, dit-il, avant de froncer les sourcils. Et je ne sais pas pourquoi ça m'importe autant. Dans le monde où je vis, tout le monde se prend des coups, c'est comme ça.

Quand il se penche vers moi, je m'immobilise. Son regard pénétrant est à la fois fasciné et calculateur. Tout à coup, j'ai la conviction étrange qu'il va m'embrasser.

Mon souffle se bloque dans ma gorge, j'essaie de me convaincre que je me trompe, que je me méprends totalement sur ses intentions. Après tout, personne ne m'a jamais embrassée, comment pourrais-je prétendre savoir à quoi ressemble un homme qui s'apprête à le faire ?

Mais la paume calleuse d'Ian glisse sur ma nuque et je me dis que, même pour une néophyte des baisers comme moi, son intention n'est plus très mystérieuse. Et quand il relève ma tête pour que je le regarde bien en face, je lis très clairement dans ses yeux sombres ce qu'il prévoit de faire.

Si je n'ai jamais été embrassée, il y a une bonne raison. On n'embrasse pas si facilement une princesse de Senestris.

Sauf dans le cas d'Ian, qui fait toujours ce qu'il veut. Et, incroyable, mais apparemment vrai, ce qu'Ian veut en cet instant, c'est m'embrasser.

Il est tout près, je sens son odeur brûlante, riche, semblable à rien de connu pour moi. Une fraction de seconde, son regard devient vide, comme s'il était parti à des millions de kilomètres d'ici. Puis il est de retour et penche la tête jusqu'à ce que ses lèvres touchent les miennes. Et toute pensée rationnelle déserte mon esprit.

Je ferme les yeux et me laisse aller contre lui en espérant qu'il va m'embrasser encore. Plus fort, plus passionnément.

Mais déjà il s'écarte.

Je cligne des yeux, me retenant de l'attirer vers moi. Mais le pli entre ses yeux me laisse deviner qu'il ne viendrait pas.

– On dirait que tu n'as jamais embrassé, Princesse.

Sérieusement, c'est ça qui le tracasse ?

– Cela va de soi. Tu te souviens de la règle qui interdit de me toucher ? Eh bien figure-toi que ça rend les bisous assez impossibles.

Une lueur de compréhension s'allume dans son regard.

– Ah oui, je comprends, dit-il.

– Non, pas du tout.

– Tu me raconteras ça plus tard, Princesse.

Pour une fois, mon titre ne ressemble pas à une insulte dans sa bouche. Peut-être parce qu'il est si proche que je sens son cœur battre dans ma poitrine. Et tout à coup ses lèvres effleurent de nouveau les miennes et il murmure :

– Ouvre la bouche.

Eh oui, ça lui ressemble bien de me donner des ordres à un moment pareil. D'habitude, cela m'horripile atrocement, mais cette fois... ça m'excite. C'est sans doute pour cela que j'obéis, entrouvrant mes lèvres en laissant échapper un cri étouffé.

Quand ses mains se referment sur mes bras, je remarque que ses gestes sont moins précautionneux, plus vigoureux.

Puis il ouvre sa bouche sur la mienne et une cascade de sensations brûlantes déferle en moi. Je me laisse submerger un instant, je me fonds en lui. Mais quelques secondes plus tard, sa langue s'insère dans ma bouche et je panique. Une partie de son corps est entrée en moi et je ne suis pas sûre d'apprécier cela. Sa langue est en contact *avec la mienne*.

Puis ses mains glissent dans mes cheveux et il incline ma tête pour m'embrasser plus profondément, et la cascade se transforme en avalanche. Le désir crépite sur ma peau et incendie mes terminaisons nerveuses.

Et à mon tour je l'embrasse, dardant ma langue dans sa bouche pour goûter sa saveur. Ressentir son corps. L'explorer.

Mais ça ne me suffit pas, j'en veux davantage. Je veux prolonger cette sensation de chaleur qui fait palpiter tout mon corps. Ma raison n'a plus aucune prise sur moi, j'agis guidée uniquement par l'instinct, je me colle contre lui. Je n'imaginais pas qu'embrasser produisait ces sensations. Je regrette d'avoir attendu si longtemps pour expérimenter ça.

Alors que je tremble de toutes parts et que j'en viens à manquer d'air, il relève la tête.

– Putain, Princesse, si tu te mets au combat avec autant d'application, on n'a plus qu'à bien se tenir !

Je ne suis pas assez lucide pour démêler ce qu'il veut dire, mais je crois qu'il y a un compliment quelque part. Peut-être.

J'ai envie de l'embrasser encore, mais il recule et se relève.

– Me regarde pas comme ça, me reproche-t-il.

– Comment ?

Il m'adresse un sourire narquois.

– Comme si tu voulais me déshabiller, Princesse.

Je renifle dédaigneusement.

– Tu délires.

– Peut-être, mais je préfère te prévenir tout de suite : je ne pratique pas les relations amoureuses. Alors si tu cherches autre chose qu'un petit coup de baise, je ne suis pas la bonne personne.

Merde alors ! Il faut vraiment qu'il gâche tout.

– Complètement délirant. Tu t'es cogné la tête pendant que tu t'adonnais avec extase à tous ces meurtres ?

Il ne relève pas mon sarcasme et poursuit :

– Je m'occupe d'une seule personne depuis aussi loin que je me souvienne, et d'une personne seulement.

Ça me semble complètement faux et je lui fais remarquer :

– Et Max et Milla, alors ?

Une expression fugitive passe sur son visage, puis il hausse les épaules.

– Ouais, enfin, ils comptent pas. (Soudain il passe en mode pragmatique, rassemble les sacs et se dirige vers le bord du toit.) Tout semble calme, on retourne au vaisseau. J'espère que Gage se sera occupé du reste du ravitaillement et qu'on pourra se tirer de ce merdier en vitesse.

D'un bond agile, il saute sur la benne à ordures. Quant à moi, j'étudie la situation pour descendre en ayant le moins mal possible. La perspective du saut crispe mon dos déjà douloureux et mes biceps sont tout tremblants. Mais soudain les mains puissantes d'Ian se referment sur ma taille, me tirant un cri aigu.

Je les sens glisser sur moi alors qu'il me fait descendre sur la surface métallique. Je suis sûre d'être très proche de la combustion spontanée. Mais il se contente de me relâcher.

– Tu portes quelque chose, là-dessous? me demande-t-il alors en m'examinant de la tête aux pieds.

Et même si je sais qu'on ne voit rien à travers le tissu grossier, je me sens à nu. Et ce n'est pas désagréable. Pas désagréable du tout.

Je songe à éluder sa question, mais je me dis qu'il doit déjà connaître la réponse, en fait. Il a passé ses mains sur tout mon corps.

– Non, je réponds d'une voix enrouée, et je vois une lueur s'allumer dans son regard. Tu te souviens de ma robe très, très ajustée ? Il n'y avait pas la place pour porter quoi que ce soit en dessous.

Tout d'abord, il ne dit rien, puis finit par pousser un long soupir en se passant la main dans les cheveux.

– Putain, tu me retournes la tête, Princesse. Sans parler du reste de mon corps. (Comme à contrecœur, il recule d'un pas.) Allons-y.

CHAPITRE 23

RAIN

Après avoir entendu les tirs, Beckett et moi avons couru jusqu'au vaisseau – ce qui n'est pas chose aisée quand on porte une toge trempée descendant jusqu'aux pieds. Il n'y avait personne en vue, mais nous avons entendu d'autres détonations provenant de la zone principale du port. Beckett s'est jetée dans le fauteuil de pilotage et a démarré les moteurs avant même que j'aie eu le temps de m'asseoir contre la paroi de la passerelle, tâchant d'apaiser mon cœur battant la chamade.

– Attache ta ceinture, me lance-t-elle par-dessus son épaule. Ça risque de secouer.

Elle sourit largement, comme si la perspective de secousses lui plaisait. Cela me donne un frisson que je n'identifie pas parfaitement.

Mais ça pourrait aussi être juste à cause de ma toge mouillée.

J'ai les mains qui tremblent et je suis en train de me battre avec mon harnais lorsque Merrick passe la porte en courant, suivi de près par Gage. Merrick s'immobilise net en me voyant. Son soulagement est visible. Il semble si différent sans sa toge : coriace, dangereux et… beau, je dois dire. Je ne l'avais jamais vu de cette manière. D'ailleurs, je n'avais jamais envisagé personne de cette manière, avant.

C'est comme si toute cette aventure, depuis l'instant où j'ai vu Kali, et surtout maintenant que j'ai passé du temps avec Beckett, avait éveillé quelque chose en moi. Et ça me fait penser à des sujets qui ne me préoccupaient pas jusque-là.

– Tu es mouillée, me dit Merrick avec un drôle d'air.

– Je suis allée me baigner.

– Tu ne sais pas nager, rétorque-t-il d'une voix plate.

– Je suis née sur Askkandia, tu sais ? Je dois avoir ça dans le sang, je le taquine.

Il se contente de souffler sa désapprobation par les narines, puis fronce les sourcils en voyant que les cheveux de Beckett sont mouillés aussi.

Il n'y a rien dans le Livre de l'Astre Mourant qui interdise aux prêtres et aux prêtresses d'avoir des relations amoureuses, y compris avec des personnes ne partageant pas leurs croyances. Mais d'après ce que je sais, il est assez inhabituel pour une grande prêtresse d'avoir une relation amoureuse – et même d'avoir des relations d'aucune sorte – car d'habitude, nous ne quittons jamais le monastère. Et il est difficile de rencontrer des personnes intéressantes quand on vit en vase clos. Je ne dis pas que les gens de l'Ordre sont ennuyeux, mais Merrick est encore la personne la plus intéressante du lot, et c'est un rabat-joie de compétition.

Je jette un coup d'œil vers Beckett. « Ennuyeuse » ne fait pas partie des adjectifs qui me viennent à l'esprit pour la décrire. « Sexy », « futée », « fascinante », oui. Certainement pas « ennuyeuse ».

Je toussote avant de demander :

– Où sont les autres ? Tout le monde va bien ?

En guise de réponse, Kali fait irruption en courant, portant toujours la toge de Merrick, et serrant plusieurs sacs contre sa poitrine. Elle lâche le tout et se précipite vers Beckett, qui prépare le décollage.

– Où sont les autres ? je répète.

– Ils arrivent. Max récupère les dernières provisions et Ian est parti le rejoindre pour l'aider.

Je pousse un soupir de soulagement : personne n'a été blessé. Mais je remarque alors l'expression alarmée de Kali.

– Qu'est-ce qui ne va pas ?

Elle a l'air en état de choc.

– Il y a eu une éruption solaire derrière nous, explique Kali, la respiration haletante. Juste quand je suis montée dans le vaisseau. Et j'aurais juré qu'elle venait du *Starlight*.

Beckett lui jette un bref regard, sourcils froncés.

– Peu probable.

– C'est ce que je me suis dit d'abord. Mais je sais ce que j'ai vu. Est-ce qu'on peut avoir un visuel sur ce qui se passe derrière ? Ian et Max ont des problèmes.

– Je prends les ordres, Princesse, répond Beckett de ce ton moqueur qu'elle utilise avec Kali.

Il est clair qu'elle ne l'aime pas, mais Beckett est membre avouée de la Rébellion, donc c'est logique, je crois. La famille de Kali doit être son ennemi numéro un.

Au-dessus de la tête de Beckett, un écran s'allume. Je ne savais même pas qu'il y avait des écrans au plafond, et à voir leurs têtes, les autres non plus. Une vue de l'arrière du vaisseau apparaît en clignotant. Je me penche pour mieux voir.

– Bordel de merde, grommelle Beckett avant de retrouver son grand sourire. On dirait bien que t'avais raison pour l'explosion. Mais je ne pense pas que ça vienne d'ici. Un vaisseau ne peut pas produire ça.

Je n'ai pas envie de mettre la parole de Kali en doute, mais je suis plutôt d'accord avec Beckett sur ce sujet. Nous sommes à l'extrémité de la zone d'amarrage des navettes, mais le zoom est assez puissant pour nous montrer que toute la ville est en feu. Les bâtiments ne forment plus qu'une masse de flammes s'élançant vers le ciel, des gens courent en tous sens. Un sentiment d'horreur pure me saisit en voyant les habitants fuir les immeubles en flammes, portant enfants, animaux et possessions matérielles.

Puis Ian et Max émergent de l'incendie, courant vers le vaisseau comme si leur vie en dépendait – et c'est le cas !

Je vois un immeuble s'effondrer derrière eux en projetant des étincelles et des flammes vers le lac.

– Nous devons aider ces gens ! je crie, mais Merrick pose une main légère sur mon épaule.

– On est sur Askkandia, me dit-il. Ils ont suffisamment d'eau à leur disposition. Ils sont capables d'éteindre leurs incendies.

Le cœur au bord des lèvres, je regarde nos deux compagnons bondir sur la rampe. Beckett n'attend pas qu'ils parviennent jusqu'à la porte pour déclencher la remontée de la rampe. Et dans un grand tressaillement, nous quittons le sol askkandien.

En voyant les gens en bas dérouler de grands tuyaux pour acheminer l'eau, mon pouls s'apaise peu à peu. Ils se précipitent vers les bâtiments pour arroser les flammes. Tout à coup, notre vaisseau accélère sans que Beckett touche à quoi que ce soit, comme s'il avait attendu que l'équipage au complet monte à bord.

L'accélération est si rapide et forte que je me retrouve plaquée sur mon siège, tandis que Kali percute le mur et que Merrick perd complètement l'équilibre et s'étale par terre avec un « merde » tonitruant.

Je crois que je ne l'avais encore jamais entendu jurer. Je ne savais même pas qu'il en était capable !

Beckett éclate d'un rire si sauvage et libre que le simple fait de l'entendre me donne des ailes.

Un instant plus tard, la silhouette d'Ian se découpe dans l'encadrement de la porte. Lui aussi a le sourire.

– Alors ça… c'était quelque chose.

– Tu es affreux, lui reproche Kali. Tu as tout fait brûler.

– On n'a rien à voir avec ça, se défend Max en arrivant derrière lui. C'est un acte qui relève du miracle. Ou, plus précisément, d'une intervention de l'Astre Mourant. Tu as prié pour nous, Rain ?

– Ça ne fonctionne pas comme ça, je réponds.

Même si, de temps en temps, ce serait quand même pratique, je trouve.

– Tu t'es fait du mouron pour nous, Princesse ? la taquine Ian.

Elle le regarde droit dans les yeux et répond :

– Oui.

Sous le choc, ses yeux s'agrandissent et sa mâchoire tombe légèrement. Puis il se reprend tout aussi vite.

– Va falloir t'habituer, Princesse. On ne s'ennuie jamais quand je suis dans les parages.

Elle secoue la tête en se laissant tomber sur le siège le plus proche, les yeux fermés.

– Dites-moi que la nourriture a bien été livrée, demande-t-elle, ne s'adressant à aucun de nous en particulier. Je meurs de faim.

– Oui, répond Max d'un air satisfait. Je vais aller trier ça. Je crois qu'on a tous besoin de manger un bout.

– Un gros bout, marmonne Kali. Énorme, même.

Il lui sourit et pose une main sur son épaule en se penchant pour lui murmurer quelque chose à l'oreille. Je ne sais pas de quoi il s'agit, mais un grand sourire surpris apparaît sur le visage de Kali. Il lui adresse un clin d'œil en réponse avant de quitter la passerelle en sifflotant un air que je ne connais pas.

Maintenant, je suis dévorée par la curiosité. Je ne devrais pas. Les grandes prêtresses ne sont pas censées s'intéresser à des choses aussi banales que les interactions humaines. Mais je n'ai jamais été très douée pour mon rôle. En mon for intérieur, je veux dire. Et plus je passe de temps loin du monastère, plus je me dis que je veux l'assumer ouvertement. Si la Lumière voulait que je me comporte bien, pourquoi aurais-je autant envie d'être mauvaise ?

– Est-ce qu'on risque d'être suivis ? demande Merrick.

Je ne le connais peut-être pas aussi bien que je croyais, mais j'ai la ferme impression qu'il y a une pointe d'espoir dans sa voix.

– Pas le moins du monde, répond Ian. Le port n'a pas de flotte aérienne. Ils arriveront peut-être à faire parvenir un message à la capitale grâce aux vaisseaux qui étaient garés là-bas, mais on sera loin avant qu'ils décollent. (Il se dirige alors vers Beckett.) Mets le cap sur Vistenia.

– C'est parti pour Vistenia, capitaine, répond-elle de son ton narquois habituel, mais sans le mordant qu'elle réserve à Kali.

Max revient bien plus tôt que ce à quoi je m'attendais, d'autant plus qu'il porte une boîte aux effluves délicieux.

– On a surtout de la merde déshydratée, pour que ça se conserve au-delà de quelques jours, mais on a aussi un peu de frais.

Il pose la boîte au sol. Mon ventre gronde bruyamment et mon corps passe en pilote automatique : je me lève pour me placer aussi près que possible de la source de ces arômes alléchants.

– Comment as-tu fait pour aller si vite ? je demande. Tu n'es parti que quelques minutes.

Gage entre avec des assiettes et des couverts.

– Je me suis mis aux fourneaux dès que les provisions sont arrivées, répond-il. Et je me suis dit que tout le monde préférerait manger ici, où on peut avoir l'œil sur ce qui se passe.

Il commence à distribuer les assiettes et je m'accroupis pour dévorer des yeux le trésor posé entre nous.

– Arrête de regarder et mange, me suggère Kali.

J'étais tellement concentrée sur la nourriture que je n'avais pas remarqué sa présence à mes côtés. Je sais que je devrais attendre que tout le monde soit servi – c'est comme ça au sein de l'Ordre – mais j'ai tellement faim… Je remplis mon assiette : un petit pain encore chaud, un plat vert à base de maquerlan que je ne connais pas, quelques cuillerées de légumes grillés, du riz jaune…

Beckett ne quitte pas le poste de pilotage, alors je lui prépare aussi une assiette. Avec un deuxième pain et une ration supplémentaire de maquerlan parce qu'elle semble en avoir bien besoin. Je pose son assiette à côté de la console sur laquelle elle tripote divers boutons.

Son regard va de l'assiette à moi et elle ouvre de grands yeux.

– C'est pour moi ?

Je hoche la tête. Sa surprise est telle quand quelqu'un fait quelque chose pour elle ! J'imagine qu'il y a bien longtemps que personne n'a pris soin d'elle. Et ça me donne envie de l'entourer d'attentions et de gentillesse.

– Merci, marmonne-t-elle un instant plus tard, alors qu'elle engloutit déjà une bouchée de riz.

Je retourne à mon assiette et m'aperçois que Merrick m'observe, les yeux plissés. C'est l'expression qu'il prend quand il réfléchit intensément à quelque chose qui ne lui fait pas vraiment plaisir.

Dans le cas présent, je crois que c'est Beckett qui ne lui revient pas. Je sais, c'est parce qu'il s'inquiète pour ma sécurité. Après tout, Beckett s'est évadée d'un vaisseau-prison. Mais plus j'apprends à la connaître, moins je m'en soucie. C'est une bonne personne. Oui, elle est différente, elle a été cabossée par la vie, elle est peut-être déboussolée, même. Mais je vois bien qu'elle a un bon fond.

J'adresse à Merrick un sourire serein, pour lui faire comprendre qu'il n'a pas de souci à se faire. Mais bien mal m'en prend, car bizarrement, cela le rend encore plus méfiant.

J'ai bien trop faim pour m'en occuper maintenant. J'attrape mon assiette et m'assieds en tailleur sur le sol pour manger.

Sur Serati, nous n'avons pas de maquerlans, évidemment. Pas d'eau, pas de maquerlans. Si bien que ces morceaux de chair vert vif, nappés d'une sauce crémeuse que je n'ai encore jamais goûtée, sont vraiment délicieux à mes papilles. Le riz aussi est incroyable – ce n'est pas non plus une denrée que l'on sert au monastère. Je savoure chaque bouchée de ce repas et ne m'arrête que lorsque je me sens prête à exploser.

– C'était bon ? me demande Kali en souriant.

– Tellement !

– Tu sais, il me semble que la nourriture a meilleur goût quand on a faim, raisonne-t-elle. Je crois que je n'avais encore jamais remarqué ça.

– Je parie que c'est parce que tu n'avais encore jamais eu faim, lui lance Beckett.

Kali se mord la lèvre sans répondre et Beckett reprend sa mastication.

Ian s'éclipse un instant et revient avec deux bouteilles. Il en tend une à Max avant de retirer le bouchon de la sienne pour en prendre une longue gorgée.

– Putain ça fait du bien. Ces dernières journées ont été longues.

– Vous allez nous raconter ce qui s'est passé là-bas ? demande Merrick.

– Ouais, mais pas tout de suite. Là je suis flingué et j'ai besoin de boire un coup. (Il boit de nouveau longuement avant de tendre la bouteille à Kali.) Tu veux du gerjgin, Princesse ?

– Dans un verre, si possible ?

Il lui fait un sourire en coin.

– T'as peur d'attraper quelque chose ?

– Je crois qu'il est un peu tard pour s'en soucier, marmonne-t-elle, puis ses yeux s'élargissent lorsqu'elle prend conscience de ce qu'elle vient de dire.

Ian rit carrément.

– T'en fais pas, Princesse, je dirai à personne que tu m'as embrassé sur un toit au coucher du soleil.

Maintenant tout le monde les regarde. C'est comme voir une romance se jouer dans la vie réelle !

– C'est ça qui s'est passé, dans ton souvenir ? lui demande Kali, le regard noir.

Il hausse un sourcil.

– On peut recommencer. Pour voir quel souvenir tu en gardes la deuxième fois.

– Troisième, rectifie-t-elle à voix basse, ce qui décuple l'hilarité d'Ian.

Kali émet alors un grognement sourd et lui arrache la bouteille des mains pour en avaler une grosse, grosse goulée. Elle écarquille les yeux, mais se contente de déglutir et de lui rendre la bouteille, comme s'il s'agissait d'un défi.

– Ah, ça j'aime bien, commente Ian sans se départir de son petit sourire suffisant.

Les yeux plissés, elle lui jette :

– T'es qu'un pauvre type. Tu le savais ?

– Jamais prétendu être autre chose, Princesse.

Il incline de nouveau la bouteille vers sa bouche en lui adressant un clin d'œil qui déclenche chez Kali un chapelet de choses pas très gentilles qu'elle profère d'une voix (presque) inaudible.

Si moi j'entends ce qu'elle dit, je suis presque sûre qu'Ian comprend aussi, mais il ne semble pas fâché le moins du monde. Ça me dépasse. Si Beckett disait quelque chose de déplaisant à mon propos alors que nous nous sommes embrassées, je pense que je n'arriverais pas à me retenir de pleurer.

Mais Ian se contente de boire encore avant de tendre la bouteille à Merrick, pendant que Gage distribue des verres. J'accepte et Max me verse un peu du liquide ambré. J'ai déjà goûté de la liqueur de fruits au monastère, mais jamais de gerjgin. Je crois que cet alcool est distillé à partir d'une céréale.

Je renifle mon verre. L'odeur est musquée, chaude, pas du tout déplaisante.

Je goûte du bout des lèvres, fais tourner le liquide dans ma bouche. C'est fort, ça brûle la langue, mais j'aime bien. J'avale ma gorgée et bois encore. Presque aussitôt, une agréable chaleur se répand dans mon ventre. C'est décidé, j'aime vraiment ça.

J'engloutis le reste de mon verre et découvre que Max m'observe avec un petit sourire.

– Je peux en avoir encore ?

Il remplit à nouveau mon verre en faisant danser ses sourcils. Je recule pour m'adosser au siège de Merrick, puis regarde autour de moi. Ces gens sont si différents de ceux que j'ai connus. Dynamiques et vivants, même dans leurs travers. Et je sais que je ne devrais pas avoir cette pensée, mais si la *Caelestis* n'avait pas explosé, je ne serais pas ici, maintenant, avec eux. L'explosion a sans doute fait des victimes, et cela me révolte, mais puisque je suis là, j'ai envie d'être attentive à tout. De tout faire. Tout ressentir. Bientôt, je serai de retour au monastère.

Mais pour l'instant, je suis dans un vaisseau spatial en partance pour Vistenia, piloté par la fille qui m'a donné mon premier baiser. Et mon deuxième, aussi. Comment pourrais-je regretter un tel moment ?

– Hé, tu es prête à essayer de nouveaux vêtements ? (La voix de Kali me tire de mes réflexions.) En ce qui me concerne, j'ai plutôt hâte de me débarrasser de cette tenue. Sans vouloir t'offenser, Merrick.

– Pas de problème, répond-il d'une voix étonnamment détendue, avant de reprendre une gorgée de gerjgin.

Vu l'effet calmant que cette boisson a sur lui, je vais songer à en garder une flasque sur moi en permanence !

– Tu as trouvé des vêtements ? je m'enquiers en me penchant vers Kali.

– Oui, allons voir si c'est la bonne taille. Et j'espère bien, car j'ai comme l'impression qu'on ne sera plus les bienvenus dans cette boutique. Ni nulle part ailleurs sur Askkandia, en fait.

J'ai encore du mal à déchiffrer ses expressions, mais je ne crois pas qu'elle soit triste, simplement pensive. Je me demande bien ce qui leur est arrivé là-bas. D'accord, cet incendie était impressionnant, mais Askkandia est sa planète natale, et elle vit au palais, nom de la Lumière ! Comment peut-elle s'imaginer qu'elle n'y sera plus bien accueillie ?

Mais plus étrange encore, si c'est un fait avéré, pourquoi semble-t-elle le prendre si bien ? C'est de sa mère qu'il s'agit. Moi, je ferais n'importe quoi pour avoir la chance de connaître mes parents.

Lorsque je me lève pour la suivre, je me rends compte que je titube légèrement. J'ai la tête qui tourne, je me sens bizarre.

Précédée par Kali, je quitte la pièce sous les regards curieux. Je ne me retourne pas. Je n'ai jamais porté autre chose que mes toges de grande prêtresse. Cette perspective ne devrait pas m'émouvoir. Mais je suis terriblement excitée.

Pourvu que ça ne soit pas du blanc !

Arrivées à la chambre que nous partageons, Kali me confie la bouteille pendant qu'elle renverse le contenu de ses sacs sur les lits. J'en profite pour boire au goulot.

– J'en ai pris deux chacune. En cas d'accident. Et pour la taille, j'ai dû deviner, alors j'espère que ça ira.

Le premier vêtement est une combinaison entièrement noire. Cela douche un peu mon enthousiasme, même si noir, c'est toujours mieux que blanc. Différent, du moins, et c'est ce que je recherche.

Mais Kali la met de côté, avec une autre tenue similaire.

– Celles-là, elles sont pour Beckett, m'explique-t-elle. Elle m'a semblé du genre à apprécier le noir.

Je ne peux m'empêcher de sourire. En partie parce qu'elle a certainement raison et en partie parce que Kali ne l'a pas oubliée, alors qu'elles ne s'entendent pas. Si quelqu'un était aussi mesquin avec moi que Beckett l'est avec Kali, je ne suis pas sûre que je prendrais la peine de lui acheter deux nouvelles tenues ! Mais Kali est ce genre de personne. Si seulement Beckett arrivait à remarquer ça au lieu des défauts qu'elle croit déceler chez elle.

– Et celles-ci sont pour toi, me dit Kali en me tendant un sac.

Pas blanc, pas blanc, s'il te plaît, pas blanc.

Je lui rends la bouteille et jette un coup d'œil à l'intérieur. Ce que je vois me fait hurler de joie.

CHAPITRE 24

RAIN

Je tends avidement la main tellement j'ai hâte de toucher ce que j'aperçois.

La première combinaison est d'un magnifique bleu cobalt avec des passepoils rose vif. Je n'ai jamais rien vu de si beau. Et je suis certaine que je ne porterai jamais rien de plus beau. Je reste à la contempler pendant plusieurs secondes avant d'éclater en bruyants sanglots incontrôlables.

– Oh, elle ne te plaît pas ? me demande Kali, sa voix égale laissant affleurer sa panique. Je suis désolée, je pensais que tu aimerais un peu de couleur après tous ces vêtements blancs, mais si tu préfères les combinaisons noires, moi ça ne me dérange pas du tout d'obliger Beckett à avoir du rose sur elle.

Sa remarque me fait rire, sans toutefois tarir mes larmes. Je suis donc en train de rire *et* pleurer en même temps, et je crois que ça affole encore plus Kali.

– Tout va bien, je la rassure quand je parviens enfin à parler. J'adore. Je t'adore. Tu es la meilleure des princesses !

– Je suis assez convaincue que ma mère ne serait pas d'accord avec toi, mais merci quand même. Que penses-tu de la deuxième ? Et il doit y avoir des sous-vêtements au fond du sac, aussi.

L'autre combinaison est verte avec des passepoils orange. Je me laisse tomber sur le lit en la serrant contre mon cœur.

– Merci, merci, mille fois merci.

– Tout le plaisir est pour moi. Mais c'est aussi grâce à Ian. (En prononçant son prénom, un léger sourire involontaire apparaît sur ses lèvres.) Mon idée, c'était qu'on ait tous une tenue semblable, une sorte d'uniforme pour l'équipage du *Starlight*.

– *Starlight* ?

– Oh, j'oubliais : j'ai donné ce nom à notre vaisseau, à cause du motif sur sa carlingue et aussi parce qu'il est couleur lumière d'étoile. Et c'est un vestige alien.

Cette révélation me fait un choc.

– Comment l'as-tu appris ?

– C'est le même motif que sur l'heptosphère. Et Gage était déjà au courant, apparemment.

Je ne sais pas quoi dire, ni comment je vis le fait d'être à bord d'un vaisseau alien. Me voilà, moi, grande prêtresse de l'Ordre sororal de la Lumière, dans un appareil construit par les Anciens il y a 400 000 ans. Après tout, peut-être que c'est bel et bien le destin ?

Incroyable.

– Allons, change-toi et on retourne sur la passerelle, me presse Kali. Je commence à avoir de nouveau faim. (Elle boit une gorgée de gerjgin, puis repose la bouteille et me tourne le dos.) Dépêche-toi, j'ai tellement hâte de voir celle que tu vas choisir !

Je prends une grande inspiration et retire mes bottes noires qui m'arrivent à mi-mollet avant d'enlever ma toge par la tête. Quand je la laisse tomber sur le sol à mes pieds, j'ai l'impression de me délester de quelque chose.

Ça n'a pas vraiment de sens. Ce n'est pas la tenue qui fait de moi une grande prêtresse. Je prends simplement le meilleur parti de la situation.

Tout ce que je portais sous la toge, c'est une culotte blanche, que je retire aussi. À la place j'enfile un slip noir et une brassière assortie, avant de revêtir la combinaison bleue. J'adore ce passepoil rose.

J'entends que Kali se change derrière moi tandis que je remonte la fermeture de ma combinaison. Je n'ai jamais porté quelque chose d'aussi moulant. C'est une sensation étrange, comme si j'avais une deuxième peau.

Oh, ces couleurs me donnent des frissons de joie pure. Je sais, m'enthousiasmer pour ce genre de choses montre que je suis complètement superficielle. Mais j'ai du mal à m'en soucier puisque je me sens si bien.

Je découvre que Kali a aussi prévu deux paires de chaussettes arc-en-ciel. Et voilà que je suis prête à rouvrir les vannes. À la place, je les mets aux pieds avant de remettre mes bottes. Je réalise alors que personne ne verra que je porte des chaussettes arc-en-ciel. Mais moi je le saurai, et c'est tout ce qui compte.

Quand je suis prête, je baisse les yeux sur mon accoutrement en essayant de faire concorder la fille que j'ai été pendant si longtemps avec ce à quoi je ressemble maintenant. Ça fait beaucoup de changements à intégrer, mais c'est génial. Je suis la grande prêtresse de l'Ordre sororal de la Lumière, mais jamais encore je ne m'étais sentie aussi puissante, dans cette cabine minuscule, sur un vaisseau spatial illégal, habillée comme une pirate de l'espace, dans des couleurs que l'Ordre n'autoriserait pas.

Pour me donner du courage, je prélève une bonne gorgée de gerjgin dans la bouteille bientôt vide.

Kali est en train d'enfiler ses bottes. Elle porte une combinaison gris et argent qui met vraiment en valeur ses yeux – et ses formes.

– Tu es magnifique, je murmure.

Elle se redresse en souriant.

– Toi aussi ! Le rose te va bien.

– Je trouve aussi !

Son sourire s'efface pour laisser place à son expression neutre de princesse.

– J'ai une question à te poser, si tu veux bien.

– Bien sûr !

Après m'avoir offert cette combinaison, elle peut me poser toutes les questions qu'elle veut.

– Pourquoi n'as-tu pas l'apparence des autres Sératiens ? Tu es belle, et Merrick aussi, mais…

Son compliment me gonfle le cœur, même si je sais que comparée à elle, je ne fais pas le poids.

– Je n'ai pas les belles arabesques corporelles qu'ont la plupart des Sératiens parce que mes parents étaient Askkandiens.

– Ah bon ? Et c'est aussi pour cette raison que tu n'as pas besoin de porter d'armure sous ta toge comme Merrick ?

– Tout juste. J'ai quand même du mal avec la gravité askkandienne parce que je suis habituée à celle de Serati, mais pas autant que ceux qui y vivent depuis des générations.

– Un de ces jours, il faudra que tu me racontes comment tu as atterri là-bas, mais pour l'heure, nous devrions aller montrer à tout le monde ce que ma première virée de shopping a donné.

Elle attrape les autres sacs et le fond de gerjgin avant d'aller dans le couloir.

– Je n'ai jamais fait de shopping, je lui confie alors que nous nous dirigeons vers la passerelle. Avant ce voyage, je n'avais jamais quitté le monastère.

– Et moi je sortais rarement du palais, renchérit-elle d'un ton mélancolique avant de me regarder. J'ai l'impression que nous avons toutes les deux grandi avec un lourd fardeau d'attentes pesant sur nous. Nous devons nous comporter d'une certaine manière, les gens comptent sur nous, bla, bla, bla…

Oh que oui ! Je lui souris largement.

– Mais toi au moins tu avais de jolis vêtements.

– Argh, tu ne parles pas de la robe-limaceuse, j'espère. Elle était d'un inconfort terrible. (Elle fait un petit pas de danse devant moi.) Ça, c'est beaucoup mieux. Je peux bouger ! Avec l'autre, je ne pouvais même pas écarter les jambes.

Il y a quelque chose de drôle dans cette déclaration, et je pouffe de rire.

– Ça te va bien, je dis sincèrement.

Kali a une telle prestance. Elle en impose. Elle est sculpturale. Je jette un œil critique à mes formes plus modestes. Bleu *et* rose. Je soupire de bonheur.

– C'est Ian qui a choisi ma combinaison. Il a dit qu'elle était assortie à mes yeux.

Je porte une main à mon cœur.

– Comme c'est romantique !

S'il est attentif à la couleur de ses yeux, ce n'est pas si étrange qu'il l'ait embrassée.

– Hah. Non, vraiment pas.

N'empêche que son expression s'est adoucie.

Tout en marchant, Kali porte la bouteille à ses lèvres et engloutit le liquide restant.

– Je pourrais m'y faire, à ce truc.

– Encore un point commun, je fais remarquer.

Mais lorsque nous parvenons à la passerelle, je m'arrête sur le seuil, le ventre noué par la nervosité. Depuis toujours, je suis la grande prêtresse Rain dans sa toge blanche immuable. Je ne suis pas encore prête à ce qu'on me voie ainsi changée.

– Allez, m'encourage Kali, qui a dû deviner mon inquiétude. Vas-y, entre et impressionne-les. Tu es sublime.

Je la remercie d'un grand sourire et prends une profonde inspiration en me disant qu'il n'y aura pas moment plus opportun que maintenant. Mais lorsque la porte coulisse devant moi, je suis bien contente que l'alcool m'anesthésie légèrement le cerveau.

Quelqu'un siffle – je ne sais pas trop qui, mais ce n'est certainement pas Merrick, qui me fixe d'un air éberlué, complètement sous le choc. Et bizarrement, ça me redonne vraiment confiance en moi.

En passant, je lui adresse un petit salut du bout des doigts. Il ne me répond pas, mais parvient néanmoins à refermer sa mâchoire tombée jusqu'au sol.

Beckett est toujours assise face à la console, comme si elle voulait rester coupée du reste de l'équipage. Mais quand elle finit par se retourner, les yeux lui sortent de la tête. Je la rejoins en sautillant. J'aime sentir son regard sur moi. Tellement. Et pour une fois, la douleur est absente de son regard. Succès sur toute la ligne.

Je lui tends le sac contenant les combinaisons noires.

– Voilà tes nouveaux vêtements.

Elle fronce les sourcils.

– Mais quand as-tu…

– Kali les a achetés pour toi.

Elle regarde derrière moi – en direction de la princesse, j'imagine – et son air se fait encore plus renfrogné.

– N'importe quoi !

– Oh, allez ! Elle a choisi une couleur idéale pour toi, je lui assure en lui donnant un petit coup de coude joueur.

Je sens bien qu'elle meurt d'envie de regarder dans le sac. Mais la méfiance qui se lit sur son visage quand elle regarde Kali semble prévaloir.

– Va donc te changer. Ce sera un soulagement d'enlever ce truc, non ?

– Ou.. oui, sans doute.

Elle semble un peu sous le choc, mais saisit le sac et s'éloigne.

– Déconne pas avec mon vaisseau, grogne-t-elle à Ian en sortant de la pièce.

– Je promets rien ! lance-t-il dans son dos.

Mais il ne semble pas décidé à occuper le siège de pilote, alors je m'y assieds et le fais tourner plusieurs fois. J'ai l'impression d'avoir décroché le gros lot. Et je me redis encore une fois que je suis assise dans un siège de pilote… dans un vaisseau alien… qui traverse l'espace.

Mais avec qui ai-je donc échangé ma vie ?

Le mouvement me donne le tournis. J'aime bien. Mais tout à coup, quelqu'un saisit le dossier et me stoppe en pleine course.

– Merrick, je devine sans même me retourner. Tu ne trouves pas que j'ai l'air…

Je cherche mes mots.

Il m'examine, les yeux mi-clos.

– Singulièrement laïque ? En effet. Est-ce vraiment ce que tu veux ?

– Ne sois pas si rabat-joie, Merrick. Ma toge était mouillée, sale, et… blanche. (Je lève vers lui un regard trouble.) Et puis tu ne portes plus ta toge non plus.

– C'est différent, se défend-il.

– Vraiment ? (Je détache délicatement ses mains du fauteuil pour le refaire tourner.) Pourquoi je n'avais jamais remarqué que tu étais si séduisant, Merrick ?

Il me regarde en secouant la tête d'un air mécontent.

– Je crois que tu as assez bu comme ça.

– Oh, non. Loin du compte ! J'aime le gerjgin. Quand nous serons de retour sur Serati, je vais demander à Sœur Grinor si nous pouvons en avoir au monastère.

Les lèvres de Merrick frémissent.

– Je suis impatient d'assister à cette conversation.

– Et j'ai *faim*, Merrick ! Comment ça se fait ?

– Il y a des biscuits, me dit-il d'un air radouci.

Apparemment, sa contrariété à propos de mon changement de style est en train de lui passer.

– Non ! C'est vrai ?

En un éclair, je bondis de mon siège. C'est bien connu, j'ai le bec sucré et, au monastère, Merrick fait souvent entrer des sucreries en douce pour moi. Je repère tout de suite les biscuits à l'odeur. Bon, ce n'était pas si difficile, ils sont posés sur le siège à côté de Max.

Sans même demander l'autorisation de me servir, j'en prends une poignée. Puis je m'assieds par terre, le dos contre le mur, pour les savourer. Dé-li-cieux.

– J'aime ce nouveau look, me dit Max en me tendant un nouveau verre de gerjgin, que j'avale cul sec avant que Merrick ait l'idée de me le confisquer.

Je n'ai aucune envie de rendre mes biscuits ni mon verre d'alcool. Max et Gage s'installent à mes côtés tandis qu'Ian et Kali s'asseyent en face de nous, après qu'Ian s'est emparé de la boîte de biscuits. Une autre raison de l'apprécier.

– Qu'est-ce qui arrive à ton pote ? demande Max en désignant Merrick, resté debout. Il n'a pas l'air à la fête.

– Merrick n'est jamais à la fête. Merrick ! je l'appelle. Viens t'asseoir, je l'invite en tapotant le sol à côté de moi. Je t'ai gardé un biscuit !

Exaspéré, il secoue la tête, mais, à ma grande surprise, il vient vers nous malgré tout. En passant à côté de la table, il attrape même la dernière bouteille de gerjgin avant de se laisser tomber à côté de moi.

Sans un mot, il débouche la bouteille et boit une longue gorgée. Puis une autre, et encore une autre.

Je crois qu'il noie ses problèmes.

Aussi connus sous le nom de Rain.

CHAPITRE 25

BECKETT

Je lisse le tissu sur mes hanches. J'ai toujours été mince, mais maintenant je suis carrément maigre. Les os de mes hanches ressortent comme si je n'avais pas mangé un bon repas depuis… Bref, le dîner de ce soir est le meilleur que j'aie jamais eu, si j'en crois mes souvenirs.

La combinaison me va bien, pourtant, et j'ai l'impression – mais ma mémoire est ajourée, je me trompe peut-être – que c'est la plus belle tenue que j'aie jamais eue.

Et c'est princesse Kalinda qui l'a achetée pour moi. Pour *moi*.

J'ai du mal à encaisser. C'est peut-être de là que vient ma migraine. Non, c'est plus probable que ce soit à cause de ce qu'ils m'ont fait sur la *Caelestis*. Mes pensées s'éparpillent en tous sens, je dois me concentrer très fort pour ne pas en perdre le fil. Des fois, j'ai l'impression d'avancer dans le brouillard. Mais ça s'est quand même un peu éclairci depuis que je me suis enfuie. La présence de Rain me fait du bien. Et voler, aussi. Dans ma cellule, je rêvais à la liberté de l'espace.

« Libres et en vol. »

C'est le cri de ralliement des rebelles.

Ça me revient, maintenant.

Quand j'arrive à la passerelle, j'hésite à la porte. À l'intérieur, quelqu'un rit. C'est un son étrange à mes oreilles. Je jette un coup d'œil. Ils sont assis par terre, plus ou moins en cercle, et une bouteille passe de main en main. Ils ont l'air bien partis. Rain attire mon regard. Assise en tailleur, elle est magnifique dans sa combinaison moulante qui épouse ses courbes délicates et fait ressortir ses yeux. Ses cheveux brillent comme des rayons de soleil sur le tissu sombre.

Ce que Max lui raconte la fait sourire. À côté d'elle, son ami baraqué fait la gueule. Son changement d'allure ne lui plaît visiblement pas. Il faut dire que puisque son boulot consiste à assurer sa sécurité, c'est devenu carrément plus difficile. Elle ne ressemble plus du tout à une prêtresse.

Je me souviens du goût de Rain, comme du miel liquide et chaud. La douceur de sa peau. Ses cheveux soyeux. Ces souvenirs sont des clairières dans le brouillard de mon esprit.

C'est une bonne personne. Sans doute la meilleure que j'aie rencontrée. Elle irradie la bonté.

Est-ce pour ça que je suis attirée par elle ? Est-ce dans l'espoir que sa bonté déteigne un peu sur moi ?

Je n'ai pas le droit de salir cette pureté simplement parce que j'en ai la possibilité.

Je m'arrache à sa contemplation et pose mon regard sur quelqu'un d'autre. Princesse Kalinda. En voyant que je traîne là à les épier, elle hausse un sourcil. Quoi, elle attend que je la remercie ? Pas question. Ça m'a presque donné envie de renoncer à la tenue, quand j'ai su que cette bonne action venait d'elle.

Haine. Haine. Haine.

Les émotions envahissent ma tête.

Je ne peux pas oublier tout ce dont elle est responsable.

Et ça me rappelle un fait incontestable : je ne suis pas à ma place.

Je n'ai rien à faire avec ces gens heureux qui rient et qui n'ont pas quelque chose en moins.

Je recule et disparais dans l'ombre.

À ma place.

CHAPITRE 26

IAN

Je bois directement au goulot, savourant la sensation de brûlure dans ma gorge. Et le flou dans mon esprit. Ça fait quelques heures qu'on s'est mis à boire, et même si je refuserais de l'admettre à voix haute… je m'amuse bien.

À côté de moi, Kali tend la main vers la bouteille. J'hésite. Elle commence à avoir les yeux vitreux. Mais après tout, c'est pas à moi de la surveiller, c'est une grande fille, à elle de décider quand elle s'arrête. Et puis elle est mignonne saoule.

Je lui donne la bouteille et j'en profite pour promener mon regard sur son corps.

Elle est vraiment canon dans cette tenue. Comme la robe dans laquelle je l'ai vue pour la première fois, la combinaison accentue ses sérieux atouts, mais ça m'a l'air beaucoup plus simple de la lui enlever.

Pas que j'en aie l'intention…

Elle se penche. Elle est si proche que je vois le cercle noir qui entoure ses iris argentés, couleur lumière d'étoile. C'est… envoûtant.

Elle boit longuement – je crois qu'elle va avoir un sacré mal de cheveux au réveil… puis elle agite la bouteille dans ma direction, faisant gicler du gerjgin sur ses doigts.

– Tu sais, la première fois que je t'ai vu, je me suis dit…

Elle laisse sa phrase en suspens.

Sérieux ? C'est maintenant qu'elle retrouve son inhibition ?

J'essaie de me convaincre que ce qu'elle allait dire n'a aucune importance, mais je tiens environ quinze secondes avant de lui demander :

– Tu as pensé quoi ?

– *T'es si désespéré que ça ?* me taquine Max.

– *Ta gueule*, je rétorque mentalement avant de reporter mon attention sur Kali.

Elle sourit.

– Que t'avais vraiment un beau cul.

Pour le meilleur ou pour le pire, notre conversation est noyée par le chant qu'entonne la grande prêtresse de l'Ordre sororal de la Lumière, qui ne porte plus de toge et apprend avec Gage une chanson cochonne (vraiment très cochonne), si bien que personne d'autre n'entend la déclaration de Kali.

Du moins c'est ce que je croyais.

– *Eh, elle n'a pas tort,* Max trouve bon de commenter. *J'ai entendu beaucoup de gens dire ça de toi au fil des années…*

J'ai trop de mal à ne pas exploser de rire pour lui répondre. Demain matin, Kali va regretter d'avoir fait ces confidences ! Si elle s'en souvient.

– Tu m'objectifies, Princesse ?

– J'imagine que oui. Désolée.

Elle n'a pas l'air si désolé que ça. Mais bon, moi non plus. J'aime ce côté chez elle. Enfin, je commence à aimer tous ses côtés, en fait. Et ça, c'est un problème.

– Alors ? demande-t-elle avant de boire une gorgée.

– Alors quoi ? je demande en retour, interloqué.

– *Elle veut savoir ce que tu as pensé d'elle, évidemment !* m'aiguille Max.

– Je veux savoir ce que tu as pensé de moi, évidemment, dit Kali exactement en même temps.

Sans avoir besoin de tourner la tête vers lui, je sais que Max me regarde, goguenard.

Je fouille dans ma mémoire.

– Je crois que j'ai surtout été frappé par la cape.

Elle ouvre grand les yeux.

– Elle te plaisait ?

– Ah non ! Ça te donnait l'air d'un clown.

Kali pousse un grand soupir.

– Apparemment, c'est ce que je suis. (Elle contemple la bouteille un moment avant de la poser délicatement par terre.) Et je crois que ce clown devrait aller au lit avant de faire tout un cirque.

– C'est tout à fait raisonnable, je l'encourage, en refoulant la déception qui pointe son nez à l'idée que cette conversation prenne fin.

– Raisonnable est mon deuxième prénom, dit-elle d'une voix lasse, comme si cette idée lui minait le moral.

Une image d'elle après ce baiser me revient alors brusquement. Elle avait l'air de vouloir aller plus loin.

– Oh, je ne suis pas sûr de ça, moi. J'ai l'impression que derrière toute cette éducation aux bonnes manières, il y a une femme très impulsive qui essaie de faire son coming-out.

Elle soupire encore.

– Tu as peut-être raison. Et si c'est le cas, il faut absolument que j'aille me coucher. (À peine levée, elle titube et se retient d'une main au mur avant de baisser les yeux vers moi.) Tu as tué ces hommes comme si de rien n'était. Tu me tuerais avec autant de facilité ?

– Si tu te mets en travers de ma route.

Mais je sais bien que je mens.

– *Tu veux qu'elle te haïsse ?* me reproche Max d'un ton exaspéré.

– *Oui.*

– *Menteur*, raille-t-il.

Elle hoche la tête.

– Je ferai de mon mieux pour ne pas me mettre dans cette situation, conclut-elle avant d'aller vers la porte.

– Kali, je…

Je ne sais pas ce que je veux lui dire, je sais juste que j'ai horreur de la voir si triste.

Mais lorsqu'elle se retourne d'un pas mal assuré, je n'ai rien trouvé pour la consoler. Alors je me frotte le visage et lui dis :

– Va te coucher, Princesse.

– C'est ce que j'allais faire.

Je la regarde tituber vers la porte en se cognant à tous les obstacles. C'est à mon tour de soupirer. Je n'ai pas besoin de ce problème dans ma vie ! Je dois me concentrer pour trouver Milla.

Rien ne doit me distraire de cette mission.

– Attends, Kali, lance Max en bondissant, ce qui interrompt brièvement le chœur de nos bruyants chanteurs, Gage et Rain. Je vais t'accompagner jusqu'à ta chambre.

– Tu fais quoi, bordel ?

Max offre son bras à la princesse.

– Il faut bien que l'un de nous fasse preuve de galanterie, et visiblement, c'est pas toi qui vas t'y coller.

– Merci, accepte-t-elle en prenant son bras après s'être dépêtrée d'un fauteuil.

– Je viens aussi, annonce Gage en se levant.

Il entreprend de guider Rain et Merrick vers les cabines, mais je note que Merrick emporte le fond de bouteille avec lui.

Je les regarde partir et me retrouve seul sur la passerelle. Exactement comme j'aime. L'espace d'un instant, je m'imagine ce qui se passerait si c'était moi qui accompagnais Kali jusqu'à sa chambre. Bon, je ne laisserais pas les choses aller bien loin alors qu'elle est saoule, mais si elle avait envie de me faire un baiser pour me souhaiter bonne nuit, je crois que je me laisserais faire… Et c'est précisément pour cette raison que je n'ai *pas* proposé de la raccompagner. Ce soir, aucun de nous n'est dans son état normal.

Le problème, c'est que je ne sais pas si j'ai été dans mon état normal depuis la première fois que je l'ai vue. En tout cas, j'en ai pas l'impression.

Raison de plus pour ne pas l'accompagner jusqu'à sa chambre.

Merde. Il faut que j'arrête de penser à ça. À elle. Il n'en sortira rien de bon. C'est jamais bon de se rapprocher d'une femme que tu ne peux toucher qu'en risquant la peine de mort.

CHAPITRE 27

IAN

Plusieurs heures plus tard, je me réveille étendu par terre, avec un torticolis et une gaule de compétition.

Ce qui me fait penser à la princesse. Et à ce baiser. Enfin, *ces* baisers, comme elle m'a corrigé hier. Ça ne se reproduira pas.

Elle m'attirerait beaucoup trop d'ennuis. Putain, en vrai, c'est déjà le cas.

Sans compter qu'il y aura des décisions difficiles à prendre dans un avenir pas si lointain. Et je ne veux pas que mon jugement soit embrouillé par le sexe. Ce qui veut dire que je dois pas poser les mains – ni rien d'autre – sur la princesse.

Ça va être juste ma main et moi, comme d'habitude.

J'ignore la pointe de déception qui m'aiguillonne un coin de l'esprit et redresse péniblement la tête. J'ai un sale goût dans la bouche. C'est une conséquence assez prévisible quand on s'envoie trop de gerjgin bon marché. Mais ça valait le coup, rien que pour voir la princesse se lâcher. Surtout dans cette tenue que je lui ai achetée. Avec ses joues toutes roses.

Mais penser à ça – à elle – ne va pas arranger mon problème, alors je la chasse de mon esprit et me prépare à affronter la journée.

– T'es réveillé, fait une voix au-dessus de moi.

Je tente de distinguer qui me parle. Putain, qui a eu l'idée de rendre la lumière si aveuglante ?

– J'ai cru que t'étais mort, ajoute la voix. Alors je t'ai donné un coup de pied. Désolée, je voulais être sûre.

Mon cerveau ramolli finit par associer la voix à l'image de sa propriétaire que mes yeux agressés discernent maintenant dans le siège de pilotage. Beckett. Génial. Me confronter à elle est tout à fait ce que j'ai envie de faire quand je suis trop décalqué pour me défendre.

– Pas de souci. Rien senti, je lui assure, m'efforçant de garder les choses cordiales. Tu avais besoin de moi ?

– On bouge pas, répond-elle simplement.

Je me rends compte qu'elle dit vrai. Le vaisseau est stationnaire. C'est quoi ce bordel ?

Je me redresse et gagne le fauteuil de capitaine en vacillant.

– On sait pourquoi ?

Elle se contente de désigner l'écran à sa gauche. Elle gaspille pas sa salive, elle.

L'écran révèle l'extérieur du vaisseau. Manquait plus que ça. Le *Starlight*… s'est laissé pousser des ailes ?

Je vérifie l'autre côté, pareil : deux autres ailes disposées selon des angles étranges. Ça doit donner un look d'étoile à notre vaisseau. Je les examine un peu plus en détail. Et s'il fallait encore une preuve que j'ai consommé bien trop d'alcool hier soir, il me faut bien soixante secondes pour me rendre compte que ce ne sont pas des ailes.

Le *Starlight* s'est orienté vers le soleil. Ce sont donc…

– Des panneaux solaires rétractables, je murmure. Il se recharge.

– Voilà, confirme Beckett.

Je dirais même plus : elle *économise* sa salive.

Au moins comme ça, on sait à quoi tourne ce bazar ; je me posais cette question depuis le premier jour. Mais combien de temps ça va prendre ? Longtemps, j'imagine ; et ça fait sacrément suer. Ça consomme un max, les vaisseaux spatiaux.

Je me frotte le visage pour finir de me réveiller.

– Je vais aller me rafraîchir vite fait. Dis-moi si quelque chose…

Un rayon lumineux arrivant droit du soleil m'interrompt et m'éblouit.

– Merde !

Encore une putain d'explosion solaire. Et cette fois, c'est nous qui allons exploser, je parie.

Pourtant… plusieurs secondes passent et rien d'autre. J'y comprends rien.

J'examine l'écran en plissant les yeux pour éviter de me les cramer. Apparemment le rayon s'est étréci à environ deux mètres de large et heurte alternativement le centre de chaque panneau pendant quelques secondes. Et tout à coup, ça s'arrête, les panneaux se rétractent et le moteur redémarre. Et c'est reparti.

Beckett sourit.

– Trop cool, je dis.

Et c'est vrai, cette technologie alien, c'est vraiment quelque chose.

Puisque nous sommes de nouveau en route, je gagne la salle de bain la plus proche et mets ma tête sous le robinet. Au moins on a de l'eau, maintenant, notre escale d'hier n'est pas un échec total.

J'attrape une serviette pour me sécher les cheveux. J'ai envie d'un café, mais je n'ai pas la moindre idée de la manière dont fonctionnent les trucs dans la cuisine, et mon cerveau n'est pas encore en état de s'y attaquer. Ça viendra. En attendant…

– *Max ?*

– *Quoi ? Je dors.*

– *Réveille Gage. Dis-lui d'utiliser ce mental d'exception dont on entend parler, mais qu'on ne voit jamais en action pour trouver comment me faire une tasse de café.*

Gage est un sale flemmard, mais il a réussi à nous cuisiner un repas, hier soir. Il doit avoir maîtrisé les installations de la cambuse.

– *Tu m'as réveillé pour ça ? Débrouille-toi.*

– *M'oblige pas à supplier.*

Max pousse un énorme soupir. Je souris. Gagné.

Je remplis un verre d'eau au purificateur et retourne sur la passerelle. C'est un vrai foutoir. Boîtes et cartons de nourriture vides jonchent le sol. Il faut que quelqu'un nettoie ce merdier.

Vu que Beckett est très occupée à passer en revue les écrans du *Starlight*, on dirait que c'est pour ma pomme. Les tâches d'un capitaine sont sans fin. Sans compter qu'il faut qu'on prenne une décision sur la suite des événements, et discuter du fait pas alarmant du tout que quelqu'un offre des sommes folles pour notre capture, morts ou vifs.

Qu'est-ce que c'est que cette histoire, d'ailleurs ? Je remets les assiettes sales et les bouteilles de gerjgin vides dans la boîte qui a servi à les transporter. C'est pas une solution miracle, mais au moins on n'a plus l'impression que quelqu'un a fait la teuf pendant trois jours.

Alors que je me penche pour ramasser une autre pile d'assiettes sales, je remarque un sachet qui traîne, contenant des petits machins colorés. Des sortes de haricots, aux couleurs de la planète Askkandia. On dirait des bonbons. Certainement pas un truc que j'ai pu manger étant enfant. Considérant que c'est ma récompense pour nettoyer le bordel laissé par ces ingrats, j'empoche le sac de friandises.

Une fois le ménage fini et les vestiges de la fête rapportés à la cambuse, je me réinstalle dans mon fauteuil.

Beckett est toujours à son poste, mais elle tripote des leviers et des boutons. Est-ce qu'elle sait ce qu'elle fait ? Est-ce qu'elle s'en soucie ? Bizarrement, j'en doute.

– Tu savais que ce vaisseau était un vestige alien ?

Je lance ça de la manière la plus désinvolte possible. J'aimerais ajouter : *du coup appuyer sur les boutons au hasard n'est peut-être pas une super idée parce qu'on ne sait pas ce que ça pourrait déclencher.* Mais je ne veux pas déclencher sa colère *à elle*. Ça, c'est un interrupteur que même moi je n'irais pas titiller.

– Cool, dit-elle sans interrompre son manège.

Bon, elle n'a pas saisi le message.

– Où sont-ils tous ? je grommelle.

Me plaindre des autres me paraît une option beaucoup plus prudente que mettre en doute les compétences de pilotage de Beckett.

– Au lit.

– Ouais, mais si je suis debout, ils devraient l'être aussi.

– Je crois pas qu'ils voient ça comme ça.

– C'est moi le capitaine.

– Mais oui.

Elle me dit ça comme si elle rassurait un gamin, mais ma gueule de bois me fait trop souffrir pour que je me rebiffe. Surtout qu'elle ajoute :

– Tu veux que j'aille les réveiller ?

– Ah ouais !

J'apprécie cette proposition. Et l'occasion d'être seul un moment pour retrouver mes esprits.

Sauf qu'au lieu de se lever, elle appuie sur un bouton.

– Debout les loulous !

J'entends sa voix à côté de moi, mais elle est diffusée en simultané par les haut-parleurs. C'est vraiment fort, ça résonne d'un bout à l'autre du vaisseau.

– Votre capitaine vous attend pour une réunion sur la passerelle dans dix minutes. Soyez-y, sinon gare…

Elle ponctue sa tirade d'un haussement d'épaules.

– Tu commences à maîtriser le vol sur ce machin, alors ? je lui demande.

Elle réfléchit un moment à la question. Je vois bien qu'elle essaie de se concentrer, appuie un doigt sur son front puis m'adresse un bref hochement de tête.

– Plus ou moins. La plupart du temps, il se débrouille tout seul. Tu crois que c'est qui, qui a piloté toute la nuit ? Jusqu'ici, quand j'entre mes coordonnées, il les prend en compte. Mais j'attends le moment où on n'aura pas le même avis. Là, je parierais pas sur moi pour avoir le dernier mot.

– Tu crois que ce vaisseau a un *avis* ?

C'est complètement barré. Elle me mène en bateau ?

– Tu viens de faire remarquer que c'est un vestige alien.

– Et du coup tu crois qu'il a une conscience ?

Elle lâche un rire étouffé.

– Je crois surtout qu'on comprend pas tout à fait son fonctionnement.

J'y réfléchis un instant.

– Bien vu.

– Il y a autre chose, aussi. Cette explosion solaire qui a détruit toute une ville, mais vous a sauvé la mise, sur Askkandia… la princesse est convaincue qu'elle provenait du *Starlight*.

Je rejette l'idée sur-le-champ.

– C'est impossible.

– C'est ce que j'ai dit, mais après ce qu'on vient de voir… Je garde l'esprit ouvert.

Parce qu'elle en a encore un. Pour ma part, je crois que mon cerveau a été mis au vinaigre hier soir. Et le reste de mon corps avec.

Ma tête douloureuse n'a pas encore réussi à passer à un autre sujet que Rain surgit, plus rayonnante et enjouée que jamais.

Son regard se porte aussitôt sur Beckett vers qui elle se précipite en m'ignorant totalement.

– Tu n'es pas revenue faire la fête avec nous, dit-elle. Tu m'as manqué.

Je laisse échapper un sifflement étouffé. Aha, alors c'est comme ça que ça se passe. Intéressant. La petite prêtresse est plus courageuse que moi, apparemment.

– J'étais fatiguée, explique Beckett avec un haussement d'épaules.

Rain ne semble pas convaincue, mais elle n'ajoute rien.

– T'as pas mal à la tête ? je demande à Rain.

Elle a ingurgité une sacrée quantité de gerjgin pour une si petite personne.

– Oh, Ian. Désolée, je ne t'avais pas vu.

Ben voyons ! Apparemment je suis invisible quand Beckett est dans les parages, maintenant. Et elle me fait un grand sourire, comme un putain de rayon de soleil.

– Ma tête va bien, mais merci. En fait, je me sens en pleine forme.

Avant que je puisse lui demander comment c'est humainement possible, Merrick arrive à la porte.

– Tant mieux pour toi…

Il plisse des yeux injectés de sang et a le teint légèrement verdâtre.

Bien. Je déteste souffrir seul.

– Tu vas bien ? lui demande Rain.

– Je survivrai.

Et ça n'a pas l'air d'être une perspective qui l'enchante.

Ensuite, Gage et Max arrivent, ce dernier chargé d'un plateau avec un pichet fumant et des tasses. J'espère que c'est du café. Il pose le tout au sol et nous nous servons. Sauf Merrick qui a l'air d'envisager sérieusement de dégueuler d'abord.

– Les chiottes, c'est par là, je lui rappelle en montrant la salle de bain la plus proche tandis que je savoure l'odeur du café chaud, adossé au tableau de bord. Après quelques tasses, je me sentirai humain à nouveau. Peut-être.

Je laisse passer quelques minutes – et une autre tasse de café – avant de demander :

– Quelqu'un sait où est Kali ?

J'essaie de paraître super détaché.

– Elle dort encore, répond Rain. Elle s'est réveillée un instant, s'est retournée en disant qu'il était trop tôt et s'est remise à ronfler. Tu veux que j'aille la chercher ?

– Je vais y aller.

J'avale le fond de ma tasse, et me ressers avant de quitter la passerelle. Mais je sens que tous les regards sont braqués sur moi. Je me retourne pour leur faire un sale air genre « me faites pas chier ».

Visiblement ça n'impressionne personne. Je suis même pas surpris.

– Quoi ? je grogne.

Tout le monde – même Max – a l'instinct de baisser les yeux. Sauf Beckett. Elle hausse un sourcil avant de répondre :

– On se demande juste ce qu'elle a fait pour mériter un café au lit.

Ça fait ricaner Max.

Sans tenir compte de leurs sarcasmes, je me dirige vers la chambre que la princesse et la prêtresse partagent. La porte est ouverte, mais tout ce qu'on voit de Kali, c'est un pied qui dépasse d'une montagne de couvertures.

Je toussote. Aucune réaction.

Je frappe à la porte ouverte.

Toujours rien.

– Kali !

– Va-t'en.

– Je t'ai apporté du café.

Je m'approche pour diriger la vapeur odorante vers l'endroit où je suppose que devrait être son nez – et le reste de son visage.

Mais en fait je ne sais pas si elle aime le café. Je me rends compte que je ne sais rien sur Kali à part qu'elle est une princesse et a bien plus de jugeote que ce que je m'imaginais au départ. Bon, et aussi qu'elle est complètement, totalement à l'opposé de ma personnalité. Et qu'elle ne ressemble à personne.

Elle finit par jeter un coup d'œil de sous la couette. Ses yeux argentés brillent.

– Mets-le sur la table et va-t'en, m'ordonne-t-elle, en bonne princesse.

Au début, ça me faisait royalement chier dès qu'elle employait ce ton, mais maintenant j'aime bien. Ça me donne un prétexte pour l'embêter.

Et c'est pour ça que je m'éloigne un peu du lit au lieu de faire ce qu'elle me demande.

– Si tu le veux, tu vas devoir venir le chercher.

– Je peux pas, chouine-t-elle. J'ai mal au crâne.

– Ah, ça… tu n'aurais pas dû boire autant de mon gerjgin.

– *Ton* gerjgin ? s'esclaffe-t-elle avant de gémir. Payé avec *mes* boutons.

Elle marque un point, mais c'est pas terrible.

– Si tu veux avoir ton mot à dire concernant la suite des événements, (Bon, c'est pas comme si j'allais vraiment leur laisser le choix…) tu dois être à cette réunion. Dans deux minutes.

Je tourne les talons en emportant le café. Elle a laissé passer l'occasion de l'avoir. Maintenant, il est pour moi.

Mais mon dernier commentaire fait son effet, car j'entends un remue-ménage en provenance du lit. Je ralentis pour jeter un coup d'œil par-dessus mon épaule, et le regrette aussitôt.

Elle a dormi dans ses nouveaux vêtements et est en train d'enfiler ses bottes. Ses cheveux roux foncé sont détachés, emmêlés ; elle est débraillée et magnifique. Non, vraiment, elle a bien trop belle allure pour quelqu'un qui a la gueule de bois.

– Quoi ? me demande-t-elle en se levant enfin. Tu me regardes bizarrement.

Pas du tout. J'ai fait ça ? Sans répondre, je lui tends la tasse de café. Elle se précipite pour la prendre et boit une gorgée.

– Il est froid et amer.

Je lâche un rire incrédule.

– Voulez-vous que je coure vous en faire un autre, Votre Altesse ?

Un petit sourire étire les coins de sa bouche, un bref instant.

– Cela ne sera pas nécessaire. Après toi.

Alors que nous nous dirigeons vers la passerelle, elle fait une pause à côté de la partie centrale du vaisseau et plaque sa paume sur la paroi métallique puis ferme les yeux un instant, un doux sourire sur le visage.

– Tu fais quoi ? je lui demande lorsqu'elle rouvre les yeux.

Bizarrement, elle a l'air en meilleure forme que quelques secondes plus tôt.

Elle hausse les épaules.

– Je disais bonjour. Pour moi, c'est comme le cœur du vaisseau. J'ai presque l'impression qu'il est vivant.

Je ne sais pas quoi dire, surtout après la conversation que j'ai eue avec Beckett sur l'hypothétique conscience de ce vaisseau. Je secoue la tête et me remets en marche. J'ai une réunion à mener.

Arrivée à la passerelle, Kali se sert une autre tasse de café avant de s'avachir sur un siège. Je m'installe dans ce qui est maintenant *mon* fauteuil de capitaine attitré, tends les jambes et passe en revue mon équipage. Au sommet de leur forme, c'est une bande d'incapables. Là, ils ont tous l'air d'avoir au moins un pied dans la tombe.

Mis à part Rain, qui est bien trop enjouée ! Elle doit avoir la descente d'un drokaray géant.

Kali étouffe un bâillement.

– Tu nous dis pourquoi on est là, qu'on puisse retourner au lit ?

Je lui adresse un regard glacial. Qui ne lui fait ni chaud ni froid, puisqu'elle se contente de bâiller de nouveau.

– Je pensais que ça pourrait t'intéresser de parler du fait qu'il y a quelqu'un qui veut ta peau et qui est prêt à allonger un paquet de fric pour ça.

Elle se redresse d'un coup.

– Ces fichues affiches.

– Quelles affiches ? demande Merrick d'une voix inquiète.

J'en sors quelques-unes que j'avais pliées dans ma poche et les lui tends. Il se lève lentement pour les prendre. À la lecture, un profond pli se creuse entre ses sourcils. Puis il se tourne vers Rain.

– Ils disent que nous sommes de dangereux criminels qui se font passer pour des représentants officiels de l'Ordre sororal de la Lumière.

Les yeux de la petite prêtresse se mettent à briller.

– Non ?! Comme c'est excitant !

Je ne sais même pas comment réagir à ça. Heureusement, Merrick est rodé.

– Je ne dirais pas tout à fait que c'est excitant puisqu'ils offrent une grosse récompense en échange de ton cadavre.

Rain hausse les épaules, pas franchement inquiète.

– D'accord, cette partie-là n'est pas très marrante.

– À ce qu'il paraît, je suis recherchée pour avoir usurpé l'identité de la princesse Kalinda, complète Kali avant de me regarder. Que disent-ils sur toi ?

Elle se traîne jusqu'à Merrick qui est comme tétanisé, les papiers serrés entre les mains. Il lui donne un poster et elle examine ce qui doit être mon avis de recherche. Si je me souviens bien, le portrait est plutôt flatteur.

– Tu es un mercenaire se faisant passer pour un garde de la Corporation, et tu es recherché pour avoir saboté la Station spatiale impériale *Caelestis*, transmet-elle avant de me regarder de nouveau. Ce n'est pas vrai… si ? Par la Lumière, dis-moi que ce n'est pas toi qui as fait ça.

– Bien sûr que non.

Du moins, je ne crois pas. C'est vrai que je n'ai jamais demandé à Max quelle diversion il avait provoquée…

Maintenant, c'est fait, et il rit.

– Euh, non ! Je n'ai pas anéanti toute une station spatiale et notre meilleur moyen d'accéder à Milla.

Puis il désigne du menton la poignée d'affiches et dit tout haut :

– Je crois qu'on peut partir du principe que tout ce qui est dit là, ce sont des mensonges.

– Ah, vous n'êtes pas mercenaires ?

– Je ne nierais pas forcément ça, je réponds prudemment.

Max, Milla et moi sommes mercenaires depuis bientôt dix ans. On accepte les boulots correctement payés et qui n'impliquent pas de tuer des pichons ou des bébés varlans. Milla les adore.

Je n'ai pas honte de ce qu'on fait. Si c'était le cas, on aurait trouvé un autre moyen de subsistance. Mais on a toujours dû compter uniquement sur nous-mêmes, et il se trouve qu'on est carrément bons pour ce travail de mercenaires. Et tant mieux, parce que bien souvent, c'est ça ou mourir de faim.

Mais le regard moralisateur de Kali me fout en rogne.

– On n'est pas tous nés avec une cuillère en argent dans la bouche, Princesse.

Elle détourne la tête.

– Et moi ? s'enquiert Gage.

– Tu es notre complice. Apparemment, tu as trahi les tiens. D'ailleurs, dans ton cas, ça se rapproche le plus de la vérité.

– Complice ? (Il semble vexé.) Je parie qu'on ne serait même plus là, sans moi.

– Je ne sais pas s'il y a de quoi se vanter, lui dit sèchement Max.

– Et moi ? demande doucement Beckett.

– Et bien, il n'y en a pas pour toi, apparemment, je réponds.

Nous sommes tous recherchés, sauf Beckett. Je ne sais pas trop pourquoi. Peut-être parce que personne ne sait qu'elle est à bord du *Starlight*.

– Alors on peut supposer qu'ils ne savent pas que tu es avec nous, je raisonne. Tu as peut-être été comptée parmi les victimes du *Réformateur*. Mais je doute qu'il y ait des traces de ta présence sur la *Caelestis,* en fait. Ces expériences n'étaient pas tout à fait dans les clous, même si elles ont été autorisées.

– Nous ne sommes pas sûrs de cela, relève Kali, d'une voix qui manque de conviction.

Beckett se tourne aussitôt vers elle avec un rictus, les doigts agités de tics.

– Soit tu es vraiment naïve, soit vraiment stupide, ou alors très bonne menteuse, Princesse.

C'est bon, j'ai pas envie qu'elles en viennent aux mains. En tout cas pas avant que j'aie donné des leçons de combat à Kali comme elle me l'a demandé. Ça ne m'avait pas effleuré l'esprit, mais ça pourrait lui être utile à bord aussi.

– Bon, les gars, écoutez. Je veux que tout le monde se creuse la cervelle pour trouver pourquoi quelqu'un pourrait vouloir votre mort. J'ai besoin de vos retours sur-le-champ.

CHAPITRE 28

KALINDA

Bon. Beckett me hait, c'est sûr. Et je suis assez convaincue que Merrick me déteste aussi. Mais Beckett n'a pas les moyens de payer une récompense et Merrick aurait pu me tuer lui-même pendant mon sommeil… Je crois que je peux donc les rayer de ma liste.

Ce qui laisse… le reste du monde ?

* Les rebelles.

* Tous les ennemis de l'Empire.

* L'Ordre, puisque je représente l'Empire qui essaie d'empêcher le soleil de mourir.

* Oh, et le Dr Veragelen n'a pas eu l'air de m'apprécier outre mesure, non plus. À supposer qu'elle soit encore en vie.

Autrement dit, la liste des personnes qui pourraient souhaiter ma mort est assez fournie. Quelle chance…

Je tiens néanmoins à ne pas montrer à quel point je suis affectée par ce fait. Je m'enfonce dans mon siège en fermant les yeux. Je ne veux pas savoir si quelqu'un d'autre partage l'opinion que Beckett a de moi. Ou pire encore, si quelqu'un a pitié de moi. Mais ils ne peuvent quand même pas tous penser que je suis stupide et naïve, si ?

– Princesse ? Toujours avec nous, ou tu t'es dit que c'était le bon moment pour piquer un roupillon ? demande Ian.

J'ouvre les yeux le temps de lui adresser un regard noir, qu'il ignore superbement. Mais je ne peux pas vraiment lui avouer que je suis en pleine séance d'apitoiement sur mon sort.

– Tu n'as pas répondu à la question. Est-ce que tu as pensé à quelqu'un qui pourrait vouloir ta mort ?

– Je crois que la question, c'est plutôt : qui ne souhaite *pas* ma mort ? Quand on est au pouvoir et plus fortunée que les autres, ça se bouscule au portillon. Mon père a été assassiné quand j'avais quinze ans. C'est l'une des nombreuses raisons pour lesquelles ma mère m'a aussi peu montrée en public. C'est un risque avec lequel j'ai toujours vécu.

– Qui a organisé ta venue sur la *Caelestis* ? demande Max.

– Ma mère. Et non, elle ne m'a pas envoyée là-bas pour me faire assassiner. Crois-moi, si elle avait voulu me tuer, elle n'aurait pas eu besoin de compliquer autant les choses.

À son expression, je vois qu'Ian est d'accord avec mon raisonnement, même si ça ne l'arrange pas. Il se tourne vers Merrick.

– Et la grande prêtresse ? Qui pourrait souhaiter sa mort ?

– Personne ! Tout le monde l'adore, affirme Merrick.

– Et *toi*, tu le penses aussi ? demande Ian à Rain.

Rain écarquille les yeux et bat des cils plusieurs fois. Je crois qu'elle apprécie l'attention.

– Eh bien, il paraît que tout le monde n'adore pas l'Ordre au sein du système Senestris. Certains militants pour le climat ne doivent pas m'apprécier pour ce que je représente. Nous avons souvent des différends avec l'Empire. Donc j'imagine que, pour un tas de raisons, quelqu'un pourrait vouloir m'assassiner. Mais… si je meurs, je suis réincarnée aussitôt, donc ce serait plutôt vain, non ?

Je ne peux m'empêcher de me demander si elle y croit vraiment, que chaque grande prêtresse n'est en fait que la même âme qui se réincarne sans fin. Cette idée dépasse mon entendement.

Mais quelque chose m'interpelle.

– Pourquoi étais-tu sur la *Caelestis* ? je demande. Je sais que tu as remplacé l'ambassadrice Frellen, mais pourquoi toi ? Tu ne sembles pas…

Je cherche comment m'exprimer sans peiner Rain, car je l'apprécie sincèrement. Je crois que c'est la personne la plus gentille que j'aie jamais rencontrée.

– Pas très diplomatique ? suggère sèchement Merrick. Je me pose la question aussi, croyez-moi. Je pense que l'Ordre avait peut-être eu vent de la présence de l'heptosphère, et voulait voir si Rain y réagissait.

Nous échangeons un regard, elle et moi. Sa venue sur la *Caelestis* paraît soudain encore plus mystérieuse.

– Mais pourquoi y aurait-elle réagi ?

Il hausse les épaules.

– Dans nos textes sacrés, il y a beaucoup d'histoires qui associent la grande prêtresse et les vestiges des Anciens.

Je n'avais encore jamais entendu ça ! Mais l'Ordre est une organisation très secrète.

– Et… tu as réagi ? je demande à Rain.

– Je ne crois pas, mais je l'ai à peine touchée.

– Booon, si je résume on a « tout le monde » sur la liste de Kali *et* de Rain. Top. (Ian lève les yeux au ciel avant de se tourner vers Merrick.) Et toi ? T'as emmerdé quelqu'un récemment ?

– Sans doute, répond-il avec nonchalance.

– Putain, mais c'est génial, grogne Ian, dont la frustration grandit de minute en minute. Gage ?

– Je travaille pour la Corporation, rappelle Gage. On n'est pas très populaires.

– Putain !

Ian s'est mis à faire les cent pas en tirant sur ses cheveux courts. Je croise son regard.

– Et toi ? C'est pas pour dire, mais tu as enlevé une princesse que tu retiens ici contre son gré. C'est sûrement l'Empire qui essaie de me secourir.

– Ça expliquerait pas du tout pourquoi il y a aussi ta tête sur ces affiches, rétorque Ian. Et pour quelqu'un qui est retenu contre son gré, tu protestes pas beaucoup, je dois dire…

Je soupire.

– D'accord, mais je suis sûre que tu as dû agacer quelqu'un au point qu'il ait envie de te tuer.

– Quelqu'un d'autre que toi, tu veux dire ? Évidemment, au moins une personne par jour.

Je lève les bras au ciel.

– On n'est pas plus avancés. Ça pourrait être n'importe qui. Nous sommes tous coupables, et donc tous innocents.

– Écoute, Max et moi, personne savait qui on était vraiment, sur la *Caelestis*, argumente Ian. On s'est retrouvés mêlés à une embrouille qui nous regarde pas.

– Et pourquoi étiez-vous à bord, justement ? je demande. Je sais que vous cherchez Milla, mais qu'est-ce qui vous a fait croire qu'elle serait sur la *Caelestis* ?

Je crois d'abord qu'il va se dispenser de répondre. Mais il regarde Max, qui répond d'un haussement d'épaules.

– Milla a été capturée il y a environ trois mois, alors qu'on faisait ce qui aurait dû être un boulot tranquille. Mais quand on s'est introduits dans la prison où elle était censée être, elle avait déjà disparu, sans laisser d'indice sur l'endroit où elle avait été transférée.

– Elle est peut-être morte, lâche Beckett, tout en ayant la décence d'avoir l'air désolée. Souvent ils se dépêchent d'exécuter les prisonniers. C'est ce à quoi je m'attendais, personnellement.

– Mais il doit y avoir un procès. On n'exécute pas les gens comme ça, dans le système judiciaire de Senestris.

Beckett se contente de rouler des yeux avec mépris.

– Elle n'est pas morte, affirme Max avec assurance. Si c'était le cas, on le saurait.

J'ai envie de lui demander comment il peut en être aussi certain, mais Ian reprend la parole.

– Bref, on a retrouvé sa trace par la suite. Ça nous a pris un peu de temps – on a dû rassembler de l'argent pour les pots-de-vin – mais on a su qu'elle avait été transférée sur la *Caelestis*, même s'il n'y avait pas de document officiel. En lâchant encore quelques billets, on a réussi à se faire embaucher comme gardes. En fait, leur dispositif de sécurité est pas très renforcé, comme s'ils pensaient être bien trop importants pour qu'on ose les emmerder. Mais quand on est arrivés, elle était déjà repartie.

– C'était quand ? demande Beckett.

– Il y a deux mois à peu près. On a déduit qu'elle avait de nouveau été transférée, alors on a engagé notre complice ici présent – il agite la main en direction de Gage – à prix d'or pour pirater les registres, et on a appris qu'elle avait quitté la *Caelestis* sur le *Réformateur*, un vaisseau-prison illégal piloté par des pillards de Vistenia. Mais ça ne disait pas où ils l'emmenaient.

– Alors on est restés dans les parages jusqu'au retour du *Réformateur*, complète Max. On avait prévu d'embarquer clandestinement à bord pour découvrir où vont les prisonniers une fois que Dr Vicelarde en a fini avec eux. On a réussi à apprendre qu'ils ne retournent pas en prison.

– Peut-être qu'elle les fait juste jeter dans l'espace, suggère Beckett. Ça résout le problème. C'est vraiment une ordure.

– Max te l'a déjà dit : Milla est vivante, gronde Ian.

Il semble vraiment sûr de lui. Comment est-ce possible ?

– Bref, on sait tous que notre plan est tombé à l'eau.

– Ouais, maintenant la seule solution c'est d'aller au port d'attache du *Réformateur* sur Vistenia, dit Ian, en espérant qu'on pourra corrompre quelqu'un d'une manière ou d'une autre, pour qu'il nous dise où elle a été emmenée.

– Pas besoin d'aller jusqu'à Vistenia, intervient Beckett.

Les yeux d'Ian se rétrécissent jusqu'à n'être plus que des fentes.

– Si tu dis encore une fois qu'elle est morte…

Beckett hausse un sourcil, mais ne semble pas le moins du monde intimidée.

– Merde, relax, capitaine. On n'a pas besoin d'aller jusqu'à Vistenia parce que je sais où allait le *Réformateur*. Du moins sa première escale.

– Pourquoi t'as rien dit plus tôt !

C'est au tour de Beckett de lui lancer un regard assassin.

– Parce que je ne savais pas que tu voulais savoir ça. La communication, ça marche dans les deux sens, capitaine.

Ian ferme les yeux et prend une grande inspiration. Quand il les rouvre, il sourit de toutes ses dents.

– Pourrais-tu me dire, ô sage Beckett, où allait ce putain de *Réformateur* après son passage sur cette putain de station spatiale ? S'il te plaît.

– Glacéa.

– Et comment tu le sais ?

Pour la première fois, l'agacement de Max semble égaler celui d'Ian.

Beckett hausse les épaules.

– Quand on est montés à bord, un des gardes a posé la question. Apparemment l'arrêt sur Glacéa servait juste à faire le plein, mais c'est probable que quelqu'un saura où ils allaient après.

Glacéa est la planète la plus éloignée de notre système. Où pourraient-ils aller ensuite ? Il n'y a rien au-delà.

– Alors mets le cap sur Glacéa, dit Ian avec un grand sourire qui ressemble à celui de Max. Tout de suite ce serait bien.

C'est sûrement un effet débilitant de la gueule de bois, mais je ne peux pas m'empêcher de sourire avec eux. Je suis contente qu'ils aient enfin une vraie piste. Je n'ai jamais vu Ian aussi heureux. Je me demande à nouveau qui est Milla pour lui, pour eux, mais je n'ose pas demander. Ce n'est pas que j'aie peur de la réponse, mais… Si, j'ai très peur de la réponse. Et c'est ridicule, je sais, nous n'avons fait qu'échanger quelques baisers sur un toit en attendant de savoir si nous allions mourir.

Ça ne compte pas.

Mais quand Max et lui se mettent à parler avec excitation, je ressens soudain le besoin de me retrouver seule.

Je sors discrètement, sans que personne s'en aperçoive, je crois.

Je vais chercher de l'eau à la cambuse. J'ai un martèlement dans la tête, mon ventre gargouille et j'ai beau me retenir, je ne sais pas si je vais réussir à ne pas vomir, cette fois.

La gueule de bois, c'est aussi horrible que ce qu'on m'en disait au palais.

J'aimerais pouvoir affirmer que j'ai retenu ma leçon et que je ne boirai plus jamais d'alcool, mais pour être honnête, j'ai apprécié ce que j'ai ressenti. J'ai eu l'impression d'être quelqu'un d'autre. Une personne libre de dire ce qu'elle veut. Je me demande si Beckett se sent comme ça, sans besoin d'un courage factice pour dire ce qu'elle pense ou pour défendre ses intérêts.

Dans la cuisine, je remarque une grosse caisse remplie d'assiettes et de verres sales posée sur un plan de travail. Visiblement, quelqu'un a commencé à faire le ménage, mais n'a pas eu le temps de finir. Ça ne doit pas être bien difficile de laver quelques assiettes. Personne ne va le faire, alors pourquoi pas moi ? Je vais leur montrer que je peux être utile.

Je fais couler de l'eau dans l'évier et remonte mes manches. Tandis que les miettes sont entraînées vers le siphon, je pense à ce qui nous attend. Je n'ai pas envie d'aller sur Glacéa. Je veux rentrer et tirer au clair cette histoire d'imposteur. Enfin, je crois ?

C'est vrai, Ian avait vu juste quand il a dit que je ne protestais pas beaucoup au sujet de ma captivité sur le *Starlight*. Les derniers jours m'ont amenée à voir ma vie – et l'Empire Senestris tout entier – sous un nouveau jour. La preuve, me voilà, manches roulées jusqu'aux coudes, en train de *faire la vaisselle*.

Bien sûr, j'ai toujours su que l'Empire n'était pas parfait, que ma mère choisirait toujours son royaume avant toute chose – y compris mon père. Et moi. C'est ma mère, et elle se soucie de Senestris. Voilà pourquoi elle est si dure avec moi.

Mais de là à imaginer tout ce dont ces gens l'accusent… Non, le pire c'est qu'ils ne l'accusent pas, c'est qu'ils en parlent simplement, comme de faits banals. Comme si c'était une vérité bien admise.

Et ce qui m'effraie le plus, c'est que je commence à apprécier ces gens. À leur faire un peu confiance, même. Bien que la réciproque ne soit pas vraie. Alors que penser du fait qu'ils croient tous (mis à part Rain qui a passé toute sa vie au monastère) que ma mère est capable de ces choses horribles ? Le pire, c'est que je commence à y croire aussi.

J'ai vu la situation horrible à Rangar, et je sais qu'elle est au courant de ce qu'il s'y passe. Elle a commandité un rapport sur Rangar il y a tout juste un an. Mais apparemment les résultats n'ont abouti à aucune action. J'ai cru ma mère et le Conseil sur parole quand ils ont affirmé que tout allait bien… que les habitants de Senestris respectent les Familles Dirigeantes, qu'ils nous apprécient, que les tentatives d'assassinat sont des actes isolés qui sont le fait de jaloux qui voudraient s'arroger le pouvoir et le respect dont nous bénéficions.

S'il y a quelque élément de vérité là-dedans, je n'en ai pas vu l'ombre d'une preuve jusqu'ici.

Quant au reste… je ne sais pas ce que je veux. Ou plutôt, je ne sais pas qui je veux être. En tout cas, pas la petite princesse modèle que ma mère a essayé de dresser. Accepter les choses comme elles sont sous prétexte qu'elles doivent rester ainsi, ce n'est plus pour moi. J'ai peut-être besoin de cette expérience, ici, maintenant, pour voir la réalité du système, avant de me faire une idée sur ce que je voudrais qu'il soit, et comment m'y prendre.

Ou alors j'ai envie de rester juste pour embrasser Ian de nouveau.

Argh.

Lui, c'est encore toute une autre histoire dans laquelle je ne veux pas me laisser embarquer pour l'instant.

En baissant les yeux, je m'aperçois que j'ai fini de laver toute la boîte de vaisselle sale. Hah. J'ai peut-être enfin trouvé un domaine dans lequel j'excelle…

Une violente déflagration se répercute dans tout le vaisseau, suivie par un cri, puis un autre bruit de collision.

Ça semble provenir de la passerelle.

Je franchis la porte en me précipitant avant qu'un deuxième cri déchire l'air.

CHAPITRE 29

RAIN

Cela fait vingt minutes qu'Ian et Merrick se disputent pour savoir s'il vaut mieux aller sur Glacéa ou sur Serati, et s'ils ne se calment pas bientôt, l'un d'eux va forcément se faire mal. Il y a de l'électricité dans l'air. Max dit à Merrick :

– Calme-toi.

– Tu ne me fais pas peur, raille Merrick. Et toi non plus.

– Merrick, arrête, je t'en prie, je l'implore. Je vais bien me tenir, je te le promets. Je vais porter ma toge, je ne boirai plus d'alcool. Ne te bats pas à cause de moi, s'il te plaît.

– Je me bats parce que c'est la chose à faire. C'est mon rôle. Assurer ta sécurité.

– Même s'il te tire dessus ?

– Certaines choses valent la peine de se sacrifier, répond Merrick sans quitter Ian des yeux.

– Peut-être, mais pas ça, je proteste avant de me tourner vers Ian et Max. S'il vous plaît, ne…

– Ne leur demande rien ! me rabroue Merrick si méchamment que je recule sous le choc.

Je ne suis pas simplement déstabilisée, je sens monter en moi une colère que j'ai du mal à reconnaître : il m'arrive si rarement d'éprouver cette émotion. Et là je suis presque prête à tirer moi-même sur Merrick. Ou au moins à lui donner un coup de poing dans le nez.

À ce stade, Ian est déjà en train de détacher son étui à pistolet.

– Je n'ai pas besoin de lui tirer dessus pour me faire comprendre. (Il lance l'arme et son étui à Max puis lève les mains.) Bon, et maintenant ?

– Si je l'emporte, on va sur Serati ? demande Merrick en étudiant soigneusement Ian.

Ce dernier hausse les épaules, comme si ça allait de soi.

– Évidemment.

Je me fais la réflexion que Merrick ne doit pas être dans son état normal s'il croit les affirmations d'Ian. C'est, de son propre aveu, un mercenaire et un tueur ! Ce n'est pas un mensonge qui va l'arrêter.

Merrick carre ses épaules.

– Dernière chance : tu…

Sans le laisser finir, Ian se jette sur Merrick et les deux hommes roulent sur le sol. Je pousse un cri puis plaque mes mains sur ma bouche tandis que je me dépêche de m'écarter.

Je fais le tour de la pièce du regard dans l'espoir que quelqu'un s'interpose. Max semble à peine s'y intéresser. Il discute avec Gage comme si de rien n'était tandis que Beckett les regarde avec un amusement non dissimulé. Je l'aime vraiment bien – beaucoup, beaucoup, même – mais son sens de l'humour est spécial.

J'ai vu Merrick combattre lors de tournois. C'est beau, comme une chorégraphie. Là, ça n'a rien à voir avec la danse. C'est sale et sanglant. Et je crains qu'il n'arrive pas à bouger aussi rapidement que son adversaire. Enfin, la vitesse n'est peut-être pas si importante dans leur affrontement : ils sont au corps à corps par terre, et se prennent tous les deux des coups. Je crie quand le poing d'Ian s'écrase sur le nez de Merrick, faisant gicler le sang. Puis c'est au tour de Merrick de frapper Ian à la bouche, lui faisant cracher du sang.

C'est horrible. C'est si horrible que j'ai du mal à regarder. D'un autre côté, je n'ose pas arrêter de regarder : et si l'un d'eux se laissait aller à…

Kali fait irruption dans la pièce d'une manière un peu moins royale que d'habitude.

– Qu'est-ce qui se passe ? demande-t-elle, avant de s'immobiliser brusquement devant la scène de combat.

– Ils se battent, dit Beckett, soulignant l'évidence.

Elle est venue à côté de moi.

– Ah bon ? Je n'aurais jamais deviné, raille Kali. Mais pourquoi ?

Elle me regarde. Je n'ai pas envie d'avouer que c'est à cause de moi. Beckett n'a pas ces scrupules :

– Merrick veut que Rain rentre au monastère, il trouve qu'elle prend trop de bon temps ici. Il a exigé qu'Ian les dépose sur Serati pour qu'il puisse l'enfermer de nouveau et Ian n'est pas d'accord.

Ils se relèvent à présent. Merrick tournoie sur lui-même et envoie son pied dans le ventre d'Ian, qui grogne, mais sans se démonter, car un instant plus tard c'est lui qui frappe Merrick à la poitrine, le faisant tituber en arrière. Et de nouveau ils s'empoignent, se tenant par les épaules, essayant de repousser l'autre. Comme ils dérivent brusquement vers nous, nous sommes forcées de nous écarter. Puis Merrick repousse Ian, jusqu'au mur.

Je grimace. Je ne veux pas que Merrick soit blessé. Mais mon côté sombre – dont j'ignorais jusque-là l'existence – ne veut pas qu'il sorte vainqueur non plus.

– Ouille, murmure Kali en étudiant la situation. Ils sont forts tous les deux, mais je crois qu'Ian est plus méchant.

– C'est parce qu'il a appris à se défendre dans le monde réel, explique Beckett sans détacher le regard de la bagarre. Tu gagnes ou tu meurs.

Je ne sais pas quoi répondre, et à en juger par son expression, Kali non plus.

– Il a promis de m'apprendre, dit Kali.

Beckett quitte alors le spectacle des yeux pour examiner Kali d'un regard scrutateur. Et pour une fois, il n'est pas purement hostile. Il y a une pointe de respect aussi, je crois.

– T'apprendre quoi ? je demande, alors que le combat revient vers nous, nous obligeant encore à bouger.

Cette fois, même Max et Gage doivent se déplacer pour ne pas se faire rentrer dedans.

– À me battre, répond Kali avec un grand sourire.

– Que Dieu nous vienne en aide, marmonne Beckett.

Mais je ne manque pas de remarquer qu'elle adresse l'ombre d'un petit sourire à Kali. Ian et Merrick, toujours enlacés, percutent la console. Une lumière jaune s'allume, suivie d'un son strident.

– Eh, faites attention au vaisseau, putain ! leur crie Beckett en se précipitant.

Alors qu'ils s'écrasent de nouveau au sol, elle appuie quelque part et le signal lumineux s'éteint.

Je jette un coup d'œil à Max qui continue de parler à Gage comme s'il assistait à un événement mondain et non à une bagarre entre son meilleur ami et un prêtre. Je me rends alors compte que, contrairement aux apparences, il prête attention au combat : il suit l'action des yeux tout en parlant à Gage de la dernière fois qu'Ian et lui se sont trouvés sur Glacéa, et se masse le ventre d'une main.

Il est bien plus concerné qu'il ne le laisse paraître, et cela me le rend d'autant plus sympathique.

– Bon… ça va durer combien de temps, à ton avis ? je demande nerveusement.

Kali hausse les épaules.

– Qui sait ? Je regrette de ne pas avoir de chobwa à grignoter, ça devient intéressant.

Merrick se rue sur Ian, qui lui fait un croche-pied venant l'étaler au sol.

– T'es pas mauvais pour une grenouille de bénitier, le provoque Ian en souriant. Mais tu joues pour l'instant. Montre-moi ce que t'as dans le ventre !

Merrick, de retour sur ses pieds, se précipite, tandis qu'Ian se dérobe d'une pirouette en riant. Puis il s'immobilise et semble regarder par-dessus l'épaule de Merrick, vers là où je me tiens. Merrick me tournant le dos, je ne peux pas voir son expression. Mais Ian écarquille les yeux, choqué. Je regarde autour de moi sans rien voir d'alarmant. Soudain, il crie :

– Non, Rain, ne fais pas ça !

Mais faire quoi ? Je regarde Kali, mais visiblement elle n'a pas la moindre idée de ce dont il parle non plus.

Merrick tombe dans le panneau, il se retourne pour me voir et Ian en profite pour l'attaquer, en fauchant ses jambes sous lui. Une fois son adversaire sur le dos, il lui cogne la tête au sol.

– Non ! Ne le tue pas !

Je me précipite pour attraper Ian par l'épaule, pour essayer de lui faire lâcher prise. Il ne bouge pas d'un cil, mais je continue à crier :

– Laisse-le !

– T'en fais pas. Il est pas mort. Loin de là.

Ian se relève et essuie le sang qui lui macule la joue. Max lui rend son arme et il replace son holster.

Merrick est allongé face contre terre. Je le retourne avec des gestes doux. Je crois d'abord qu'Ian m'a menti et qu'il est mort. Puis il ouvre péniblement les yeux. Je m'affaisse, je n'ai plus aucune force en moi.

Merrick se met en position assise et il inspecte son visage du bout des doigts. Il a le nez cassé. Son regard va vers Ian qui est debout et le regarde d'un air amusé.

– Tu te bats pas à la loyale, lui reproche Merrick.

– Faut t'y attendre quand tu te bats avec un mercenaire. Et puis je commençais à m'ennuyer et il est temps qu'on trace. (Il regarde Merrick avec insistance avant de préciser :) Vers Glacéa.

Puis il se tourne pour dire quelque chose à Beckett, qui s'installe dans le siège de pilote et actionne aussitôt divers boutons.

Alors que Merrick répand son sang un peu partout juste à côté de moi, je ne peux m'empêcher de me demander si elle accepterait de m'apprendre à piloter. Ian a embrassé Kali et il va lui apprendre à se battre. Ça semblerait juste que Beckett aussi m'enseigne quelque chose.

– Salaud, marmonne Merrick en se remettant debout.

Il semble malgré tout plutôt impressionné. Ian se retourne alors.

– Tu n'as même pas demandé à Rain si elle veut rentrer.

– Parce que ça n'a pas d'importance, répond Merrick. Chacun a ses devoirs dans la vie.

– Pas tout le monde, non, lui répond Ian. Certains d'entre nous font ce qui leur chante. Vas-y, pose-lui la question.

Je retiens mon souffle : je n'ai pas envie qu'il me pose la question.

Je ne devrais pas avoir à réfléchir à la réponse.

– Rain ?

En effet, c'est si évident que je n'ai pas besoin de réfléchir longtemps. Mais ce n'est pas celle qu'attend Merrick.

CHAPITRE 30

IAN

Eh bien, ça s'est plutôt mieux passé que ce à quoi je m'attendais.

Dès le début, je me suis dit qu'on finirait par en découdre, Merrick et moi. C'est le genre de type qui aime que ça se passe comme il veut. Le problème, c'est que moi aussi. Et pour retrouver Milla, je ne suis prêt à aucun compromis.

À part ça, le gars me plaît vraiment. En fait, j'ai un peu pitié de lui. Il a pour mission de protéger une fille qui ne veut clairement pas être protégée. Même si elle a évité sa question en disant qu'ils en parleraient plus tard, on connaît tous sa réponse.

Tant mieux pour elle.

– Tu utilises toujours tes poings pour résoudre les problèmes ?

La voix de Kali me fait relever la tête. Elle se tient à côté de moi, les mains sur les hanches, l'air moralisateur.

– Le plus souvent, je réponds.

Pourquoi mentir sans nécessité ? Je n'ai pas honte de celui que je suis. J'ai dû me battre pour la moindre étincelle de bonheur dans ma vie, et putain, je suis bon à ça. C'est grâce à ce talent que Max, Milla et moi, on a réussi à s'en sortir sur chacune des sept planètes.

– Parfois avec mes poings. Souvent avec mon couteau. Des fois avec mon pistolet et une fois avec…

– C'est bon j'ai compris l'idée, me coupe-t-elle en levant les yeux au ciel avant de tourner les talons pour s'éloigner à grandes enjambées.

Pourquoi elle me fait cette tête-là ? Ma facilité à combattre nous a sauvé la mise, hier soir, avec ces types. Par deux fois. J'ai repoussé deux groupes de connards différents. Je suis deux fois génial.

Et elle ne m'a pas elle-même demandé de lui apprendre à se battre ? À quoi bon, si elle ne compte pas se servir de mes leçons ?

Et puis elle n'imagine pas ce que c'est qu'avoir à lutter pour obtenir tout ce que tu possèdes. Chaque bouchée que tu manges, chaque bouffée d'air que tu respires. Je décide que je dois lui faire prendre conscience de ça. Tout de suite.

Je la suis sur la passerelle et je ne peux m'empêcher de remarquer que sa combinaison lui moule délicieusement le boule. Et les jambes. Sans parler de…

Max me jette un regard quand je passe à côté de lui.

– *Sérieux ? Tu te lances ?* me dit-il. *Maintenant ?*

– *Mais non. Je dois juste mettre une ou deux petites choses au clair avec la princesse.*

– *Ça t'est pas venu à l'esprit que c'est peut-être elle qui a besoin de mettre une chose ou deux au clair avec toi ?*

– *Conneries. Et va te faire foutre.*

Il m'adresse un grand sourire.

– *Si tu le dis.*

– *On va juste discuter*, je lui assure.

– *Mais bien sûr.*

Je n'apprécie pas le sarcasme, mais Max est comme ça. Le souci, c'est qu'il me connaît bien, peut-être mieux que moi-même – il a l'avantage du recul. Et pour cette raison, ses commentaires devraient me pousser à faire demi-tour, ou au moins à m'interroger. Mais mes pieds sont animés d'une volonté propre.

Je trouve la princesse dans sa chambre. La porte est ouverte, ce que je prends pour une invitation tacite à entrer. Si elle voulait que je la laisse tranquille, elle aurait fermé sa piaule.

Mais dès que je la vois, me tournant le dos, les bras serrés autour d'elle, ma colère s'évapore.

– Kali, ça va ?

Elle se tient comme si elle avait froid ou qu'elle était blessée. Elle se retourne lentement.

– Aussi bien que possible, j'imagine.

– Qu'est-ce que ça veut dire, ça ?

– Je suis à bord d'un fichu vaisseau spatial, en route vers je ne sais où…

– Glacéa, je précise aimablement, mais elle lève les yeux au ciel – de nouveau.

– Je devrais rentrer chez moi. Ma mère doit être dans tous ses états. Les membres du Conseil doivent être furieux, et… (Elle prend une grande inspiration puis s'affaisse un peu.) J'ai vraiment bien aimé assister à votre bagarre.

Le brusque changement de sujet me tire un froncement de sourcils. Je me sens étrangement remué. J'ai envie de répondre que, pour elle, je me battrais n'importe quand, mais je n'ai pas l'impression qu'elle a dit cela comme quelque chose de positif. Alors je me tais et attends qu'elle poursuive.

Elle ne dit rien pendant plusieurs secondes, puis hausse les épaules.

– Je ne sais pas trop ce que ça révèle sur moi, mais ce n'est pas une bonne chose.

– Y a pas de mal à se battre pour ce dont on a besoin. Ou pour ses croyances.

– Et c'est ce que tu faisais, là ? demande-t-elle d'une voix plus contrainte que d'habitude. Te battre pour quelque chose dont tu as besoin ?

– Carrément. Je me battais pour Milla.

Le regard que je lui adresse laisse voir que je me demande où elle veut en venir.

– Alors tu as besoin de Milla ?

– Je… (Je m'interromps en pleine phrase, en partie parce que je ne sais pas quoi dire, mais aussi parce qu'un avertissement géant vient de s'allumer dans mon cerveau, pour me signaler qu'elle m'entraîne sur une voie dangereuse.) C'est à dire, Max et moi… Milla… on…

Elle lève la main pour me faire taire, et je lui en suis extrêmement reconnaissant. Surtout que Max s'amuse de me voir patauger.

– *Bien joué*, me nargue-t-il. *C'est maintenant que tu lui dis un truc ou deux ? Ou ça vient plus tard ?*

Je le rembarre mentalement.

– *Ferme-la, bordel.*

– *Ah, ça ne te pose pas de problème de m'envoyer chier, moi.*

Il continue de ricaner.

– *Arrête de me distraire, tu veux ? Je dois être attentif à Kali…*

Le voilà qui se met à rire à gorge déployée. Mais au moins, il ne parle plus, alors j'estime que j'ai gagné. Et plus tard, je lui ferai sa fête, ça lui apprendra à m'emmerder.

– *Tu peux toujours essayer…* me provoque-t-il.

Je reporte mon attention sur la princesse.

– Kali…

– Je ne suis pas contrariée d'aller sur Glacéa, Ian. Même si je devrais peut-être l'être. Et ça m'a plu de te regarder combattre. Énormément.

Son regard s'illumine un instant, puis elle se laisse tomber sur son lit et, pour la première fois depuis notre rencontre, elle a l'air vaincue. Je n'aime pas ça. C'est vrai, je râle sans arrêt à propos de sa tendance à me tenir tête, mais je préfère mille fois ça plutôt que de la voir accablée par cette tristesse.

– Qu'est-ce que tu veux, Kali ?

– C'est bien le problème : je ne sais pas.

Elle passe une main dans ses cheveux et je ne peux m'empêcher d'admirer la manière dont la lumière glisse sur ses mèches roux foncé.

– Est-ce que tu sais à quel point ce voyage sur la *Caelestis* comptait pour moi ?

Je n'en ai pas la moindre idée, mais elle continue sans me laisser le temps de participer à la conversation.

– C'était ma première mission officielle. La première fois que ma mère a affronté le Conseil et a jugé que j'étais suffisamment digne de confiance pour la représenter. Je voulais tellement l'impressionner.

– Pourquoi ?

– Parce qu'elle est l'Impératrice de Senestris, la personne la plus importante du système solaire. Et en plus, c'est ma mère.

– Je n'ai jamais connu mon père et ma mère a été assassinée quand j'avais onze ans.

Je me surprends à prononcer ces mots. Je n'arrive pas à croire que je lui aie confié ça. Je ne parle *jamais* de ma mère.

Elle écarquille les yeux.

– Ian, je suis désolée. Ça a dû être très dur.

Elle tend la main pour toucher mon bras, et ma peau s'embrase à son contact.

L'alchimie entre les personnes, c'est du grand n'importe quoi. D'habitude je m'en fiche – c'est facile quand on ne passe pas plus de quelques jours dans chaque port et qu'on peut fuir ses problèmes par le prochain vol – mais là, ça fait chier. Surtout qu'à chaque fois que je pense qu'elle n'est qu'un monstre comme tous les autres membres des Familles Dirigeantes, Kali me prouve le contraire.

– Je t'ai déjà parlé de mon père…

Je ne dis rien, me contentant de lui caresser la main. Elle me saisit les doigts.

– C'était un homme bien, et je l'adorais. Je veux régner d'une manière dont il aurait pu être fier.

– Et ce n'est pas une manière qui ferait la fierté de ta mère ? je demande.

Ça devrait pas être une question très difficile, mais elle y réfléchit longuement. Au point que je commence à croire qu'elle ne va pas me répondre. Mais elle finit par expliquer :

– Je le croyais. Mais après ces quelques jours, je n'en suis plus si sûre. Mon père détestait que les gens souffrent.

Alors il a vraiment mal choisi sa femme, non ?

Je parviens à me contrôler suffisamment pour ne pas dire ça tout haut, mais quelque chose dans les yeux de Kali me laisse deviner qu'elle l'a pensé aussi.

Elle a toujours sa main dans la mienne, et je sens la chaleur de ce contact se communiquer à tout mon corps. Jusqu'à ce qu'elle remarque que nous sommes main dans la main, et qu'elle retire la sienne.

Je me lève. Clairement, la conversation est terminée.

– Dès que nous aurons retrouvé Milla, nous ferons en sorte que tu rentres chez toi saine et sauve, d'accord ?

Rien qu'en le disant, je me sens envahi d'un étrange malaise. Mais j'ai toujours su que ça devait finir ainsi. Pas besoin de se mettre la rate au court-bouillon pour ça maintenant.

– Je peux attendre. (Elle fait un petit sourire.) Je sais que tu consacres ton énergie à trouver Milla. C'est admirable, vraiment.

Ses mots m'inspirent une sorte de… je sais pas. Culpabilité, peut-être ? Parce que sauver Milla n'est pas une aspiration altruiste de ma part. Du moins, pas comme elle croit. Je déteste garder des secrets, et encore plus me sentir coupable – je n'ai pas assez d'expérience pour que ça me soit naturel – ce qui me rend agressif et mesquin.

C'est peut-être la raison pour laquelle je rétorque méchamment :

– Ouais, laisse-moi faire ce que j'ai à faire, et ensuite on te ramène dans ton palais pour que tu retrouves ta petite vie de princesse chouchoutée. Et tu peux oublier les bisous, j'ajoute en prime.

Je vois la peine dans ses yeux, et de nouveau la culpabilité me prend aux tripes. Puis son regard se fait dur.

– Quels bisous ? fait-elle d'un air méprisant. Oh, tu sais, ça m'était déjà sorti de l'esprit.

Son regard lance des éclairs. Soudain l'atmosphère de la pièce s'alourdit, et nous pensons tous les deux à nous embrasser.

Je fais un pas vers elle.

– Eh bien sache que ça n'arrivera plus jamais.

Mes lèvres frémissent. Ce qui est dommage, c'est que je l'aime bien. Et à part Milla – et c'est un cas vraiment différent –, je n'ai jamais réellement apprécié une femme. Peut-être parce que je ne me suis jamais laissé le temps d'en connaître une suffisamment. Ou parce qu'aucune d'elles n'était aussi fascinante que Kali.

Le problème, c'est qu'elle me donne le sentiment que le monde n'est pas si merdique que ça, au final. Ce qui est complètement absurde puisque sa famille est l'une des principales raisons qui expliquent que notre système soit aussi pourri.

Sans compter qu'elle vient d'accepter que je la ramène chez elle pour aider maman à rendre la situation encore plus merdique.

Oui, d'accord, je sais bien qu'on dit que ça va être la fin du monde, à moins de prendre des mesures drastiques, et que c'est pour ça qu'on doit tous souffrir – et quand je dis tous, ça exclut quand même les Familles Dirigeantes, hein – mais je me suis toujours dit que c'était encore un prétexte pour nous tenir en laisse. Quant à l'Ordre qui prétend nous sauver en accueillant la mort du soleil ou je sais pas quoi, ça, c'est un tas de conneries, même si Rain semble tout à fait sincère.

– Ça réfléchit dur, on dirait, commente Kali en brisant le joyeux cours de mes pensées.

– Je méditais juste sur l'état merdique du monde.

– Et moi qui croyais que tu pensais à ce baiser. Mais ça me revient : il n'y a pas de baiser, puisque nous avons tous les deux oublié ce moment d'égarement.

Elle passe la langue sur sa lèvre inférieure, qu'elle mord ensuite de ses dents blanches bien droites. Obscène et bandant.

Je la relève pour que nos visages soient à la même hauteur, si proches qu'elle doit incliner la tête pour me regarder dans les yeux. Je vois les anneaux noirs autour de ses iris argentés.

Son regard m'attire irrésistiblement, comme à chaque fois, et j'y décèle quelque chose, puis elle secoue la tête et la lueur s'éteint.

– Recule, Ian. (Elle plaque une main sur mon torse pour me repousser.) Tu as raison. Nous devons oublier ce baiser. Toi et moi… ça n'arrivera pas. C'est impossible.

C'est exactement ce que je me dis depuis le début. Le problème… c'est que je suis très mauvais élève.

Je me penche vers elle et cette fois, elle ne recule pas.

– Je déteste que quelqu'un me dise que je ne peux pas faire quelque chose, je murmure tout contre son visage. Ça me donne juste envie de lui montrer qu'il a tort.

– Et comment tu comptes t'y prendre ? chuchote-t-elle en levant le visage vers moi, si bien que son souffle chaud me caresse la joue.

Et alors le bout de ses seins effleure ma poitrine et je ne sais pas lequel de nous deux est le plus près de s'étouffer.

Je glisse une main sur sa nuque, sous la soie de ses cheveux et rapproche son visage du mien. Tous mes muscles sont bandés.

Je pose mes lèvres sur les siennes et…

Quelque chose percute le vaisseau, qui fait une embardée et nous envoie valdinguer. J'atterris sur le lit, et Kali sur moi.

Dans un autre grand fracas, le vaisseau dévie de nouveau de sa trajectoire, les lumières s'éteignent et cette fois nous tombons sur le sol.

– Qu'est-ce qui se passe ? chuchote Kali sous moi.

J'en ai pas la moindre idée. Mais j'ai un mauvais pressentiment. Et l'annonce de Beckett dans les haut-parleurs ne fait rien pour le démentir :

« Capitaine, au rapport ! Je répète : au rapport. Nous sommes attaqués. »

CHAPITRE 31

KALINDA

Alors que je suis Ian pour sortir, un autre tir heurte le vaisseau et nous nous écrasons contre la paroi. Je me demande si c'est la fin. Mon corps est tendu, prêt pour encaisser une nouvelle secousse. Mais le vaisseau semble être en chute libre et nous tombons au sol.

– Ne bouge plus pour l'instant, me conseille Ian.

Je ne comptais pas faire autre chose. Beckett a annoncé une attaque, mais de qui ?

Merde, si nous allons mourir, je regrette de ne pas l'avoir embrassé encore une fois.

Embrasser, ça ne doit pas signifier grand-chose pour Ian, mais pour moi, c'est différent. Chaque fois qu'il est proche de moi, j'ai tellement envie de le sentir, de le toucher, de le goûter.

Parfois, j'ai l'impression que s'il ne m'embrasse plus, je vais imploser, comme une étoile qui s'est entièrement consumée.

Je n'ai jamais ressenti cela, malgré tous les candidats que ma mère a fait défiler devant moi dans l'espoir que je fasse un choix approprié en guise de prince consort. Je n'ai rien éprouvé de pareil envers les coups de cœur que j'ai eus au fil des ans pour des fils d'ambassadeurs et de conseillers.

C'est peut-être parce qu'Ian est le premier qui me touche. Ou parce que c'est un homme, pas un gamin. Certes, il n'a que quelques années de plus que moi, mais l'âge ne fait pas tout. Je n'ai qu'à regarder dans ses yeux sombres pour savoir que cela fait très longtemps qu'il n'est plus un petit garçon. Et quand il me touche, je me sens femme, je me sens capable de lui rendre chaque baiser, et de partir à l'aventure comme lui.

Et j'aime être cette femme. Bien au-delà du raisonnable.

Plusieurs secondes s'écoulent sans embardée. Ian se relève d'un bond.

– Viens sur la passerelle, on va voir qui attaque mon vaisseau.

Je ne me fatigue pas à le corriger, mais je sais au plus profond de moi que le *Starlight* est mien.

Ian me tend la main et je le laisse m'aider à me relever. Quand nous arrivons à la passerelle, tous les autres sont harnachés dans leur siège, même Beckett, qui d'habitude ne s'encombre pas de cette mesure de sécurité.

Ian va droit vers elle. Je reste avec lui, même s'il n'a pas besoin de moi pour ça. Soyons honnête : si je dois mourir aujourd'hui, je préfère avoir Ian à ma portée.

– Rapport de situation, réclame-t-il.

Beckett lui adresse un regard vide.

– Tu veux dire que tu veux savoir ce qui se passe ?

Par moments, je crois que je pourrais vraiment apprécier Beckett.

– C'est ça, un rapport de situation, ouais. (Comme elle ne dit toujours rien, il soupire :) Vas-y, dis-moi.

– Comme j'ai dit, on se fait attaquer, dit-elle simplement.

– Sérieusement, c'est tout ce que tu as à dire ?

Ian semble au bord de l'explosion. Mais Beckett paraît déroutée.

– Je ne peux rien dire de plus que ce que tu peux constater par toi-même.

Elle montre un écran. Il y a un vaisseau juste devant nous.

– On sait qui c'est ? je demande en plissant les yeux pour repérer des inscriptions.

Dans le cadre de ma formation royale, j'ai appris à reconnaître tous les insignes officiels utilisés dans le système Senestris. Super amusant.

– Non, répond Beckett. Pas de nom, pas de logo. Comme on l'a déjà dit, n'importe qui peut vouloir notre peau.

Une arme laser du vaisseau adverse se braque alors sur nous et, tandis que la terreur m'envahit, j'attrape le bras d'Ian.

– Tu comptes essayer d'éviter ça ? demande-t-il à Beckett d'une voix étonnamment calme comparée à moi qui me retiens de lui hurler de faire quelque chose.

– Pas besoin, rétorque Beckett avant de se tourner vers nous avec un grand sourire. Attendez voir.

J'aimerais avoir ce cran, mais je ferme les yeux en serrant le bras d'Ian comme si lui seul pouvait m'éviter d'être pulvérisée en poussière spatiale.

Puis le vaisseau chute brutalement et profondément. Au moins, cette fois, nous parvenons à rester debout, Ian et moi. Quand je rouvre les yeux, l'écran est entièrement occupé par une lumière éblouissante. Qui disparaît aussitôt, et étrangement, nous sommes encore vivants.

– Comment c'est possible ? s'étonne Ian.

Beckett sourit.

– Je sais, c'est incroyable, non ? C'est le vaisseau le plus incompréhensible que j'ai jamais vu. Je crois que je suis amoureuse. (Elle se tourne vers la console.) Et c'est reparti.

Cette fois, je garde les yeux ouverts. Je vois le rayon partir du vaisseau ennemi… et notre vaisseau part en chute libre. Et nous évitons l'impact.

– Alors tu ne fais… rien ? demande Ian.

– Rien du tout, confirme Beckett en levant les mains en riant.

– Il lui a fallu quelques coups pour comprendre, précise Gage. Alors si on pouvait trouver comment l'alerter, ce serait parfait. Ou il y a peut-être un système de contrôle qu'on peut activer. Je vais fouiller une fois que ce sera passé.

Nous tombons de nouveau. Cette fois, je n'ai pas remarqué le tir.

– C'est plutôt cool, commente Ian sans paraître plus impressionné que ça. Mais on devrait peut-être se tirer vite fait avant qu'ils arrivent à nous toucher.

– Oh, pourquoi tu veux toujours me gâcher mon plaisir ? se plaint Beckett. Enfin, je suppose que comme c'est toi le capitaine…

Elle appuie sur quelques boutons et fait virevolter sa main au-dessus de la console devant elle, et on fait un demi-tour complet. Dès que nous tournons le dos à nos assaillants, Beckett abat la main sur le tableau et nous partons à une vitesse stupéfiante.

Encore une fois, je me retrouve par terre, tout comme Ian – ce qui me réconforte un peu. Je commence à me relever, mais à la réflexion, je me dis que je ferais mieux de rester là où je suis.

– Yiii-ha ! Putain, j'adore ce vaisseau, exulte Beckett.

CHAPITRE 32

BECKETT

C'est peut-être la première fois de ma vie que j'avoue aimer quelque chose. Vraiment, j'adore ce vaisseau.

Nous avons laissé nos ennemis – inconnus – loin derrière nous. Le *Starlight* est ultrarapide. Jamais je n'ai connu de vaisseau aussi puissant. Je m'interroge sur ces gens qui l'ont construit. Peut-être que Rain a raison : ce pourraient être des dieux, après tout. Ce que je sais, c'est qu'ils s'y connaissaient en technologie de pointe.

Maintenant que cet autre vaisseau est hors combat, je touche le moniteur de vitesse et le *Starlight* ralentit. Je n'étais pas sûre qu'il allait m'obéir, mais on dirait qu'il prend le contrôle uniquement quand il estime que je ne vais pas m'en sortir par moi-même. Ce qui est vexant. Et flippant, aussi.

Est-ce que je crois vraiment que ce vaisseau peut raisonner à un tel niveau ? Ses capacités dépassent de loin les technologies dont nous disposons, à moins que les Familles Dirigeantes ne gardent ça pour elles. C'est probablement le cas. On s'en fout. J'ai mal à la tête.

Je vérifie à nouveau notre trajectoire vers Glacéa. Mais le *Starlight* a déjà recalculé son plan de vol, alors je me laisse aller contre mon dossier avec un soupir, pour faire le point. Mon esprit est plus clair maintenant, les trous dans ma mémoire se comblent peu à peu et je me sens plus lucide que jamais depuis mon séjour sous drogues sur la *Caelestis*. Mais je crains que ce soit seulement un répit temporaire.

J'ai toujours mal à la tête. Ça alterne entre un élancement sourd à la base de la nuque, comme maintenant, et une douleur si intense que j'ai l'impression qu'on me perce des trous dans le crâne. Si seulement je me souvenais de ce qu'ils m'ont fait sur cette station de merde. Ne pas savoir est une violence de plus parmi tous les torts que m'a causés l'Empire Senestris au cours de ma vie.

D'un côté, je me dis que je ne devrais pas essayer de m'en souvenir. Qu'ignorer ce qu'ils m'ont fait vaut mieux pour moi. Mais quand je retire ma combinaison pour aller au lit, je ne peux pas m'empêcher de voir les cicatrices et les blessures sur tout mon corps. Et alors l'horreur de ne pas savoir prend le dessus, et je n'arrive plus à dormir. Je n'arrive plus à penser.

La seule chose qui m'aide, c'est de m'installer au poste de pilotage. Et Rain. Impossible de me sentir piégée quand je suis assise là face à l'immensité de l'espace, à portée de main.

Je peux aller n'importe où d'un claquement de doigts. Oui, sûrement qu'Ian trouverait à y redire, mais tant pis. Le simple fait de savoir que je peux aller n'importe où suffit à apaiser le besoin de le faire.

Et Rain… je rougis en pensant à elle, moi qui ne rougis jamais. Dans le genre froide comme la pierre, je suis ce qu'on fait de mieux – ma mère a veillé à cela – et pourtant il n'y a rien de froid dans ce que je ressens pour elle. Et c'est effrayant, aussi.

Mais pas assez pour me passer l'envie de la prendre dans mes bras, de l'embrasser, de la toucher.

Mon corps me fait mal. Je change de position pour étirer mon dos et mes jambes. Et étouffer une nouvelle bouffée de rage en pensant à ce qu'ils m'ont fait.

Avant il pouvait se passer des heures, des jours, même, sans que je ressente le moindre tiraillement. Depuis ma naissance, j'ai été conditionnée pour ça. Maintenant, je ne peux pas rester plus d'une demi-heure dans un siège avant d'avoir des crampes.

À mesure que le choc et la peur causés par l'attaque s'estompent, les autres recommencent à parler. Je laisse leurs voix onduler autour de moi sans prêter attention à leurs paroles. Plus j'ai mal au crâne, plus j'ai du mal à comprendre le sens des mots, alors ces derniers jours, j'ai pris l'habitude d'entendre sans écouter.

Je fais pivoter mon fauteuil et souris. Rain est assise sur le siège à ma gauche, Merrick avachi à côté d'elle. Son nez cassé a doublé de volume, ce qui explique probablement son expression maussade. Rain paraît un peu abattue, mais elle m'adresse un pâle sourire en croisant mon regard.

Ian et la princesse sont encore par terre. Ils ont dû se dire que c'était le plus sûr. Il est assis, les bras autour des jambes, tandis qu'elle est toujours étendue, les yeux tournés vers le plafond.

Même moi je dois admettre qu'Ian est un beau spécimen de mâle. Si c'était mon truc, je serais tentée. Mais ce n'est pas le cas. C'est mieux comme ça. J'ai vu la manière dont il regarde la princesse quand il croit qu'elle ne le voit pas. Je lui souhaite bonne chance.

Mais je dois admettre que le fait qu'elle lui demande de lui apprendre à se battre était… inattendu. Et plutôt cool. Ça m'énerve.

Comme mon dos me gêne toujours, je me lève pour m'étirer.

– Bon. Après ce qui s'est produit, est-ce qu'on reprend la conversation sur qui veut vous faire la peau ?

– Je croyais qu'on avait déjà fait le tour de la question, dit Rain en se redressant.

– Ouais, mais c'est une nouvelle tentative de meurtre à laquelle nous venons de survivre, alors je crois que ça nécessite de se pencher de nouveau sur la question.

Kali se relève.

– Tu ne crois pas que c'est juste des gens qui veulent décrocher la récompense ? demande-t-elle en époussetant sa combinaison.

Je roule des yeux.

– Les affiches précisaient « morts ou vifs », mais même dans le premier cas, il faut des corps pour prouver l'identité des victimes. Et ceux-là, ils faisaient leur possible pour nous vaporiser. Pas de cadavre, pas de récompense.

– Elle a raison, confirme Ian. Ceux qui étaient dans ce vaisseau ne couraient pas après une récompense. Mais ça peut quand même être ceux qui ont fait ces affiches. (Il hausse les épaules en se levant, puis tire une flasque de sa poche, dont il prend une gorgée.) Ou alors ça n'a rien à voir.

– Votre cote de popularité est toujours au sommet… je fais.

Mais ce mystère m'intrigue. Et il nous faudra trouver d'autres morceaux du puzzle pour espérer le résoudre.

En toute logique, il est fort possible qu'il s'agisse des miens. Mais à moins que les choses aient drastiquement changé en mon absence, nous n'avions pas les moyens de mener quelque chose d'aussi énorme qu'une attaque de la *Caelestis*. Du moins pas sans beaucoup d'aide.

– Il faut peut-être juste qu'on y réfléchisse bien, dit Gage.

– Ouh là, te fais pas des nœuds au cerveau, mon grand, se moque Max.

Gage se contente d'adresser un grand sourire à Max avant de poursuivre :

– Qui pourrait vouloir la mort de la princesse ?

– Toute personne dotée d'un cerveau, je réponds.

Oh, elle a presque l'air peinée. Et moi, presque coupable. Et aussitôt, je ressens un regain d'agressivité. Pourquoi je me sentirais coupable ?

– Quoi ? Tu contrôles la nourriture et, par le biais de la Corporation, la technologie, l'endroit où les gens vivent, ce qu'ils font, comment ils meurent. Ce qui est pitoyable, soit dit en passant. Tout le système est construit sur la base de vos fuseaux horaires, vos orbites, vos années. Pas très étonnant qu'ils vous haïssent, si ?

Elle ouvre la bouche pour protester, puis la referme.

– Eh, le déclin du soleil, c'est pas la faute de Kali, dit Max, volant à son secours. Tout le monde en souffre.

– Vous avez vu la robe qu'elle portait. (Je me tourne vers Kali.) Tu as déjà envisagé de boire ta propre urine, faute d'eau à boire ? Mais t'as même pas de quoi pisser, parce que tu n'as pas bu depuis des lustres ?

Elle détourne le regard. Ouais, même si j'en arrive à ne pas mépriser totalement Kali, j'ai touché un point sensible. Ça fait du bien. Même si elle n'est pas encore totalement corrompue, je suis certaine que l'Impératrice va s'assurer que cela arrivera bientôt.

– Alors tu penses que ça pouvait être les rebelles ? demande Gage.

Je hausse les épaules.

– Qui sait ?

Ian rit.

– Allez, Beckett, ce n'est pas comme si tu n'avais pas une idée de ce qu'ils font. « Libres et en vol », tout ça…

Alors comme ça, il sait. Je me posais la question.

– Comment tu sais ?

– Tu parles en dormant. Enfin, tu hurles, plutôt.

– Minute. Tu fais partie des rebelles ? demande Kali.

Elle serre les poings, le visage déformé par la rage. Enfin, dans la mesure où cette petite princesse peut éprouver de la rage.

Je plisse les yeux et laisse tomber le masque qui dissimule ma propre rage, capable d'anéantir sa petite flammèche de colère comme un rien si jamais j'y laissais libre cours.

– Vous avez assassiné mon père, accuse-t-elle d'une voix sourde.

– Non, pas moi. Mais j'aurais bien voulu.

C'est méchant, mais je m'en tape. Ça me saoule que cette petite peste joue constamment les victimes.

Kali pousse un cri de colère et se précipite sur moi.

– On aurait dû te laisser brûler sur la *Caelestis* !

Oh génial, une baston. J'ai beau être blessée et convalescente, je suis plus que partante pour botter son précieux petit cul.

Je me prépare à encaisser un coup qui ne tombe pas, car Ian l'attrape et la retient avant qu'elle puisse m'atteindre.

– Rabat-joie.

Il roule des yeux.

– Les rebelles ont fait exploser mon père ! crie Kali. Ils l'ont tué pour des raisons égoïstes…

– Et les forces impériales ont tué mon père, juste parce qu'elles pouvaient le faire impunément, je rétorque en lui tenant tête comme j'ai envie de le faire depuis le premier jour. Même si ce n'était pas un rebelle. Qu'il n'avait jamais été un rebelle. Ils sont venus le chercher au milieu de la nuit et l'ont torturé jusqu'à ce qu'il meure, devant mon petit frère et moi. Et quelques années plus tard, ils sont revenus pour Jarved. Qu'ils ont enlevé et tué aussi.

Du moins, c'est ce que j'ai toujours pensé. Maintenant que j'ai été sur la *Caelestis*, forcément, je me demande s'il est toujours quelque part, enfermé avec la fameuse Milla de Max et Ian.

Tout ce que je sais, c'est que je dois tirer ça au clair, alors, oui, je vais suivre les directives d'Ian. Parce que s'il trouve Milla, je trouverai peut-être Jarved.

– Bon, on va tous respirer un grand coup, intervient Max.

– J'ai pas fini, je l'interromps avant de me tourner de nouveau vers Kali. Tu voudrais continuer à vivre dans ton petit monde imaginaire, mais j'en ai ma claque de supporter ça. Regarde autour de toi, Princesse, regarde ces gens avec qui tu voyages. Ceux qui t'ont sauvé la vie plus d'une fois en quelques jours. Chacun de nous – sauf Rain, peut-être – a souffert à cause de ta famille – et pas qu'un peu. Tu crois que parce qu'on ne pleurniche pas tout le temps, ça compte pas. Qu'on n'a pas souffert autant ou plus que toi. Mais tu te trompes. La seule différence, c'est qu'on a choisi de te secourir quand même. Tu crois que le vaisseau n'était pas prêt à décoller avant votre retour, quand vous êtes partis en virée, Ian et toi ? J'aurais pu vous laisser brûler. Mais je ne l'ai pas fait, et eux non plus. Hors-la-loi, voleurs, meurtriers, rebelles. On dirait qu'au fond, on est meilleurs que toi et les tiens.

Je sais que je devrais m'en tenir là, et même si quelque part, j'ai envie de me taire, j'en suis incapable :

– Alors va te faire foutre, Princesse. Que tout ton petit Empire du mal aille se faire foutre.

CHAPITRE 33

BECKETT

– Assez ! rugit Ian d'une voix qui résonne à travers toute la passerelle.

J'envisage de ne pas l'écouter. Mais pour une fois, il a l'air de ne pas plaisanter. Et puis cette fois j'ai dit tout ce que j'avais à dire, et maintenant que c'est sorti, je me sens plutôt calme. Je ne me suis pas sentie aussi calme depuis longtemps.

– C'est vrai ? murmure Kali en nous regardant, Ian, Max et moi.

– Kali… commence-t-il.

– Ne mens pas, j'interviens.

– Écoutez, on a des choses importantes à régler rapidement et tout ça ne facilite pas les choses, dit Ian, la mâchoire crispée. Beckett, retourne à ton poste et conduis-nous à Glacéa.

Je me touche le front en singeant un salut militaire.

– Vos désirs sont des ordres, capitaine.

– Si seulement, grommelle-t-il.

Le silence règne sur la passerelle pendant plusieurs minutes. Un record, je crois. Rain finit par s'asseoir sur le sol près de mon siège et chuchote :

– Ça va ?

– Oui, je réponds d'une voix normale, car je n'ai pas honte de ce que j'ai fait ou dit.

Elle sourit gentiment.

– Tant mieux.

Et elle pose brièvement la main sur mon genou. J'aurais aimé qu'elle la laisse, mais je sais pourquoi elle ne l'a pas fait. Merrick est toujours grognon et il y a eu assez de disputes pour aujourd'hui.

Plusieurs minutes s'écoulent encore avant qu'Ian prenne la parole.

– Peut-être que les rebelles…

Je secoue la tête, parce que je sais déjà où il veut en venir.

– Je ne pense pas. On n'a pas les ressources nécessaires pour faire sauter la *Caelestis*.

– Une des Familles Dirigeantes, peut-être ? suggère Merrick en cherchant l'assentiment de Kali. On a tous entendu les rumeurs de dissensions.

– Et aucune d'elles n'est vraiment loyale à l'Impératrice, c'est bien connu, ajoute Max.

– Parce que c'est une mauvaise dirigeante qui est cul et chemise avec la Corporation. Et personne ne veut se les mettre à dos et se retrouver exclu.

– Assez, Beckett. (Ian passe sa main sur ses yeux fatigués, puis regarde Kali.) Tu confirmes ? Est-ce que des conflits de ce genre sont en jeu ?

Elle réfléchit un instant, puis hausse légèrement les épaules.

– Peut-être. Il y a toujours des désaccords entre les familles, certains qui aspirent à plus de pouvoir. Mais ça n'a pas de sens, ils n'auraient pas détruit volontairement la *Caelestis*. C'était notre seul espoir de sauver le système. Sans la station, nous allons probablement tous mourir.

– Mais ceux qui ont fait sauter la *Caelestis* et ceux qui essaient de nous tuer peuvent être des personnes différentes, rappelle Merrick. On essaie peut-être de tirer parti du fait que Kali, loin de chez elle, est en position de vulnérabilité.

– Alors on devrait peut-être te ramener chez toi ? demande Gage à Kali. C'est ce que tu veux, non ? Et ça nous débarrasserait de cette menace.

– Ou alors on la balance par le sas, je suggère pour faire avancer le débat. On prend une photo d'elle flottant dans le vide en guise de preuve. Un poids inutile en moins, et peut-être même une récompense… Gagnants sur toute la ligne.

Ian semble prêt à me réduire en chair à pâté, mais c'est Kali qui donne l'impression d'avoir pris un coup. Pour la première fois, l'expression de son visage me donne quelques remords.

– Vous me voyez toujours comme ça, tous ? demande-t-elle doucement. Comme un poids inutile ?

– Kali… commence Ian, mais avant qu'il ait trouvé quoi dire, elle disparaît.

CHAPITRE 34

KALINDA

Je ne sais que faire ni que penser.

Depuis des années, je hais les rebelles pour ce qu'ils ont fait à mon père. Et même maintenant, après tout ce que Beckett a dit. Ou du moins, je veux les détester. Comment en irait-il autrement ? Mon père était un homme bon, il ne méritait pas de mourir ainsi.

Mais comment en vouloir à Beckett, alors que son père est mort aussi ? Ainsi que son frère, si elle dit vrai. Et je crois que c'est le cas, sa peine semblait trop sincère.

Elle prétend qu'ils sont morts à cause de ma mère. Et de l'Empire. Si c'est vrai, je comprends pourquoi elle a rejoint les rangs des rebelles. Toute la rancœur que j'avais pour les assassins de mon père a engendré des pensées terribles au fil des ans. Et si j'en avais eu l'occasion, j'aurais pu faire des choses terribles pour me venger.

Mais est-ce qu'elle a raison ? Est-ce que ma mère a une part de responsabilité dans ce qui est arrivé à son père ? Pire : est-elle responsable des malheurs de tous les passagers du *Starlight* ? C'est le visage d'Ian qui m'est venu à l'esprit lorsque Beckett a dit que tout le monde à bord du *Starlight* avait souffert à cause de ma mère. À ce moment-là, son regard est devenu inexpressif, son visage s'est fermé. Et pas comme quand il veut signifier « c'est moi qui commande et je suis pas d'humeur à rendre des comptes ». Son expression indiquait clairement qu'elle disait vrai, qu'il lui était arrivé des horreurs pour qu'il soit comme il est.

J'ai toujours su que ma mère était sans pitié, qu'elle était capable de tout au nom de l'Empire. Et au départ de mon père, elle est devenue plus dure encore. Et puis il a été assassiné avant d'avoir le temps de revenir.

Cependant, notre existence à tous est actuellement menacée. Je refuse d'accepter qu'il y ait de bonnes raisons pour faire souffrir les gens, même le progrès. Mais ma mère ne voit pas forcément les choses ainsi. Dr Veragelen et elle croient peut-être qu'elles doivent prendre des mesures sévères pour éviter que tous les habitants du système Senestris ne meurent.

Mais à quel moment le fait de sacrifier son humanité devient-il acceptable ? À quel moment le sacrifice devient-il plus grand que l'objectif ?

Mis à part ça… les mots « poids inutile » résonnent encore à mes oreilles. Je sais que j'étais inutile quand je suis montée à bord du *Starlight*, mais j'ai travaillé dur et beaucoup appris. Je pensais que les autres commençaient à le voir. Ce n'est clairement pas le cas.

J'ai les pensées dispersées, j'essaie de répondre à toutes ces questions, malgré la peine. Tout à coup, on frappe à ma porte.

– Entrez, je lance, la gorge soudain nouée.

Si c'est Ian, je ne saurai pas quoi lui dire. Je ne sais même pas si je parviendrai à le regarder en face après tout ce que Beckett a dit. La honte me ronge les entrailles.

Mais lorsqu'elle coulisse, la porte ne révèle pas Ian. C'est Max, deux verres de gerjgin dans les mains.

– Je me suis dit que t'avais peut-être besoin d'un verre, me dit-il en m'en tendant un.

Je m'étais dit que j'allais éviter le gerjgin pendant un temps – j'en ressens encore les effets néfastes – mais l'affrontement avec Beckett m'a laissée toute tremblante – et mes interrogations au sujet de ma mère n'arrangent rien.

– Comment tu as deviné ? je demande en acceptant la boisson.

Son rire est triste.

– J'en ai besoin aussi.

– Je vois.

Je lève mon verre en un toast silencieux puis bois une gorgée. Je savoure la brûlure qui réchauffe la glace en moi.

Il s'installe à côté de moi sur le lit.

– Ça va ?

Je ne sais même pas comment lui répondre. Alors je prends une autre gorgée.

– C'est vrai ?

– Quoi ?

Son regard devient méfiant. L'impassibilité de mon visage impressionnerait même le Conseil lorsque je lui dis, sourcil levé :

– Ne fais pas ça.

– Tout le monde a une histoire, Kali.

– Je sais. (Je bois une autre gorgée de gerjgin. Fausse impression de courage, et tout le tralala.) C'est quoi votre histoire, à Ian et toi ?

– Je… euh…

– Laisse tomber. Tu m'as donné la réponse dont j'avais besoin.

Il hausse les épaules et prend une gorgée à son tour.

– C'est compliqué.

– Aussi compliqué qu'être une victime collatérale dans une tentative d'assassinat ?

– Eh, ne m'enterre pas si vite, proteste Max. Je ne suis pas facile à tuer. Et ne va pas trop vite en besogne pour endosser toute la responsabilité. Chacun a ses propres ennemis. Ian est assez doué pour agacer les gens. (Il sourit.) Moi-même j'ai déjà pensé à le supprimer une ou deux fois.

– Seulement ?

– Aujourd'hui. Une fois ou deux aujourd'hui.

Nous rions en chœur.

– Vous êtes proches, hein ? je demande.

Parce qu'au sujet d'Ian, j'ai des tas de questions. Et Max est un chic type, à qui il est très facile de parler.

Une expression qui évoque l'amusement passe rapidement sur son visage.

– Plus que tu ne peux l'imaginer. (Il hausse les épaules.) On était bien obligés. Nous trois, on est livrés à nous-mêmes depuis l'âge de onze ans. Alors on prend soin les uns des autres.

– Vous trois ?

– Ouais, Milla, Ian et moi.

J'y réfléchis un instant.

– Alors vous êtes frères et sœurs ?

Pourquoi n'y avais-je pas pensé plus tôt ? Max et Ian ont tous les deux la peau et les cheveux sombres. Mais ce sont des caractéristiques que beaucoup de gens partagent. Je ne m'étais jamais dit qu'ils étaient frères.

À nouveau, je surprends cet air que je n'identifie pas vraiment. Et je suis trop prise par notre conversation pour l'analyser.

– Tu croyais que Milla était qui pour Ian ? me demande-t-il en m'examinant.

Je n'y avais pas tellement réfléchi. J'ai bien compris que c'est quelqu'un qui compte beaucoup pour lui, et je ne voulais pas forcément avoir trop de détails.

Il sourit.

– Tu pensais que Milla était sa petite copine ?

– Je n'y ai pas pensé du tout, je dis d'un ton dédaigneux. Qu'est-ce que ça pourrait me faire ?

– Oh, je crois que ça te ferait un mal de chien, Princesse. Bien plus que tu ne veux qu'on le sache. Pour information, Ian n'a jamais eu de relation sérieuse.

Comme si ça changeait quelque chose pour moi. Cette sensation chaude et pétillante en moi est purement due à l'alcool.

– Alors parle-moi de Milla. Ian est un connard odieux, toi tu es le mec sympa et déconneur. Et Milla, comment elle est ?

Le sourire de Max est rayonnant comme une éruption solaire.

– C'est la plus maligne. C'est le cerveau de la bande.

– Je peux pas le croire. Tu as l'air assez malin aussi.

Il s'esclaffe.

– Je vois que tu n'associes pas cette qualité à Ian.

– Il est intelligent aussi, mais il est…

– Impulsif, complète Max. Bagarreur. Totalement dénué de bon sens.

– Exactement. (J'étudie son visage.) Alors Milla n'est pas comme ça ?

– Eh bien, l'agressivité est quelque chose qu'ils ont en commun. (Il secoue la tête d'un air amusé, comme s'il se souvenait d'une anecdote amusante.) Pour le reste, non.

– Elle a l'air… incroyable.

– Elle l'est, confirme-t-il, et il a l'air plus triste que jamais. Elle est tout pour moi.

Je lui saisis la main.

– J'espère que vous allez la retrouver.

– On va la retrouver.

Son ton exprime une conviction inébranlable et je ne veux surtout pas insinuer le doute dans son esprit, mais comment peut-il être aussi certain qu'elle est encore en vie ? Cela fait des mois qu'elle a été capturée et le système Senestris est un endroit dangereux. C'est ce que j'ai appris au cours de ces quelques jours.

Il me tapote le genou.

– Bon, ne t'en fais pas trop. Une fois que nous aurons trouvé Milla, on te ramène à la maison.

– Et si je ne veux pas rentrer à la maison ? je lâche.

Soudain sa vigilance est en alerte.

– C'est le cas ?

– Beckett m'a révélé un tas de trucs aujourd'hui. Je ne sais pas ce que je veux. Ce que je sais, c'est que je ne veux pas être un fardeau. Je veux…

Je souhaiterais que ma mère ne soit pas un monstre, je voudrais trouver une explication rassurante aux révélations de Beckett, à ce que j'ai vu à Rangar. Mais quelle explication rendrait tout cela légitime ?

Un million de questions tourbillonnent dans mon esprit, sans trouver de réponse. Je ne suis même pas sûre que toutes aient une réponse.

Mais je ne lui dis pas tout ça. Impossible. À la place, je demande :

– Pourquoi tu es bien plus sympa qu'Ian ?

Il se contente de sourire.

– Je ne le suis pas. Mais ne te gêne pas pour lui faire la remarque.

– Pour qu'il te frappe aussi ? Non merci.

– Oh, Ian et moi on s'est bagarrés plus d'une fois, me dit-il. Ça finit toujours par se résoudre.

– Avant qu'un des deux ait besoin de soins médicaux ? je demande sèchement.

– Ce ne serait pas marrant. (Il se lève.) En parlant de ça, je vais retourner sur la passerelle avant qu'Ian vienne nous chercher.

– Tu ne penses quand même pas qu'il serait jaloux s'il te trouvait ici ?

Il me fait un grand sourire.

– Oh, non. Ian sait que jamais je ne tenterais quelque chose avec sa meuf.

Je serre les dents.

– Je ne suis *pas* sa « meuf ». D'ailleurs, il m'a dit bien clairement qu'il ne pratiquait pas la relation amoureuse. Donc je suis bien informée qu'il ne se passera *rien*.

– Il fuit parce qu'il a peur.

– Il n'en a pas l'air. Et il n'agit pas comme quelqu'un qui a peur. D'ailleurs, il ne s'est pas enfui non plus.

Je soupire. Mais pourquoi discutons-nous de ça ? Ce n'est pas comme si je voulais être la « meuf » d'Ian de toute façon. Même s'il a un beau cul. Un très beau cul. Et un visage à se damner.

Malgré tout… je ne peux pas m'empêcher de demander :

– Par pur intérêt sociologique, mettons que je veuille rendre Ian jaloux. Ce qui n'est pas le cas, évidemment. Comment m'y prendre ?

– Tu ne veux pas faire ça, répond-il sèchement. Ça reviendrait à provoquer un bain de sang.

CHAPITRE 35

RAIN

J'observe Beckett qui pilote le vaisseau. Elle fait partie des rebelles. Je savais déjà qu'elle en avait fait partie, mais ce n'est pas «j'ai été forcée d'être une rebelle» ou «avant je soutenais la Rébellion, mais j'ai changé d'avis». Elle est un membre actif encore aujourd'hui. Une personne décidée à détruire l'ordre des choses, qu'importe les gens qui se font tuer ou blesser au passage.

Autrement dit, elle est aux antipodes des valeurs de l'Ordre.

Je ne devrais même pas la fréquenter. Mais quand je suis près d'elle, rien de tout cela n'a d'importance. Tout ce qui compte, c'est de pouvoir lui parler, la toucher, l'embrasser.

Je veux faire toutes ces choses avec elle maintenant. Mais je ne sais pas par où commencer. Ce qu'elle a dit à Kali au sujet de son père et de son frère ? Elle a tant souffert… Ils lui ont été arrachés, puis elle a été capturée et torturée à son tour.

Comment s'étonner qu'elle ait rejoint la Rébellion, qu'elle ne veuille plus entendre parler de l'Empire ni de la Corporation ? Si j'avais vécu ce qu'elle a vécu, j'aurais suivi le même chemin.

Le fait qu'elle reste gentille malgré tout ça – car elle est gentille, qu'importe ce que les autres pensent – montre bien à quel point c'est une bonne personne.

Je vois la courbe de sa joue encadrée par ses boucles noires et brillantes. Ses lèvres pleines qui se contractent en une moue alors qu'elle examine quelque chose à l'écran. La longue cambrure de son dos alors qu'elle s'étire.

Puis elle frotte l'arrière de son crâne et je sais qu'elle souffre. Je ressens un besoin impérieux de l'aider. Je me dis que c'est parce que je fais partie de l'Ordre et que c'est ce que nous prônons. Mais au fond je sais que c'est tout à fait différent.

– Il ne peut rien se passer entre vous. Tu le sais, non ?

La voix de Merrick est douce, j'entends la pitié dans ses intonations. Et ça m'atteint davantage que sa colère et sa déception.

Je sais qu'il a le sentiment que je l'ai laissé tomber, et je déteste ça. Il se trouve que je sens aussi une sorte de rébellion se réveiller en moi. Celle qui a toujours vécu pour les autres sait qu'elle devrait refouler ce sentiment et l'enfermer à jamais. Mais… il y a aussi la Rain qui veut aller au bout de cette idée pour voir où ça la mène.

Beckett se lève et s'étire en levant les bras au-dessus de la tête, ce qui étire le tissu de sa combinaison et met en valeur ses formes minces, le renflement de sa petite poitrine. Il faut qu'elle mange plus. Malgré tout, mon être tout entier se réchauffe à sa vue et soudain ma peau est extra sensible.

– Je vais chercher du café, annonce-t-elle. Quelqu'un en veut ?

Elle n'était pas obligée d'en proposer. Voilà encore une marque de sa gentillesse. C'est une bonne personne à qui il est arrivé beaucoup de malheurs. Et personne ne peut la blâmer pour ça.

Lorsqu'elle passe près de moi, je me lève d'un bond, en prenant bien soin de ne pas regarder Merrick que je sens se raidir.

– Je vais t'aider.

– Ouais, c'est vrai que je ne vais pas réussir à faire le café toute seule.

Mais elle sourit pour que je comprenne qu'elle plaisante.

Enfin, je crois que c'est le cas. Je n'ai pas vraiment beaucoup d'expérience dans le domaine… quel qu'il soit.

J'ai conscience des regards tournés vers nous. Je ne les leur rends pas, car j'ai déjà assez de mal à définir ce que je pense moi-même sans chercher à savoir ce que pensent les autres.

Nous parcourons le trajet jusqu'à la cambuse sans parler. Je dois essuyer mes mains moites sur mes cuisses plusieurs fois.

Dès que nous y sommes, Beckett ferme la porte et se tourne vers moi.

Je manque de m'évanouir, j'ai le cœur qui s'emballe, la tête qui tourne et j'ai l'impression qu'un narthompalus géant s'est assis sur ma poitrine.

Qu'est-ce que je fabrique ?

Il n'est pas trop tard pour me défiler, il me suffit de tourner les talons et de retourner à la passerelle. Et alors, tout reviendra à la normale. Merrick cessera d'être la désapprobation incarnée et de se bagarrer. Beckett passera à autre chose. Et bientôt je serai de retour en sécurité au monastère et je...

Le narthompalus se transforme en drokaray adulte et je ne peux plus du tout respirer. Les murs de la pièce se rapprochent, j'ai l'impression de devenir de plus en plus petite...

– Rain !

Je cligne des yeux. Le cri de Beckett m'a tirée de ma rêverie.

De nouveau je bats des cils et son visage m'apparaît plus net. Les yeux écarquillés, elle m'examine avec inquiétude.

Je fais un pas et me retrouve tout près d'elle. Son regard devient méfiant et l'espace d'un instant je crois avoir fait une terrible méprise. Puis elle se colle à moi. Je ne me suis jamais sentie aussi bien.

J'enlace sa taille et la serre encore plus étroitement, puis penche la tête en arrière. Ce qui est clairement une invitation.

Mais elle ne m'embrasse pas. Elle n'effleure même pas ma joue de ses lèvres. À la place, elle se contente de rester comme ça, son corps mince et souple collé au mien, attendant... je ne sais quoi.

– Beckett ?

Je veux demander ce qui cloche, mais je n'arrive pas à le dire, j'ai la gorge trop serrée.

Elle se contente de sourire.

– C'est toi qui as fait le premier pas, murmure-t-elle. C'est quoi la suite ?

C'est bien le problème. Je n'en sais rien. Mais je ne veux pas qu'elle s'éloigne, je veux sentir sa bouche sur la mienne.

La nervosité me crispe le ventre, j'ai les mains qui tremblent, mais il y a certaines choses qui valent le coup d'être tentées, quand bien même on est terrorisé. Tout m'indique qu'il s'agit d'un de ces moments.

Alors au lieu d'attendre en espérant qu'elle prenne l'initiative, j'inspire un grand coup et fais glisser mes mains le long de son dos jusqu'à épouser délicatement l'arrière de son crâne.

Son souffle devient court et ses beaux yeux jaunes prennent des reflets d'or fondu. Entendre sa respiration et la sentir frémir me donne le courage de poursuivre.

Je me hisse lentement sur la pointe des pieds et pose mes lèvres tremblantes sur sa bouche.

Et puis nous nous embrassons, c'est si naturel et juste.

Simplement parfait.

Elle ouvre les lèvres, doucement d'abord, puis avec de plus en plus d'avidité, jusqu'à me donner une impression de fusion. Une seule personne, deux corps.

Un feu insatiable me dévore, il prend possession de mes nerfs, rugit dans mes veines. Mais j'en veux toujours plus.

J'attrape ses cheveux, en essayant de faire attention à ses blessures. Mais Beckett rit. C'est un rire de gorge rauque qui ne fait qu'attiser le brasier en moi. Elle mordille ma lèvre inférieure, dessine le contour de mes lèvres avec la pointe de sa langue et en lèche les coins jusqu'à ce que je lui ouvre ma bouche. Alors elle plonge à l'intérieur et me caresse langoureusement la langue avec la sienne.

Je sens que je me noie en elle, mon désir est impérieux, je voudrais que ce baiser continue sans fin.

Et en même temps, je meurs d'envie de connaître la suite.

Jamais je n'ai ressenti cela ni même imaginé que je pourrais vivre ça. Chaque battement de mon cœur crie son nom, chaque inspiration que je prends vise à l'attirer en moi.

Elle émet un bruit de gorge et s'apprête à reculer. Mais je ne suis pas prête à la laisser partir, à renoncer à ces sensations. Alors je m'agrippe à elle, j'emmêle mes doigts dans ses cheveux et je m'enroule autour d'elle en l'embrassant, encore, et encore, et encore.

Elle répond par un gémissement, ses mains viennent attraper mes fesses, et elle me soulève.

Mes yeux s'élargissent et je laisse échapper un bruit de surprise, mais Beckett rit de son rire rauque et si sexy qui me donne des frissons. Puis elle m'invite à enrouler mes jambes autour de sa taille. Elle me tourne pour caler mes fesses sur le comptoir, et attrape mes cheveux d'une main, me tirant la tête en arrière assez fort pour m'arracher un cri.

– Ça va ? me demande-t-elle.

Mais déjà je reviens vers elle, je prends son visage entre mes mains, je lui mordille les lèvres, l'embrasse et cherche à introduire ma langue dans sa bouche.

Elle a l'odeur du vent cinglant de Serati, le goût des baies aigres-douces que j'aime récolter en bordure de la serre du monastère. Elle comble parfaitement tous mes rêves de foyer douillet. Je ne veux plus jamais la laisser partir.

Nous nous embrassons jusqu'à meurtrir nos lèvres, jusqu'à ce que nos poumons suffoquent par manque d'oxygène et que nos corps se consument de désir. Et puis nous nous embrassons encore.

Beckett finit par me faire délicatement descendre du meuble et mes pieds reprennent contact avec le sol. Mais mes genoux se dérobent et elle me retient en riant. J'enfouis mon visage contre sa poitrine et elle me tient jusqu'à ce que mes jambes supportent de nouveau mon poids.

Alors seulement elle recule, juste assez pour glisser un doigt sous mon menton et lever mon visage vers le sien. Ses joues sont empourprées, sa bouche est alanguie et ses yeux sont deux puits d'ambre liquide et chaud dans lesquels je me laisserais volontiers tomber.

Je veux tomber dedans. Non, je veux plonger, plonger en elle, m'enrouler autour d'elle pour la protéger de toutes les tragédies qui la hantent.

– Tu es sûre ? murmure-t-elle en replaçant une mèche derrière mon oreille.

Je sais de quoi elle parle et je hoche la tête. Je ne suis pas certaine de pouvoir parler. Quand je retrouve l'usage de la parole, je lui dis :

– Tu sais, quand Merrick s'est battu avec Ian ? Je ne voulais pas qu'il soit blessé, mais je n'avais pas envie qu'il gagne.

Je ne pensais pas que c'était possible, mais son regard s'adoucit encore.

– Tu n'aurais pas dû t'en faire. Ian n'aurait jamais tenu parole à ce sujet.

– Tu ne penses pas ?

– Ah ça non ! (Elle me sourit.) Tu sais, si on fait ça, tu vas énerver plus d'une personne. Pas seulement Merrick. Moi, j'ai l'habitude, mais je devine que ce n'est pas ton cas. Tu peux changer d'avis, je comprendrai.

C'est vrai, ça ? Comment pourrait-elle me laisser partir si facilement, alors qu'à l'idée de la quitter, je ressens une douleur physique ? Peut-être que j'ai mal interprété et qu'elle n'a pas envie de moi. Ou pas tant que ça.

– C'est vrai ? je lui demande d'un ton sec.

En voyant ses lèvres frémir, je lui lance un regard noir, car il n'y a rien de drôle à mes yeux. Elle rit et touche ma joue du bout du doigt.

– Je n'ai jamais rencontré quelqu'un comme toi, murmure-t-elle.

– C'est positif ou négatif ?

Elle n'a toujours pas répondu à ma question.

– Je ne sais pas encore. (Elle détourne le regard un instant, et quand elle revient vers moi, ses yeux ne rient plus.) Tu es si… parfaite. Si gentille. Tout ce que je ne suis pas.

– Ce n'est pas vrai… je commence.

– Oh si, elle m'interrompt. Tu es trop bien pour moi et tout le monde dans ce vaisseau le sait. Et je sais aussi que tu seras salie à mon contact. Et je me demande si ce n'est pas une des raisons qui te rendent si attirante pour moi. Parce que je ne supporte pas qu'une personne soit si pure et je veux la pervertir.

Je ne comprends même pas ce qu'elle veut dire, mais je pense qu'elle a tort. Je suis sûre qu'elle a tort.

– Tu nous sous-estimes toutes les deux, je chuchote. Et tu te trompes sur toute la ligne. Tu ne vas pas me rendre mauvaise. Nous allons nous améliorer mutuellement.

Elle semble choquée, puis son air méfiant revient.

– Tu crois que tu as un tel pouvoir ?

– Je sais qu'être ensemble est une bonne chose. Ce qui donne d'aussi bonnes sensations ne peut pas être contraire à la volonté de la Lumière.

– Grande prêtresse, marmonne-t-elle en secouant la tête. Je t'ai déjà dit que je n'ai jamais rencontré quelqu'un comme toi ?

J'opine.

– Regarde-moi, ordonne-t-elle.

Elle est belle. En dépit de l'ombre dans ses yeux et de la cicatrice qui serpente dans son cou. Je tends la main pour la toucher, suis le contour des marques noires autour de ses yeux jaunes, caresse ses longs cils du bout des doigts. Ce sont les marques de son héritage, de la vie qu'elle a vécue jusqu'ici. J'ai envie de tout savoir d'elle.

– C'était comment ? De grandir sur Permuna ?

– Dur. Comme partout. (Elle hausse les épaules.) Mais tout n'était pas mauvais.

– Qu'est-ce qui te manque ?

Elle regarde au loin un instant, plongée dans ses souvenirs.

– Le désert. Par certains côtés, c'est comme l'espace. Vaste et vide. Et les cactus supernova. (Elle ferme un instant les yeux.) Rien qu'en y pensant, je salive.

– Je n'y ai jamais goûté. Tu pourras m'en faire manger, un jour ?

Son sourire s'évanouit.

– Peut-être.

Je déteste quand la joie déserte son regard. Peut-être que notre relation se résumera à ces moments volés à bord du *Starlight*.

Il n'y a que l'instant présent.

Je caresse sa joue, fais danser mes doigts sur ses lèvres. Elle inspire brusquement et je retiens un sourire. Beckett la dure à cuire n'est pas si stoïque qu'elle le prétend.

Je descends vers sa mâchoire, le long de sa gorge, où je sens battre le sang sous mes doigts. J'atteins les arêtes saillantes de ses clavicules, l'encolure de sa combinaison noire. J'en suis le contour, mais je n'ose pas aller plus bas.

Elle abrège mon supplice en effleurant mes épaules et mes bras, avant de poser les mains sur ma taille. La chaleur de ses paumes pénètre ma peau. Puis elle vient prendre mes seins en coupe, mes tétons durcissent, pointant à travers le tissu léger de ma combinaison. Quand elle commence à décrire des cercles avec la pulpe de son pouce, des étincelles de plaisir jaillissent en moi.

Quand elle penche la tête vers moi, je lève mon visage vers le sien et nous nous embrassons encore.

C'est doux, je ne m'attendais pas du tout à cela. Des larmes inattendues me piquent les yeux, alors je ferme les paupières et prends une grande inspiration tremblante.

Beckett recule et montre la cafetière qui semble s'être remplie de café par magie.

– Ils doivent attendre leur café.

Je ne comprends pas tout de suite de quoi elle parle. Puis je m'agrippe à ses bras et chuchote avec passion :

– Je m'en fiche.

– Mais non, gentille fille. (Elle recule avec un petit sourire aux lèvres.) Et puis je ne veux pas aller trop vite. Il faut bien que l'une de nous se montre raisonnable. Et putain, on dirait bien que ça doit être moi.

CHAPITRE 36

IAN

Je déteste ignorer ce qui se trame. Comme maintenant.

N'importe qui dans le système pourrait nous avoir pris pour cible. Mais quand nous repensons aux affiches et à ce vaisseau, Max et moi revenons toujours à Kali.

Ça me fait de la peine de l'admettre, mais nous serons sans doute plus en sécurité une fois qu'elle sera partie. Elle a peut-être raison : et si elle était capable d'assurer notre protection ? Je la sous-estime depuis le début.

Tout ce que j'ai à faire, c'est la reconduire chez elle, mais je n'arrive pas à m'y résoudre.

Ça me ressemble pas. J'assure la protection de Max, Milla et moi-même. Point.

Je jette un œil à Kali et Max qui discutent, leurs têtes toutes proches l'une de l'autre. Ils sont assis comme ça depuis qu'il est revenu avec elle sur la passerelle, il y a quelques heures. C'est bizarre qu'il soit allé la chercher. Ce qui est encore plus bizarre, c'est qu'on dirait qu'il l'aime bien, alors qu'il n'apprécie pas grand monde. Personne, pour ainsi dire.

De l'extérieur, les gens croient toujours que c'est lui, le gentil, mais c'est juste parce qu'ils ne savent pas ce qui se passe dans sa tête. Il ne s'ouvre pas facilement, il ne laisse voir que la surface. Il semble tout sourire, mais peu de gens connaissent le vrai Max. Et c'est sans doute mieux.

– Hé, capitaine, tu devrais jeter un coup d'œil à ça, lance Beckett par-dessus son épaule.

Elle dit « capitaine » d'un ton vraiment sarcastique, mais je laisse passer pour l'instant. C'est une sacrée pilote, même si le *Starlight* se charge lui-même des manœuvres compliquées. D'ailleurs c'est quoi, cette affaire ? Allez, on rajoute « vaisseau intelligent » à ma liste de trucs à élucider.

J'ai besoin de prendre un peu de temps pour apprendre à piloter moi-même. Juste au cas où. Beckett semble aller mieux que lorsqu'elle est arrivée à bord, mais elle a quand même un truc qui disjoncte. Elle est endurcie, alors elle le cache bien, mais elle souffre énormément, ça se voit. Je peux pas me permettre de pas savoir m'en sortir s'il lui arrivait quelque chose.

Elle pourrait me donner des leçons. Il faudrait un autre pilote de secours. Gage ? Ça semble un choix logique, il est brillant pour les trucs techniques, mais le pilotage est quelque chose de plus intuitif. Gage et l'intuition, ça fait deux, voire trois. Il aime trop les faits pour écouter ses tripes. Comme avec ce putain de bouton rouge.

Je fais le tour de la pièce du regard et m'arrête sur la grande prêtresse. Elle aimerait peut-être apprendre à piloter, ça lui permettrait de passer plus de temps avec Beckett. Faut pas croire que j'aie pas remarqué combien c'était chaud entre elles quand elles sont revenues sur la passerelle il y a une demi-heure. Et puis ça ferait chier Merrick. Je l'aime bien, mais je me prive pas de l'énerver dès que j'en ai l'occasion.

Je vais soumettre l'idée à Max pour voir ce qu'il en pense.

J'ouvre la bouche pour demander un rapport à Beckett, mais je reste muet. C'est ce que Milla disait toujours quand on préparait une mission.

« C'est l'heure du rapport d'étape, les gars. »

Je repousse ce souvenir. Une chose à la fois.

J'opte pour :

– Qu'est-ce qui se passe ?

Beckett m'adresse un sourire.

– On a de la compagnie.

– Tu te fous de moi là ? Encore ?!

Et pourquoi elle a toujours l'air réjouie en cas de désastre imminent ? Je suis sur le point moi aussi d'appuyer sur le gros bouton rouge que Gage a essayé. Tout pour que ce carnaval s'arrête.

Je marmonne quelques-uns de mes jurons favoris tout en allant vers l'écran. Et oui, il y a un point en plein milieu.

– Tu es sûre que c'est pas juste un déchet ? je demande avec un vague espoir.

– Si c'est le cas, c'est un sacré gros déchet. (Beckett appuie sur le zoom.) Et il a exactement la forme d'un vaisseau spatial.

– Un gros, en plus, ajoute Gage qui s'est approché de nous.

– Pas le même, si ?

Je fixe l'écran comme si mon regard et ma volonté pouvaient suffire à le vaporiser. Mais j'ai déjà essayé ça – plusieurs fois – et ça marche jamais.

– Il aurait pu réussir à nous suivre ?

– Il aurait pu, mais c'est pas ça. Celui-ci est plus gros et plus rapide. (Elle zoome encore.) Plus dangereux, aussi.

– C'est une frégate bien armée. (Gage montre le train d'atterrissage.) Regardez-moi ces propulseurs d'appoint. Et celui-ci a un marquage.

Il se penche pour tapoter la console et zoomer encore. Je distingue quelque chose d'écrit sur le flanc de l'appareil, mais je n'arrive pas à lire.

– C'est la Corporation, dit Beckett.

Merde, merde, merde. Je plisse les yeux pour mieux voir.

– Tu es sûre ?

– À 100 %. C'est le *Sagittaire*.

– Le *Sagittaire* ?

Jamais entendu parler.

– C'est un chercheur-tueur. Un vaisseau équipé de technologies de surveillance de pointe.

– Un vaisseau de surveillance qui se trouve être suffisamment armé pour rayer de la carte la moitié d'une planète. On ne sera même pas un obstacle pour lui.

– Peut-être qu'ils ne sont pas après nous, je suggère.

J'aime beaucoup cette idée, mais on sait tous les trois que c'est irréaliste. Pourquoi un machin comme ça se pointerait juste après notre entrevue avec un autre vaisseau nerveux du laser ?

– Ils cherchent peut-être quelqu'un d'autre ou quelque chose d'autre, dit Kali derrière nous. Et si c'était une mission pour retrouver leur vestige alien ? Je parie qu'ils sont fâchés que quelqu'un l'ait pris.

– Je dirais pas qu'on l'a *volé*, je rétorque.

Elle lâche un petit soupir.

– Et comment tu appelles ça, vu qu'on le balade à travers tout le système ?

Je réfléchis un instant.

– On se l'est approprié dans une situation de vie ou de mort, afin de sauver l'héritière de l'Empire. On n'est pas des voleurs, mais des héros. On mérite une médaille, même.

Elle rit.

– Bonne chance…

Je regarde à nouveau le vaisseau. La Corporation. La Corporation dirige l'Empire. L'Empire s'assurerait que Kali rentre chez elle saine et sauve. Alors même si toutes les cellules de mon corps sont contre, je propose :

– On devrait peut-être essayer de communiquer avec eux. Pour voir s'ils peuvent ramener la princesse chez elle.

– Pas question.

Beckett a répondu avec tant de force que nous nous tournons tous vers elle.

– J'ai été invitée d'honneur de la Corporation quelque temps, je souhaite pas renouveler mon séjour. Ils devront me flinguer avant que ça arrive.

Je vois ce qu'elle veut dire. N'empêche…

– On devrait peut-être voter, propose Rain.

Beckett lâche un rire bref.

– Depuis quand c'est la démocratie sur ce vaisseau ?

Encore une fois, elle n'a pas tort, et même Rain semble le savoir, mais elle ne se décourage pas.

– Tout le monde est concerné. Chacun devrait avoir son mot à dire.

Je ne suis pas très fan de ce délire démocratique sur mon vaisseau, mais ça m'intéresse de savoir comment les uns et les autres votent. Au pire ça pourra m'aider à prendre la bonne décision.

Je me tourne vers l'ensemble de l'équipage.

– Levez la main si vous voulez rester dans les parages pour discuter avec les gentils agents de la Corporation.

Je lève la main. Et je suis le seul.

Max, ses raisons sont évidentes. Gage est assez malin pour deviner que s'il se retrouve aux mains de son employeur qu'il a déserté, il est cuit. Beckett a clairement exprimé sa position. Rain veut sûrement aider sa copine à conserver sa liberté.

Je comprends leurs raisonnements, mais concernant Merrick, je suis surpris. J'aurais cru qu'il voterait pour parce qu'il veut absolument ramener Rain sur Serati. Mais son expression ne laisse rien paraître et ses bras restent fermement le long de son corps.

Ouais, il y a un lézard. Pour une raison que j'ignore, il ne fait pas confiance à la Corporation. Je me demande bien quels secrets il cache.

Puis je me tourne vers Kali, qui se tient les bras croisés.

– Quoi ? Même toi ?

Mais elle se contente de dire :

– Fichons le camp d'ici.

Et avant que quelqu'un puisse l'arrêter ou protester, elle se dirige vers le tableau de commandes et avec une force que je ne lui soupçonnais pas, enfonce le bouton que nous avons vu Beckett actionner cent fois. Celui qui signifie « go, go, go ! ».

Nous nous précipitons vers nos sièges : nous connaissons tous l'effet déclenché par ce bouton.

Cette fois je suis prêt et, wahou, c'est grisant quand tu es bien assis, et pas cul par-dessus tête.

En quelques secondes, nous semons le *Sagittaire*.

– Mords la poussière, espèce de merde de drokaray, hurle Kali.

Je me mets à rire. Mi-amusé, mi-soulagé.

CHAPITRE 37

KALINDA

Wha, c'était bon.

En appuyant sur un simple bouton, non seulement j'ai fait un doigt à la Corporation et à ma mère, mais j'ai pris le contrôle de mon destin et j'assume ma décision. Désormais, je suis à bord du *Starlight* parce que je le veux. Parce que c'est nécessaire. Et parce que j'ai gagné ma place. Et si quelqu'un dit le contraire, qu'il aille se faire voir.

Alors, c'est qui le poids inutile maintenant ?

– Eh bien, voilà qui était inattendu, commente Ian, puis il me sourit. Bienvenue sur le *Starlight*, Kali.

Les autres aussi m'adressent de grands sourires. Même Beckett semble moins hostile. Et ça me va ! C'est formidable de se sentir utile pour autre chose que préparer du café.

– Remets le cap sur Glacéa s'il te plaît, demande Ian à Beckett, qui s'exécute sans même une remarque perfide.

Je vais m'asseoir près de Rain et pousse un long et profond soupir. Maintenant que l'adrénaline reflue, je me sens rincée.

Elle m'adresse un sourire d'encouragement.

– C'était génial. Bien joué !

– Merci. Nous sommes officiellement en route pour Glacéa.

– Oui ! dit-elle avec son enthousiasme naturel. Je n'y suis jamais allée. J'ai vraiment hâte. Il paraît que c'est beau.

– Et froid.

– C'est incroyable ! Tu crois qu'on verra de la neige ?

J'y réfléchis. Je n'ai jamais vu de neige, et Rain non plus très certainement.

– Tu sais quoi ? J'espère qu'on en verra. Tu penses que ça fait quoi quand on la touche ?

– J'ai lu qu'elle peut avoir plein de textures différentes. Parfois légère et aérée, d'autres fois lourde et mouillée. Mais toujours du blanc le plus pur. (Son débit se fait plus rapide.) Oh et tu savais qu'elle est composée de minuscules flocons et j'ai lu que chacun est unique ! Il n'y a pas deux flocons identiques. Que dis-tu de ça ?

Son exaltation est contagieuse. J'essaie d'imaginer ce qu'elle décrit.

– J'ai lu une histoire où quelqu'un en attrapait avec sa langue. Imagine combien ce serait extraordinaire s'il neigeait quand on arrive là-bas. Que ça tombe du ciel et qu'on puisse essayer ça ?

Elle soupire.

– Une vraie rencontre avec la neige. Un miracle divin.

Nos regards se croisent et le blasphème nous fait pouffer de rire.

– Tu vois ce que je veux dire, ajoute-t-elle avant de soupirer. (Puis elle me regarde.) Tu sais, par certains côtés, nous avons les mêmes problèmes. Nous avons été élevées dans une idée bien définie de qui nous sommes, de ce que nous sommes, de notre place dans le monde. Et jamais je n'avais remis ça en question jusqu'ici. C'était comme ça, c'est tout. Mais ces derniers jours m'ont fait comprendre que ce n'est pas une fatalité.

– Tu te rebelles contre l'Ordre ?

D'après ce que je sais du rôle de grande prêtresse, cette idée dépasse l'entendement. Sa vie éternelle dans l'attente de l'Astre Mourant est le cœur spirituel de l'Ordre sororal.

– Non, je crois qu'en tant que grande prêtresse, j'ai un rôle à jouer et une occasion de faire le bien dans le monde. Mais j'espère que ça n'implique pas d'avoir l'esprit fermé et de vivre ma vie comme d'autres l'entendent. J'espère que je vais trouver le moyen d'équilibrer ce qu'ils veulent que je sois et celle que je découvre être vraiment.

– Ce serait bien.

Je n'essaie même pas de cacher la mélancolie dans ma voix.

– Oui. (Elle sourit.) Mais Merrick ne voit pas les choses comme ça. C'est dur pour lui. Je ne suis pas censée avoir mon propre avis. Ça rend sa mission plus difficile.

Je jette un coup d'œil vers Merrick qui est assis, ses longues jambes étendues devant lui, l'expression maussade. Un magnifique œil au beurre noir est en train d'éclore sur son visage et son nez est complètement tuméfié.

– Tu devrais peut-être le ménager un peu. Au moins le temps qu'il retrouve l'usage de ses deux yeux.

– Oui, hein ? (Elle fait la grimace en fronçant le nez.) Honnêtement, je crois que tout n'est pas de ma faute. Je le soupçonne de vivre une crise de la foi.

– Comme nous tous, non ?

– Bien sûr. Presque tout le monde passe par là un jour ou l'autre. Son père est mort récemment. Il ne parlait jamais de sa famille, mais je crois qu'ils étaient proches, il a été très affecté. Il a été forcé de prendre conscience de sa mortalité, de s'interroger sur son rôle dans la vie. Avant même d'arriver sur la *Caelestis*.

Ses paroles m'incitent à regarder de nouveau Merrick, peut-être même sous un jour nouveau.

– C'est drôle, non ? On juge les autres sur leur apparence, on croit savoir qui ils sont, mais la plupart du temps, on se trompe. On ne comprend jamais pleinement ce que quelqu'un vit. J'ai déjà assez de mal à comprendre ce que moi je traverse, alors les autres, n'en parlons pas.

Rain sourit.

– Souviens-toi de ça quand tu penses à Beckett. Elle n'a pas eu la vie facile. Elle semble dure, mais c'est un masque pour cacher sa douleur.

« Dure » me semble un euphémisme, mais je vois ce qu'elle veut dire. Et après ce que Beckett nous a révélé, on peut comprendre qu'elle soit comme ça. Qui ne serait pas aigri après tout ce qu'elle a subi ?

Mais y réfléchir me plombe le moral. Alors je change de sujet.

– Tu crois que ça a quel goût, la neige ?

– Sucré, souffle Rain, et nous soupirons en chœur. S'il neige quand nous nous poserons sur Glacéa, promets-moi qu'on ira attraper des flocons avec la langue.

– Promis, j'accepte en souriant.

Et c'est décidément le meilleur jour de ma vie.

Évidemment, c'est à ce moment qu'Ian tape dans ses mains en annonçant :

– Je déteste apporter des mauvaises nouvelles – encore – mais je crois qu'on a un autre problème. Et celui-là, on ne va pas pouvoir le semer.

CHAPITRE 38

KALINDA

– J'ai réfléchi, commence Ian.

– C'est vrai que c'est flippant ça, commente Gage.

Ian se contente de chasser son intervention d'un geste, sans colère, et poursuit :

– Les ennemis, et par ennemis, je vise à peu près tous ceux qui ne sont pas à bord, arrivent à nous repérer. Et je veux bien croire qu'une fois ils aient eu un coup de chance. Deux fois, il faut qu'on se pose des questions. Il faut qu'on comprenne comment ils font. Comment ces salopards arrivent à nous tomber dessus.

Il nous regarde tour à tour, s'attardant juste un peu plus sur moi. Je lui fais mon sourire le plus innocent. Pas difficile, je n'ai pas le début d'une explication.

– Quelle est ton hypothèse ? demande Merrick, la voix déformée par sa lèvre inférieure enflée.

– Pour le premier vaisseau, il a pu repérer notre trajectoire depuis Askkandia et nous a suivis comme ça. Mais pour le second, je me dis qu'on a peut-être un mouchard.

– Tu soupçonnes l'un de nous ? s'indigne Rain.

Je me penche pour lui souffler :

– Un mouchard électronique qui permet de nous repérer. Peut-être même d'espionner nos conversations.

– Mais c'est horrible, me chuchote-t-elle en retour, les yeux écarquillés.

– C'est une question pour notre expert technique, ça. Gage ? Des mouchards, ça te semble possible ? Est-ce que quelqu'un aurait mis des mouchards sur le *Starlight* ? demande Ian.

Gage fronce les sourcils.

– Pas impossible, mais peu probable. Qui aurait pu imaginer que le *Starlight* allait quitter la *Caelestis* ? Alors pourquoi s'embêter ? D'après ce que je sais, ça fait des années qu'ils essayaient de le faire fonctionner sans y arriver.

– Oui, mais supposons qu'il y ait un mouchard, reprend Ian. Tu as utilisé des détecteurs de mouchards sur la *Caelestis* pour le compte de la Corporation, non ? Tu pourrais en bricoler un pour nous ?

Gage réfléchit un moment puis hoche la tête.

– Ouais, je crois que ça peut se faire.

– Alors qu'est-ce que t'attends ?

Gage grommelle des propos peu aimables, mais obéit néanmoins. Quelques secondes plus tard, Max le suit.

J'envisage de rester dans les parages pour voir ce qu'Ian va dire, mais mon ventre se met à gargouiller. Estimant que je ne peux pas aider davantage, je me rends à la cambuse en quête de nourriture. Je pourrais commencer à préparer le dîner.

Il reste encore quelques produits frais. Je me coupe une tranche de pain et sors du pâté de maquerlan de l'armoire réfrigérée, puis je me sers un verre d'eau au purificateur. Après l'expérience des premiers jours à bord du *Starlight*, plus jamais je ne prendrai pour un acquis la chance d'avoir de l'eau.

Je m'assieds à la grande table pour manger, car j'apprécie beaucoup de me retrouver seule en cet instant. Et puis j'aime bien ce pâté. Ma mère considère les maquerlans comme une nourriture de pauvres et, depuis le décès de mon père, le chef du palais n'en sert plus, préférant des protéines importées des quatre coins du système. On ne regarde pas à la dépense.

Je soupire. Tout ce qu'ils ont dit sur moi est vrai. Je suis une enfant gâtée.

Mais je ne vais pas me laisser aller à l'apitoiement. À la place, je coupe d'autres tranches de pain pour faire des sandwichs pour tout le monde, tout en essayant de rassembler ce que je sais sur les technologies d'espionnage, dans l'espoir de trouver des pistes.

La Corporation a toujours été cachottière sur ce qu'ils sont capables de faire. Et cette organisation contrôle toutes les technologies. La grande majorité de la population vit dans un monde pratiquement dénué de technologie. Seules les Familles Dirigeantes ont accès à certaines d'entre elles. Nous avons des outils de télécommunication qui permettent aussi de joindre les autres planètes. Des véhicules motorisés et l'accès à des vaisseaux pour nous déplacer d'une planète à l'autre. Mais tout vient de la Corporation. C'est un partenariat complexe, dans lequel les Familles Dirigeantes contrôlent l'activité de la Corporation, qui, elle, possède et contrôle toutes les ressources. Et, pour la première fois, je me demande quel prix nous devons payer pour utiliser ces ressources.

Je me souviens qu'Ian a dit avoir entendu que des prisonniers sur la *Caelestis* étaient morts après avoir été forcés de toucher l'heptosphère. Et pourtant, lorsque les délégations étaient dans le laboratoire, le Dr Veragelen nous a encouragés à la toucher. Pourquoi l'aurait-elle fait, si cela comportait un risque mortel ? Et comment comptait-elle expliquer notre décès, si Rain ou moi étions mortes ? Nous étions les deux personnes de plus haut rang sur la *Caelestis* lorsque la station a explosé.

Plus je réfléchis à tout ça, moins j'en perçois le sens. Ou peut-être que je ne tiens pas à démêler cet imbroglio, car je risque de ne pas aimer ce qui serait clairement révélé. En fait, tout mon système de croyances risque de s'effondrer. J'ai déjà l'impression que c'est le cas de ma vie.

Épuisée, souffrant encore un peu de la gueule de bois – peut-être étourdie aussi par mon verre avec Max – je pose la tête sur la table en essayant de faire le vide dans mon esprit. Mais je me mets aussitôt à somnoler.

Je ne sais pas bien ce qui finit par me réveiller.

En ouvrant les yeux, j'entends des voix qui me poussent à sortir de la cambuse et je manque d'entrer en collision avec Gage et Max. Ils hennissent de rire et Gage agite une sorte de baguette.

– Qu'est-ce que vous fabriquez ? je demande alors qu'ils passent devant moi.

– On lance des sorts, me répond Gage en dirigeant la fine baguette vers moi. Rends-toi ou je te transforme en limaceuse.

Je me tourne vers Max en haussant les sourcils.

Il secoue la tête en souriant.

– On traque les mouchards sur le vaisseau. Mais Gage s'imagine qu'il lance des sorts à cause d'un vieux conte de fées qu'il a lu.

– Eh bien je suis sûre que quelqu'un d'autre à bord tirerait meilleur profit d'être changé en limaceuse, je lui dis de ma voix de princesse la plus snob.

Pourquoi m'en priver quand l'occasion est si belle ?

– Ouais, mais Ian n'hésite pas à faire des coups bas, dit Gage. Comme Merrick peut en témoigner.

Là-dessus, je ne vais pas discuter.

– Vous en êtes où ? je demande, en me disant que je vais me porter volontaire pour prendre le relais, car ces deux-là me semblent un peu saouls.

– On a vérifié le sas, les cabines et… bref, un peu partout sauf la cambuse et la passerelle.

Je secoue la tête et me penche pour regarder Gage qui arpente méthodiquement le couloir en déplaçant lentement la baguette de haut en bas des murs.

– J'imagine que tu as réutilisé un capteur de chercheur-tueur, mais où as-tu trouvé suffisamment d'aluminium pour la base ? je lui demande. Je n'ai repéré aucun alliage de ce type sur le *Starlight* jusqu'ici. J'essaie d'identifier en quoi il est construit, et ce n'est pas un alliage que je connais.

Gage m'examine, les yeux plissés.

– J'ai détaché des éléments d'un drone de la *Caelestis* qui est mystérieusement tombé dans ma boîte à outils. Pourquoi cette question ?

Je hausse les épaules, les joues empourprées.

– J'aime les sciences.

– Je note. Mais ça, c'est pas de la science… c'est de la magie.

Il agite sa baguette devant Max et – il faut bien lui reconnaître ça – Max exécute une parfaite imitation d'un homme se changeant en limaceuse. Je ne parviens pas à m'empêcher de rire.

– Je suppose que vous n'avez encore rien trouvé ? je demande.

– Rien de rien, répond Gage. Mais je m'attends pas à trouver quelque chose. C'est pas possible que quelqu'un ait planqué des traqueurs sur ce vaisseau. Mais Ian lâchera pas le morceau tant que j'aurai pas fouillé chaque centimètre.

Il entre dans la cambuse en agitant la baguette comme une épée. Je regarde Max qui sourit toujours.

– Vous avez l'air de bien vous amuser, je lui dis.

Il hausse les épaules.

– Gage fait une sacrée imitation de…

Il s'interrompt soudain, comme s'il venait de se rappeler à qui il parle.

– De ?

Mais il secoue la tête. Contrairement à Ian, il sait quand tenir sa langue.

Je jette un coup d'œil dans la cambuse juste à temps pour voir Gage finir son inspection.

– Allez, plus que la fin de ce couloir et la passerelle, dit-il.

Je les suis et ils reprennent les mêmes gestes sur la passerelle, sous les regards attentifs de tout l'équipage. Pas de bip, pas de signal, pas même une diode qui clignote.

Gage pose la baguette sur la console et se laisse tomber dans un siège.

– J'ai bien dit que c'était peu probable, marmonne-t-il, même s'il semble frustré de n'avoir rien trouvé.

– Merde. (Ian se passe la main sur le visage.) Mais comment ils nous repèrent, bordel ?

– Ils ont peut-être trouvé un moyen de traquer les vestiges alien, suggère Gage. Je sais qu'ils travaillaient à des prototypes.

– Eh bien espérons que ce n'est pas le cas, sinon on les aura constamment sur le dos.

Max attrape la baguette, la lance en l'air puis la rattrape et la pointe vers la tête de Gage.

– Prépare-toi à…

Biip.

Tout le monde s'immobilise en regardant Gage. Max se rapproche, agitant la baguette au-dessus de la tête de Gage. Le signal se fait plus fort.

Gage fronce les sourcils puis son expression s'éclaircit soudain.

– C'est pas un mouchard, dit-il en chassant la baguette. C'est ma puce neuronale. On a tous ça, à la Corporation. Elles sont implantées quand on y entre. Mais pourquoi vous me regardez tous comme ça ?

– T'as une puce dans la tête ? répète Ian. Une puce neuronale ?

– Ouais. C'est quoi le problème ? Comme je disais, on a tous ça.

– Et elles servent à quoi, au juste, ces puces ?

– Tout plein de trucs cool, mais seuls les haut placés y ont accès. Au début, ils les utilisent juste pour savoir où… (Il laisse sa phrase en suspens tandis que ses yeux s'agrandissent.) Oh, merde.

– Merde, tu peux le dire, grommelle Ian. Et c'est toi qui es censé être le cerveau du groupe. Putain de merde ! (Il passe la main au-dessus de ses cheveux coupés ras – j'ai remarqué qu'il fait cela quand il réfléchit ou qu'il est énervé.) Alors comme ça, tu as une puce grâce à laquelle ils peuvent te pister ?

– Ouais, mais je ne sais pas quelle est sa portée.

– Laisse-moi deviner au hasard : *sacrément grande*. (Il secoue la tête.) Bon, qu'est-ce qu'on fait ? (Il regarde fixement Gage.) Moi je vote pour jeter ce vaurien par le sas.

Beckett lève la main.

– J'appuie la motion.

De vrais drokarays sanguinaires, ces deux-là.

Gage tire sur sa boucle d'oreille et glisse un regard vers Max, qui hausse les épaules comme s'il n'avait pas d'avis sur la question.

Le visage de Gage commence à prendre une teinte verdâtre.

– Ne sois pas bête, lui dit Rain en venant lui tapoter le bras. Évidemment que nous n'allons pas te jeter dans l'espace et te laisser mourir.

– Dommage. (Ian glisse les mains dans ses poches en l'observant.) J'aurais bien aimé un événement de ce genre pour briser la monotonie. Peut-être juste sa tête alors, et on garde le reste en souvenir du bon temps ?

Je m'apprête à rire, sauf que je ne suis pas tout à fait sûre qu'il plaisante. C'est le problème avec Ian : j'ai pu voir avec quelle facilité il tue. On n'oublie pas facilement ce genre de choses.

– On peut la retirer ? je propose avec hésitation. Est-ce que tu sais exactement où elle se situe, Gage ?

Cette perspective semble le paniquer.

– Impossible. C'est sous mon crâne. Je vais pas vous laisser trifouiller là-dedans. Pas question. (Il bondit sur ses pieds et se met à faire les cent pas.) Écoutez, je vais la neutraliser, dit-il précipitamment. J'ai entendu dire qu'il y a un moyen de les désactiver. J'ai juste besoin d'une impulsion électromagnétique. Puissante. Mais je suis sûr que je peux bidouiller un truc. Laissez-moi juste un peu de temps.

– Ça a l'air douloureux, dit Ian. Le sas est peut-être une meilleure solution. Il paraît que c'est très rapide.

Je crois qu'il le taquine, mais comment savoir vraiment ?

Gage écarquille les yeux.

– Allez, Ian, sérieux ? Je peux y arriver. Tu dois me laisser au moins une chance. Tu as besoin de moi, pour trouver Milla.

– Je ne te dois rien du tout, dit Ian en faisant un pas vers lui. Mais pour Milla, vas-y, essaie. Avant que tes sales copains nous retrouvent. Sinon, je te fous dehors sans le moindre regret.

CHAPITRE 39

KALINDA

Gage revient environ une heure plus tard, les yeux larmoyants. Max entre après lui, l'air ébranlé. À mon regard interrogateur, il se contente de répondre d'un haussement d'épaules. Quoi qu'il en soit, quand nous testons de nouveau la baguette sur la tête de Gage, elle ne sonne plus, alors je considère que c'est une réussite.

Une fois Gage « désactivé », nous cessons d'être pris en chasse par d'autres vaisseaux, et la suite de notre voyage vers Glacéa se passe sans péripéties. Ian s'avère être un sacré bon capitaine. En général, il fait régner la paix dans le vaisseau, s'assurant qu'il y ait toujours au moins deux personnes sur la passerelle – mais j'ai remarqué qu'il ne me laissait jamais seule avec Beckett. Nous passons la plupart des journées à naviguer, nous chamailler et, en de rares occasions, Ian accepte de me montrer quelques mouvements de défense simples. Désormais je maîtrise le coup de pied dans les parties et, en toute honnêteté, je gère plutôt bien.

En général, Ian m'assigne Max ou Rain pour être de garde sur la passerelle. Nous fonctionnons bien ensemble. Max me fait rire, et Rain me donne le sentiment que le système n'est pas si horrible que je commence à le penser.

Ian a aussi mis en place un roulement pour la cuisine et le ménage. En fait, il est étonnamment organisé – pour un voleur meurtrier et odieux. La première fois que j'ai été de cuisine, ils retenaient tous leur souffle en attendant de voir quel désastre j'allais produire. Haha. Mon père m'a appris à cuisiner dans les cuisines du palais – des denrées des quatre coins du système Senestris – et notre plat préféré était une délicieuse recette s'inspirant de la gastronomie seratienne, mais utilisant des protéines askkandiennes : ces fameux maquerlans que tout le monde déteste tant, à part Merrick.

J'ai reproduit ce plat, avec une sauce à base d'oignons et de champignons séchés, accompagné d'un porridge de maïs – un classique sur Kridacus. Rain a dit qu'elle adorait, que ça lui donnait l'impression d'être de retour chez elle et, pour une fois, cette idée semblait lui faire plaisir. Même Ian s'est resservi, alors qu'il avait dit avant que rien que l'odeur de maquerlan lui donnait envie de vomir. Je suis certaine que ma mère qualifierait cela de nourriture paysanne, mais je m'en fiche.

Tout comme mon père s'en fichait. Il était d'avis que tout un chacun devrait être capable de cuisiner au moins pour se débrouiller seul, alors il m'a appris. Il disait que ce n'était pas parce que nous étions de la famille royale que nous devions être des incapables. Mais bien sûr il ne tenait pas de tels discours à portée des oreilles de ma mère.

Bref, c'était amusant de cuisiner pour tout le monde, et nettoyer ne me dérange pas non plus. En fin de journée, je ressens une immense fatigue bienvenue, une sorte de douleur satisfaisante dans les épaules qui m'indique que j'ai fait quelque chose de mon temps. Quelque chose d'utile et qui scelle mon appartenance à une communauté.

Je fais partie d'une équipe.

Oui, je suis heureuse.

Mais tout ça est sur le point de changer, car nous arrivons à Glacéa. Il n'y a pas de poste de contrôle avant d'entrer dans son atmosphère. Et pour cause : cette planète est pratiquement inhabitable en dehors des ports sous cloche. Espérons que les faux justificatifs askkandiens feront illusion une fois que nous approcherons de la civilisation. Nous allons peut-être retrouver Milla. Ou pas. J'ai la sérieuse impression que ça ne sera pas facile.

Mais je suis forcée de sourire en entendant Ian dire « Cinq minutes » à Rain pour la vingtième fois – au moins.

– Tu as cinq minutes pour revenir dans le vaisseau, sinon on part sans toi.

Rain se hisse sur la pointe des pieds pour déposer un baiser sur sa joue.

– Tu es le meilleur des capitaines.

Il a l'air décontenancé.

Notre but final est le port aérien de Rodos, mais Beckett a fait un petit détour par les montagnes Herodios, vers le pôle Nord. Parce que Rain a réussi à convaincre notre capitaine qu'elle et moi devons absolument voir de la neige.

Nous avons dû nous enfoncer dans les profondeurs de la chaîne de montagnes. Glacéa est la planète qui souffre le moins de la situation actuelle, car c'est la plus éloignée du soleil, mais même ici les effets du réchauffement sont bien visibles. Nous avons tout de même fini par trouver de la neige : les écrans de contrôle étaient entièrement blancs. De la neige à perte de vue, mais, à notre grande déception, il ne neigeait pas.

Rain me tend la main.

– Tu dois venir aussi.

– Évidemment, je réponds, en lui donnant la mienne après une brève hésitation.

– Beckett ? demande-t-elle avec une lueur d'espoir.

Je crois d'abord que Beckett va rester à son poste, mais elle traverse la passerelle et vient attraper l'autre main de Rain.

– Merrick ? Tu veux venir ? propose Rain.

– Je passe mon tour, grommelle-t-il.

Au cours des deux dernières semaines, ses blessures au visage ont bien cicatrisé, mais il a toujours l'air contrarié. Et distrait. Il y a quelque chose qui le turlupine, et je devine qu'il ne s'agit pas seulement de Rain. Mais je me souviens à quel point ma douleur était grande après le décès de mon père – j'étais tout aussi distraite. Pas étonnant qu'il ne soit pas dans son assiette.

Rain, Beckett et moi commençons à nous éloigner, mais à ma grande surprise, Ian nous emboîte le pas. Avant même que j'aie fini de descendre la rampe, Rain court comme une enfant, suivie par une Beckett amusée.

Je croise les bras en frissonnant, mais je continue d'avancer. C'est si amusant de voir Rain découvrir la neige pour la première fois.

Elle tourne sur elle-même, lentement – elle doit sûrement avoir du mal à gérer la gravité de Glacéa. Elle porte sa combinaison bleu et rose, qui ressort bien au milieu de tout ce blanc. Heureusement qu'elle ne porte plus ses robes de grande prêtresse, elle disparaîtrait en un clin d'œil.

Tout à coup, la gentille petite grande prêtresse s'immobilise, se penche et forme une boule de neige. Qu'elle lance aussitôt au visage de Beckett, qui ne s'y attendait pas du tout.

– Je te parie 300 planétas que Beckett ne va pas riposter, me murmure Ian qui se tient juste derrière moi.

Nous n'avons pas été aussi près l'un de l'autre depuis notre dernier baiser avorté.

– Tu ne les as pas, je rétorque. Ou si tu les as, ce sont sans doute les miens. Les boutons, tu te souviens ? (Il ne s'écoule que quelques secondes avant que Beckett n'envoie à son tour une boule de neige en direction de Rain.) Et on dirait que tu aurais perdu.

– Il pleut des miracles, dit-il en secouant la tête.

Je sais pourquoi un léger sourire étire le coin de ses lèvres : Beckett, bien qu'elle se montre toujours renfrognée avec moi, semble bien plus « légère », faute d'un meilleur terme. Je ne sais pas si c'est dû à Rain, ou au fait qu'elle commence à se sentir mieux maintenant que le temps a passé depuis son séjour sur la *Caelestis*.

J'espère qu'il y a un peu des deux.

Soudain, comme mues par une force invisible, quelques petites particules blanches commencent à tomber du ciel. Rain pousse des hurlements comme je n'en ai encore jamais entendu.

– Kali ! Ramène tes jolies fesses par ici tout de suite. Il NEIIIIGE !

Même une horde de drokarays enragés ne pourraient pas m'en détourner. Je m'élance, langue tendue pour essayer de gober les minuscules particules qui flottent en direction du sol. Quelque part à ma gauche, Rain rit, crie et poursuit Beckett tandis qu'elles se battent pour être la première à goûter un flocon.

Je n'en saisis probablement aucun, finalement. Ou peut-être que si. En tout cas, je suis vivante. C'est ça, la vie.

Lorsque je me tourne en souriant vers Ian, je découvre qu'il m'observe avec une drôle d'expression. Sentir son regard sur moi m'excite et m'enivre, soudain mon cœur s'emballe pour une nouvelle raison. Je repars à la chasse aux flocons, mais j'imprime un léger déhanché à ma démarche. Même en lui tournant le dos, je sens son regard. Je me sens rougir.

– Les enfants, il est l'heure ! finit par crier Ian. Les choses sérieuses reprennent.

Rain se tourne, lève les deux bras et se jette en arrière, manquant de disparaître dans une congère.

– S'il te plaît, papa ? Encore un Ancien de neige avant de partir ?

Beckett l'aide à se relever en riant et ensemble elles reviennent en titubant vers le vaisseau, bras dessus bras dessous.

Elles dépassent Ian en riant toujours, se débarrassant des restes de neige sur leurs vêtements et laissant une trace mouillée dans leur sillage. À contrecœur, je les suis, mais au passage, je ne manque pas de donner à Ian un coup d'épaule enneigée.

– Je crois que j'ai attrapé mon premier flocon, je murmure en dardant ma langue au coin de mes lèvres.

Il gémit. C'est incroyable.

Quelques instants plus tard, Beckett est de retour à son poste, puis nous nous envolons vers le port spatial de Rodos.

Il est proche de Lanberu, la capitale de Glacéa, et c'est une zone très peuplée. On pourrait nous reconnaître, et ce ne serait pas terrible, vu les avis de recherche « mort ou vif » qui traînent à notre sujet. Mais le *Réformateur* devait aller à Rodos, alors nous nous y rendons aussi.

– C'est quoi le plan ? je demande tandis qu'Ian et moi regagnons la passerelle sans nous presser.

– On va poser des questions, Gage et moi.

– Et si tu n'obtiens pas les réponses que tu souhaites ?

J'espère très fort, mais j'ai des doutes. Et je crains ce qu'il fera ensuite s'il ne trouve pas Milla ici.

– Gage fait partie de la Corporation, tu te souviens ? Il aura ses entrées pour obtenir les réponses. Et puis si ça ne suffit pas, il essaiera de hacker leurs systèmes. Le *Réformateur* devait avoir un plan de vol enregistré. Même s'il n'est pas exact, ça nous donnera la prochaine étape. Et dans ce genre d'endroit, en général, les dispositifs de sécurité sont nuls. Il n'y a pas grand monde qui sache s'infiltrer dans un réseau de gestion des vols. La plupart des gens n'ont même jamais vu ça.

J'arrive bien mieux à l'imaginer depuis notre escale à Rangar. Mais je me contente de faire remarquer :

– Heureusement que tu as Gage alors.

– Ouais. Mais de temps en temps, le jeter dans le sas me semble toujours être une très bonne idée, plaisante-t-il.

– Et le reste de l'équipage ?

– Oh, je n'ai pensé à te jeter du vaisseau qu'une ou deux fois, me taquine-t-il, avant de retrouver son sérieux en voyant mon expression. Reste ici. Beckett va décoller de nouveau pour que le *Starlight* n'attende pas sagement ici d'être attaqué, mais elle sera dans les parages. On ne sait pas si notre vaisseau a été signalé, mieux vaut ne pas prendre de risques. On se retrouve ici dans deux trois heures.

– Je trouve que je devrais y aller avec Gage et toi.

Il se retourne pour m'observer en arquant un sourcil.

– Je ne vais pas essayer de contacter ma mère, je me défends. Tu dois bien me croire maintenant, non ?

Cet aveu semble lui coûter, mais il dit :

– Oui.

– C'est juste que si vous avez des ennuis, ma présence pourrait être utile. Tu pourrais m'utiliser – enfin, faire semblant – en tant qu'otage. Ou je pourrais les convaincre de ne pas vous tirer dessus. Les possibilités sont multiples.

– Je crois que tu oublies que toi aussi ta tête est mise à prix.

– Pas du tout. Mais je reste persuadée qu'il y a plus d'un groupe à notre poursuite. L'un veut qu'on meure tous. (Et j'aimerais vraiment savoir pourquoi.) Mais l'autre – la Corporation – veut sans doute juste me récupérer. Et nous risquons aussi de croiser les forces de sécurité. Ma mère a dû lancer tout le monde à notre recherche.

Il étudie la question. Je peux presque voir les pensées défiler dans son esprit. Je croise les doigts derrière mon dos.

– Tu as peut-être un argument, finit-il par dire. Hum. Un instant, j'ai une idée. (Il disparaît dans la direction de sa chambre puis réapparaît quelques instants plus tard, l'air beaucoup trop content de lui.) Tends ta main droite.

Sourcils froncés, je lui obéis.

Bien mal m'en a pris, car Ian, aussi rapide qu'un parasite sautant d'un drokaray mort, m'attrape le poignet et y passe une menotte argentée. Alors que je regarde encore la chose d'un air ébahi, il clipse l'autre menotte à son poignet gauche. Nous sommes littéralement « liés ».

– Mais qu'est-ce qui te prend, merde ? je hurle en tirant sur mon poignet. Tu as dit que tu me faisais confiance !

– J'ai dit que je te croyais. Ce n'est pas la même chose. Et puis ça rend plus crédible ton histoire d'otage.

Je grogne.

– Mais bien sûr. Et quel genre de pervers a des menottes dans ses bagages ?

– Ceux qui sont parés à toutes les éventualités.

Merrick apparaît à la porte de la passerelle. En nous voyant, il ouvre grand les yeux, puis les plisse aussitôt.

– J'arrive au mauvais moment ?

La désapprobation à peine voilée dans son ton serait à mourir de rire si je n'étais pas aussi paniquée par la situation.

– On se préparait juste à sortir, explique Ian en brandissant nos poignets joints. La princesse veut venir aussi. Apparemment, elle ne peut plus se passer de moi. Alors je m'assure qu'on s'est bien compris.

Merrick se tourne vers moi.

– Tu es d'accord ?

Qu'est-ce que je peux lui dire ? Non, je ne suis pas d'accord, loin de là. Mais je n'ai aucune envie de provoquer une autre bagarre entre ces deux-là. L'œil au beurre noir de Merrick commence tout juste à se dissiper.

Et puis je veux aller sur cette planète. Je pense vraiment que je pourrais me montrer utile si ça tourne mal. Et je suis furieuse contre Ian, mais il m'impressionne malgré moi. Ses combines de voyou me laissent sans voix.

Alors je me contente d'un sourire vaincu.

– D'accord, pas tout à fait, mais ça va aller. Au moins il ne pourra pas me laisser en plan.

– J'ai la clé, murmure-t-il.

– Puisque tu me trouves si sournoise, tu n'as pas peur que je t'assomme, vole la clé et te laisse te vider de ton sang ?

– Un tempérament agressif, hein, dit-il à Merrick. Mais c'est bien vu. (Il sort alors une clé argentée de sa poche et la lance à Merrick.) Garde-moi ça jusqu'à notre retour.

Merrick réceptionne le petit objet avant de dire :

– Beckett m'a demandé de vous dire qu'on va se poser à Rodos dans cinq minutes. Tenez-vous prêts à débarquer, le *Starlight* va repartir aussitôt. On nous a accordé un dépôt, sans se garer.

Ian opine.

– Où est ce branquignol de Gage ?

– Ici, répond Max derrière nous.

Gage est avec lui. Il porte une couverture en guise de poncho par-dessus sa blouse de laboratoire. Bien trouvé.

– Joli bracelet, Kali, commente Max en souriant. Si j'avais su que c'était ton genre, je me serais fait un plaisir.

– Haha. Cadeau d'Ian.

– Ouais, il les a piquées dans mon sac.

Alors comme ça, ce n'est pas Ian qui se balade avec ce matériel de pervers. Je suis un peu déçue. Max nous lance des couvertures, à Ian et moi. Grise pour moi, noire pour Ian.

Comment a-t-il su que j'avais besoin d'une couverture ? Il n'était pas prévu que je sois du voyage. Son sens de l'intuition me donne la chair de poule.

Il a déjà percé un trou pour la tête dans le tissu. J'enfile mon manteau de fortune, qui a l'avantage de dissimuler les menottes, ce qui nous évitera d'attirer l'attention.

Je sens l'instant où le *Starlight* touche le sol, délicat comme une plume de doklen.

– C'est parti alors, dit Ian en se dirigeant vers la sortie, m'entraînant à sa suite.

Gage dépose un bisou sur la joue de Max, puis nous emboîte le pas.

Déjà la rampe s'abaisse, laissant entrer un air glacial dans le vaisseau. Je serre les pans de mon poncho autour de moi. Debout à côté d'Ian, je reste bouche bée face à au port spatial de Glacéa.

Le ciel est un dégradé de gris et de blanc. Le paysage, totalement dénué de couleur, morne et désolé, me donne des frissons qui ne sont pas seulement dus au froid. Un mauvais pressentiment me glace.

Maintenant, je me dis que j'aimerais mieux rester à bord. Mais c'est trop tard.

CHAPITRE 40

IAN

Je donne une petite secousse à Kali, qui s'est complètement immobilisée. Je dois dire que la vue est pas des plus chaleureuses. Et je sens déjà le froid glacial s'infiltrer jusque dans mes os. Mais c'est pas en traînant ici que ça va s'améliorer. Et puis on a un boulot à faire.

Je sonde mentalement les lieux, *de nouveau,* mais comme les autres fois, je ne trouve que Max.

– *T'en fais pas. On va la trouver.*

– *Je sais. Tu veux bien essayer d'avoir l'air un peu plus confiant quand tu dis ça ?*

– *Je fais de mon mieux, là.*

– *Ouais, je sais.*

On fait tous les deux de notre mieux. Jusqu'ici, ça n'a pas suffi. Et je commence à me dire que cette partie du voyage n'aura pas le happy end que j'espérais. Si Milla était ici, je percevrais plus nettement sa présence. Mais rien. Pas la moindre étincelle de sa chaleur ni de son sens de l'humour désabusé. Ce qui veut dire que si elle est encore sur Glacéa, elle est pour l'instant hors de portée. Ou bien elle est déjà partie vers je ne sais où.

Je crains qu'il s'agisse de cette dernière possibilité. Mais l'espoir fait vivre. Un éternel optimiste – c'est tout moi.

C'est ça.

– Allez, finissons-en.

Je descends la rampe, et Kali aussi – enfin ce n'est pas comme si elle avait le choix. Brillante idée, ces menottes. Bon, ça risque de compliquer les choses si on doit courir. Ou se battre. Espérons qu'on n'en arrive pas là.

Dès que nous touchons le sol, Beckett enclenche la remontée de la rampe et j'entends les moteurs du *Starlight* changer de régime. Puis le vaisseau décolle et nous le voyons disparaître dans le ciel. L'idée, c'est qu'ils reviennent dans deux heures. Si on n'est pas au rendez-vous, ils repartent et reviennent une heure plus tard. Et ainsi de suite.

– Et s'ils ne revenaient pas ? murmure Kali.

C'est une éventualité qui m'a effleuré. Voilà pourquoi j'ai laissé Max à bord. Ce n'est pas que je ne fais pas confiance aux autres, mais... Nan, c'est ça, je leur fais pas totalement confiance.

– Ils vont revenir. Max y veillera.

Puis je la regarde, parce que je ne peux pas m'en empêcher quand elle est juste à côté de moi. Impossible d'ignorer sa présence alors que je sens son odeur : eau pure et baies sucrées. Étant donné que nous utilisons tous la même douche et le même savon, je ne comprends pas comment son odeur peut être si différente de celle des autres. Bien plus attirante. Je commence à croire que c'est juste Kali qui est attirante. Aucun problème.

Elle mord sa lèvre inférieure avec une telle fougue qu'elle risque de la faire saigner et j'aimerais lui dire que tout va bien se passer. Mais j'en sais foutre rien. En fait, je suis presque sûr que non.

On nage en plein merdier. Depuis un bout de temps. Et pas juste à propos de Milla. Parce que si ce n'est pas la Corporation qui nous saute sur le poil ici, ce sera quelqu'un d'autre à notre prochaine escale. Et si par miracle nous parvenons à échapper à ceux qui en ont après nous, il y a ce putain de soleil qui nous attend au tournant pour finir le boulot.

Je n'ai jamais vraiment réfléchi à cette histoire d'Astre Mourant. Je me suis toujours dit que c'était encore une combine de la classe dirigeante pour nous entuber. Vous savez, ils nous serinent qu'il y a des restrictions parce qu'ils ont besoin de toutes les ressources disponibles pour combattre ce truc. Et je me disais : *c'est ça, ouais, ou plutôt pour s'en mettre plein les poches* !

Mais avec tout ce que j'ai vu et entendu (sur la *Caelestis*, à Rangar et aussi de la bouche de Kali), je commence à croire qu'il se passe réellement quelque chose. Si ça se trouve, ils disent tous la vérité : le système tout entier est sur le point de s'embraser s'ils n'arrivent pas à trouver une solution.

Je déteste me dire ça. Surtout parce que je déteste admettre que Kali a – peut-être – raison. Que l'Impératrice a dû prendre des décisions difficiles, pour privilégier le bien de tous. Et maintenant que la *Caelestis* est partie en fumée (et la station était, d'après Kali, notre seul espoir de sauver le monde pourri) on dirait bien qu'on est baisés dans les grandes largeurs.

Kali me secoue le bras.

– Tu regardes dans le vide comme si c'était la fin du monde, dit-elle.

– C'est le cas, non ? (Je souffle par la bouche puis me tourne vers Gage.) T'as étudié les cartes. On va où ?

– À la capitainerie. Le responsable du spatio-port acceptera peut-être de parler. Il reste des thunes si besoin ?

– Pas beaucoup, je réponds.

Ce n'est pas tout à fait vrai. En fait, il m'en reste un paquet de la vente des boutons de Kali, mais je ne compte pas le dire à Gage. Les grosses sommes, ça lui fait un drôle d'effet.

Nous nous mettons en route. Chaque pas demande deux fois plus d'efforts qu'en temps normal, à cause de la pesanteur élevée de Glacéa. Plus élevée encore que sur Kridacus, où aller au bout de la rue constitue déjà une séance de cardio.

À cela s'ajoute le fait que l'air semble vraiment raréfié ici, mes poumons aussi doivent faire des heures sup' pour obtenir leur quota d'oxygène. Bref, difficile de voir Glacéa autrement qu'un trou perdu vraiment merdique. Je plains sincèrement les pauvres bougres qui vivent ici.

– Cette ville est atroce.

Visiblement Kali est sur la même longueur d'onde que moi. Nous avançons péniblement dans l'espace dégagé battu par des vents glacés qui semblent forcir de seconde en seconde. Ce qui est bien dans un port aérien, c'est qu'il y a moins de civils qui ont le temps de faire le lien entre nos visages et les avis de recherche. L'inconvénient, c'est que les ports aériens sont toujours situés en hauteur et conçus pour le chargement et le déchargement des engins, donc il est très difficile de s'y déplacer à pied. Un parfait mélange de froid glacial, de vent, d'isolement et d'hostilité envers les étrangers. Putain, c'est génial.

– Qui choisit de vivre ici ? demande tout haut Kali, comme si elle avait entendu mes pleurnicheries.

– Ce n'est pas par choix. Si t'es né ici, tu vis ici et tu meurs ici. C'est comme ça sur toutes les planètes.

Je sens son regard argenté et perçant.

– Ce n'est pas ton cas, pourtant.

– Parfois le système est un endroit horrible, Princesse.

– Je le sais bien ! s'agace-t-elle, vexée.

Je hausse le sourcil.

– Maintenant, tu le sais.

Gage s'arrête devant un bâtiment gris en piteux état.

– C'est ici, dit-il avant de se tourner vers Kali. Il n'y a pas que du mauvais, tu sais. Certains ont la chance de s'en sortir, de s'élever. Je viens d'une famille d'ouvriers agricoles sur Vistenia. Si tu veux savoir ce que c'est que travailler dur, va donc arracher des tubercules 35 heures par jour. J'ai obtenu une dérogation impériale pour changer de catégorie, et j'ai pu avoir une place au sein de la Corporation.

– Ça, c'est grâce à ton cerveau qui est gros comme une station spatiale, j'interviens.

Je m'étais toujours interrogé sur les origines de Gage et en apprenant d'où il est parti, je ne suis pas vraiment surpris. Pas étonnant qu'il soit obsédé par l'argent. Quand tu es né dans la misère, tu dois faire pousser une sacrée chiée de légumes pour gagner un dixième de ce que je lui ai proposé pour nous aider sur la *Caelestis*.

– Par contre, je me demande si entrer dans la Corporation peut être considéré comme « s'élever ».

Gage fait une grimace.

– Ouais, moi aussi. Surtout ces derniers temps.

Là-dessus, il pousse la porte du bâtiment et nous fait signe de le suivre à l'intérieur. Il y fait légèrement plus chaud que dehors. Mais pas beaucoup. Un feu brûle faiblement à l'autre extrémité d'une grande pièce. Un homme en salopette beige, enveloppé dans une fourrure grise et sale est assis à un bureau près du foyer. Il est petit (comme la plupart des Glacéens, à cause de la gravité) et son visage pâle est en grande partie caché par une épaisse barbe noire. Il lève la tête à notre entrée et ses petits yeux ronds s'étrécissent.

– Qui êtes-vous ? demande-t-il d'un ton qui laisse entendre que la réponse ne lui plaira pas, quelle qu'elle soit.

Je m'avance, ce qui me vaut un regard noir de la part de Kali qui essayait de se rapprocher des flammes. Mon mouvement l'a forcée à s'en éloigner. Bon… « Transi vaut mieux que refroidi », c'est mon mot d'ordre.

Le regard que Gage me lance signifie « laisse-moi gérer », alors je m'en mêle pas. Mais je me permets de poser la main sur le pistolet à ma hanche, juste au cas où ça tourne vinaigre.

La première démarche de Gage consiste à tourner la tête pour permettre au barbu de voir les lettres *CT* tatouées sur sa nuque. Le signe de la Corporation. Ça n'a pas l'air de mettre le type en joie pour autant. Je le comprends, en général, une visite de la Corporation ne donne pas de raisons de faire la fête.

– Nous cherchons des renseignements sur le *Réformateur*, annonce Gage.

– Eh ben avec moi ça fait deux, éructe l'homme. Tout ce que je sais, c'est que ce vaisseau était supposé arriver sur nos radars il y a deux jours. Et toujours rien. Il n'a même pas borné sur Vistenia.

Voilà qui est intéressant. Apparemment, la Corporation n'a pas communiqué sur ce qui est arrivé au vaisseau. Doit-on en conclure que personne ne sait ce qui est arrivé à la *Caelestis* ?

Un coup d'œil en direction de Kali me révèle qu'elle est aussi surprise que moi.

– Ce n'est pas possible, me chuchote-t-elle. Ils ne peuvent pas étouffer…

Elle s'interrompt en me voyant secouer vivement la tête. Ce n'est pas le moment de discuter de ça.

– Ce qui nous intéresse, c'est surtout sa dernière escale ici, lui précise Gage. Vers où est-il reparti ? Et a-t-il déposé… une cargaison ?

– Et comment je saurais tout ça, moi ? Je ne surveille pas ce que fait la Corporation.

Gage indique le terminal d'un mouvement de tête.

– Cherchez là-dessus.

L'homme se carre dans son siège en nous étudiant plus attentivement. Je crois qu'il commence à se douter qu'on n'est pas tout à fait réglo.

– Et pourquoi je ferais ça ?

Ah, ça, c'est mon signal pour me joindre à la conversation.

– Parce qu'on demande gentiment ? je lui souffle.

– Vous pourriez demander encore plus gentiment.

On tient le bon bout. Je sors une poignée de planétas de ma poche. Lorsque je les tends vers lui, une lueur avide s'allume dans ses yeux. *Bingo*.

Je laisse tomber les lanières orange devant lui, mais alors qu'il s'apprête à les ramasser, je plaque lourdement ma main dessus.

– D'abord les renseignements.

Il allume le terminal et parcourt les entrées.

– Après, le *Réformateur* allait sur Askkandia. C'était juste un arrêt pour faire le plein. Il n'a rien déchargé ici. (Il vérifie à nouveau) Ni embarqué.

Putain, c'est une blague ?!

La rage déferle en moi, et je n'essaie même pas de la contenir. On était sur cette foutue planète. Le voyage nous a pris des semaines. Des semaines ! Alors que le *Starlight* est plus rapide que n'importe quel vaisseau-prison, j'en mettrais ma main à couper. C'est complètement aberrant que le *Réformateur* effectue un vol jusqu'ici depuis la *Caelestis* pour « faire le plein » et ensuite fasse demi-tour en direction d'Askkandia. Il devait forcément y avoir un chargement ou un déchargement.

Putain, c'est pas possible.

Je savais déjà que Milla n'était pas ici. Je le sentais, tout comme Max. Mais ces conneries signifient qu'on n'a rien. Aucune piste à explorer.

Le *Réformateur* n'est pas parti d'ici pour aller sur Askkandia. Ça n'aurait aucun sens. Ni sur le plan de la logique, ni sur le plan financier. La Corporation a beau ne pas toujours faire preuve de logique, elle choisit *invariablement* la voie du pognon.

La rage se mêle à la déception et il me faut puiser dans mes dernières réserves de self-control pour ne pas emplafonner le mur le plus proche – ou le tocard le plus proche.

Mais soudain une main se glisse dans la mienne et la serre. Je suis incapable de regarder Kali. Mais tandis qu'elle caresse le dos de ma main avec son pouce, un peu de la rage qui bouillonne en moi s'évacue, me laissant la possibilité de raisonner à nouveau.

– Ça n'a aucun sens, je dis. Ils n'auraient pas fait tout ce chemin sans raison. Si ce n'est pas pour livrer ou charger quelque chose, pourquoi ?

Ce qui est certain, c'est que c'était pas pour faire le plein, contrairement à ce que prétend ce terminal.

L'homme s'humecte les lèvres en regardant l'argent toujours devant lui.

– Il y en a d'autre ?

Je hausse les épaules.

– Ça dépendra de ce que t'as à me dire.

Il renifle puis glisse un regard vers Gage, comme pour demander sa permission. Même ici l'emprise de la Corporation se fait sentir.

– C'est bon, lui dit Gage.

– Écoutez, tout le monde sait que le *Réformateur* n'est pas réglo. Mais on laisse faire parce qu'il a le soutien de la Corporation. Et personne ne veut contrarier la Corporation.

De nouveau il regarde Gage.

– Je crois que je vais devoir reprendre quelques-uns de ces planétas, je murmure.

– Attendez, attendez ! (Il lève les deux mains en signe d'apaisement.) Je ne sais pas où il va en quittant notre port. Je ne connais pas son manifeste de transport.

– Quelques-uns, j'ai dit ? Je devrais tout reprendre, je menace en rassemblant l'argent.

Il glisse un doigt nerveux sous le col grossier de sa cape en fourrure. Puis il lâche rapidement, comme craignant de changer d'avis s'il ne parle pas au plus vite :

– Il y a un homme en ville. Il fait partie de l'équipage du *Réformateur*. Il a fait plusieurs voyages dessus. Mais il a été blessé dans une bagarre la dernière fois que le *Réformateur* était au port. Ils l'ont laissé ici jusqu'à leur prochain passage.

Ah, ça, c'est plus prometteur. Si cet homme a déjà fait le trajet, il y a des chances qu'il ait été à bord en même temps que Milla, et qu'il sache où elle a été déposée. Je sens une étincelle d'espoir se rallumer, mais je fais mon possible pour l'étouffer. Moins on a d'attentes…

– Où on peut le trouver ? je demande.

Il déglutit avec difficulté.

– Il loge à la pension près du dock C3.

– Au centre de ce niveau, alors, précise Gage. Le quartier des bars.

– Ouais. L'endroit a du succès.

La voix traînante et graveleuse du type me fait grincer des dents.

Il est temps de se tailler. Je sors une autre poignée de planétas et les lâche sur le bureau.

– Merci. Tu nous as bien aidés. (Puis je lui fais mon sourire qui d'après Max ressemble surtout à une menace.) Mais si tu parles à quelqu'un de notre petite visite, je te tue. Et si je suis mort, mes amis le feront à ma place.

– Et à qui j'en parlerais, hein ? se défend-il en roulant des yeux. Je sais même pas qui vous êtes.

– Et ça vaut mieux comme ça, lui dit Gage, tandis que je me dirige déjà vers la porte, entraînant Kali à ma suite.

– La tempête arrive, nous prévient l'homme en se levant de son bureau pour venir vers nous.

Parce que deux précautions valent mieux qu'une – et parce qu'on me l'a faite à l'envers maintes et maintes fois – je pose la main sur ma hanche – là où se trouve mon pistolet. Puis je me retourne.

– Et alors ?

– Alors il vaudrait mieux vous mettre à l'abri avant que ça pète. Ou attendre que ça passe ici… moyennant finance. Café offert pour vous réchauffer.

– Oh, un café ? Avec grand plaisir, soupire Kali. Vous avez du sucre ?

– Du sucre ? répétons-nous en chœur, le bureaucrate et moi.

Son regard et son attention sont à présent braqués sur Kali, qui semble déroutée.

– Avec le café.

Je secoue la tête et échange un regard avec Gage. Il faut être une princesse pour s'imaginer qu'il y a du sucre ici, sur Glacéa. Et encore plus pour imaginer qu'un inconnu partagerait cette denrée rare si d'occasion il en possédait. Il faut qu'on se tire illico.

– C'est bon, je rembarre l'homme, mais j'ai le palpitant qui commence à cogner. On y va.

Je donne une petite secousse à la menotte pour entraîner Kali vers la porte, mais cette fois elle résiste, refusant de bouger.

– Une tempête se prépare, rappelle-t-elle en nous regardant tour à tour, Gage et moi. Ce serait plus sage d'attendre ici que ça se calme…

– Pas question d'attendre, je rétorque, les dents serrées.

Le pire qu'on puisse faire serait de rester prendre le café avec ce type qui serait capable de vendre sa main gauche s'il en tirait un bon prix, j'en suis sûr, et qui commence à regarder Kali comme si elle était en or massif.

– Vous êtes sûrs ? insiste-t-il.

Quelque chose dans sa voix met soudain tout mon corps en alerte maximale.

– Bouge, Kali, j'ordonne d'une voix très calme par rapport à ce que je ressens.

En voyant qu'elle s'apprête à protester de nouveau, je me dis au diable la politesse, et je la traîne jusqu'à la porte. Gage doit avoir le même ressenti que moi, car il est sur nos talons lorsque j'ouvre la porte à la volée.

Et me retrouve face à la gueule d'un très gros calibre.

CHAPITRE 41

IAN

– Merde !

J'essaie de claquer la porte, mais le connard au pistolet laser insère sa botte dans l'ouverture. Je dégaine moi aussi et fais volte-face pour braquer mon arme sur le type derrière son bureau. J'entends alors un grognement masculin sonore et Kali claque la porte.

– Je l'ai fait ! se réjouit-elle. Je lui ai envoyé un coup de pied dans l'entrejambe !

– Verrouille cette foutue porte ! je lui crie en tirant sur le salaud à qui je viens de donner un paquet d'argent.

Mais il a déjà dégainé sa propre arme et réplique. Il nous manque lamentablement, Kali et moi, contrairement à mon tir, qui l'atteint en pleine poitrine. Il tombe à la renverse. Mort.

– Allez ! je presse Kali et Gage. On doit se planquer derrière ce bureau. Tout de suite !

Ce n'est pas grand-chose comme protection, et la porte non plus. J'entends le type dehors qui mitraille la serrure. Dans quelques secondes, il sera à l'intérieur.

Kali est avec moi (ce n'est pas comme si elle avait le choix) et j'imagine que Gage aussi… jusqu'à ce que je m'aperçoive que non. En parcourant la pièce du regard, je le découvre avachi par terre, les mains crispées sur le flanc. L'imbécile.

– Pourquoi on s'arrête ? crie Kali.

Puis elle regarde à son tour et se met à hurler. Juste à côté de mon oreille.

– C'est grave ? je grogne en courant vers Gage.

Il essaie déjà de se relever.

– Juste une égratignure, il marmonne.

Mais, le visage blême, il semble sur le point de s'évanouir.

Je m'apprête à le prendre à bras-le-corps, mais le bras de Kali suit mon mouvement… Ces foutues menottes ne me semblent déjà plus être une si bonne idée. Il faudrait que je nous libère de ce truc, mais on n'a pas le temps. Ce dernier tir sur la serrure a résonné comme un coup de tonnerre !

– Aide-moi ! je lance à Kali en tendant de nouveau le bras vers Gage.

Mais il est enfin parvenu à se relever seul et se rue vers le bureau. Sa blessure est peut-être bien superficielle, après tout.

– On y va ! je crie à Kali, et nous plongeons par-dessus le plateau du bureau, envoyant valdinguer le terminal par-dessus son propriétaire.

Et à cet instant, la porte s'ouvre.

Les tirs laser laissent des impacts juste au-dessus de nos têtes. Je pose la main sur les cheveux de Kali et la force à se baisser, alors qu'un nouveau tir atterrit pile à l'endroit où elle se trouvait.

– Ils sont trois, estime Gage.

Allongé sur le ventre, il épie nos assaillants par la fente entre le bas du bureau et le sol.

Merde, merde, triple merde !

– Eh, au moins on n'est pas en infériorité numérique.

J'essaie de leur remonter le moral. Sans relever que sur nous trois, il y a un blessé et une princesse. Rien de personnel, mais si ça c'est pas être en position de faiblesse…

Ils foncent vers le bureau en nous canardant à tout va. Ce machin est en bois épais et d'une qualité étonnante pour ce lieu, mais il n'est pas à l'épreuve des rayons laser. On a une maigre chance de s'en sortir vivants.

– Attrape son flingue ! je crie à Gage en désignant l'arme du macchabée, tombée à quelques pas du corps. Compte jusqu'à trois et tire sur tout ce qui dépasse du bureau !

Je n'attends pas de voir s'il va réussir à le faire, et je donne une autre directive, entre mes dents serrées :

– Ferme les yeux.

Puis je tire sur l'éclairage au plafond.

La pièce est soudain plongée dans l'obscurité. J'attrape alors la tasse à café du connard que j'ai refroidi et la lance de toutes mes forces sur le mur latéral.

En entendant le fracas, ces abrutis se tournent dans cette direction pour cribler le mur de tirs. Ça ne dure qu'une seconde ou deux, mais c'est le répit que j'attendais. Je me redresse juste le temps de tirer sur le type le plus proche.

J'ai visé la tête. Ce qui reste de lui tombe au sol. Je me tourne aussitôt pour tirer sur le deuxième, mais il a le temps de se baisser, et le rayon brûlant passe au-dessus de sa tête.

– Tu as le pistolet ? je crie à Gage.

– Moi je l'ai ! me répond Kali en agitant le truc en l'air comme si c'était un jouet.

– Fais pas ça ! je crie en lançant un regard noir à Gage.

Mais il hausse les épaules et je remarque qu'il a le teint verdâtre. Bon, il ne faut pas frapper un homme à terre. Mais putain avec lui c'est tentant.

Je jette un coup d'œil par le côté du bureau. Trop tard. Un des assaillants est déjà là, il saute sur le bureau au-dessus de Gage, qui hurle de douleur lorsque le type atterrit sur sa blessure. De ma main libre, j'attrape le gars pour libérer Gage, alors que son collègue arrive lui aussi à hauteur du bureau. Je lance le premier gars sur le second, puis je vise. Mais Kali me prend de vitesse, agitant son pistolet à peu près dans leur direction avant de tirer plusieurs coups rapides.

La plupart passent à côté – vraiment loin – mais ça me donne le temps de tirer moi aussi. Et moi je ne loupe pas mes cibles. Quelques secondes plus tard, les deux types sont à terre, aussi décédés que leurs potes, et je me laisse aller contre le bureau en prenant une grande inspiration, avant de réfléchir à ce qu'on va faire ensuite.

CHAPITRE 42

KALINDA

– Bien joué, Princesse, me dit Ian en tirant sur ma main menottée pour m'applaudir avec une lenteur ironique.

– Quoi ? je rétorque, vexée. Ils sont morts, non ?

– Pas grâce à toi. (Il se penche pour m'arracher le pistolet de la main.) Tu avais déjà tiré avant ?

– Maintenant, c'est le cas.

Je ne peux pas m'empêcher de ressentir une petite fierté pour nous avoir défendus. Mais je suis soulagée de n'avoir tué personne. Je ne sais pas trop comment je gérerais ça. Entre faire ma part et assassiner des gens, il y a quand même un gouffre.

– Je ne sais même pas comment répondre, fait Ian en levant les yeux au ciel, mais je vois bien qu'il se retient de sourire, et je me permets aussi un tout petit sourire. Puis il se tourne vers Gage. Tu tiens le coup ?

– Ouais, je t'ai dit, c'est juste une égratignure.

Mais son visage crispé par la douleur le contredit.

– Bon en tout cas on doit se tirer d'ici. On n'a pas idée du nombre de renforts que ce salaud a alertés. (Ian se penche pour ramasser les planétas qui se sont éparpillés durant la bagarre, et les fourre dans sa poche avant de se tourner vers moi.) Fais-moi plaisir, n'essaie plus de tirer sur quoi que ce soit, d'accord ? Je crois pas qu'on y survivrait une deuxième fois, Gage et moi.

Je ne peux pas m'empêcher d'éclater de rire.

– Hé, j'ai dû tirer de la main gauche ! *Quelqu'un* a trouvé malin de me menotter la droite ! Et regarde ce mur, là-bas. Ah, lui, je ne l'ai pas raté.

– Ah oui, c'est sûr, tu l'as défoncé. T'as bien montré à ce plâtre qui était le patron.

On est deux à s'esclaffer maintenant, et j'ai du mal à croire que c'est possible – alors qu'il y a quatre cadavres autour de nous.

– Je trouve que tu t'es bien débrouillée, Kali, me complimente Gage avec un pâle sourire. Tu les as distraits pour qu'Ian ait le temps de les neutraliser. C'est super important comme rôle.

Ses mots me font chaud au cœur, mais me rappellent aussitôt qu'il s'est fait tirer dessus dans cette affaire.

– Comment je peux aider ? je demande.

– Ouvre la porte, répond Ian. On part. Sans attendre.

– Et Gage ? Je ne crois pas qu'il pourra aller bien loin…

– S'il doit faire un choix entre rester crever ici et se bouger pour survivre, je suis assez certain qu'il n'aura pas beaucoup d'hésitations.

Ian se met en route d'un pas rapide, tout en traînant Gage après lui.

– C'est sûr, confirme Gage en boitillant plus vite pour suivre le rythme.

Comme je sais exactement ce que ça fait d'être traîné par Ian, je fais exprès de ralentir pour qu'Ian soit obligé de freiner un peu le pas.

Du moins jusqu'au moment où je passe devant eux pour ouvrir la porte et me retrouve en pleine tempête. Le genre de tempête prototypique dont l'existence me semblait sujette à caution lorsque mes répétiteurs m'en parlaient en leçon de géographie. Le vent et la neige nous lacèrent le visage, si bien que je n'ai plus besoin de ralentir Ian – la nature s'en charge pour nous trois.

Tout à coup, le concept de neige ne me semble plus si mignon et innocent que lors de ma sortie avec Rain. Quant à attraper des flocons sur ma langue… j'en ai plein la bouche et je n'en demandais vraiment pas tant !

Je n'ai pas envie de m'aventurer là-dedans. Glacéa s'est transformée en cauchemar glacé. Mais comme Ian l'a décrit si crûment, l'alternative consiste à rester ici à attendre que les renforts de ces types morts arrivent pour nous tuer.

Va pour le cauchemar glacé.

Dès que nous avons fait deux pas dehors, une bourrasque nous percute et m'arrache la porte des mains pour la claquer. Nous restons un instant à l'abri tout relatif du bâtiment, le temps de nous repérer en essayant de mettre au point un plan.

Je tremble, ballottée par les coups de vent, le visage fouetté par la pluie glacée.

– On va par où ? demande Gage d'un timbre bien plus discret que d'habitude.

– Il faut qu'on s'éloigne de cet endroit, répond Ian en commençant à descendre. Max ne va pas tarder à arriver pour te faire remonter à bord.

– Comment tu peux en être sûr ? je demande. Ça fait pas si longtemps…

– Il ne risque pas de se mettre en danger ? me coupe Gage, et l'inquiétude dans sa voix me fait me retourner.

En plus de la douleur, il y a quelque chose dans son expression que je ne parviens pas à identifier…

– Comment ne pas se mettre en danger, dans cette ville pourrie ? rétorque Ian.

En effet, Glacéa semble ne receler que des dangers, y compris au niveau de la météo.

– Nous devrions tous remonter à bord, je commence à proposer, mais le regard qu'Ian me jette alors, chargé de colère et de fureur, me fait changer d'avis.

– C'est toi qui as voulu venir, Princesse. Maintenant que tu es là, tu serres les dents et on fait le boulot.

Il se remet en route, m'obligeant à trottiner pour ne pas tomber, malgré le vent glacé et la neige qui lacèrent douloureusement chaque millimètre de chair exposée. Il ne s'arrête pas avant d'entrer dans un ascenseur qui nous mène dans une cour entourée d'une gigantesque grille. Nous nous glissons par l'étroite entrée.

– C'est quoi cet endroit ? je demande.

– Peu importe.

Je suis sur le point de lui demander pourquoi lorsque la porte claque derrière nous. Le cœur au bord des lèvres, je fais volte-face, et découvre que Max s'est matérialisé là.

Il ne prononce pas un mot, et Ian non plus, mais ils restent à se regarder pendant plusieurs minutes avant que Max glisse son bras sous celui de Gage.

En partant, il lance :

– Soyez prudents.

Ian laisse échapper un rire étouffé.

Nous regardons leurs silhouettes disparaître dans les tourbillons blancs de la tempête. J'espère que le *Starlight* est tout proche pour que Gage y reçoive des soins, mais je ne vois rien du tout.

Je m'apprête à repartir dans la rue et le vent, mais Ian me retient et m'attire brusquement contre sa poitrine.

Je ne m'y attendais vraiment pas et, me retrouvant déséquilibrée, je pousse un cri. J'ai un instant pour sentir ses cuisses musclées, son ventre plat et son torse ferme contre moi, puis il plaque sa main libre sur ma bouche.

Qu'est-ce qu'il fout ?

Je résiste, mais il me tient fermement, m'immobilisant totalement.

– Calme-toi, Princesse ! me siffle-t-il à l'oreille alors que je vois cinq colosses armés passer dans la rue.

Je comprends alors qu'Ian pense qu'ils sont à notre recherche. Une fois qu'ils se sont éloignés, il me relâche peu à peu et me met en garde :

– Pas de bruit.

– J'ai compris. (Je ne ressens pas le besoin de crier sur les toits que je sens encore l'empreinte de son corps sur le mien, de la nuque aux genoux.) La prochaine fois, préviens-moi, simplement, je suggère en m'efforçant d'ignorer mes sensations.

– Oh j'essaierai de m'en souvenir la prochaine fois que je te sauve la vie. Allons-y maintenant. On doit aller à cette pension.

– Tu plaisantes ? On vient de tuer quatre personnes.

– « On » ? relève-t-il.

– J'essayais d'avoir l'esprit d'équipe et de ne pas te faire porter le chapeau.

– Tu peux me faire porter le chapeau autant que tu veux quand il s'agit de te sauver la vie, Princesse.

Je roule des yeux.

– Bon, d'accord, *tu* viens de tuer quatre personnes qui nous attaquaient. Et d'autres sont à notre recherche. Et on ne passe pas au plan B ?

– On doit trouver Milla, dit-il simplement.

Je voudrais le contredire : s'il y a vraiment des gens à notre recherche, notre présence à n'importe quel endroit de ce spatio-port est vouée à créer une catastrophe. Sans parler d'aller poser des questions à propos de quelqu'un qui aurait pu disparaître de cet endroit il y a des mois. Mais un seul regard à son visage fermé me conseille d'économiser ma salive.

Je ne suis pas d'accord avec ses choix, mais je sais pourquoi il les fait. Il sillonne le système à la recherche de Milla. Si près du but, il n'est pas question pour lui de quitter cet endroit avant d'avoir une piste.

Au lieu de protester, je dis :

– Allons-y alors. On n'a plus beaucoup de temps.

Il semble surpris, comme si mon soutien pour ce qui pourrait bien être une mission-suicide le prenait au dépourvu. Ce qui m'attriste, car cela montre à quel point il en a sans doute reçu peu dans sa vie.

Ian quitte l'abri du bâtiment, et moi aussi. Aussitôt, nous nous prenons une volée de flocons en pleine face.

Mais pourquoi j'ai pu croire que je voulais venir dans ce maudit endroit ? J'aurais dû rester sur le *Starlight*, à ma place. Personne n'avait mentionné les tempêtes de neige, les températures négatives, la gravité accentuée qui rend chaque pas plus difficile et le peu d'oxygène qui donne l'impression d'être en permanence sur le point de suffoquer. Sans parler de gérer tout ça en étant menottée à un homme qui en ce moment manque cruellement d'instinct de survie.

Ce qui est notable, car en temps normal, Ian pense surtout à sauver sa peau. Mais dès qu'il s'agit de Milla, cette constante devient caduque. En fait, plus rien ne compte pour lui à part la trouver.

J'avance, pas le choix, luttant contre la pesanteur pour ne pas me laisser distancer. Une rafale plus forte que les autres me fait trébucher et Ian resserre son étreinte sur mon bras.

Je fais le vide dans mon esprit pour me concentrer : un pied devant l'autre. Ça ne doit plus être bien loin, si ? La lumière baisse, il fera bientôt nuit. J'imagine que la température aussi va tomber, même si cela semble impossible. *Pitié, faites que ça ne soit pas possible.*

Nous marchons en silence (si on fait abstraction des hurlements du vent), et sans compagnie. Personne n'est assez fou pour sortir par ce temps. Au moins, nous n'avons pas à nous inquiéter d'être reconnus.

Quand je pense ne plus être capable d'aller plus loin, Ian me tapote le bras.

– C'est là, me dit-il en indiquant du menton un bâtiment délabré sur notre droite.

Mon soulagement est si vif que je suis prête à fondre en larmes. J'espère qu'il y a un feu.

J'accélère, si bien que pour la première fois c'est moi qui entraîne Ian, et j'atteins la porte avant lui. Je saisis la poignée et réalise aussitôt que je n'ai pas la moindre idée de ce qui nous attend là. Et si par malheur l'un de nos ennemis avait compris où nous allions et nous avait devancés ? Et si à l'intérieur nous attend tout un peloton d'exécution ?

Je devine que les mêmes interrogations préoccupent Ian. Il a son pistolet en main et son regard est concentré pour scruter attentivement son environnement.

Pitié, pourvu qu'il n'y ait personne…

Je pousse la porte et elle s'ouvre sur une sorte de bar chichement éclairé par quelques ampoules suspendues à un plafond bas. La pièce est totalement vide. Le soulagement se propage dans tout mon corps. Il n'y a même pas de barman.

En repérant l'élément pour lequel j'ai supplié l'univers, je me sens parfaitement comblée. Avec une force que je ne soupçonnais pas avoir encore, j'entraîne Ian vers le feu qui brûle dans une immense cheminée face à l'entrée. Déjà de loin je sens sa chaleur et c'est si bon que je gémis un peu.

Pour une fois, Ian n'essaie pas de lutter contre moi pour faire les choses à sa manière. Sûrement parce qu'il a aussi froid que moi, même s'il veut faire croire qu'il est une sorte de gros dur qui résiste aux éléments. Nous restons devant le feu plusieurs minutes, les mains tendues vers la chaleur qui dégèle peu à peu nos membres engourdis. Puis, quand je suis convaincue que je ne vais pas mourir d'engelures – du moins pas tout de suite –, je finis par examiner ce qui nous entoure.

La pièce fait la taille de la passerelle du *Starlight*. Autrement dit, ce n'est pas très grand. Il y a un bar le long d'un mur, trois tables garnies de quatre chaises bancales chacune. Ian désigne celle qui est la plus proche du foyer et je me laisse volontiers tomber sur une chaise. J'ai les jambes qui tremblent. Rectification : mon corps tout entier est agité de frissons. Je crois que je n'arriverai plus jamais à me réchauffer.

Un homme surgit par une porte derrière le bar. Comme l'homme de la capitainerie, il est petit, trapu et barbu, mais celui-ci a une barbe d'un roux vif et cuivré. Le peu de peau qu'elle laisse voir est rouge – sûrement à force d'être exposée au froid.

Il vient vers nous avec une expression de curiosité, mais sans arrière-pensées, me semble-t-il. Et il n'a pas l'air de nous reconnaître. Il se demande sans doute quel genre de personnes sont assez cinglées pour se balader par ce temps. Mais il se contente de nous demander :

– Je vous sers quelque chose ?

– Du gerjgin, répond Ian en sortant un planéta de sa poche, qu'il lance au serveur.

Celui-ci le regarde d'un air étonné avant de le glisser dans son tablier.

– Tout de suite.

– Attends un peu, l'arrête Ian. Il y a un membre d'équipage du *Réformateur* qui crèche ici ?

– Qui le demande ? (Sa méfiance est immédiate.) Et pourquoi ?

– On veut juste lui poser quelques questions. S'il veut bien nous parler, vous en profiterez tous les deux, lui promet Ian.

L'homme nous examine quelques secondes avant d'opiner sèchement.

– Brent est en haut. Je vais lui dire que vous le cherchez.

En les attendant, nous n'échangeons pas un mot. Je n'ai rien à dire (rien d'aimable en tout cas), même si je sais que je n'ai rien à lui reprocher vraiment. Il ne voulait pas que je vienne, il a même essayé de m'en dissuader. Et je peux aussi comprendre qu'il s'entête. Il donne tout ce qu'il a pour trouver Milla, et cela me rassure, quelque part. Quelqu'un qui est prêt à fouiller le système jusque dans ses moindres recoins et à prendre autant de risques ne peut pas être aussi mauvais qu'il prétend l'être.

Le barman revient avec une bouteille et trois verres.

– Brent arrive, nous annonce-t-il en posant le tout sur notre table.

Ian nous sert. Je vide mon verre cul sec, savourant la brûlure de l'alcool dans ma gorge, puis la chaleur dans mon ventre. Et je lui tends mon verre. Il me jauge d'un air incertain, mais finit par me resservir.

– Compte pas sur moi pour te porter sur le retour, me prévient-il. Ne bois pas trop.

Cette fois je m'adosse à ma chaise et savoure ma boisson. Même si je dois me retenir pour ne pas tout descendre en vitesse. Mais il a raison. C'était déjà assez difficile d'arriver jusqu'ici à jeun. Je n'imagine même pas ce que ça doit être avec un coup dans le nez.

Soudain, la porte au fond de la pièce s'ouvre à la volée, actionnée par un individu de taille et d'âge moyens, chez qui tout est moyen, semble-t-il. Il a la peau grise, mais ses cheveux sont noirs et ternes et j'aperçois ses dents rouges lorsqu'il s'humecte les lèvres. Un Ellindien. Bon à savoir.

Il nous examine d'un air méfiant, puis finit par venir vers nous. Ian verse alors du gerjgin dans le troisième verre et lui indique la chaise face à lui.

Brent s'assied.

– On se connaît pas.

– Jamais prétendu le contraire, réplique Ian.

L'inconnu plisse les yeux.

– Sam m'a dit que vous vouliez me parler. Je parle pas aux gens que je connais pas.

– Même à ceux qui vous paient pour avoir cet honneur ? dit Ian en abattant quelques planétas sur la table.

Brent prend une gorgée.

– Je pourrais faire une exception.

– Nous vous en savons gré. (Le sourire qu'Ian lui adresse a le don de ressembler davantage à une menace.) Vous êtes membre d'équipage du *Réformateur* ?

– Et alors ?

Ian répond lui aussi par une question :

– Vous étiez du voyage, la dernière fois qu'il est venu jusqu'ici ? Quelle marchandise transportait-il ?

L'homme hausse les épaules avec un sourire odieux.

– Juste des vieilleries. Rien de valeur.

Malgré la gravité élevée, le mouvement d'Ian est si rapide que j'ai à peine le temps de le voir. Mais le résultat, lui, est bien visible : son couteau est à présent fiché dans la main de Brent, le clouant à la table.

CHAPITRE 43

KALINDA

Je laisse échapper un petit cri de surprise.

Quant à Brent, il hurle franchement.

– Putain, merde ! Par la Lumière ! Qu'est-ce qui vous prend ?

Il essaie de libérer sa main, mais Ian se contente d'appuyer davantage. Je glisse un regard vers son visage, et le regrette aussitôt. Ses yeux sont froids, assassins, brillant d'un éclat mauvais que je n'avais encore jamais vu chez lui, même quand il a tué ces hommes dans la ruelle.

Notre invité prend une teinte verdâtre, des gouttes de sueur roulent sur son front tandis qu'il regarde tour à tour sa main et le visage d'Ian, l'air aux abois.

Au premier cri, le barman a réapparu sur le seuil de la porte. Un seul coup d'œil suffit à le décider à disparaître de nouveau.

– On doit faire vite ! je dis d'un ton pressant.

J'ai du mal à croire que ces mots sortent de ma bouche. Si on m'avait dit, un mois plus tôt, que j'allais me retrouver attablée dans un bar de Glacéa, tandis que la première personne que j'aurais embrassée serait tranquillement en train de poignarder un inconnu… J'aurais éclaté de rire. Mais nous en sommes là. Et les probabilités que le barman revienne avec des renforts augmentent à chaque seconde.

Ian a dû s'en rendre compte aussi, car au lieu de parlementer avec ce Brent qui saigne et transpire abondamment, il fait tourner la lame de son couteau, ce qui ouvre la plaie et inonde la table de sang.

Brent hurle de plus belle, mais Ian ne réagit pas.

– On reprend ? dit-il enfin d'un ton posé. Quelle était la cargaison du *Réformateur* ?

– Des p-prisonniers, bredouille Brent. Juste des prisonniers de la station spatiale. Pas des gens importants.

J'entends le souffle d'Ian se bloquer. Je comprends sa rage.

– Vous les emportiez où ?

– Sur Askkandia. Demandez à la capitainerie. Le plan de vol était enregistré. Je dis la vérité.

– Oh que non.

Il tourne de nouveau la lame, cette fois dans l'autre sens, et j'entends le bruit immonde des muscles et des tendons sectionnés.

Ne vomis pas. Ne vomis pas. Putain, ne vomis pas !

– C'est bon, d'accord. Stop, pitié !

Brent pleure carrément maintenant, et moi-même je n'en suis pas très loin. Si je pouvais, je quitterais la table, mais je suis enchaînée à Ian pour un temps incertain.

– On les emmenait dans les Confins. Ils sont vendus là-bas. C'est la vérité. Promis. Pitié, il faut me croire.

– Je te crois, répond Ian, le visage livide. Vous êtes des pillards ?

– Non, non ! Enfin, si, certains, mais pas moi ! Je fais pas ce business. Je m'occupe juste des logiciels de communication. Il faut me croire.

L'expression d'Ian reste immuable.

– Sur quel astéroïde ?

Cette fois, Brent n'hésite pas.

– Delta V47.

– Viens. On a eu ce qu'on voulait. (Ian récupère son couteau en se levant.) Encore une chose…

Et il plonge sa lame dans la gorge de notre infortuné informateur qui attrape son cou avec un gargouillis mouillé, comme s'il espérait stopper l'hémorragie. Ian retire son couteau et l'essuie calmement sur la veste de Brent avant de le ranger dans l'étui sur sa cuisse. Puis il s'éloigne en emportant la bouteille, m'entraînant à sa suite.

En passant à côté du bar, j'aperçois un écran d'affichage qui doit avoir cent ans d'âge, encastré dans le mur juste en dessous de l'inscription « Ici on ne tolère pas la violence ». Et sur cet écran clignote un message qui m'est désormais bien trop familier… Merde. Un des avis de recherche… sous forme numérique ! Car envoyer des affiches sur Glacéa, planète dépourvue d'arbres, coûterait sans doute encore plus cher que les récompenses pour notre capture – ou notre exécution. Celui-ci concerne Ian, et on peut clairement le reconnaître, même avec cette piètre qualité d'image. De mal en pis.

En remettant le pied dehors, je suis contente de retrouver le froid glacial, car j'ai trop chaud et mon ventre est noué. Pourquoi suis-je encore surprise par le comportement d'Ian ? Je l'ai déjà vu tuer… J'ai même assisté au meurtre de quatre personnes et ça m'a à peine touchée. Je sais exactement quel genre de personne il est. Mais là, je ne m'y attendais pas. Il n'y avait aucune raison de tuer cet homme qui nous avait fourni tous les renseignements que nous lui demandions.

Je veux comprendre.

Ian marche devant moi, il me traîne presque. L'atmosphère est pesante et le vent froid nous gifle le visage sans relâche.

Mais cette fois j'enfonce mes pieds dans le sol et refuse d'aller plus loin. S'il ne veut pas avoir à me porter, il est forcé de s'arrêter. Il me fusille du regard.

– Quoi ?

– Tu n'étais pas obligé de le tuer.

– Oh que si.

Il y a tant de haine et de souffrance dans sa voix que je recule instinctivement, tirant un peu sur mes liens. Je ne peux pas aller plus loin.

Ian prend une grande inspiration puis souffle lentement.

– Je n'ai aucun compte à te rendre, mais juste cette fois, je vais t'expliquer. Il y avait de grandes chances qu'il envoie un message, pour prévenir ses supérieurs de notre arrivée. Je pouvais pas prendre ce risque. (Il secoue la tête.) Mais il n'y a pas que ça. C'est un salaud qui fait de la traite d'êtres humains. C'est un pillard, Kali, une ordure finie. Putain il a vendu Milla et je ne sais combien d'autres personnes, pour les envoyer dans cette foutue ceinture d'astéroïdes et au-delà. C'est une condamnation à mort – après des tortures infinies. Et quand ces gens, vendus pour s'enrichir rapidement, se suicident ou meurent de mauvais traitements ou de meurtres purs et simples, ces connards partent juste en acheter d'autres à la Corporation, dès qu'ils en ont besoin. Alors, non, je n'étais pas obligé de le tuer, mais j'en avais juste très très envie. D'autres questions ?

Je secoue la tête en adoptant mon masque royal impassible, en dépit du tourbillon émotionnel provoqué par ses paroles dans mon esprit.

Je sais qu'il se passe des choses à l'entrée des Confins, mais je n'y ai jamais accordé beaucoup de réflexion. En tout cas, je n'imaginais pas par quels moyens ils obtenaient de la main-d'œuvre.

Soudain, mon malaise grimpe en flèche et cette fois mon petit mantra « ne vomis pas » n'est pas en mesure d'y faire quoi que ce soit. Je me détourne, me penche, et vomis sur la route verglacée.

Je n'avais que de l'alcool dans le ventre. Mais je reste pliée en deux à hoqueter pendant une bonne minute, le temps que ma nausée s'apaise un peu. Je ne peux pas en dire autant de mes pensées qui virevoltent désespérément autour d'une seule certitude : j'étais si naïve. À propos de tout.

En me redressant, je découvre Ian qui m'observe, avec l'air de connaître exactement le fil de mon raisonnement.

Sans parler, il me tend la bouteille, comme un gage de paix. Je l'accepte, car même cet alcool bon marché doit avoir meilleur goût que ma bouche. J'en avale rapidement une gorgée, en espérant qu'elle ne reparte pas en sens inverse. Quand je lui rends la bouteille, Ian boit aussi avant de la reboucher d'un coup sec.

Et nous nous remettons en marche. D'un bon pas. Heureusement, le vent faiblit un peu, nous avançons bien. Je suis horrifiée, dévastée, et dans un tel état d'épuisement physique et moral que je dois avoir recours à chaque fragment d'énergie qu'il me reste pour continuer.

Des flocons tourbillonnent sans se poser et parfois un coup de vent nous percute, nous faisant trébucher et glisser sur la route glacée. L'obscurité est complète maintenant, les seules lueurs viennent des frégates, vaisseaux et navettes qui attendent un chargement ou un déchargement, une fois la tempête passée. Nous arrivons au bord du quai où nous avons rendez-vous avec le *Starlight* lorsqu'Ian s'immobilise.

– Qu'est-ce qu'il y a ?

Il incline la tête sur le côté, menton levé, comme pour mieux écouter.

– Quelqu'un arrive. Ils sont plusieurs. (Il saisit ma main.) Cours !

Je cours, mais j'ai l'impression de me déplacer dans de la boue. Je l'entends aussi, maintenant, le martèlement des bottes sur la glace. Ils vont vite.

– Halte-là ! crie un homme sur notre droite. Arrêtez-vous ou on tire !

Sans obéir, nous continuons d'avancer, mais je sens mes muscles se crisper, attendant les coups. Je sais que je ralentis Ian. Il est plus grand, plus entraîné, mon souffle est déjà court, je n'arrive pas à alimenter mes poumons en oxygène. Il devrait me laisser – impossible avec ces fichues menottes. Je suis sûre qu'il regrette amèrement d'avoir eu cette idée.

J'entends une détonation derrière nous. Ian pousse un juron. Puis quelque chose percute violemment ma cuisse gauche et je suis précipitée au sol avec une telle force que j'entraîne Ian dans ma chute. D'abord, je me sens juste engourdie, puis une douleur fulgurante m'irradie la jambe et je laisse échapper un jappement.

– Kali, ça va ? crie Ian en s'agenouillant à côté de moi. Parle-moi ! Ça va ? Réponds-moi, putain.

Non, ça ne va pas non, je me suis fait tirer dessus. Les dents serrées, je parviens tout juste à lâcher :

– Vivante.

– Tu peux marcher ? (Il jette un coup d'œil derrière nous.) Merde.

Il commence à se redresser, mais d'autres tirs retentissent et il roule sur le côté, alors qu'une balle atteint le sol près de nous. *Des balles*, note mon cerveau confus malgré la douleur. *C'est bizarre. De vraies balles*. Ian sort son pistolet laser et tire en direction de nos assaillants, ce qui provoque une pause dans les tirs. Déjà, il est debout, me relevant de force pour me jeter sur son épaule – nous arrachant presque les bras au passage, à cause des menottes.

Mais je le sens à peine. La douleur de ma blessure oblitère tout, mon univers est réduit à ma jambe suppliciée. Ma vision s'étrécit. Je sens que je vais y rester, cette fois. Et puis il se met à courir, en zigzag pour éviter les balles, mais je les sens presque siffler à mes oreilles. Puis il nous propulse tous deux par-dessus un muret en acier intempérique – matériau emblématique de Glacéa. Je m'écrase au sol et perds connaissance un instant. Quand je reviens à moi, Ian est accroupi à mes côtés, épiant par-dessus le mur. Il a dû sentir que j'étais réveillée, car il se tourne rapidement vers moi.

– Ouf, j'ai cru que tu étais morte.

– Non, toujours là. De justesse. Ils sont partis ?

– Ouais, ils ont décidé de rentrer chez eux jouer aux cartes. (Puis il secoue la tête.) Désolé, c'est pas le moment de faire de l'ironie. Nan, malheureusement ils sont toujours là.

Je tends la main pour toucher son bras au-dessus de la menotte.

– Au bar. J'ai vu ton avis de recherche sur un écran. Juste en partant. J'imagine que c'est diffusé dans tout le port.

Le regard rivé à mes doigts en contact avec son poignet, il commente :

– Génial. Donc soit c'est les renforts des quatre types de tout à l'heure, ou des chasseurs de primes. En tout cas, ils ont l'air d'avoir choisi l'option « mort » plutôt que « vif ».

Ian reporte son attention sur ma jambe.

– Tu crois que tu pourrais marcher ?

Je suis son regard en grimaçant. Il y a un trou dans ma belle combinaison neuve, et à travers, je vois un trou dans ma jambe. Je vais encore vomir. Il y a du sang partout. La nausée déferle de plus belle.

– Absolument pas.

La bonne nouvelle, c'est que la balle n'a pas touché l'artère, puisque je suis encore en vie. Enfin, si on prend en compte ce qui nous attend, ce n'est peut-être pas une bonne nouvelle. Au point où on en est, je ne me prononce pas.

– C'est bien ce que je pensais. On est foutus, on dirait, Princesse.

Une pluie de balles passe alors au-dessus de nos têtes, comme pour appuyer son constat. Pourtant, je n'avais pas besoin de nouvelles preuves, j'étais arrivée à cette conclusion par moi-même. Ian fait passer le canon de son arme par-dessus le mur pour envoyer quelques salves, puis il me jette la bouteille de gerjgin.

Mais comme je m'apprête à en boire, il précise :

– C'est pour ta blessure. Pour la nettoyer.

– Vraiment ?

Est-ce vraiment nécessaire puisque nous allons mourir ? Ce n'est pas comme si quelqu'un allait s'extasier « oh, elle est morte avec une blessure bien propre ! ». Mais l'expression d'Ian m'invite à obéir sans rechigner, alors je prends une grande inspiration et fais couler un peu d'alcool sur ma jambe. Et je hurle, assaillie par la brûlure qui fuse et se propage dans tout mon corps.

– Merde ! Merde, merde, merde, merde !

Je ferme les yeux de toutes mes forces. La puissance de la douleur manque de me submerger. Et juste au moment où elle commence à refluer légèrement, une autre volée de balles arrive sur nous.

Ne vomis pas, ne vomis pas, putain ne vomis pas.

Ian réplique avec quelques tirs laser, et à en juger par les deux cris qui se succèdent, il fait mouche. Ce qui me réjouirait davantage s'ils n'étaient pas si nombreux à nous poursuivre. Et si je pouvais penser à autre chose qu'à la douleur qui me déchire.

Je m'applique à respirer profondément plusieurs fois et la douleur finit par s'atténuer suffisamment pour que j'ouvre les yeux, sur le regard inquiet d'Ian.

– Maintenant tu peux en boire.

– Je crois que j'aurais dû commencer par là.

Au moins, la douleur me distrait du froid. D'une main tremblante, je lui tends la bouteille. Mais, sans lui laisser le temps de la prendre, une nouvelle averse de balles nous atteint, accompagnée de voix qui se rapprochent. Les mercenaires s'enhardissent.

Même quand Ian tire plusieurs fois par-dessus notre barricade, ils ne battent pas en retraite. Je me demande dans combien de temps ils vont juger que la récompense vaut le risque encouru, et nous fonceront tout simplement dessus.

Dans combien de temps mon calvaire prendra fin.

CHAPITRE 44

KALINDA

– Je suis content quand même que tu sois venue, Princesse, me dit Ian en levant nos poignets joints.

– Je croyais que je pourrais me rendre utile, je répète, tout en me demandant comment j'ai pu croire une chose pareille. Je parie que tu regrettes d'avoir laissé la clé à Merrick.

– Sans doute, finit-il par répondre, avec une expression difficile à interpréter, tandis qu'il plonge la main dans sa poche… et en ressort une petite clé. Sauf que j'ai un double.

Je fixe l'objet argenté, les dents serrées. Je ne sais pas si j'ai envie de rire ou de pleurer.

– Alors pourquoi tu ne l'as pas utilisée quand on a quitté la pension ? je grogne. Ou même avant, quand on pataugeait dans la tempête ?

– Peut-être parce que j'appréciais ta compagnie.

– C'est ça oui, je vais te croire. (Je prends une grande inspiration et agite le poignet.) Bon, Ian, ce fut fantastique, mais il est temps de se dire au revoir.

Il glisse la clé dans la serrure, et avec un cliquetis, les menottes s'ouvrent.

Je renifle un peu. C'est vraiment un adieu, alors. Ian n'est pas blessé. Il a une arme. Il peut fuir et rejoindre le *Starlight*. Pour moi, ça semble plus compliqué.

J'essaie de me redresser et la douleur me tire un petit sanglot. Mais je ne mourrai pas allongée sur le dos.

Ian m'observe d'un air dérouté, puis finit par comprendre ce que j'essaie de faire, et m'aide à me mettre en position assise, adossée au mur métallique avec mes jambes étendues devant moi. J'ai une belle vue sur ma blessure, comme ça. Alors j'étale mon poncho pour ne pas avoir à contempler le trou ni le sang qui continue de couler.

Encore des tirs, et des cris qui se rapprochent.

Quelque part, j'aimerais le supplier de ne pas me laisser. Je n'ai pas envie de mourir. Et encore moins seule sur cette foutue planète gelée. S'il est d'humeur généreuse, il me laissera peut-être la gnôle et je pourrai m'enivrer jusqu'à perdre connaissance avant qu'ils ne m'atteignent.

Mais ils sont si proches que ça a peu de chances d'arriver. Et je ne tiens pas non plus à être dépossédée de mes facultés au moment de voir la mort. Je n'ai pas envie d'être seule et effrayée, mais très franchement, je crois que je n'y peux rien.

Malgré tout, je ne veux surtout pas qu'Ian reste là. Car sinon, il va mourir, lui aussi. Et il est la personne la plus vivante que je connaisse. Imaginer son corps sans vie me fait encore plus mal que ma blessure à la jambe ou me dire que je vais mourir.

Et puis pour sauver Milla, Ian doit vivre.

– Tu as l'air de t'apitoyer sur ton sort, Princesse, me reproche Ian. Haut les cœurs !

Il a raison. Je relève le menton. Fini de pleurnicher.

– Tu devrais y aller, je lui dis. Si tu me laisses ton pistolet, je peux peut-être les retenir le temps que tu t'enfuies.

– Comme si j'allais te confier mon flingue, se moque-t-il. Pour que tu puisses descendre quelques murs avant de mourir ?

– Hé, on en a déjà parlé. *Première fois* que je touchais à un pistolet, tu te souviens ?

Nouvel échange de tirs. Mais cette fois, nous entendons clairement leurs voix. L'attaque finale est proche.

– Très bien. Prends ton pistolet à la noix et tire-toi avant qu'il soit trop tard.

– Oh, je me tâte. C'est plutôt cosy, ici. J'aime bien ce mur. Je crois que je vais rester.

– Tu ne peux pas rester ! Tu vas mourir.

Il hausse les sourcils.

– Et voilà que tu me sous-estimes. Encore !

– Non, c'est la vérité. Il n'est pas nécessaire qu'on meure tous les deux. Tu dois partir !

Il se contente de m'adresser un sourire narquois.

– Princesse Kalinda la martyre. Pas sûr que ce rôle t'aille très bien. Et puis j'ai jamais pu résister à une demoiselle en détresse.

– N'importe quoi !

Un sentiment de désespoir grandit en moi. Notre temps est bientôt écoulé !

– Bon, d'accord, ce n'est pas vrai.

Il tire une paire de fois dans leur direction puis me regarde, l'air sérieux pour une fois.

– Pars, Ian ! Je t'en prie, va-t'en.

Il examine longuement mon visage, comme s'il essayait de décider ce qu'il veut bien dire. Pour finir, il hausse simplement les épaules et dit :

– J'en suis incapable.

– Mais si bien sûr ! Plus de menottes. Tu peux…

– C'est pas ce genre de limitation, Princesse, dit-il en secouant la tête. Honnêtement, une partie de moi veut s'enfuir. Mais ce n'est pas possible. Je sais pas ce qu'il y a chez toi, mais pratiquement dès que je t'ai vue, j'ai eu ce besoin franchement handicapant de te protéger. Je déteste ça, mais ça n'a pas l'air près de s'arranger, alors je reste.

– Oh, tu excelles à ce rôle, c'est clair, je lui lance en levant les yeux au ciel.

Mais au fond de moi, je suis captivée par ses paroles, qui me procurent une douce chaleur palpitante – enfin, dans la mesure où il est possible de se sentir bien alors qu'on pisse le sang et qu'on est sur le point de se faire attaquer par tout un groupe d'individus qui a pour unique intention de vous faire la peau.

Donc ce n'est peut-être pas une « douce chaleur palpitante », mais une tristesse glacée teintée de reconnaissance… Parce qu'il reste avec moi. Alors que j'aurais mis ma main à couper qu'il aurait été le premier à me faire faux bond. Et il est là.

Je sens les larmes me piquer les yeux. Je cligne rapidement des paupières. Si je dois mourir maintenant, je ne vais pas me mettre à pleurer comme une fontaine simplement parce qu'un mec canon m'a dit un truc gentil. Je suis plus coriace que ça. Bon, de toute façon, ces émotions sont sûrement causées par le gerjgin.

Après un nouveau déluge de tirs et de cris, Ian jette un coup d'œil par-dessus notre mur protecteur.

– Oh, merde, marmonne-t-il en m'attrapant la main. On dirait qu'on va y rester cette fois, Princesse.

CHAPITRE 45

IAN

Je ne pensais pas que ça finirait comme ça.

Bon, je n'ai jamais accordé beaucoup de réflexion au bout du chemin.

J'éprouve un instant de regret à l'égard de Max et de Milla. Max essaie de me parler, mais je le bloque comme je peux, et l'ignore quand je ne peux pas. Je sais que mon choix est injuste pour lui, pour eux deux. Mais c'est le choix que je dois faire.

– *Sors-toi les doigts, Ian, putain et dis-moi où tu es !*

Et le voilà de nouveau. Sa voix résonne dans ma tête. Il est passé des blagues à la colère en passant par l'inquiétude et depuis quelques minutes, il essaie de me convaincre de lui répondre. Visiblement, la colère est en train de reprendre le dessus.

Je ne peux pas lui en vouloir. Mais je ne vais certainement pas le rameuter ici avec le reste de cet équipage d'incompétents pour qu'ils meurent avec moi. Même s'ils arrivaient à temps, ils ne pourraient rien faire. Pourquoi je lui offrirais une place VIP au spectacle de ma défaite ?

Je ne regarde plus Kali. Je ne supporte pas de la voir alors que c'est à cause de moi qu'elle se trouve là. J'aurais dû la laisser rentrer chez elle quand elle le demandait. Mais l'altruisme n'a jamais été mon fort. Je ne voulais pas la laisser partir.

Marrant que j'arrive à admettre ça maintenant qu'il est trop tard.

Putain, je suis vraiment le gros connard pour lequel elle me prend.

Les balles pleuvent à une cadence régulière. Ils s'enhardissent. Prennent des risques. Un coup d'œil par-dessus le mur métallique me révèle qu'ils se sont déployés pour venir vers nous. Ils sont une vingtaine et même s'ils ont adopté une formation de combat pour éviter mes tirs, il ne leur faudra pas longtemps pour nous atteindre. Quelques minutes.

Je n'arriverai pas à les dégommer tous. Je vais tirer jusqu'à me faire descendre, c'est la meilleure solution. Mais Kali ?

La terreur que provoque en moi cette pensée supplante la culpabilité et je me tourne vers elle. Pâle, les yeux cernés, elle se mord les lèvres, sûrement pour s'empêcher de crier. Sa blessure doit la faire salement souffrir. Elle fait preuve d'un sacré courage, pour une princesse.

Que lui arrivera-t-il une fois que j'aurai crevé ? Il y a des chances qu'ils la tuent aussi dans la foulée. Les affiches disent bien « morte ou vive ». Mais si ce n'est pas le cas ? Qu'ils la font prisonnière... J'essaie de me convaincre qu'ils la rendront simplement à sa mère. Mais je n'y crois pas une seconde.

Je ne sais pas pourquoi, mais ces types veulent vraiment qu'elle meure. Donc s'ils la capturent, ils vont la torturer pour obtenir des informations *avant* de la tuer. Pis encore, il se pourrait qu'ils la vendent, comme Milla. À cette pensée, j'ai envie de rendre mes tripes. Je ne peux laisser faire ça.

– Quoi ? demande-t-elle soudain. Tu me regardes d'un drôle d'air.

– Je ne pourrai pas te sauver, Kali.

Ces mots ont un sale goût dans ma bouche.

– Oh merde, ça doit être sérieux. Tu ne m'appelles plus « Princesse ».

– Il ne faut pas qu'ils te capturent vivante. (Je prends une grande inspiration et dis quelque chose que j'aurais voulu ne jamais avoir à dire.) Je peux m'en assurer.

Je vois l'instant où le sens de mes paroles l'atteint. Son visage se change en un masque inexpressif et sinistre. Elle déglutit. Son regard va de mon visage au pistolet dans ma main. Puis elle secoue la tête. Avec véhémence.

– Pas question. (Elle secoue de nouveau la tête d'un air encore plus décidé.) Qu'est-ce que tu vas faire, toi ?

– Tirer jusqu'à me prendre une balle.

– Alors moi aussi. Il faudra juste que tu m'aides à me redresser. (Elle serre la mâchoire.) Donne-moi l'autre pistolet.

Je me rends compte qu'elle le pense vraiment, et je suis soulagé. Je ne sais pas si j'aurais réussi à lui tirer dessus, même si c'est la chose à faire. Enfin, je n'aurais pas eu à souffrir longtemps.

– Tu es sûre ?

Elle opine en tendant une main tremblante. J'aimerais la réconforter, mais on n'a pas le temps.

Il y a une pause dans les tirs. Ils discutent sans doute de leur stratégie.

– *Adieu, Max. Je suis désolé.* (C'est la première fois que je lui parle depuis le début de ce combat.) *Désolé.*

– *Rien à carrer ! Va te faire voir, Ian. Dis-moi où vous êtes. Dis-moi…*

Sa voix se brise, mais je ne lui réponds pas. Je m'efforce de le bloquer dans mon esprit et serre la main de Kali. Puis je lui mets dans la main le pistolet avec lequel elle a failli tous nous descendre, et passe mon bras autour de ses épaules pour la soutenir – et parce que je veux qu'elle soit dans mes bras quand on va mourir. Je plonge l'autre main dans ma poche et en sors un petit sac que je garde depuis des lustres, me semble-t-il. Je gardais cette récompense pour moi, quand toute cette aventure serait arrivée à sa conclusion.

Avec regret, je regarde les haricots arc-en-ciel, puis les passe à Kali.

– Du sucre. C'est pour toi.

Pendant une seconde, elle ne dit rien, contemplant le sac avec une vénération que je n'ai vue qu'une seule fois déjà sur son visage – quand elle a vu la neige tomber pour la première fois.

– Merci, susurre-t-elle. Ça aide… énormément.

Elle pose le pistolet à côté d'elle pour ouvrir le sachet, découvrant les bonbons multicolores. Puis elle en met un dans sa bouche et ferme les yeux pour le savourer.

Elle n'a jamais été si belle.

Ouvrant les yeux, elle me tend le sac.

– Tu as déjà goûté des *jelly beans* ?

– Non, j'avoue. Mais ça me semble être le moment idéal pour une première fois.

Elle en fait tomber quelques-uns dans ma main. Nous mastiquons en silence. Ce machin est collant, se prend dans mes dents et honnêtement, je ne comprends pas trop tout le foin qu'on fait à propos du sucre. Mais je garderai le souvenir de ce goût jusqu'à ma mort.

– Hé, me dit soudain Kali avec un petit sourire. Au moins, j'ai pu frapper un homme à l'entrejambe avant de mourir.

Je glousse.

– Et tu l'as pas loupé, Princesse.

– C'était assez génial. Merci de m'avoir appris ça.

Avant d'avoir eu le temps de répondre, les tirs reprennent, plus proches que jamais. À genoux, je me penche pour arroser nos assaillants de tirs laser en continu. Kali s'y met aussi. Cette fille…

Tout à coup, il y a de nouveau une pause dans l'attaque, ce qui me surprend. Ils s'attendaient sûrement à ce que je riposte, ça n'aurait pas dû les arrêter. Lorsque je jette un coup d'œil pour voir ce qui se passe, je les vois tous le nez en l'air. Et soudain ils se dispersent pour se mettre à couvert.

À mon tour, je regarde en l'air. En une seconde, je comprends et crie :

– Couche-toi !

Et sans attendre, je pousse Kali par terre et me jette sur elle pour la protéger de mon corps.

Un rayon de lumière blanche aveuglante fuse du ciel. On dirait une éruption solaire concentrée. Quelques secondes plus tard, des cris perçants déchirent l'air, et une odeur de chair brûlée parvient jusqu'à mes narines.

Ça me semble durer une éternité, mais je ne me risque pas à lever la tête, de crainte d'être pris dans le faisceau. Kali est toujours sous moi. Et au beau milieu de tout ce chaos, je m'aperçois qu'elle ne bouge pas. Pas du tout.

Et si elle s'était pris une autre balle ? Est-ce qu'elle est morte ? Je me soulève légèrement pour essayer de voir ce qui lui arrive. Et si…

Elle prend aussitôt une grande inspiration. Ah, OK, pas morte, juste étouffée sous moi.

Je replie les jambes de manière à être en appui sur les tibias, pour éviter de l'écraser. Il se passe un temps infini avant que les derniers cris s'éteignent. Alors seulement je roule pour libérer Kali, mais je ne trouve pas la force d'en faire plus.

– Ça y est ? murmure Kali. Je suis morte ?

– Jamais de la vie, Princesse.

– Qu'est-ce qu'il s'est passé, alors ?

– *IAN ?!!*

Revoilà Max qui me crie dans la tête. Il semble être en panique totale. Et totalement vénère aussi, mais on devra régler ça plus tard entre nous.

– *Présent*, je réponds en passant en position assise. Changement de programme, Princesse, on meurt pas aujourd'hui. Notre taxi est là. Va falloir bouger.

– On me redonne du « Princesse » ?

– Ouais, je crois bien.

Ça vaut mieux comme ça. Je ne réalise pas complètement à quel point nous avons été proches de la mort. Et avec quelle force je voulais empêcher qu'elle meure. À quel point il m'était insupportable de ne pas pouvoir la sauver.

Maintenant que la menace est écartée, ces sentiments ne riment plus à rien. Je ne suis pas ce genre de type. Je *ne veux pas* être ce genre de personne. J'ai des responsabilités – envers pas mal de monde – mais pas envers la princesse Kalinda.

Il faut que je me rentre ça dans le crâne. Mais peut-être pas tout de suite.

Je me redresse et la première chose que je vois, c'est le *Starlight* qui atterrit juste derrière nous. Jamais encore voir un vaisseau ne m'avait fait autant plaisir.

En attendant que la rampe s'abaisse, j'examine les alentours. Le sol est cramé sur toute une zone circulaire autour de nous, parsemé des restes calcinés de nos agresseurs. Dévastation totale.

Je n'ai jamais rien vu de tel. Non seulement le rayon du *Starlight* a neutralisé tous nos ennemis, mais il l'a fait avec une précision chirurgicale. Kali avait raison au sujet de l'explosion solaire sur Askkandia. Je me sens tout con. Si j'avais su que le *Starlight* avait une telle force de frappe, je les aurais appelés en renfort dès le début.

Le sol calciné s'arrête à moins d'un mètre de là où j'étais étendu avec Kali. Une erreur de calcul et moi aussi j'aurais fini en charbon.

On allait y passer et miraculeusement, on est toujours là.

– Mais c'est quoi, ça ? demande Kali en découvrant la scène.

– J'en sais rien, je lui réponds en toute honnêteté. Pas la moindre explication. Mais je commence à me dire qu'on aurait dû être un peu plus angoissés par ce vaisseau intelligent qu'on a volé.

CHAPITRE 46

KALINDA

Je me retiens de gémir alors qu'Ian me porte en direction du vaisseau. Maintenant que l'adrénaline est en train de refluer, je ressens de nouveau pleinement mes douleurs et je tremble de manière incontrôlée. La rampe s'abaisse à notre approche. Max court à notre rencontre. Merrick, Rain et Gage (couvert de pansements, mais souriant) nous attendent à l'entrée du sas. J'imagine que Beckett est à son poste sur la passerelle, prête à nous emporter loin d'ici.

– On y est presque, Princesse, me dit Ian d'une voix bien plus tendre que d'habitude.

Je dois être mourante ou en plein délire, et au point où j'en suis, je ne sais pas ce qui me semble le pire.

Max s'arrête devant nous pour nous examiner sur toutes les coutures.

– Content de te voir, dit-il, puis : Elle est vivante ?

Alors qu'il m'observe, il semble en douter.

Je redresse la tête et agite les doigts.

– À peu près, je réponds. Merci de nous avoir sauvés, au fait. Je pensais que c'était fini pour nous.

– On ne vous a pas sauvés, me contredit Max tandis que nous rejoignons le vaisseau. Nous nous rendions au point de rendez-vous pour la deuxième fois quand on a repéré ce qui se passait, mais on n'a pas pu venir assez vite. (Il se passe la main dans les cheveux.) Je vous croyais morts.

– Alors comment ça se fait qu'on soit encore là ?

– Le *Starlight* a pris la direction des opérations. Complètement. Beckett n'a rien fait, le vaisseau est venu jusqu'ici et a commencé à tirer. C'était complètement dingue. Une sorte d'explosion solaire concentrée. Comme ce que Kali a observé à Rangar. J'étais persuadé que vous étiez en plein milieu, grillés comme du pop-corn.

Dès que nous arrivons au sommet de la rampe, elle commence à se relever et le vaisseau décolle. Enfin nous nous éloignons de cette planète cauchemardesque. Certes, je viens d'échapper – plusieurs fois – à une mort certaine, mais les paroles de Max sonnent comme un mauvais pressentiment.

Qui prend les décisions ici ? Nous, ou le *Starlight* ?

Et si c'est ce vaisseau alien qui est réellement aux commandes : quels sont ses desseins ?

Je n'arrive pas à aller très loin dans mes réflexions, car la douleur m'en détourne et je suis à la limite de l'évanouissement. J'imagine que nous nous dirigeons vers ma chambre – logique – mais lorsqu'Ian prend le mauvais couloir, et que tous les autres lui emboîtent le pas sans rien dire, je ne proteste pas non plus. Je n'en suis pas capable.

Une douleur lancinante palpite depuis ma blessure, et toutes les quelques secondes, une brûlure fulgurante m'irradie toute la jambe. Je serre les lèvres pour éviter de crier.

Les yeux fermés, je pose la tête contre le torse d'Ian. Il sent la fumée, le sang et son odeur à lui. Elle m'est de plus en plus familière et réconfortante.

J'entends les autres qui parlent derrière nous, mais essayer de relier les sons et le sens est trop pour moi, je me laisse juste porter par ce bain de conversation.

En fait, tout me semble demander des efforts insurmontables. Mon corps tout entier me semble étranger, comme si je flottais, détachée de tout. Sauf d'Ian. Lui, je sens sa présence. Je l'entends, je perçois son odeur. Et je me raccroche à ces sensations, à lui, tandis que le monde bouge autour de moi, que la réalité se réorganise sous mes pieds.

Je croyais que j'allais mourir. Je m'y étais résignée, faute de l'accepter sereinement. Et maintenant que j'en reviens, tout me semble étrange et différent. J'ai le sentiment que plus rien ne sera pareil désormais. Ni dans mon corps, ni dans ma vie.

Je parie qu'Ian se moquerait de moi en me disant que je dramatise. Peu importe. Je viens de frôler la mort, ça me semble être un moment approprié pour dramatiser.

J'entends le chuintement d'une porte qui s'ouvre, puis Ian me dépose sur un lit et les autres font cercle autour de moi.

– Allez Princesse, penche-toi en avant.

Il tire sur le poncho mouillé pour me l'enlever. En ouvrant les yeux, je découvre un plafond inhabituel. C'est certain, je ne suis pas dans mes quartiers.

– Bienvenue à l'infirmerie, me dit Max en enveloppant une couverture autour de mes épaules. Tu n'es que notre deuxième patient.

Je suis étendue sur un grand lit, plus haut que le mien et couvert d'une sorte de textile blanc imperméable – sans doute pour pouvoir nettoyer facilement le sang.

– Comment tu te sens ? me demande Ian en m'enlevant mes bottes qui en sont justement couvertes.

Je le dévisage.

– Comme quelqu'un qui s'est fait tirer dessus.

Gage rit.

– Content de voir que tu n'as pas perdu ton sens de l'humour.

– Contente de voir que tu n'as pas perdu le tien, je réponds du tac au tac.

– On appelle ça comme ça ?

Max a relevé la tête du lit pour que je puisse m'asseoir et je me laisse aller contre l'oreiller avec un soupir d'aise.

– Ça va, Gage ?

Il a l'air plutôt en forme, mais je n'ai pas vraiment les idées claires, alors je préfère qu'il me le confirme.

– Presque remis à neuf, me dit-il. Que des super commentaires pour l'infirmerie. Et en prime, j'ai gagné des antidouleurs géniaux. Ça te donne une idée de ce qui t'attend.

– Des antidouleurs, c'est vraiment une idée qui me plaît, là, je réponds.

J'ai l'impression que ma jambe est en feu, je suis au bord des larmes. Mais je ne vais certainement pas y céder, car tout l'équipage est présent – même Beckett – et tous semblent vouloir m'aider sans trop savoir comment s'y prendre.

Ian me tourne le dos, occupé à fouiller les kits de premiers secours que nous nous sommes procurés à Rangar. Puis il se tourne vers moi avec un sourire forcé.

– Allez, on va bien te soigner, annonce-t-il en s'approchant.

– Tu as déjà recousu une blessure par balle ? demande Rain d'un ton inquiet assorti à son expression.

– Pas à proprement parler, répond Ian. Mais j'ai sûrement fait l'expérience de ce type de blessure par moi-même plus souvent que la plupart des médecins.

Je ne demande pas d'explications… Je l'ai vu à l'œuvre.

Ian tient une paire de ciseaux dans une main, et une seringue hypodermique dans l'autre. Je fixe l'aiguille des yeux. Ce n'est pas que j'en ai peur, mais je ne suis pas sûre de vouloir que ce soit Ian qui me pique.

– Je suis excellente couturière, annonce Rain avec assurance, en venant se placer à côté d'Ian. Au monastère, je consacre beaucoup de temps aux travaux d'aiguille. Et si tu me laissais me charger des points de suture ?

– Et si je te débarrassais de cette énorme aiguille ? intervient à son tour Beckett. J'en ai rencontré plus qu'à mon tour, sur la *Caelestis*, ajoute-t-elle en m'adressant un *clin d'œil*.

Cette fois j'en suis sûre, je délire : est-ce que Beckett vient vraiment de me faire un *clin d'œil* ?

Ian s'écarte alors et laisse cette équipe de choc se mettre à l'ouvrage. Je sens à peine la piqûre de l'aiguille – Beckett est bien plus douée à ça que je ne l'imaginais – et en quelques secondes, un merveilleux engourdissement gagne ma jambe.

Tout mon corps se détend.

– C'est génial.

– Bon, parfait, sortons cette balle de là, dit Ian. Pour récupérer les balles, c'est moi le patron.

– Je peux me redresser un peu plus ?

Maintenant que la douleur reflue, je veux voir à quel point je suis blessée. Max actionne un bouton près de ma tête et la tête du lit remonte, de sorte que je suis presque assise.

En fait, je ne vois pas grand-chose, car la plaie et ma si jolie combinaison sont couvertes de sang coagulé noirâtre.

Ian appuie un doigt sur ma jambe.

– Tu sens quelque chose ?

Je secoue la tête. Encore heureux !

– Allons-y alors.

Tandis qu'il se met au travail, les autres font cercle autour de moi, me distrayant de ce qu'Ian est en train de faire en me disant à quel point je suis courageuse, combien ils se sont inquiétés et que les prouesses du *Starlight* sont incroyables.

– Hé, Kali, intervient Gage. Tu connais l'histoire du drokaray qui traverse le système solaire ?

Je vois bien ce qu'il essaie de faire, mais je mords à l'hameçon malgré tout.

– Non, Gage, tu me racontes ?

– Pourquoi le drokaray a traversé le système solaire ?

Nous attendons tous patiemment la réponse, regards rivés sur Gage.

– Pour aller de l'autre côté !

Rain glousse, tandis que le reste de l'équipe échange des regards jusqu'à ce qu'Ian lâche un rire étouffé.

– C'est nul, mon vieux.

– Je sais, admet Gage. Mais moi ça me fait rire quand même. L'autre côté. Haha.

Ian roule des yeux en me regardant, mais il sourit.

– La balle est sortie, Princesse.

Je jette un coup d'œil. Ian brandit un petit objet noir qui ne semble pas capable de causer autant de douleur que ce que j'ai enduré.

Mais le sang coule à flots maintenant. Max intervient pour éponger les dégâts et maintient la plaie tandis que Rain s'active avec l'aiguille. Elle semble vraiment avoir le coup de main et au bout de quelques minutes, elle a déjà fini. Max achève l'opération en me posant un bandage.

Je me sens plus à l'aise une fois que tout est bien couvert, mais j'ai de nouveau mal. Très mal. Max me tend quelques cachets d'analgésique et un verre d'eau, tandis qu'Ian me fait une autre injection – dans le bras, cette fois.

– Pour éviter les infections, précise-t-il.

Et c'est fini. Ian m'installe une couverture. Je ne tremble plus, mais dès que je serai seule, je vais retirer ce qu'il reste de ma combinaison, qui est trempée.

Il me borde ! Oh, c'est touchant, quel progrès !

– Essaie de te reposer, me dit-il. Pendant ce temps, on va déterminer la suite du programme.

C'est une suggestion raisonnable, mais je n'ai pas envie d'être seule tout de suite.

– Je ne vais pas dormir, j'ai la tête qui tourne. Et je veux aider à définir ce que nous devons faire. Comme j'ai failli mourir – deux fois – je crois que j'ai mon mot à dire.

Chose très surprenante, Ian ne me contredit pas. Il se contente de hausser les épaules et admet :

– D'accord.

– Tout le monde s'installe. (Max regarde Beckett.) Est-ce que tu dois faire quelque chose d'abord ?

Elle secoue la tête.

– Non, on est en orbite. Trop hauts pour être atteints depuis la planète. Pour l'instant, pas de souci. (Elle se tourne vers Ian.) Si je comprends bien, vous n'avez pas trouvé ton amie.

– Non. Partie. (Sa voix sans timbre est à l'image de son regard vide.) Elle est dans les Confins. Vendue sur un des astéroïdes.

– Merde, c'est une mauvaise nouvelle, ça. Tu veux que j'entre une nouvelle destination ?

– Pas encore.

Ian expire lentement l'air de ses poumons, puis s'écarte un peu de mon chevet. Il s'appuie contre la table qui court le long du mur en face, puis regarde les uns et les autres.

– Avant toute chose, il nous faut un plan.

CHAPITRE 47

KALINDA

– Tu veux dire, en plus d'éviter de mourir ? demande Max. Parce que moi, c'est mon mot d'ordre, au point où on en est…

– Ça, c'est un bon plan, approuve Beckett. Une valeur sûre.

– Ouais, nos chances de survivre à cette aventure descendent en flèche. (Ian passe une main sur son visage fatigué.) C'est pour ça qu'on a besoin d'un vrai plan.

– Je crois que ce plan devrait prévoir de mettre le cap sur Serati, intervient Merrick (Je n'arrive pas à croire qu'il pense encore que quelqu'un sera de son avis.) Le monastère nous offrira un sanctuaire, et la protection de l'Ordre.

– Oui, parce que c'est vraiment difficile pour des mercenaires entraînés d'attaquer un bâtiment rempli de bonnes sœurs, raille Gage.

C'est la remarque la plus hostile que je l'aie jamais entendu prononcer. Il faut dire qu'il a l'air plutôt défoncé aux antidouleurs. J'en sais quelque chose, car je prends le même chemin.

Je me sens toute flottante, et je dois dire que ça n'est pas désagréable. Je ressens des picotements dans les orteils et les lèvres. Mais puisque personne d'autre ne semble avoir quelque chose à dire, je me décide à poser la question qui m'occupe l'esprit depuis le moment où nous avons essayé de soudoyer cet homme sur Glacéa.

– Combien ça coûte, les mercenaires ?

– Pourquoi ? Tu veux embaucher ? s'étonne Beckett.

– Si c'était le cas, je sais qui je leur demanderais d'éliminer en premier. (Alors même que je prononce ces mots, je me sens mal.) Désolée, je ne le pensais pas.

Mais elle se contente de sourire, et pour une fois, l'expression semble atteindre ses yeux.

– C'est pas le moment de se dérober, Princesse. J'ai l'impression que ça t'a fait du bien de te faire tirer dessus.

– Je n'irai pas jusque-là, je proteste en grimaçant.

Mais la sensation de flottement se répand rapidement dans mon corps.

– On peut surtout mettre ça sur le compte des antalgiques, rectifie Max d'un ton narquois.

Ce n'est pas moi qui vais le contredire. Cette sensation est vraiment étrange, et aussi assez fantastique. D'un côté j'aimerais que ça se dissipe pour pouvoir raisonner, mais d'un autre côté, je savoure l'absence de douleur.

Cependant, je dois des excuses à Beckett. La décence avant tout.

– Je suis désolée. C'était affreux de dire une chose pareille et je ne le pensais pas.

Je me suis écharpée avec cette femme, mais j'ai l'impression de la comprendre enfin. Et maintenant que j'ai appris ce que la Corporation fait des prisonniers, je vois une retombée positive à l'explosion de la *Caelestis* : c'est grâce à elle que Beckett ne se trouve pas elle aussi dans les Confins. Cette pensée suffit presque à avoir raison de ma délicieuse sensation de flotter.

– Pourquoi cette question au sujet des mercenaires ? reprend Rain.

– Je ne m'y connais pas trop en mercenaires, c'est évident. (Apparemment, je ne sais pas grand-chose sur tout un tas de sujets.) Mais je suppose qu'ils ne sont pas bon marché, surtout en si grand nombre. Ils étaient au moins vingt et ils semblaient savoir ce qu'ils faisaient. Ce qui signifie que la personne qui essaie de nous tuer en ce moment a non seulement les moyens de nous pister à travers le système, mais aussi d'embaucher beaucoup de mercenaires.

– Vraiment beaucoup, renchérit Rain.

– Vraiment beaucoup, oui, confirme Ian d'un air sombre. Mais il ne s'agit sans doute pas de la Corporation. La seule chose qu'ils aiment encore plus que leur argent, à la Corporation, c'est ne pas dépenser cet argent.

– Tout à fait. (Et même si c'est la dernière chose que j'ai envie d'admettre, je finis par lâcher :) Ça ressemble plutôt à un coup de l'Empire, à mon avis.

– Et merde, encore un autre camp à ajouter à notre liste de personnes qui sont après nous.

Je commence à avoir aussi la tête qui tourne, mais au moins j'ai donné mon avis.

– On peut en reparler demain ? je demande. Quand Gage et moi aurons eu le temps de nous reposer ?

– Qu'est-ce que tu lui as donné ? demande Rain, le visage tout près du mien. (Je vois ses cils et ses yeux inquiets.) Elle n'articule plus correctement.

– Ce sont des antidouleurs assez puissants, admet Max.

Merrick pousse un petit grognement.

– Façon de parler.

Comme pour lui donner raison, Gage titube légèrement. À moins que ça ne soit moi. Je ne sais plus trop.

Je bâille et mon ventre grogne en même temps. Bruyamment.

– La princesse a faim ? se moque Ian.

Mais je m'en fiche : il m'a sauvé la vie, alors il peut se moquer tant qu'il veut. Aujourd'hui, du moins.

– Je meurs de faim.

Je n'ai pas mangé de la journée et maintenant que la douleur a presque disparu – tout comme mes inhibitions, merci les médocs ! – je ne pense plus qu'à manger et dormir.

– Bon, j'en reste là pour aujourd'hui, annonce Beckett à la cantonade. Laissons donc Gage et la princesse se restaurer et cuver leurs drogues. On se rassemble de nouveau demain, en espérant qu'on aura eu le temps de digérer les dernières infos pour pondre de nouvelles idées.

– Ce programme me va, approuve Ian. Je vais aller chercher de la nourriture. Que chacun se trouve quelque chose d'utile à faire.

– Je suis toujours utile, proteste Gage, d'un ton vexé… avant de foncer droit dans la cloison de l'infirmerie.

– Mais il y avait quoi dans cette seringue ? demande Beckett en riant, avant de prendre Gage par le bras. Allez viens, tête chercheuse, je vais te border.

– Toi, je t'ai toujours trouvée sympathique, grommelle Gage alors qu'elle lui fait franchir la porte.

– Ouais, ouais, ouais, moi aussi je t'aime bien.

Malgré son ton blasé, son expression a quelque chose… d'affectueux, peut-être ?

C'est une caractéristique qui convient si peu à Beckett que je mets cela sur le compte de mon organisme sous influence. Mais il y avait quelque chose. Je n'arrive juste pas à mettre le doigt dessus pour l'instant. Plus tard, peut-être, quand je ne serai plus aussi épuisée, j'y verrai plus clair.

Alors qu'ils avancent dans le couloir, un objet brillant glisse de la poche de Gage et tombe aux pieds de Beckett.

– Oups ! fait-il en gloussant.

Ça ne lui ressemble pas, Gage n'est pas du genre à glousser. Si on nous a donné la même chose, une crise de fou rire m'attend au tournant.

– C'est bon, intervient Max qui se penche pour ramasser l'objet.

Mais quelque chose doit l'alerter, car il s'immobilise aussitôt.

– D'où ça sort, ça ? Il y a du sang dessus.

– Mon sang, précise Gage d'une voix lointaine (mais je ne sais pas si ça vient de lui, ou de mes oreilles). Un des types l'a laissé tomber à la capitainerie. Ian l'a tué, j'ai repéré ça, je l'ai ramassé.

– C'est une médaille de l'Ordre, annonce Max d'un air grave.

– Mais que vient faire une médaille de l'Ordre sur le sol d'un endroit pareil ? s'interroge Ian. Et sur Glacéa !

En posant ces questions, il regarde en direction de Merrick, mais c'est Rain qui propose une explication.

– Ce soldat était peut-être croyant ?

– Tout pour plaire, ces croyants, raille Beckett. Surtout les croyants meurtriers.

– Nous disposons d'un petit contingent sur chaque planète, nous dit Merrick calmement.

– Un contingent ? répète Rain en montant dans les aigus.

– Il y a eu des troubles au cours des dernières années, explique-t-il. Depuis que le soleil périclite. Nos adeptes étant en danger, nous avons dû placer une petite force armée sur chaque planète, pour assurer leur protection.

– Assurer leur protection ? reprend Ian. Ou servir de mercenaires ?

– Protéger, seulement, affirme Merrick d'une voix ferme.

Ian plisse les yeux.

– Tu en es vraiment sûr ?

– Oui.

– Pour résumer, on a la preuve que la Corporation a essayé de nous fumer, la conviction que l'Empire aussi est après nous, et pour faire bonne mesure, voilà maintenant l'Ordre sororal dans le coup. Mais c'est génial, putain, conclut Ian. Ce n'est pas qu'on a quelqu'un aux trousses. On a tout le monde au cul !

C'est alors que mon estomac conclut ces paroles par un grondement retentissant. Et Ian décide de régler au moins ce problème.

– Je reviens avec de quoi manger, me dit-il en passant la porte.

Tous les autres lui emboîtent le pas, sauf Rain, qui s'affaire pendant quelques minutes, le temps de ranger le matériel qui a servi à me soigner. Les yeux mi-clos, je l'observe, et c'est tout ce que je suis capable de faire.

J'aimerais me tourner et sombrer dans le sommeil, mais cela me semble impoli. Et puis malgré ma fatigue, je suis agitée, mon cerveau me répète en boucle que j'ai failli mourir, aujourd'hui encore, tout comme Gage et Ian. J'ai l'esprit trop embourbé pour aller plus loin, mais l'écho de la terreur et du regret flotte dans mes pensées. Si bien que j'ai du mal à me résoudre à lâcher prise et fermer les paupières.

– Tout va bien, Kali, m'assure Rain d'une voix douce, alors qu'elle déplace l'unique chaise de la pièce pour s'asseoir à côté du lit. Tu es en sécurité maintenant.

– Je sais, je murmure, les lèvres sèches.

– Oh ! fait-elle en se levant d'un bond pour se précipiter vers l'évier. Je vais te donner de l'eau. Tu dois avoir si soif.

J'accepte la tasse qu'elle m'apporte et avant même qu'elle se rasseye, j'ai bu son contenu. Avec un gentil sourire, elle me la reprend et la remplit à nouveau. Cette fois je bois plus lentement, et elle a le temps de mouiller un linge, qu'elle me tend.

– Tu as peut-être envie de te laver les mains et le visage. Ou je peux le faire pour toi…

– Ça va aller, je réponds en prenant le tissu pour me rafraîchir.

Ce n'est pas grand-chose, mais je me sens incroyablement mieux.

– Merci.

Elle me sourit de nouveau – elle est si gentille.

– Tu n'as pas besoin de me remercier sans cesse. On est dans la même situation.

– Une princesse et une grande prêtresse voguant à travers l'espace sur un antique vaisseau spatial rempli d'individus sans foi ni loi ? je résume.

Et alors même que mes paroles sont si indistinctes que j'ai moi-même du mal à me comprendre, Rain éclate de rire.

– C'est dingue, non ? De toute ma vie, je n'ai rien fait, et maintenant…

– Maintenant tu as une amoureuse.

– Oui. (Son sourire radieux s'efface rapidement.) Et une amie qui s'est fait tirer dessus. Deux amis, même.

– C'est ce que nous sommes les uns pour les autres ? Des amis ?

En temps normal, jamais je ne poserais une question aussi directe, mais les médicaments ont pris le contrôle sur mon esprit.

– Je ne sais pas. Je n'avais jamais eu de vrais amis avant. Mais je crois que c'est le cas. Non ?

La tristesse s'empare de moi, car sa question me fait penser à Lara.

– Je n'avais jamais eu qu'une seule amie avant. Elle est morte sur la *Caelestis*.

– Je suis désolée, chuchote Rain en serrant ma main.

– Moi aussi. Mais j'aime l'idée d'être amie avec toi, Rain. Je t'aime bien même si tes goûts en matière d'amoureuse sont terriblement mauvais.

– Moi aussi je t'aime bien, Kali. Et Beckett est super quand on la connaît mieux.

– Je dois te croire sur parole, alors. (Mes paupières se font de plus en plus lourdes, je lutte pour garder les yeux ouverts.) Tu n'es pas obligée de rester. Je vais me débrouiller.

– Bien sûr. Je n'oublie pas que tu viens de tenir tête à une meute de mercenaires professionnels.

Sa description des événements me fait sourire et j'abdique face à mes paupières.

– Je sais qu'Ian et le *Starlight* ont fait la plus grande partie du boulot. Mais j'ai donné un coup de main. D'ailleurs, j'ai décoché un coup de pied dans l'entrejambe d'un gars.

– Oh… ça déchire, me félicite-t-elle en serrant ma main. Dors, Kali. Tu te sentiras mieux après.

J'essaie en vain de lui dire quelque chose – c'est important, ça flotte à la lisière de ma conscience – mais le sommeil me prend de vitesse. Je me contente de donner une pression à sa main en retour, et me laisse entraîner dans les ténèbres bienfaisantes.

CHAPITRE 48

IAN

– Eh, la prochaine fois que tu décides d'affronter une meute de mercenaires pros, tu pourrais me prévenir, me dit Max en entrant dans la cambuse.

– Je te dirais bien que ça n'arrivera plus, mais on sait tous les deux que ce serait de la merde de drokaray de prétendre ça.

– Ça, c'est bien vrai, confirme-t-il en nous servant deux verres de gerjgin.

Il en fait glisser un vers moi tandis qu'il écluse le sien en quelques gorgées.

Je l'imite. Quelle journée de merde, du début à la fin.

Je ne m'attendais pas vraiment à trouver Milla sur Glacéa, mais l'espoir a la vie dure. Évidemment, j'aurais préféré me tirer de là sans que Kali se prenne une balle. Bref…

– *T'es pas mort,* me rappelle Max mentalement, comme s'il pensait que ça m'entre plus facilement dans le crâne s'il le dit directement dans ma tête. *Kali et Gage non plus. C'est déjà ça.*

– Peut-être. Et au moins on sait où elle est.

– Ouais, et ça va pas être simple de la récupérer. Là-bas, c'est sécurité maximale.

– On trouvera un moyen. Comme toujours.

Enfin, je n'en suis pas si sûr. Je suis peut-être particulièrement pessimiste parce que je viens de proposer à Kali de la tuer pour qu'elle ne tombe pas aux mains de sales types. Rien de tel que la menace d'avoir à sacrifier la femme qui occupe beaucoup trop tes pensées pour te mettre en rogne.

– Tu penses trop à elle, non ? demande Max.

Je me donne pas la peine de répondre, puisqu'il est très bien placé pour constater à quel point Kali occupe mon esprit ces temps-ci. Et j'ai pas l'intention d'en discuter.

– T'as déjà mangé ?

– Mais bien sûr, fait Max en roulant des yeux. J'ai boulotté des nouilles tout en savourant le spectacle.

– Si tu continues comme ça, t'es bon pour préparer ta bouffe.

Je fouille le placard et trouve la nourriture déshydratée la moins dégueu – pas les maquerlans – que je mets dans le robot.

Une fois que c'est prêt, j'en donne à Max, puis prépare deux autres paquets pour Kali et moi. Je pose les portions sur une plaque de four en guise de plateau. J'ajoute des couverts, un verre de gerjgin pour moi et le reste de jus de planzina pour Kali. Il lui faut des calories après tout le sang qu'elle a perdu.

– Tu veux bien rester au poste de pilotage ce soir ? je demande. Je pensais prendre la relève de Beckett, mais…

– T'inquiète, je gère.

J'attrape le plateau avec un hochement de tête et fais un bref détour par ma chambre pour me changer (j'attrape une chemise propre dans les affaires de Max) avant de retourner à l'infirmerie.

En marchant, je me rends compte à quel point j'ai merdé. Et je me demande pourquoi Max se montre si coulant. À sa place, j'aurais menacé de me mettre une raclée pour le coup que je lui ai fait.

J'aurais pu partir. Et Max pourrait tout à fait me reprocher de ne pas l'avoir fait. Il ne le fera pas, ce n'est pas son genre. Mais il devrait. On fait tout ça pour sauver Milla et si j'avais été tué, elle n'aurait pas survécu. Je sais – nous savons tous les trois – que nous ne pouvons pas vivre sans les autres. Pas de quoi en faire un drame, c'est comme ça, c'est tout.

Je les ai toujours fait passer d'abord, en m'assurant de sauver ma peau parce que ça veut dire les protéger aussi. Aujourd'hui, j'ai tourné le dos à tout ça. À cause de Kali. Et pas juste pour la sauver, mais parce que je ne supportais pas l'idée qu'elle meure seule.

Et si j'étais le seul concerné, ça irait. Mais en faisant ce choix, j'ai pris le risque de condamner Max et Milla aussi. Ça ne doit pas se reproduire.

Quand j'entre dans l'infirmerie, Kali a les yeux fermés, et j'envisage de la laisser dormir. Mais si elle se sent mal au beau milieu de la nuit ? Et si elle a besoin de davantage d'antidouleurs ou d'aide pour aller aux toilettes ?

Oui, je sais que je passe pour une mauviette avec mes attentions ridicules.

– *Pas totalement*, me taquine Max, *mais tu files un mauvais coton.*

Je le dégage mentalement et pose le plateau sur le comptoir avant de prendre ma nourriture. Je m'assieds sur la chaise que quelqu'un a placée près du lit – Rain, j'imagine – et mange en silence tout en regardant Kali dormir.

On dirait qu'elle a fait la guerre. Elle a le visage blême, des cernes foncés sous les yeux. Ses lèvres pleines sont gercées par le froid, sa peau tirée sur ses pommettes. Ses cheveux roux sont en bataille autour de son visage et sa combinaison est en lambeaux. Pourtant, je ne peux détacher mon regard.

Et c'est bien le putain de problème !

L'apparence de certaines personnes change totalement quand elles dorment. J'imagine que c'est parce qu'elles tombent le masque et on voit alors qui elles sont vraiment, d'une manière qu'elles ne laissent pas paraître quand elles sont réveillées. Avec Kali, ce n'est pas ça. Oh, elle avait un masque le premier jour, sur la *Caelestis*, sûr ! Je l'ai vu à la seconde où j'ai posé le regard sur elle. Mais depuis, sur le *Starlight* ? Elle le laisse de plus en plus de côté. Au début, je pensais que c'était parce qu'elle se disait qu'on n'en valait pas la peine, qu'elle réservait son personnage de princesse pour les gens haut placés. Mais à mesure que j'apprends à la connaître, je comprends que ça correspond à sa vraie personnalité.

Elle ne porte plus de masque avec nous, parce qu'elle n'en a pas besoin. Je ne sais pas ce que ça révèle, sur elle ou sur nous.

Elle frissonne, toujours endormie. Je m'en veux de lui avoir laissé cette combinaison détruite, mais je n'ai pas envie de la réveiller alors qu'elle dort comme un bébé. Je pose mon assiette vide et attrape une couverture supplémentaire dans le placard. Puis je baisse la lumière.

Et je m'installe sur la chaise dure, ferme les yeux et étends mes jambes devant moi. Ce n'est même pas les conditions les plus inconfortables que j'aie connues, c'est dire !

Quelques heures plus tard, un bruit me tire du sommeil. Aussitôt je bondis, la main sur mon pistolet, clignant des yeux pour chasser le sommeil. Il me faut un instant pour comprendre d'où vient le bruit. C'est Kali, je me détends.

– Désolée, me dit-elle, assise au bord du lit. Je ne voulais pas te réveiller.

Je hausse les épaules.

– Pourquoi tu es réveillée ?

– Ma jambe. Elle me fait mal. Je me suis réveillée et je me suis rendu compte...

Elle ne finit pas sa phrase et penche la tête.

– T'as besoin de pisser ? je devine, en me rapprochant.

– Oui, mais ma jambe n'est pas décidée à participer.

– On verra pour te trouver des aides de marche demain matin, je lui promets. Pour l'instant, ce sera moi.

Lorsque je me penche pour la porter, elle me donne une tape.

– Tu ne vas pas me porter aux toilettes !

– Je t'ai portée pour revenir au vaisseau ! En quoi c'est différent ?

– C'est différent, c'est tout.

Lorsqu'elle tente de se lever, elle laisse échapper un cri de douleur et retombe lourdement sur les fesses. Je comprends alors que c'est précisément ce bruit qui m'a réveillé.

Un vrai gentleman proposerait sans doute de l'aider en passant un bras autour de sa taille ou ce genre de chose, mais je sens que Kali s'est imposé ce défi, alors j'accepte de la laisser se débrouiller.

Mais j'ai sous-estimé son obstination, et surestimé ma capacité à supporter de la voir se faire du mal. Elle fait deux nouvelles tentatives qui se soldent par des échecs. À la troisième, ma patience est à bout.

– Bon, Princesse, je me doute qu'on n'est pas supposés connaître l'existence de la vessie impériale et encore moins en parler, mais si personne n'intervient, on va y passer la journée.

Alors je la prends d'office dans mes bras et traverse l'infirmerie pour rejoindre la salle de bain. Le fait qu'elle ne proteste même pas cette fois est un bon indice de la souffrance qu'elle vit – et de son peu d'énergie.

Je la dépose dans les toilettes et la laisse me chasser. Mais je reste aux aguets de crainte qu'elle tombe tandis que je nettoie le revêtement plastifié du lit – il restait des traces de sang – et y étale une couverture pour rendre l'endroit plus douillet.

J'entends la chasse d'eau, puis un filet d'eau, mais comme la porte ne s'ouvre toujours pas après plusieurs minutes, je ne peux m'empêcher de crier :

– Ça va, là-dedans ?

– Parfaitement ! répond-elle, mais son ton la contredit.

Elle semble totalement frustrée.

– J'entre, je préviens, et son absence de réponse me donne toutes les infos dont j'ai besoin.

En quelques enjambées, j'y suis et, en ouvrant la porte, je la découvre avachie contre le lavabo, furieuse. Ce qui reste de sa combinaison amochée est sur ses chevilles. Elle n'est pas nue, elle porte un petit haut et une culotte, mais je ne peux pas m'empêcher de voir plein de détails qui me donnent l'impression d'être un vrai pervers, étant donné à quel point la situation lui est pénible.

– Je n'arrive pas à la remonter, m'avoue-t-elle, vaincue. Elle est encore mouillée, ça colle…

– T'en fais pas, je réponds en m'accroupissant pour finir de lui retirer délicatement le vêtement souillé, au lieu de le lui remettre.

Elle soupire.

– J'en ai encore besoin.

Mais elle ne lutte pas contre moi.

– Je t'ai préparé une chemise, mais je n'ai pas pensé à te la donner quand je t'ai portée ici. Désolé.

Puis, ignorant son corps magnifique auquel je me refuse de penser pour l'instant, je demande sa permission du regard. Dès qu'elle hoche la tête, je l'emporte vers son lit.

Une fois qu'elle est bien installée, j'attrape la chemise et l'aide à la passer avant de la border sous la couverture.

– Désolée, me dit-elle d'une voix chargée de frustration et de larmes, me semble-t-il.

Et ça… merde, je peux affronter quatre types armés de fusils laser sans broncher, mais les femmes qui pleurent… Je sens que mes mains commencent déjà à trembler. Je l'ai pourtant prévenue. Les femmes qui pleurent, c'est non.

– Pourquoi tu pleures ? Tu as mal ? Je vais te donner des médocs. Mais ne pleure pas.

Je bondis vers l'armoire à pharmacie.

– Désolée, je suis vraiment inutile, dit-elle, et les larmes sont là, dans sa voix, sur ses joues.

– Tu as été blessée, je lui rappelle. Ce n'est pas la même chose.

– Ça me donne la même impression.

Je lui fourre un antalgique dans les mains, et le verre de jus que j'avais préparé pour elle.

– Crois-moi, j'ai déjà vu des gens inutiles. Tu n'en fais pas partie.

– Je ne te crois pas.

– Comme tu veux. J'en ai rien à carrer. Mais prends le médoc pour te sentir mieux.

Elle me regarde d'un air furieux. Au moins elle cesse de pleurer, et accepte d'avaler son comprimé. Mission accomplie.

– Tu devrais manger, aussi.

– Fais attention, Ian, quelqu'un risque de croire que tu m'apprécies.

– Ah ouais ? Eh ben je crois que mon ego pourra le supporter.

Je saisis le plateau pour le lui mettre sur les genoux.

– Tu m'as apporté le dîner ? (Elle tend des mains avides vers la nourriture.) Je t'aime pour toujours.

Ses paroles déclenchent chez moi un étrange frisson – que j'ignore, car je sais qu'elle dit ça pour plaisanter –, mais le grand sourire qu'elle m'adresse en attaquant la bouillie pas terrible que je lui ai préparée, je ne peux pas faire comme si je ne le voyais pas. Ça lui va bien. Et alors qu'elle se met à manger, je remarque que je n'avais encore jamais vu un sourire vraiment sincère sur son visage.

J'ai vu les sourires de princesse, de politesse, les sourires « me fais pas chier »... Mais ce sourire qu'elle vient de faire... Il est peut-être temps de reprendre cette conversation sur le fait que je ne pratique pas les relations amoureuses. Avec moi-même, cette fois.

– Délicieux ! approuve-t-elle en me tendant une fourchette. Tu en veux ?

– J'ai mangé il y a quelques heures.

Elle hausse les épaules comme pour m'informer que je suis perdant dans l'affaire. Pour la première fois, je me demande si elle pourrait avoir raison. Je ne parle pas de la bouillie.

Putain, mais c'est ridicule. Frôler la mort a dû me bousiller la cervelle. Il n'y a pas d'autre explication.

– Tu as fini ?

Son assiette n'est pas vide, mais elle a posé son couvert et s'est adossée contre le lit de nouveau.

– Oui, je suis repue.

Je pose le plateau sur le comptoir et reviens avec du désinfectant et des bandages propres.

– Ça ne devrait pas faire mal, je la rassure en déroulant la gaze tachée de sang. Il faut juste nettoyer un peu.

– Je ne m'en fais pas, dit-elle en examinant la plaie. Est-ce que je vais avoir une cicatrice ?

– Aucun de nous n'est médecin, donc il y a des risques que oui.

– Bien. (De nouveau, elle me fait son satané sourire.) C'était un beau travail d'équipe. Et puis maintenant ça va me donner un look mystérieux et menaçant.

– Pour ça, il faudra voir tes jambes nues, je lui rappelle tandis que je nettoie le sang séché.

– Bien vu. (Elle grimace légèrement.) Je participerai peut-être à d'autres combats d'ici la fin de notre voyage. Je veillerai à être blessée à un endroit plus visible, cette fois.

Je souris à mon tour.

– On s'occupe d'abord de bien soigner cette première blessure de guerre, d'accord ?

Je sèche la plaie avant de la couvrir de bandages tandis qu'elle finit son verre de jus.

Me concentrer sur ma tâche m'aide à ne pas prêter attention à l'allure sexy qu'elle a avec la chemise trop large de Max, ses yeux brillants et les cheveux lâchés sur les épaules. Peu importe à quel point elle est séduisante, je ne profite jamais d'une femme blessée ou sous l'emprise d'une substance. Tout ce qui compte, c'est que sa plaie soit propre et bien pansée.

– Alors on va en direction des Confins pour sauver Milla ? me demande-t-elle une fois que j'ai rajusté sa couverture.

Elle ne semble pas effrayée – ce qui serait la réaction normale de beaucoup de gens – simplement curieuse.

– Ouais, mais je dois d'abord réfléchir à la manière dont on va la sortir de là. C'est un endroit dangereux, et les gens qu'on pourrait croiser là-bas… mieux vaut ne pas s'y frotter.

– Qui par exemple ?

– Les Confins concentrent toute l'étendue des activités illégales : pirates de l'espace, pillards… il y a un marché parallèle pour tout, à condition de connaître les bonnes personnes. Il n'y a aucune loi qui tienne, là-bas.

– C'est pour ça qu'ils font de la traite humaine en toute impunité ? demande-t-elle, atterrée.

– Sans doute. Sur Kridacus, les parents racontent des histoires pour menacer leurs enfants : « Ne fais pas de bêtises, sinon on t'envoie dans les Confins »…

– Je pense sans cesse à ces gens sur la *Caelestis*. Des gens comme Beckett et Milla, sur qui on a fait des expériences et puis dont on se débarrasse comme des déchets. C'est contraire à toute éthique. Il faut que ça s'arrête.

Je ne peux pas lui donner tort, mais je sais que c'est comme ça depuis bien longtemps. Changer ces habitudes ne sera pas simple – si seulement ça arrive.

– Et qui va s'y coller ?

Kali n'ajoute rien. Il est clair que cette aventure lui ouvre les yeux sur ce qu'est réellement le système – et le rôle qu'y tient sa mère. Je savais qu'elle était une idéaliste enfermée dans une bulle dorée. Maintenant que la bulle a éclaté…

Au-delà de ça, ces expériences révèlent peu à peu le moral d'acier que possède Kali. Un jour, si elle en a l'occasion, elle pourrait faire une bonne dirigeante. Exactement ce dont ce système a besoin. À condition qu'on ne crame pas tous avant. Et si nous parvenons à la garder en vie – comme tout l'équipage de ce vaisseau – assez longtemps pour mettre ces projets à exécution.

Putain. Je me laisse tomber sur la chaise en me passant les mains sur le visage. Comment j'ai fait pour me retrouver dans ce rôle de protecteur ? C'est pas du tout mon truc !

Je suis épuisé. Dépassé – et pas qu'un peu. Je dois assurer la survie de tout ce petit monde, et trouver le moyen de récupérer Milla dans la ceinture d'astéroïdes, tout en faisant en sorte que ce foutu vaisseau intelligent ne commette pas d'atrocités, et Kali…

Je m'interromps avant d'explorer ce sujet. Kali et le sentiment étrange qu'elle fait naître chez moi vont devoir attendre. Parce que j'ai à peu près une tonne de trucs super importants à résoudre, bien plus concrets qu'une nébuleuse sensation.

Mais avant même d'envisager des solutions, il faut que je pionce.

C'est alors que le bras de Kali sort de sous la couverture pour m'attraper la main. Elle déglutit, la lèvre tremblante, ce qui signifie qu'elle essaie d'être courageuse, alors qu'elle est vraiment effrayée ou triste. Et là je sais que je suis foutu, avant même qu'elle demande :

– Tu veux bien rester ?

C'est une mauvaise idée. Il n'y a même pas débat là-dessus.

Je le sais, et un autre soir que celui-ci, j'en tiendrais compte. Mais après ce qu'on a vécu aujourd'hui, tous les deux, moi non plus je n'ai pas envie de la laisser toute seule.

Alors j'enlève ma veste, envoie voler mes bottes et défais l'étui de mon pistolet.

Elle observe chacun de mes mouvements, les pommettes légèrement empourprées. Elle a envie de moi. Je l'ai toujours su. Peut-être parce qu'elle ne peut pas m'avoir.

Peut-être que je la veux pour la même raison. Va savoir…

Pour ce soir, on est en sécurité. Déjà les antalgiques rendent ses yeux vitreux. Je contourne le lit, pour être du côté de sa jambe valide, et soulève la couverture.

– Pousse-toi, Princesse.

Elle se tasse de l'autre côté et je me glisse à côté d'elle, en faisant de mon mieux pour ne pas la bousculer. Mais il n'y a pas beaucoup de place. Je sens la chaleur qui émane de son corps tandis que j'essaie de m'installer sans trop bouger. Jamais je n'arriverai à dormir dans ces conditions.

Sa respiration ralentit déjà. Je calque la mienne dessus. Et lorsque ses muscles endormis se détendent, ses courbes collées à mon corps, je m'assoupis enfin.

CHAPITRE 49

RAIN

Je m'assieds sur le bord du lit de la chambre que je partage d'habitude avec Kali. Et Beckett, en théorie, même si elle semble ne jamais dormir ici. Je ne sais pas trop où elle dort, d'ailleurs. Peut-être qu'elle ne dort pas.

Il est vraiment tard, mais je n'arrive pas à dormir.

Ian, Kali et Gage ont failli mourir aujourd'hui.

En fermant les yeux, je vois Kali et Ian, dissimulés derrière ce mur. Nous n'étions pas loin, et pourtant j'étais persuadée que nous arriverions trop tard. Max paniquait derrière moi, criant à Beckett de se dépêcher. C'était terrifiant.

Bien sûr, jusqu'ici, côtoyer un peu de danger m'avait paru amusant, excitant. Pas cette fois.

Quand ils se sont relevés tous les deux, j'ai senti tout mon corps se liquéfier.

La vie sur le *Starlight* est remplie de tragédies : nous avons assisté à l'implosion de la *Caelestis*, en sachant combien de vies avaient été anéanties, à l'explosion solaire qui a incendié Rangar. Et l'attaque des autres vaisseaux a été un moment angoissant. Mais pour moi, qui avais toujours vécu dans un environnement protégé, pour une cause qui ne m'a jamais vraiment semblé réelle, c'était une expérience pleine de vie. Dans ses bons et ses mauvais aspects.

Et du bon, il y en a eu. Tellement. Me faire des amis. Kali, Ian, Gage et Max. Porter de la couleur. Goûter la neige. Et Beckett. Beckett avant tout.

Mais aujourd'hui, quand la mort d'Ian et Kali semblait inévitable et que nous étions impuissants à l'empêcher, ça m'a heurtée comme une pluie de météores sur Serati : je me suis vraiment attachée à toutes ces personnes.

Je n'ai jamais eu d'amis avant. Maintenant que j'en ai, notre survie à tous compte tellement plus. Réincarnation ou pas, je ne veux vraiment pas qu'un seul de nous meure. Mais comment éviter cela alors que des gens sont bien décidés à nous éliminer ?

Je devrais peut-être en parler à Merrick. Il garde toujours la tête froide, et d'habitude je connais son avis. Mais en ce moment, il ne me parle plus. Est-ce que je l'ai déçu à ce point ? Je crois qu'il y a autre chose. J'aimerais bien savoir quoi.

Est-ce que la médaille de l'Ordre trouvée par Gage a une signification particulière ? Y a-t-il autre chose à savoir sur nos forces de sécurité déployées sur Glacéa ?

Je dois savoir. Impossible de trouver le sommeil alors que mes pensées tourbillonnent autant.

Je me lève d'un bond et gagne la porte. Il n'est pas dans le couloir comme il le faisait les premières nuits. Tout comme moi, je crois qu'il s'est mis à faire confiance aux autres personnes sur ce vaisseau. Au moins assez pour être convaincu qu'elles ne vont pas me tuer.

Je me dirige vers la passerelle et, en passant devant la cambuse, je le trouve assis à table devant une tasse de ce qui semble être du café, un air maussade figé sur ses traits harmonieux. Je ne me suis toujours pas habituée à son allure sans sa toge, il semble si différent.

Il remarque que je suis sur le seuil, hésitante.

– Tu devrais dormir, me reproche-t-il avant de reposer le regard sur son café.

– Je n'y arrive pas. Mon esprit bat la campagne.

J'entre dans la pièce et me glisse sur la chaise face à lui. L'odeur de café doit venir d'ailleurs, car sa tasse semble remplie de gerjgin, en fait.

– Je peux en avoir ?

Il sort une bouteille de sous la table et je me prends une tasse. Il me verse quelques centimètres du liquide ambré, et j'en bois une gorgée. Puis nous restons silencieux un moment.

– Tu parais changé depuis la *Caelestis*, je dis enfin.

Il hausse un sourcil.

– *Moi* j'ai changé ? Tu t'es regardée dans le miroir récemment ?

Je tends la main pour lui toucher le bras.

– Parle-moi, Merrick. Je pourrai peut-être t'aider.

Il hausse les épaules.

– Je ne sais pas.

Il semble si désinvolte que ça me met en colère. Merrick me ment, mais je ne sais pas à quel sujet.

– J'ai des doutes, Merrick, j'ai besoin d'aide.

– Ça arrive à tout le monde de douter, Rain.

– Toi aussi ? C'est ça qui se passe ? Tu doutes de ta foi ?

Il sirote sa boisson. Il arbore de nouveau cette expression maussade et ne semble pas décidé à répondre. Puis il pousse un soupir.

– Je te l'ai dit : chacun éprouve des doutes à un moment donné. (Il marque une pause, comme hésitant sur ce qu'il va dire.) Les miens durent simplement plus longtemps que chez la plupart des gens.

Je cligne des yeux, plusieurs fois. Est-ce qu'il vient d'admettre qu'il n'a plus la foi ? Depuis un bon moment ? Si lui n'a plus la foi, qu'est-ce que je suis censée faire, moi ?

Un bref sourire passe sur ses lèvres.

– Ne t'en fais pas. C'est humain de se poser des questions.

– J'espère bien.

Je déteste l'idée qu'il souffre. Et encore plus l'idée que je pourrais le perdre.

De nouveau ce sourire rapide.

– Tu es une bonne personne, grande prêtresse. Je l'ai toujours su.

Je vais avoir besoin de temps pour digérer tout ça. Mais au moins il parle, et c'est peut-être ma chance de creuser ce qui le tracasse. On dirait que ses doutes remontent à loin, mais il a vraiment changé depuis ce voyage sur la *Caelestis*. Qu'est-ce qui a déclenché ce changement ?

– À ton avis, pourquoi j'ai été désignée ambassadrice intérimaire ? je demande.

Aussitôt son visage se ferme, et je sais que j'ai commis une erreur tactique. Il sait quelque chose, mais il n'est pas prêt à m'en faire part. Je tente encore ma chance :

– Pourquoi l'Ordre s'en est pris à Kali et Ian ?

– Je n'en sais rien. Et nous ne sommes pas sûrs que c'était l'Ordre.

– Allons, Merrick. Je sais que tu en sais plus que tu ne dis.

Il m'examine un moment en faisant la moue, puis annonce avec un grand calme :

– Nous sommes cousins, Kalinda et moi.

Au début, je ne comprends pas le sens de ses paroles.

– Toi ? Et la princesse Kalinda ? Cousins ? Hein ? Mais comment ?

Il hoche la tête.

– Son père et le mien étaient frères.

Je savais que le père de Kali avait été un prêtre sératien – tout le monde le sait. Mais comment se fait-il que j'ignore que mon garde du corps a un lien de parenté avec elle ?

– Je ne comprends pas. Pourquoi ne l'as-tu jamais mentionné ?

– Ce n'est pas un lien que nous affichons. Quand mon oncle a épousé l'Impératrice, il a tourné le dos à l'Ordre, à sa famille. Il y avait des rancœurs, et cela l'a conduit à couper les ponts avec son père et avec le mien. Lorsqu'il a été assassiné, les possibilités d'une réconciliation sont mortes avec lui. Je n'avais jamais rencontré Kalinda, avant notre arrivée sur la *Caelestis*.

Oh là là. Bon, j'avais bien remarqué que quelque chose le turlupinait, mais jamais je n'aurais deviné ça. J'examine son visage en y cherchant des ressemblances. Et en effet, maintenant que je sais, je les vois. Les mêmes arabesques sur la peau, même si celles de Kali sont plus foncées. Les pommettes hautes, le menton décidé.

– Kali est au courant ?

– Non.

– Tu vas le lui révéler ?

– Non.

– Mais vous êtes de la même famille ! Ce n'est pas rien.

Je n'ai jamais connu ma famille, qui m'a abandonnée à l'Ordre quand j'étais encore bébé, renonçant à tout lien avec moi – pour le bien commun.

J'essaie de ne pas en souffrir.

C'était sûrement un honneur pour eux, même si j'imagine qu'il y a aussi eu une compensation financière. Il paraît qu'ils étaient très pauvres.

– La famille… c'est souvent compliqué, me dit Merrick. Et l'amour, encore plus. Mon oncle a été pris en tenaille entre les deux.

– Il n'a peut-être pas eu le choix ? Son amour était tellement fort que…

Merrick secoue la tête.

– Tu as si bon cœur. On a toujours le choix. Il faut simplement en accepter les conséquences. (Il se lève alors.) Il est temps de dormir.

J'ai l'intuition que Merrick a encore bien des secrets. Il m'a révélé la bombe « Kali est ma cousine » pour me distraire et éviter les questions auxquelles il ne souhaite pas répondre. Je suis tentée de le pousser dans ses retranchements, mais je sais qu'il ne me dira rien de plus aujourd'hui.

– D'accord. Je pense que tu devrais lui dire, je l'informe.

Il incline la tête.

– Je vais y réfléchir.

Il sort de la pièce, me laissant plus perplexe encore qu'en arrivant. Je reste assise là longtemps après son départ. Je me ressers même un verre en méditant sur les révélations de Merrick, et ce que cela suppose.

Merrick et Kali sont de la même famille. Y aurait-il un lien avec nos mésaventures récentes ?

Je cherche aussi à explorer ce que je ressens en apprenant que Merrick n'est pas un croyant convaincu.

Et moi, où j'en suis ?

Plus perdue que jamais.

Soudain, je ressens le besoin impérieux d'être avec la seule personne du vaisseau qui me dira la vérité. La seule personne qui me voit vraiment telle que je suis, et pas comme une grande prêtresse.

Celle qui me voit comme une femme.

CHAPITRE 50

RAIN

Mon cœur s'emballe tandis que je mène Beckett jusqu'à ma chambre. Enfin, *notre* chambre, même si elle n'y a jamais dormi.

Après ma conversation déconcertante avec Merrick, je l'ai trouvée somnolant dans son fauteuil de pilote. Dès que je l'ai réveillée, elle a ouvert de grands yeux, aussitôt en état d'alerte. En voyant de qui il s'agissait, son regard s'est adouci.

Je lui ai pris la main et l'ai fait se lever, sans un mot.

À présent, je me demande ce qui va se passer une fois que nous y serons. Je suis étrangement reconnaissante à Kali de dormir à l'infirmerie cette nuit. La chambre est à nous. Je m'imagine passer les bras autour de la taille de Beckett, attirer son corps svelte et puissant contre le mien, embrasser ses lèvres, son cou, ses épaules, et puis descendre, de plus en plus bas, pour toucher, goûter et lécher chaque infime parcelle de sa peau.

Je me rêve audacieuse, sûre de moi, sexy et désirable et représentant tout ce que Beckett recherche chez sa partenaire.

Et puis je comprends que je n'ai plus besoin d'avoir recours à mon imagination, à mes petites rêveries bébêtes de gamine. Car aucun fantasme n'arrive à la cheville de ce que je suis en train de vivre.

C'est là, maintenant, pour moi. Il me suffit de tendre la main.

Pourtant, j'ai le ventre qui se serre un peu plus à chaque pas, et le souffle court. Car peu importe ce que j'imagine ou souhaite pour cette nuit, en vérité, en matière de sexe, je ne suis rien de tout ça : ni audacieuse, ni sûre de moi, et certainement pas sexy.

Je suis juste moi. Rain, une fille qui a passé toute sa vie dans un monastère. Comment ai-je pu penser un seul instant être capable de faire ça ?

Mais c'est ce que je veux. J'en ai vraiment très, très envie.

Le temps d'arriver à la chambre, je suis nerveuse, agitée, bonne à ramasser à la petite cuillère. Et je fais de mon mieux pour le cacher à Beckett. Mais dès que la porte se referme, je sens le poids de ses yeux jaunes sur moi.

– Hé, chuchote-t-elle en m'attrapant par-derrière pour me coller contre sa poitrine.

J'ai toujours détesté le fait d'être petite, mais là, alors qu'elle m'enveloppe complètement, je dois admettre que c'est agréable. Plus que ça, même : c'est excitant.

– On n'est pas obligées de faire quoi que ce soit, me murmure-t-elle à l'oreille. Si tu as changé d'avis, c'est pas grave. On peut dormir, aussi.

– Non ! je proteste avec une telle force que j'en suis gênée.

J'ai les joues qui brûlent et j'envisage un instant de lui donner raison. Mais cela placerait notre histoire dans le droit fil de ma vie : un fantasme auquel j'ai longuement rêvé, sans pour autant avoir le courage de le saisir à bras-le-corps. Je ne veux pas que ça se passe comme ça. Pas avec Beckett.

Notre histoire est différente.

Alors je ravale ma gêne et mes craintes, et je me retourne pour lui faire face. Après avoir cherché en vain une formulation adéquate, je lui offre simplement la vérité :

– Je ne l'ai jamais fait. Coucher avec quelqu'un, je veux dire. Ni… tout le reste. Le Livre de l'Astre Mourant ne m'interdit pas d'avoir des relations, mais je n'ai jamais rencontré quelqu'un avec qui… Mais avec toi, je veux. (Je prends son visage triste, fatigué et magnifique entre mes mains.) J'en ai très, très envie.

Elle me regarde droit dans les yeux pendant plusieurs secondes. Je ne sais pas ce qu'elle y lit, mais cela semble lui suffire, car elle murmure :

– D'accord.

– D'accord ? je répète, tandis que mon cœur manque quelques battements.

Beckett me sourit tendrement.

– Retourne-toi.

– Retourne…

– … -toi.

Comme je ne réagis toujours pas, elle appuie doucement sur mes épaules pour me faire pivoter en direction du lit. Mais cette fois, au lieu de m'enlacer, elle retire le lien à l'extrémité de ma natte et commence à lentement la défaire.

Dit comme ça, ce n'est pas une activité qui semble très sexy. Mais quand c'est Beckett qui le fait… il n'y a pas de plus grande félicité en ce monde.

Elle prend son temps pour détresser la natte, s'applique à passer ses doigts vigoureux et calleux dans mes cheveux, jusqu'à ce qu'ils drapent mes épaules et mon dos. Puis elle se met à masser du bout des doigts mon cuir chevelu, ma nuque, mes épaules, jusqu'à ce que chaque tension de mon corps se dissolve, que chaque souci s'envole de mon esprit, et que je ne pense plus qu'à elle.

Elle est la totalité de ce que je veux.

– Comme la lumière du soleil, murmure Beckett en faisant passer une mèche de mes cheveux entre ses doigts. Mon soleil à moi.

– Mes cheveux sont banals comparés à tes boucles, je chuchote, pas trop fort pour ne pas briser le charme.

– Il n'y a rien de banal chez toi, Rain, murmure-t-elle en retour.

Puis elle fait passer ma chevelure par-dessus mon épaule et se penche pour appuyer ses lèvres à la naissance de ma nuque.

Le frisson qui me traverse alors me tire un hoquet, et elle rit doucement, pas en se moquant de moi, mais comme si elle était émerveillée par moi. C'est la première fois que j'entends ce rire chez elle, et ça me plaît.

Doux, communicatif. Si peu semblable à la personne qu'elle donne à voir au monde. C'est la Beckett telle qu'elle se montre à moi.

– Encore, je lui demande en inclinant la tête pour lui permettre d'accéder plus facilement à mon cou.

Cette fois, son rire est un peu plus sombre, vénéneux. Et ça me plaît encore plus.

Au lieu d'accéder à ma demande et de m'embrasser, elle mordille la peau si sensible à la jonction de ma nuque et de mon épaule. Mes sens partent en vrille, j'ai les genoux qui cèdent, mes mains se crispent et l'espace de longues secondes, mes poumons oublient de respirer.

Elle recommence et je suis prise de tremblements, je parviens à peine à rester debout tandis que le plaisir court dans mes veines.

– Tu me fais confiance ?

Je mettrais ma vie entre tes mains. Les mots tremblent au bord de mes lèvres, mais je ne les prononce pas. Pas parce que je ne le pense pas, mais parce que Beckett n'a pas suffisamment confiance en elle pour entendre ça. Loin de là. Et la dernière chose que je souhaite c'est qu'elle se mette à réfléchir à toutes les raisons pour lesquelles elle pourrait se raviser.

– Oui, je lui dis simplement en me laissant aller contre elle pour lui faire sentir que c'est vrai.

Elle a toujours la bouche sur moi et je sens son sourire tandis qu'elle fait glisser ses mains jusqu'à ma taille. Elle s'y attarde un instant, me caresse le ventre et le haut de mes cuisses, jusqu'à ce que mon corps bouge de lui-même à l'unisson du sien.

Je m'ordonne de rester immobile, d'attendre de voir ce qu'elle veut faire ensuite, mais c'est trop dur avec ce feu qui m'anime. J'en veux davantage, de toutes les fibres de mon corps.

Il y a une douleur sourde au creux de mon ventre, une sensation de vide qui appelle quelque chose dont j'ignorais avoir besoin. Et quand elle glisse ses mains sur mes côtes pour venir empaumer mes seins…

– Oh !

Dès qu'elle appuie les doigts sous mes seins, je ne peux plus contrôler les mouvements de mon bassin.

– Beckett !

Elle s'immobilise aussitôt.

– Tu veux que j'arrête ?

– Non ! je crie comme une explosion. S'il te plaît, continue.

Elle rit de nouveau.

– D'accord.

Alors ses pouces viennent frotter doucement mes tétons, de ses ongles elle les agace à travers le tissu de ma combinaison.

– Oh, oh ! (Un grand frisson me traverse de part en part.) Oh, Beckett !

– « Oh Beckett », répète-t-elle en souriant dans mon cou qu'elle couvre de baisers de haut en bas. Pour une fois, j'aime bien qu'on m'appelle…

– J'aime ton nom, je dis, le souffle court.

Je suis agitée de grands tremblements, tout mon corps appelle le sien d'une manière que je n'avais encore jamais ressentie.

– Tant mieux.

Elle glisse maintenant ses mains au-dessus de mes seins, et leur départ me tire un petit gémissement. Mais elle me fait taire aussitôt en commençant délicatement à retirer ma combinaison.

Tandis que ses doigts frôlent ma peau dénudée, je sens une reconnaissance démesurée de n'avoir pas eu de brassière propre à enfiler ce matin. Quand Beckett fait enfin glisser ma combinaison sur mes épaules et la descend jusqu'à ma taille, je suis sur le point de pleurer de ravissement.

– Tu as un tatouage, commente-t-elle au bout d'un moment en suivant du doigt le motif sur mon épaule gauche. C'est joli. Ça me rappelle l'emblème du *Starlight*.

– C'est une marque de naissance, je l'informe. Toutes les grandes prêtresses l'ont, c'est l'un des signes qui permettent de nous identifier à la naissance.

Sans rien dire, Beckett continue de passer le bout du doigt sur l'étoile.

– Intéressant, dit-elle enfin. Ça me plaît.

Elle se penche et dépose des baisers brûlants, bouche ouverte, sur mon épaule, puis elle se met à suivre le contour de la marque avec sa langue. Mes genoux flageolent, je ne tiens debout que grâce au bras de Beckett solidement passé autour de ma taille.

– C'est cool pour toi ? me murmure-t-elle en léchant, embrassant et mordillant ma colonne vertébrale.

– Cool ? Oh non, ce n'est pas le mot qui convient, je parviens à dire d'une voix hachée.

Elle s'interrompt alors au milieu de mon dos.

– Tu dis ça en bien ?

– De la meilleure des manières.

– La meilleure des manières, répète-t-elle en s'agenouillant derrière moi. Tu fais du bien à mon ego.

– Oh, toi tu me fais du bien partout.

Et je n'exagère pas.

En riant, elle entreprend de défaire les boucles de mes bottes. Je m'en débarrasse tandis qu'elle tire sur ma combinaison, faisant passer le vêtement sur mes fesses et mes jambes. Et me voilà uniquement vêtue d'une culotte noire que Kali m'a achetée sur Askkandia il y a une éternité, me semble-t-il.

Et soudain ma nervosité revient. Et si Beckett n'aime pas l'apparence de mon corps ? Ma peau si pâle en comparaison de son teint foncé, mes petites formes si différentes de ses membres élancés et anguleux. Il est difficile de me tenir ainsi dos à elle, sans voir son visage, sans scruter ses réactions.

Je sens alors son souffle saccadé au bas de mon dos, ses mains pleines d'adoration qu'elle presse sur mes hanches, le long de mes cuisses.

– Tu es si belle, dit-elle d'une voix rauque.

– Toi aussi, je réponds.

Mais elle ne m'écoute pas, toute son attention portée sur le pourtour de ma culotte. Elle trace du doigt le contour de mes jambes, effectue plusieurs allers et retours avant de se glisser à l'intérieur. Elle caresse mon mont de Vénus, la lisière de ma vulve.

Je pousse un petit cri. Cette fois mes genoux tremblants ne me portent plus du tout. Beckett change rapidement de position pour s'agenouiller devant moi, maintenant mes cuisses avec ses bras.

– Prends appui sur mes épaules, me dit-elle entre deux baisers qui me chatouillent le ventre.

Incapable de la contredire, je m'empresse de suivre ses conseils. Aussitôt elle tire ma culotte d'un doigt pour la faire glisser sur mes jambes. Dès que je m'en débarrasse, elle se penche pour déposer un long baiser mouillé au sommet de mon pubis.

Je me liquéfie en un tas de chair tremblant de désir. Un feu passionné court sur ma peau, dans mes veines, dans tout mon corps.

– Pitié, je gémis alors qu'elle dessine des arabesques sur ma peau du bout de la langue : sur ma hanche, autour de mon nombril, puis entre ma jambe et mon torse. Beckett, je t'en prie…

Elle rit encore et cette fois c'est clairement un son sauvage, sulfureux, et elle se relève en promenant sa bouche au milieu de mon corps, de mon nombril jusqu'à ma gorge en passant par mon cœur. Elle prend le temps de savourer chaque endroit avant de reculer d'un pas.

Je tends vers elle des mains avides : je ne veux pas que ça s'arrête, je veux ressentir encore ces sensations merveilleuses.

– J'ai juste besoin de faire une petite pause, me chuchote-t-elle avant de se pencher pour me mordiller la clavicule.

Puis à son tour elle retire ses bottes et sa combinaison, qu'elle laisse en tas au sol – ce qui est très surprenant de la part de Beckett, habituellement ordonnée à l'excès. Je me dis qu'elle doit donc être aussi passionnée que moi, et je me sens parfaitement comblée.

Par cette soirée, par ce moment.

Et surtout par Beckett.

C'est mon tour de reculer d'un pas tandis qu'elle fait glisser sa culotte, ce qui me donne une vue magnifique sur ses tétons brun-rose, sur son corps mince et élancé, sur les belles boucles entre ses jambes.

– Je ne suis pas belle comme toi, s'excuse-t-elle alors en faisant un signe en direction de ses cicatrices.

Et pour la première fois, je me rends compte qu'elle aussi manque de confiance en son physique. Peut-être encore plus que moi, et sans raison.

Je lui prends les mains et les pose bien serrées contre mon cœur.

– Tu n'as aucune raison d'avoir des complexes, je lui affirme farouchement.

– Je sais ce que je suis, répond-elle.

– Bien, je suis contente que tu saches que tu es belle, puissante, forte… (Ma voix se brise alors que je contemple les cicatrices, trop nombreuses pour être comptées, qui sillonnent son corps de guerrière.) Si forte. Et aussi la personne la plus sexy que j'aie jamais vue.

– Je crois que tu te trompes, me contredit-elle d'un ton taquin. Le titre te revient.

– Non, mais ça me fait plaisir que tu le penses. C'est tout ce qui compte pour moi.

Beckett sourit et met un doigt sous mon menton, relève ma tête, puis, avec lenteur et un mouvement *parfait*, approche sa bouche de la mienne.

Au moment où nos lèvres se rencontrent, mon corps plonge en direction du sien. Elle a le goût des baies sucrées du jardin du monastère, le goût de la crème au sucre avec une larme de gerjgin. Elle est plus délicieuse encore, les monts et les vallées de son corps sont des merveilles sous mes paumes hésitantes. Et lorsqu'elle me guide vers le lit, puis m'allonge dessus, chaque parcelle de mon corps crie « encore ». Je veux plus de tout ça, plus d'elle.

Elle me rejoint, sa bouche retrouve la mienne et je l'enlace, je caresse son dos tiède. Mes doigts passent sur ses cicatrices. J'aimerais m'y attarder, explorer chacune par le toucher, la vue et le goût. Mais je crains de la repousser, alors – pour l'instant – j'ignore ces écussons de courage, de survie, qu'elle porte sur son corps, et je me concentre sur tous les autres aspects de sa personne.

Je joue avec les grosses boucles de cheveux qui encadrent son visage, je promène un doigt le long de ses lèvres charnues. Je pose une main sur son cœur robuste.

Chaque fois que je touche un nouvel endroit, elle murmure mon nom, créant une mélodie répétitive, comme une douce pluie d'orage estival.

Beckett me laisse l'explorer quelques minutes, la goûter, la toucher, la sentir. Puis elle prend le relais, m'embrasse la gorge, la mâchoire, le creux sensible sous l'oreille.

Une chaleur brûlante monte en moi tandis qu'elle descend de plus en plus bas. Elle embrasse et suçote mes clavicules, le creux de ma gorge, le dessus de mes seins. J'ai la tête qui tourne, le cœur qui s'emballe, j'attrape ses épaules, ses bras, sa taille.

Je n'ai jamais ressenti ces choses, je n'imaginais pas que je pouvais avoir autant de sensations à la fois sans y succomber. Et pourtant, j'en redemande.

Mon corps se cambre, suppliant Beckett de lui accorder quelque chose que je ne saurais comment demander. Mais elle sait – elle comprend si bien – et elle glisse de plus en plus bas, jusqu'au moment où sa bouche est sur mes cuisses, ses doigts dansant sur mon pubis et sur les lèvres de mon sexe.

Le désir explose en moi tandis qu'elle m'écarte délicatement les jambes et dépose de petits baisers à l'intérieur de mes cuisses. Je laisse échapper des cris de gorge, mes hanches répondent à ses gestes, qui deviennent plus osés, plus sûrs, plus irrésistibles.

Beckett fait glisser ses doigts le long de ma vulve, elle me caresse, me tapote, fait de petits cercles et je ne peux plus contrôler les mouvements de mon corps. Mon bassin se soulève, mes mains lui tirent les cheveux, mes jambes s'enroulent autour d'elle, et je lui ordonne :

– Vite, encore, vite !

Mais Beckett fait la sourde oreille, elle prend son temps pour se frayer un chemin de mes lèvres à mon clitoris, de baiser en baiser. Elle lui donne des petits coups de langue et ses doigts entrent en moi. Je n'ai jamais rien connu d'aussi bon.

Elle me caresse encore et encore, suce mon clitoris, fait glisser sa langue le long de mes lèvres, jusqu'à ce que plus rien ne compte à part elle et moi et l'extase qui brille en nous. Et quand c'est fini, elle recommence. Et puis encore. Et encore.

Jusqu'à ce que j'oublie comment penser, comment respirer.

Jusqu'à ce que j'oublie comment je pouvais vivre sans cette source infinie de plaisir.

Jusqu'à ce que j'oublie comment j'étais avant elle. Avant Beckett.

Après, elle remonte le long de mon corps et je tends les mains vers elle. Je suis épuisée, vidée, mais bien décidée à lui donner à mon tour au moins une partie du plaisir qu'elle vient de m'offrir.

– Je veux te faire sentir ça, je murmure en jouant d'une main avec sa tignasse ébouriffée, tandis que mon autre main descend lentement.

Mais elle dépose un seul baiser sur ma bouche, me laissant goûter à mon propre nectar qui est encore sur ses lèvres.

– À notre réveil, murmure-t-elle en retour.

J'aimerais protester, mais déjà mes paupières se ferment, et les siennes aussi.

Je me laisse emporter par le sommeil au doux son de ses ronflements à mon oreille, et je me réveille de même. Lorsque Beckett commence à remuer dans le lit, j'entreprends ce que je voulais faire dès le début.

J'embrasse tout son corps jusqu'à ce que ses mains agrippent mes cheveux et que ses hanches se lèvent vers ma bouche. Et lorsque vient sa jouissance, un torrent de bien-être m'inonde comme un fleuve.

L'univers est enfin aligné.

CHAPITRE 51

BECKETT

Six jours plus tard, nous sommes toujours en orbite autour de Glacéa. Le *Starlight* refuse de bouger.

J'ai tout fait pour le convaincre, et Gage aussi, mais rien n'a fonctionné. On est précisément dans un cas où le vaisseau a son avis bien tranché et n'en démord pas.

Évidemment, Ian perd patience. Chaque heure qui passe le rend plus grognon. Même Kali et Max ne parviennent plus à le calmer. Je suis bien placée pour le savoir, car pour une fois, je me suis fait violence et je les ai suppliés de m'aider. S'il vient encore une fois sur la passerelle pour me rabâcher qu'il faut que je fasse avancer le vaisseau, je ne suis pas sûre que j'arriverais à me retenir de l'étriper. Ou de le rouer de coups, au moins. Après tout, il n'est pas le seul à vouloir désespérément rejoindre les Confins.

Ce qui l'a sauvé jusqu'ici, c'est que j'ai été un peu… distraite par Rain. Kali est de retour dans la chambre, alors je ne peux pas la tenir dans mes bras toutes les nuits comme je voudrais. Mais puisque le *Starlight* est au point mort, nous nous enfermons ensemble pendant des heures. Et chaque fois est meilleure que la précédente – ce qui tient tout bonnement du miracle.

Et nous ne passons même pas tout notre temps au lit. Nous avons aussi beaucoup parlé de sa vie au monastère et de la mienne avec les rebelles. Nous discutons d'histoires que nous avons lues, d'endroits où nous aimerions aller… Et puis nous parlons de tout ce qui nous passe par la tête.

Rain m'a raconté tellement d'histoires au sujet des gens du monastère que j'ai l'impression de les connaître. En particulier, j'aimerais rencontrer sœur Malconi, qui s'occupe de la plus grande serre à fleurs du monastère, située sous terre pour protéger les plantes de la chaleur. Il paraît qu'elle considère tout le monde comme des criminels qui n'attendent que de mettre la main sur ses précieuses fleurs.

Tous les jours, Rain me raconte une nouvelle histoire à son sujet. Nous rions à n'en plus finir. Je n'ai pas trop d'éléments de comparaison, mais je crois que ça s'appelle le bonheur.

Je lui apprends des choses sur le *Starlight*, et comment le piloter. Enfin, en théorie, au moins. Une paire de fois, Kali s'est jointe à nous, et je lui ai appris les rudiments à elle aussi. On dirait qu'elle est assoiffée de connaissances, alors bordel, comment je pourrais le lui refuser ?

Mais ce matin, dès mon réveil, j'ai eu l'impression qu'un gros nuage noir m'oppressait. Je suis tendue, impatiente, et la rage qui est devenue ma fidèle compagne depuis la mort de mon père m'anime de nouveau.

Aujourd'hui, Jarved aurait eu dix-neuf ans.

Dix-neuf ans.

C'était un petit garçon la dernière fois que je l'ai vu. Ce serait un homme à présent, de l'âge de Rain.

J'éprouve une telle rage…

S'il y a la moindre chance qu'il soit encore en vie, je dois aller à sa recherche.

Une pointe de douleur s'enfonce à l'arrière de mon crâne. La migraine rôde. Ça compléterait parfaitement cette journée de merde.

Je me dirige à grands pas vers la passerelle, dans l'espoir d'avoir un petit moment de solitude avant de devoir affronter tout le monde au repas de midi. Sur le seuil, je m'immobilise : ils sont tous là. Sur ma passerelle, au moment où j'ai besoin d'être seule.

Merrick et Rain sont assis ensemble sur la droite. Elle lève la tête et sursaute légèrement en me voyant. Elle a dû sentir ma mauvaise humeur. Max est assis sur le siège de capitaine, tandis que Gage est debout derrière lui, appuyé contre le dossier. Tous observent Ian et Kali, debout au milieu de la pièce.

Une rage incontrôlable me submerge quand je pose le regard sur la princesse. Parfois, j'arrive à oublier qui elle est, et que sa famille est responsable de toutes les horreurs dans ma vie. Dans ces moments-là, je pourrais l'apprécier. D'autres fois, comme maintenant, le jour du dix-neuvième anniversaire de Jarved, c'est impossible.

Les forces armées dirigées par sa mère ont capturé, torturé et tué mon père.

Les mêmes sont revenues pour mon frère quelques années plus tard.

Et puis elles sont venues pour moi, m'ont emmenée sur la *Caelestis*, pour être torturée et soumise à des expériences, et la suite du programme était de m'envoyer dans l'endroit le plus terrifiant du système.

Et elle est là, tout sourire, totalement insouciante. Elle regarde Ian, le taquine d'un air réjoui. Je dois serrer très fort les poings le long du corps pour me retenir d'aller la frapper en pleine poire.

Je parviens à me maîtriser, cette fois, mais je sais que c'est une solution temporaire. Une échappatoire qui ne va pas tenir longtemps. Peut-être seulement quelques minutes.

CHAPITRE 52

KALINDA

Je sens la présence de Beckett dès qu'elle arrive sur la passerelle.

Je pense qu'on en prend tous conscience, car elle ressemble à un trou noir qui n'attend qu'une chose : nous attirer tous dans la spirale impérieuse de sa fureur. C'est surprenant de la voir comme ça, le visage dur et furieux, alors que depuis une semaine elle était si différente. Radoucie, détendue en dépit des récriminations incessantes d'Ian.

Quelque chose a changé, car aujourd'hui l'hostilité la rend presque incandescente. Ses yeux sont froids, brillants, tandis que la cicatrice à son cou se détache clairement sur sa peau. Ses lèvres sont réduites à une mince ligne crispée, et je ne peux ignorer le regard qu'elle me lance.

Qui donc a pissé dans ses chamalunes, ce matin ?

– Eh, tu m'écoutes ?

Ian me rappelle à l'ordre d'une voix agacée. À sa manière, il est aussi impatient et à vif que Beckett. Cette journée promet d'être intéressante.

Je détache mon regard de Beckett pour me concentrer sur lui, même si quelque chose me dit que je ferais mieux de la surveiller de près. Elle semble vraiment au bord de l'explosion.

– Bien sûr, je réponds enfin.

En plus de harceler Gage pour qu'il m'en dise plus sur le fonctionnement du *Starlight*, et Max pour qu'il m'apprenne à cuisiner, cela fait des jours que j'essaie d'obtenir d'autres leçons de combat de la part d'Ian. Il a résisté jusqu'à ce matin, en prétextant que je devais laisser ma blessure cicatriser. Mais j'ai toujours guéri rapidement, même si je dois dire que mes écorchures d'enfant ne sont pas comparables. Ça tiraille encore un peu, mais comparé à ce que c'était il y a une semaine, je suis en pleine forme.

Maintenant que tout le monde nous regarde – y compris Beckett – je me dis qu'on aurait dû choisir un endroit plus discret pour cette leçon. Mais il se trouve que c'est l'endroit le plus spacieux du vaisseau.

– Pour remporter un combat, me dit Ian, tu dois repérer les faiblesses de ton adversaire. Tu es grande, mais plus mince que beaucoup, donc il est peu probable que tu t'en sortes par la force uniquement. Et les compétences viennent avec le temps. Alors il faut que tu te serves de ta jugeote. Trouve son talon d'Achille. Énerve-le. Tu dois faire ce qu'il faut pour te donner un avantage.

– Tricher, tu veux dire ? intervient Merrick.

Apparemment, il n'a toujours pas digéré leur combat et le sale coup d'Ian pour y mettre un terme.

– Il n'y a pas de tricherie dans un vrai combat, répond Ian, même s'il ne semble pas prendre ombrage de l'accusation. Tout ce qui compte c'est gagner ou perdre, vivre ou mourir. Tu dois faire ce qu'il faut pour survivre.

Du coin de l'œil, je vois Beckett s'installer dans le siège à côté de Rain. Sa proximité devrait l'occuper quelques instants. Je me détends un peu et prête vraiment attention à Ian.

Il fronce les sourcils.

– Tu es sûre d'être prête pour ça, Princesse ?

– Bien sûr, je réponds en mobilisant ma jambe, ce qui me fait juste un peu mal. Je crois que je suis même prête à ce qu'on retire mes fils.

– D'accord, alors on va commencer par quelques mouvements défensifs.

Ça ne m'enthousiasme guère. Après tout je maîtrise déjà le coup de pied dans l'entrejambe. Je m'attendais à quelque chose d'un peu plus sérieux.

– Je peux avoir un pistolet laser ?

– Ça va pas, non ? refuse-t-il en blêmissant.

En fait, je ne m'attendais pas à ce qu'il accepte.

– Un couteau, alors ? j'insiste.

Après ce qui s'est passé sur Glacéa, je crois que l'idée de me voir manier n'importe quelle arme rend Ian très nerveux.

– Plus tard, peut-être, élude-t-il en faisant la grimace. Bien plus tard.

– Moi je te donnerai une arme, Kali, me promet Max.

Je lui fais un grand sourire, et il me répond d'un clin d'œil.

– Rabat-joie, je reproche à Ian. Comment veux-tu que je me défende si je n'ai pas d'arme ?

– Tu dois frapper à des endroits stratégiques.

Soudain je revois Ian enfonçant ses pouces dans les yeux de cet homme sur Askkandia. L'immonde bruit mouillé lorsqu'ils ont explosé. Beurk. Jamais je n'oublierai ça. Mais je ne suis pas sûre de pouvoir le faire moi-même, même si ma vie en dépendait. Il doit bien y avoir d'autres endroits.

– Bien, alors montre-moi où tu es vulnérable, je lui dis.

Il me répond avec un sourire suffisant :

– J'ai pas ça, moi. De manière générale, c'est la gorge, le plexus solaire, les yeux et, bien sûr, ton préféré : l'entrejambe. Un bon coup dans n'importe lequel de ces points devrait te donner une chance de t'enfuir.

– Je ne veux pas m'enfuir. Je veux mettre mon adversaire hors de combat.

– Le tuer, tu veux dire ? (Il me regarde un instant, la tête sur le côté.) Je ne suis pas sûr que tu aies l'étoffe d'une tueuse, Princesse.

J'entends un rire étouffé dans un coin de la pièce. Beckett. J'ignore sa réaction.

– Pas forcément tuer, je rectifie (moi non plus, je ne suis pas sûre d'en être capable). Mais neutraliser, pour qu'il ne puisse pas me poursuivre ou attaquer quelqu'un qui est avec moi.

– Ne nous éparpillons pas, décrète Ian. D'abord on s'occupe d'assurer ta survie. Ensuite on s'inquiétera de « neutraliser » les gens. Bon, si j'arrive par devant…

Il s'approche et m'attrape l'épaule. Je me dégage en tournant sur moi-même et il me laisse partir.

– Bien, fait-il, mais je fronce les sourcils.

– Pourquoi ai-je l'impression que tu ne te donnes pas à fond ? je lance. Allez, Ian, je n'apprendrai rien si tu ne prends pas ça au sérieux.

– Si je me donnais à fond, tu serais morte, Princesse.

Il n'a pas tort.

– Oui, bon, et si tu n'y allais juste pas avec des pincettes ? Je ne suis pas si fragile, pas la peine d'avoir peur de me casser.

– Dit celle qui s'est fait tirer dessus, grommelle-t-il.

Mais il doit prendre en compte mes reproches, car cette fois il arrive sur moi à toute vitesse, attrape mon bras, me tire vers lui en m'imprimant une petite rotation et il finit avec son bras enroulé autour de mon cou. Il commence à serrer et la panique me gagne lorsque je sens ma trachée comprimée et que je manque d'air.

D'un côté, je sais bien qu'il ne me fera pas de mal, mais le fait d'avoir la gorge prise dans un étau me fait complètement paniquer, je me mets à lui griffer le bras dans l'espoir d'obtenir un peu de jeu.

– Allez, Princesse, se moque Ian. Tu as environ trente secondes avant de t'évanouir. Qu'est-ce que tu fais ?

J'essaie de me dégager, mais il ne bouge pas. Je lui écrase le pied, cela le fait rire près de mon oreille.

– Dix secondes, murmure-t-il.

Ma vision se rétrécit.

J'essaie de lui donner un coup de coude dans le plexus solaire, mais je le touche à peine.

Pour finir, il me relâche et s'écarte.

– Voilà le problème. Face à un adversaire plus grand et plus fort qui veut te faire du mal, tu ne feras jamais le poids.

J'ai une folle envie de lui effacer ce petit sourire satisfait de la figure.

– Ce n'est pas toujours vrai, conteste Max. J'ai vu Milla s'attaquer à des types qui faisaient deux fois sa taille, et leur mettre une raclée.

– Sûr, mais Milla s'est battue toute sa vie. Jusqu'ici, la princesse n'a jamais levé la main sur personne.

– Non, il lui suffit de payer des gens pour tuer à sa place, souffle Beckett.

Max fait mine de ne pas entendre.

– Il faut juste que Kali commence par un adversaire plus petit, elle doit pouvoir comprendre ce qui fonctionne et ce qui ne fonctionne pas. Elle ne peut pas faire cet entraînement avec toi parce que tu ne lâches rien.

Ian hausse un sourcil interrogateur.

– Tu te portes volontaire ?

– Je ne suis pas beaucoup plus petit que toi, se défend Max. Et Merrick non plus. Peut-être Gage…

Gage laisse échapper un coassement.

– Ah, non merci, moi je suis un intello, pas un bagarreur.

Du coin de l'œil, je vois Beckett se lever. J'ai un mauvais pressentiment.

– Tu veux te battre, Princesse ? demande-t-elle, une lueur malicieuse dans l'œil. Moi je veux bien me battre contre toi.

Oh merde. Lentement, je me tourne vers elle. Elle a le tempérament d'un faconal enragé et l'énergie ramassée, prête à jaillir d'un spic. Pas question de me rapprocher d'elle et de sa mine insolente et méprisante. Et puis je suis persuadée qu'elle se bat depuis qu'elle sait marcher. Elle n'a pas obtenu cette cicatrice en se montrant gentille et polie.

– Rassieds-toi, Beckett, gronde Ian.

Il doit être du même avis que moi.

– Et si on laissait la princesse prendre la décision ? suggère-t-elle alors.

Mon ventre se serre. Aujourd'hui, c'est certain, Beckett me déteste. Mais moi aussi j'ai de la rage accumulée. Elle n'est pas la seule à avoir perdu son père. Et j'ai eu beau me répéter que ce n'est pas sa faute, il y a une partie de moi qui la tient pour responsable quand même.

L'Empire a tué son père, la Rébellion a tué le mien.

– Je vais me battre contre elle.

Alors même que je prononce ces mots, je sais que je fais une grosse erreur. Colossale. Elle va sûrement me tuer.

– Ce n'est pas une bonne idée, Kali.

Ian semble inquiet. Mais j'ai besoin de m'entraîner. Et puis franchement, il faut qu'on résolve nos conflits.

– On va juste s'entraîner, je lui assure, avec ce qui, j'espère, est un sourire rassurant. N'est-ce pas, Beckett ?

– Bien sûr, dit-elle.

Bien que nous ne soyons pas dans le même camp, nous sommes sur la même longueur d'onde.

Mais lorsque je la regarde dans les yeux, un grand frisson me saisit. Car j'y lis une rage absolue et abjecte. C'est la chose la plus terrifiante que j'aie jamais vue, car c'est clairement personnel.

Max fait quelques pas vers moi, lèvres serrées. Nos regards se croisent et je secoue la tête.

Le simple fait qu'il soit là, prêt à prendre ma défense contre Beckett si je le lui demande, a tellement de valeur à mes yeux. Plus que je n'aurais pu l'imaginer.

Rain vient aussi se placer à côté de Max, l'air inquiet, son regard oscillant entre Beckett et moi. Et Ian… il a l'air furieux, et lui aussi nous regarde tour à tour. L'espace d'un instant, je crois qu'il va mettre son veto, en tant que capitaine. Je vois bien qu'il s'apprête à le faire, son visage fermé exprime toute sa désapprobation.

Son regard me heurte si brutalement que je recule d'un pas. Mais si je n'arrive pas à tenir bon face à un simple regard, comment puis-je espérer résister à une attaque frontale de Beckett ? Alors je tiens bon et je mets dans mes yeux toute ma frustration, ma colère et mon besoin de mener à bien ce conflit.

Et c'est suffisant, apparemment, car Ian cligne des yeux et tourne la tête, puis recule et nous fait signe de prendre place au centre de la passerelle.

– N'oubliez pas qu'il s'agit seulement d'un exercice d'entraînement, nous rappelle-t-il en se dirigeant vers son siège de capitaine.

Tandis que mes amis s'installent autour de la pièce, je me dis que oui, c'est juste un entraînement, mais je sais qu'autre chose va être résolu aujourd'hui.

Beckett approche, lentement, avec une grâce féline, et arrive sur moi dressée sur la pointe des pieds.

Je cherche désespérément à mobiliser les enseignements d'Ian : trouver le point faible de l'adversaire et l'énerver.

Je ne suis pas sûre que Beckett ait de faiblesse. À part Rain. Et je ne vais certainement pas m'en prendre à elle.

Je me positionne moi aussi sur la pointe des pieds et décide de copier ses mouvements, si bien que nous nous mettons à nous tourner autour. Elle affiche un grand sourire, comme impatiente de me frapper. Je recule en sautillant, juste au cas où.

Si j'en crois mon instinct, son autre faiblesse est de me sous-estimer. Enfin, pas vraiment... Elle pense que je suis nulle au combat. Et elle a pleinement raison.

Elle se rapproche un peu, je recule un peu, vers la droite. Elle me suit, et je refais la même chose. On a vu plus impressionnant, mais il faut voir le côté positif : ça fait trente secondes que le combat a démarré et je ne suis pas encore morte. Ce n'est pas si mal.

C'est alors qu'elle passe à l'attaque, et je pousse un cri de surprise en sautant en arrière. Et je me déteste aussitôt d'avoir réagi ainsi. Elle se moque de moi maintenant, et je ne peux pas lui en vouloir. Surtout quand je comprends que c'était une feinte de sa part. Elle essayait juste de me secouer.

Comme si j'en avais besoin !

Vive comme l'éclair, elle passe par la gauche cette fois, et j'esquive tout aussi rapidement, vers la droite. J'ai une courte seconde pour me féliciter d'avoir tenu trente secondes supplémentaires, puis elle passe de nouveau à l'attaque. Cette fois, convaincue qu'elle cherche toujours à m'impressionner, je ne recule pas autant. Et elle tourne sur elle-même, jambe tendue.

Sans savoir ce qui s'est passé, je me retrouve par terre, sur le dos, Beckett au-dessus de moi, le genou enfoncé dans ma poitrine. Son regard est noir et terrifiant.

L'air quitte mes poumons avec un bruit de ballon percé.

– Ça c'est pour mon père. Et Jarved, crache-t-elle tandis qu'elle imprime encore plus de force à son genou.

Et soudain ma colère flambe également. De quel droit s'octroie-t-elle le monopole des emmerdes ?

Je me fais toute molle et ferme les yeux, comme si j'étais faible et vaincue – et je dois dire que c'est proche de la vérité. Je perçois l'instant où elle croit que je me suis évanouie. Son corps se relaxe. C'est alors que je lance mon bras de toutes mes forces.

Mon poing atteint son nez et le sang gicle.

Beckett a le culot d'avoir l'air légèrement impressionnée avant de pousser un cri à glacer les sangs. Elle s'installe à califourchon sur mes hanches et cloue mes épaules au sol à deux mains. Je suis certaine d'y passer, mais la colère qui m'anime m'évite de m'en inquiéter. Son sang me coule sur le visage.

– Ça, c'était pour *mon* père ! je lui crie. Les tiens l'ont tué, et il ne méritait pas ça ! C'était la meilleure personne que je connaisse.

Au début, elle ne réagit pas, puis je la vois revenir à elle. L'obscurité quitte son regard et elle repasse une jambe au-dessus de moi pour s'asseoir, les genoux repliés, en me regardant, comme n'en revenant pas de ne pas m'avoir tuée. Maintenant que la rage l'a quittée, elle a juste l'air… triste.

En humectant mes lèvres, je sens le goût âpre et métallique du sang. Je ne sais pas si c'est le sien ou le mien.

– Nous n'avons pas tué ton père, dit-elle avant de mettre une main de chaque côté de son nez, qu'elle remet en place d'un coup sec.

– Peut-être pas toi personnellement, mais les rebelles, si.

– Justement, c'est ce que je dis. Les rebelles n'ont rien à voir avec son assassinat.

– Je ne te crois pas.

Beckett pose sur moi un regard plein de pitié.

– Crois-moi, ce n'est pas quelque chose que j'aurais du mal à revendiquer si nous l'avions fait. Je ne suis pas toujours fière de nos actions, mais je n'hésite jamais à les admettre. La Rébellion n'a pas tué ton père.

Je ne veux pas la croire. Et pourtant ses paroles sonnent juste. Et je n'ignore pas que ma mère m'a déjà menti. Est-ce si difficile de croire qu'elle m'ait menti à ce sujet également ?

Si c'est le cas, pourquoi ?

Et si ce n'est pas la Rébellion, alors qui a tué mon père ?

CHAPITRE 53

KALINDA

Une heure plus tard, allongée dans mon lit, je contemple l'étrange métal inconnu du plafond, tout en essayant de répondre à l'énigme de la mort de mon père.

Mais je n'ai rien. Ma mère m'a tellement bourré le mou sur la Rébellion qui avait tué mon père que je n'ai même pas pensé à chercher plus loin sur le moment. Et maintenant que je voudrais fouiller le sujet, je me retrouve au fin fond du système, sans la moindre piste hormis les dires d'une rebelle qui souhaite ma mort la plupart du temps.

Ça craint. C'est vraiment la merde.

Peut-être qu'une autre Famille Dirigeante a décidé d'assassiner mon père. Ou un membre du Conseil. Même dans les meilleures conditions, la soif de pouvoir est dangereuse. Dans un système solaire au bord de l'implosion, ça devient apocalyptique.

Alors est-ce si aberrant d'imaginer que l'un de ces conseillers, toujours avides de plus de pouvoir, ait décidé de se débarrasser de mon père ? Je ne sais pas ce qu'il espérait obtenir par là, à part déstabiliser ma mère au point de déclencher un coup d'État ? Dans ce cas, il a dû être déçu.

Il est bien connu que de nombreuses personnes, au sein de notre famille et du Conseil, étaient opposées à l'union de mes parents. La mort de mon père a pu en être la conséquence.

Ou alors c'est l'Ordre, mécontent qu'il ait tourné le dos à sa communauté pour sa femme. Avant je considérais l'Ordre comme pacifique.

Maintenant, je ne sais plus quoi penser : ils disposent d'une petite armée sur chaque planète ! Et Merrick n'a pas vraiment l'étoffe d'un pacifiste…

S'il ne s'agit ni des rebelles, ni du Conseil, ni de ma famille, ni de l'Ordre… qui pourrait l'avoir assassiné ?

Parmi les pensées qui tourbillonnent dans mon esprit, revient inlassablement le fait que ma mère m'a menti au sujet de la mort de mon père. Elle a menti à tout le système Senestris, tandis qu'elle procédait à une purge pour anéantir les rebelles. Tous ces gens sont morts pour un faux prétexte.

Ne vomis pas, ne vomis pas, putain, ne vomis pas.

La mise en garde vient trop tard, ou n'avait aucune chance face à ces pensées. Bref, je me précipite dans la salle de bain et régurgite l'eau qu'Ian a tenu à me faire boire juste après le combat.

Je n'ai rien d'autre dans le ventre, ce qui rend l'expérience particulièrement désagréable. Je me brosse les dents avant de revenir à la chambre, où je trouve Rain assise sur le lit.

– Ça va ? me demande-t-elle.

– J'ai beaucoup de choses à digérer, j'admets. J'ai de la chance que Beckett ait renoncé à me tuer.

Rain me regarde d'un air peiné.

– Elle est en souffrance, Kali. Depuis longtemps. Et elle tient ta famille pour responsable.

– Elle me le reproche à moi.

– Au début, peut-être, mais plus trop maintenant. Je crois qu'elle commence à voir que nous sommes tous le produit de circonstances. Toi, moi, elle, Ian, Max, Gage. Et même Merrick. Nous sommes ce que nous sommes parce qu'on nous a appris à être comme ça. Et à part Gage, aucun de nous n'a essayé de s'écarter de ce chemin tout tracé.

– Je crois que je n'imaginais même pas qu'il pouvait y avoir une autre voie, j'avoue.

– Ouais, fait-elle avec un sourire triste. Moi non plus.

Mais maintenant je suis au courant. Et je ne peux plus me cacher derrière l'ignorance.

– Beckett souffre aussi beaucoup, dit Rain après plusieurs minutes de silence. Physiquement, je veux dire. Elle le cache, car elle ne veut pas qu'on le sache, mais moi je le vois bien. Ce qu'ils lui ont fait sur la *Caelestis*, ça n'a pas juste embrouillé son esprit. Elle en garde des séquelles physiques.

– Je sais et je me sens vraiment mal à ce sujet, je compatis, avec sincérité. J'aimerais pouvoir l'aider.

– Eh bien nous l'aidons, en ce moment. Enfin, si le *Starlight* voulait bien repartir. Elle croit que son frère pourrait se trouver au même endroit que Milla. S'il est encore en vie. Elle pense que Jarved a été envoyé sur la *Caelestis* il y a quatre ans, comme elle, et a fini par être renvoyé dans les Confins comme tous les prisonniers embarquant sur le *Réformateur*.

Ça se tient. Mais Ian dit qu'on use les gens jusqu'à la moelle sur les astéroïdes, qu'ils meurent rapidement et qu'il en arrive toujours de nouveaux. Comment Jarved aurait-il réussi à tenir le coup si longtemps ? À compter qu'il ait survécu à son séjour sur la *Caelestis*. Je me souviens qu'Ian est convaincu que certains prisonniers sont morts en touchant l'heptosphère. Et vu l'état dans lequel se retrouve Beckett, je ne serais pas surprise que certains soient morts lors d'autres expériences barbares.

À cet instant, la voix de Beckett s'élève des haut-parleurs.

« Tout l'équipage sur la passerelle. Ordre du capitaine. »

Beckett est la seule qui utilise le terme de capitaine pour désigner Ian – enfin, à part Ian lui-même. Nous échangeons un regard blasé, Rain et moi, puis je me lève en soupirant. Tout mon corps est douloureux, comme s'il avait été secoué dans tous les sens et qu'on s'était assis dessus. Et c'est le cas, en fait.

Nous sommes les dernières à rejoindre le groupe et, en entrant, je remarque que tout le monde a mis sa ceinture. Enfin, sauf Gage, qui trifouille les commandes du vaisseau accroupi par terre. Visiblement, la patience bien élimée d'Ian a fini par céder.

– Le *Starlight* est prêt à repartir ? je demande en m'asseyant.

– Pas encore, répond Ian d'un ton sinistre.

– Alors pourquoi est-ce que…

Je m'interromps en prenant conscience de ce que les autres regardent. Les écrans de contrôle avant sont découverts – cela faisait des jours qu'ils étaient fermés – et nous permettent de voir trois vaisseaux venant droit sur nous. Ils sont encore loin, mais cela ne veut rien dire – les projectiles peuvent être tirés de loin dans l'espace.

– Que savons-nous ? je demande.

– Pas grand-chose, répond Ian avec impatience. Mais on en saurait davantage si on avait un système de télécommunication qui fonctionne.

– Oh, ta gueule, grommelle Gage.

– On ne peut pas juste aller plus vite qu'eux ? propose Rain.

– Peut-être qu'on pourrait faire ça. (Le ton d'Ian est de plus en plus amer.) Si on avait un pilote capable de contrôler son appareil pour le faire… je ne sais pas, moi : *se déplacer*, par exemple ?

– Mais va te faire voir, grogne Beckett tout en appuyant sur toutes sortes de boutons et leviers, en vain.

– Alors, c'est quoi le plan ? je demande.

Ces vaisseaux se rapprochent, mine de rien…

– Pas de plan, avoue Max d'un air sombre. Je crois que c'est pour ça que tout le monde panique, là.

– Ah, donc c'est le bon moment pour que je me mette à paniquer aussi ? C'est le cas depuis que je me suis assise, en fait.

– Oh que oui, gémit Merrick. (Penché en avant, il a posé le front sur ses avant-bras, incarnant parfaitement le type qui se dit : « J'arrive pas à croire que cette tuile nous tombe – encore – dessus. ») C'est parfaitement approprié.

Soudain, le *Starlight* fait un bond d'environ quinze mètres. Et une torpille plus grosse qu'un drokaray fuse juste à côté de notre sas.

– Il s'est rallumé ! s'émerveille Beckett.

– Pas trop tôt, grogne Ian. Et tu peux le convaincre de bouger ?

– J'essaie, répond-elle, agacée.

Mais il ne se passe rien de plus.

– Ils utilisent des torpilles, dis-je, pointant l'évidence. C'est une violation de la réglementation sur les débris spatiaux. C'est illégal.

– Oh, mais je ne manquerai pas de le leur faire remarquer, se moque Ian.

Une autre torpille arrive sur nous. Cette fois, le vaisseau s'élève de près de dix mètres afin qu'elle passe par en dessous.

– Le point positif, c'est que ces vaisseaux ne semblent pas plus doués pour nous atteindre que les autres, souligne Gage qui se relève en s'époussetant.

– Oui, mais si…

Rain laisse sa phrase en suspens en voyant trois autres torpilles venir vers nous en même temps, suivies par trois autres, et encore trois autres…

– Fais-le avancer, Beckett ! rugit Ian.

– Je fais que ça, il ne veut…

Le *Starlight* décrit alors une grande pirouette dans les airs, en terminant par un tour complet de 360°, à la verticale, qui projette Gage à travers la passerelle, tandis que nous poussons tous de grands cris.

Mais nous évitons la première volée de torpilles, ainsi que la suivante…

Tout à coup, le *Starlight* est pris d'un grand tremblement. Le vaisseau tout entier grogne et se cabre sous le choc d'une torpille dans le flanc gauche.

CHAPITRE 54

IAN

– Beckett ! j'aboie, alors que deux autres torpilles nous percutent. Au rapport, tout de suite !

– Je fais ce que je peux, mais il ne veut rien savoir, Ian.

Qu'elle m'appelle Ian et non par son habituel « capitaine » m'indique à quel point elle est à bout.

– Gage, tu peux venir ici ? Essayer de faire quelque chose avant qu'on se fasse vaporiser ?

Je me passe la main dans les cheveux. Comme Gage ne répond pas, je me retourne et découvre qu'il est tombé dans les pommes à quelques mètres de la porte de la passerelle. Kali est agenouillée près de lui.

– Retourne à ta place ! je lui hurle en défaisant à mon tour mon harnais pour la rejoindre.

– Il a besoin…

– Il a besoin de mettre sa ceinture, et toi aussi, sinon le prochain trauma crânien est pour toi !

Je charge Gage sur mon épaule pour le porter jusqu'au siège libre le plus proche. Max est déjà là, prêt à lui attacher son harnais.

– *Retourne à ta place, toi aussi*, je lui ordonne mentalement, alors que le *Starlight* fait un écart sur la droite pour éviter de nouveaux projectiles.

C'est efficace, mais pas aussi amorti que la première fois, et je manque de me retrouver cul par-dessus tête à mon tour.

– *Et si tu suivais tes propres conseils ?* raille Max, sourcil levé.

Je n'ai même pas le temps de l'envoyer promener que le vaisseau fait un nouveau bond, et cette fois je me casse la figure sur Max. Nous atterrissons enchevêtrés par terre tandis que Gage, harnaché à son siège, s'avachit d'un côté de l'autre, inconscient.

– Il faut arrêter ces conneries et se tirer d'ici, résume Merrick tandis que je réussis péniblement à me relever… et manque de faire un vol plané au cours d'une nouvelle manœuvre alambiquée.

Cette fois, j'atterris près de Rain. Putain. Putain j'en ai ma claque. Je rampe en direction du fauteuil de capitaine, déterminé à l'atteindre avant qu'il se produise une autre catastrophe.

Mais les torpilles pleuvent sur nous, maintenant, et même ramper s'avère difficile. Le vaisseau se livre aux esquives les plus bizarres que j'aie jamais vues.

– Mais pourquoi il ne vole pas ? demande Rain, qui semble prête à pleurer.

– Parce que nous sommes attaqués par des catamarans de la Corporation, répond Max d'un air sombre. Les vaisseaux les plus rapides qui existent. Impossible de les prendre de vitesse.

– Ouais, eh ben faudrait peut-être essayer avant de s'avouer vaincus, je rétorque. Ce foutu vaisseau intelligent et ses intentions cachées ! J'étais sûr qu'il allait nous créer des emmerdes. Putain, je le savais !

– Et ses explosions solaires ? suggère Kali. On peut leur envoyer ça ?

– Qu'est-ce que t'as pas compris ? s'énerve Beckett. On n'a pas le contrôle de ce foutu vaisseau ! On ne peut rien faire !

– Ouais, ben si on fait rien, on va mourir, intervient Max avant de tourner son regard vers moi. Des suggestions ?

– À part les rayer de la surface du système, ce qu'il semble incapable de faire cette fois ? je gronde. Non, rien.

Une autre torpille nous touche, pile sur le nez, et tout le vaisseau tremble, comme prêt à s'effriter. Une alarme se déclenche, comme lors de notre première journée à bord quand Gage avait appuyé sur le gros bouton rouge. Quelque chose me dit que cette fois, ce n'est pas en appuyant dessus qu'on arrivera à faire taire la sirène.

– Il faut qu'on sache ce qui a été touché, je crie à Beckett pour me faire entendre malgré le vacarme. Tu peux envoyer les enregistrements vidéo ?

Mais je vois qu'elle est déjà en train de le faire.

– Est-ce qu'on a un truc vital d'endommagé ? je demande alors qu'elle fait défiler les images.

– On dirait que non, mais cette alarme doit bien signaler quelque chose. (Elle pousse un long soupir.) Et si ça continue, ce n'est qu'une question de temps, on doit…

Le *Starlight* émet alors un son que l'on peut uniquement décrire comme un hurlement mécanique suraigu, qui me glace jusqu'à l'os. Nous essayons tous de déterminer d'où il vient.

– Qu'est-ce que c'était que ça ? interroge Merrick.

Je me tourne vers la pilote.

– Beckett ?

– J'en sais rien. (Elle semble en panique.) J'en sais rien, putain. Ce vaisseau me donne aucune info, refuse de faire ce que je lui demande. Je sais pas quoi…

Un autre cri déchire l'air. Puis le *Starlight* – enfin – démarre.

CHAPITRE 55

BECKETT

– Non, non, non, non ! je m'écrie en comprenant ce qui se passe.

Le soulagement que j'ai ressenti quand le *Starlight* s'est mis en mouvement est victime d'un décès prématuré : je me rends soudain compte qu'il ne cherche pas à échapper à nos poursuivants, mais qu'au contraire il vole droit sur eux.

– Euh, il faudrait faire demi-tour plutôt, non ? demande Rain de la voix la plus polie entendue sur cette passerelle depuis que ce merdier a commencé. Pourquoi est-ce qu'on vole vers les ennemis alors qu'on devrait les fuir ?

– Tu l'as dit, je grommelle en essayant de procéder comme chaque fois que je veux faire faire demi-tour au vaisseau.

Ça ne fonctionne pas. J'essaie de nouveau, toujours rien.

– Beckett ? demande Ian de sa plus belle voix de capitaine. Qu'est-ce qui se passe, bordel ?

– J'en sais rien.

J'enclenche les leviers censés améliorer la manœuvrabilité, en vain. Quand j'essaie de freiner notre course, le vaisseau accélère.

Quoi que je fasse, le vaisseau accélère.

– Je crois que le *Starlight* est en colère, analyse Kali.

– Ça ne se met pas en colère, un vaisseau ! s'insurge Ian.

– En tout cas, il est blessé. Il réagit comme Beckett quand je lui ai envoyé mon poing dans le nez. Blessé donc en colère, donc « ils vont me le payer ».

– Mais c'est juste…

Ian est coupé par le *Starlight* qui pousse ce qu'on ne peut décrire autrement que comme un cri de guerre déchaîné qui glace les sangs.

– Oh, ouais, il est grave vénère en fait, admet enfin Ian.

D'autres torpilles arrivent sur nous et je me prépare au moment où l'une d'elles nous réduira en miettes. Mais contre toute attente, le *Starlight* envoie un rayon de lumière verte pulsatile qui disperse les torpilles dans toutes les directions – sauf la nôtre.

– Eh, mais il pouvait faire ça depuis le début ? hurle Merrick. Mais pourquoi il s'est laissé toucher ?

Je n'ai pas de réponse, je n'ai pas le début d'une explication. Le *Starlight* est devenu incontrôlable, je ne peux rien y faire. Alors pour le moment, je vais me caler dans mon siège et profiter du spectacle, en espérant que nous n'allons pas tous mourir.

Nous sommes désormais terriblement proches des autres vaisseaux – trop proches. Ils doivent avoir la même impression, car ils passent des torpilles aux rayons laser.

Impossible que le *Starlight* les évite tous, à moins de nous sortir encore un truc comme ce rayon vert. Cette fois, il ne riposte pas, et je me prépare au choc du premier impact.

Sauf qu'on n'est déjà plus là. Sans crier gare, le vaisseau a fait la manœuvre la plus stylée de l'univers, un looping vertical par-dessus les trois autres vaisseaux, pour venir se placer derrière eux.

Aussitôt les sirènes se taisent, tout comme les hurlements étranges. Le vaisseau n'est plus là. Non pas qu'il soit passé en mode furtif pour échapper à la vue des autres vaisseaux. Il a aussi disparu à nos yeux.

Nous sommes toujours attachés, je sens le siège sous moi et le harnais, mais je ne les vois pas. Je ne vois absolument pas le vaisseau : ni le tableau de bord, ni les parois, ni le sol. Je suis assise sur une chaise invisible qui flotte dans l'espace, en compagnie de six autres personnes, dont une qui est toujours évanouie.

Non, nous sommes cinq en fait, car Kali a elle aussi disparu.

– Mais c'est quoi ce bordel ? s'affole Ian en se tournant en tous sens.

Je vois l'instant où il se rend compte de l'absence de Kali : sa mâchoire se crispe et ses yeux manquent de sortir de leurs orbites.

– Kali ! hurle-t-il. Merde, Kali t'es passée où ?

– Je suis juste là, répond-elle. Pourquoi tu paniques ?

– J'hallucine ou quoi ? demande Max, les yeux écarquillés.

Nous faisons tous une drôle de tête. C'est l'événement le plus étrange qui nous soit arrivé.

Les vaisseaux ennemis aussi doivent paniquer, car ils décident de foutre le camp. Parce qu'ils pensent qu'on a disparu ? Ou parce qu'ils voient cinq personnes qui flottent dans l'espace comme si c'était tout ce qu'il y a de plus commun ?

– Est-ce qu'on va les poursuivre ? demande Rain. Ou les laisser partir ?

– Tu dis ça comme si on avait notre mot à dire sur ce qui se passe en ce moment. J'ai zéro contrôle sur la situation.

Et j'essaie de faire comme si ça ne m'angoissait pas au plus haut point.

C'est alors que le *Starlight* se secoue. Puis envoie une gigantesque explosion solaire vers les trois vaisseaux qui tracent leur route. Comme sur Askkandia et Glacéa, mais en plus long, plus large, et, j'imagine, beaucoup plus fort, car les trois catamarans sont vaporisés immédiatement.

Ils étaient là et l'instant d'après, plus rien. Comme ça.

– Merde alors.

Il y a un certain respect dans la voix de Max. Mais voilà que le *Starlight* recommence à se dandiner. Le mode invisible prend fin, et tout revient à la normale. Enfin, le vaisseau est toujours endommagé, et il va falloir s'en occuper dès que Gage reprendra connaissance. Mais il semble toujours opérationnel.

– Kali ! appelle Ian en se retournant.

Et il trouve Kali assise là où elle était depuis le début. Elle semble aussi perplexe que nous.

– Bizarre, non ?

– Tu n'as rien ? lui demande-t-il en défaisant son harnais à la hâte avant de traverser la passerelle sous nos regards attentifs.

Il l'arrache alors à son siège pour la soulever et la serrer dans ses bras. Ce qui nous fournit la preuve de ce dont tout le monde se doutait – à part Kali et Ian – à savoir que notre capitaine est tombé fou amoureux de la princesse.

Comme ça me met un peu la gerbe, je me concentre sur le panneau de contrôle face à moi. Et, avec la permission du *Starlight*, je mets le cap vers les Confins. Et tant pis si on n'a pas de plan.

CHAPITRE 56

IAN

– Tu te sens bien ? je demande encore en reposant Kali à terre, puis en la laissant quitter mes bras à contrecœur.

– Tout va bien, me dit-elle, même si elle est un peu pâle.

Rain vient aussi la prendre dans ses bras.

– Tu es sûre, Kali ? Tu avais disparu !

– Comment ça, disparu ? fait-elle, interloquée. Je n'ai pas bougé de mon siège.

– Ouais, ben on pouvait plus te voir, putain. On était juste là assis dans l'espace, plus de vaisseau, pas de casques, rien. Moment le plus flippant de ma vie, et c'est pas rien. (Max passe un bras autour de ses épaules.) Nous refais plus jamais ça, hein ?

– Je te dirais oui si je savais ce que je suis supposée avoir fait, répond-elle. Au moins on est tirés d'affaire, non ?

– Pour le moment, je réponds gravement. Mais ce qui est sûr, c'est que je…

Un gémissement de Gage m'interrompt.

– Pourquoi j'ai l'impression que ma tête fait la taille d'un narthompalus ?

– Tu as loupé plein de trucs ! lui dit Rain. (Elle a l'air excitée. Tant mieux pour elle…) Allez, viens te faire examiner à l'infirmerie. Je vais te raconter tout ce qui s'est passé.

Gage hausse les sourcils.

– L'attaque est finie. Ça veut dire que le *Starlight* a fini par se ressaisir ?

– Oui, le *Starlight* a fait des trucs, je lui dis en lui donnant une tape dans le dos. Pas sûr qu'on puisse appeler ça se ressaisir. Mais il va falloir éclaircir certaines choses.

Pas question que je subisse ça de nouveau. Et je ne parle pas seulement de l'attaque contre laquelle on ne pouvait rien faire, mais Kali qui disparaît comme ça ? Je crois bien que ça m'a traumatisé.

– Moi je dis, il faut fêter ça, propose Max à la cantonade.

– Fêter le fait d'avoir frôlé la mort ? râle Merrick tandis qu'il défait enfin son harnais et se lève.

– Je crois que Max parle plutôt de célébrer le fait que nous soyons encore en vie, lui dit Kali en souriant. Et je trouve que c'est une idée formidable.

Elle prend Max par le bras et l'entraîne vers la porte.

– Viens, on va aller préparer un festin pour la fête de ce soir. Enfin, un festin dans la limite de ce qu'on peut faire avec des maquerlans.

Tandis que les autres se préparent pour ces libations, je m'installe avec Beckett et Gage, qui visiblement s'est quand même pris un bon choc, et qui est maintenant sous médicaments. On essaie de comprendre ce qui s'est passé. Mais aucun de nous en a la moindre idée, notre réunion est pas très productive. On arrive quand même à s'organiser pour que Gage puisse commencer à réparer les dégâts matériels dès qu'il se sentira mieux.

Ensuite, nous passons au peigne fin tous les boutons du *Starlight*. Les technologies des Anciens étaient incroyablement sophistiquées, et cela devient plus évident à mesure que notre séjour sur ce vaisseau se prolonge. C'est pour cette raison que je peux pas me résoudre à croire qu'ils auraient accepté de laisser toute latitude à un vaisseau intelligent qui a du mal à gérer sa colère. C'est un coup à se faire tuer au passage.

Et tout ce que nous trouvons concernant la disparition momentanée de Kali, c'est que ce doit être lié au fauteuil – qui est effectivement différent des autres, un peu plus grand, avec un harnais plus pâle. Je n'avais encore jamais remarqué ces différences. Alors je fais la seule chose qui m'assure que ça n'arrivera plus : j'arrache le machin, de sorte qu'il devient inutilisable. Nous n'avons donc plus que sept sièges, mais je considère qu'on gagne au change.

Ces minutes pendant lesquelles Kali avait tout bonnement disparu ont été les plus longues de ma vie. Pas question de prendre le risque que ça recommence.

– *Moi aussi, mec, moi aussi*, me dit Max tandis que je reviens vers la passerelle.

– *Pas envie d'en parler.*

Il rit, mais il n'est pas amusé.

– *Comme si je le savais pas. On va vers les Confins ?*

– *Ouais.*

– *Qu'est-ce que tu crois…*

– *On va la trouver*, je le coupe, car toute autre issue est impossible.

L'état dans lequel elle sera, ça, c'est autre chose. Mais au moins, elle est vivante. On peut revenir de tout.

– *T'as de l'alcool ?*

Ne pas savoir est pire que de savoir, et le voyage sera long pour atteindre la ceinture d'astéroïdes. Pour l'un comme pour l'autre.

– *J'ai trois shots d'avance.*

– *Ça c'est la fête qui me convient. J'arrive.*

CHAPITRE 57

KALINDA

Ian et les autres entrent alors que Max et moi mettons la touche finale à notre mijoté de maquerlan, selon la recette que Gage m'a enseignée l'autre jour. Ce n'est pas de la haute gastronomie, mais si l'alternative consiste à manger le truc déshydraté juste sorti de son sachet, on peut considérer que c'est carrément bon. Et puis Max a utilisé les derniers tubercules et herbes fraîches pour faire un accompagnement qui a l'air fantastique. J'ai hâte de goûter.

Se faire attaquer, frôler la mort et survivre m'a donné terriblement faim.

Max me dit que c'est l'adrénaline. Il a sans doute raison. N'empêche que je me demande si ça a quelque chose à voir avec le truc bizarre qui s'est passé avec ce siège qui m'a fait disparaître.

J'étais là tout du long, j'entendais tout, je voyais tout. Et en même temps, c'est comme si j'étais absente. Pas seulement pour les autres, mais aussi pour moi-même. Je ne sentais plus mon corps, je ne pouvais rien toucher ni même tendre la main.

C'est l'expérience la plus étrange que j'aie vécue, alors que cette aventure est semée de premières fois et d'événements inattendus. Je dois admettre que quand Ian annonce qu'il a arraché ce siège, je n'éprouve aucun regret. Je crois que je n'aurais pas osé m'y asseoir de nouveau.

En parlant d'Ian, dès qu'il franchit la porte, il fonce vers la bouteille de gerjgin… puis vers moi. J'ai des papillons dans le ventre en le voyant au-dessus de moi, ses yeux assombris par une inquiétude que je n'ai pas souvent observée chez lui.

– Tu vas bien ? me demande-t-il encore une fois en me détaillant des pieds à la tête, comme s'il cherchait quelque chose à réparer.

– Je vais bien. (Je désigne de la tête les plats que Max est en train de sortir du robot.) Mange quelque chose.

Il lève son verre.

– J'ai déjà tout ce qu'il me faut.

– Oh oui, nous avons vraiment besoin d'un capitaine complètement imbibé, je lui reproche tout en lui préparant une assiette que je lui mets entre les mains. Tiens, mange donc. Ça va absorber une partie de l'alcool.

– Je mangerai si tu manges aussi.

– Oh, j'y compte bien.

Il ne cesse de me surveiller tandis que je prépare mon assiette. Il y a quelque chose dans son regard… quelque chose que je n'avais encore jamais vu. Ce n'est pas exactement un regard de prédateur… mais il y a de cela. En tout cas, quand je m'assieds, mon corps tout entier est en état d'alerte – et pas à cause de ce qui s'est produit un peu plus tôt.

Bientôt, nous nous retrouvons tous assis autour d'une des étroites tables de la cambuse, à manger du mijoté de maquerlan, accompagné de verres de gerjgin. Notre petite sauterie n'a pas l'éclat des soirées qui étaient données au palais – où j'avais droit à un seul verre de fiznachi et où les nourritures les plus raffinées du système étaient servies en abondance – mais ce n'est pas grave, car je m'y sens bien mieux.

Ian et Max racontent les aventures les plus étranges qui leur sont arrivées depuis qu'ils sillonnent le système. Rain les bombarde de questions, tandis que Beckett, un peu en retrait, observe tout sans en perdre une miette. Gage et Merrick discutent ensemble, s'entraînant l'un l'autre. Merrick a bu tellement de gerjgin qu'il en devient presque aussi amusant qu'Ian et Max.

Quant à moi, je sirote tranquillement le verre qu'Ian m'a mis entre les mains quand nous nous sommes installés. Je n'ai pas oublié la gueule de bois que j'ai eue après notre expédition sur Rangar, et je ne souhaite pas réitérer l'expérience.

Ian est assis à côté de moi. Depuis qu'il est entré dans la cambuse, il ne me quitte plus, et à ma grande surprise, il ne se saoule pas outre mesure. En fait, il me demande régulièrement si j'ai besoin de quelque chose, il court me chercher de l'eau, de la nourriture, des serviettes supplémentaires, quand bien même je lui assure que je n'ai besoin de rien.

Max, par contre, assis en face de moi, vide ses shots de gerjgin comme si sa vie en dépendait. Cela me surprend, car d'habitude, il ne se comporte pas ainsi. On dirait qu'ils ont échangé leurs comportements. Ce n'est pas la première fois qu'ils ont frôlé la mort au cours de cette aventure et jamais je ne les ai vus réagir ainsi. C'est peut-être parce que cette fois, ils n'avaient aucun contrôle sur la situation. Ils étaient entièrement à la merci du vaisseau.

Étant donné qu'ils ont l'air d'être des malades du contrôle tous les deux, chacun à sa manière, je comprends à quel point ça a dû les secouer.

Max est en train de conclure – d'une voix légèrement empâtée – l'histoire très drôle de la fois où ils ont été forcés de faire passer des graines askkandiennes en contrebande sur Vistenia et se sont retrouvés avec un melon borga géant poussant dans leur soute, qui pour finir les a sustentés pendant des mois, puisqu'ils ne sont jamais parvenus à l'arracher.

– Alors c'est ce que vous seriez en train de faire, si Milla n'avait pas été capturée ? demande Rain en se resservant. De la contrebande d'une planète à l'autre ?

– Peut-être bien, répond Max en haussant les épaules. Ou alors on se battrait pour le compte de quelqu'un. Le travail de mercenaire paie le mieux.

– Et on se retrouve pas avec une plante ingérable sur les bras, ajoute Ian en avalant le fond de son verre d'une gorgée.

– Vous avez déjà travaillé pour les rebelles ? demande Beckett.

On pourrait croire que c'est une question banale, mais je remarque la manière dont elle les observe.

– Pas depuis nos débuts, après qu'on s'est enfuis des camps de travail.

– Des camps de travail ? je relève, car je n'en ai jamais entendu parler.

Un silence gêné s'installe alors autour de la table, et je comprends que j'aurais dû me taire. Visiblement, ne pas savoir de quoi il s'agit est un impair. Même Rain semble mal à l'aise, alors qu'habituellement elle est aussi ingénue que moi sur ce genre de sujets.

Je me tourne vers Ian.

– Explique-moi.

Si c'est encore une de ces choses horribles mises en place par ma mère et le Conseil, je veux le savoir. Comment puis-je espérer arranger un jour les choses, si j'ignore ce qui cloche ?

– Plusieurs fois par an, la Corporation pille les sept planètes viables pour récolter des ressources, explique alors Beckett d'un ton neutre. C'est censé faire un coup de ménage dans les activités illégales, mais des gens meurent en défendant leur maison, leur famille, et la Corporation confisque leurs biens – y compris les enfants. Sous prétexte de prendre soin de ces orphelins en leur enseignant un métier pour réussir dans la vie, la Corporation les met dans des camps. Mais le succès est rarement au rendez-vous.

Ce qu'elle ne fait que suggérer me serre le ventre.

– Vous aviez quel âge quand vos parents sont morts ? demande Gage.

Il a toujours un sac de glace sur la tête, mais il n'est pas nauséeux et s'exprime bien, donc je crois qu'il va bien.

Sans répondre, Max se contente de se resservir un verre d'alcool. Ian finit par dire :

– Onze ans à notre arrivée dans les camps. Des gamins, quoi.

– Vous aviez onze ans ? je répète, et je sens la bile monter dans ma gorge.

Je ne sais pas ce qui se passe dans ces camps, mais d'après la description de Beckett, je me doute que ce n'est pas un endroit où les enfants peuvent s'épanouir.

– On s'est trouvés dans les camps, Max, Milla et moi. Et on s'est enfuis quand on avait douze ans.

Son récit passe sous silence des chapitres entiers de l'histoire. Des tas de choses que j'ignore, laissant libre cours à mon imagination, à mille scénarios tragiques. Et si mon imagination échouait à me convaincre, les expressions des uns et des autres pourraient prendre le relais.

– Et depuis, vous vous débrouillez tout seuls? je demande, effarée à l'idée d'enfants de douze ans devant affronter la vie par eux-mêmes sur les sept planètes.

J'ai presque vingt ans, et c'est la première fois de ma vie que je me retrouve livrée à moi-même. Et si j'ai bien conscience que ma situation n'est pas la norme, elle me semble bien plus normale que ce que racontent Ian et Max.

J'ai le cœur serré. Pas étonnant qu'ils veuillent à tout prix retrouver Milla. Ensemble, ces trois-là se sont construits envers et contre tout.

– Tu dis ça comme si c'était tragique, Princesse. (Ian me fait ce sourire désinvolte qui ne va pas tout à fait jusqu'à ses yeux.) Douze ans et maître de son destin, c'est le rêve de n'importe quel gamin.

Ouais, jusqu'à ce que ça arrive vraiment.

Au lieu de le dire tout haut, j'attrape le genou d'Ian sous la table pour lui exprimer mon soutien. Il sursaute légèrement et de l'autre côté de la table, je vois Max me regarder avec de grands yeux.

Quand je lui souris, il secoue la tête, mais j'ai le temps de voir un bref sourire au coin de ses lèvres.

– Et toi ? je demande à Gage, déterminée à laisser Ian et Max tranquilles en reportant l'attention sur quelqu'un d'autre. Qu'est-ce que tu ferais si tu n'étais pas ici ?

– J'aurais sans doute explosé avec la *Caelestis*, donc, tête en vrac ou pas, ça me semble plutôt pas mal.

Il hausse les épaules.

– Moi je serais en train de me préparer pour la fête de la Lumière, poursuit Rain, à qui j'adresse un regard de reconnaissance. C'est ma célébration préférée.

– Moi aussi, renchérit Merrick avec un sourire.

– Et toi, Kali ? demande Gage en finissant son assiette. Que ferais-tu au palais en ce moment ?

– J'essaierais de convaincre ma mère de me laisser *quitter* le palais, sans doute.

– Qu'est-ce que tu veux dire ? demande Beckett, d'un air surpris. Tu ne voulais plus y vivre ?

Je ris.

– Oh, ce choix ne m'appartenait pas. Je voulais juste dire sortir du domaine. Ma mère n'apprécie que très modérément de me laisser me balader à ma guise.

– Mais tu étais sur la *Caelestis*, rappelle Gage. C'est plutôt loin du palais royal.

– En effet. Un vol de quatre heures en navette. C'était la première fois que je quittais le palais. C'était ma première mission officielle – et très certainement la dernière vu le fiasco monumental que ça a été.

– Ça, tu peux le dire : un fiasco monumental, s'esclaffe Max.

– C'est vrai que c'était spectaculaire, ajoute Rain en riant.

Bientôt tout le monde se met à rire. Nous avons tous vécu l'explosion de la *Caelestis* selon notre point de vue propre, et pour une fois, ça fait du bien de voir les choses d'un autre angle, de prendre en compte les répercussions pour chacun d'entre nous. Si bien que je ne leur en veux pas de se moquer de moi. Car je ris moi aussi, et après ces semaines d'angoisse et de confusion, ça fait vraiment un bien fou.

Et là je regarde Ian et prends conscience de l'intensité de son regard, qui semble traverser l'amusement passager pour plonger jusqu'à mon cœur terrifié et perdu.

CHAPITRE 58

IAN

Je ne peux plus m'arrêter de regarder Kali. De lui frôler le bras, de lui passer quelque chose rien que pour sentir la chaleur de sa main.

Elle est vivante. Ça fait des semaines que j'essaie de me convaincre que j'en ai rien à faire d'elle, et elle a quand même réussi à franchir mes défenses sans aucun mal.

Je ne veux plus la quitter des yeux.

Demain, tout rentrera dans l'ordre. J'établirai entre nous la distance nécessaire. Mais qu'on ne me demande pas de le faire ce soir. J'en suis incapable.

J'attrape la bouteille de gerjgin et me sers un deuxième verre. Autour de moi, tout le monde se saoule. Surtout Max. Il a été aussi terrifié que moi par ce qui s'est passé aujourd'hui, et il encaisse aussi mal que moi. À sa manière.

Une heure plus tard, ça commence à tomber comme des mouches. Max et Merrick sont ivres morts sur la table – la grande classe. D'autres ont le courage d'aller s'effondrer dans leur cabine. Au bout d'un moment, Kali, Gage et moi sommes les seuls encore conscients à bord.

– Allez au lit, tous les deux, nous dit-elle en mettant une pile d'assiettes dans l'évier. Je vais juste laver ça avant d'aller me coucher.

De l'autre côté de la table, Gage hausse les sourcils d'un air interrogateur. Je sais ce qu'il me demande, et j'apprécie le geste, même si je ne sais pas comment la soirée va se terminer. Je lui réponds d'un petit signe d'assentiment. Quoi qu'il arrive, je veux passer un moment seul avec Kali, ne serait-ce que pour m'assurer qu'elle va bien.

– Je crois que je vais aller faire un tour sur la passerelle, annonce Gage d'une voix un peu trop forte. Je veux vérifier un ou deux trucs.

– Bon, d'accord, mais préviens-nous si tu as des maux de tête, lui dit Kali avec un sourire chaleureux. Ou si tu as besoin d'aide.

Il lui retourne son sourire. Je crois qu'il est sous le charme – ce que je comprends tout à fait même si je m'en défends.

– Je pense que ça va, mais merci, répond-il.

Il prend un autre verre d'eau (pas d'alcool, commotion oblige), puis sort de la pièce.

J'attends que la porte se referme avant de dire à Kali :

– Tu n'as pas à faire toute la vaisselle, c'est le tour de Merrick normalement.

– Merrick est rond comme l'heptosphère, au cas où ça t'aurait échappé. Et ce n'est pas juste de tout laisser à Rain quand son tour commencera demain matin. Et puis ça ne me dérange pas. Faire la vaisselle me détend.

– Je n'aurais jamais imaginé t'entendre dire ça, je lui dis en commençant à rassembler les assiettes et verres restants, en prenant soin de ne pas heurter Max et Merrick, avachis aux deux extrémités de la longue table.

– Moi non plus, avoue-t-elle en riant. Beaucoup de choses ont changé au cours de ces dernières semaines.

– Tu l'as dit.

Je racle les restes collés aux assiettes pour les faire tomber dans le vide-ordures.

– Oh, je m'en occupe ! proteste-t-elle. Ça ne me prendra que quelques minutes. Va au lit.

Je lève un sourcil.

– Tu essaies de te débarrasser de moi, Princesse.

– Bien sûr que non. (Ses joues s'empourprent, prenant cette teinte vieux rose que je trouve ravissante.) Je me disais juste que tu devais être fatigué.

– Je peux survivre à quelques assiettes à vider.

On dirait qu'elle veut protester, mais elle finit par hausser les épaules pour signifier qu'elle me laisse faire comme je l'entends.

Je me retiens de lui faire remarquer que je fais toujours comme je l'entends.

En silence, nous remettons la cambuse en ordre. Cela ne nous prend que dix minutes. Ensuite, nous abandonnons Max et Merrick à leurs ronflements d'ivrognes et empruntons le couloir en direction des cabines.

Nous arrivons d'abord à celle de Kali. Je sais que je devrais poursuivre mon chemin. Je m'enjoins même de continuer à marcher. Et pourtant mes pieds ne bougent plus. Juste devant sa porte.

– Tu es fatigué ? demande-t-elle, d'un ton hésitant que je ne lui connais pas.

Depuis le début, elle joue à la princesse avec moi et je dois dire que ça me hérissait le poil, mais en la voyant soudain timide et peu sûre d'elle, je me rends compte que je préfère largement qu'elle fasse sa commandeuse.

– Pas forcément.

Elle me regarde d'un drôle d'air.

– Je ne sais pas ce que tu veux dire.

– Je veux dire que si tu veux visiter ma chambre, je serai ravi de te faire faire le tour du propriétaire.

Ses yeux s'agrandissent, et je me demande si j'ai été trop direct. Mais je suis comme ça, ce serait stupide d'essayer de changer maintenant. Et puis à ce sujet, je veux m'assurer que Kali sache que c'est à elle de décider ce qu'elle veut, et quand.

J'attends qu'elle réponde, mais voyant que rien ne vient, je fais un pas en arrière. Bon, c'est vrai que ce soir me semblait idéal, puisque Max est complètement H.S. Mais elle se sentira prête un autre soir. Prête pour nous.

Mais la lèvre inférieure de Kali se met à trembler. Ça me rend dingue quand elle fait ça. Ça veut dire qu'elle est nerveuse et rassemble son courage pour faire quelque chose qu'elle n'est pas sûre d'être capable de faire.

J'espère bien que cette fois, elle en sera capable.

Alors j'attends encore un peu, pour voir quelle est sa décision. Pour voir si sa lèvre tremble encore. Parce que si ça se reproduit, je sais pas si je pourrai m'empêcher de la mordiller.

Kali prend une grande inspiration, et commence à ouvrir sa porte.

Je mentirais si je disais que je ne suis pas monumentalement déçu.

Mais là je l'entends dire à Rain :

– Je vais rentrer tard ce soir, alors n'hésite pas à profiter de mon absence.

Des gloussements s'élèvent en réponse à son annonce, puis un murmure sourd qui me laisse comprendre que Rain et Beckett doivent être aussi ravies de l'absence de Kali dans la chambre, que je le suis concernant celle de Gage et Max dans la mienne.

Puis Kali se tourne vers moi.

– J'adorerais que tu me fasses visiter ta chambre.

CHAPITRE 59

KALINDA

Nervosité maximale. Je sais que je ne devrais pas m'inquiéter, puisque c'est juste Ian qui me dévore des yeux comme s'il voulait me manger. Ian, le type avec qui je me dispute sans cesse sur ce vaisseau – non pas parce qu'il a toujours tort, mais c'est toujours amusant de le pousser à bout.

Ce n'est pas le premier homme à me regarder de cette manière. Après tout, j'ai bientôt vingt ans. Mais c'est le premier sur qui moi, je porte ce genre de regard, avec un intérêt que je ne cherche même plus à cacher.

Lorsque Ian me fait entrer dans sa cabine, je suis surprise de constater à quel point elle est propre – ni lui, ni Gage, ni Max ne m'avait semblé être porté sur le ménage. En même temps, il n'y a pas grand-chose, ce qui limite les possibilités de mettre le bazar. Aucun d'entre nous n'est submergé de possessions. En temps normal, ça ne me pose aucun problème, mais là, je cherche quelque chose à dire ou à faire, et j'aurais vraiment trouvé approprié qu'il possède une collection de météorites sur laquelle l'interroger.

Il referme la porte sur nous. Et l'espace d'un instant, j'envisage de m'enfuir. Pas parce que je n'ai pas envie, au contraire, parce que je désire ce qui est en train d'arriver. En vérité, j'en ai envie depuis vraiment longtemps, même si j'ai tout fait pour ne pas l'admettre. Mais maintenant que ça se passe enfin, je me dis que c'est une mauvaise idée.

Une très, très mauvaise idée.

Et si je me ridiculise ? Et si je n'arrive pas à faire ce qu'il veut que je fasse ? Et si je ne suis simplement pas bonne à ça ?

– Ça va ? me demande Ian en traversant la chambre pour me rejoindre. Je peux courir te chercher un verre d'eau, si tu veux.

Ce n'est pas bête, car tout à coup, j'ai la bouche asséchée comme le désert. Mais je crois que toute l'eau de l'univers n'y changerait rien. Pas tant que je suis face à lui, qui est grand, ténébreux et sexy.

Tellement sexy.

– Je n'ai pas besoin d'eau, je finis par lui dire lorsque j'arrive enfin à mettre ma bouche à contribution.

Ses yeux s'assombrissent encore – ou alors ce sont ses pupilles qui prennent toute la place, dilatées au point de ne laisser qu'un anneau d'iris.

– De quoi as-tu besoin ?

– Je… (Ma voix se brise.) Je ne sais pas.

À ces mots, il stoppe son mouvement vers l'avant, et je suis terrifiée à l'idée qu'il me dise de partir. Mais il sourit et me tend la main. Je me détends.

Il faut juste que je trouve le courage de glisser ma main dans la sienne, et tout ira bien.

Sinon, je devrai retourner dans ma chambre, sans avoir senti ses lèvres sur les miennes, son corps couvrant le mien… Dans ces conditions, c'est facile d'oublier le trac. De tout oublier à part Ian et la façon dont il me regarde. Ce qu'il me fait ressentir.

En cet instant, j'ai l'impression d'être la femme la plus désirable du système.

Lorsque nos paumes se rencontrent enfin, que nos doigts s'emboîtent, il donne une légère secousse, et d'un mouvement fluide, je me propulse dans ses bras puissants.

C'est si bon d'être là. Je me sens en sécurité. En levant les yeux, je découvre sa bouche à quelques centimètres de la mienne.

– Je vais t'embrasser, maintenant, me dit-il, et c'est la première fois qu'il ressent le besoin de me prévenir (je me demande à quel point ma nervosité est visible.) Tu es d'accord ?

Plus que tout. Incapable de parler, je hoche la tête et attends, le cœur battant, qu'il pose enfin sa bouche sur la mienne.

Ce n'est pas notre premier baiser, mais l'intensité de ce que je ressens lorsque nos lèvres se rencontrent pourrait le laisser croire. J'ai déjà pu constater qu'Ian sait embrasser, et cette fois encore, alors que ses lèvres bougent délicatement, je me rends compte à quel point il est doué. Je voudrais que ce baiser n'ait pas de fin.

Il fait glisser ses mains le long de mes bras, jusqu'à mes épaules, puis vient les poser sur mes joues. Alors qu'il tient mon visage en coupe, je m'attends au retour de ma nervosité. Mais je ne ressens aucune gêne et aucune crainte d'avoir l'air dépassée. Non, tant qu'il s'occupe de ma bouche, tout ce que je ressens, c'est du plaisir. Et du désir.

Un désir brûlant attisé par sa langue qui dessine le contour de mes lèvres, qui joue avec les commissures sensibles de ma bouche, puis s'enfonce lentement et délicieusement en moi.

– Tu as un goût fantastique, murmure Ian en mordillant délicatement ma lèvre inférieure. J'ai remarqué ça tout de suite.

– Toi aussi, je réponds en léchant mes lèvres pour prolonger la sensation.

Il a un goût de gerjgin tiède, de café doux-amer, et de mâle. Depuis qu'il m'a servi mon premier verre de gerjgin, ce goût m'attire, j'apprécie cette chaleur sur ma langue, la brûlure dans ma gorge et le feu dans mon ventre. À présent que je savoure l'homme (suave, astringent et délicieux à la fois), je ne peux m'empêcher de me demander si la raison pour laquelle j'apprécie autant cet alcool, c'est parce qu'il me rappelle Ian.

Je ne connais pas la réponse à cette question, mais je sais que jamais je ne pourrai boire du gerjgin sans penser à lui. À cet instant, avec ses doigts qui accrochent mes cheveux et sa langue qui se mêle à la mienne.

Lorsque ses doigts se resserrent sur mes cheveux (pas assez pour me faire mal, juste pour me procurer de nouvelles sensations enivrantes) je réponds à sa demande muette et incline la tête en arrière.

Sa bouche recouvre la mienne et rien ne m'a jamais semblé si bon, si parfait. Réel.

Il mord ma lèvre, doucement, et des aiguilles de désir me transpercent. Des frissons courent le long de ma colonne vertébrale, une boule de chaleur grandit dans mon ventre, et une sensation de vide que je n'ai encore jamais connue s'ouvre en moi. Puis il cajole ma lèvre meurtrie avec sa langue, passant à coups rapides de l'extérieur à l'intérieur, jusqu'à ce que mes mains et mes genoux tremblent de manière incontrôlée.

Ian sait ce qu'il fait. Il est vraiment très doué.

Ça me donne envie d'exceller moi aussi.

Lorsqu'il commence à s'écarter, je l'en empêche. Et j'enfonce mes dents dans sa lèvre avant de l'aspirer dans ma bouche pour calmer la douleur.

Ian pousse un gémissement rauque qui m'excite plus que de raison. Je glisse mes mains dans son dos pour entremêler mes doigts dans les courtes boucles qu'il a sur la nuque. Les sentir glisser sur ma peau, s'enrouler autour de mes doigts me procure une satisfaction surprenante. Je voudrais que nous puissions vivre ici – juste là – dans cette parenthèse d'existence, pour toujours.

Puis il incline de nouveau ma tête en arrière, et se remet à dévorer ma bouche. Il mordille, suçote et lèche mes lèvres, fait danser sa langue avec la mienne, si bien que je ne peux plus penser qu'à lui. Je ne vois, n'entends et ne sens plus que lui.

Je gémis et cette fois mes doigts s'accrochent à ses cheveux sans délicatesse. Lentement, inexorablement, il me fait plonger dans la folie, en s'assurant que j'en savoure chaque instant.

Et, à mon tour, je lui mordille les lèvres, passe ma langue sur ses dents, sur la peau sensible entre ses gencives et sa lèvre supérieure. Il gémit aussi et saisit ma langue pour l'aspirer dans sa bouche.

Jamais je n'avais imaginé que de tels baisers existaient, et je veux garder cette sensation le plus longtemps possible. Tant qu'Ian me laissera en profiter.

Mais déjà ses lèvres s'éloignent, tracent un chemin brûlant sur ma joue, jusqu'à mon oreille. Il s'attarde un instant pour mordiller mon lobe, avant de coller des baisers incendiaires, à pleine bouche, sur l'endroit sensible juste sous mon oreille.

J'ai le souffle court tandis qu'il lèche ma peau, s'arrête un instant pour me sucer le cou – je vais certainement avoir des marques de suçons demain, des preuves que tout ceci n'est pas un rêve.

– Tu veux bien? murmure-t-il en descendant plus bas, faisant danser ses doigts sur la fermeture de ma combinaison pour l'ouvrir jusqu'à la naissance de mes seins.

Mais je suis bien trop occupée à me cambrer, à me cramponner à ses cheveux pour plaquer sa bouche contre ma peau.

Heureusement, mon hochement de tête lui suffit et il descend encore, dessinant l'arrondi de ma poitrine avant de glisser ses mains sous mon caraco pour titiller mes tétons. Il passe, repasse, encore et encore, je n'arrive plus à respirer, encore moins à penser, je me laisse envahir par les sensations qu'Ian arrive si bien à provoquer chez moi.

– Je veux te voir, me dit-il en posant des petits baisers de mon cou jusqu'à l'endroit juste entre mes seins.

– Oui, oui, s'il te plaît.

Je me cambre contre sa bouche pour qu'il ait le champ libre, et il rit. C'est un son grave et séduisant qui me remue au plus profond de mon être. Puis il ouvre entièrement la fermeture éclair de ma combinaison, en sort mes bras si bien que le vêtement pend à ma taille. Il prend le temps de faire passer ses doigts tièdes et calleux sur la peau sensible de ma taille, passe sous mon caraco en me caressant et remonte le long de mes côtes avant d'empaumer mes deux seins dans ses mains.

Il mordille ma nuque en descendant vers la jonction avec mon épaule, il suce délicatement ma peau et tout mon corps s'embrase comme une pluie de météorites, mes terminaisons nerveuses saturées de sensations.

Il reste quelques minutes sur cet endroit, avant de descendre le long de mon épaule jusqu'à la cicatrice ronde que j'ai depuis toujours.

– Qu'est-ce que c'est? me demande-t-il en apposant des baisers mouillés sur la peau plus lisse qu'ailleurs.

– Je suis tombée quand j'étais petite, je me suis empalée sur une grille du palais. Je n'en garde aucun souvenir, mais d'après ma mère je n'arrêtais plus de hurler.

– J'imagine. C'est plutôt grand comme blessure chez un petit enfant.

Il m'embrasse plusieurs fois à cet endroit avant de déplacer sa bouche.

– Ian, je dis d'une voix haletante.

Je tiens sa tête tandis qu'il descend de plus en plus bas, et tout l'univers est réduit à cet instant, à cet homme et à ce qu'il provoque chez moi rien qu'en me touchant.

J'ai besoin de le toucher aussi.

Mais je ne suis pas aussi douée que lui, et mes gestes sont maladroits. Je touche la peau tiède de sa taille, me glisse sous sa chemise pour lui caresser le bas du dos, les flancs, la peau douce et tendue de son abdomen. Il est mince, musclé, si chaud… Je n'ai jamais rien touché d'aussi agréable.

Et puis il retire ma combinaison entièrement, la fait glisser sur mes hanches, le long de mes jambes, sans oublier de caresser chaque centimètre de peau qu'il découvre en chemin. Ma combinaison est bloquée par mes bottes et je rougis de gêne pour avoir oublié de les retirer.

Mais il se contente de rire et tombe à genoux devant moi pour les retirer, avant de me libérer de mon vêtement.

– Lève le pied, souffle-t-il, et je m'accroche à ses épaules, car j'ai encore les genoux qui tremblent.

Il rit à nouveau en enroulant son bras solide autour de mes hanches pour m'aider à garder l'équilibre. Puis il lèche ma peau tout autour de ma culotte, jusqu'à venir tout en bas, et colle sa bouche sur le coton humide, au plus près de mon intimité.

Mes jambes se dérobent complètement et je tombe en arrière sur son lit.

– Très bonne idée, me taquine-t-il en me rejoignant.

Et soudain sa bouche est partout. Partout. Sa bouche merveilleuse, sauvage et coquine.

Elle dépose des baisers sur mon ventre. Me mordille les hanches. Suçote mes seins.

C'est tellement bon.

Mais ça ne me suffit pas. Loin de là. J'ai envie de lui de toutes mes cellules.

À mon tour, je lui retire sa chemise. Je me mets à genoux et retire tant bien que mal ses bottes et son pantalon.

À mon tour je sème un chemin de baisers lents et appuyés au milieu de son corps.

Ian pousse des grognements sourds et profonds. Puis il me relève, me soulève au-dessus de lui et écarte mes cuisses pour me mettre à califourchon sur lui, un genou de chaque côté de sa tête.

Soudain la gêne m'envahit : je suis ouverte, exposée… Mais avec un grognement sourd, Ian m'arrache alors ma culotte et enfouit son visage dans mon sexe.

– Ian ! je hoquette en sentant sa bouche sur moi, mais ses mains maintiennent mes hanches.

Il se met à embrasser mon sexe, partout, partout. C'est si bon que la gêne n'a plus lieu d'être.

– Oui, s'il te plaît, je gémis tandis que la chaleur monte en moi. Oui, oui, oui, vas-y.

Je ne sais pas moi-même ce que je lui demande, mais lui le sait, et il me donne tout, coup de langue appliqué après coup de langue rapide. Puis il prend mon clitoris dans sa bouche, et le suce avec une telle délicatesse !

La chaleur se mue en impatience, puis en extase, et d'un coup, mon corps explose comme une supernova. Je crie son nom encore et encore tandis que je me noie dans un maelström de sensations si intenses que je serais terrifiée si Ian n'était pas à mes côtés. Il me tient, m'embrasse, et m'offre son corps à chaque seconde puissante de cet événement extrême.

Et quand c'est fini, que le plaisir cesse de rebondir en moi comme une étoile filante, il me fait rouler sur le côté et s'installe entre mes cuisses. Et recommence, ses mains malaxant mes seins, sa bouche embrassant mon épaule, son corps glissant sur le mien. Et comme un miracle la chaleur du plaisir se rallume en moi et bientôt je m'enroule autour de lui en le suppliant de continuer.

Il prend son temps pour attiser le feu en moi, jusqu'à me mettre au supplice tant l'envie est pressante. Et alors, tandis que je me cabre et me tortille et tremble sous lui, il se glisse enfin en moi.

Alors il me prend, encore et encore, et cette fois, quand je suis sur le point de jouir, il me rejoint.

Et absolument rien n'est comparable à cela.

CHAPITRE 60

KALINDA

À mon réveil, Ian n'est plus là.

Je commence à me sentir mal. Quelle fille ne le prendrait pas mal, en découvrant que l'homme avec qui elle a fait l'amour a disparu au cours de la nuit ? Mais je remarque alors la tasse de café sur la petite étagère murale à côté du lit d'Ian et je me souviens qu'il a déposé des baisers sur mon visage en la posant là.

Gage avait besoin de lui sur la passerelle – quelque chose au sujet des réparations du vaisseau – et j'ai proposé de me lever aussi, mais il m'a dit de rester dormir. Et qu'il revenait dès que possible.

Apparemment, ça a pris plus de temps que prévu, car la matinée est à présent bien avancée et il n'est toujours pas revenu.

J'attrape la tasse et prends une grande gorgée de café. Tant pis s'il est tiède. Dès que le liquide amer atteint mon organisme, les brumes de mon esprit – effet secondaire d'un trop-plein de plaisir, j'imagine – commencent à se dissiper.

C'est une bonne chose, car je ne peux pas rester toute la journée au lit, même si c'est tentant (surtout si Ian est avec moi). J'enfile ma combinaison et sors à la recherche des autres.

Mais en approchant de la passerelle, je suis prise de timidité. Nous avons passé un super moment hier soir, et à en croire la manière dont il m'a serrée contre lui ce matin (et le café qu'il m'a apporté), il ne regrette rien. Moi non plus ! Mais je ne sais pas du tout ce que je suis censée faire en le revoyant, d'autant plus que le reste de l'équipage sera présent.

Est-ce que je dois faire comme s'il ne s'était rien passé ? Pas éternellement, mais devant les autres ?

Ou au contraire, est-ce que je dois ne plus *jamais* en parler ? Comme si c'était une exception qui ne se reproduira plus ?

Ou alors, dois-je assumer que c'est arrivé, mais faire comme si ça n'avait pas grande importance ?

Le pire, c'est que je ne sais pas lequel de ces scénarios me serre le plus le cœur.

Peu importe, en fait, car le trajet de la cabine d'Ian jusqu'à la passerelle n'est pas assez long pour donner lieu à d'autres réflexions. Et puis si j'ai appris quelque chose au cours de ce voyage, c'est que si la situation ne te plaît pas, attends juste cinq minutes le temps que tout change.

Je prends une grande inspiration, une autre gorgée de café, puis je franchis la porte de la passerelle.

Quelle surprise… je suis la dernière arrivée. Encore une fois.

Je prends le temps d'étudier la situation. Gage est en plein discours à l'avant du vaisseau, avec Ian qui l'écoute attentivement. Beckett est là aussi, blasée comme d'habitude. Quant à Rain, elle semble franchement malheureuse, ce qui est très inhabituel pour elle.

Merrick semble aussi blasé que Beckett, ce qui indique à coup sûr qu'il se passe quelque chose. Et Max… lève la tête et remarque ma présence avant les autres.

Son sourire est franc et spontané, alors même qu'il y a moins de dix heures, il était tellement saoul qu'il s'était évanoui dans la cambuse. Rain et lui ont une sacrée capacité de récupération, apparemment.

Je lui fais un petit signe en souriant et il se lève pour venir m'accueillir. Pour m'annoncer ce qui se passe ? Ou pour s'interposer entre Ian et moi ?

Quelque chose me dit que c'est plutôt la deuxième hypothèse, et je me sens encore plus mal. À l'autre bout de la passerelle, Ian se retourne et son regard rencontre aussitôt le mien. J'ai le cœur au bord des lèvres, je ne sais pas quoi faire.

Et il sourit. Pas son habituel sourire sarcastique qui dit « merci de daigner te joindre à nous, Princesse ». Non, son vrai sourire. Celui que j'ai découvert hier soir pour la première fois.

Sans réfléchir, je lui retourne son sourire. Comment faire autrement ? Ce nouvel Ian souriant est une vision qui ravit les yeux et le cœur.

Tout comme Max, d'ailleurs, il faut être honnête – mais ça ne me fait pas tout à fait la même chose.

– Tu as bonne mine, je le complimente alors qu'il arrive devant moi.

– Je considère que c'est un miracle vu l'état dans lequel je me suis réveillé ce matin.

– Alors ce serait bien que tu nous dégotes un ou deux autres miracles, parce que ça n'a pas l'air d'aller, par ici…

Ian parle de nouveau à Gage, mais je n'arrive pas à m'empêcher de le regarder toutes les trente secondes environ.

– N'est-ce pas ?

Max aussi regarde en direction d'Ian.

– Qu'est-ce qui se passe ? je l'interroge. Pourquoi certains ont l'air contents et d'autres sur le point de perdre les pédales ?

– Gage a réussi à faire fonctionner le système de communication.

Je ne m'y attendais tellement pas qu'il me faut plusieurs secondes pour comprendre.

– Vraiment ? je m'exclame enfin. Quand ?

– Il dit qu'il s'est réveillé au milieu de la nuit avec une idée de génie, et depuis il bosse dessus. J'en conclus que les commotions cérébrales, c'est très efficace pour le fonctionnement du cerveau.

Pas étonnant que Rain ait l'air triste. Un système de télécommunication opérationnel signifie que l'on peut contacter les diverses planètes, pour donner de nos nouvelles… et prévoir un point de rendez-vous afin de rentrer chez soi. Pas besoin d'être un génie pour comprendre qu'elle n'a aucune envie de retourner au monastère. Car cela signifie quitter Beckett.

Je m'efforce de ne pas penser aux conséquences que cette réparation a pour moi. Je ne suis pas prête non plus à rentrer au palais. Et encore moins à me soumettre de nouveau à la domination de ma mère. J'ai encore tant de choses à apprendre sur notre système. Comme ces camps dans lesquels Ian, Max et Milla ont été envoyés. Comme l'assassinat de mon père, imputé à des gens qui ne l'ont pas perpétré.

Il est illusoire de croire que ma mère me dira la vérité à ces sujets. Sur aucun sujet, en fait. « Pour le bien de Senestris », mon cul !

Mais je devrais l'appeler, au moins, pour lui dire que je vais bien. Pour découvrir si c'est elle qui essaie de faire sauter le *Starlight* et toutes les personnes à son bord.

– Impossible, Kali, me répond Ian, qui visiblement lit dans mes pensées. Pas pour l'instant.

Il est si près de moi que je sens la chaleur irradier de son corps. Je la sens sur toute ma peau, des épaules aux orteils. Et il m'a appelée « Kali », pas « Princesse ».

– Je sais, Milla est la priorité.

Pour moi aussi, mais je ne lui dis pas. Il opine.

– Ouais. Ensuite on te ramènera chez toi.

Il dit ça sans la moindre émotion, si bien que je ne peux pas savoir s'il considère que c'est une bonne ou une mauvaise nouvelle. Est-ce qu'il est pressé de se débarrasser de moi à cause de la nuit dernière, ou est-ce qu'il aimerait que je reste ?

J'ai horreur d'avoir ces débats intérieurs, de ne pas savoir comment me comporter avec lui désormais. Et plus encore d'attendre qu'il me donne une ligne directrice, comme si ses sentiments étaient plus importants que les miens. Et puis pourquoi aujourd'hui ? Pourquoi c'est précisément aujourd'hui que Gage a réussi à réparer ce foutu système de communication ? Ça ne pouvait pas attendre quelques jours, le temps qu'on arrive à déterminer ce qui se passe entre Ian et moi ? À supposer qu'il y ait quelque chose…

Bref, ce matin, je déteste tout. Et pourtant je n'aurais pas cru cela possible, je me sentais sur un petit nuage au réveil. Comment l'énergie merveilleuse de quatre orgasmes cosmiques a-t-elle pu se changer en cette débâcle émotionnelle ?

– Alors quelle est la première utilisation que tu veux faire de ce système ? je demande à Ian.

Depuis le temps qu'il tanne Gage à propos de ça !

– J'en ai marre de ne pas savoir ce qui se passe, ni pourquoi on se fait prendre en chasse. Je veux tâter le terrain auprès de personnes que je connais, pour voir si quelqu'un a compris ce qui s'est passé avec la *Caelestis*. Et identifier les vaisseaux qui nous collent au train. Rien que la Corporation ou aussi l'Ordre comme semble l'indiquer cette médaille trouvée par Gage ? Et si c'est le cas, pourquoi ils voudraient dégommer leur grande prêtresse ?

– Je t'ai déjà expliqué, lui rappelle calmement Rain. Je serai simplement réincarnée, ce n'est pas un problème, pour moi.

– Ah ouais ? Eh ben moi ça me pose un putain de problème, gronde Beckett.

Pour une fois, je suis d'accord avec elle.

– Eh, si vous voulez savoir qui en a après nous, intervient Gage depuis son poste où il continue à tripoter le système de communication, on pourrait commencer par voir qui a essayé de nous contacter.

CHAPITRE 61

IAN

– Quelqu'un nous a appelés ? Et pourquoi tu n'as rien dit ?

– Parce que j'ai trouvé le journal d'appels il y a trente secondes, répond Gage. Il y a vingt-deux appels enregistrés. Tous de la même source.

Je le transperce du regard.

– Qui est-ce ?

– Askkandia. Et plus précisément : le palais royal.

Oh putain. Le palais, évidemment. Et je te parie mes derniers planétas que c'est l'Impératrice elle-même qui était au bout de la ligne.

– Ce n'est pas parce que le palais essaie de nous joindre qu'il faut en conclure qu'ils savent qui est à bord, argumente Max.

– Exact. Mais ils ont sans doute une petite idée sur l'identité de deux passagères au moins, dit Beckett en regardant Rain et Kali.

Elle a raison, je le sais. Sinon pourquoi l'Empire s'intéresserait à ce vaisseau ? Même si c'est un vestige alien.

– Eh ben faut pas compter sur moi pour livrer l'une ou l'autre, j'affirme.

Livrer Rain à cette femme, ce serait comme mener un kanadou à l'abattoir. Quant à Kali… y a pas moyen. On vient juste de se trouver. Hors de question que je la laisse partir.

Pas question, putain.

– Seront-ils capables de nous géolocaliser si on leur parle ? demande Max à Gage.

– Non, je devrais être capable de cacher l'origine du signal.

– Tu devrais ou tu peux le faire ? je demande d'une voix qui l'avertit que je ne suis pas d'humeur pour les incertitudes.

– Je peux le faire, dit-il après quelques secondes.

Je trouve quand même que c'est une mauvaise idée. Mais en parlant à l'Impératrice, nous arriverons peut-être à déterminer qui a fait sauter la *Caelestis*. Et pourquoi tout le monde dans ce foutu système solaire semble nous courir après.

– *Pourquoi tu ne demandes pas son avis à Kali ?* s'étonne Max. *Tu ne dois pas prendre cette décision seul. C'est sur elle que ça aura le plus de conséquences.*

– *Parce que si elle finit blessée à cause de ça, je ne veux pas me sentir coupable toute ma vie.*

Putain, il me manque l'ancien Ian, celui qui agissait pour son bien et pour celui de Max et Milla, sans se soucier des autres. C'est carrément une plaie de se soucier des autres !

– *Exactement. Alors laisse-la être agent de sa décision.*

– *Agent ?* je relève, sourcil levé.

– *Les livres de développement personnel, ça existe, tu sais*, me dit-il, sur la défensive. *Tu devrais essayer.*

Le fait que je ne prenne même pas la peine de me foutre de sa gueule montre à quel point j'ai changé.

– *Et si elle veut récupérer Kali ?*

– *Eh ben elle l'aura pas*, affirme Max.

Ouais, c'est comme ça aussi que je vois les choses.

Je me tourne vers les autres.

– Je n'aime pas du tout l'idée de parler à l'Impératrice, mais peut-être qu'elle nous donnera un indice sur ce qui se passe. Que ceux qui sont pour avoir une charmante conversation avec la royauté lèvent la main.

CHAPITRE 62

KALINDA

Je fais le tour de la pièce du regard, mais ils sont figés, leurs visages interrogateurs tournés vers moi. Et je ne sais pas du tout ce que je veux faire.

Je fais face à Ian.

On dirait qu'il veut dire non. Mais il se contente de pousser un gros soupir et me demande :

– Tu veux lui parler ?

J'y réfléchis un moment.

– Non…

– Eh bien voilà, m'interrompt-il aussitôt, l'air soulagé, c'est réglé…

– Mais je pense que je devrais le faire.

J'ai le cœur qui bat vite, je suis terriblement nerveuse. Le fait que ce soit difficile, et même un peu terrifiant ne doit pas m'empêcher de le faire.

– C'est ma mère. Elle doit s'inquiéter à mon sujet.

Pour appuyer mes paroles, je lève la main en regardant les autres tour à tour. Et tout le monde lève la main, sauf Ian, comme on pouvait s'y attendre.

Eh bien, on dirait qu'on va parler à ma mère…

À cette idée, je sens la bile remonter dans ma gorge. Je suis contente de pouvoir lui annoncer que je suis en vie. Mais une fois que ce sera fait, quelles seront les conséquences ? Nous avons enfin vécu un vrai moment à deux, Ian et moi, et je suis horrifiée à l'idée de devoir partir sans savoir ce qui aurait pu se passer ensuite.

Ian hoche la tête, comme s'il s'attendait à cette décision. Il demande :

– Alors, on fait ça quand ?

Sa voix exprime également sa résignation.

– Je ne vois pas de raison de faire traîner les choses, répond Max. Finissons-en.

Je m'installe sur un des sièges latéraux tandis que Gage appuie sur quelques touches.

La projection holographique s'allume devant moi et je me félicite que Gage ait réglé le dispositif pour qu'eux ne soient pas visibles, car dès que l'image apparaît, ma mère est là, yeux étrécis, tapant impatiemment du bout des doigts le bureau en marbre devant lequel elle est assise. L'espace d'un bref instant, la petite fille en moi est ravie de la voir. Après tout, c'est ma mère. Mais tout ce que j'ai appris récemment à son sujet m'accable et l'excitation cède le pas à la déception et à la peur.

Je ferme rapidement les paupières et prends une inspiration pour me centrer. Quand j'ouvre de nouveau les yeux, je suis prête à tout.

Nous avons le même teint, une peau café au lait et des cheveux roux foncé. Héritage de ma grand-mère et de mon arrière-grand-mère maternelles. Mais j'ai les yeux de mon père, et je tiens aussi ma taille de lui. Je suis bien plus grande que ma mère. À part ses yeux scrutateurs, son visage ne laisse paraître aucune expression. Mais je remarque un léger tic qui fait tressauter sa joue – indice irréfutable qu'elle n'est pas contente.

Cette découverte me comprime la poitrine et tout mon corps se crispe. Cela fait des semaines que je ne l'ai pas vue – et pendant ce temps, j'ai vécu une multitude de choses nouvelles, tragiques, merveilleuses et choquantes – alors comment un seul coup d'œil sur son visage arrive-t-il à me transformer en petit enfant s'attendant à être réprimandé ?

En me reconnaissant, elle écarquille les yeux, avant de les réduire à une simple fente. Je ne sais pas ce que j'ai pu faire pour la contrarier déjà. Puis je comprends qu'elle examine ma combinaison argentée. Apparemment, malgré tous les problèmes que connaît actuellement le système solaire, le fait que sa fille ne porte pas sa tenue impériale se situe dans le top 5 de la liste de ses contrariétés.

Je m'astreins à conserver une expression neutre.

– Bonjour, mère.

– Kalinda. Je suis heureuse de voir que tu vas bien. Communique-moi vite tes coordonnées, m'ordonne-t-elle de la voix qu'elle réserve aux enfants désobéissants et aux conseillers récalcitrants. Je vais immédiatement dépêcher une escouade pour venir te chercher.

– Je ne peux pas faire cela.

Ses doigts s'immobilisent. Sa colère vient de monter d'un cran.

– Je ne peux pas revenir tout de suite, mère. Je dois faire quelque chose d'abord.

– C'est insensé. Ta place est à la maison, ici.

– Pas encore.

Elle darde sur moi son regard étréci. Je prends alors conscience que je n'avais encore jamais dit « non » à ma mère. De toute ma vie.

Et ça fait tellement de bien ! C'est libérateur.

– Kalinda. Si tu ne rentres pas quand ta mère te le demande, c'est l'Impératrice qui te l'ordonne.

Ah, elle sort l'artillerie lourde. Pas de quoi m'impressionner.

– Qu'allez-vous faire ? M'enfermer dans un cachot ?

– Je trouverai un châtiment approprié. (Son visage s'adoucit un peu.) Est-ce à cause de ces gens avec toi ? On m'a dit qu'il s'agissait de hors-la-loi… de meurtriers…

D'amis. Ce sont mes amis, et je ne la laisserai pas me prendre ça sous prétexte qu'elle ne sait pas ce que ça veut dire.

– Ils m'ont sauvé la vie sur la *Caelestis*.

– Parfois, il arrive que des victimes développent des sentiments malsains envers leurs ravisseurs. Elles peuvent même en tomber amoureuses. S'agit-il de cela, Kalinda ?

Je sens mes joues s'empourprer. Je me force à ne pas regarder en direction d'Ian.

– Il n'y a pas de ravisseurs ici, et je ne suis amoureuse de personne.

Beckett étouffe un rire et Max crispe une main sur son cœur, mimant le désespoir. Je les ignore et garde un visage parfaitement impassible.

Ma mère insiste.

– Nous avons toutes les raisons de croire que l'attaque de la *Caelestis* a été menée par la Rébellion pour déguiser une tentative de t'assassiner.

De nouveau, Beckett rit, et cette fois j'ai envie de rire avec elle. D'un rire triste et cynique.

Pendant toute mon enfance, ma mère a utilisé la Rébellion comme croque-mitaine pour me faire peur. Pourquoi la croire à présent ?

– Nos informations laissent penser qu'ils sont toujours à ta poursuite, continue ma mère. Ils savent que tu es quelque part, vulnérable, et ils n'auront de cesse de te pourchasser pour te tuer.

Ça ne fait pas de doute, quelqu'un se donne beaucoup de mal pour nous tuer. Et c'est logique que je sois la cible. Mais elle ne m'apporte aucun élément nouveau, alors si elle pense me faire peur, elle se plante complètement. Nous avons survécu à cinq tentatives (trois à bord du *Starlight*, deux sur Ian et moi à terre). M'annoncer que quelqu'un est à ma poursuite, ce n'est pas vraiment d'une actualité fracassante.

Je coule un regard vers Ian, qui est appuyé contre le tableau de pilotage. Une petite ride s'est formée entre ses yeux, il semble inquiet. Je lui adresse un infime signe de tête pour le rassurer.

Si ma mère est si soucieuse à mon sujet, j'ai une interrogation à laquelle elle saura peut-être répondre.

– J'ai remarqué qu'il y a des affiches dans tout le système qui prétendent que je suis une usurpatrice et qui offrent une récompense pour ma capture. Le palais est-il au courant ?

Elle pince les lèvres.

– Notre service de renseignement m'a alertée à ce sujet, mais nous n'avons pas encore réussi à tirer cela au clair. Nous découvrirons qui est responsable, tu peux me croire, et ils seront jugés. Mais Kali, ma chérie, ce n'est qu'une preuve de plus que je ne peux assurer ta protection là où tu te trouves.

– Je n'ai peut-être pas besoin de votre protection, je rétorque.

– Et tes nouveaux amis ? As-tu besoin que je les protège ?

– Ils vont bien.

– Vraiment ? Je vois qu'ils comptent pour toi. Que tu me croies au non, quelqu'un essaie de te tuer. Veux-tu vraiment faire courir ce risque à tes amis ? Les laisserais-tu mourir avec toi ? Car c'est ce qui va arriver. Ceux qui sont à ta recherche vont vous trouver, et vous allez tous mourir. Et ce sera ta faute. Veux-tu vraiment avoir leur sang sur les mains ?

Pour la première fois au cours de cette conversation, ses paroles m'atteignent. Mon ventre se serre. Je me sens malade. Cela fait des semaines que nous essayons de déterminer qui essaie de nous tuer, et quelle est leur véritable cible. Ma mère prétend qu'elle sait que c'est moi. Et donc que ma présence les met tous en danger.

Je ne veux pas qu'il en soit ainsi, mais quelque part, je le savais depuis le début. Je repense à Gage qui a pris une balle. À Ian qui est resté avec moi alors qu'il aurait dû regagner le vaisseau. Au *Starlight* qui a foncé sur nos assaillants, au péril de notre vie à tous. Si ma mère a raison, et qu'on essaie de me tuer, juste moi, pas Rain ni les autres, alors je suis vraiment une source de danger pour eux.

Comme si elle avait senti la dynamique tourner à son avantage (l'Impératrice excelle à observer froidement les faiblesses des autres), elle prépare son coup de grâce.

– Réfléchis-y, Kali. Mais pas trop longtemps, sinon il sera trop tard. Envoie-moi tes coordonnées et je viendrai te chercher. Dès que nous pourrons montrer que tu es de nouveau à l'abri au palais, pourchasser tes amis n'aura plus aucun intérêt. Ils seront en sécurité. C'est le seul moyen.

Puis la projection s'éteint.

Elle a coupé la communication.

Une image me reste en tête : mes amis mourant par ma faute. Se savoir traqué est une chose, mais apprendre qu'en fait tu es la seule à être visée, tandis que les personnes que tu aimes sont juste des victimes collatérales… ça change tout.

Je suis prise d'un grand frisson tandis que mon cerveau élabore des scénarios catastrophes. Ça se finit toujours par la mort de mes amis. Ian, mort.

Ces pensées me mettent au bord des larmes. Et si ce n'était pas une simple ruse de ma mère pour obtenir ce qu'elle veut ? Et si elle disait la vérité, pour une fois ? Et si ma présence à bord avait pour unique conséquence de porter malheur à ces personnes à qui je tiens ?

Ian vient se placer à côté de moi et pose une main sur mon épaule. Sans que ce soit une décision réfléchie, je me retourne aussitôt pour l'entourer de mes bras, et le serrer de toutes mes forces.

La vérité se fraie un chemin dans mon esprit : je vais le perdre avant même d'avoir eu la possibilité qu'il soit réellement mien.

J'essaie de me consoler en me répétant qu'il n'aurait jamais été à moi, qu'il s'agissait juste d'une petite parenthèse exaltante pour nous deux, et que la fin était inéluctable. Mais dans mon cœur, ça ne ressemble pas à une parenthèse.

– Tu ne vas quand même pas la croire ? fait-il.

Je prends une grande inspiration et bloque ma respiration jusqu'à ce que l'envie de pleurer se dissipe. Si, je la crois. Pas forcément au sujet de la Rébellion – Beckett dit qu'ils n'avaient pas la force de frappe nécessaire pour faire sauter la *Caelestis*, et je veux bien la croire – mais sur le reste.

C'est logique.

Depuis le début, je savais que j'étais ciblée. Pourquoi choisir précisément le moment où j'étais sur la *Caelestis*, sinon ? Les conséquences ne sont pas les mêmes quand on fait exploser la première station spatiale de pointe du système, et quand on la fait sauter avec une princesse à bord.

Dans un cas il s'agit de destruction de biens et d'homicides. Dans l'autre, la haute trahison s'ajoute aux précédents chefs d'accusation. Personne n'aurait fait cela par coïncidence, d'autant plus que ma visite a nécessité la mise en place de protocoles de sécurité supplémentaires. C'était un choix délibéré. J'étais visée depuis le début.

– Hé, Kali !

Ian se recule juste assez pour passer un doigt sous mon menton et m'obliger à relever la tête.

– On s'en est bien sortis, jusqu'ici, non ?

C'est vrai. Mais pour combien de temps ? À quel prix ? Et combien de temps encore la chance nous sourira ?

– Je… c'est juste…

Je m'interromps en sentant Ian se raidir. Je m'apprête à lui demander ce qui ne va pas, et c'est alors que de l'autre côté de la passerelle, Max se met à hurler et tombe à genoux.

CHAPITRE 63

IAN

Un cri perçant me déchire le crâne.

Je crois d'abord que c'est Rain ou Beckett. C'est un cri de femme, et Kali, qui est juste devant moi, va bien. Puis je comprends que ça ne peut pas venir d'elles. Car le son est à l'intérieur de ma tête.

La douleur, insupportable, sature toutes mes terminaisons nerveuses et prend possession de mon corps, si bien que j'ai l'impression d'être écartelé. Je n'ai jamais rien ressenti de tel, je ne pensais pas qu'une telle torture existait. J'essaie de la repousser tout en m'efforçant de comprendre ce qui se passe.

– Ian ? (Kali, les yeux agrandis, se redresse pour poser les mains sur mes épaules.) Ian, qu'est-ce qui t'arrive ?

J'aimerais lui répondre, mais j'en suis incapable. Je ne peux pas parler, ni réfléchir, tout ce que je peux faire – à grand-peine – c'est subir. L'agonie est accablante, totale, dévastatrice.

Je tombe à genoux, manquant d'entraîner Kali dans ma chute, et à travers le brouillard rouge de ma souffrance, je vois que Max aussi est à genoux, à quelques mètres derrière moi, les mains crispées sur son crâne comme s'il pouvait repousser la douleur ainsi.

Je comprends alors ce qui se passe.

Milla.

Je l'appelle dans mon esprit, je crie son nom, encore et encore. Un instant plus tard, Max se joint à moi, la voix assourdie par la douleur.

Au début, il n'y a rien, rien que la béance du néant, comme c'est le cas depuis des mois quand nous essayons de la contacter. Puis j'entends un appel, si faible que je ne suis même pas sûr que ce ne soit pas un mirage de mon cerveau.

– *Aidez-moi. Pitié, pitié, pitié, aidez-moi. Aidez-moi.*

– *Milla !*

– *Ian, s'il te plaît.* (Je sens des larmes couler sur des joues creuses.) *Aide-moi je t'en prie.*

– *J'arrive, Milla ! Tout de suite !*

Mais trop tard. La douleur – et mon canal de communication avec Milla – disparaît aussi soudainement qu'elle est apparue.

Je me tourne vers Max. Il est toujours à genoux, comme moi, et me regarde, les yeux emplis d'horreur.

– *Tu as entendu* ? je lui demande.

Même dans ma tête, j'entends que ma voix est éraillée.

– *J'ai entendu.*

Il a l'air encore plus mal en point que moi.

– Ian, que se passe-t-il ? me demande Kali en s'agenouillant près de moi. (Paniquée, elle examine mon visage tandis que d'une main elle inspecte ma tête, ma poitrine, à la recherche d'une blessure.) Où as-tu mal ?

J'ai voulu lui en parler il y a déjà un bon moment, mais je ne voyais pas par où commencer.

– *Ça va ?* je demande à Max.

– *Et toi, ça va ?* rétorque-t-il.

Non, évidemment. Et après ce que j'ai entendu, je ne sais pas si je vais m'en remettre.

– Qu'est-ce qui se passe ? demande Merrick.

Max secoue la tête sans répondre et se relève tant bien que mal.

Il est plus résistant que moi, alors, parce que je n'imagine même pas me relever encore. Je tremble trop et, dans ma tête, j'entends encore Milla et je ne peux penser à rien d'autre.

Max traverse la pièce d'un pas incertain avant de se laisser tomber sur un siège du côté droit. Puis il sort une bouteille entamée de gerjgin de sous son fauteuil et en prend une grande gorgée avant de me la tendre.

J'ai les mains qui tremblent comme un amateur, mais je suis trop sous le choc pour être gêné. Je bois à longs traits et laisse l'alcool faire son boulot. Mon rythme cardiaque ralentit et mes tremblements s'apaisent suffisamment pour que je me traîne jusqu'au fauteuil de capitaine.

Je pousse un gros soupir et bois encore une gorgée avant de repasser la bouteille à Max. Qu'est-ce qui s'est passé, putain ? Et surtout : qu'est-ce que ça veut dire ?

– *Comment c'est possible qu'on l'entende ?* me demande-t-il mentalement. *Tu crois qu'elle n'est pas loin ?*

C'est le plus logique : habituellement, nous pouvons uniquement transmettre nos pensées à courte distance. Je secoue la tête.

– *On est encore très loin des Confins.*

– *Tu es sûr qu'elle est là-bas ?*

Je repense à ma conversation avec ce fils de pute sur Glacéa. Je veux bien parier tout ce que j'ai (c'est-à-dire pas grand-chose, mais c'est l'intention qui compte) qu'il a dit la vérité.

– *Ouais.*

– *Alors elle doit être à l'agonie.*

Max se passe une main tremblante sur le visage.

La douleur augmente la portée de nos transmissions, mais là il s'agit d'une distance impossible. Peut-être qu'on peut en déduire qu'on va dans la bonne direction ? Ce n'est que la deuxième fois qu'on sent la présence de Milla depuis sa disparition, et la première fois, c'était juste après, quand elle était sans doute encore proche.

Mais ce n'était pas aussi intense. À vrai dire, ça n'a jamais été aussi intense. Et ça, ça veut dire que Milla vit le martyre.

– *Au moins elle est en vie.*

Forcément, puisqu'on est toujours là.

– Est-ce que quelqu'un veut bien se donner la peine d'expliquer ce qui vient de se produire ? dit Kali sur un ton qui indique qu'il ne s'agit pas vraiment d'une question.

Son regard oscille entre Max et moi. En fait, tout le monde nous regarde d'un air interrogateur.

– Et en disant « quelqu'un », je parle de toi, précise-t-elle en braquant ses yeux sur moi.

– *Explique-leur,* me dit Max.

– *On l'a jamais dit à personne. Je pensais qu'on le dirait jamais.*

– *On n'a jamais eu personne à qui le dire jusque-là. C'est différent, maintenant.*

Il a raison. Et cette pensée me fout les jetons. Je prends une autre gorgée de gerjgin et regarde les autres membres de l'équipage. Merrick et Rain, Kali, Gage, Beckett. Ils nous observent, laissant paraître des degrés d'inquiétude variables. On n'est pas toujours d'accord, et dans d'autres circonstances on aurait carrément pu essayer de s'étriper les uns les autres, mais il y a une chose qui est sûre, c'est que maintenant – pour l'instant – ils se soucient vraiment de moi, de nous.

Le problème, c'est que notre truc ne s'explique pas si facilement. En fait, c'est plutôt difficile à croire. Moi-même j'ai du mal à y croire, des fois !

Je regarde Max qui se contente de hausser une épaule. Je prends une inspiration, et hésite.

– Allez, Ian, me houspille Beckett. Crache le morceau. Ça peut pas être si dur que ça.

– T'as même pas idée.

– Ah ouais ? Ben moi je m'imagine des explications à ce qui vient de se passer, et dans la plupart des scénarios, on doit vous jeter par le sas à cause d'une crise de psychose meurtrière. Ça doit quand même être moins grave, non ?

Elle me regarde avec la même insistance que Kali quelques minutes plus tôt. Ça me ferait presque rire : ces deux-là ont davantage de points communs que ce qu'elles veulent bien admettre.

Je me passe la main dans les cheveux en essayant de choisir mes mots pour leur expliquer l'inexplicable.

– *Merde alors, je vais leur dire*, intervient Max. *Tu vas te faire mal à force de réfléchir si fort.*

– *Je t'en prie.*

De toute façon, je n'ai pas envie d'être celui qui l'annonce à Kali. Je ne veux pas voir son expression quand tout va changer. Et tout va changer, c'est inévitable.

– Je sais que certains d'entre vous se posent des questions sur la relation entre Ian, Milla et moi…

– *Belle introduction*, je commente.

– *Sérieux, tu veux le faire* ? rétorque-t-il en m'adressant un regard furieux et exaspéré.

– *Pas le moins du monde.*

– *Alors ferme-la.*

Malgré tout, je prends le relais :

– Jusqu'à mes onze ans, Max et Milla n'existaient pas. J'ai alors vécu une… expérience traumatisante, et je… il se trouve que…

Je me passe encore la main dans les cheveux.

– *Dis-le*, me presse Max. *Tu recules pour mieux sauter.*

– Je me suis divisé en trois.

Un silence épais accueille mes mots. Ils froncent les sourcils. Sauf Merrick, sous le choc, qui a l'air de comprendre.

Est-ce que cela veut dire qu'il sait quelque chose à propos de ce que nous sommes ? Mais comment ?

– Trois personnalités ? demande Beckett d'un air perplexe.

Je revois des images de ce jour-là. J'avais fini mes corvées en avance et je m'étais éclipsé par un trou dans la clôture du camp pour enfants où j'avais été envoyé après l'assassinat de ma mère. Il y avait plusieurs ouvertures par lesquelles nous aimions nous enfuir. Personne au camp ne prêtait vraiment attention à nos allées et venues… car il n'y avait nulle part où aller, nous étions encerclés par un désert stérile à des centaines de kilomètres à la ronde.

Une tempête de sable est arrivée et j'ai essayé de me mettre à l'abri en m'enfonçant dans une dune. Je suis resté là une heure, peut-être deux. Et quelque chose s'est passé dans cette dune. C'était douloureux et terrifiant, je n'avais jamais rien vécu de pareil. Et quand je suis ressorti… nous étions trois.

– Plutôt trois personnes, je rectifie. Avant j'étais moi et après j'étais… nous. Max, Milla et moi. Ils étaient là et je ne comprenais pas vraiment, mais en même temps je savais qu'ils étaient moi, et que j'étais eux.

– Nous pouvons entendre les pensées les uns des autres, dit Max en prenant le relais. Sentir ce que les autres ressentent. Nous savons ce que les autres vont faire avant eux. Je suis Ian. Il est moi. Nous sommes Milla.

– Comme une coalescence mentale ou une conscience collective.

Au fil du temps, on a fait plein de recherches là-dessus et il nous a fallu un bon bout de temps pour trouver ces termes et comprendre que c'était la description la plus proche. Et des années pour accepter ce que nous sommes.

Mais maintenant, on ne voudrait changer pour rien au monde.

– Comment c'est possible ? demande Kali. (Je suis soulagé de voir qu'elle n'a pas l'air repoussée, juste déroutée. Et c'est bien compréhensible, c'est un truc à rendre dingue.) Je croyais pourtant que les bibliothèques impériales rassemblaient toutes les connaissances, mais je n'ai jamais entendu parler d'une telle chose.

– Moi si, avoue Merrick. (Je ne me suis donc pas trompé sur sa réaction.) Ça s'appelle la tripartition, c'est quand une entité – Ian dans ce cas – se divise en trois et forme un triploïde.

– Mais comment ? D'accord, ça a un nom, mais c'est insensé !

Kali ne me regarde pas en disant cela. Je ne sais pas si c'est parce qu'on la dégoûte ou pour ne pas me mettre mal à l'aise. J'aimerais croire en l'explication la plus optimiste, mais je ne me fais pas tellement d'illusions.

– L'Ordre sororal croit en la rémanence de l'ADN des Anciens, explique Merrick. Nous avons rassemblé des témoignages depuis des millénaires. Certaines personnes, surtout des Seratiens, gardent des séquences d'ADN qui proviennent d'avant le développement de l'humanité dans le système Senestris. Nous considérons ces anomalies génétiques comme des bénédictions de la Lumière. Bien souvent, elles sont accompagnées d'effets secondaires, que nous étudions : visions, sagesse, longévité exceptionnelle. Mais il y a aussi des effets secondaires lorsque des personnes qui ne possèdent pas d'ADN alien y sont exposées. La tripartition en fait partie, bien que cela reste très rare. Je n'ai entendu parler que d'un seul autre cas ces cent dernières années, et ils sont morts quand…

Mais oui : exposé à de l'ADN des Anciens. Ça a autant de sens que toutes les autres conneries que j'ai lues pour trouver une explication à ce qui s'est passé dans cette dune.

– Quand quoi ? demande Rain, penchée en avant, totalement fascinée, contrairement à Kali.

Est-ce un bon signe ? Enfin, peu importe, non ? On est comme ça, c'est tout. Je ne peux rien y faire, et même si je pouvais, je ne voudrais rien changer, alors à quoi ça sert de m'inquiéter de ce qu'en pense Kali ?

– Quand l'un d'eux a été tué dans un accident, finit par répondre Merrick, avec réticence. Ils sont tous morts.

Voilà. Il met le doigt sur le gros, gros – bon, on peut le dire : énorme – désavantage de notre petite coalescence mentale…

– Ouais : si l'un de nous meurt, on meurt tous les trois.

On a découvert ce bonus par nos propres recherches. On n'a jamais trouvé d'explication comme ce que Merrick nous raconte là, mais on est tombés sur des histoires et des légendes qui parlaient visiblement de cas semblables.

Kali recule et se laisse tomber sur un siège. Elle a les yeux comme des soucoupes.

– Et là, il s'est passé quoi ? demande-t-elle d'une voix tremblante.

– On a senti Milla. Elle avait mal. C'est tout ce qu'on peut sentir d'elle à grande distance.

– Elle est morte ? demande Beckett, qui donne l'impression qu'elle s'attend à nous voir tomber raides d'un instant à l'autre, Max et moi.

Max lève les yeux au ciel.

– Qu'est-ce que t'as pas compris : si elle meurt, on meurt !

Elle hausse les épaules.

– Je voulais juste être sûre qu'on ne devait pas se préparer à vous voir passer l'arme à gauche de manière imminente.

– Beckett ! s'exclame Rain d'un air horrifié.

Beckett lève les mains.

– Eh, j'essaie juste de comprendre ! C'est vraiment tordu votre truc.

– Je suis heureuse que vous ne soyez pas morts, dit doucement Kali.

– Nous aussi, dit Max.

– Alors, comment ça marche ? demande Kali à Merrick. Cette « tripartition ». Je veux dire, si une personne se transforme en trois, il doit y avoir une explication biologique. On ne peut pas défier la physique, la masse occupe un certain espace, sans parler des organes, des systèmes nerveux et sanguin…

– Comme je le disais, nous avons rassemblé des documents théoriques sur Serati, mais pas beaucoup de spécimens, se défend Merrick. Dans l'état de nos connaissances, l'ADN des Anciens agit comme un virus chez l'hôte avec lequel il est en contact. En très peu de temps – je ne saurais être précis, mais nos témoignages parlent d'une heure ou deux – les cellules saines commencent à se diviser de manière accélérée. Si bien que les cellules n'ont pas le temps de mourir comme elles devraient normalement le faire.

– Attends, intervient Gage. Toutes les cellules se divisent ? Celles du cerveau, des organes, de tout ?

– Aucune observation clinique n'a encore été faite, à ma connaissance. Il ne s'agit que d'hypothèses. Quand les cellules sont en trop grand nombre pour un seul corps, il se divise.

– Un peu comme le clonage, raisonne Gage. Mais en gardant une seule et même conscience.

– Et, dans le cas d'Ian, il devait y avoir suffisamment d'ADN pour créer aussi une femme dans le triploïde, conclut Merrick, qui m'observe comme si j'étais une bête de foire.

En fait, ils me regardent tous comme ça, maintenant. Même Kali. Et c'est l'autre raison pour laquelle nous n'en avons jamais parlé jusqu'ici. Si quelqu'un comme le Dr Veragelen l'apprenait, on imagine bien ce qui se passerait...

– L'Ordre considère les personnes transformées par l'ADN des Anciens comme les enfants des dieux, dit Rain. Nous les appelons l'Élite.

– Ah ouais, ben je me sens pas particulièrement privilégié, là.

– C'est vrai, renchérit Merrick. Sur Serati, vous seriez considérés comme un miracle, et révérés en tant qu'êtres bénis.

Cette idée semble l'amuser. Beckett aussi sourit d'un air moqueur.

– Saint Max et Saint Ian. Je sais pas pourquoi, mais je crois que ça durerait pas.

Moi non plus.

– Donc nous devons trouver Milla, interrompt soudain Kali. Non seulement parce qu'elle souffre, ce qui est déjà grave, mais si nous ne la trouvons pas à temps...

Elle ne termine pas sa phrase. Elle ne veut pas prononcer ces mots. Mais c'est la réalité avec laquelle nous vivons chaque jour, Max et moi. Et c'est la raison pour laquelle je me suis senti horriblement égoïste quand je suis resté sur Glacéa avec Kali alors qu'elle était blessée. Cette décision aurait pu nous condamner tous les trois.

– Si nous ne la trouvons pas, Ian et moi ne ferons pas long feu, finit Max à sa place.

CHAPITRE 64

KALINDA

Deux heures plus tard, je suis toujours sous le choc de ce que je viens d'apprendre.

Je mets en pratique les astuces que m'a données Gage pour améliorer le goût des aliments reconstitués, afin de préparer un repas correct pour tout le monde. Mais je ne suis pas sûre du résultat. Les paroles de ma mère sur le fait que je suis la cible de toutes ces attaques me trottent dans la tête et entravent ma concentration. On n'essaie pas de nous tuer tous – juste moi. Je suis la raison pour laquelle ces vaisseaux nous pourchassent en tentant de nous faire exploser en plein vol.

C'est à cause de moi que Gage s'est fait tirer dessus.

C'est à cause de moi qu'Ian a failli mourir – à deux reprises.

Ne vomis pas, ne vomis pas, putain, ne vomis pas.

Je prends une grande inspiration pour calmer mon estomac. Ça ne marche pas. L'ancienne Kali, celle qui est arrivée là en pensant que tout le monde vivait pour servir l'Empire, aurait peut-être supporté l'idée de personnes mourant pour protéger la princesse héritière.

Mais la femme qu'elle est devenue depuis l'explosion de la *Caelestis* ? Je ne veux plus jamais que qui que ce soit se sacrifie pour un Empire qui ne se soucie visiblement pas de ses sujets. Et surtout pas les gens qui sont sur ce vaisseau, à cause de mon statut ou de décisions que je prends.

Nous ne sommes pas encore hors de danger ; s'ils retrouvent notre trace, ils nous attaqueront encore. Et maintenant que nous savons que

Milla est à court de temps, c'est encore pire, car si nous arrivons trop tard, Max et Ian mourront aussi.

Je ne peux pas tolérer ça. Je ne laisserai pas une telle chose se produire. Aucun des passagers du *Starlight* ne doit mourir.

Au départ, nous étions des inconnus les uns pour les autres, voire des ennemis, mais ce n'est plus le cas. En quelques semaines, c'est comme si nous avions passé toute une vie ensemble… je ne me souviens même plus de ce que c'est de ne pas pouvoir compter sur eux, et eux sur moi.

Je ne sais pas si je peux dire que nous sommes amis – Merrick et Beckett ne sont pas faciles à comprendre parfois – mais nous ne sommes certainement pas ennemis. Et je me soucie vraiment d'eux – énormément. Bien trop pour les laisser être des victimes collatérales.

Je ne veux pas provoquer la mort de ces personnes intelligentes, drôles et courageuses.

Imaginer le monde sans eux suffit à me rendre malade.

Un monde sans Rain, dont la joie et la générosité sont si incroyables et inspirantes ?

Sans Max, qui a toujours un sourire et une oreille compatissante à offrir ? Qui m'a enseigné tant de choses depuis que je suis montée à bord du *Starlight*…

Sans Merrick et Gage, qui bien que très différents partagent cette capacité à être là quand nous avons le plus besoin d'eux ?

Même Beckett, avec ses sarcasmes, sa noirceur et sa haine envers moi… Elle a tant souffert, sa vie a été cousue de malheurs, et pourtant elle fait preuve d'une résilience incroyable. D'une manière ou d'une autre, comme par miracle, elle rebondit à chaque fois. Comment ne pas être admirative ?

Ian, enfin… que dire ? J'aurais dû le détester : il est suffisant, arrogant, contrôlant, un vrai connard. Et pourtant, pourtant je suis devenue complètement accro. Je suis tombée amoureuse malgré moi. Pas seulement parce que nous avons couché ensemble, mais parce que derrière cette attitude de mec grognon qui ne se préoccupe que de ses propres intérêts, il y a un homme bon qui se fait bien trop de souci pour tout le monde, à propos de tout.

Depuis que nous avons quitté la *Caelestis*, ils ont tous pris soin de moi, chacun à sa manière, selon ses compétences. En me racontant des blagues. En recousant mes plaies. En me disant que j'étais courageuse. En m'apprenant à me battre et en me bottant le cul – au sens propre.

À mon tour de prendre soin d'eux, à la hauteur de ce que je peux faire. Même si ça me fait mal. Car s'ils perdaient la vie, ce serait tellement pire.

Depuis mon arrivée sur ce vaisseau, je souhaite me rendre utile. Ne pas être un fardeau. J'ai appris à faire fonctionner certains appareils, nettoyé les toilettes, fait à manger… Et pourtant, depuis le début, ce que j'aurais pu faire de plus utile… aurait été de partir.

– Eh, je peux te parler deux minutes ?

Je m'immobilise, le ventre serré et le cœur en panique. Je savais que ce moment allait arriver depuis que j'ai quitté la passerelle. Ce n'est pas comme si j'avais le choix, nous devons avoir cette conversation.

– Bien sûr. (Je m'efforce de conserver une voix normale, tandis que je remplis l'évier d'eau savonneuse pour laver les saladiers que j'ai utilisés pour préparer le plat qui est en train de chauffer dans le robot.) Je peux faire quelque chose pour toi ?

– Ah, tu la joues comme ça ? me lance Ian en traversant la pièce pour me rejoindre. Comme si tu n'avais pas fui à la première occasion ?

Je plonge les mains dans l'eau savonneuse pour qu'il ne voie pas à quel point elles tremblent.

– Je ne me suis pas enfuie. Je voulais juste préparer le repas.

– Alors maintenant on va se mentir ? accuse-t-il en posant la hanche contre le placard à côté de moi, comme s'il avait tout le temps pour se disputer avec moi.

Et soudain la colère vient tenir compagnie à ma nervosité. Parce que c'est quand même culotté de m'accuser de mentir.

– Oh, ça ne vient pas de commencer, n'est-ce pas ? je rétorque.

Il pâlit sous l'accusation, mais ne recule pas comme j'espérais qu'il le ferait. Bien sûr, c'est Ian : jamais il ne fuit le combat. Pourtant, au lieu de riposter en me lançant un commentaire acerbe dont il a le secret, il secoue la tête, comme pour retrouver ses esprits, et dit :

– Ce n'était pas un secret qui n'appartenait qu'à moi.

Ma petite flambée d'indignation (provoquée par ma tristesse et ma culpabilité, j'en suis bien consciente) connaît une fin rapide et pathétique.

– Je sais, je ne voulais pas t'accuser.

– Bien sûr que si, dit-il sans hésiter, tandis que la tension quitte ses épaules. Mais je ne t'en veux pas. C'est difficile de parler de ce que je suis et encore plus de le comprendre.

Il n'a pas tort.

– Ça ne change rien pour moi, à part…

Je ne sais pas trop comment lui faire part de mes interrogations. Mais il devine, je le lis dans ses yeux.

– Il était ivre mort, Kali. Il n'a rien vu, rien senti, je te le jure. Je n'aurais jamais fait l'amour avec toi sans que tu sois au courant s'il y avait eu le moindre risque qu'on ne soit pas juste tous les deux.

Une vague de soulagement afflue en moi. Je lui suis reconnaissante de comprendre qu'imaginer que j'avais couché avec eux deux sans le savoir m'a complètement paniquée. Ce n'est pas que je n'apprécie pas Max. Et cette « conscience collective » ne me perturbe pas au point que je ne veux plus être avec Ian. C'était juste bizarre de me dire que quelqu'un d'autre m'avait vue ainsi, si vulnérable, sans que je le sache.

– Merci, je lui dis. Ça compte beaucoup pour moi que tu aies pris ces précautions.

Il opine et un malaise s'installe dans la pièce. Je trouve ça insupportable. Ian et moi, on s'est disputés, on a ri ensemble, on s'est lancé des piques, on a fait l'amour… Sans aucune gêne entre nous. Maintenant… on dirait qu'il y a quelque chose qui cloche, comme une image un peu floue.

Je déteste ça. Je préférerais me disputer ou me battre avec lui plutôt que supporter cette politesse guindée entre nous une minute de plus.

C'est peut-être la raison pour laquelle c'est le moment que je choisis pour annoncer :

– Je vais rappeler l'Impératrice et lui dire que je rentre.

CHAPITRE 65

KALINDA

Il s'immobilise, une main dans les cheveux.

– Certainement pas.

– C'est le capitaine qui parle, ou…

– C'est l'homme avec qui tu couches qui parle, gronde-t-il. Tu n'as pas le droit de t'éclipser dès que ça devient un peu inconfortable pour toi.

– Oh je n'ai jamais essayé, mais je suis sûre que mourir c'est plus que « un peu inconfortable », merci ! Et je préférerais qu'aucun de nous ne fasse cette expérience avant très longtemps.

Ian ne se déride pas.

– Tu t'attends à ce que je croie que c'est ça, la raison pour laquelle tu veux fuir ?

– Je ne fuis pas ! Je pars pour que ceux qui veulent me tuer cessent de prendre le *Starlight* en chasse. Vous serez tous en sécurité. Et moi, je serai…

– Bien au chaud à la maison avec môman ? Et si tes assassins sont à l'intérieur du palais ?

– Eh bien vous serez quand même hors de danger. Et même si ma mère n'est pas un chef exemplaire… (Il pousse un grognement désobligeant, mais je poursuis sans en tenir compte.) jamais elle ne laissera quiconque tuer l'unique héritière du trône. Je suis donc plus en sécurité là-bas. Et vous aussi.

– C'est la seule raison ? demande-t-il encore. Tu veux partir pour nous protéger ?

– Oui, évidemment. Pourquoi je voudrais partir, sinon ? J'adore la vie à bord du *Starlight*.

Ian croise les bras.

– Je ne sais pas, Kali… pourquoi tu pourrais vouloir partir ?

– C'est la question que je viens de te poser ! je lui fais remarquer, exaspérée.

Mais il ne répond pas, il se contente de m'observer, le visage impassible, mais en même temps, totalement odieux. Je suis tentée de le planter là et de partir sur-le-champ. Je ne le fais pas. Car plus je le regarde, plus je me rends compte qu'il y a autre chose : une peine étrange, si bien enfouie dans les profondeurs de son regard qu'elle aurait pu m'échapper.

Mais à propos de quoi peut-il être peiné ? C'est moi qui vais quitter le *Starlight* et les seuls quasi amis que j'aie jamais eus. Alors que lui reste avec eux, qu'il poursuit sa recherche de Milla…

Soudain, je comprends sa colère et sa peine.

– Oh, Ian… (Je tends la main pour la poser sur son biceps et me rapproche de lui.) Tu ne crois quand même pas que c'est à cause de la conscience collective ?

Sa mâchoire si bien dessinée se crispe si fort que je crains qu'il se brise une ou deux molaires.

– Difficile de ne pas faire le lien, vu que tu viens de l'apprendre et que tu sembles tout à coup très pressée de partir.

– Je viens aussi d'apprendre que je suis la cible des attaques que nous avons subies, je lui rappelle, exaspérée. Précisément quelques minutes avant cette révélation sur Max, Milla et toi ! Alors ne me prends pas la tête, d'accord ? J'essaie vraiment de faire ce qui est le mieux pour tout le monde.

Il ne réplique pas, mais je vois bien qu'il y réfléchit, qu'il essaie de déterminer s'il me croit ou pas. Et ça pourrait me mettre en colère (je ne mens pas, et encore moins à lui !) si je n'avais pas compris que ce doute venait de ses insécurités les plus profondément ancrées.

– Le mieux ? C'est pas le sentiment que ça me donne, finit-il par dire.

Et il n'a pas tort, car moi non plus je ne ressens pas les choses comme ça. Je trouve ça horrible, dégueulasse, j'ai l'impression de faire la pire erreur de ma vie… mais je ne vois pas quoi faire d'autre pour les protéger.

Je ne le dis pas, c'est impossible si je veux tenter d'aller au bout de cette conversation sans pleurer. Je veux aussi avoir une chance de lui montrer que ses insécurités ne sont pas fondées.

C'est étrange de découvrir cette facette d'Ian. Le grand costaud, dur à cuire, qui a toujours réponse à tout et n'hésite pas à renverser quiconque se met en travers de son chemin. Mais il ne se limite pas à ça. Et je ne parle pas de cette coalescence mentale. C'est apparemment un homme qui a passé sa vie à éviter toute intimité émotionnelle avec d'autres personnes que Max et Milla, parce qu'il ne pouvait pas imaginer qu'on les accepte pour ce qu'ils sont. Pour ce qu'il est.

Je connais ça. Jusqu'ici, j'ai toujours été convaincue que si quelqu'un voyait par malheur la simple petite personne humaine qui se cache sous la princesse, il serait déçu. Je ne souhaite ce sentiment à personne. Et certainement pas à l'homme dont je suis en train de tomber…

Je m'interdis d'aller au bout de cette pensée. À quoi bon l'admettre alors que ça ne fera qu'aggraver mes souffrances quand je partirai ? Je me concentre plutôt sur Ian. Je le regarde, si grand, fort et sexy. Et je m'autorise à savourer cette vision encore une fois.

J'ai quelques appréhensions : cette coalescence mentale me fascine, tout en me rendant nerveuse, alors je choisis de ne pas m'y attarder. Je me focalise uniquement sur Ian, pour évacuer le chagrin qui forme déjà une météorite géante dans mon ventre, qui m'alourdit et me consume à la fois.

Je me rapproche encore de lui alors qu'il s'évertue à garder une certaine distance. Il plisse les yeux comme pour évaluer ce que je vais faire, mais je ne m'embête pas à lui donner des indices. C'est un gars intelligent, je suis sûre qu'il va trouver tout seul.

Nous sommes si proches que je sens sa chaleur, si douce et attirante, en contraste total avec le froid glacé qui s'est installé en moi. Je ne peux pas lui résister.

Je pose les mains sur sa poitrine, savourant la sensation de puissance que me procurent ses muscles. Ses pupilles se dilatent, rendant ses yeux noirs. Je vais plus haut, fais danser le bout de mes doigts sur sa gorge pour jouer avec les petits cheveux de sa nuque.

J'adore la manière dont son souffle se bloque dans sa gorge, son corps dur et chaud qui se presse contre moi tandis que je prends l'arrière de sa tête dans mes mains. Je me mets sur la pointe des pieds et fais lentement descendre sa bouche vers la mienne.

Avant même que nos lèvres se touchent, Ian gémit. C'est un son primaire et avide qui me fait frissonner de part en part et je me précipite à la rencontre de sa bouche. Je l'embrasse et il m'embrasse, c'est bon comme jamais.

C'est comme les petites lumières qui clignotent au plafond de ma chambre au palais associé à l'effervescence des *jelly beans* qu'il m'a donnés sur Glacéa.

Je mordille sa lèvre inférieure, ce qui lui arrache un nouveau gémissement de gorge. Je profite de cet avantage et tire sa lèvre entre mes dents. Il se raidit un peu puis un frisson le traverse et il m'enlace enfin.

Il m'attire contre lui, collant nos corps, si bien que je sens chaque partie du sien contre le mien. Il prend le relais, caressant l'intérieur de ma bouche, mes dents, ma langue, mon palais. Le plaisir m'assaille, des frissons de désir pétillent en moi.

C'est à mon tour de faire des bruits, tandis qu'Ian fait glisser ses mains dans mon dos, je geins doucement. Il attrape mes fesses à pleines mains et me soulève sans effort pour me porter. Je passe mes bras autour de ses épaules et enroule mes jambes à sa taille.

Il est délicieux, simplement délicieux. Je pousse un petit cri quand il nous fait pivoter pour me placer dos au mur, puis je me cambre, mon corps agit de son propre chef, je me frotte contre sa queue durcie, encore et encore.

La chaleur monte en moi, ainsi que cette sensation de manque, de vide, si bien que je n'ai plus qu'une idée en tête : la sensation d'Ian en moi.

– S'il te plaît, je murmure en couvrant son visage de baisers.

Le trait de sa mâchoire, sa gorge, l'endroit sensible derrière son oreille qui le fait réagir.

– S'il te plaît, prends-moi, prends-moi…

C'est une litanie, une prière essoufflée que je répète en boucle.

Il fait glisser mes jambes le long de son corps pour reposer mes pieds par terre, tout en me maintenant fermement contre lui – et heureusement, car je ne suis pas sûre de tenir debout.

Tout à coup il tombe à genoux devant moi, entraînant la tirette de ma fermeture à glissière avec lui tout en faisant courir ses lèvres au milieu de mon corps, sur mon sternum, mon nombril, et puis plus bas, jusqu'à mon centre sacré.

– Tu es si belle, murmure-t-il.

Il ne me retire pas complètement ma combinaison, et se positionne de manière à cacher la plus grande partie de mon corps par le sien. Après tout, nous sommes quand même dans la cambuse. Tout le monde est occupé et les probabilités que quelqu'un entre ici sont minces, mais ce n'est pas impossible.

Et cette situation elle-même est excitante : le mélange d'interdit et d'appréhension pousse à agir de manière désespérée, surtout quand je pense que Max pourrait nous surprendre.

À moins qu'il voie déjà ce qu'il se passe ?

Mais lorsque les doigts d'Ian glissent sur mon pubis, retirant ma culotte pour glisser le long de la fente de ma vulve avant de pénétrer doucement en moi, mon corps tout entier s'embrase et un cri étranglé sort de ma gorge. Il enfonce deux doigts épais et puissants en moi, me remplit et bientôt je chevauche sa main comme si ma vie en dépendait. Puis il se penche pour m'embrasser le ventre, et ses lèvres glissent de plus en plus bas.

Il darde sa langue pour dessiner des cercles autour de mon clitoris. Je m'abandonne complètement, je lui tire les cheveux tandis que mon corps se cabre en tremblant.

Ian rit un peu et pose ses mains sur mes hanches pour me plaquer au mur tandis qu'il continue à me lécher, à me sucer et à m'embrasser jusqu'à oblitérer tout l'environnement, ne me laisser que lui, cet instant et le brasier qui fait rage en moi.

– Ian, je t'en prie.

Mon désir est si pressant qu'il en devient douloureux. Je me sens au bord d'un abîme, oscillant à la limite de la chute, mais incapable de faire le grand saut, car il ne m'y autorise pas. Il s'applique à me maintenir là, juste là, au bord de l'orgasme, le plus longtemps possible.

– Je… je… il faut que…

Je sens son souffle chaud sur mon intimité, sa langue déchaînée qui glisse sur moi avec délice. Je gémis à nouveau. Plus ça va, moins je contrôle mon corps. Il soulève l'une de mes jambes pour la poser sur son épaule, afin d'enfoncer ses doigts encore plus profondément.

Ils atteignent ce point qui produit des feux d'artifice en moi, excitant chaque terminaison nerveuse. Tout mon corps supplie de le laisser accéder au soulagement.

Je pousse un cri passionné qui oblige Ian à utiliser son autre main pour m'enjoindre au silence. Mais je ne me soucie plus depuis longtemps de qui peut m'entendre et je lui mords le doigt avant de l'aspirer profondément dans ma bouche.

C'est à son tour de pousser un grognement, tandis que sa bouche et ses doigts se font de plus en plus insistants, déterminés, pressants.

Un autre coup de langue sur mon clitoris, une autre torsion de ses doigts dans mon vagin et je passe par-dessus bord comme une étoile filante. Le plaisir explose en moi comme une supernova, m'irradiant de l'intérieur, courant dans mes veines, mes nerfs et sur toute la surface de ma peau, se déversant de moi en vagues saccadées que je n'ai aucun espoir de contenir.

– Ian, Ian, Ian !

Mon orgasme se prolonge encore et encore, son nom est tout à la fois une prière, une bénédiction et une supplique.

Mais Ian n'en a pas fini avec moi. Sa langue vient prendre le relais de ses doigts, s'insinuant jusqu'au plus profond de mon être. Et voilà que ça repart, les spasmes de jouissance se multiplient en cascade, je n'ai plus aucun contrôle sur mon corps.

Une fois que je peux de nouveau respirer, penser et ressentir autre chose, Ian repose ma jambe au sol et se relève tranquillement, gardant toutefois une main sur ma hanche de crainte que mes jambes tremblotantes refusent de fonctionner. Puis il replace ma culotte et remonte la fermeture de ma combinaison.

Je suis… présentable si on ignore mes joues empourprées et le regard vague et vitreux que le plaisir n'aura pas manqué de me donner.

Je tends les mains vers lui et caresse son sexe brûlant et dur. Un grand frisson le traverse. Je commence à défaire sa ceinture et m'apprête à lui retirer son pantalon pour lui procurer le même plaisir qu'il m'a donné, mais Ian m'interrompt avec un baiser et enroule mes doigts dans les siens en éloignant ma main de son corps.

– Tu ne veux pas… ?

Mais il mordille ma lèvre avant de la relâcher à regret.

– Plus tard, me souffle-t-il. Ils vont venir manger d'un instant à l'autre.

– Oui, mais…

J'essaie de le convaincre en caressant son long membre gonflé à travers son pantalon. Il tressaille et donne quelques coups de boutoir à l'unisson de mes caresses. Mais bientôt il recule, remonte le col de ma combinaison et se rajuste lui aussi.

Pile à temps, car une minute plus tard, Rain et Merrick déboulent dans la cambuse.

Nous sommes tous les deux décents, et Ian est encore en train de se laver les mains avant d'aller sortir la casserole du robot. Il se montre calme et décontracté. À le voir, personne ne devinerait ce qu'il vient de se passer.

Moi, à l'inverse… Il n'y a pas de miroir dans la pièce, donc j'en suis réduite à des conjectures, mais je suis pratiquement sûre qu'il est écrit sur mon visage que je viens de baiser dans la cambuse. Et j'ai beau essayer, je ne parviens pas à m'en faire pour ça.

Surtout quand Max arrive trente secondes plus tard. Son regard rencontre le mien depuis l'autre bout de la pièce, et je vois qu'il sait, qu'il est curieux, et excité.

Je devrais me sentir gênée, mais je ne le suis pas. Au contraire, je sens le feu se rallumer en moi, mon cœur s'emballer et mes pointes de seins durcir. Max et Ian le remarquent, et tout à coup l'atmosphère devient électrique. Je ne comprends pas bien ce qu'il se passe, mais je ne suis pas sûre de vouloir des explications.

Toutefois, lorsque Max me sourit et détourne les yeux, cette tension se dissipe aussitôt comme une vapeur fugace.

Beckett et Gage arrivent peu de temps après, je mets la table et nous nous installons pour manger. Les conversations se croisent sans heurt, et je me dis que c'est exactement la vie que je veux. Ce moment parfait de bien-être, de camaraderie, de rires et de satisfaction. Il nous a fallu du temps pour en arriver là, et maintenant j'aimerais que ça dure pour l'éternité.

Mais les instants ne font que passer. On a beau essayer de les retenir, ils s'évanouissent aussi vite qu'ils surviennent. Alors que Gage et Merrick débarrassent les assiettes, je sais ce que je dois faire.

J'espère seulement avoir la force de le faire.

CHAPITRE 66

KALINDA

J'attends que Rain s'endorme, puis je me glisse hors de la chambre et emprunte le couloir jusqu'à la passerelle. On est au beau milieu de la nuit, tout le monde dort, sauf moi. Et Beckett, j'espère. Il faut vraiment que je lui parle.

Avec soulagement, je vois qu'elle est au poste de pilotage, comme d'habitude. Elle mâchonne une barre protéinée tout en faisant quelque chose sur l'écran que je ne distingue pas bien.

– Salut, je lance depuis l'entrée, espérant ne pas trop la faire sursauter.

Dans les meilleures conditions, elle est nerveuse – et ça se comprend – et nous avons tous appris à nos dépens qu'il vaut mieux la prévenir plutôt que de se retrouver ciblé par l'objet qu'elle a sous la main et transforme automatiquement en arme quand on la prend par surprise.

Elle se raidit, mais ne saisit rien pour me le lancer, donc je considère que c'est plutôt bon signe.

– Qu'est-ce que tu fais ici ? me demande-t-elle.

Je sens bien qu'elle a essayé de mettre dans ses paroles toute la bile qu'elle sécrète dès qu'elle me parle, mais ce n'est pas convaincant. Je crois qu'elle commence à m'apprécier ! Petit à petit, comme un champignon d'Ellindan, j'ai réussi à progresser dans son estime.

– J'espérais pouvoir te parler. J'ai un service à te demander.

Tandis que je traverse la pièce pour la rejoindre, elle s'empresse d'éteindre son écran, mais j'ai eu le temps d'apercevoir de quoi il s'agissait.

– Tu joues à stirobi ? Contre qui ?

– Tu poses beaucoup de questions pour quelqu'un qui demande un service, grogne-t-elle avant de s'adosser dans son fauteuil en relevant les pieds sur le tableau de contrôle devant elle.

Je m'installe dans le siège à côté.

– Il s'agit d'un jeu, je ne me doutais pas que c'était top secret.

– Je joue contre le *Starlight*. Il gagne à chaque fois, mais je m'améliore. (Elle prend une bouchée de sa barre protéinée en me regardant d'un air goguenard.) Alors, qu'est-ce que tu veux ? J'aurais cru que tu serais en train de baiser le capitaine et son double ou je ne sais quoi.

– Huh, élégant.

Je lève les yeux au ciel et elle rit.

– Ouais, je suis comme ça. (Elle boit une gorgée d'eau). Bon, dis-moi ce que tu veux, comme ça, je pourrai te dire non et tu ficheras le camp.

– Tu sais, Beckett, ce qui va me manquer le plus sur ce vaisseau, c'est ta bienveillance incroyable. Ça fait toujours chaud au cœur.

– Ah ouais… (Elle s'immobilise soudain.) Ce qui va te manquer ?

– C'est ce dont je suis venue te parler. Est-ce qu'il y a un endroit à l'atmosphère respirable pas loin ?

Elle plisse les yeux.

– Ça dépend de ce que t'appelles « pas loin ».

– À moins de trois heures de vol ?

J'aimerais régler cette affaire avant que les autres se réveillent.

Pendant plusieurs secondes, elle se contente de m'observer. Elle n'est pas sous le choc, elle essaie de déterminer si je suis sérieuse. Ce qu'elle lit sur mon visage doit la convaincre, car elle n'en dit pas plus et appuie sur divers boutons.

Quelques instants plus tard, une énorme carte du système apparaît sur les écrans de contrôle.

– Il se trouve qu'on est à environ deux heures de l'une des lunes extérieures de Glacéa, et à quatre heures d'une autre.

Elle m'indique ces positions sur les écrans.

– Il y a quoi sur la lune la plus proche ? je demande.

– Pas grand-chose. Mais c'est un avant-poste militaire, tu ne devrais pas avoir trop de mal à trouver quelqu'un pour te reconduire chez toi… si c'est ça le plan.

– En effet.

– Je m'en doutais.

Elle manipule divers instruments du tableau de bord.

– Tu veux que je mette le cap dessus ?

Si j'en ai envie ? Pas le moins du monde. Mais je vais quand même le faire.

– S'il te plaît.

Elle ne dit rien de plus, se contentant d'entrer les coordonnées de la lune. Puis elle me regarde longuement et reprend sa partie contre le vaisseau.

Voilà pourquoi c'est à elle que j'ai demandé de l'aide. C'est la seule personne à bord (avec Merrick, peut-être) qui n'allait pas essayer de me faire changer d'avis. Et comme je n'ai vraiment aucune envie de *partir*, j'aurais eu du mal à ne pas me laisser convaincre. Surtout si Ian s'en était mêlé.

Pendant une heure, nous restons assises en silence. Beckett joue à son jeu vidéo et moi j'utilise le papier que j'ai trouvé dans la zone de stockage pour écrire un message à Ian. J'essaie de lui expliquer ce que moi-même j'ai du mal à comprendre.

– Il va être vénère. Tu t'en doutes, non ? me dit Beckett alors que la lune de Glacéa emplit l'écran devant nous.

– En colère, c'est toujours mieux que mort, je réponds.

J'ai besoin de l'entendre aussi, pour me débarrasser de ce nœud de tensions dans mon ventre et de la litanie de regrets dans ma tête. J'aime encore mieux que tout le monde à bord soit fâché contre moi plutôt que mort. Même Beckett. Et si j'ai un moyen de les sauver, je dois le faire.

– Tu crois que ta mère disait la vérité ? demande-t-elle.

De la part de quelqu'un d'autre, ce ton évoquerait une totale absence d'intérêt, mais chez Beckett, le fait même qu'elle pose la question montre qu'elle est dévorée par la curiosité.

– Au sujet des attaques étant des tentatives pour m'assassiner ? Oui, je le pense. Ça ne m'a jamais semblé cohérent que ce soit la Corporation. Ils ne s'intéressent qu'aux profits, et ma famille les leur fournit. L'Ordre ne prendrait pas le risque de blesser sa grande prêtresse. Quant aux rebelles, tu nous as assuré que ça ne pouvait pas être eux. Et je te fais confiance.

Cet aveu la fait hausser un sourcil, mais elle n'émet aucun commentaire.

Je passe une main tremblante dans mes cheveux, car le dire tout haut achève de me convaincre.

– L'Empire est la seule force qui a les moyens de lancer autant de vaisseaux de ce calibre et de distribuer toutes ces affiches. Si tu n'es pas de cet avis, je t'écoute. Mais j'y ai bien réfléchi, et rien d'autre n'est logique à mes yeux.

– Je le pense aussi, mais comme ça, je pourrai dire à Ian que j'ai essayé de te faire changer d'avis.

Je lui adresse un sourire triste.

– Tu assures tes arrières, hein ?

– Personne d'autre ne le fera, se justifie-t-elle.

Elle n'a pas complètement tort, mais…

– C'est précisément ce que j'essaie de faire, Beckett. Je ne pars pas seulement pour protéger Ian. Je veux tous vous protéger.

Sans rien dire, elle reporte son attention sur le pilotage et tripote des boutons, ce qu'elle fait toujours quand elle est mal à l'aise. Je comprends, mais je poursuis malgré tout.

– Il y a autre chose que je voulais te dire. J'espère que tu ne m'en voudras pas.

Beckett hausse les épaules, mais je remarque que ses mains s'immobilisent, et c'est comme si elle retenait son souffle.

J'essaie de mettre de l'ordre dans mes idées, car je n'aurai qu'une seule chance de dire ce que j'ai à dire.

– Tout au long de ce séjour à bord du *Starlight*, je crois que ce n'est un secret pour personne, nous avions des aspirations totalement différentes, toi et moi. Et même si nous sommes nées dans des camps adverses au sein du conflit qui ébranle Senestris, il faut que tu saches que je suis désolée. La princesse héritière de l'Empire qui t'a trahie, meurtrie et fait du tort est désolée. Tu n'aurais jamais dû être traitée ainsi. Tu n'aurais jamais dû avoir à subir toutes ces souffrances qu'on t'a infligées. Et je te promets que tant que je vivrai et que ma famille sera au pouvoir, je mettrai tout en œuvre pour que plus personne ne souffre de notre fait.

Un grand frisson secoue son corps trop maigre et elle baisse la tête, si bien que ses boucles noires couvrent son visage. Elle tressaille encore, puis prend une aspiration rapide et bruyante.

– Je suis contente de ne pas avoir fait plus d'efforts pour te tuer, me glisse-t-elle alors.

Je manque d'éclater de rire, mais je sens la sincérité dans sa voix. Et franchement, c'est sans doute plus d'honneur que ce que je mérite.

– Et moi donc.

J'aimerais bien la prendre dans mes bras, mais je tiens quand même à les garder reliés à mon corps, alors je m'abstiens. Et j'ai aussi peur de fondre en larmes. Si je commence, je ne pourrai plus m'arrêter.

Le central de commandes du *Starlight* émet un signal et Beckett passe en pilotage manuel.

– Procédure d'atterrissage, dit-elle. Hah, l'avant-poste nous a autorisés à atterrir sans demander d'identification. On va se poser dans environ quatre minutes si le *Starlight* ne se trompe pas.

Ce vaisseau ne se trompe jamais, nous le savons toutes les deux. Alors j'attrape le sac que j'ai préparé (il contient une couverture, quelques paquets de maquerlan déshydraté) et le passe sur mon épaule. Puis je dépose ma lettre à Ian sur le fauteuil de capitaine qu'il aime tant et me dirige vers la porte de la passerelle.

– Tu appelles l'Impératrice une fois que vous serez loin d'ici ? Pour lui dire où me récupérer.

– Oui. (Beckett lève alors la tête et me regarde.) Mais je ne sais pas pourquoi tu me confies cette mission. Et si je décidais de te laisser moisir dans un vieil avant-poste désaffecté sur une lune paumée ?

– Parce que si ça se passe comme ça, l'Impératrice fera tout un foin tant qu'elle n'aura pas ramené sa précieuse fille au palais. Et un jour quelqu'un aura la force de frappe suffisante pour torpiller le *Starlight*. Et toi avec.

Beckett y réfléchit tandis qu'elle pose le vaisseau sur un carré de terre mauve.

– C'est convaincant.

– Merci, c'est gentil.

Je lui souris et pour une fois, elle se force à me retourner un sourire. Enfin, elle grimace légèrement, mais c'est un mieux. Et elle ne fait pas remarquer que j'ai les lèvres qui tremblent, et je lui en suis reconnaissante.

Elle appuie sur un bouton et le train d'atterrissage se déploie.

– Tu es sûre de ce que tu fais ?

Non.

– À 100 %.

Je me force à avancer alors que mes pieds n'ont qu'une envie : rester exactement où ils sont. Et tout mon corps est de cet avis.

– J'appellerai ta mère dès qu'on se sera éloignés.

– Merci, Beckett.

Je lui tends la main, qu'elle accepte. Puis elle passe le bras dans mon dos et me tapote maladroitement les omoplates en m'attirant un peu vers elle, ce qui nous choque toutes les deux et me réconforte bien plus que ce simple geste ne devrait le faire.

Je commence à descendre la rampe, le ventre serré et des larmes brûlantes au bord des paupières. Je suis à mi-chemin quand j'entends Beckett m'appeler du haut de la rampe. Je me tourne vers elle.

– Merci de ne pas être tout à fait la connasse que je croyais que tu étais, me dit-elle.

– Pareil !

Et je termine la descente. Puis je regarde Beckett la remonter, remettre les réacteurs en marche, décoller, et s'envoler dans la nuit. Et je continue de scruter le ciel jusqu'à ce que le *Starlight* ne soit plus qu'un point, une comète fusant dans l'obscurité.

Alors seulement je m'assieds dans la terre mauve et laisse couler mes larmes. Je sais que mon cœur est resté sur ce vaisseau que je viens de voir partir.

CHAPITRE 67

KALINDA

Quand mes sanglots tarissent enfin, je m'essuie le visage avec la couverture que j'ai emportée. Il fait un froid glacial, ici. Ce n'est pas enneigé comme sur Glacéa, mais il fait très très froid. Je m'enroule étroitement dans la couverture, puis je me relève pour observer ce qui m'entoure.

Serail s'est levé, juste au-dessus de l'horizon, et l'atmosphère de cette lune rend son apparence bleue – ce qui n'est pas très bon signe concernant ma survie à long terme en plein air dans cet endroit, si les radiations que l'atmosphère laisse passer sont si différentes de celles sur Askkandia… Mais le *Starlight* a jugé que je ne craignais rien au moins pour quelques heures après l'atterrissage, alors je suis confiante. Autour de moi, il fait suffisamment jour maintenant pour que je voie une gigantesque chaîne de montagnes mauves au loin. Je remarque aussi cinq grands bâtiments de type industriel sur ma gauche, et une capsule militaire noir et argent qui fonce vers moi.

Après ce qui s'est passé à Rangar et Rodos, je suis plus qu'un peu nerveuse concernant la tournure que va prendre cette nouvelle rencontre. Mais je me répète qu'il s'agit d'un avant-poste militaire, sans doute loyal à l'Impératrice. Et je suis la princesse. Je dois bien garder ça en tête et agir en tant que telle. Du moins pour l'instant.

Je prends un instant pour rattacher mes cheveux et les lisser du mieux que je peux. Puis je redresse le buste et adopte le masque impassible de princesse que j'ai perdu l'habitude de porter. Mais j'avoue que cela m'aide à me sentir maîtresse de la situation. J'attends de voir ce qu'il va se passer.

Cela prend la forme de trois soldats qui s'extraient de la capsule et viennent se poster devant moi. Chacun est muni d'un fusil laser… qu'ils pointent tous droit sur moi.

– Mains en l'air ! crie le premier soldat.

C'est une femme à l'air revêche et l'insigne sur son lourd uniforme couleur rouille m'indique que c'est la plus gradée des trois. À en juger par sa carrure solide et sa peau de pêche, je pense qu'elle est de Kridacus. Si une native des planètes du centre se retrouve si loin de chez elle, c'est qu'elle a sans doute fait quelque chose pour déplaire à l'Empire.

Cela me la rend aussitôt sympathique.

Je suis très tentée de lever les bras (je n'ai pas très envie d'avoir fait tout ça pour mourir de cette manière dans un avant-poste reculé), mais je sais que ma mère ne réagirait pas ainsi. Alors je concentre mon attention sur la lieutenante et lui adresse mon expression la plus désapprobatrice, convoquant pour cela l'exemple de l'Impératrice elle-même.

– Baissez ces armes, j'ordonne d'une voix aussi glaciale qu'une tempête sur Glacéa. Je suis la princesse Kalinda, fille de l'Impératrice Violatta du système Senestris, et je requiers votre assistance. Je vous prie de me mener à votre base afin d'entrer en contact avec ma mère.

Ils semblent tous les trois déroutés par mes paroles, mais leurs fusils restent braqués sur moi, sans même vaciller. J'ai le cœur qui s'emballe.

– Je vous donne trois secondes pour abaisser ces armes, ou vous serez arrêtés et jugés pour trahison.

Jamais je ne le ferais évidemment. Ils font juste leur boulot. Et puis je ne sais même pas si ce délit existe toujours. Mais je n'ai vraiment pas envie de me faire tirer dessus, alors je tente toujours.

Ils finissent par baisser leurs fusils. La lieutenante s'avance vers moi.

– Princesse Kalinda ? Que faites-vous ici ?

– On m'a aidée à fuir la *Caelestis* après le regrettable accident qui est arrivé il y a quelques semaines. J'étais à bord d'un vaisseau depuis lors.

Et il est temps de rentrer chez moi. (Je dois me concentrer de toutes mes forces pour empêcher mes lèvres de trembler à cette pensée.) J'imagine que vous pourrez m'aider ?

– Bien sûr, Votre Altesse. Je m'appelle Belinda et voici mes hommes, Jakob et Vincen. Nous allons prendre soin de vous. Bienvenue sur Espia.

Une fois qu'ils ont accepté qui je suis, ça va plutôt vite. Je me retrouve sur le siège passager avant de la capsule, une autre couverture sur les épaules, un des hommes (Jakob je crois) me met entre les mains une thermos de café brûlant, puis nous filons vers les bâtiments qu'on voit au loin.

En moins d'une heure, j'obtiens un accès aux casernes des soldats, avec les excuses appuyées de la lieutenante Belinda pour le manque de confort des installations. À mes yeux, il y a tout le confort, notamment une douche chaude et un lit moelleux.

Je viens de me coiffer et d'enfiler un uniforme que Belinda m'a laissé pour me changer quand on frappe à ma porte.

– J'arrive !

En ouvrant la porte, je trouve deux femmes soldats – Julia et Dominique se sont-elles présentées quand nous nous sommes rencontrées. L'une d'elles porte des draps, et l'autre un plateau-repas.

– Entrez donc, je dis en les invitant à entrer. Merci pour tout !

– Où voulez-vous votre petit-déjeuner ? demande Dominique.

C'est une jeune fille grande et mince au regard amical. Elle a la peau foncée et les cheveux courts de tous les soldats des unités militaires de l'Empire.

– Sur le comptoir, c'est très bien, je réponds en désignant la kitchenette.

– Puis-je faire votre lit, Votre Altesse ? demande Julia en montrant les draps qu'elle porte.

– Oh, ce n'est pas nécessaire ! Je peux faire mon lit moi-même.

En entendant cela, elles ont toutes les deux un mouvement de recul – d'horreur ou de surprise, je ne sais pas. Quoi qu'il en soit, je me rabroue mentalement. Comment ai-je pu oublier que je ne suis pas censée faire mon lit moi-même ? Rain a d'ailleurs dû me montrer comment procéder lors de notre premier jour à bord du *Starlight*. Mais j'ai vite pris le pli.

Et visiblement je vais devoir perdre aussi vite cette habitude pour retourner au palais.

– Oui, bien sûr, vous pouvez y aller.

Julia retrouve aussitôt son attitude avenante.

– Depuis combien de temps êtes-vous en poste ici ? j'interroge Dominique tandis que Julia se dirige vers le coin couchette.

– Deux ans, Votre Altesse, répond-elle en piétinant un peu nerveusement. Julia et moi sommes arrivées ici ensemble juste après notre formation.

– Ça vous plaît ?

Leur échange de regards veut tout dire. Mais Dominique répond malgré tout :

– C'est un endroit calme, Votre Altesse. En deux ans que nous sommes ici, vous êtes l'événement le plus excitant qui se soit produit sur Espia.

– Honnêtement, ce serait excitant n'importe où de voir surgir la princesse tout à coup, fait remarquer Julia.

– Tu as raison, nous aurons de quoi nous vanter dans notre prochain poste !

– Dom ! s'indigne son amie.

Dominique rougit en prenant conscience de ce qu'elle vient de dire. Je ris aussi, car elles me rappellent qu'il y a des personnes sympathiques au service de l'Empire – ce qu'il était facile d'oublier sur le *Starlight*, car mes compagnons de voyage avaient presque tous été maltraités au nom de l'Empire.

J'aimerais leur poser d'autres questions, mais déjà on frappe de nouveau à ma porte.

Dominique se précipite pour ouvrir à la lieutenante Belinda. Elle me salue en se touchant le front du bout des doigts.

– Je voulais vous informer que nous avons contacté le palais, Votre Altesse. On nous a dit que des navettes étaient déjà déployées à proximité, à votre recherche. La plus proche a mis le cap sur Espia et sera là avant demain midi.

Cette nouvelle m'apporte un grand soulagement. Je remercie la lieutenante, qui me propose de visiter la base. J'aimerais refuser (je suis triste, émotionnellement épuisée, et le froid me rappelle quand nous étions à Rodos avec Ian), mais je ne suis pas sûre que rester seule dans cette chambre me fasse du bien non plus.

J'accepte donc. Et puis ça ne doit pas être bien long de faire le tour d'Espia.

Eh bien en fait, cela prend bien plus longtemps que ce que je pensais, car il y a beaucoup plus d'infrastructures que ce que j'ai aperçu à mon arrivée. Oui, la base est petite, mais je n'avais pas compris qu'il y avait tant à voir au-delà des montagnes.

Nous les franchissons par un tunnel creusé à même la roche. Lieutenante Belinda m'explique que ce tunnel a été créé pour limiter l'accès aux installations situées de l'autre côté.

Elle ajoute qu'Espia a été mise en place il y a longtemps, à une époque où la Corporation voulait explorer Tybris et Nabroch, les deux planètes mortes du système.

Nous sommes à la périphérie du système, juste avant les Confins. La chaleur de Serail parvient à peine jusqu'ici. Et c'est en partie pour cela que ces planètes sont mortes il y a bien longtemps. Comme nous n'y avons rien trouvé d'exploitable, l'exploration a été stoppée, et il n'y a plus rien depuis.

Du moins, c'est ce qu'on m'a toujours enseigné.

Mais je découvre que la réalité est légèrement différente. Sinon, pourquoi Milla aurait-elle été conduite jusqu'aux Confins à bord du *Réformateur* ? Ian savait que c'était un sort horrible dont personne ne réchappait.

Il y a quelque chose, forcément. Une prison peut-être, remplie de gens comme Milla et Beckett, sur lesquels on mène des expériences ? Un camp pour enfants comme celui dans lequel Ian a grandi ? Pire encore ?

Sur Espia, rien de tel, juste un parc industriel bien plus développé que la base. Des entrepôts à perte de vue, identiques, tous du noir de la Corporation.

Mes soupçons se confirment. Il y a quelque chose qui cloche. Pourquoi cette présence active de la Corporation sur Espia ?

Lorsque je demande à visiter ces installations, la lieutenante secoue la tête.

– On demande à l'armée de ne pas déranger les opérations qui se déroulent ici, me répond-elle avec raideur.

Je comprends que c'est une source de frustration pour elle. Je m'apprête alors à lui demander pourquoi m'emmener ici. Et je comprends soudain : elle partage mes soupçons et c'est le moyen qu'elle a trouvé pour en informer ses hauts dirigeants. Malgré cet accueil à bout de fusil laser ce matin, je l'apprécie de plus en plus.

Je vais tirer ça au clair dès que je serai rentrée. Et si je dois revenir d'ici quelques mois, je le ferai. Ma mère et la Corporation ne pourront plus décider de mes actes désormais.

Nous sommes presque de retour à l'entrée du tunnel lorsque je repère quelqu'un qui descend la montagne. Lieutenante Belinda a dû le voir aussi, car notre capsule ralentit et s'arrête presque.

C'est un homme de grande carrure – plus grand que Merrick, je crois – et il a un dispositif mécanisé sur la jambe droite, sans doute pour l'aider à grimper. Mais cela ne semble pas inhabituel. En tout cas ce n'est pas l'élément compromettant que j'espérais. C'est la Corporation qui s'occupe des technologies pour le système tout entier : ils ont toujours de nouvelles inventions à tester et développer.

Des appareils pour aider les gens à se déplacer en terrain accidenté, ça semble être un super projet, en fait, vu la dégradation que connaissent actuellement certaines planètes à mesure que le soleil faiblit.

L'homme finit par disparaître de notre vue et la lieutenante accélère. De retour à la base, je prends congé et regagne ma chambre. Et je passe le reste de la journée à faire ce à quoi je m'étais promis de ne pas céder : je me vautre dans mon chagrin.

Je découvre néanmoins que la base dispose d'une bibliothèque digitale bien fournie et après le dîner que je prends avec les soldats, j'emprunte une tablette. Je lis jusqu'au moment où je m'assoupis, au beau milieu de la nuit. Quand je me réveille, il est bientôt temps de partir. J'enfile l'uniforme qu'on m'a donné la veille et plie ma combinaison sale. Je sais, je devrais simplement la jeter (cela fait si longtemps que je la porte qu'elle doit être irrécupérable), mais je n'arrive pas à m'y résoudre. Alors je la fourre au fond de mon sac en me disant que je m'en occuperai une fois rentrée.

Après le déjeuner, je remercie chaque soldat individuellement pour son service. Dominique est tout excitée et manque de me sauter au cou dans son enthousiasme – ce qui horrifie sa supérieure, mais me fait très plaisir. Une fois au palais, je vais abolir cette loi qui interdit de me toucher de toute façon.

C'est alors qu'un vaisseau est signalé à l'extérieur de l'atmosphère d'Espia, et je me rends donc au-delà du périmètre de la base pour attendre mon taxi. Dix minutes plus tard, une navette se pose. C'est un vaisseau de transport de taille moyenne, portant l'emblème de ma mère, un diamant paré d'étoiles. Dès que je le vois, la peur s'instille en moi. Je n'en tiens pas compte. Je ne me suis pas leurrée en me disant que mon retour serait facile, mais c'est la décision que j'ai prise et je dois l'assumer.

Les moteurs de la navette passent à bas régime et je regarde la porte s'ouvrir, et la rampe s'abaisser lentement. Dès qu'elle est déployée, un homme en combinaison pare-balles noir et mauve des forces de sécurité impériales apparaît. Et dès que je le vois, mon angoisse se dissipe, car ce n'est pas n'importe quel soldat impérial.

Je me précipite vers le vaisseau tandis qu'il descend la rampe à grandes enjambées.

– Arik !

– Princesse Kalinda !

Dès qu'il se rend compte que je vais bien, je vois le soulagement sur son visage. Sans hésiter, je me jette dans ses bras sous ses yeux affolés. Il me rattrape malgré le choc qu'il éprouve d'entrer pour la première fois en contact physique avec moi, et m'enlace à son tour.

Je le serre très fort quelques secondes, puis relâche à regret mon étau sur ses épaules.

– Ça fait plaisir de vous revoir, Votre Altesse, me dit-il alors. J'ai bien failli ne pas vous reconnaître.

J'imagine bien, vu que je porte une tenue de soldat.

– Toi tu n'as pas du tout changé, Arik.

– Vous, vous avez changé, dit-il en m'examinant plus attentivement. Vous me rappelez votre père.

– C'est le plus beau compliment que tu m'as fait. Je suis tellement heureuse de te revoir.

– Moi de même. Quand vous avez disparu de la *Caelestis*, nous avons craint le pire.

– J'ai eu tellement peur pour vous tous. (Je prends une grande inspiration puis pose la question qui me hante depuis des semaines.) Est-ce que Lara s'en est sortie ?

Il hoche la tête.

– Oui, elle s'est cassé le bras, mais elle est de retour sur Askkandia maintenant. Elle vous attend.

Mon soulagement est immense. Quoi qu'il arrive, je vais au moins la revoir.

– Vance ?

– Il n'a pas survécu, m'apprend-il tristement. Plus de cent personnes ont trouvé la mort dans les explosions, y compris les ambassadeurs Terra et Holdren.

– Je suis désolée. (Je ne connaissais pas bien Vance, mais l'idée qu'il est mort en me protégeant me rend profondément triste.) Cela n'aurait pas dû arriver.

– Non, Votre Altesse, mais nous faisons tout ce qui est en notre pouvoir pour retrouver les coupables et les traduire en justice.

Je me demande si c'est vrai. Ou, si, comme au moment de la mort de mon père, ma mère attendra quelques semaines de plus avant de produire une « preuve » incriminant la Rébellion. Une nouvelle descente dans les repaires des rebelles, c'est exactement le genre d'issue qui lui plairait.

Mais je n'exprime rien de tout ça, me contentant de dire :

– Je l'espère. Beaucoup d'innocents sont morts et nous devons découvrir pourquoi afin de nous assurer que cela ne se reproduise plus.

– Et je crois entendre votre père, encore une fois. Vous avez mûri, Votre Altesse.

Ses paroles me réconfortent et me donnent de l'espoir. Mon père était un homme bon. J'aimerais être à son image.

– Je vais vous reconduire à la maison. Vous n'avez que ce sac ?

Je hoche la tête, même si cette phrase me répugne. Je ne considère plus le palais comme ma maison. C'est à bord du *Starlight* que je me sens chez moi, et il est si loin à présent. Et c'est exactement ce que je voulais. Je dois me le répéter maintes et maintes fois. Pourtant je me sens tellement mal…

Quant à affronter ma mère, n'en parlons pas. Heureusement, j'ai un peu de temps pour m'y préparer. Quelque chose me dit que ça ne va pas bien se passer.

CHAPITRE 68

KALINDA

Le vaisseau se pose en douceur sur la plateforme d'atterrissage du palais. Je prends une grande inspiration. J'ai la poitrine comprimée, le ventre noué, et la moitié de mon cerveau pense que j'ai pris la mauvaise décision. Mais avais-je vraiment le choix ? Si j'avais laissé mes amis se faire tuer à cause de moi… jamais je n'aurais pu le supporter.

Le voyage a duré quelques semaines. Pendant ce temps, j'ai eu tout le loisir de réfléchir – je n'avais rien d'autre à faire. Et j'en suis venue à la conclusion que je dois laisser derrière moi ce qui s'est passé sur le *Starlight*. Du moins, pour l'instant. Senestris est toujours confronté à la plus grande menace de son histoire – le système risque tout simplement de disparaître – et c'est notre priorité. Je dois en faire *ma* priorité. Si j'ai appris quelque chose au cours de ce voyage, c'est cela. Je peux avoir un impact.

Arik toussote.

– Nous avons l'autorisation de débarquer, Votre Altesse.

Je comprends alors qu'ils m'attendent. Je ne sais pas combien de temps je suis restée figée sur mon siège, sans détacher mon harnais, mais en tout cas, suffisamment pour que les protocoles d'usage pour atterrir au palais soient déjà achevés.

En me souvenant de ce que Gage m'a appris sur les mécanismes qui permettent à un vaisseau de décoller et d'atterrir, mon cœur se serre. Je repense aussi aux leçons de Beckett pour apprendre à Rain à piloter – elle ne prenait pas en compte ma présence, mais elle ne m'a jamais dit de m'en aller non plus. J'ai appris tant de choses avec eux.

Maintenant, je suis de retour à la maison.

Une dernière grande inspiration et je prends mon visage de princesse.

– Merci Arik.

J'ai tellement lambiné que la rampe est déjà au sol. En arrivant à la porte, je baisse les yeux, et elle est là. Égale à elle-même : magnifique (elle est bien plus belle que moi), impérieuse (même là, alors qu'elle attend le retour de sa fille unique, il est clair que c'est elle qui commande), minuscule (c'est à mon père et son ascendance seratienne que je dois ma taille). Ma mère ne m'arrive qu'au menton, mais elle a tant de prestance que je crois que personne ne remarque à quel point elle est petite.

Je crois que ce que j'ai appris sur elle à bord du *Starlight* m'a poussée à la voir comme un monstre dans mon esprit. Et par certains côtés, elle est une sorte de monstre. Mais c'est aussi ma maman, tout simplement, avec ses qualités et ses défauts.

Il faudra que je m'en souvienne quand le temps viendra de plaider ma cause.

Je redresse les épaules (quand tu es une princesse, la posture est presque aussi importante que l'expression faciale) et adopte ma plus parfaite expression de sérénité régalienne. Puis je glisse avec grâce le long de la rampe, vers mon passé et mon avenir, en gardant le menton bien haut.

Le visage de ma mère ne me révèle rien. Il fallait s'y attendre. C'est elle mon modèle d'expressions faciales, après tout. Je ne m'attendais donc pas du tout, quand je me suis arrêtée devant elle, à ce qu'elle me prenne dans ses bras.

C'est pourtant ce qu'elle fait, m'attirant contre elle et me tenant serrée dans ses bras pendant plusieurs secondes. Cela me prend tellement au dépourvu que je ne sais pas comment réagir – elle ne m'a jamais serrée dans ses bras de toute ma vie ! – mais je finis par passer mes bras autour d'elle également.

Elle sent les fleurs de ces gros arbustes des jardins du palais, couverts d'inflorescences rouges et violettes. C'est une odeur rassurante. J'en emplis mes narines tandis que j'essaie de déterminer ce que je ressens.

Malaise. Gêne. Mais je me dis aussi que j'ai peut-être eu raison de faire ce choix.

Ma mère m'aime. Quoi qu'elle ait fait, quoi qu'elle ait prévu de faire à l'avenir, je sais qu'elle m'aime.

Il faut juste que je m'en souvienne pour traverser ce qui va se passer.

Elle finit par reculer et me tient à bout de bras, le nez plissé comme si elle avait senti une mauvaise odeur. Moi, sans doute… Durant ces semaines de ruminations moroses, les douches régulières n'étaient pas au programme. Le transport impérial était doté de tous les équipements dont pouvait rêver une princesse, évidemment, mais chaque élément de luxe ne faisait que tourner le couteau dans la plaie, souligner la différence avec le *Starlight*.

– Kalinda, me dit-elle avec une véritable émotion dans la voix. J'ai cru t'avoir perdue. J'ai pensé que tu étais morte. (Elle m'examine de haut en bas.) Par le système, qu'est-ce que tu portes ?

– Vous m'avez manqué aussi, mère. Je pensais que vous reconnaîtriez, c'est un uniforme de l'armée impériale.

– Je sais de quoi il s'agit. (Ses narines s'élargissent.) La question porte sur le fait qu'il soit sur le corps de ma fille.

Eh bien, j'avais le choix entre ma vieille combinaison élimée, les vêtements d'Arik, qui sont bien trop larges pour moi, et ça. Mais je me contente de lui dire :

– Le voyage a été mouvementé.

Son regard se fait perçant.

– Tu as changé.

C'est vrai. Mais je ne vais certainement pas m'en excuser, ni m'en défendre.

– J'ai dû m'adapter à la vie sur le *Starlight*. Mais je suis rentrée maintenant.

– Il faut que tu mettes cet épisode derrière toi. Ainsi que ces *gens* avec qui tu étais.

Ça, jamais.

– Ils m'ont sauvé la vie.

– J'ai lu les rapports. Il s'agit de meurtriers, de hors-la-loi. Tous autant qu'ils sont.

– Même la grande prêtresse de l'Ordre sororal de la Lumière et son garde du corps ?

– Tu sais ce que je pense de l'Ordre, coupe-t-elle en reniflant. Mais je vois que tu as subi leur influence. Tu as toujours un faible pour les laissés-pour-compte du système. Nous allons devoir travailler là-dessus.

Je ne crois pas, non. Mais j'opine docilement.

– Je suis déjà passée à autre chose. Mais sans eux, je serais morte. (C'est vraiment important pour moi, alors je la regarde droit dans les yeux.) Promettez-moi que vous n'allez pas les pourchasser, s'il vous plaît. Promettez-le-moi, mère.

Elle me tapote le bras.

– Bien sûr que non. Il n'y a plus lieu de penser à eux. Et je leur suis éternellement reconnaissante de t'avoir porté secours.

– Merci beaucoup.

Je savais qu'elle saurait se montrer raisonnable. Mais les paroles d'Ian résonnent encore dans ma tête, me serinant que l'Impératrice n'est pas digne de confiance. Au cas où, je parlerai à Arik, pour mettre en place un garde-fou n'impliquant pas ma mère.

Mais une question me brûle les lèvres.

– Mère, savez-vous ce qui s'est passé ? Qui a attaqué la *Caelestis* et pourquoi ?

– Pas encore. Cette discussion aura lieu plus tard, Kalinda. Nous devons d'abord te rafraîchir avant de te montrer à la face du monde. Nous devons montrer à tous que tu es bien de retour à ta place, que les complots pour attenter à ta vie ont échoué et que les coupables seront pourchassés et punis. J'ai déjà donné l'ordre de faire interroger tous les sympathisants connus des rebelles.

– Mais vous dites que les commanditaires de l'attaque ne sont pas connus.

– Peut-être, mais cela servira à entraver les rebelles. Ils sont comme des limaceuses se multipliant dans les égouts. De temps en temps, il faut en éliminer.

Ses mots me glacent. C'est exactement ce que je craignais qu'elle fasse. Mais l'entendre le dire ouvertement est terrifiant. Et révoltant. Tout comme l'idée qu'elle a utilisé la mort de mon père aux mêmes fins au lieu de chercher le vrai coupable.

Je me mords les lèvres, m'enjoignant à ne rien dire qui puisse la mettre en colère pour l'instant. Il y a tant de choses que je dois lui dire... Mais c'est terriblement difficile.

Heureusement, elle choisit ce moment pour se mettre en marche.

– Entrons, me dit-elle. Il y a quelqu'un qui t'attend.

Lara ? L'excitation me gagne pour la première fois depuis des jours et des jours. Je dois me retenir de courir jusqu'au palais. Mais je me suis donné tant de mal pour que ma mère ignore à quel point je tiens à elle qu'il serait dommage de tout gâcher maintenant. L'Impératrice a tendance à m'enlever tout ce qui m'est cher – si je ne veux pas que cela arrive avec Lara, je dois entretenir cette mascarade.

Un des gardes du corps personnels de ma mère nous ouvre la porte, et je ne peux empêcher un léger sourire de flotter sur mes lèvres tandis que je franchis le seuil. Mais quand je comprends que je me suis totalement, horriblement trompée, il s'efface aussitôt.

Ce n'est pas Lara qui m'attend dans le palais.

C'est le Dr Veragelen. Elle est vivante, elle est là, et elle sourit.

Crottes de drokaray fumantes !

CHAPITRE 69

KALINDA

Mes pieds sont collés au sol.

Je suis tentée de fuir le plus loin possible, mais où aller ? Je n'ai pas d'autre choix que d'aller de l'avant. *Merde, merde, merde.*

Je redresse les épaules ; peu importe la raison de la présence du Dr Veragelen ici, je vais convaincre ma mère d'aider ceux qui en ont besoin. Elle ne parviendra pas à m'en empêcher.

C'est avec cette pensée que je trouve la force d'avancer. J'oblige mes pieds à faire un pas après l'autre, droit vers elle.

Ne vomis pas, putain. Reste sereine et tout ira bien.

Je lui adresse mon plus parfait mouvement de tête régalien – celui réservé aux personnes que je méprise de tout mon cœur.

– Dr Veragelen, quel plaisir de vous revoir. J'ai été si ravie d'apprendre que vous aviez survécu au… *problème*… de la *Caelestis*.

– Et moi de même, Votre Altesse, quoique vous ayez eu bien plus de difficultés que moi, j'en ai peur.

Je repense à l'attaque à Rangar. Aux vaisseaux qui nous ont traqués à travers tout le système. À la mort frôlée de près sur Glacéa. À Max et Milla qui eux aussi ont failli mourir ce jour-là.

– Je suis sûre que cette période a été… difficile pour nous deux, je lui accorde généreusement. Mais je suis soulagée d'être de retour.

– Tout comme moi. Et à présent nous pouvons mettre tout cela derrière nous et aborder un avenir bien plus radieux.

Ça ne me dit rien qui vaille.

Ma mère nous indique une petite table ouvragée sur laquelle des verres en cristal et une carafe de fiznachi ont été disposés. Soudain j'ai très envie de sentir le goût brûlant du gerjgin dans ma gorge.

Dr Veragelen et ma mère s'installent d'un côté de la table, et moi de l'autre – aussi loin du docteur que possible sans paraître malpolie.

Les lignes de combat sont tracées.

J'avale mon verre de fiznachi d'une traite et m'en sers un autre, sous le regard désapprobateur de ma mère. J'aimerais tellement lever mon verre pour porter un toast en l'honneur du peuple. C'est le genre de petit choc qui pourrait aider à bonifier sa personnalité.

– Donc, attaque Dr Veragelen sans même avoir touché sa boisson, maintenant que vous êtes de retour parmi nous, Kalinda, il y a quelque chose que vous devez savoir. L'heptosphère…

– N'a-t-elle pas été détruite lors de l'explosion ? je demande.

– Bien sûr que non. À notre connaissance, elle est résistante à tout, et heureusement, car elle est d'une importance capitale dans notre stratégie pour sauver le système.

Rien de nouveau, c'est la même histoire qu'elle nous a sortie à bord de la *Caelestis*. Je la regarde de mon expression la plus blasée.

– Mais jusqu'ici, poursuit-elle, nous n'avons pas été en mesure de… l'activer.

– Je ne vois pas bien le rapport avec moi, je lui indique.

– Ce jour-là, dans le laboratoire… vous l'avez réveillée.

– Moi ? Je n'ai rien à voir avec ces arabesques de couleurs.

– Pas volontairement, peut-être, mais vous étiez juste à côté après l'explosion, je l'ai vue s'animer de mes propres yeux. C'est vous, Votre Altesse, que nous cherchions depuis si longtemps. Vous seule pouvez sauver le système.

L'espace d'un instant, je suis submergée par le choc. Puis je me fais la réflexion qu'elle en fait un peu trop.

– Je suis certaine qu'il y a plein de personnes qui…

– Non, m'interrompt-elle. Depuis des années, nous cherchons quelqu'un à qui elle réponde. Et vous êtes, sans l'ombre d'un doute, cette personne. (Elle doit prendre conscience que son ton est devenu hystérique, car elle prend brusquement une voix plus douce.) Ensemble, nous pourrons résoudre les problèmes posés par l'Astre Mourant. Ramener la paix et la prospérité dans notre système.

J'ai l'esprit en déroute. En temps normal, jamais je ne croirais à une chose pareille, mais elle a le regard brûlant de ferveur d'une fanatique, et j'ai du mal à imaginer qu'elle ne pense pas ce qu'elle dit.

Et si j'étais, réellement, la seule personne ayant le pouvoir de sauver le monde ?

Et si c'était enfin ma chance de tenir ma promesse de porter secours à ceux qui en ont le plus besoin – et même, de sauver tout le monde ?

CHAPITRE 70

IAN

– Qu'est-ce qui t'est arrivé, putain ? je grogne lorsque Gage arrive sur la passerelle.

Il a un œil au beurre noir et une coupure à la tempe gauche. Il écarquille les yeux et recule de quelques pas. Pas étonnant, tout le monde garde ses distances avec moi depuis qu'on a découvert que Kali s'est fait la malle comme une putain de voleuse en pleine nuit. Je n'ai pas vu Merrick de la matinée et c'est la première fois que Gage a le cran de se montrer pour voir ce qui se passe.

– Je suis tombé, dit-il au bout d'un moment. J'ai perdu l'équilibre lors de la dernière accélération du *Starlight* et je me suis pris l'évier de la cambuse en pleine tête. On dirait que ça devient une habitude pour moi les blessures à la tête – j'adore.

– Ouille, dit Beckett, non sans compassion. C'est pas beau à voir. Tu devrais mettre quelque chose là-dessus.

– C'est ce que j'ai fait, mais je désinfecterai de nouveau plus tard.

Il se laisse tomber sur le siège le plus éloigné du mien. Il craint sans doute que je lui arrange l'autre côté.

Et ce n'est pas une crainte irrationnelle : j'ai engueulé Beckett une demi-douzaine de fois pour des conneries au cours des dernières heures. Sans compter le savon que je lui ai passé pour avoir largué Kali sur une foutue lune au beau milieu de nulle part la nuit dernière.

J'ai bien compris que Kali a pris sa décision toute seule et que – comme Beckett me l'a rappelé – elle n'était pas prisonnière. Mais elle aurait pu prévenir, bordel ! Qu'elle me laisse une chance de lui faire changer d'avis. Au lieu de ça, je dormais comme un abruti pendant ce temps-là.

Je ne sais pas ce qui m'enrage le plus : qu'elle soit partie ou qu'elle me l'ait faite à l'envers. Si elle avait tant envie de partir, pourquoi elle ne me l'a pas dit ? OK, j'aurais fait une scène, mais je ne l'en aurais pas empêchée. Ce n'est pas dans mes habitudes d'enfermer les gens – en général.

– *Elle a fait ce qu'elle avait à faire.*

La voix calme de Max parvient tout juste à filtrer à travers le brouillard de rage et de confiance trahie qui occupe tout mon esprit.

– *Conneries. Elle n'était pas obligée de partir. Elle a choisi de partir.*

– *Pour nous protéger*, me rappelle-t-il.

– *Ou parce qu'elle n'a pas supporté d'apprendre ce qu'on est*, je rumine. (Voilà, c'est ça, la racine de ma colère, et la douleur qu'elle dissimule.) *Elle a su pour la coalescence mentale et elle s'est tirée direct, Max. Voilà ce qui s'est passé.*

– *Tu n'y crois pas vraiment.*

– *Si, c'est ce que je crois ! Pourquoi elle se serait cassée aussi vite sinon ?*

Il soupire.

– *Précisément pour les raisons qu'elle a données. Elle ne voulait pas avoir notre mort sur la conscience.*

– *Je n'aurais pas laissé ça se produire.*

Je me passe la main sur le visage, je me répète qu'il faut que je me calme. Je ne peux pas aller dans la ceinture d'astéroïdes dans cet état. Pas si je veux avoir la moindre chance d'en sortir Milla.

Je n'arrive toujours pas à croire qu'elle n'est plus là. Putain, elle est partie ! Elle m'a laissé. Je croyais… Je ne sais pas ce que j'ai cru. Peu importe, c'était ridicule de toute façon. Je n'ai quand même pas imaginé qu'une princesse allait vraiment tomber amoureuse de moi, si ? Moi, un gamin pauvre de Kridacus qui déclenche plus de signaux d'alarme qu'un laboratoire secret de la Corpo' ?

Bien sûr que non. Je me suis juste relâché une minute, et voilà le résultat. Bousillé et personne sur qui me défouler. Situation merdique pour tout le monde.

– *On la reverra, Ian.* (Max semble tellement sûr de lui.) *Quand ce sera fini, qu'on aura retrouvé Milla…*

– *Je ne veux plus jamais revoir Kali*, j'affirme.

Et comme je tiens à ce qu'il entende que c'est l'absolue foutue vérité, je ne grogne même pas. Ça doit faire effet, car il renonce à me parler et me laisse ruminer ma vengeance. Enfin il n'y aura pas de vengeance, puisque je ne la reverrai jamais. Mais si je tombais sur elle par hasard, je m'assurerais…

– Ian.

Merrick se tient sur le seuil, encore chiffonné de sommeil, mais avec l'air d'être venu en courant.

– Rain vient de me dire que Kali est partie ?

– Ah ça oui, elle s'est barrée, je grogne. Et pas question qu'elle revienne.

– Nous devons la retrouver, m'aboie-t-il. Tout de suite.

Moi vivant, jamais.

– Ouais, ben ça n'arrivera pas, alors tu devrais trouver un autre vœu pour ta fée marraine.

– Ce n'est pas un vœu, c'est une nécessité. Nous devons la trouver avant qu'il ne soit trop tard.

– Oh, oh, ça m'a l'air tragique et plein de bons sentiments tout ça, mais ce n'est plus mon problème, je lui dis, en faisant de mon mieux pour sembler détaché. Qu'elle se débrouille.

– Qu'est-ce que tu veux dire ? demande Beckett à Merrick. Kali est en danger ?

Je suis tenté de lui demander depuis quand elle se soucie de la princesse, mais je me préoccupe surtout de ce que Merrick va répondre. Je me fous complètement de ce qui peut lui arriver – elle peut tomber dans un trou noir, c'est pareil pour moi –, mais c'est quand même bien que je sois au courant de ce qui se passe. Juste au cas où ça nous affecte aussi.

– Tout le système est en danger, dit Merrick.

– Je vais aller chercher Rain, dit Beckett en se levant. Tout le monde devrait être là, ajoute-t-elle en se précipitant vers les cabines.

– Merrick, il va falloir m'en dire un peu plus que ça.

– L'heptosphère, dit-il. C'est une arme. L'heptosphère est une arme…

– Mais je m'en tape de cette coque de métal ! je m'emporte.

Et je pourrais me frapper pour avoir eu cette réaction. Je ne suis même pas censé l'écouter ! Encore moins me soucier de ce qu'il dit. Je m'occupe en étudiant les boutons sur mon fauteuil de capitaine – je ne sais toujours pas à quoi ils servent, c'est le moment d'apprendre.

Merrick soupire.

– C'est une arme et ils pensent qu'elle est assez puissante pour ranimer l'Astre Mourant.

– Eh bien ça pourrait être pratique, fait remarquer Max. C'est exactement ce qu'il nous faut, non ?

– Oui et non, répond Merrick. Vous savez pourquoi un astre meurt ?

– Non, je réponds. Explique-nous donc.

Merrick me regarde d'un air de doute, mais je le fusille du regard et il se remet à parler.

– Je crois que pour comprendre, il faut commencer par sa formation, dit-il. Dans sa plus simple expression, une étoile se forme lorsqu'un nuage de poussière (une nébuleuse) devient assez dense pour avoir une attraction gravitationnelle. À cause de la pression, la température à l'intérieur de la nébuleuse augmente, jusqu'à atteindre des millions de degrés. C'est alors que la fusion nucléaire se produit.

– Et c'est ce qui fait brûler le soleil, je simplifie. Et ça continue encore et encore, c'est ça ?

– Oui, c'est ce qui maintient une étoile en vie, ajoute Max.

– Alors ça meurt quand il n'y a plus de fusion nucléaire ? (Comme Merrick confirme, je poursuis mon raisonnement :) Alors qu'est-ce qui fait que la fusion s'arrête ?

– Une étoile dépend d'un certain équilibre : la gravité qui attire et l'énergie qui produit une force centrifuge, explique Merrick. Mais du fait de la fusion nucléaire qui continue, l'hélium est transformé en carbone, oxygène, néon, etc. Et pour finir, il se forme un cœur d'acier. Et lorsque cela se produit, il n'y a plus d'hydrogène. Plus d'hydrogène, plus de fusion, plus d'énergie. La gravité prend le dessus, attirant tout à l'intérieur, le centre devient de plus en plus dense, et en même temps, les couches extérieures se distendent. L'étoile devient instable, elle vibre et diffuse son énergie.

– Et on en est là ? je demande.

– Oui. L'Astre Mourant est instable, il y a des éruptions solaires, son cœur devient de plus en plus chaud et la partie extérieure s'étend. Bientôt elle engloutira les planètes du centre. (Il fronce les sourcils.) D'habitude, cela prend des millions d'années, mais pour une raison inexpliquée, notre soleil subit une dégénérescence accélérée. Cela ne prend que quelques décennies. Et au bout d'un moment, dans un avenir pas si lointain, le centre va encore rétrécir, la température s'élever, et tout va exploser.

– Boum, conclut Gage de son coin. Ça, c'est quand une étoile devient une supernova.

– Et on finit tous calcinés, j'ajoute.

Merrick opine.

– Est-ce que l'un de vous a déjà entendu parler de la Star Bringer, la Faiseuse d'étoiles ?

Nous nous regardons les uns les autres, perplexes. Mais Gage se redresse, nerveux, on dirait qu'il souhaiterait vraiment être ailleurs. Il vient quand même nous rejoindre et prend la parole.

– Moi je n'ai pas approché l'heptosphère à bord de la *Caelestis*, mais je connais une femme qui travaillait dessus, et elle m'a dit que le Dr Veragelen pensait que ce truc était assez puissant pour envoyer une décharge d'énergie dans le soleil et raviver son cœur. Elle l'appelait Star Bringer.

– Star Bringer ?

Je fouille mes souvenirs au cas où j'aurais entendu parler de ça au cours de mes voyages, mais il ne me semble pas.

– On dirait que c'est précisément ce qu'il nous faut, redit Max. Et le docteur pensait vraiment que ça pouvait marcher.

– Comment savoir ? dit Gage en haussant les épaules. Mais d'après les estimations, que ça fonctionne ou pas, les planètes de Serati, Kridacus et Permuna seraient complètement détruites par l'explosion.

– Détruites ? je répète, m'attendant à ce qu'il rectifie.

Je savais que l'Empire était mauvais, mais pas au point de sacrifier la population de trois planètes. Si ?

Mais il ne me corrige pas.

– Oui, détruites. Dr Veragelen a pour projet d'utiliser l'heptosphère pour détruire ces trois planètes et tous ceux qui s'y trouvent.

– Ce n'est pas possible. Et même si elle pouvait…

– Les modélisations montrent qu'elle le peut. Mais elle n'y est pas parvenue jusqu'ici parce qu'elle n'a pas réussi à faire fonctionner l'heptosphère. Mais si elle y parvient…

Merrick semble sur le point d'exploser.

– C'est ce que je suis venu vous dire ! Ce n'est pas l'heptosphère, la Faiseuse d'étoiles. Il s'agit d'une personne. Et c'est Kali. Et si Kali active l'heptosphère, nous sommes tous en danger.

CHAPITRE 71

IAN

Tout ce que j'entends, c'est *Kali*. Kali en danger.

– Pourquoi elle ? je demande impatiemment, le cœur battant dans ma gorge. Pourquoi tu crois que c'est elle, cette fameuse Star Bringer ?

– ADN alien, répondent Merrick et Gage à l'unisson.

Ils sont tous les deux embarrassés. Très embarrassés.

– Hein, quoi, c'est quoi ça maintenant ?

Gage se frotte les mains l'une contre l'autre.

– J'ai entendu dire que le Dr Veragelen cherchait quelqu'un ayant de l'ADN alien pour réveiller l'heptosphère…

– De l'ADN alien. (C'est une blague, ou quoi ?) Tu parles des Anciens ?

– Je comprends pas tout non plus, se défend Gage. Maïs beaucoup des expériences étaient en lien avec ça. C'est pour ça que des prisonniers étaient livrés sur la *Caelestis*. Je ne sais pas trop comment ça s'est produit, mais beaucoup de gens du système Senestris, surtout sur les planètes du centre, ont de l'ADN alien. Et certains sont capables d'activer les vestiges, et de faire des trucs. Quant à ceux qui ne possèdent pas d'ADN alien, les vestiges peuvent avoir des effets… néfastes sur eux.

– Comme les carboniser ? je suggère, tandis que peu à peu je commence à distinguer une inquiétante cohérence dans tout ça.

Beaucoup de décès étaient étouffés quand je travaillais à bord de la *Caelestis*.

– Ouais, enfin c'est ce que j'ai entendu dire. Bref, tout ça pour dire que Veragelen n'a pas réussi à activer l'heptosphère sans la Faiseuse d'étoiles.

– Mais je comprends pas pourquoi ça devrait précisément être Kali, j'insiste en me tournant vers Merrick. Comment tu peux être sûr que c'est elle, la Star Bringer ?

C'est à cet instant que Beckett et Rain arrivent sur la passerelle, un peu hors d'haleine. Soudain Merrick a l'air tellement mal à l'aise qu'il se sentirait sans doute mieux s'il se faisait aspirer dans l'espace.

– Beckett m'a mise au courant du projet de faire exploser les planètes centrales, annonce Rain d'un air grave. (Puis elle perçoit à nos visages que ce n'est pas tout.) Quoi ? Qu'est-ce que j'ai manqué ?

CHAPITRE 72

RAIN

– On était en train de parler d'un truc appelé Star Bringer, explique Ian.

Le choc me heurte de plein fouet, je suffoque. Beckett a la gentillesse de me taper dans le dos jusqu'à ce que je parvienne à respirer à nouveau. Merrick tripote ses doigts en nous regardant tour à tour. Pour finir, il demande à Ian :

– Que sais-tu sur l'Ordre sororal de la Lumière ?

– Pas grand-chose, admet Ian.

– L'Ordre sororal de la Lumière a vu le jour sur Serati, car c'était le berceau des Anciens. Il nous reste beaucoup de vestiges de cette époque, des traces de leur civilisation. Déchiffrer ces traces nous a beaucoup appris, et nous en sommes venus à la conclusion que les Anciens avaient été les architectes et les créateurs de ce système. Ils disposaient du pouvoir de créer soleils et planètes, avec l'aide d'un globe connu sous le nom d'heptosphère.

Merrick semble pouvoir parler sans hésiter de nos croyances, comme si tous les doutes qu'il m'avait confiés s'étaient envolés. Mais l'introduction était peut-être le plus facile. Moi aussi je peux raconter sans mal notre genèse – je l'étudie depuis ma plus tendre enfance – mais ça ne veut pas dire que je ne doute pas de sa véracité…

Et je m'interroge toujours sur les raisons pour lesquelles l'univers m'a choisie comme grande prêtresse alors que je me sens aussi perdue et pleine de doutes que n'importe qui. Et encore plus depuis que j'ai rencontré Beckett.

Mais c'est peut-être tout l'intérêt : si c'est trop facile, ce n'est pas un vrai choix. J'aimerais juste que ça ne soit pas si dur. Depuis longtemps j'essaie de me convaincre que tout ce que je désire découle de la volonté de la Lumière… mais avec chaque jour qui passe, j'ai de moins en moins l'impression de suivre la Lumière, j'ai le sentiment qu'il n'y a que moi, seule dans le noir, dans ce système gigantesque, et les choix que j'ai à faire sont de plus en plus difficiles.

– Alors c'est pas une arme, comme Gage a entendu dire ? demande Ian.

– Ce n'est pas sa destination première, répond Merrick. Mais comme toute chose qui recèle un grand pouvoir, elle peut servir à détruire autant qu'à créer.

– Et l'ADN alien ? enchaîne Max. Ça, c'est vrai ?

Merrick sourit.

– Oui, du moins pour certains d'entre nous. Personne ne sait ce qui est arrivé aux Anciens, pourquoi ils ont disparu. Mais en découvrant les vestiges, nous avons fait des recherches et découvert ce que je vous livre à présent.

– On dirait que la Corporation a mené le même genre d'enquête, fait remarquer Gage.

Merrick fronce les sourcils.

– En effet, et je l'ignorais. Mais ces secrets étaient voués à être découverts un jour ou l'autre.

Je me sens mal. Pendant toutes ces années, l'Ordre a vu notre doctrine comme un moyen d'alerter le monde, et maintenant des gens se font torturer – assassiner, même – par la Corporation, à cause de quelque chose sur lequel ils n'ont aucun contrôle : leur ADN. C'est écœurant, terrifiant, et bien pire que tout ce que j'aurais pu imaginer.

– C'est une façon de dire que n'importe qui peut avoir de l'ADN alien.

Max a le teint livide, et je comprends son malaise. J'ai toujours vécu avec la conscience que je pouvais descendre des Anciens. Je trouve que ça nous rend spéciaux, que nous avons une part de Lumière en nous. Mais j'imagine que faire partie d'une conscience collective porte à douter de bien des croyances de l'Ordre sororal.

– D'après le Livre de l'Astre Mourant, j'interviens, quand une grande prêtresse meurt, elle renaît dans un autre corps. Parfois cela prend un moment, mais c'est toujours ce qui se produit. Et cette personne a le pouvoir d'activer et de contrôler les vestiges comme l'heptosphère. En gros, la grande prêtresse est la Star Bringer. Je suis la Faiseuse d'étoiles.

Tous les regards convergent vers moi – sauf celui d'Ian, qui fusille Merrick comme s'il avait vomi sur ses plus belles bottes.

– Et… tu as déjà activé des vestiges alien ? me demande Beckett.

Que la Lumière soit louée, elle a l'air fascinée et pas repoussée.

– Non. Mais aucune grande prêtresse avant moi non plus. Nos écrits précisent que ces pouvoirs se manifesteront seulement le moment voulu.

Ian, toujours sans quitter Merrick des yeux, demande alors :

– Est-ce que la Faiseuse d'étoiles est la grande prêtresse, Merrick ?

Merrick pousse alors un soupir qui semble contenir tous les fardeaux du système. Mon sang se fige tout à coup.

– Oui, dit-il en me regardant. La grande prêtresse est la Faiseuse d'étoiles. Et c'est… Kali.

CHAPITRE 73

RAIN

L'espace d'un instant, je crois avoir mal entendu. Merrick n'a pas pu dire ça. Kali serait la Star Bringer et aussi la grande prêtresse ? Mais c'est impossible ! C'est moi, ça.

Je n'ai pas le temps de réagir qu'Ian fonce à grands pas vers Merrick comme s'il avait l'intention de le tuer, ou du moins de lui mettre une sacrée dérouillée. Max doit avoir la même intuition – enfin, non, évidemment qu'il *sait* puisqu'il est *dans la tête* d'Ian – car soudain il s'interpose entre les deux hommes et plaque une main sur le torse d'Ian.

– Recule.

Mais Ian ne semble pas d'humeur à écouter. À vrai dire, il n'est pas d'humeur à quoi que ce soit depuis qu'il a découvert que Kali était partie.

– Pas tant qu'il crache pas le morceau, grogne Ian. En quoi la Faiseuse d'étoiles et la grande prêtresse de l'Ordre sororal de la Lumière sont-elles liées ?

– C'est une seule et même personne, précise Merrick. L'Ordre cherche la grande prêtresse précisément parce que c'est elle qui est capable d'interagir avec les technologies des Anciens. Et parce qu'elle est la Star Bringer.

– C'est quoi ce bordel ? lance Ian, exprimant sans doute notre questionnement collectif. Pourquoi tout le monde croit que Rain est la grande prêtresse alors que toi, tu prétends qu'en fait c'est Kali ?

– Parce que l'Ordre a fait semblant, lâche Merrick. Et depuis, c'est la merde.

– « Fait semblant » ? je répète, le souffle court, tandis que cette révélation met mon univers sens dessus dessous.

Comment est-ce possible ? Pourquoi ? J'ai passé toute ma vie enfermée dans un monastère à me dire que quelque chose clochait chez moi parce que je ne ressentais pas les choses comme on me disait que j'aurais dû, comme les autres grandes prêtresses avant moi. Et j'apprends que c'était parce que tout était faux ? Je suis juste… normale ?

Pourquoi faire ça à Kali ? Et pourquoi me faire ça à moi ?!

Je n'arrive plus à respirer.

Je sais que c'est égoïste, que je ne devrais pas me centrer sur moi alors que les enjeux sont si vastes – entre autres, la vie de Kali, l'existence de trois planètes et la survie de notre système solaire. Et je me soucie de tout ça, vraiment. Mais quand même, j'ai besoin d'une minute pour encaisser, parce que c'est gros. C'est énorme et accablant.

– Depuis combien de temps tu es au courant ? je demande à Merrick d'une voix rauque.

Il secoue la tête.

– J'ai des doutes depuis un moment. Mais c'est en voyant Kali réveiller l'heptosphère que j'ai su.

– C'était elle ? (Les battements désordonnés de mon cœur résonnent dans tout mon corps.) Tu es sûr que c'est elle qui l'a fait et pas moi ?

– J'étais attentif, très attentif, car je voulais que ce soit toi, je voulais avoir tort. Mais non, c'était Kali.

– Alors pourquoi tu n'as rien dit sur le moment ?

– J'ai été loyal à l'Ordre toute ma vie, répond-il. Qu'est-ce que j'étais censé faire ? Tourner le dos à tout ça pour une bande de gens que je connaissais à peine ? Et puis je pensais qu'elle resterait à bord, au moins jusqu'aux Confins. Je pensais avoir plus de temps pour confirmer mes hypothèses et prendre une décision.

Depuis notre passage sur la *Caelestis*, je savais qu'il était tracassé. Je pensais que c'était à cause de moi, de mon comportement qui n'était pas digne d'une grande prêtresse. Mais en fait, il vivait bel et bien une crise de foi. À propos de tout ça. Rien à voir avec moi.

– Tu aurais dû dire quelque chose, je lui reproche.

Un sentiment inhabituel me brûle le ventre.

– Au moins à moi. Tu sais toutes les difficultés que j'ai rencontrées. Et maintenant je sais que c'est parce que je ne suis rien qu'une contrefaçon.

– Rain… commence-t-il, mais je l'interromps en secouant la tête.

– Tu aurais dû me le dire.

Ian s'est un peu calmé : il ne semble plus décidé à tuer Merrick sur-le-champ. Mais j'imagine que ça peut vite changer. D'ailleurs, je remarque que Max ne bouge pas, il reste entre les deux hommes.

– Pourquoi as-tu eu des doutes ? je demande.

– Il y a cinq ans, j'ai eu une vision de ce que je pensais être la mort de mon père, dit-il.

J'attends qu'il en dise plus, mais rien ne vient.

– Ton père est mort il y a quelques mois, je rappelle d'une voix douce, car je sais qu'il en a été très peiné.

Et j'ai beau être en colère, je ne souhaite pas lui faire de mal.

– Je sais. Mais ce n'était pas une vision de sa mort. C'était celle de son frère.

Je me souviens de ce qu'il m'a confié dans la cambuse quand nous n'arrivions pas à dormir.

– Le père de Kali, je murmure.

– Kali et Merrick sont cousins ? s'étonne Max tandis qu'Ian s'exclame :

– Complètement tordu !

– Toute cette histoire est tordue, grommelle Beckett.

Je me rends alors compte qu'elle se tient derrière moi, les mains sur ma taille, et qu'elle soutient une bonne partie de mon poids. Je suis tellement sous le choc que je n'avais pas remarqué sa présence, ni à quel point je m'appuyais sur elle.

– Quand le père de Kali a épousé sa mère, il a tourné le dos à ma famille et coupé les ponts. Mon père en a eu le cœur brisé. Ils étaient proches en âge, ils se ressemblaient énormément et jusque-là ils avaient tout fait ensemble. Quand je lui ai parlé de ma vision, il a compris qu'il ne s'agissait pas de lui, mais de son frère. En secret, il s'est rendu sur Askkandia pour le prévenir.

– Tu as su que le père de Kali allait être assassiné avant que cela n'arrive ? je demande.

C'est de pire en pire.

Merrick hoche tristement la tête.

– Oui. Les visions ne donnent pas toujours une description exacte de l'avenir. Mais dans ce cas, si. Et pourtant mon père l'a prévenu, supplié de revenir sur Serati. Mais il a refusé de laisser Kali. Et jamais l'Impératrice ne lui aurait accordé d'emmener sa fille. Alors il est resté.

– Et tu n'as rien dit à Kali ? demande Beckett. Elle tenait les rebelles pour responsables de la mort de son père, et toi, tu avais assisté à tout…

– J'ignore qui est responsable de sa mort. Je n'ai pas vu ça. Seulement qu'il mourait. Mais lors de la visite de mon père, il lui a dit quelque chose qui a tout changé.

J'ai envie de lui hurler de révéler tout de suite ce que c'est, mais les grandes prêtresses ne hurlent pas. Sauf que d'après ce qu'il dit, je ne suis plus grande prêtresse. Toutes ces règles qui dictent ma vie n'ont plus aucun sens.

– Qu'est-ce qu'il a dit ? demande Ian, et je vois à son regard qu'il a déjà deviné de quoi il s'agit.

– L'Impératrice ne voulait pas perdre sa fille au profit de l'Ordre, et a refusé les présages lors de la naissance de Kali, pas vrai ? dit Max.

– Pis encore, dit Merrick. Mon oncle a su tout de suite ce qu'elle était. Mais l'Impératrice l'a empêché de prendre contact avec l'Ordre, elle a fait retirer la marque de naissance de leur fille.

– Une marque de naissance ? relève Ian. À quel endroit ?

– Sur son épaule gauche, je murmure. C'est à cet endroit que se trouve la mienne.

Ian plisse les yeux.

– Kali a une cicatrice à cet endroit. Je l'ai vue quand…

Il nous laisse le soin de deviner la fin de sa phrase.

– Et moi ? je demande, les genoux tremblants (je sais que c'est Beckett qui me fait tenir debout.) Comment ça se fait que j'en aie une ?

Merrick a l'air accablé.

– D'après ce que mon père m'a confié avant de mourir, tu étais juste un bébé comme les autres, né au bon moment – ou au mauvais moment. L'Impératrice a donné de l'argent à ta mère, et quand l'Ordre est venu à la rencontre de la nouvelle grande prêtresse, il t'a trouvée, toi. L'Impératrice t'avait fait tatouer une marque de naissance identique à celle de Kali, soudoyé des gens pour que tout porte à croire que tu étais la véritable grande prêtresse. Tous les tests pour confirmer que tu étais bien une âme réincarnée ont été falsifiés. Au sein de l'Ordre, personne n'a émis de doutes.

Je suis submergée par un sentiment de trahison. J'ai besoin de me passer les nerfs sur quelqu'un. Je me tourne soudain vers Beckett.

– Tu étais au courant ?

– Bien sûr que non ! (Mais il y a une hésitation dans son regard.) Bon, quand j'ai vu ta marque de naissance, j'ai trouvé qu'elle n'avait pas vraiment l'air naturelle, mais comment être sûre ?

Je laisse échapper un gémissement. *Tout le monde* s'en doutait, sauf moi. J'ai été si pitoyablement naïve.

– Je n'arrive pas à croire que des parents puissent faire ça à leur enfant. (Et je n'arrive pas à croire que Merrick ne m'ait pas mise au courant dès qu'il a su.) Qui est au courant ? je demande, l'esprit en déroute.

– Personne, répond Merrick. Le père de Kali a fait jurer à mon père de garder ce secret. Père ne me l'a confié que sur son lit de mort.

– Et tu ne me l'as jamais dit… (Ma voix se brise.) Ça fait des mois que tu sais, mais tu n'as rien dit.

– C'étaient seulement des doutes, Rain. Je n'étais pas certain. Je ne voulais pas y croire. (Il me regarde d'un air suppliant.) Mon père était âgé, brisé, je me disais que ça pouvait être le cauchemar incohérent d'un vieil homme dont l'esprit s'évadait de plus en plus chaque jour. Comme je l'ai dit, je n'avais pas de preuve de ce qu'il avançait. Ce n'est que sur la *Caelestis* que j'ai dû admettre que c'était la vérité.

Ça se tient. Moi non plus je ne lui aurais pas balancé un truc pareil sans en avoir la preuve. N'empêche, la douleur est telle que je parviens à peine à respirer. Toute ma vie n'est qu'une suite de mensonges. Mes parents m'ont vendue. Vendue ! Et la seule personne à qui j'avais accordé ma confiance a participé à perpétuer ce mensonge.

Ma vie est un mensonge. Je suis un mensonge.

Merde ! La Lumière n'est sans doute qu'un foutu mensonge aussi. La pièce commence à tourner autour de moi.

– Je me sens pas bien, je hoquette. Je crois…

Et puis je me retrouve par terre, un oreiller sous ma tête, Beckett en tailleur à côté de moi, ses yeux jaunes scrutant anxieusement mon visage.

Je me redresse et découvre que Merrick est assis à un mètre de là, l'air aussi dévasté que moi.

– Alors qu'est-ce qui se passe, maintenant ? je demande.

Je songe à l'Ordre, au fait que je ne peux plus aller là-bas en prétendant être la grande prêtresse. Ce serait mal. Un sacrilège, même. Et surtout, je veux vivre très loin de ceux qui nous ont joué ce sale tour, à Kali et moi.

C'est Beckett qui répond à ma question, d'une manière tout à fait inattendue.

– Le capitaine a ordonné un changement de cap. Milla va devoir attendre encore un peu. On va chercher Kali.

CHAPITRE 74

KALINDA

– Je disais justement à votre mère que l'heptosphère est en train d'être rapatriée depuis les décombres de la *Caelestis* en ce moment même, annonce Dr Veragelen. Elle devrait être là demain matin, si tout se passe bien.

Déjà ? Bien plus rapide que ce à quoi je m'attendais. Mais plus vite je peux apporter mon aide pour empêcher Serail de mourir et protéger tout le monde, mieux c'est.

– Annora, dit ma mère en s'adressant au Dr Veragelen. Tu peux peut-être expliquer à Kalinda ce que l'on attend d'elle concernant l'heptosphère.

Les intonations policées de ma mère s'enroulent autour de ma colonne vertébrale comme des spics.

À nouveau, Dr Veragelen sourit : cette torsion de ses lèvres minces me donne des frissons.

– Bien sûr, Votre Majesté. C'est très simple, en fait, Votre Altesse. Quand l'heptosphère va arriver, on vous y mènera. Vous poserez les mains dessus, et cela va l'activer.

Je ne peux pas m'empêcher de demander des éclaircissements.

– Il y avait beaucoup de monde dans le laboratoire, le jour de l'accident. Tous les ambassadeurs l'ont touchée. Avez-vous envisagé la possibilité que ce soit l'un d'eux qui l'ait activée ?

– Je sais ce que j'ai vu, Votre Altesse. (Son regard est froid et dur comme l'acier.) Vous pouvez vous considérer comme très spéciale.

– C'est la princesse héritière du système Senestris, rappelle ma mère comme l'explication ultime. Elle est *déjà* très spéciale.

Il y a dans sa voix une tension qui n'y était pas un instant plus tôt, et cela m'indique pour la première fois qu'elle n'est peut-être pas aussi satisfaite de cette situation qu'elle le prétend. En apparence, on croirait que les Familles Dirigeantes sont aux commandes, mais en vérité il s'agit d'un jeu d'équilibre très délicat et périlleux entre la Corporation et nous. Sans leurs compétences technologiques, nous serions dans l'isolement le plus total. Coupés les uns des autres, chacun sur sa petite planète, sans moyen d'entrer en communication.

– Très spéciale, bien évidemment, dit Dr Veragelen d'un ton caressant. Mais ce dont je parle est d'un tout autre ordre.

Je prends une grande et profonde inspiration, puis lui demande, en la regardant bien en face :

– Et quand l'heptosphère sera activée, il se passera quoi ?

C'est le moment qu'elle choisit pour prendre enfin une gorgée de fiznachi.

– On peut espérer que votre participation ne sera plus nécessaire. Bien sûr vous devrez rester dans les parages en cas de besoin. Mais je crois que nous serons en mesure de prendre le relais à partir de là, et d'envoyer un rayon d'hydrogène pur en direction du soleil, ce qui provoquera une réaction de fusion inverse, et suspendra la dégénérescence de Serail, pour que tout revienne à la normale.

– Suspendre la dégénérescence de Serail, je répète, comme pour confirmer ce que j'ai entendu. (Mais quelque chose me turlupine, et mon cœur se met soudain à battre très vite.) Si Serail s'alimente d'hydrogène pur, quelles seront les conséquences pour les planètes les plus proches ?

La joue du docteur est alors prise d'un violent tic nerveux, mais c'est d'une voix aussi posée qu'à son habitude qu'elle finit par me répondre :

– Malheureusement, les planètes du centre seront détruites par l'explosion. Mais vous n'ignorez pas que la situation est critique, et que cela implique des sacrifices.

Non.

Tandis qu'elle parle, j'observe le visage de ma mère, y cherchant un quelconque signe de répugnance, d'horreur. Mais je suis atterrée de constater qu'il n'y a rien de tel, si ce n'est une légère trace de soulagement qui me glace les sangs.

Elle savait que c'était le projet du Dr Veragelen depuis le début, et elle n'en éprouve pas le moindre scrupule. Comment est-ce possible ? Pourquoi n'ai-je jamais perçu cela avant ?

– Je ne peux pas accepter le sacrifice des habitants de trois planètes, je déclare. Pourquoi ne pas déplacer les habitants du centre d'abord, et une fois qu'ils seront en sécurité, j'activerai l'heptosphère ?

– Malheureusement, nous n'avons pas cette possibilité.

La voix du Dr Veragelen trahit qu'elle n'est pas le moins du monde désolée par ce désastre annoncé.

– Vous ne pouvez pas décemment soutenir une telle chose ? je demande à ma mère, souhaitant de toutes mes forces voir apparaître un signe de remords quelconque.

La preuve qu'elle n'est pas aussi horrible que je le crains.

Elle se tient droite comme un i.

– La Corporation m'a fourni les rapports et renseignements nécessaires pour que je prenne une décision informée. Les dirigeants ne doivent pas reculer devant des choix difficiles, Kalinda. Si nous ne faisons rien, *tout le monde* mourra. C'est la seule solution.

– Alors évacuons, je propose. Il est encore temps. Nous avons des années avant que le système atteigne la zone de danger.

– Tu as tort. Nous avons gardé certaines informations secrètes pour éviter la panique, mais la Corporation pense que le sursis se compte en mois, pas en années, avant que Serail meure et nous entraîne dans son embrasement.

Seulement quelques mois ? Je suis figée par le choc. Il semble impossible de se dire que dans quelques mois nous pourrions tous mourir. Mais ce n'est pas ma propre mort qui m'inquiète. Sacrifier des millions de personnes pour sauver les autres n'est *pas* la solution. Il doit bien y avoir un autre moyen.

Dr Veragelen ajoute :

– Peut-être que si vous n'aviez pas pris ce détour, nous aurions pu évacuer les planètes du centre à temps. Mais comme vous étiez présumée morte, nous explorions d'autres pistes. C'était vraiment inconsidéré d'attendre si longtemps avant de nous contacter.

Elle tente vraiment de me mettre ça sur le dos ? Je m'efforce vaillamment de ne pas laisser voir mon indignation.

– Si nous faisons vite, dit Dr Veragelen, nous parviendrons peut-être à déplacer les vestiges alien intéressants de Serati. C'est tout.

– Alors faites *vite* pour évacuer d'abord les *personnes*, bordel !

J'ai haussé la voix, je perds mon calme que j'ai tant lutté pour conserver jusqu'ici.

– Surveille ton langage, Kalinda. Et où suggères-tu que nous mettions ces gens ? me demande ma mère, en arquant les sourcils. Aucune planète n'est équipée pour accueillir une telle immigration. Nous peinons déjà à les nourrir actuellement.

Dr Veragelen choisit ce moment pour se lever, chassant une poussière imaginaire de sa blouse de laboratoire noire.

– Je vais devoir vous laisser en discuter, j'en ai peur. Je dois me charger des préparatifs. Je vous reverrai demain, Votre Altesse, rappelle-t-elle avec un regard appuyé.

Je ne la regarde pas, je ne lui réponds même pas. Je dévisage ma mère. Une légère rougeur est perceptible au niveau de ses joues, et ses lèvres sont pincées. Elle attend que la porte se ferme sur le docteur.

Puis elle passe à l'attaque.

– As-tu perdu l'esprit pour me mettre ainsi en doute ? Que t'arrive-t-il donc, Kali ? Tu te comportes comme… comme une rebelle.

– Pourquoi ? Simplement parce que je pense que nous ne devrions pas tuer des millions de civils ?

– Non. Parce que tu contestes l'autorité de ton impératrice.

Sa voix est dure comme l'acier et son regard meurtrier.

Et même si je brûle d'envie de lui demander pourquoi personne ne doit la remettre en question (si elle agit de manière juste, elle ne devrait pas craindre les interrogations), je suis assez avisée pour savoir que cela la pousserait à bout. Et comme je ne veux pas me la mettre à dos dès ce soir, je serre les dents et fais machine arrière.

– Je vous présente mes excuses, mère. On m'a appris à comprendre les décisions que nous prenons. Et je ne comprends toujours pas celle-ci. Il me semble…

Je n'ai pas les mots.

Elle remplit à nouveau mon verre – ce qui représente une grande concession de sa part.

– Tu connais les enjeux, Kalinda. Nous t'avons fait part des délais. Tu dois bien voir dans quelle impasse nous nous trouvons. Nous sommes sur le fil du rasoir, il suffirait d'un détail pour nous mener à la perte. Je fais ce choix pour sauver le plus grand nombre. Je ne peux tout simplement pas sauver tout le monde.

J'aimerais pouvoir croire à la tristesse dans son regard, mais je n'y arrive pas, car je sais qu'elle ne se soucie pas de la vie des gens sur les planètes du centre. Tout ce qui lui importe, c'est sa vie parfaite dans son palais.

Merde, on pourrait sûrement loger quelques centaines de réfugiés dans les chambres du palais.

Puis elle hausse les épaules.

– Vois les choses de manière rationnelle : cette réduction de population signifie que les ressources dureront plus longtemps, nous n'aurons plus à alimenter les planètes centrales en céréales. Et par la même occasion, la destruction de Serati nous libérera de la menace de l'Ordre sororal, qui prend trop de pouvoir pour rester tolérable. Et avec Permuna, nous éliminerons la majorité des soutiens de la Rébellion, il n'y aura plus ces incessantes révoltes.

Son raisonnement me donne la nausée. J'ai des crampes dans le ventre et ma cage thoracique est comprimée au point de me faire mal.

Ma mère est une sociopathe. Il n'y a pas d'autre explication à ce que j'entends. Elle veut laisser mourir des millions de gens parce que c'est plus confortable pour elle, et ne voit pas le problème ?

– Et Kridacus ? je demande d'une voix étonnamment calme, car je dois puiser dans mes dernières ressources de maîtrise de moi pour ne pas lui hurler dessus – ou vomir sur son joli divan blanc.

Elle agite négligemment la main.

– Ce ne sont que des parasites qui phagocytent les ressources des autres planètes sans rien apporter au système. Tu ne vois donc pas que nous serons gagnants sur toute la ligne, Kali ? En vérité nous allons aider énormément de gens.

Gagnants sur toute la ligne ?! C'est un cauchemar.

– Ne me regarde pas comme ça, dit-elle soudain sèchement.

Elle a abandonné toute douceur à présent.

– Comme quoi ?

– Comme ton père quand je l'avais déçu. Moi, son impératrice !

Il ne l'a sûrement pas assez regardée comme ça. Sinon, nous n'en serions peut-être pas là.

– Et si je refuse ?

Elle plisse les yeux.

– Eh bien nous pouvons toujours te menotter, te traîner jusqu'à cette chose et te forcer littéralement la main. Mais je ne crois pas que ce sera nécessaire. Je me trompe ?

– Je ne le ferai pas, mère. Je ne participerai pas au massacre de ces innocents.

Elle m'observe un moment, la tête inclinée sur le côté, comme toujours lorsqu'elle réfléchit.

– Tu sais, Dr Veragelen et ta troupe de hors-la-loi ne sont pas les seuls à avoir survécu à l'explosion de la *Caelestis*. Ta dame de compagnie et ton garde du corps sont ici. J'ai songé à les faire exécuter pour l'exemple, pour montrer ce qu'il en coûte de faillir à son devoir envers les Familles Dirigeantes. J'ai changé d'avis en apprenant que tu étais toujours en vie.

Mais si tu me contraries avec cette histoire, Kali, ils vont souffrir. Compte sur moi.

La bile remonte dans ma gorge, j'ai le cœur sur le point de jaillir hors de ma poitrine… Lara et Arik. Risquer de les perdre alors que je viens de les retrouver ? Mais je n'ajoute rien, je vois bien que le moment pour lui parler est passé. Si tant est qu'il ait existé…

Elle se lève.

– Mais nous n'en arriverons pas là.

Je secoue la tête en silence.

– Bien. Bois ton fiznachi. Il faut aller te préparer. Tu vas faire une apparition publique dans une heure, et je n'ai pas besoin de te rappeler que tu dois me faire honneur.

Sur ce, elle quitte la pièce.

J'attends que la porte se referme. Puis j'attrape la bouteille et bois une longue gorgée. Qui n'a aucun effet sur le sentiment d'horreur qui m'habite. Mais je crois que rien ne pourrait l'effacer, même le gerjgin d'Ian.

Je crois que j'ai commis une terrible erreur en quittant le *Starlight*.

CHAPITRE 75

KALINDA

– Votre Altesse, me salue Lara avec une petite révérence lorsque j'entre dans mes appartements quelques minutes plus tard.

Malgré les menaces de ma mère qui planent encore, la joie de revoir Lara, vivante bien qu'en danger, me submerge. Je la serre dans mes bras comme je l'ai fait avec Arik, et elle a une réaction similaire : après le choc initial, son étreinte est aussi spontanée et désespérée que la mienne.

– Je suis tellement contente que tu ailles bien, je murmure en la tenant serrée contre moi.

– Je suis tellement contente que *vous* soyez saine et sauve. (Elle s'écarte un peu.) Mais vous sentez mauvais, sans vouloir vous offenser.

– C'est ce qu'on m'a dit.

– Je vais vous faire couler un bain, dit-elle en allant vers ma salle de bain, qui est à peu près aussi grande que le *Starlight*.

En prendre conscience me remplit de honte.

– Tu n'as pas besoin de faire ça. Je vais juste prendre une douche rapide.

Elle secoue la tête avec véhémence.

– C'est mon rôle de vous préparer votre bain.

– Oui, mais après tout ce que ma mère t'a fait subir, je crois que tu mérites de prendre cinq minutes de pause. Ou cinq heures.

Je n'ai pas envie qu'elle panique, mais la menace proférée par ma mère résonne encore à mes oreilles. Je ne peux pas les laisser anéantir la population de trois planètes, mais comment sacrifier ma plus fidèle amie ?

En voyant Lara les yeux baissés vers ses chaussures, mon cœur se serre.

– C'était affreux ? je lui demande.

J'ai peur d'écouter la réponse, mais je ne veux pas me voiler la face. Cette époque-là est révolue.

– Pas aussi affreux que ce qui vous est arrivé, j'en suis sûre, finit-elle par répondre. Que vous a fait ce garde ?

Elle parle d'Ian.

– Il m'a sauvé la vie.

Et bien d'autres choses encore, mais pour l'instant, Lara n'a pas besoin d'en savoir plus. Elle me regarde un instant sans rien dire.

– Vous l'aimez bien, n'est-ce pas ?

Elle parvient si facilement à lire en moi que je suis prise de court. Puis je souris : inutile de nier.

– Oui, mais j'ai dû partir et je suis sûre qu'il ne me le pardonnera pas. Mais j'ai fait ce que j'avais à faire.

Lara m'examine encore un moment, et je vois qu'elle prend conscience de la même chose que ma mère.

– Vous avez changé, Votre Altesse.

Mais quand c'est elle qui le dit, ça ne ressemble pas à un crime.

– Que vous a-t-elle fait, à Arik et toi ? je demande en l'examinant de plus près.

Je remarque des bleus sur sa peau et des cernes sous ses yeux.

– Ce n'est pas important.

Je veux insister, mais je vois bien que ce sujet la met mal à l'aise. Je me rappelle alors que la confiance est quelque chose de terrible ici, au palais, et que ceux qui y vivent n'ont guère d'entraînement dans ce domaine. Après mon séjour sur le *Starlight*, il est difficile d'imaginer que c'est ainsi que j'ai vécu pendant si longtemps, en surveillant mes arrières à chaque instant, m'attendant à ce qu'on me plante un couteau dans le dos.

– Lara, je suis de retour, maintenant. Tu es en sécurité. Quoi que ma mère t'ait fait subir, je ne la laisserai pas recommencer.

Lara hoche la tête et déglutit visiblement, puis elle se dirige vers la salle de bain.

– Je vais faire couler l'eau pour vous.

– Tu n'as pas besoin…

Mais elle est déjà partie.

Après avoir frotté mes cheveux et chaque millimètre de ma peau, je sors de la douche et tends la main pour prendre ma serviette. Mais Lara est déjà là, prête à me sécher et à m'enduire d'huile parfumée.

Je lui fais signe de partir. Cela fait des semaines que je prends soin de moi sans aide, je crois que je vais réussir à me sécher toute seule.

Encore une fois, Lara semble choquée et un peu triste, mais elle se charge de sortir ma tenue de mon armoire. Je me revois dans ce magasin à Rangar avec Ian, je le regardais marchander l'achat des vêtements que j'avais choisis pour Beckett, Rain et moi. Il s'est passé bien des choses depuis, mais la sensation dans mon cœur perdure. C'était amusant, excitant… réel.

Soudain, Ian me manque terriblement. Je n'avais pas pris conscience du sentiment de sécurité qu'il me procure. Même quand il était fâché, je me sentais protégée. Maintenant, je suis ici, avec Lara et Arik, et c'est à moi de m'occuper d'eux.

À mon tour d'assurer leur sécurité.

Cela ne me dérange pas – je ferais n'importe quoi pour eux. Mais un câlin de Rain ou un grognement d'Ian me réconforterait énormément en cet instant.

La patience de Lara concernant mes velléités d'autonomie arrive à son terme au moment où j'enfile mes sous-vêtements. Elle me tend une robe pour que je l'enfile, puis me désigne ma coiffeuse. J'aimerais protester, mais je me contrefiche de ce dont je peux bien avoir l'air… ce qui signifie sans doute que je devrais la laisser prendre les commandes.

– Votre mère a fait faire cette robe pour vous quand Arik est parti vous chercher sur cette lune glacéenne, m'explique Lara. N'est-elle pas magnifique ?

C'est vrai, mais son exubérance ostentatoire ne fait que me rappeler à quel point l'Empire maltraite son peuple. La robe est bien entendu violet royal comme il se doit, mais elle n'est pas aussi élaborée que la tenue d'apparat impériale que je portais à bord de la *Caelestis*. Elle est néanmoins assez chic pour me donner la nausée, avant même que je remarque le motif complexe formé par de minuscules cristaux incrustés dans le velours. Maintenant, je sais que ces pierres précieuses suffiraient pour nourrir beaucoup de gens pendant longtemps.

Ne vomis pas.

C'est à croire que je ne suis jamais partie. Rien n'a changé. À part moi.

Je me tiens parfaitement immobile, comme il sied à une princesse, tandis que Lara me boutonne et dispose une cape royale sur mes épaules.

Tandis qu'elle s'assure que chaque pli est parfait, mes pensées me portent irrésistiblement vers Ian. Sur la *Caelestis*, il m'a dit que j'avais l'air ridicule. Oh comme j'aimerais qu'il me le dise encore, rien qu'une fois.

– Bon, je crois qu'on ne peut pas faire mieux (ou pire), je dis lorsque Lara cesse enfin de s'agiter autour de moi.

– Vous êtes très belle.

– Je suis hideuse, mais on s'en fout. Finissons-en.

Lara semble sur le point de dire quelque chose, mais finit par simplement secouer la tête avant d'aller m'ouvrir la porte.

Que la mascarade commence.

CHAPITRE 76

IAN

– On est bientôt arrivés ? je demande à Beckett pour ce qui doit être la millième fois à en juger par ses regards excédés.

Elle ne me répond même plus.

– *Relax*, me conseille Max.

On voit bien que ce n'est pas lui qui est en panique.

– *Tu crois que je ne suis pas aussi inquiet que toi ?* s'étonne-t-il d'un ton malicieux. *C'est toi qui nous as mis dans ce pétrin. Tu peux au moins admettre que tu n'es pas le seul à te soucier d'elle.*

J'interromps mes allées et venues le temps de lui jeter un regard noir. Parce qu'il a raison. Sauf à propos du fait que je me soucie d'elle. Ce n'est pas vrai. Ce n'est *plus* vrai.

Max rit.

– *C'est ça, oui, continue à te dire ça.*

– *C'est bien mon intention.*

Je me tourne vers Beckett.

– On ne peut pas aller plus vite ?

Elle pousse un grognement guttural. J'ai déjà entendu cette mise en garde. Et peut-être que si je n'étais pas dans cet état, j'en tiendrais compte. Mais je suis prêt à mordre, moi aussi.

– *Mettre Beckett en rogne ne va pas nous faire arriver plus vite sur Askkandia* !

Non, mais au moins ça me donne l'impression de faire quelque chose. Si je dois rester une minute de plus assis à me demander ce qui est en train d'arriver à Kali, je vais perdre la tête.

Depuis plusieurs jours, j'ai un mauvais pressentiment, quelque chose me dit que ça ne va pas pour elle. Je sais que nous n'avons que trois jours de retard sur elle – à part un petit arrêt indispensable pour se réapprovisionner, Beckett pousse les gaz autant que possible, et c'est sûrement pour ça qu'elle m'a grogné dessus – mais tant de choses peuvent arriver en quelques jours.

De là où je viens, beaucoup de choses peuvent se produire en quelques secondes. Un instant tu es en vie, le suivant tu es mort. Et c'est fréquent.

Pourvu que Kali ne soit pas morte.

– *Mais bon, tu t'en fous, pas vrai ?* se moque Max dans ma tête.

– *Ce n'est pas parce que j'espère qu'elle n'est pas morte que je suis amoureux d'elle*, je rétorque.

– *Non… mais le fait que tu penses à elle à chaque seconde de chaque jour est quand même un indice.* (Il lève les mains.) *Aucun jugement. Moi aussi je pense à elle. On pense tous à Kali.*

– *Je veux juste qu'elle ne soit pas morte. Sans elle, il n'y a plus rien pour contrôler les actions de l'Impératrice.*

Max lève de nouveau les yeux au ciel. Je sais qu'il ne croit pas à mon baratin. Tant pis. Je n'ai pas besoin qu'il me croie. Je veux juste que Kali aille bien pour pouvoir l'engueuler d'être partie en douce au milieu de la nuit sans rien me dire. Et *après*, je ne lui parlerai plus jamais, parce qu'il n'est pas question que je lui donne une seconde chance…

Je stoppe mes pensées, mais Max me regarde d'un air supérieur.

– *Une seconde chance de quoi ? Te briser le cœur ?*

– *Va te faire foutre.*

– *Oh, pour ça tu devrais attendre de retrouver Kali*, rétorque Max.

– Kali va bien, Ian, dit Rain derrière moi.

Elle est pelotonnée dans son siège, enveloppée dans une couverture, mais elle devait être attentive à nos expressions, à Max et moi.

– On arrive bientôt.

Elle a de gros cernes sous ses yeux d'habitude si frais, elle a l'air épuisée. Elle ne doit pas avoir bien dormi. Mais comment passer de bonnes nuits quand tu viens de découvrir que toute ta vie est un mensonge ? Mes débuts dans l'existence n'étaient pas des plus joyeux (pas de père, mère assassinée, camp pour orphelins, fuite hasardeuse, délits pour survivre… sans parler de ces triploïdes à gérer), mais je crois que je n'échangerais pas ça contre ce qui leur arrive.

Évidemment, Rain et Kali ont toujours mangé à leur faim, vécu dans des endroits sûrs, avec un bon lit chaque soir. Mais la trahison de leurs proches… au moins j'ai eu l'avantage de toujours voir le couteau m'arriver dans le plexus. Elles deux… on les leur a plantés dans le dos.

Je m'installe dans mon fauteuil de capitaine – pas que j'aie envie d'être assis, mais je me dis que si j'en arrive à saouler Rain, je dois être à deux doigts de me faire jeter dans le sas par Beckett. Et je suis peut-être plus fort qu'elle, mais je tiens pas à tenter ma chance.

Pour m'occuper, j'appuie sur l'interrupteur du dispositif d'affichage holographique de mon siège. Un exemple des gadgets très utiles sur lesquels Gage a travaillé ces derniers jours. Il peut me donner une visu de toutes les données du vaisseau, et je peux accéder à n'importe quel système sans même me lever.

Du moins ceux dont nous avons connaissance. Gage pense qu'il y a encore des trucs que nous ignorons. Mais il commence à comprendre comment le *Starlight* fonctionne et découvre des tas de choses que je n'avais encore jamais vues sur un vaisseau. Je croyais que c'était parce que j'avais uniquement l'expérience de vaisseaux de merde, mais Gage me dit que non. Même lui ne connaît pas tous ces trucs.

Bref, il s'en donne à cœur joie.

L'affichage indique que nous n'atteindrons pas Askkandia avant plusieurs heures. Ce n'est pas une mauvaise chose, je me répète. Dans quelques heures, j'aurai la certitude que Kali va bien. Et je pourrai la faire sortir de ce palais des horreurs une bonne fois pour toutes.

Ce qui me fait penser…

– On se dirige droit vers le palais, hein ?

– Non, raille Beckett, j'ai mis le cap sur un petit restaurant que je connais en ville. Je me suis dit qu'on allait d'abord dîner.

Je sais qu'elle se moque de moi, mais je la foudroie quand même du regard. En guise de réponse, elle me fait un doigt d'honneur.

Quand une main se pose doucement sur mon épaule, je fais volte-face et me retrouve face à Rain. Elle a toujours une couverture sur les épaules, et de près elle a encore plus mauvaise mine.

– Je sais qu'elle va bien, me redit-elle. Elle doit porter une cape sertie de joyaux et mange des gâteaux à la crème ou ce genre de chose. Elle nous a sans doute déjà oubliés.

Personne ne se donne la peine de la contredire, même si je suis sûr que nous sommes tous conscients qu'elle ment.

– Avons-nous décidé de la marche à suivre à notre arrivée ? demande Merrick depuis son siège à l'arrière de la passerelle.

Rain se raidit en l'entendant, mais ne dit rien. Elle ne se tourne même pas vers lui – ce qui le contrarie visiblement.

– Ouais, c'est quoi le plan, capitaine ? demande Beckett.

Elle se venge parce que je la harcèle sans arrêt à propos de notre trajet. Elle mieux que personne sait que je n'ai pas de plan.

– Merci pour cette question, Beckett. J'adorerais établir un plan avec l'abondance de renseignements dont je dispose, je réponds. Tu peux demander au *Starlight* de nous donner les plans du palais, peut-être ?

Comme si le palais impérial tenait ses plans à disposition des vaisseaux lambda. Ce vaisseau peut faire des trucs sympas, mais l'Empire ne laisse pas traîner des informations top secrètes. Je fais juste le con pour gagner du temps.

Beckett n'est pas dupe.

– Pourquoi ne pas lui demander ? suggère-t-elle en haussant les épaules.

Okay, ça va être ma fête on dirait. Elle sait que je déteste l'idée de parler à un foutu vaisseau et que cette suggestion n'était pas sérieuse.

– *Starlight*, peux-tu nous communiquer les plans du palais d'Askkandia ? intervient Max pour me sauver la mise.

Quelques secondes plus tard, les plans apparaissent sur mon affichage holographique. J'émets un sifflement.

– Incroyable ! s'exclame Gage. Il a dû contourner tous les niveaux de sécurité d'Askkandia pour obtenir ça. Dr Veragelen tuerait pour disposer de ces capacités !

Beckett est la seule qui ne semble pas surprise. Elle me regarde droit dans les yeux.

– Ce vaisseau mérite un peu plus de respect de la part de son capitaine.

Elle marque un point, mais je ne vais pas lui accorder cette satisfaction. Je préfère me concentrer sur ce que j'ai sous les yeux.

– Putain il est grand, ce palais.

– Tant mieux pour nous, commente Merrick. Ça fait plus de points d'entrée.

Il n'a pas tort.

– Bon, alors, à votre avis, dans quelle partie se trouve la chambre de Kali ?

Je n'ai pas vécu dans une maison depuis mes onze ans, et elle n'avait rien à voir avec ce palais. Et comme aucune pièce n'est indiquée, je n'ai pas la moindre idée de comment sont répartis les espaces.

Beckett se penche pour mieux voir, sourcils froncés.

– Je parierais pour l'une de ces deux suites, dit-elle après avoir examiné les dessins quelques minutes.

– Pourquoi ?

– Ce sont les plus grandes. Et ce sont visiblement des chambres. (Elle désigne plusieurs carrés.) Petit salon, salle de bain, chambre à coucher, dressing, placard.

Je suis à la fois horrifié et fasciné. Pas étonnant que Kali ait eu l'impression de vivre dans un taudis à bord du *Starlight*.

– Qui a besoin de cinq pièces, bordel ? Ou d'un placard plus grand que ce fichu vaisseau ?

Tout à coup, le *Starlight* tressaille.

– Je crois qu'il n'a pas aimé que tu le traites de fichu vaisseau, glisse Gage depuis le dessous du tableau de bord, où il trifouille je ne sais quoi.

– À moins que ce soit toi qui aies déglingué un truc, je rétorque. Fais gaffe à ce que tu fais là-dessous. Et t'as intérêt à t'assurer que nos autorisations ne se fassent pas cramer en entrant dans l'espace aérien impérial.

Il me fait un doigt d'honneur – on dirait que c'est en vogue, aujourd'hui.

– Alors en espérant que notre génie là-dessous ne va pas se louper sur notre identification, on doit trouver par où entrer sans se faire remarquer. Et on dirait que ça va pas être simple, puisque ses appartements sont visiblement au beau milieu du palais.

– Un argument de plus pour que ce soit bien sa chambre, dit Merrick. C'est plus facile de la protéger ainsi, tout comme l'Impératrice.

– Oui, et c'est un peu ça le problème. Plus facile pour eux, plus difficile pour nous de la faire évader en douce. (Je regarde les autres.) Des suggestions ?

D'habitude, je suis du genre à faire les choses au feeling. Mais cette approche ne me semble pas appropriée pour la prise du palais royal.

Beckett, penchée au-dessus de mon épaule, me montre une entrée à l'arrière du palais.

– C'est peut-être le meilleur endroit pour entrer.

J'y avais déjà pensé, mais d'après mon expérience, les entrées qui semblent les plus vulnérables ne le sont que rarement dans la réalité. Pour compenser les faiblesses, la sécurité est souvent doublée à ces endroits.

Quand je fais part de mes réserves, elle lève les bras au ciel.

– Oh, eh bien si tu penses qu'on peut faire mieux, pourquoi ne pas demander au *Starlight* ?

– Pas bête, je réponds pour aller dans son sens.

– Eh, *Starlight*, nous devons sauver Kalinda des griffes de la méchante Impératrice avant qu'elle ne détruise par mégarde trois planètes et ses habitants. Des suggestions ?

Je ne m'attends à rien. C'est un vaisseau. Il arrive à se défendre quand il subit une attaque, mais il n'a quand même pas ses propres idées. Ça demanderait des prouesses technologiques qui restent à inventer.

Mais je sens soudain un frémissement parcourir la coque. Nous accélérons brusquement, et la carte devant nous révèle un léger changement de trajectoire. Je regarde les nouvelles coordonnées s'afficher sur mon dispositif holographique, ainsi qu'un nouveau schéma du palais.

– Merde alors, fait Beckett. Il le fait vraiment. Putain, il le fait ! J'adore ce vaisseau.

Je commence à comprendre Beckett.

Un peu mal à l'aise, je m'installe au fond de mon siège et étudie ces nouveaux plans, qui vont jusqu'à préciser par quelle porte entrer.

– Il est génial, non ? fait Beckett.

Y a pas à dire, c'est vrai. Mais je ne vais pas l'admettre.

Néanmoins, je mémorise chaque emplacement qu'il a déterminé comme vulnérable. Juste au cas où le *Starlight* serait vraiment aussi intelligent que ce que pense Beckett.

CHAPITRE 77

KALINDA

L'apparition officielle était atroce. J'ai la mâchoire douloureuse à force de l'avoir maintenue dans la même position. Mais la captation vidéo a été diffusée à toutes les Familles Dirigeantes et, au moins, la nouvelle de mon retour va se diffuser dans le monde. Cela, ainsi que l'entretien que j'ai eu en privé avec Arik, me donne enfin le sentiment qu'Ian et les autres n'auront rien à craindre. Et cela suffit à compenser cette exhibition hypocrite à laquelle j'ai dû me livrer. Du moins, c'est ce dont j'essaie de me convaincre.

Je suis à présent assise sur le lit de ma chambre démesurée, et pourtant je me sens claustrophobe, comme si ces murs tendus de soie se rapprochaient peu à peu. Je porte toujours la robe violette, je n'arrive pas à convoquer suffisamment d'énergie pour me changer. Lara m'a proposé son aide, mais j'ai besoin de prendre quelques instants pour réfléchir toute seule. Et pour me retrouver.

Mais je n'arrive pas à me poser. Je me lève et commence à faire les cent pas en essayant d'imaginer un moyen de protéger les habitants des planètes du centre. Mais rien ne me vient. Tant que je suis au palais, ma mère et le Dr Veragelen trouveront un moyen de me contraindre.

Ce qui signifie que j'ai fait tout ce que je pouvais en venant ici pour protéger mes amis sur le *Starlight*. Si j'arrive à convaincre Lara et Arik de me suivre, je dois partir. Au plus vite.

Mais avant d'en arriver à élaborer un plan de fuite, j'entends un léger coup frappé à ma porte. Je me précipite pour ouvrir et découvre Lara, portant un plateau de nourriture, et flanquée de deux gardes qui ont visiblement pour mission de surveiller ma porte.

J'imagine très bien les explications de ma mère : « C'est pour ta sécurité, pas parce que tu es prisonnière. Quelqu'un essaie de t'assassiner, et maintenant tout le monde sait où tu te trouves. »

Dommage, je ne crois pas une seconde que cette mesure ait pour seul but de me protéger. Je suis bel et bien prisonnière dans ce palais. J'aurais dû écouter Ian. C'est vexant de l'admettre, mais c'est la vérité.

Je n'aurais pas dû revenir ici.

– Est-ce que tout va bien, Votre Altesse ? s'inquiète Lara. À votre tête, on pourrait croire que vous êtes paniquée.

– Oui, je panique complètement. Il y a des gardes devant ma porte.

– Je sais, c'est terrible, soupire-t-elle. Mais il faut vous asseoir et manger, Votre Altesse, vous n'avez rien pris de consistant depuis votre arrivée. Il faut reprendre des forces.

Je la laisse entrer dans la pièce. Je me dis qu'une fois seule avec elle, nous pourrons faire le point ensemble et élaborer un plan d'évasion. Elle ferme doucement la porte derrière elle et pose le plateau sur la petite table à manger dans un coin de mon salon. Je commence à manger. C'est délicieux, mais j'avais une envie de mijoté de maquerlans…

– Voulez-vous que je vous serve un peu de café, Votre Altesse ? demande Lara.

Je hoche la tête, car c'est plus facile que lui dire que je peux le faire moi-même. Mais en la voyant ajouter une cuillerée et demie de sucre – exactement la quantité qui me convient – je manque de fondre en larmes.

Il n'y a pas si longtemps, je pensais ne plus jamais manger de sucre. Et ça ne me faisait rien.

Tandis que Lara s'assied dans le fauteuil face à moi, les mains jointes sur les cuisses, je cherche comment amener les choses, pour la convaincre qu'elle est en danger et qu'elle doit partir avec moi. Mais je remarque qu'elle se mordille les lèvres. Je la connais depuis longtemps et c'est le signe qu'elle redoute de me contrarier.

Et ça me donne encore plus envie de savoir ce qui se passe.

– Crache le morceau, Lara, je finis par demander.

La formulation pas très distinguée lui fait écarquiller les yeux, mais elle se met à parler.

– Je ne savais pas si je devais vous le dire, commence-t-elle. Enfin, je ne savais pas si ça vous ferait quelque chose… mais vous avez dit que ces gens sont vos amis. Et depuis, j'y repense sans cesse. J'ai entendu quelque chose pendant que votre mère parlait à la couturière au sujet de votre robe. Elle avait aussi une conversation avec Mikhaela.

Cela n'a rien d'inhabituel, il s'agit de la conseillère en chef sur les politiques au sein du système Senestris.

– Juste après qu'Arik vous a récupérée, dit Lara, votre mère a contacté la Corporation, apparemment, et a organisé le déploiement d'une armada de vaisseaux autour de Glacéa. Elle pensait que vos… amis resteraient à proximité et elle espérait mettre la main dessus. (Elle marque une pause.) On ne les a pas encore trouvés, mais maintenant que vous êtes là, elle a ordonné de les exécuter, pas simplement de les capturer. Tous les vaisseaux, de Serail à Glacéa, les recherchent. Il paraît qu'ils en savent trop.

Elle débite ces derniers détails d'une traite, comme si elle était pressée d'achever sa confession.

Et je regrette d'avoir bu ce café, car il est sur le point de faire le chemin en sens inverse.

J'ai beau me répéter mon mantra, rien n'y fait, je sens mon repas arriver à la rescousse, si bien que je cours à la salle de bain, que j'atteins de justesse.

Quand j'ai fini, Lara m'apporte un linge frais et un bain de bouche. Je me rince le visage et la bouche avant de revenir d'un pas chancelant dans ma chambre, afin de réfléchir aux révélations de Lara.

Le pire, c'est que je ne suis même pas surprise. Horrifiée, certes, mais pas surprise le moins du monde. Éliminer ce qui la dérange a toujours été le *modus operandi* de ma mère.

Ces derniers temps, chaque nouvelle information m'indique que ma mère n'est pas une femme d'honneur.

Immobile, je tourne dans tous les sens ce que Lara m'a dit. Mon esprit s'emballe, je n'arrive plus à respirer et des gouttes de sueur coulent le long de ma colonne vertébrale. Certes, Arik et moi avons convenu d'un plan, mais c'était il y a une heure seulement et il ne doit pas être au courant des machinations de ma mère. Elle a dû lancer l'ordre d'exécution dès que j'ai atterri.

Mes amis sont peut-être en train de mourir en cet instant.

Le *Starlight* a pu déjà exploser en plein vol.

Si ça se trouve, Ian est mort, Rain aussi, Max, Gage, Merrick, Beckett.

Mon estomac malmené menace de se soulever de nouveau, mais je tiens bon.

Ce vaisseau parvient trop bien à esquiver ses adversaires pour se faire descendre. Il nous a tirés d'affaire, maintes et maintes fois. Je veux croire qu'il le fera encore.

Ils sont probablement déjà aux Confins, de toute façon, et hors de la portée des vaisseaux de la Corporation. C'est ce que dicte la logique.

Et si ma mère avait raison ?

Et s'ils n'avaient pas accepté mon départ ?

Et si leur plan avait échoué et qu'ils volaient droit vers le piège tendu par ma mère diabolique ?

Une fois ces hypothèses évoquées, rien à faire, je ne parviens plus à les sortir de mon esprit.

En partant, je pensais les sauver. En fait, j'ai signé leur arrêt de mort.

Alors que faire ? Qu'est-ce que je peux bien faire ?

Je dois trouver le moyen de les sauver. Coûte que coûte. Mais je ne sais pas comment.

– Parlez-moi, Votre Altesse. Dites-moi à quoi vous pensez ? Que voulez-vous que je fasse ?

En entendant Lara parler, je m'immobilise et m'enjoins au calme. Paniquer n'a jamais fait avancer les choses.

– J'ai tout foutu en l'air, je finis par dire. Je n'aurais jamais dû revenir.

– Pour arranger ça, vous pouvez compter sur moi. Je vous aiderai. Et d'autres personnes au palais voudront vous aider aussi.

Même si elle ne le nomme pas, je sais qu'elle pense à Arik.

– Tu sais ce qui se passera si tu t'opposes à ma mère ?

– Je sais, dit-elle avec un petit rire sans joie. J'en ai eu un aperçu très explicite ces dernières semaines. Mais je suis fatiguée d'avoir peur d'elle.

– Moi aussi. Ces semaines sur le *Starlight* où je n'avais pas à la craindre, où j'étais juste moi… c'étaient les meilleurs moments de ma vie. (Je tends la main pour prendre la sienne.) Je t'emmène avec moi, cette fois. Et Arik, aussi. Vous n'aurez pas à subir ça plus longtemps.

– Nous en avons déjà parlé, Arik et moi, avant d'apporter votre repas. Nous nous sommes juré de trouver un moyen de vous aider si vous vouliez vous enfuir.

– Et vous allez venir aussi.

– D'accord.

– Merci, je murmure en serrant sa main.

– Avec plaisir, répond Lara.

Nous restons un moment à contempler en silence l'énormité de la tâche qui nous attend.

– Comment ? je demande enfin. Les gardes ne me laisseront pas m'éloigner.

– On va s'en occuper, Arik et moi. Soyez simplement prête à partir.

– Quand ?

– Dans une heure ou deux. (Elle se relève et rajuste ses jupes.) Je reviens dès que tout est en place.

Dès qu'elle a disparu, la terreur s'empare de moi en songeant à ce que nous nous apprêtons à faire, et à ce qui arrivera si nous nous faisons prendre. Mais certaines causes et certaines personnes valent qu'on prenne des risques.

Ian et les autres se sont déjà battus pour moi.

Ce soir, c'est à mon tour de me battre pour leur vie.

CHAPITRE 78

KALINDA

Chaque seconde semble durer une éternité pendant que j'attends Lara et Arik. J'envisage de préparer un sac, mais si on me surprend me baladant dans le palais de nuit, j'aurai l'air un peu moins suspecte si je n'ai pas de bagage.

Et si je porte ma belle robe. Au moins, celle-ci n'est pas ajustée au point de m'empêcher de courir avec.

Mais comme je ne suis pas totalement dénuée de sens pratique, je garnis mes poches avec le plus de bijoux possible : boucles d'oreilles en diamants et colliers de pierres précieuses… en guise de monnaie d'échange pendant que je chercherai le *Starlight*. Et peut-être un cadeau pour Ian, pour le carburant, la nourriture et tout ce dont nous pourrons avoir besoin. Ils auront sûrement récupéré Milla et elle aura besoin de vêtements. Nous pourrons aussi nous fournir ses plats préférés. Je me demande si elle déteste les maquerlans séchés comme Ian.

Ces menus préparatifs ne m'occupent que quelques minutes, ensuite, je m'assieds sur mon lit pour attendre.

Et vingt secondes plus tard, je recommence à arpenter la pièce. C'est tout simplement de la torture. J'aimerais qu'ils se dépêchent de revenir.

Il s'écoule deux heures interminables avant que j'entende un léger coup à ma porte. Je résiste à l'impatience de l'ouvrir pour leur demander des explications. Mais elle s'ouvre sur Lara, accompagnée d'Arik qui traîne ce qui semble être un garde impérial mort ou évanoui. Il le déplace jusqu'à ma chambre et ferme la porte, puis sort des menottes de sa poche (ce qui me rappelle douloureusement Ian) et les attache à un des montants métalliques de mon lit, avant de placer une sorte de bâillon sur sa bouche. Le garde est donc seulement évanoui. Tant mieux.

– Votre Altesse, me salue alors Arik avec une petite révérence.

Je me rends alors compte que je retiens mon souffle depuis qu'ils sont entrés dans la chambre, et je ravitaille enfin en oxygène mes poumons sous-alimentés.

Je ressens l'espace d'un instant une pure terreur – ça y est, on le fait vraiment, maintenant ! – mais quand je laisse ma respiration couler, la peur s'en va avec l'air que je rejette. Il est trop tard pour reculer.

– Merci, je lui dis. Tu n'étais pas obligé…

– Sauf votre respect, j'avais promis à votre père de veiller sur vous. Ce soir, j'ai la chance de pouvoir tenir ma promesse. Êtes-vous prête à partir ?

Autant que je puisse l'être.

– Quel est le plan ?

– Une navette nous attend sur le toit. Le pilote nous conduit à Luna. Un vaisseau long-courrier prendra le relais là-bas.

– Comment as-tu pu organiser ça si rapidement ? Ça semble…

– Cela fait longtemps que je me prépare à une fuite éventuelle.

– Mais pourquoi ?

Il s'apprête à parler puis se ravise et fait juste un bref mouvement de tête gêné.

– Ce sera une longue conversation que nous aurons à une autre occasion. Mais je suis content d'avoir pris mes précautions, ainsi je peux vous aider.

– Moi aussi, Arik, je n'oublierai pas ce que tu fais là.

– Contentez-vous de devenir la personne dont votre père aurait été fier, et cela me contentera mieux que toute forme de gratitude.

Je dois refouler mes larmes. Voilà que je me transforme en pleurnicheuse !

– Je vais faire de mon mieux.

– Bien. Alors, allons-y.

Tandis que nous quittons la suite, le garde est toujours inconscient. Arik ferme la porte à clé derrière nous puis je prends la tête de notre cortège, Lara à ma suite et Arik fermant la marche. Nous voulons paraître aussi naturels que possible, comme si j'allais prendre l'air du soir sur le toit, comme nous le faisions toujours mon père et moi.

Mais il n'y a personne. Et alors que nous nous arrêtons devant la porte menant au toit et à l'aire d'atterrissage de la navette, je commence à me dire que ça va fonctionner.

Arik ouvre la porte et je jette un coup d'œil. C'est une belle nuit, claire, semée d'étoiles.

L'espace d'un instant, je pense au *Starlight*, qui se trouve quelque part dans l'immensité de l'espace. J'espère que tout va bien, que l'équipage est sain et sauf, bien installé, et à l'abri dans les Confins. Une fois sortie d'ici, je trouverai bien un moyen pour les avertir de mon retour.

– C'est bon, murmure Arik.

Je prends une grande inspiration et m'avance sur le toit. La navette est tout à l'autre bout, sur la plateforme d'atterrissage, et le bourdonnement de ses moteurs est le seul son qui trouble la nuit.

Si proches. Nous en sommes si proches. Encore quelques pas et nous serons libres.

Encore quelques pas et je n'aurai plus jamais à mettre les pieds au palais. Mon ventre se serre à cette idée. Pendant longtemps, ça a été ma maison.

Non, seulement le lieu où je vivais, en fait. En repensant à mon séjour à bord du *Starlight*, je me rends compte que le palais n'est plus mon foyer depuis la mort de mon père.

Nous traversons le toit au pas de course, en restant près du bord. Je pense à tous ces gens dans la ville qui s'étend à nos pieds. Je venais souvent ici quand j'étais triste ou frustrée ou simplement dépassée. Je regardais par-dessus le bord du palais et j'imaginais des histoires à propos de ces gens, ou des étoiles tapissant le ciel nocturne.

Des aventures, de l'amusement, une vie au-delà de la solitude du palais. Maintenant que j'essaie de quitter le palais, je me rends compte que l'espace d'un bref voyage, ces histoires sont devenues réalité. Pendant un court instant, j'ai vécu une vie d'aventures dans les étoiles.

J'espère seulement que je vais pouvoir reprendre cette existence. J'espère qu'il n'est pas trop tard.

La rampe est déjà descendue, je sens la liberté au bout de la piste. Nous sommes à mi-chemin lorsque soudain Arik s'immobilise et lève la tête.

– Je suis vraiment désolé, murmure-t-il. J'ai fait tout mon possible.

Un groupe de gardes, arme au poing, apparaît de derrière le coin d'un bâtiment sur le bord de la plateforme et nous met en joue. Ils portent les gilets pare-balles gris et noir des forces de sécurité de la Corporation. Derrière eux, Dr Veragelen et ma mère.

Mon cœur s'arrête. C'est fini.

Je ne pense pas que ma mère me fera du mal, mais j'ai mis Arik et Lara en danger.

Je me précipite, les mains en l'air pour montrer que je me rends.

– Mère, je vous en prie. Tout ceci n'est…

– Tuez-le, interrompt ma mère d'une voix dénuée de toute émotion.

Son ton est si impersonnel et vide que je ne comprends même pas tout de suite ce qu'elle a dit.

Puis je hurle « Noon ! » et me jette sur le côté dans une tentative désespérée de protéger mon garde du corps.

Lara me retient, maintenant mes deux bras. Les gardes tirent et Arik tombe sans un cri. Il s'effondre à mes pieds, les yeux ouverts, contemplant le vide pour l'éternité.

– Saisissez la servante, ordonne alors ma mère. Ma fille semble l'apprécier, elle pourrait nous être utile.

Un des soldats s'avance vers Lara, qui recule.

– Je suis désolée, je gémis. Je trouverai le moyen de t'aider. Je…

C'est alors qu'elle s'élance pour sauter par-dessus le parapet bas qui borde le toit.

– Je ne les laisserai pas m'utiliser contre vous ! crie-t-elle en se sacrifiant. N'abandonnez pas, Kali ! Jamais !

Saisie par l'horreur de son geste, je me précipite pour la rattraper, mais j'arrive une seconde trop tard et mes mains ne saisissent que l'air là où elle se tenait avant de se laisser tomber en arrière. Elle tombe, tombe.

Je suis terrassée, si bien que j'envisage de suivre son exemple. Comment me relever après pareil malheur ? Mais sans moi, il n'y aura plus personne pour mettre en garde mes amis. Je n'ai pas pris tant de risques pour les laisser mourir.

Déjà, des dizaines de mains se saisissent de moi tandis que je contemple le corps brisé de Lara en contrebas. Je me retourne en me dégageant et maîtrise mes genoux tremblants. Les princesses de l'Empire ne s'effondrent pas sous prétexte que leur vie est gâchée.

Alors je me redresse et laisse affleurer la rage qui monte peu à peu en moi.

– Jamais je ne vous le pardonnerai, je préviens ma mère.

– Me pardonner ? Tu as provoqué ça toute seule. C'est par ta faute qu'ils sont morts, pas la mienne.

J'ai bien envie de protester, évidemment (c'est elle qui a donné l'ordre d'exécuter Arik), mais il est vrai que c'est moi qui les ai embarqués là-dedans. Moi qui ai juré de les protéger, et maintenant ils sont morts. Nous sommes responsables à parts égales.

– Vous n'étiez pas obligée de faire ça, je lui dis.

– Oh, n'en fais pas tout un drame, Kalinda. Ce n'étaient que des serviteurs, et tu devais bien savoir que tu mettais leur vie en danger en les impliquant dans ton petit projet d'évasion. (Elle fait un pas vers moi.) Et puis où croyais-tu aller comme ça ? Et pourquoi ? Je n'y aurais même pas cru si Annora ne m'avait pas fait part de ses soupçons.

Je regarde le Dr Veragelen. Elle soutient mon regard, souriant légèrement.

– Nous avons évalué les scénarios possibles à l'aide d'algorithmes, et l'issue était toujours la même : la fuite.

– Kalinda, dit ma mère, tu sais pourtant ce qui est en jeu. Je n'arrive pas à croire que tu veuilles compromettre l'avenir de tout notre système. Dans quel but ?

– Vous m'avez assuré que mes amis ne craindraient rien. Et vous m'avez menti. Vous avez lancé dans tout le système l'ordre de les exécuter.

Un très léger pli se forme entre ses yeux. Je vois presque les rouages de son cerveau se mettre en action. Elle ne s'attendait visiblement pas à ce que je sois au courant.

– C'était la meilleure solution, sur le long terme. Tu aurais fini par t'en rendre compte. Ce n'étaient pas des gens comme nous. Ce n'étaient que des déchets des planètes centrales. La lie de la société.

– Et mon père ? je crie. Lui aussi, c'était un déchet des planètes centrales ?

Son regard devient glacial.

– Nous ne parlerons pas de ton père. (Elle soupire.) Kali, j'aurais préféré ne pas en arriver là. Mais j'imagine que je dois te forcer la main.

Son discours est surréaliste. Je me détourne… et mon regard se pose sur Arik. Je reporte donc mon attention sur elle.

– Vous ne pouvez m'obliger à rien. Vous n'avez plus aucun moyen de pression sur moi.

– Sans doute, mais ce ne sera pas nécessaire. Apparemment, Annora a mis au point certaines substances qui permettront de te rendre un peu plus… coopérative. Et, espérons-le, n'auront pas d'effets secondaires durables.

Ça ne me plaît pas du tout. Je songe à Beckett. Elle n'a jamais révélé ce qui lui était arrivé dans les laboratoires de la *Caelestis*, mais j'en ai suffisamment vu pour savoir que c'était horrible.

– En attendant, je crois qu'il va falloir nous assurer que tu n'ailles pas te promener de nouveau. Cela te donnera le temps d'examiner tes options. (Elle se tourne vers les gardes.) Mettez-la… en sécurité.

Puis elle s'éloigne, suivie du Dr Veragelen.

Des mains saisissent mes bras. C'est fini, j'ai échoué.

CHAPITRE 79

KALINDA

Les gardes me font quitter le toit de force. Je ne me donne plus la peine de garder mon visage de princesse ; les larmes roulent en silence sur mes joues.

C'est fini. Tout est fichu, et je n'y peux rien.

J'essaie de jeter un coup d'œil derrière moi, pour avoir un dernier aperçu d'Arik avant qu'ils me poussent pour entrer dans le palais. Mais il y a trop de gardes entre lui et moi, tout ce que je vois, c'est une mer grise et noire.

Qu'est-ce que je vais faire ? Cette question me hante tandis qu'ils me traînent dans les escaliers et les halls du palais. Que faire ? Lara est morte. Arik est mort. Mes amis sur le *Starlight*… vont mourir bientôt, si ce n'est déjà le cas.

La douleur me met à genoux. Malgré les mains des soldats qui me pressent en avant, je tombe à terre, secouée de violents sanglots. Je suis à blâmer. À cause de ma détermination égoïste et inconséquente, voilà où nous en sommes.

Beckett a essayé de me mettre en garde. Malgré son pessimisme et sa confusion, elle savait que ma mère était mauvaise, elle a essayé de me le dire. Je n'ai pas voulu la croire et maintenant il est trop tard. Mon ignorance entêtée nous a tous condamnés.

– Debout ! me crie un des gardes.

Je suis incapable de bouger. Mes jambes se sont dérobées sous moi, sans force.

Qu'ai-je fait ?

Oh, qu'ai-je fait ?

Ces mots tournent dans mon esprit comme un mantra, une accusation, gravant la dévastation dans mes veines. J'aimerais revenir en arrière, tout changer. Mais c'est impossible. C'est arrivé. Arik et Lara sont morts, et je ne peux rien y changer.

– Lève-toi ! grogne à nouveau le garde, en tirant si fort sur mon bras que je sens une déchirure dans mon épaule.

La douleur physique me touche à peine tant l'agonie émotionnelle m'assaille de toutes parts. Tout mon corps est agité de tremblements, si bien que je tiens à peine debout. Ce qui ne fait qu'agacer les gardes.

Ils commencent à me traîner dans le hall, un de chaque côté. En temps normal, je me débattrais, mais je n'ai plus aucune combativité en moi. Je ne pense qu'au corps avachi d'Arik et à la dépouille disloquée de Lara. Leurs yeux vides. Et je ne peux m'empêcher d'imaginer la même expression sur le visage d'Ian. De Max, de Rain, de Merrick, de Beckett et de Gage.

Non, non, non.

Pourvu qu'ils aillent bien.

Pourvu qu'ils ne soient pas morts.

Je ne sais même plus qui j'implore. L'univers ? Le mystérieux pouvoir supérieur de Rain ? Le Destin lui-même ?

Pitié, faites que ma mère ne les ait pas encore exécutés.

Les gardes me font gravir un autre escalier, puis traverser le couloir qui mène à ma chambre. Je me demande un bref instant si ma mère a changé d'avis. Mais quand ils continuent à me guider vers l'avant, je perds espoir.

C'est dans une prison qu'ils me conduisent. Et dire qu'avant aujourd'hui, j'ignorais jusqu'à l'existence de ces geôles au sein du palais.

Nous tournons, encore et encore, je pleure si fort que je ne distingue plus le sol sous mes pieds. Je n'ai pas la moindre idée de l'endroit où nous nous trouvons, de la partie du palais où ils m'ont traînée. Pourtant, une infime portion de mon cerveau m'encourage à prêter attention – cette partie-là ne s'intéresse plus qu'à une chose : la vengeance. Identifier l'endroit où je me trouve me donnera des indications sur la manière de m'enfuir.

Mais cela me semble impossible tant je suis terrassée par le chagrin, vidée par la culpabilité.

Nous en sommes à mi-parcours lorsque j'entends de l'agitation derrière moi. Je ne me donne même pas la peine de tourner la tête. Peu importe ce que c'est, ça ne ramènera pas Arik et Lara, et seule cette pensée m'occupe.

Soudain, les gardes qui me tiennent me plaquent face contre terre. Des tirs laser fusent autour de nous, les faisceaux jaunes rebondissent sur les murs, le plafond et même le sol, à quelques centimètres seulement devant ma tête.

Autour de moi, les gardes tombent comme des bzips. Ces assaillants sont futés, ils ont attendu d'être dans cet étroit couloir pour les priver de toute possibilité de fuite. Et ils ne peuvent pas vraiment se défendre.

Un autre garde tombe juste devant moi. J'étouffe un cri. Il doit me rester un petit instinct de survie malgré mon chagrin, car je me mets à quatre pattes et commence à ramper dans le couloir au milieu du sang, des cadavres et de la chair brûlée.

Je ne sais pas ce qui se passe, je ne sais pas qui a réussi à pénétrer dans le palais pour s'attaquer aux gardes impériaux, et je m'en fiche, mais je ne veux pas qu'ils me tuent. Pas question de mordre la poussière sans détruire aussi ma mère et Dr Veragelen. Pour leurs méfaits, elles méritent de tout perdre.

Je dois donc d'abord m'échapper. Les tirs et les cris continuent de fuser, donc je reste près du sol, comme me l'a appris Ian. J'ai repéré que le couloir forme un angle un peu plus loin. L'atteindre est mon objectif, pour l'instant. Y arriver, me dérober à la ligne de tir. Pour l'instant, tout le reste peut attendre.

J'y suis presque, il me reste à peine trois mètres à parcourir, quand une paire de bottes usées se matérialise juste devant moi. Je ne comprends pas tout de suite. Les armes se taisent. Puis la personne qui porte ces bottes s'accroupit.

– On dirait que tu t'es vraiment mise dans le pétrin, cette fois, dit une voix familière. Et si on se tirait d'ici, Princesse ?

Ian.

C'est Ian.

Il est vivant, et – en dépit de tout – il est venu me chercher.

CHAPITRE 60

IAN

– C'est bon ? je demande à Merrick, qui vérifie l'autre extrémité du couloir, pistolet laser au poing.

– On dirait.

Bien. Il nous a juste fallu descendre une vingtaine de gardes impériaux (et peut-être des gars de la Corporation aussi), mais ça va pas m'empêcher de dormir la nuit. Ça faisait longtemps que je voulais en éliminer une bonne poignée.

– Allez, Princesse.

Je la prends dans mes bras avant de me redresser.

– Prête à y aller ?

– Tu es vivant, murmure-t-elle en tendant une main tremblante pour me toucher la joue, comme si elle n'arrivait pas à y croire.

Merde, ça fait des siècles que je suis furieux contre elle, j'ai l'impression. Et je suis toujours fâché, mais quand elle me regarde comme ça avec ses grands yeux emplis de larmes, difficile de me souvenir pourquoi je suis en colère. J'ai du mal à penser à autre chose que ce que ça me fait de la tenir dans mes bras, d'ailleurs.

– *Désolé d'interrompre les retrouvailles des amoureux,* lance la voix sarcastique de Max qui fait irruption dans ma tête. *Mais on a une trentaine de gardes sur les bras, Beckett et moi, alors si tu veux bien donner un coup de main…*

– *Ah bon, vous avez du mal ?* je le taquine, tout en me mettant en route en enjambant les cadavres.

Merrick fonce dans le couloir devant nous pour regagner notre point d'entrée, orientant son pistolet laser de droite à gauche, à l'affût d'un danger. Je dois dire que pour un prêtre, il se débrouille plutôt bien avec ce truc. Pas étonnant qu'il ait été choisi pour être le garde du corps de Rain.

– Tu peux marcher ? je demande à Kali alors que nous approchons de la porte.

Je ne sais pas ce qui nous attend à l'extérieur, j'ai besoin d'avoir les mains libres.

Elle opine contre ma poitrine où elle est pelotonnée, et je la relâche à contrecœur. Sentir ses courbes glisser contre mon corps est assez génial, mais je n'ai pas le temps de me laisser distraire. Alors je lui passe devant en lui aboyant :

– Reste juste derrière moi !

Puis nous nous dépêchons de rejoindre Merrick qui nous attend à la porte, deux gardes étranglés aux pieds. On s'est occupés d'eux en entrant.

– Prêts ? demande-t-il, avant d'adresser à Kali le plus grand sourire que j'aie jamais vu chez lui. Ravi de te revoir, lui dit-il.

– Pas autant que moi, lui répond-elle.

J'essaie de ne pas m'en agacer. Moi j'ai juste eu droit à un « Tu es vivant. ».

– Aussi prêt qu'on puisse l'être, je grogne en ouvrant la porte.

Et nous arrivons en pleine bataille, les coups fusent, Max et Beckett font de leur mieux pour se débarrasser de tout un tas de gardes impériaux et d'agents de sécurité de la Corporation. Quand Max a parlé de trente types, il a fait preuve d'optimisme. Ou alors il comptait seulement ceux qui sont morts. Avec toute la fumée de nos grenades de distraction, on n'y voit pas grand-chose.

– Où est le vaisseau ? me crie Kali pour se faire entendre dans le vacarme ambiant.

– Juste devant nous, je l'informe alors que nous nous jetons dans la mêlée.

Deux gardes surgissent de derrière un gigantesque cache-pot, nous visant, la princesse et moi. Merrick en descend un, moi l'autre, mais trois autres se précipitent dans notre direction.

– Donne-moi un pistolet, me crie Kali.

– J'en ai pas en rab' !

Elle soupire comme si j'étais une déception infinie, ce qui m'énerve, car je suis quand même en train de la sauver. Mais à quoi je m'attendais avec cette femme ? Elle ne fait que me casser les couilles depuis le jour où on s'est rencontrés.

Soudain, un nouveau contingent de gardes arrive au pas de course par les jardins de l'Impératrice – si soignés jusqu'ici.

– Ils sont trop nombreux ! je crie à Merrick. On doit y aller maintenant !

Il me fait signe qu'il a compris. Une rafale de tirs fuse du *Starlight*. Plusieurs gardes tombent et les autres cherchent à se mettre à couvert.

Je remercie Max.

– *C'est Beckett qu'il faut remercier*, répond-il. *Cette nana a un de ces tirs !*

– Allons-y, Princesse ! Le *Starlight* nous attend !

– Mais où ? Je ne le vois pas !

– Parce qu'il est caché, lui révèle Merrick tout en tirant sur un garde par-dessus mon épaule.

Je lui retourne la politesse en abattant les deux qui arrivent sur lui.

Puis nous fonçons droit vers les tirs nourris qui tombent comme des grêlons sur le sol entre les gardes et nous.

Surgissant de nulle part, un garde bondit sur Kali, enroulant un bras autour de son cou et un autre autour de sa taille tandis qu'il la tire en arrière.

Je le mets en joue, mais il utilise Kali comme bouclier, et je n'arrive pas à avoir ce type dans ma ligne de mire – du moins, pas sans la toucher aussi. Et je n'ai pas fait tout ce chemin pour la perdre maintenant !

Kali doit être dans le même état d'esprit, car elle se penche en avant puis se détend comme un ressort, donnant un gros coup de tête dans le nez de son agresseur. Il hurle en se transformant en petit geyser de sang, mais la princesse n'a aucune pitié. Elle lui écrase le pied de toutes ses forces, et quand il lâche enfin prise, elle fait volte-face et lui envoie un coup de pied dans les burnes.

– J'ai trouvé quelques endroits vulnérables, fait-elle d'un ton détaché.

Je grogne un peu, mais putain, je suis tellement fier.

– On dirait que les leçons d'Ian commencent à payer, commente Merrick tandis que je l'attire à moi.

– J'ai surtout appris en le regardant combattre, répond-elle. Il ne se bat pas à la loyale.

Oui, parce que j'ai toujours dû rétablir des conditions équitables. Il n'existe qu'une seule sorte de bon combat : celui dont tu peux repartir sur tes deux jambes.

J'abaisse mon arme vers le soldat qui a eu l'audace de toucher Kali, mais il a l'air si pitoyable que je décide de le laisser. Une balle dans la cervelle mettrait fin à ses souffrances bien trop vite.

Nous avons presque atteint le vaisseau, et même si des gardes continuent d'affluer, mon niveau de stress diminue. Une fois à bord, ils ne pourront plus nous toucher.

– *On arrive !* je préviens Max tandis que je me retourne pour tirer sur un type qui vient vers nous.

Je l'atteins en plein entre les deux yeux. Quand il tombe à nos pieds, Kali l'enjambe comme une combattante aguerrie. Elle s'est endurcie depuis ce premier combat à Rangar.

– C'est encore loin ? me demande-t-elle tandis que je vise deux autres gardes par-dessus son épaule.

– *Dis à Gage de baisser la rampe !* je demande à Max.

– *Déjà fait.*

Sans un bruit, le *Starlight* sort de son invisibilité au milieu de ce qui devait être le plus beau jardin de l'Impératrice. On dirait qu'elle va avoir besoin de nouveaux massifs de verbonie.

Merrick gravit en premier la rampe, sous une pluie de tirs laser. J'attrape Kali pour la pousser devant moi, de manière à la protéger. Dès que je franchis la porte du sas, le vaisseau décolle et fuse dans le ciel avant même que la rampe soit complètement rétractée.

– Bien joué, capitaine ! me félicite Beckett en me tapant dans le dos.

– Ça va ? je demande à Kali en l'examinant pour voir si elle n'est pas endommagée.

Miracle, à part quelques bleus et bosses, elle semble s'en être sortie sans blessure. Nous sommes tous sortis indemnes de la fusillade.

– Kali ! crie Rain en se jetant au cou de la princesse. Ne refais plus jamais ça ! Partir en douce au beau milieu de la nuit, ça ne se fait vraiment pas !

Non, ça se fait carrément pas, merde ! Mais si je dis ça tout haut, elle va s'imaginer des choses. Alors que je m'en contrefiche. Si elle veut partir, qu'elle se casse. Mais pas auprès de cette connasse d'Impératrice qui veut anéantir la moitié du système solaire.

Soudain, le *Starlight* tressaille, manquant de nous faire perdre l'équilibre.

– Qu'est-ce que c'était ? je demande en me précipitant vers la passerelle.

Beckett est juste derrière moi.

– Qu'est-ce que t'as fait ? demande-t-elle à Gage qui est à côté du siège de pilote comme si de rien n'était.

– Moi j'ai rien fait, dit-il en montrant le tableau de bord. C'est le vaisseau.

– Beckett, je gronde.

Que le vaisseau s'occupe seul du décollage, c'est une chose, mais qu'il prenne toutes sortes d'initiatives, c'en est une autre !

Je m'assieds dans le fauteuil de capitaine.

– Reprends le contrôle du vaisseau ! j'aboie à Beckett.

– Merci pour la suggestion, rétorque-t-elle en tapant sur divers boutons.

Le *Starlight* ne daigne même pas prendre en compte sa présence. On croirait qu'on a un vaisseau en pilote automatique dopé aux stéroïdes. D'habitude, on peut couper le pilote automatique.

Je jette un coup d'œil à Gage.

– On peut faire quelque chose ?

Il me répond d'un haussement d'épaules.

– Merci bien.

Même réaction. Quel imbécile inutile.

– Tout le monde boucle sa ceinture ! j'ordonne. Tout de suite.

Quelque chose me dit que ça va pas s'arranger. Et quand le *Starlight* fait ce qu'il veut, je me retrouve complètement impuissant.

– Je croyais que Gage avait résolu ce problème, grommelle Max en s'attachant au siège le plus proche.

– Moi aussi, répond Gage.

– Donc tu ne sais pas, tu veux dire ?

Mais que voulez-vous que je fasse avec un crétin pareil ? Et Max qui pense que c'est un génie.

Gage roule des yeux.

– Eh ben, il ne s'est pas mis en pilote automatique depuis que je pensais avoir réglé le problème. Donc je croyais que c'était réglé.

– Ouais, ben tu devrais essayer encore. Il...

Un message s'affichant sur mon dispositif holographique m'interrompt.

ATTAQUE DE MISSILES BALISTIQUES À COURTE PORTÉE. MESURES D'ÉVITEMENT IMMINENTES.

– Bordel ? ai-je le temps de m'interroger avant que le vaisseau se déporte de plusieurs mètres vers la gauche.

– On a eu chaud, commente Merrick tandis que nous voyons un missile nous frôler sur les écrans de contrôle.

C'est pas vrai, voilà que ça recommence !

– Gage ! File sous ce tableau de bord et règle-moi ça !

– Tout de suite !

Mais le vaisseau se met alors à vriller et il est projeté à l'autre bout de la passerelle.

– Tout le monde va bien ? demande Beckett depuis le poste de pilotage.

Apparemment, seuls Max et elle ont été assez avisés pour boucler leur ceinture (non, même pas moi), car tous les autres – moi compris – sont par terre.

Le *Starlight* finit par se calmer et se stabilise – et j'en profite pour ramper jusqu'à mon siège et boucler mon harnais… juste avant que le vaisseau se mette à tourner dans l'autre sens. Puis nous nous retrouvons à l'envers. À l'endroit. Et à l'envers.

Il y a des cris, des chocs, mon estomac – réputé insensible aux cahots – se soulève. Je ravale mon vomi. Pas question de me mettre à gerber. Beckett m'en parlerait jusqu'à la fin de mes jours.

Nous revenons enfin dans le bon sens et j'ose espérer que notre vaisseau a fini de faire des cabrioles.

ÉVITEMENT RÉUSSI. MISSILES ÉVITÉS. AUCUNE AUTRE MESURE NÉCESSAIRE.

Ah ! Voilà qui est prometteur.

Je jette un coup d'œil autour de moi. Beckett a l'air réjouie comme si elle venait de faire le manège le plus dément de sa vie. Rain, Merrick et Max, bien qu'assis et attachés, ont le teint verdâtre, tandis que Gage et Kali se relèvent tout juste. Je jette un coup d'œil rapide à Gage et inspecte Kali plus attentivement, mais il ne semble pas y avoir de blessé.

Peut-être qu'à l'avenir ils seront plus prompts à suivre mes conseils.

En tout cas, ils se précipitent tous les deux vers leur siège pour s'attacher, cette fois. Et ils font bien, car un nouveau message d'alerte apparaît.

ATTAQUE LASER. MESURE D'ÉVITEMENT IMMINENTE.

Oh putain, ce vaisseau va nous tuer à force de vouloir nous protéger.

Sauf que maintenant je vois les tirs laser qui viennent vers nous, les uns après les autres. Des rayons de lumière jaune qui fusent de la surface de la planète, assez puissants pour nous atteindre hors de l'atmosphère, que nous venons de quitter, je crois. J'agrippe les accoudoirs de mon siège, me préparant au pire. Mais une sorte de bouclier se déploie pour couvrir le vaisseau. Les écrans à l'avant nous permettent de suivre ce qui se passe.

Le rayon arrive droit sur nous. Soudain, une lumière blanche emplit tout l'écran.

Un léger frémissement parcourt le vaisseau, suivi de plusieurs secousses qui arrachent des cris étouffés à Rain et des jurons à Max.

Mais au bout du compte, on est toujours en vie, alors, quels que soient les dégâts, je trouve que c'est plutôt réussi.

CIBLES EN VUE.

– Oh, merde, fait Beckett en assenant un coup du plat de la main sur le tableau de bord, essayant divers boutons en vain. Stop, stop, stop !

– Laisse faire, je lui dis.

– Comment ça, laisse faire ? Il s'apprête à détruire le palais impérial. Je suis assez certaine que c'est une déclaration de guerre.

– Et tuer des dizaines de gardes en entrant par effraction au milieu de la nuit pour enlever la princesse, tu appelles ça comment ? je demande. Et puis autant savoir maintenant ce que le *Starlight* s'apprête à faire, et pas après coup, ce qui pourrait nous attirer des ennuis comme les mouches rappliquant sur une bouse de drokaray.

Je suis d'humeur à vivre dangereusement. Et pour tout dire, ça me met hors de moi que ça ne pose apparemment aucun souci à l'Impératrice de tirer sur un engin où se trouve sa fille. Si ça c'est pas une preuve qu'elle n'a pas de cœur !

Surtout qu'en voyant le visage de Kali, je comprends qu'elle a tenu le même raisonnement que moi. Les gardes n'ont pas pu prendre l'initiative de nous mitrailler, alors que la princesse héritière est à bord. Ils en ont reçu l'ordre.

Comme l'indique mon dispositif holographique, le *Starlight* fait demi-tour et se place pile au-dessus du palais impérial.

CIBLES VERROUILLÉES.

Une vive lumière blanche qui ressemble beaucoup à ce que le vaisseau avait envoyé à nos assaillants sur Glacéa fuse vers la rangée d'armes antiaériennes qui nous ciblent depuis que nous avons décollé.

Je vois des flashs au moment de l'impact. Je ne sais pas ce qui a été touché…

ARMES ENNEMIES DÉTRUITES.

Les boucliers se relèvent et sur les écrans je distingue les toits du palais. Il y a beaucoup de fumée, j'aperçois des gardes qui prennent leurs jambes à leur cou – pour se mettre en sécurité ou trouver d'autres armes.

CIBLES INDIVIDUELLES VERROUILLÉES.

– Maintenant, Beckett, je grogne.

– Je…

Elle pose la main sur le contrôleur de vitesse pour la dixième fois. Mais cette fois, miracle, ça fonctionne et le *Starlight* part en arrière, et monte, encore et encore dans les airs. Quatre-vingt-dix secondes plus tard, nous quittons l'atmosphère askkandienne et filons dans l'espace.

– Mets le cap sur les Confins, je demande à Beckett tandis que je me cale dans mon fauteuil.

Maintenant que l'équipage est de retour au complet, le temps nous est compté, et il faut à tout prix que j'atteigne Milla avant qu'il soit trop tard.

CHAPITRE 81

KALINDA

Dès que nous sommes en sécurité hors de l'atmosphère d'Askkandia, je retire mon harnais en toute hâte et me précipite en dehors de la pièce. Le chagrin, l'horreur et la honte me prennent d'assaut, si bien que je n'arrive plus à réfléchir ni à respirer.

Heureusement, j'arrive à la salle de bain avant que quelqu'un me rattrape et je m'enferme. L'eau est limitée sur un vaisseau – rationnée, presque – mais je n'y pense pas. J'ouvre le robinet et laisse le jet couler sur mes poignets pendant quelques minutes. Le froid m'aide à me calmer, m'oblige à me concentrer sur quelque chose d'autre que les battements éperdus de mon cœur et les événements récents que mon cerveau veut rejouer dans mon esprit.

Dès que je ferme les yeux, je vois Lara se jetant par-dessus le parapet. Je vois Arik tomber sous les tirs des gardes. Je vois ma mère assister à la scène avec de la satisfaction dans le regard. De la satisfaction… Deux personnes qu'elle connaît depuis des années sont mortes à cause d'elle, et elle est *satisfaite*.

Rien que cette pensée me retourne. Me révolte. Mais surtout, m'attriste. Je suis triste pour Lara et Arik. Et pour moi. Et pour ma mère.

C'est sur ce dernier point que je m'attarde. Ma mère est une femme absolument horrible. Elle ne mérite pas que quiconque soit triste pour elle. Et pourtant je suis là à trembler, les yeux brûlants de larmes, essayant de savoir comment aller de l'avant. Comment surmonter ça ?

Je ne peux pas rester cachée dans la salle de bain pour toujours, même si j'aimerais bien. Alors je recueille de l'eau dans le creux de mes mains et m'asperge le visage pour que le maquillage qui me donne mon allure de princesse Kalinda disparaisse. Afin qu'il ne reste que moi, Kali.

J'apprends tout juste à la connaître, et j'en ai sûrement pour un moment encore. Mais au moins, je sais qui je ne veux pas qu'elle soit.

Quoi qu'il arrive, même si je suis blessée ou effrayée, jamais je ne deviendrai comme ma mère, centrée sur moi-même au lieu de me soucier des gens dont je suis censée prendre soin. Ces gens dont je suis responsable.

Quand je suis enfin venue à bout du maquillage, j'attrape une serviette pour m'essuyer le visage avant de regagner ma cabine. Je sais que je devrais sans doute retourner sur la passerelle et les remercier tous d'être revenus me chercher, mais je suis épuisée et dévastée. Je n'ai qu'une envie : m'allonger sur mon lit et pleurer. Rien qu'un moment. Ensuite, je trouverai ce que je dois faire, comment sauver le système sans tuer des millions de personnes.

Mais alors que je m'apprête à tourner pour emprunter le couloir menant à ma chambre, je tombe sur Ian. Il sort de sa propre cabine et il a l'air aussi épuisé que moi, avec l'option grognon en plus.

Nos regards se rencontrent. J'attends qu'il me dise quelque chose. C'est la première occasion que nous avons de parler depuis mon retour, sans se faire tirer dessus ou ballotter de tous côtés. Mais il ne dit rien. Il tourne les talons et s'éloigne, sans un signe de tête.

Subitement ma fatigue s'envole, remplacée par la colère. Et sans même savoir ce que je m'apprête à faire, je le prends en chasse.

– Qu'est-ce qui te prend ?

Il ne répond pas, aggravant son cas. Depuis toute petite, ma mère m'ignore, on me dit que mes questions et mon avis ne comptent pas, ne valent même pas d'être pris en compte. Pas question de laisser Ian me traiter de la même manière.

– Hé ! je lance en lui attrapant le bras. J'essaie de te parler.

Il me fait lâcher prise et entre dans la cambuse, où il se sert un verre d'eau, qu'il boit en me tournant le dos.

– Sérieux ? Tu vas faire comme si je n'existais pas ? Je ne mérite pas ça !

– Tu ne le mérites pas ? rétorque-t-il d'un ton hargneux en faisant volte-face. Tu n'as pas voulu parler quand tu t'es arrangée pour que Beckett te largue sur ce caillou perdu d'Espia. Tu n'as pas voulu parler quand tu as décidé de courir retrouver maman et tes belles robes. (Il promène un regard méprisant sur ma tenue.) Et tu n'as pas voulu parler quand tu t'es fait la malle en pleine nuit pour disparaître de mon vaisseau et de ma vie comme si nous deux c'était rien. Alors pourquoi tu veux parler, maintenant, bordel ?

Pour la première fois depuis qu'il a surgi sur Askkandia, je comprends qu'Ian est furieux. Pas juste en colère, mais dominé par une rage profonde et froide. Évidemment, je l'ai connu agacé, frustré ou pas content, mais rien de tel. On dirait qu'il ne veut plus avoir affaire à moi. Pire : que je le dégoûte.

La gorge serrée, je m'efforce de ravaler les larmes qui me brûlent les paupières, de contrôler mon visage. Pas question de me mettre à pleurer alors qu'il me regarde comme ça. Je ne vais rien tenter du tout avec lui.

Je recule, les mains levées en signe de défaite, et sors à reculons de la cambuse. Cette fois je suis bien décidée à ne plus sortir de ma chambre avant d'avoir retrouvé mon aplomb.

Mais là, c'est Ian qui me suit.

– Alors, on n'a plus rien à dire, Kali ? raille-t-il. Pourquoi je suis surpris ? C'est tellement typique.

Il s'apprête à passer à côté de moi, mais soudain j'oublie mes larmes, car ma colère est de retour. Aussi puissante que la sienne.

– Je suis partie pendant que tu dormais parce que je savais que tu essaierais de m'en dissuader ! je crie dans son dos.

– Et c'est censé être une excuse ? Tu as fui comme si j'étais un connard violent ! Comment tu crois que je me suis senti ? Oh, mais bien sûr, tu n'as pas pensé à ça, hein ? Mais c'est vrai, pourquoi t'y aurais pensé ? Je ne suis pas un type normal avec des sentiments, hein ? Je suis juste un mec bizarre que tu devais larguer au plus vite.

Je suis figée sur place, clignant des yeux de surprise.

– Comment ça un mec bizarre ?

Il plisse les yeux.

– Ne joue pas la naïve avec moi. Si tu ressens ça, ok, mais j'aurais préféré que tu m'en parles au lieu de t'enfuir.

Je suis complètement perdue, cette fois.

– Te parler de quoi ?

– De la coalescence, Kali, rugit-il. La conscience collective entre Milla, Max et moi. Dès que tu as su, tu t'es taillée.

Choquée, je recule.

– Tu ne crois pas vraiment ça, Ian. Tu ne peux pas imaginer que j'ai quitté le vaisseau parce que j'éprouvais…

Je laisse ma phrase en suspens, car je ne sais même plus quel mot utiliser.

– Du dégoût, complète-t-il. Vas-y, dis-le. Je te dégoûte. On te dégoûte.

– Non.

– Putain Kali c'est encore pire si tu mens. Si c'est ce que tu ressens, soit. Je comprends. Tu n'es pas la seule dans le système à être gênée par ce que je suis. Je sais que c'est du lourd. On le sait. Voilà pourquoi on reste entre nous et on n'en parle pas. Mais tu aurais dû être honnête avec moi. Tu aurais juste pu le dire. Je ne t'en aurais pas voulu.

– Ah oui, comme tu ne m'en veux pas d'être partie ? je relève sèchement.

– Ah non, je t'en veux pour ça, c'est clair. C'était un coup de pute et si tu n'arrives pas à le voir, je ne sais pas ce que je peux te dire.

De nouveau, il fait mine de passer à côté de moi, et je lui bloque le passage. Parce que je viens de comprendre ce qui se passe. Ian n'est pas en colère contre moi. Il est blessé. Je l'ai blessé, et il ne va pas me le pardonner facilement.

Mais quand on fait du mal à quelqu'un, il faut présenter ses excuses. C'est l'une des premières choses que Lara m'a apprises, alors que nous étions enfants. Un jour, sans faire exprès, elle m'a bousculée et fait tomber, et elle s'est excusée.

C'était la première fois de ma vie que j'entendais le mot « pardon ». Et je me souviens encore de ce que ça a provoqué en moi. J'ai eu le sentiment d'être importante, de compter. Pas en tant que princesse, juste en tant que moi.

Et cette fois, bien malgré moi, j'ai donné à Ian le sentiment qu'il n'avait pas d'importance pour moi. Et c'est d'autant plus nul que toute sa vie, des gens lui ont fait ressentir ça.

– Pardon, je murmure en posant la main sur son avant-bras musculeux. Te donner l'impression que tu me dégoûtes était vraiment à l'opposé de mon intention.

– Laisse tomber, Kali.

Il repousse de nouveau ma main, mais cette fois je m'accroche.

– Regarde-moi, je chuchote, sans le lâcher. J'ai beaucoup de sentiments à ton égard, Ian. Mais le dégoût n'en fait vraiment pas partie.

– Princesse…

– Non. (J'appuie deux doigts sur ses lèvres.) Maintenant c'est mon tour de parler et toi tu écoutes. Je ne suis pas partie parce que je venais d'apprendre que tu faisais partie d'une conscience collective. Si ça m'a surprise ? Oui, carrément ! Est-ce que ça m'a repoussée ? (Je rougis en repensant à la dernière fois que nous nous sommes retrouvés seuls dans la cambuse.) Pas le moins du monde. Je n'avais encore jamais désiré quelqu'un comme je te désire. Et découvrir tes liens avec Max et Milla n'y a rien changé. Sincèrement, je crois que rien ne pourrait changer ce que je ressens.

Et pour lui en donner la preuve, je me rapproche jusqu'à ce que mon corps soit collé au sien. Même si je sais que c'est une mauvaise idée, que je ne devrais pas faire ça en ce moment, je glisse mes mains dans les cheveux courts et drus de sa nuque pour attirer sa bouche vers la mienne.

L'espace d'un instant suspendu, une tension électrique crépite entre nous. Mais aussitôt il recule, s'arrachant à notre baiser.

– Alors pourquoi tu t'es barrée comme ça ? Pourquoi filer en pleine nuit si ce n'était pas pour me fuir ?

Je songe à lui mentir. Pas pour le protéger, mais pour me protéger moi. La journée a vraiment été merdique et je me sens bien trop vulnérable pour mon bien-être. Mais lui aussi, j'en ai conscience. Et qu'Ian, ce gars qui préfère donner des coups de poing au lieu de discuter, mette ses émotions à nu comme il vient de le faire n'est pas à prendre à la légère. Lui mentir serait une grave erreur.

Alors je prends une grande respiration et lui dis la vérité.

– Je devais partir pour vous protéger, vous tous. Et sous ton regard, je n'en aurais pas été capable. Pas en te désirant comme je te désire.

Lui aussi prend une grande inspiration, puis souffle lentement.

– Et comment tu me désires, Kali ?

– Beaucoup trop, je chuchote.

Les yeux d'Ian deviennent noirs, un puits de désir s'ouvre en eux, menaçant de m'engloutir. Mais soudain Max surgit au coin du couloir. Il ne marque même pas un arrêt en nous découvrant là, mais ça semble logique, si Ian et lui partagent le même esprit, il doit déjà savoir tout ce qui s'est passé.

Ou pas ? Je ne sais pas bien comment ça fonctionne, en fait. Il faudrait que je tire ça au clair.

– Tu as besoin de quelque chose ? demande Ian au bout d'une seconde.

– Beckett m'a demandé de venir te chercher. Tu dois aller voir quelque chose sur la passerelle de toute urgence.

CHAPITRE 82

IAN

– Qu'est-ce que ça veut dire ?

Je suis dégoûté d'être interrompu alors qu'il se passait un truc avec Kali. En même temps, c'est peut-être mieux comme ça. On doit discuter de plein de sujets et embuer tout ça avec de la tension sexuelle n'est pas la meilleure manière de s'y prendre. Surtout que peu de temps après la dernière fois qu'on a fait des trucs ensemble, elle s'est tirée au beau milieu de la nuit.

Bon, ce n'était peut-être pas à cause de la conscience collective. Elle devait être dépassée par ses émotions. Mais je crois qu'on devrait avoir une autre conversation (ou une dizaine) avant de reprendre là où on en était restés.

– Je crois que ça veut dire « grouille-toi », me répond Max, exaspéré. Si j'en savais plus, je te l'aurais dit.

Mentalement, je l'envoie se faire voir. Mais je me tourne vers Kali qui me dit :

– Allons-y, on pourra parler plus tard.

– *Tu veux en parler ?* me dit Max alors que nous nous dirigeons vers la passerelle.

– *Pas si tu veux garder ta tête attachée à tes épaules.*

Il rit.

– *Hum, la conversation s'est bien passée, je vois…*

– *Content que tu trouves ça drôle.*

– *Tomber amoureux au plus mauvais moment avec le pire choix de femme possible ?* (Le ricanement de Max est singulièrement dénué d'humour.) *Ouais, nan, je trouve pas qu'il y ait grand-chose de drôle là-dedans.*

– *Qui a parlé d'amour ?* j'aboie dans son crâne.

Maintenant il rit franchement, d'un gros rire qui part du ventre et qui me donne envie de le cogner en pleine face. Mais ça nous donnerait un gros mal de tête à tous les deux.

Je n'attends pas sa réponse, notamment parce que je peux la deviner. J'accélère pour entrer sur la passerelle quelques pas devant Max et Kali.

– C'est quoi le problème ? je demande à Beckett qui fixe son tableau de bord comme s'il contenait les secrets de l'univers.

– Le *Starlight* va dans la mauvaise direction, répond-elle. Et je crois que c'est à cause de ça, ajoute-t-elle en faisant apparaître un schéma sur l'écran principal.

– Ah, voilà un truc qu'on n'a pas souvent l'occasion de voir, marmonne Max derrière moi.

– Qu'est-ce que c'est ? je demande. Un blob noir ?

– Quand tu dis « pas souvent » j'imagine que ça veut dire « jamais », intervient Merrick.

– Il ne faut jamais dire jamais, chantonne Gage en se redressant pour voir de quoi il retourne.

– Jamais… sauf une fois ? dit doucement Rain.

Je me rends alors compte qu'elle n'a pas dit un mot depuis longtemps. Je lui jette un bref coup d'œil, pour m'assurer qu'elle va bien, mais comme tous les autres, elle est concentrée sur ce qui se trouve juste devant nous.

C'est-à-dire une énorme boule sombre.

C'est l'heptosphère…

Elle est presque totalement noire, comme la première fois que je l'ai vue. Et elle se fait remorquer par deux vaisseaux, comme si c'était un satellite cassé – en bien plus gros.

Soudain Kali traverse la passerelle pour venir tout à l'avant et tend la main, comme si elle voulait toucher cette chose. Et en la voyant là, fascinée par ce vestige, je ne peux m'empêcher de me dire que Merrick a raison.

Kali est peut-être bien la Star Bringer.

Et nous devons le lui annoncer.

– Que font-ils avec ? demande Rain.

– Ils l'apportent au palais, répond Kali. Ils avaient prévu que je détruise quelques planètes ce matin.

– Alors tu es au courant ? je demande.

– Que je peux activer l'heptosphère ? Ouais, Dr Veragelen a été assez claire là-dessus.

Je regarde Rain, qui répond d'un petit signe de tête triste. On lui exposera le reste – la Faiseuse d'étoiles, les mensonges, la véritable grande prêtresse – plus tard.

– Mais pourquoi on se retrouve là à la regarder ? je demande, puisqu'il semble assez évident que c'est ce qui a dérouté notre vaisseau. Qu'est-ce qu'il lui veut, le *Starlight* ?

Les autres secouent la tête et haussent les épaules.

– J'imagine qu'on est sur le point de le découvrir…

Max vient poser un bras réconfortant sur les épaules de Kali. Quand elle se laisse aller contre lui, je me dis qu'il se pourrait qu'elle m'accepte comme je suis, finalement. J'ai peut-être vraiment mal compris la situation. Ça serait pas la première fois.

Le *Starlight* ralentit jusqu'à s'arrêter, en plein dans le passage des navettes qui remorquent l'imposant vestige. Bon, ce qui est rassurant, c'est que ce sont des appareils pour passagers, dénués d'armement.

– Qu'est-ce qu'il fout ? demande Gage, blasé.

– J'en s…

Sans le moindre avertissement, deux rayons fusent du *Starlight* et frappent les deux navettes en simultané. Un instant plus tard, elles explosent totalement. Elles disparaissent purement et simplement.

– Bordel de merde, murmure Beckett.

– Je crois que c'étaient pas des lasers normaux, ajoute Gage.

– Merci, petit génie, je lance d'une voix moqueuse.

Mais il n'a pas tort : le *Starlight* a littéralement vaporisé deux vaisseaux en quelques secondes.

À présent, l'heptosphère est libérée de ses attaches, qui sont tombées dans le vide. Elle flotte dans l'espace. Puis le *Starlight* fonce dans sa direction.

– Tu peux l'arrêter ? je demande.

Beckett secoue la tête.

– Impossible. J'imagine que c'est la raison de ce petit détour.

– Mais comment le vaisseau a su qu'elle était là ? demande Rain.

Elle semble aussi fascinée et horrifiée que moi.

– Ce sont des vestiges alien tous les deux, avance Merrick. Ils partagent peut-être une sorte de signal qui leur permet de communiquer.

Ouais, ou alors il se passe autre chose. Et on n'est absolument pas au courant.

De toute façon, nous sommes au niveau de l'heptosphère à présent, et nous nous en rapprochons encore et encore.

– Il doit aller au plus près, répond Kali, qui tend de nouveau la main, comme si elle mourait d'envie de toucher la sphère noire géante, tandis que le *Starlight* en fait le tour.

Puis notre vaisseau repart.

– C'est tout ? s'offusque Max. Il voulait juste la voir de plus près ?

– Oh non, c'est pas tout, le contredit Beckett en appuyant sur quelques boutons.

Sur l'écran de droite, une vue de l'arrière du vaisseau apparaît : l'heptosphère nous suit à présent à travers l'espace.

CHAPITRE 83

KALINDA

– Alors maintenant, on a une heptosphère au cul, en plus du reste. Parce qu'on n'avait pas assez d'emmerdes comme ça, commente Max à côté de moi. Ça va, Kali ?

Je n'en sais rien. Je ne me sens pas bien, mais je crois que ça n'a rien à voir avec l'heptosphère. Je me sens mal depuis que j'ai assisté à la mort d'Arik et Lara, et tout ce qui s'est passé depuis n'a fait qu'aggraver mon mal-être. Y compris le fait que je suis attirée par cette boule noire géante d'une manière que je ne m'explique pas. Jamais je n'ai ressenti une telle attraction.

Sauf peut-être pour Ian. Mais c'est un autre sujet auquel je ne souhaite pas penser maintenant. Max a interrompu notre conversation un peu plus tôt, et je ne sais pas du tout où on en est.

Je ne sais pas s'il me croit quand je dis que la coalescence mentale n'a rien à voir avec mon départ.

Je ne sais pas s'il est toujours fâché contre moi.

En gros, je ne sais pas où on en est, et là, je n'arrive même pas à m'en soucier. J'ai l'impression que tout le système est prêt à exploser, et nous avec.

– J'ai repris le contrôle, annonce Beckett. On dirait que le *Starlight* a fait ce qu'il avait à faire.

– Alors allons-y, déclare Ian. Et espérons ne pas avoir d'autres invités gênants sur notre chemin vers les Confins.

Atteindre les Confins et sauver Milla est la seule chose que je veuille vraiment faire pour l'instant. Après tout ce que nous avons enduré, tous les sacrifices qui ont été faits, Ian, Max et Milla devraient pouvoir enfin être réunis. Et elle devrait avoir le droit d'être enfin en sécurité.

Et l'Astre Mourant? Si nous ne disposons réellement que de quelques semaines, et pas d'années comme je le croyais, comment ignorer ce problème un jour de plus? Car si le soleil implose, tout le reste n'existera tout simplement plus…

– Je ne peux pas me rendre dans les Confins, Ian, j'annonce d'une voix calme. Nous avons un problème de taille : Serail se dégrade bien plus rapidement que ce que nous pensions, et je dois toujours aider à protéger le système dans son ensemble.

Il me regarde, et je vois danser les flammes dans son regard – pas le feu de la passion, non, celui de la colère.

– Je me contrefiche de ce soleil mourant, Princesse. On est trop proches pour ne pas récupérer Milla maintenant. Je suis sûr que ta maman va trouver une solution.

– C'est moi la solution qu'elle a trouvée. Dr Veragelen et tous les plus grands esprits du système se sont penchés là-dessus. Nous n'avons pas d'autre échappatoire et nous n'avons plus le temps d'en chercher.

– Eh bien le temps va devoir patienter encore un peu, grogne Ian. Ta mère, Dr Veragelen et leur foutu plan sont la raison pour laquelle Milla est là où elle est. Alors désolé si je n'ai pas du tout envie de participer aux étapes de leur putain de programme.

Je soupire, parce que je comprends parfaitement ce qu'il dit – et plus encore, ce qu'il ressent. Mais cela n'annule pas le fait que si le soleil implose, Milla n'y survivra pas non plus. Aucun de nous n'y survivra.

– Est-ce que tu sais au moins comme utiliser l'heptosphère? demande soudain Merrick. Tout le monde – y compris toi – semble croire que tu pourras tout résoudre avec ce vestige. Mais est-ce que tu sais quoi faire?

– Je crois que je pensais que ça serait évident, je réponds.

Il hausse un sourcil.

– Comme dans le labo sur la *Caelestis* ?

Il n'a pas tort…

– Toute cette discussion est superflue, déclare Ian. Pour l'instant, nous allons récupérer Milla.

C'est alors qu'une idée commence à germer dans mon esprit. Merrick a raison quand il dit que je n'ai pas la moindre idée de la manière dont on contrôle l'heptosphère. Mais si je veux avoir un espoir de l'utiliser pour sauver notre soleil, je dois apprendre. Le problème, c'est qu'il faudrait que mon rythme d'apprentissage soit vraiment rapide : cette chose est potentiellement dangereuse, qui sait ce qui arrivera si je commence à m'entraîner à proximité des planètes les plus peuplées ?

Il est préférable de sauver Milla puis de tester l'heptosphère aux confins du système, où il n'y a que quelques astéroïdes et deux planètes mortes. Pas mal comme manière de tuer deux varmaks avec une seule pierre, non ?

– D'accord, j'accepte, allons dans les Confins. (Je croise le regard d'Ian, toujours prêt à en découdre.) Et pendant qu'on y est, je verrai ce qu'on peut faire ensemble, cette coque de métal et moi.

Beckett semble impressionnée.

– En prenant de l'âge, tu deviens de plus en plus diabolique, Kali. Je crois que ça me plaît.

C'est à cet instant que j'ai la preuve que l'univers est complètement sens dessus dessous. Ma mère est un assassin froid et calculateur. Une rebelle commence à m'apprécier. Et je viens de tourner le dos à tout ce que j'ai connu jusqu'ici pour monter volontairement dans un vaisseau intelligent qui se dirige vers les Confins.

J'ai atteint le point de non-retour.

CHAPITRE 64

BECKETT

Je me sens carrément mal, mais je me traîne quand même jusqu'à la passerelle. La seule autre possibilité est d'aller au lit, et je n'ai aucune envie de prétendre que tout va bien quand Rain viendra prendre de mes nouvelles.

De moi, d'elle, de nous.

Je voudrais l'aider, mais elle est encore sous le choc de tout ce que Merrick lui a révélé pour accepter de l'aide. Même si je savais comment faire – ce qui n'est pas le cas.

D'ailleurs, elle veut tout autant m'aider, mais en vérité, je suis au-delà de ça. Je suis plongée dans les ténèbres et je ne peux plus me permettre de ternir sa lumière.

Rain pense que le temps guérit toutes les blessures, mais c'est juste une belle idée. Je ne m'améliore pas avec le temps. Oui, les absences, les trous de mémoire, ça va un peu mieux depuis que je suis sur le *Starlight*, mais la douleur, c'est bien pire. J'ai en permanence l'impression qu'on me fore le crâne, qu'un burin fait sauter éclat par éclat tout ce que je suis, pour ne laisser qu'un monticule de rage désespérée, de souffrances et de cris.

Je ne veux pas lui infliger ça. Je ne veux certainement pas que ce soit ça, nous.

De sous mon siège, je tire un flacon de cachets antidouleur que j'ai chipé à l'infirmerie. J'en avale une poignée, sans eau. En relevant la tête, je m'aperçois qu'Ian m'observe.

Nos regards se croisent et il lève un sourcil. Je me contente de hausser les épaules, puis je me laisse aller contre le dossier en attendant que la douleur reflue. Elle ne s'en va jamais complètement, mais les médicaments me donnent la possibilité de réfléchir, au moins. Enfin, pendant un temps.

Pour la énième fois, je me demande ce qu'ils ont trafiqué avec ma tête sur la *Caelestis*. Quoi qu'il en soit, quelque chose s'est cassé. Je sens que je change, que je me transforme… en quoi, je ne sais pas, et je doute de vouloir le savoir. Mais quelque chose me dit que ça va se finir en course entre la folie et la mort. Et je dois m'éloigner avant que ça arrive. Rain n'a pas mérité d'assister à ça. Mieux vaut qu'elle croie que je suis simplement partie de mon plein gré.

Je n'ai pas envie de partir, mais rester ici est impossible.

Je n'ai jamais vraiment senti que j'étais à ma place avant aujourd'hui. Même au sein de la Rébellion, j'avais le sentiment d'observer par la fenêtre. J'essayais d'obtenir l'approbation de ma mère. D'être ce que les rebelles et elle avaient besoin que je sois. Parfois, tard dans la nuit (comme maintenant), je m'avoue que ma relation avec ma mère n'est pas si différente de celle de Kali avec la sienne. Avant d'être sur le *Starlight*, jamais je n'aurais pu m'en rendre compte ou le croire, mais à présent… difficile de louper le parallèle entre nos vies.

Nos pères sont tous deux morts dans des circonstances tragiques.

Nous avons toutes deux des mères très contrôlantes – mais je ne crois pas exagérer en disant que la sienne est pire.

Nous sommes toutes les deux persuadées que notre manière de faire est la bonne.

Et le plus pathétique, c'est que nous avons toutes les deux manqué de discernement au point de nous retrouver à bord d'un vaisseau rempli de marginaux. Pire encore, nous sommes toutes les deux tombées amoureuses de l'un ou l'une d'entre eux.

Oh, sûr que Kali nierait. Enfin, moi aussi, si on me posait la question. Mais ça n'a pas d'influence sur la vérité.

C'est l'autre raison pour laquelle je sais qu'il est temps que je parte : ces derniers temps, j'ai commencé à avoir une stupide impression d'être à ma place.

J'adore ce vaisseau. Le *Starlight*, je m'y sens chez moi comme nulle part ailleurs depuis que mon père est mort. Mais ce n'est pas juste le vaisseau. Ce sont les personnes, et je ne parle pas seulement de Rain. Eux tous. Je n'ai encore jamais eu d'amis, alors je peux me planter complètement. Mais je crois quand même que je compte pour eux. Et je sais que je me soucie d'eux. Même de Kali avec sa robe violette et ses manières de privilégiée ! Elle m'emmerde, mais c'est notre princesse chiante.

Et une infime parcelle d'optimisme en moi pense que c'est tout ce qui compte.

Voilà pourquoi je dois partir. C'est à cause de ce genre de pensées que les gens se font mal. Moi, je m'en fiche un peu, mais je ne supporte pas l'idée qu'il leur arrive quelque chose. Surtout à Rain.

Mais avant de partir, je dois découvrir ce qui est arrivé à mon frère. Je dois savoir s'il a suivi le même chemin que Milla. Et si c'est le cas, s'il y a un moyen de le retrouver vivant, lui aussi.

C'est beaucoup en demander d'un vaisseau intelligent et de sept personnes qui apprennent encore à se faire confiance les unes les autres. Mais j'ai une idée en tête que j'examine depuis un moment pour gérer ça. Ce n'est pas une bonne idée, mais elle ne veut plus me sortir de la tête.

Je regarde alentour. L'humeur générale est sombre, mais on pouvait s'y attendre. Ian rumine, assis sur son fauteuil de capitaine. J'aurais cru que ça l'aurait déridé de retrouver sa princesse. Visiblement pas. Ça fait deux heures qu'elle est partie se coucher et il continue de guetter la porte comme un pichon transi d'amour.

Je vérifie les écrans. Personne ne nous suit – à part une sphère géante bien flippante.

Est-ce que je lance mon idée, ou j'oublie ? Bon, il y a de bonnes chances qu'ils refusent de toute façon, puisque cela comporte pas mal de risques. D'un autre côté, il se peut que ce soit notre meilleure chance, alors pourquoi ne pas tenter le coup ? Milla et Jarved en valent bien la peine, non ?

Je ne suis pas encore parvenue à me décider que le système de com se met à bourdonner, signalant l'arrivée d'un appel. Ian bondit.

– Qui est-ce ?

Gage tape sur quelques touches.

– Ce mercenaire dans les Confins que tu m'as demandé de contacter. On dirait qu'il a trouvé l'info.

– Super. Tu peux afficher ça sur les autres écrans ? demande Ian.

Un flux de données défile à l'écran. Je commence à lire. C'est une carte du bâtiment où doit se trouver Milla – avec un peu de chance –, étant donné que c'est la plus grosse structure présente sur Delta V47 (qui était la destination prévue du *Réformateur)*. Le lieu exact est l'astéroïde lui-même. Il y a le nombre de gardes, leur roulement et les heures de changement d'équipes. Il s'agit là de renseignements utiles, mais c'est aussi une très mauvaise nouvelle.

Ce qui est bien, c'est qu'il n'y a pas de système de surveillance de grande portée, mais il y a apparemment entre cinquante et cent gardes en faction tout le temps, et nous devons nous attendre à ce que les gardes en repos se joignent aux autres en cas d'attaque. Nous ne serons jamais en mesure d'en maîtriser autant. Pas à nous sept, en sachant que seuls quatre d'entre nous sont entraînés au combat.

Vu l'expression d'Ian, il a fait le même calcul que moi.

– Merde, grommelle-t-il. Comment on va faire ?

– Pas possible, je réponds. Pas tout seuls.

Kali choisit ce moment pour faire une apparition. Et elle n'a pas meilleure mine que quand elle est partie se coucher.

– Qu'est-ce qui se passe ? demande-t-elle.

Ian fait un pas vers elle puis s'arrête, sans doute douché par son expression fermée et son attitude générale qui semble dire « fous-moi la paix ».

– Nous venons de recevoir des infos sur les Confins. C'est pas bon.

– Trop de gardes, ajoute Max. On va avoir besoin d'aide.

– Et on est censés trouver de l'aide où ? Ce n'est pas comme si on avait l'embarras du choix. Les gens à qui on peut faire confiance et qui rêvent d'aller faire un tour dans les Confins, ça ne court pas les rues. Avec tout ce qui se passe là-bas…

Ian est en panique, il s'est mis à faire les cent pas. Ce type ne peut pas rester en place quand il est stressé. Je suis presque sûre qu'il a rayé le sol à force de piétiner, les jours qui ont précédé le sauvetage de Kali au palais.

Ce qui signifie qu'il n'y aura pas meilleur moment pour balancer mon idée, histoire de voir à quel point ils sont désespérés. Je n'ai pas le temps de parler que Kali s'avance :

– On ne pourrait pas engager des gens ? Des mercenaires, peut-être ?

Ian secoue la tête.

– On n'a pas le fric.

– Et avec ça ?

De sa poche, elle sort une poignée de jolis bijoux brillants, qu'elle fourre dans les mains d'Ian.

– J'ai rapporté ce que j'ai pu, je me disais que ça pourrait servir.

Ian reste un moment à contempler ses mains, comme s'il n'en croyait pas ses yeux.

– Et puis la robe, aussi, ajoute-t-elle en désignant la robe violette dans laquelle elle est revenue, dont l'ourlet est incrusté de pierres précieuses.

Ian regarde Max, et j'imagine qu'ils font leur truc de télépathes, car Max secoue la tête. Franchement, je ne sais pas comment je ne m'en suis pas aperçue plus tôt. Ce n'est pas si subtil.

– Merci, Princesse, mais ça ne fonctionnera pas. C'est trop dangereux. Je ne connais personne qui acceptera d'aller dans les Confins, même pour tout ça.

Il tente de lui redonner les bijoux, mais elle secoue la tête, si bien qu'il les fourre dans sa poche.

– Moi si, j'interviens.

Tout le monde se tourne vers moi.

– Quoi ?

– Je connais des gens qui iront où on veut. Ou au moins feront diversion et occuperont une bonne partie de ces gardes pendant que nous irons libérer Milla et…

Je laisse ma phrase en suspens. C'est comme si je risquais de faire tout cafouiller si je dis le nom de mon frère à haute voix.

– Qui ?

– Les rebelles, évidemment.

Il fronce les sourcils, comprenant qu'il lui manque une pièce du puzzle.

– Et pourquoi ils nous aideraient ?

– Parce que je leur demanderai.

– Et ils t'obéiront ? (Il n'a pas l'air convaincu.) Pourquoi ?

– Parce que ma mère est Marlina Orsgood.

Il écarquille les yeux sans répondre. Je me congratule mentalement : ce n'est pas donné à tout le monde de lui couper le sifflet.

– Qui est Marlina Orsgood ? demande Rain.

– La cheffe de la Rébellion, répond Merrick d'une voix lente, tout en m'examinant comme si je venais de me laisser pousser une tête supplémentaire. Et la plus impitoyable qu'il n'y a jamais eu.

Max fronce les sourcils.

– C'est elle qu'on appelle le Bourreau de Narreth ?

– C'est exagéré, je dis en croisant les doigts derrière mon dos.

À Narreth, elle a massacré toute une garnison de troupes impériales.

– La Surineuse de Snolmek ? ajoute Merrick.

– Ça ne s'est pas vraiment passé comme on le dit.

C'était bien pire.

– Et aussi… commence Gage, mais je l'interromps.

– Vous voulez son aide ou pas ?

– Je sais pas, répond Ian, indécis.

– Bon, ce n'est pas comme si tu croulais sous les propositions. Et elle ne va pas essayer de t'attaquer.

Ian s'assied dans son gros fauteuil, ce qui signifie qu'il réfléchit. Je le laisse faire. Si je le pousse, il va refuser. Mais c'est vraiment la seule solution, et ça ne va pas lui prendre longtemps de s'en rendre compte.

– Pourquoi ? demande-t-il au bout de cinq minutes. Explique-moi les détails. Pourquoi nous aiderait-elle ? Et pourquoi tu lui demanderais son aide ?

Je m'humecte les lèvres en évaluant ce que je dois lui révéler.

– Moi j'y vais de toute façon. J'ai une maigre chance de retrouver mon frère. Ou du moins de découvrir ce qui lui est arrivé.

Kali me regarde avec un intérêt nouveau.

– Je croyais t'avoir entendu dire que ton frère était mort ?

– Il l'est. Enfin, sans doute. Mais toute cette histoire à propos de Milla m'a fait réfléchir. Elle a réussi à survivre. Alors pourquoi pas Jarved ? Ce qui veut dire que j'ai un intérêt direct dans cette mission, et ce sera le cas pour ma mère aussi, pour les mêmes raisons. Elle a beau être impitoyable, elle aime ses enfants.

La pulsation reprend sous mon crâne. Les antidouleurs ne feront plus effet très longtemps. Mais je dois les persuader. Car je pense que c'est vraiment notre seule chance de réussir. Et pour moi, il s'agira aussi de ma porte de sortie.

– Et puis s'attaquer aux Confins, c'est s'attaquer à la Corporation, et à l'Empire. Elle est toujours partante pour ça. Et si tu penses que les rebelles ont besoin d'une raison en plus, tu peux ajouter les bijoux dans la balance. Ils sont toujours en recherche de fonds.

– Est-ce que tu lui diras que Kali est à bord ? demande Max.

– Pas si elle ne veut pas.

Kali hausse les épaules.

– Peu importe, je n'ai pas peur de la Rébellion.

– Tu devrais.

Malgré tout, je la respecte de ne pas se cacher. À un moment donné, on doit vivre sa vie, et tant pis pour ceux qui ne sont pas contents.

– Sans parler de Rain et Merrick, dit Max. La Rébellion n'est pas vraiment fan de l'Ordre. Ni de la Corporation, d'ailleurs. Dont Gage fait partie.

– Elle ne les touchera pas si je le lui demande.

Enfin, j'espère. On ne peut jamais savoir qui va se pointer : ma mère ou le Bourreau de Narreth. Mais ça ne semble pas trop être le moment d'en parler.

– Je lui dirai que vous m'avez tous sauvé la vie. Elle le prendra en compte.

– Tu as un moyen de la contacter ? demande Ian.

– Oui.

Nous avons toujours eu une ligne pour les urgences. Vu que ses deux enfants ont disparu, je suis sûre qu'elle l'a gardée.

Ian fait le tour de la pièce du regard.

– Qu'en pensez-vous ? On prend ce risque ?

– Est-ce qu'on a d'autres choix ? répond Max. Beckett a raison, on n'est pas débordés par les propositions.

– Vous pensez vraiment qu'on peut se fier à ces gens ? demande Merrick, avant de se tourner vers moi. Tu la connais mieux que nous : est-ce qu'elle tient parole ?

– Oui. C'est parvenir à obtenir sa parole qui peut être difficile. Mais une fois qu'elle s'engage, elle ne trahit pas. Elle a son propre code d'honneur, et elle n'y déroge pas.

– Bon, dit Ian à Merrick. Rain et toi, vous n'avez pas de raison de venir avec nous. On peut vous déposer quelque part, pas très loin des locaux de l'Ordre, et vous pourrez rentrer à la maison.

Je retiens mon souffle. Je ne veux pas qu'elle parte. Je ne suis pas prête. Je sais que j'ai pris la décision de partir, mais pas tout de suite. Pas encore.

Rain fait « non » de la tête. Je crois qu'elle pense comme moi. Je m'attends à ce que Merrick proteste. Mais non. C'est un signe de plus qui tend à me faire croire que ce type nous cache encore quelque chose. Mais je ne vois pas de quoi il peut s'agir.

– On reste, finit-il par affirmer.

– Bien. (Ian se tourne alors vers Gage.) Et toi ?

– Moi je suis partant. Mais ne lui donne peut-être pas *tous* les bijoux.

Étonnant, de la part de Gage… Je n'ai jamais vu quelqu'un aussi obsédé par l'argent.

Ian doit être d'accord là-dessus, car il émet un son désapprobateur sans répondre. Enfin, il se tourne vers Kali :

– Et toi, Princesse ? Tu penses qu'on devrait s'allier aux rebelles ?

Elle hausse les épaules.

– Je fais confiance à Beckett. Si elle dit que ça va le faire, je la crois.

Celle-là, je ne m'y attendais pas. Et ça me fait un drôle d'effet. OK, elle a dit qu'elle me faisait confiance avant de partir, mais il n'y avait que nous deux. Là, devant tout le monde. Ça me donne presque envie de répondre un truc gnangnan comme « Je ne te décevrai pas, Kali », ou…

Une douleur fulgurante coupe court à mes niaiseries. Je dois faire vite.

– Alors, on le fait ? je demande.

– Bon, pourquoi pas, accepte Ian en levant les mains. Ça ne peut pas être pire que les autres décisions qu'on a prises ces derniers temps. Vas-y, appelle maman.

Je me lève. Je devrais me réjouir davantage. J'obtiens ce dont j'ai besoin.

Je jette un coup d'œil vers Rain, qui me répond par un sourire.

À défaut de ce que je désire…

CHAPITRE 65

KALINDA

Je n'arrive pas à dormir. Cela fait trois jours que je suis de retour à bord du *Starlight*, et je n'arrive pas à trouver le repos. Chaque fois que je ferme les yeux, je vois Arik s'effondrer juste devant moi, et le visage de Lara tandis qu'elle tombe du parapet, la bouche grande ouverte sur un cri désespéré.

Ils sont morts pour moi. À cause de moi. Si j'étais sagement restée à ma place, si j'avais fait ce qu'on me demandait, ils seraient toujours en vie. Et des millions de personnes seraient mortes.

Si c'est cela être une princesse, je veux bien rendre ma robe. Immédiatement. Je préfère n'importe quel autre rôle.

– Hé, me dit Ian en arrivant dans la cambuse, où je me prépare un énième thé.

L'équipage s'en est procuré lors d'un ravitaillement en venant me sauver, et j'en suis ravie. Mon ventre ne supporte rien d'autre pour l'instant, alors j'ai pris l'habitude d'en boire tout le temps.

– Tu en veux ? je propose en tendant ma tasse.

– Café ? me demande-t-il avec espoir.

– Thé.

– Ah, non merci, répond Ian en plissant le nez avant de se remplir un verre d'eau. Tu as deux minutes pour causer ?

Étant donné qu'on n'a rien d'autre à faire que rester assis en attendant d'arriver aux Confins (et que la mère de Beckett rappelle), la question est plutôt ridicule. On n'a pas grand-chose à faire. Mais je lui réponds :

– Bien sûr.

Même si cette perspective me donne des haut-le-cœur. Nous ne nous sommes pas retrouvés seuls depuis que nous avons parlé des raisons de mon départ. Je pensais l'avoir convaincu que je n'avais pas fui à cause de la coalescence mentale, mais je n'en suis plus si sûre. Surtout qu'il n'a pas essayé de m'embrasser une seule fois.

Je finis de faire infuser mon thé et m'assieds à la table. Je m'attends à ce qu'il s'installe en face, mais il se place à côté de moi.

– Ça va ?

– Ça va, je réponds. (Tant que je ne ferme pas les yeux.) Pourquoi ?

– Parce que tu as subi beaucoup de choses.

Je hausse les épaules.

– Comme nous tous. Toi, tout va bien ?

– Loin de là…

Il rit. Je roule des yeux et prends une gorgée de thé.

– Tu vois ce que je veux dire.

Il ne me répond pas tout de suite, et je n'ai rien à dire, alors nous restons silencieux un moment. Pour finir, Ian demande :

– Alors tu tiens le coup ? Même après ce qui est arrivé à ton amie et à ton garde ?

Je sursaute de surprise. L'entendre de sa bouche donne à ces événements une réalité pour laquelle je ne suis pas prête.

– Comment tu es au courant ? Je croyais que tu n'étais pas encore arrivé à ce moment-là.

L'expression tendre du visage d'Ian est plus que ce que je suis capable de supporter.

– Nous étions assez proches pour que les écrans du *Starlight* nous permettent de voir ce qui se passait sur le toit. Je suis désolé. Je serais intervenu si j'avais pu, mais nous étions encore trop loin et c'est arrivé trop vite.

Je détourne le regard. Inutile de regretter qu'il ne soit pas arrivé plus vite. Ce qui est fait est fait.

– Est-ce que Max t'a demandé de venir me parler ?

Il prend régulièrement de mes nouvelles. Je crois qu'il attend que je craque. Mais en ce moment, même pleurer me semble demander un trop grand effort.

– Non. Mais je sais qu'il s'inquiète aussi. Comme nous tous.

Je change de sujet.

– Pourquoi vous êtes revenus me chercher ? je demande, parce que cette question m'obsède depuis que je suis remontée à bord du *Starlight*.

– Tu ne voulais pas ? me demande-t-il en retour en m'observant attentivement.

Je ne sais pas si c'est parce qu'il a quelque chose à cacher, ou parce qu'il a toujours des craintes au sujet des raisons de mon départ.

– Bien sûr que si. Je serais en prison ou morte si vous n'étiez pas venus. (Je prononce ces mots sans frémir. J'ai passé ces derniers jours à essayer d'accepter ce qu'est vraiment ma mère.) Mais ça ne me dit toujours pas ce qui vous a décidé à venir me chercher.

– En fait, c'est une des choses dont je voulais te parler. Je pensais que c'était peut-être mieux si c'était Rain qui te l'annonçait, mais elle trouve que c'est à moi de te parler.

Je n'aime pas l'allure que ça prend. Qu'est-ce qu'il a à me dire de si grave qu'il y a besoin d'un débat pour savoir qui s'y colle ?

– Est-ce que ma mère est morte ?

C'est la seule chose qui me vient à l'esprit.

– Hein ? Mais non !

Il semble si choqué que je le crois.

– Alors de quoi tu veux me parler ? je demande, un peu agacée par sa manière de tourner autour du pot. Crache le morceau.

– Ce n'est pas le genre de truc qu'on peut juste cracher comme ça. (Il exhale longuement.) Tu sais que Rain est la grande prêtresse de l'Ordre sororal de la Lumière ?

Je lui adresse un regard ahuri. Mais où veut-il en venir ?

– Ben, oui…

– Eh bien, il y a eu une révélation après ton départ.

– Une révélation ?

Mon ventre commence à se nouer, sans que je sache pourquoi. Peut-être parce qu'il hésite tellement, et que ça ne lui ressemble pas.

– Qu'est-ce que tu veux dire ?

– Il se trouve que Merrick et toi, vous avez des liens familiaux. Son père était le frère de ton père.

Le choc me fige sur place pendant plusieurs secondes.

– C'est impossible.

– Pourquoi ? Ton père venait bien de Serati ?

Il m'observe avec beaucoup d'attention, ce qui me panique encore plus.

– En effet, mais il n'avait pas de famille, il n'en parlait jamais…

– Parce qu'il s'est brouillé avec eux en épousant ta mère. J'ai comme l'impression que ce mariage ne les enchantait pas.

J'aimerais le contredire, mais après ce que j'ai vécu à cause d'elle, ce n'est pas si difficile à envisager.

– Et Merrick t'a dit ça ?

– Il nous a révélé bien des choses. Y compris que vos deux pères se sont réconciliés peu de temps avant que le tien meure. Et que ton père a avoué au sien quelque chose… qui sera peut-être difficile à entendre pour toi.

Ma nervosité se change en une émotion plus sombre et effrayante. La peur m'étreint la gorge, et une partie de moi voudrait lui crier de se taire. De ne pas m'en dire plus. Que ça en fait trop, en plus de ce que je vis déjà.

Mais cela ne fait que quelques jours que je me suis promis de ne plus choisir l'ignorance, alors je n'exprime pas toutes ces réticences, je chuchote :

– Vas-y, dis-le-moi. Peu importe de quoi il s'agit, dis-moi qu'on en finisse.

– Ton père a dit à celui de Merrick qu'à ta naissance, les signes indiquaient que tu étais la grande prêtresse. Mais ta mère a refusé de donner sa fille à l'Ordre, alors elle a retiré ta marque de naissance en la brûlant et a payé un couple – et l'Ordre – pour faire passer leur bébé pour la grande prêtresse à ta place.

Je ne m'attendais tellement pas à ça que l'espace d'un instant, je n'en comprends même pas le sens. Puis je me mets à rire.

– Mais je ne suis pas une grande prêtresse, Ian, c'est absurde.

– Non, pas juste une grande prêtresse, Kali. *La* grande prêtresse.

– Mais c'est complètement ridicule, Rain est une bien meilleure personne que moi, et puis elle a la foi, alors que moi, non. Ce n'est pas possible que je sois « la » grande prêtresse. (Je commence à rire, puis quelque chose m'interpelle.) Et puis c'est quoi le rapport avec le fait de revenir me chercher ?

Son regard attentif fait battre mon cœur plus vite.

– Est-ce qu'être la grande prêtresse a quelque chose à voir avec l'activation de l'heptosphère ?

Il hoche la tête.

– Ce n'est pas juste à propos de la grande prêtresse, Kali. Que tu sois capable d'activer l'heptosphère prouve que tu as de l'ADN alien. Tu es ce que l'ordre appelle la Star Bringer, la Faiseuse d'étoiles.

– Alors vous êtes revenus me chercher parce que vous avez déduit que j'étais cette… Faiseuse d'étoiles ? Et que si je touchais l'heptosphère…

Je m'interromps, car la vérité vient de me heurter comme une muraille solide et impossible à ignorer. J'ai le ventre qui me brûle et les poumons crispés, si bien que j'ai du mal à respirer.

J'ai toujours ressenti un lien indéniable à ce vaisseau. Il me rassure d'une manière que je n'arrive pas à expliquer. Et je suis attirée par l'heptosphère aussi, si fortement parfois que j'ai l'impression que ça me consume.

Et quand le *Starlight* a disparu, il paraît que moi aussi j'ai disparu.

Pas Rain.

Ian m'attire alors contre lui, m'enveloppe de ses bras puissants. Et même si je me dis que je devrais garder mes distances, que c'est trop compliqué entre nous pour que j'accepte son soutien, je cède. Sa présence, son corps, si grand et solide, me font tellement de bien qu'il m'est impossible de repousser son étreinte. Je me blottis même contre lui, m'accroche à son T-shirt et enfouis mon visage dans son torse en emplissant mes narines de cette odeur tiède de café et de gerjgin.

Les larmes que je n'ai pas réussi à verser depuis la mort de Lara et d'Arik me brûlent les yeux, se mêlant au manque de mon père que je ressens toujours et à la colère que m'inspire ma mère… Je n'arrive plus à respirer. Ni à réfléchir. Je n'arrive plus qu'à sangloter, tout mon corps tremble contre celui d'Ian, tandis que je pleure et pleure sans plus pouvoir m'arrêter.

Il me tient, me caresse les cheveux, me frotte le dos et me serre contre lui. Je sais qu'entre nous les choses ne sont pas claires, mais en cet instant, j'ai l'impression qu'Ian est le seul point de repère dans un monde qui est soudain complètement à l'envers.

Mes larmes finissent par se tarir, et Ian est toujours là. Il me porte jusqu'à sa cabine. Gage et Max sont toujours sur la passerelle, si bien que nous sommes seuls lorsqu'il écarte les draps pour me poser délicatement dans son lit.

Je suis épuisée, physiquement comme émotionnellement, et tout ce que je veux, c'est dormir. Mais je ne veux pas rester seule. Pas encore. Pas tout de suite.

– S'il te plaît, ne me laisse pas, je lui demande tandis qu'il recule doucement.

– Je reste là, Princesse, me chuchote-t-il, avant de retirer ses bottes pour se glisser dans le lit à côté de moi, en me reprenant dans ses bras. Dors. Je serai là à ton réveil.

Je hoche la tête et me pelotonne contre lui. Il éteint la lumière et c'est alors seulement, dans le noir, que je trouve le courage de formuler ce qui hante mes pensées depuis tout à l'heure.

– Elle a tué mon père, hein ? je murmure, et ces mots consument tout le chagrin que j'abritais pour emplir mon cœur de rage. Elle ne pouvait pas supporter que ça se sache, alors quand il l'a dit au père de Merrick, elle l'a fait assassiner.

Ian bouge un peu dans le noir.

– Je n'en sais rien, me dit-il, mais à sa voix, je sais qu'il pense lui aussi que c'est plausible.

– J'en suis certaine, j'affirme tandis que la rage fait émerger un besoin brûlant de justice dans mes entrailles. Elle l'a tué pour garder son secret, puis s'est servie de son crime comme prétexte pour capturer et torturer des centaines de rebelles. Des gens comme Beckett et son frère.

– Peut-être, admet Ian.

– Il n'y a pas de « peut-être », je lui dis, tandis que le sommeil me gagne enfin peu à peu. Et je vais trouver le moyen d'en avoir la preuve.

CHAPITRE 86

BECKETT

Tout le monde dort et je me retrouve une fois de plus seule sur la passerelle. Rain est venue un peu plus tôt, a essayé de me convaincre de la rejoindre au lit. Et j'en avais envie – vraiment. Les occasions qu'il me reste de la tenir dans mes bras, de l'embrasser et de coller mon corps contre le sien sont comptées désormais.

Mais j'ai appelé sur le numéro d'urgence pour contacter ma mère il y a près de vingt-quatre heures. Ce qui signifie qu'elle va me rappeler dans très peu de temps. Nous avons toujours eu cette règle des vingt-quatre heures pour répondre aux appels sur cette ligne, et je dois croire que cela n'a pas changé.

Car tout le reste a changé.

Une vive douleur me traverse le crâne et l'espace d'un instant, elle me submerge si complètement que je ne parviens à faire rien d'autre que la supporter. Même respirer est impossible. C'est plus long que la dernière, qui était plus longue que celle d'avant. Encore un signe que mon état se dégrade. Que mon sablier est bientôt écoulé.

Je fixe le système de télécommunication, essayant de le faire sonner par ma seule volonté. Je dois gérer ça. Je dois m'assurer que Rain et les autres seront en sécurité. Avant que je parte. L'idée de partir alors que leur sort est incertain aggrave la douleur – et tout le reste.

Je sors la boîte d'antidouleurs de sous mon siège. Je n'en ai presque plus et, franchement, je ne sais pas bien pourquoi je continue à en prendre. Ils n'ont presque plus aucun effet. L'espoir fait vivre, j'imagine… Ce qui est ridicule : je croyais que j'avais perdu ma capacité à espérer au moment du décès de mon père.

J'avale quelques cachets, puisque les prendre est mieux que ne pas les prendre, puis je me mets à tripatouiller les commandes du *Starlight*. Chaque jour, j'apprends quelque chose de nouveau sur ce vaisseau, quelque chose qui décoiffe ! Et chaque fois je m'interroge sur le genre de technologies dont disposaient les Anciens. J'ai piloté de nombreux vaisseaux au cours de ma vie et aucun – absolument aucun – n'arrivait à la cheville de ce que le *Starlight* peut faire.

C'est le vaisseau le plus étrange et le plus démentiel que j'aie jamais vu. Je crois qu'il va me manquer presque autant que Rain.

Je bâille en scrutant l'heure sur le tableau de bord. Encore dix-sept minutes avant que le créneau de vingt-quatre heures soit échu. Dix-sept minutes et je pourrai me glisser au lit avec Rain, et faire semblant, l'espace de quelques heures, que tout va bien.

Quand il ne reste plus que huit minutes à attendre – et juste au moment où je me suis persuadée qu'elle n'appellera pas – ça sonne. Ça pourrait être n'importe qui, mais avant même de décrocher, je sais que c'est elle.

Et dès que j'accepte l'appel, son visage familier apparaît à l'écran. Plus âgé que la dernière fois que je l'ai vue. Mais il s'est passé beaucoup de choses au cours des dix derniers mois, alors ce n'est pas étonnant.

– Beckett ! (Ses yeux jaunes s'illuminent quand elle voit de qui il s'agit.) Tu es vivante ! Je pensais que…

Sa voix se brise, puis elle se reprend.

– Tous les rapports sur lesquels j'ai pu mettre la main affirmaient que tu avais disparu du complexe pénitentiaire il y a des mois de ça, et que l'Empire t'avait déclarée décédée.

– Mort à l'Empire, je réponds, ce qui la fait rire joyeusement.

Je connais bien mon interlocutrice.

– Dis-moi où tu es, ma puce, j'envoie quelqu'un te chercher. (Une fois passées la surprise et la joie de découvrir que je suis encore vivante, elle m'examine d'un œil critique.) Qu'est-ce qu'ils t'ont fait ?

– Quelle importance ? Je suis libre à présent.

J'ai l'impression qu'elle va creuser le sujet de ma santé. D'un côté, j'aimerais bien qu'elle s'en soucie, mais là tout de suite, ce n'est pas de ça que je veux parler.

– J'ai une piste, maman. Pour Jarved.

– Ton frère est mort.

Son ton est sans réplique, ne laissant aucune place au doute et à la discussion. Je comprends. Longtemps, j'ai été incapable ne serait-ce que de penser à lui. Il me manquait tellement.

Il me manque toujours, mais j'ai passé et repassé le cas de Milla dans ma tête, étudié le fait que nous nous sommes retrouvées presque au même endroit. Et j'ai beau m'efforcer de résister à m'imaginer que mon frère pourrait être en vie, cette idée a pris racine… Et rien ne m'en fera démordre à part m'en assurer moi-même.

Je renseigne ma mère sur ce qui m'est arrivé : ma capture, mon emprisonnement, les expériences sur la *Caelestis*. Puis je lui expose toutes les raisons qui me portent à croire que Jarved est encore vivant.

Quand j'ai fini, je vois qu'elle a le visage exsangue et dans son regard, la joie s'est éteinte. À la place, une fureur que je ne connais que trop bien. Telle mère, telle fille, après tout.

– C'est ça qu'ils t'ont fait ? Des expériences ? De la torture ? Dans quel but ?

– Je n'en sais rien, je réponds. Ma mémoire est lacunaire. Il y a beaucoup d'éléments dont je ne me souviens pas. Juste…

– Juste quoi ? demande-t-elle d'une voix aussi glaciale que les lunes de Glacéa.

– La douleur.

Ça fait du bien de l'admettre. J'ai un peu peur de paraître faible en disant cela, mais si je ne peux pas le dire à ma mère, à qui ? Même si on la surnomme le Bourreau.

– Dis-moi où tu te trouves, me presse-t-elle à nouveau. Je viendrai te chercher en personne.

– En fait, c'est la raison de mon appel. J'ai une proposition à te faire.

– À moi ? s'étonne-t-elle, méfiante.

– À la Rébellion, en fait.

Je lui donne les détails : les Confins, le *Réformateur*, les pillards, le trafic d'êtres humains… Et d'autres choses, aussi, l'heptosphère, le *Starlight*. J'en dis peut-être plus que je ne devrais, mais ça fait du bien de parler à ma mère. De la voir hocher la tête. Et je conclus par :

– Les gens avec qui je suis ont de l'argent. Nous pouvons payer pour votre aide.

– Tu me proposes une chance de riposter contre les salauds qui ont torturé ma fille et sans doute assassiné mon fils. Je le ferais gratuitement.

Je hausse les sourcils. Ma mère n'accorde jamais son aide gratuitement. Sans me laisser le temps de lui poser la question, elle m'adresse un sourire penaud.

– Ne t'y trompe pas, je suis contente de ne pas devoir le faire, mais je l'aurais fait.

Ah, je la reconnais mieux là.

– On va avoir besoin d'armes. Et de quelqu'un qui crée une diversion pour qu'on puisse s'infiltrer et faire sortir Milla et Jarved.

– À quel genre d'armes tu penses ? demande-t-elle, concentrée sur la mission à présent.

Je sors la liste que nous avons établie ce matin, Merrick, Ian et moi, et je lui lis ce dont nous avons besoin.

Elle émet un sifflement.

– Ça fait beaucoup, ma fille.

– D'après nos informations, il y a beaucoup de gardes. Et un puissant système de sécurité.

Elle hoche la tête.

– Tu es sûre que tu veux t'impliquer personnellement ? On dirait qu'il y a une forte probabilité de se faire capturer de nouveau.

– C'est mon frère. Je dois aller vérifier.

Son sourire est triste, mais empreint de fierté.

– Tu ne serais pas ma fille si tu voyais les choses autrement. (Elle jette un coup d'œil sur la liste qu'elle a prise en note.) Il va me falloir quelques jours pour rassembler ça.

– Pas de problème. Nous sommes à plusieurs jours de Glacéa.

– Comment sais-tu que je suis toujours là-bas ? demande-t-elle. Je pourrais être n'importe où.

– En effet. Mais je reconnais le mur derrière toi. C'est la base des rebelles sur Glacéa.

– Toujours observatrice, répond-elle avec un sourire qui n'atteint pas tout à fait ses yeux tristes. À bientôt, ma chérie.

– À bientôt, maman.

– Avant que tu coupes : qui sont ces gens avec toi ? Pour savoir à quoi m'attendre.

Ça se corse. Est-ce que je lui dis tout ?

Pour finir, j'opte pour la vérité, mais pas entière.

– Juste des personnes qui étaient sur la *Caelestis* quand elle a explosé, je réponds, imprécise. Ils cherchaient à fuir et m'ont laissée venir avec eux.

– La *Caelestis* ?

Soudain son regard perd la douceur qu'elle réserve à ses enfants et prend l'éclat métallique et froid d'une femme qui semble en effet mériter le surnom de Bourreau de Narreth.

– La princesse héritière a été portée disparue de la station spatiale, dit-elle d'une voix posée. Tout comme la grande prêtresse de Serati.

– On dirait que tu es bien au courant, je dis.

– C'est mon boulot de savoir ces choses-là. (À travers l'écran, son regard dur semble me sonder.) Est-ce que tu voyages avec la princesse Kalinda ?

Voilà, je suis faite comme un rat.

– Je ne suis pas sûre qu'elle soit encore princesse, je finasse. L'Impératrice et elle se sont brouillées.

– Comme toujours avec les gens de leur espèce. (Ma mère agite la main avec mépris.) Mais au bout du compte, ils restent loyaux les uns aux autres. L'Empire avant tout. Même avant la décence. On a vu ça des millions de fois.

De manière générale, elle a raison. Mais je ne pense pas que Kali fera machine arrière. J'ai vu son visage sur le toit, quand elle essayait d'échapper aux soldats de sa mère. Et je l'ai observée depuis, essayant de ne pas repenser à toutes les horreurs commises par sa mère. Mais je ne suis pas naïve au point de me lancer dans une plaidoirie passionnée « Kali est différente, maman ». En partie parce que j'en suis encore à me faire à l'idée qu'elle l'est, et en partie parce que ça ne fera pas changer ma mère d'avis. Elle est très claire sur ses valeurs et « Mort à l'Empire » en constitue le principal fondement.

Voilà pourquoi je ne suis même pas surprise quand, après m'avoir étudiée un moment, elle lance :

– Tue la princesse et dis à tes amis que je leur fournirai les armes – et le soutien aérien – gratuitement. Si tu choisis de l'épargner, l'affaire sera coûteuse. Sans doute trop.

Je n'en doute pas. Ma mère a un don pour faire souhaiter aux gens de n'être jamais nés. Cela m'est arrivé aussi. Je n'aime pas vivre comme ça, mais je comprends que c'est parfois une question de survie.

– Je te retrouve bientôt, ma chérie, me dit ma mère avant de couper la conversation. Et ne t'en fais pas. Nous trouverons un moyen de capturer la princesse et de voir si ton frère est en vie. Qu'importe le coût.

L'écran devient noir et je pose la tête sur le tableau de bord, en essayant de ne pas me laisser aller aux larmes. D'habitude, j'y arrive sans mal, mais cette fois, c'est presque un miracle que j'y parvienne.

CHAPITRE 67

RAIN

À mon réveil, je trouve le lit voisin inoccupé. Encore. Un rapide coup d'œil à l'horloge au-dessus de la porte m'informe qu'on est en pleine nuit. Beckett m'a promis qu'elle viendrait au lit cette nuit. Tout comme les jours précédents. Avec le même résultat.

La plupart des nuits, je reste allongée à l'attendre, et mon cœur se brise un peu plus à chaque heure qui passe. Mais ce soir je n'ai pas le courage d'attendre une femme qui ne viendra pas. Peut-être parce qu'il n'y a plus rien à casser dans mon cœur.

Les révélations de Merrick au sujet de l'Ordre en ont brisé une bonne partie, et Beckett s'est occupée du reste nuit après nuit pendant la semaine qui a suivi. À quoi bon avoir une petite copine si elle ne te parle même pas ? Pire, si elle te ment effrontément, prétendant qu'elle va bien alors qu'il est évident qu'elle a du mal à tenir le coup.

Et qu'il est tout aussi évident que toi aussi.

Depuis ce jour où Merrick a fait voler ma vie en morceaux – je lui en suis reconnaissante, cela dit – je passe des heures à m'interroger sur ce que je vais faire. À me demander qui je suis. Comment pourrions-nous retourner à nos vies d'avant sur Serati ?

Je n'irai pas. Comment supporter ce retour maintenant que je sais que ma vie, depuis ma plus tendre enfance, n'était qu'un mensonge soigneusement orchestré ? J'ai été cloîtrée dans un monastère, convaincue que je ne pouvais rien faire, rien être à part être l'instrument du salut de millions de personnes. On m'a dit que je devais faire plus d'efforts, être meilleure, être à la hauteur de mon rôle de grande prêtresse.

Et je découvre que je n'avais pas la moindre chance d'y parvenir.

En dépit des efforts, la tâche était impossible, depuis toujours. Je ne pouvais pas être une bonne grande prêtresse, parce que je n'étais pas destinée à être grande prêtresse.

Ces derniers jours, j'ai passé de longues heures à réfléchir à ça. J'en suis venue à la conclusion que beaucoup de monde était au courant, pour que ce mensonge fonctionne.

Les parents de Kali.

Mes parents – qui qu'ils soient.

Les supérieurs de l'Ordre.

Les sœurs qui se sont occupées de moi bébé, et même ensuite. Peut-être que la plupart ne savaient pas, mais il devait bien y avoir des ragots, des rumeurs.

Tous ces gens savaient qu'ils participaient à entretenir un mensonge, mais ils s'en fichaient. Ils l'ont perpétué, jusqu'à ce qu'il soit énorme et impossible à contrôler. Ils m'ont dépossédée de ma vie. Tout comme Merrick, Kali, et peut-être même son père.

J'ai pensé à ça aussi. Et j'ai compris qu'une organisation prenant de telles mesures (mentir, trahir, dénigrer l'existence d'êtres humains) ne s'interdirait pas de commettre un meurtre. Peu importe le prix pour conserver le secret. Car si la vérité éclatait, ils perdraient tout.

Pas étonnant que Merrick vive une crise de sa foi.

Si l'Ordre se permet de falsifier les choses, de mettre n'importe qui à la place de la grande prêtresse, comment croire que l'Ordre détienne la moindre parcelle de vérité ? Dans ce cas, on sera tout aussi mal que les autres quand l'astre mourra. Même si personne ne veut l'admettre sur Serati.

Si l'Ordre n'est pas sincère, peut-être que la Lumière n'existe même pas.

Incapable de rester allongée dans le noir une seconde de plus avec ces pensées qui tourbillonnent dans ma tête, je rejette mes couvertures et enfile ma combinaison bleue et rose. Et je me prépare à passer la nuit à errer dans le vaisseau.

Mais ce soir, mes pieds partent dans une direction bien précise : la passerelle. Beckett.

Je veux qu'elle me fasse un câlin, qu'elle m'entoure de ses bras en me disant que tout ira bien (ma vie, sa vie, et nous, ensemble). Je n'y crois pas, mais j'aimerais tellement l'entendre, juste une fois.

Mais quand j'arrive sur la passerelle, je ne la trouve pas dans son fauteuil de pilotage à contempler l'univers – ce qu'elle fait habituellement à cette heure de la nuit. Non, assise devant le système de télécommunication, elle a la tête entre les mains et tout son corps est agité de tremblements.

Mes propres tourments s'envolent dès que je la vois. Pour quelqu'un qui a passé autant de temps que moi à l'observer, il est évident que ça ne va pas du tout.

Sans l'appeler, je me précipite – je me dis que c'est mieux si elle n'a pas le temps de reprendre contenance. Pas le temps de prétendre que je m'imagine des choses. Ce n'est pas parce qu'elle veut me faire des cachotteries, mais elle n'a jamais eu personne pour se soucier d'elle jusqu'ici, alors elle ne sait pas comment le prendre.

– Beckett, je dis en posant doucement la main sur son épaule.

Elle se lève si brusquement que je suis surprise qu'elle ne me renverse pas – ou n'atterrisse pas sur les fesses.

– Depuis quand tu es là ? me demande-t-elle.

J'examine son visage en me demandant ce qui l'a mise dans cet état. Et je suis stupéfaite de voir que des larmes tremblent entre ses cils. Depuis que je connais Beckett – et quelle qu'ait été la situation – jamais je ne l'ai vue pleurer.

– Qu'est-ce qui ne va pas? je demande, uniquement préoccupée par celle que j'aime.

Elle secoue la tête et je sais déjà ce qu'elle va répondre.

– Rien.

– On ne dirait pas, je proteste.

J'ai un peu envie de lui crier dessus jusqu'à ce qu'elle se montre honnête, mais je n'ai jamais crié sur personne. Et je ne sais pas du tout comment faire ça.

– Non, ça va, assure-t-elle en dédaignant mon inquiétude encore une fois. Tu devrais retourner te coucher.

J'essaie de ne pas être blessée par ce besoin de me repousser constamment. Mais c'est de plus en plus difficile au fil des jours.

Je dois insister. Je ne peux pas la laisser souffrir seule ainsi. Ce n'est pas dans ma nature. Je ne veux pas être comme ça. Pas à cause de cette histoire de grande prêtresse, mais pour moi, Rain. Je ne veux surtout pas être quelqu'un qui tourne le dos à une personne en souffrance.

Surtout quand il s'agit de Beckett.

Alors je passe un bras autour de sa taille et, encouragée par son manque de résistance, je l'éloigne du poste de communication et l'entraîne vers la porte.

J'aimerais la ramener à notre chambre (moins je porte de vêtements, plus elle a du mal à me mentir), mais Kali y dort en ce moment. Alors c'est dans la réserve que je l'emmène. Je l'installe sur le matelas que nous y avons installé et je commence à lui masser très délicatement la tête du bout des doigts.

– Qu'est-ce que tu fais ? demande-t-elle d'une voix rauque.

– Je t'aime, je réponds le plus honnêtement possible, de la seule manière que tu me laisses t'aimer.

– Rain…

– Chut, je lui ordonne en appuyant un tout petit peu plus.

Je fais bien attention à éviter ses cicatrices – que je connais aussi bien que mon propre corps, à présent – mais j'insiste un peu sur le dessus du crâne, sur les tempes, sur sa nuque, de chaque côté de la cicatrice qui longe sa colonne vertébrale.

Beckett reste immobile et tendue, mais quand j'arrive aux muscles à la base de son crâne, tout son corps se cambre.

– Je t'ai fait mal ? je m'inquiète en relâchant aussitôt la pression.

Elle secoue la tête et demande :

– Encore. Refais-le s'il te plaît.

Alors j'appuie un peu plus, effectuant des cercles lents et réguliers à l'arrière de sa tête et sur les côtés.

Quand j'arrive au sommet de sa tête, c'est comme si tout son corps s'était effondré, enfin détendu. Alors je continue jusqu'à ce qu'elle me demande d'arrêter.

– Merci, murmure-t-elle me prenant par la taille pour m'attirer vers elle. Elle m'assied sur ses genoux.

– Tu n'as pas besoin de me remercier pour ça. Je déteste te voir souffrir. Et je déteste encore plus que tu me laisses si rarement t'aider.

– Je ne veux pas…

Elle ne finit pas sa phrase. Elle tente de détourner le regard, mais je mets un doigt sous son menton pour l'obliger tendrement à me faire face et fouiller son regard magnifique. Ce soir, ses yeux sont d'or fondu (brûlants, insondables et dangereux) et je dois me retenir d'y sombrer.

Sombrer en elle.

– Qu'est-ce que tu ne veux pas ? je lui demande d'un ton qui indique que je ne vais pas lâcher l'affaire.

– Je ne veux pas que tu me voies en situation de faiblesse, finit-elle par avouer.

Je manque d'éclater de rire.

– De faiblesse ? Beckett, tu ne vois donc pas que tu es tout pour moi ? Il n'y a rien chez toi de moins qu'incroyable.

Elle secoue la tête, faisant rebondir ses glorieuses boucles noires sur son front et ses épaules.

– Je suis déglinguée, Rain. Tu le sais.

– On est tous déglingués, je réplique. Tu ne t'en es pas encore rendu compte ?

– Pas toi.

Elle me tient, les deux bras autour de ma taille, et ses doigts tracent de petits dessins dans mon dos qui m'envoient des frissons le long de la colonne – même à travers la combinaison.

Cette fois, je ris, parce que c'est le truc le plus absurde que j'ai entendu dernièrement.

– Moi plus que tout le monde ici ! je m'emporte.

– Ce n'est pas vrai.

– Ah non ? Ma vie entière est un mensonge, depuis le début. Je n'ai pas la moindre idée de qui je suis, d'où je viens… Et pire encore : je ne sais pas où je vais. Toi, au moins, tu sais tout ça.

– Ouais, mais je ne sais pas ce qui m'est arrivé. Et…

Elle fait un geste vague en direction de sa tête.

– Tes maux de tête s'aggravent ? je demande.

Elle hausse les épaules. La connaissant, ça équivaut à un oui franc et massif. Cette nouvelle m'inquiète. J'espérais qu'avec le temps, elle se remettait petit à petit de ce qu'elle a vécu dans ce laboratoire infernal.

– Comment je peux t'aider ?

– C'est bien le problème. Je ne veux pas de ton aide. Pas pour ça. Ni pour rien d'autre.

Ses paroles sont tranchantes comme les couteaux qu'Ian a toujours sur lui. Ces petites pointes s'enfoncent sans mal sous ma peau, et plus profond, me faisant saigner abondamment.

– Qu'est-ce que tu veux alors ? je demande, en retenant mon souffle, car pour la première fois j'ai peur de sa réponse.

J'ai peur de Beckett. Je sais qu'elle ne s'en prendra pas à moi physiquement. Mais émotionnellement… Elle a déjà commencé à m'éventrer alors qu'elle ne m'a pas encore quittée.

Et en la regardant, je sais que c'est ce qui va arriver. Elle a beau me tenir fort, tout contre elle, je vois la vérité au fond de ses yeux. Les démons qu'elle abrite me l'ont déjà prise. Le reste n'est qu'une question de temps.

CHAPITRE 88

IAN

Grâce à la vitesse surnaturelle du *Starlight* (mais vraiment, des vitesses que les vaisseaux spatiaux ne devraient pas pouvoir atteindre, surtout quand ils tractent une sphère géante ! Je sais pas ce qu'ils trafiquaient, les Anciens, mais ils allaient à fond !), nous sommes sur le point d'atterrir sur Glacéa, ce qui me met en pétard. Je déteste cette planète de merde, et pas seulement parce que Kali a failli y mourir. Mais honnêtement, c'est une des principales raisons.

– Tu es prêt à ça ? me demande Beckett tout en attachant le couteau qu'elle m'a emprunté.

– Je crois que c'est moi qui devrais te poser cette question. C'est quand même toi qui ressens le besoin d'arriver armée à un rendez-vous avec ta mère…

Son sourire est un peu fou, et carrément provocateur. Elle me rappelle la Beckett des débuts de notre aventure – pas flippant du tout…

Elle se contente de hausser les épaules.

– C'est pour le geste. Ma mère n'aurait aucun respect pour quelqu'un arrivant désarmé. Si elle me voyait arriver sans arme, elle se dirait que je me ramollis. Et ça ne serait bon pour personne – notamment pour moi.

Ce n'est pas moi qui vais la contredire, alors que toutes les expériences que j'ai eues sur les Neuf Planètes m'ont montré que ceux qui font preuve de faiblesse se font tuer. Et les mollassons se font tuer encore plus vite. Le système est merdique et il y a un tas de gens prêts à en tirer parti.

– Alors on va où, au juste ? je demande tandis que Beckett s'installe au poste de pilotage et dirige la descente du *Starlight* vers la périphérie d'une petite ville appelée Sorcha, dont je n'ai jamais entendu parler. Apparemment, les rebelles ont une base là-bas et Beckett s'est arrangée pour qu'on rencontre sa mère afin d'échanger bijoux contre armes.

– Tu verras.

Max et moi échangeons un regard. Mettre nos vies entre les mains des rebelles est une chose (un risque calculé, que nous devons prendre pour avoir une chance de retrouver Milla), mais c'est encore autre chose de mettre nos vies entre les mains de Beckett alors qu'elle a cet éclat bizarre dans le regard, qui ressemble beaucoup à un signe annonciateur de chaos – ou pire. Je regarde Rain, espérant qu'elle sache ce qui arrive à sa copine, mais elle détourne le regard. On peut difficilement imaginer réaction plus pourrie.

– *Merde.*

– *On dirait qu'il y a de l'eau dans le gaz*, commente Max.

– *Tu parles, on est dans un cauchemar, de base*, je rétorque.

– *Tu trouves toujours que c'est une bonne idée ?*

J'étouffe un rire.

– *Putain, non. On va entrer dans une base rebelle, accompagnés par la fille prodigue enfin de retour, qui semble sur le point de craquer dans les grandes largeurs, et on n'a rien d'autre que quelques armes déglinguées en guise de protection. Oh et si on se foire, on perd Milla pour toujours. Non, non, je ne crois vraiment pas que ce soit une bonne idée. Mais ça n'a jamais été le cas.*

Les idées en cas de situation désespérée sont rarement géniales, même quand tout le monde gère. Quand ce n'est pas le cas (mon regard oscille entre Rain et Beckett), les mauvaises idées ont une fâcheuse tendance à devenir de purs désastres.

On est vraiment chanceux.

– Tu es prêt ? me demande Kali.

Tellement pas. Mais je souris. Faut jamais laisser voir à quel point on est foutu. C'est ma ligne de conduite.

– Je suis prêt depuis ma naissance, Princesse.

Elle lève les yeux au ciel, mais c'est en souriant qu'elle dit :

– Franchement, des fois, tu es juste un cliché ambulant.

– Oh, moi qui pensais être bien des choses.

Et pour le lui prouver, je l'attire contre moi et dépose un baiser sur ses lèvres roses parfaites. Je pensais juste lui faire un bisou rapide, mais elle ouvre les lèvres et je ne peux pas résister.

– Sérieux ? fait Beckett d'une voix blasée. Est-ce que j'ai besoin de vous rappeler que le Bourreau de Narreth déteste les retards ?

– Tu as dit que c'était exagéré, je me défends après avoir fini par relâcher Kali – pfiou, qu'est-ce que j'aime le goût qu'elle a.

Et encore plus la sensation de son corps contre le mien. Mais ça va devoir attendre le retour du héros triomphant.

– J'ai peut-être exagéré en disant que c'était une exagération… lâche Beckett tout en enfilant un des ponchos que nous avons faits à partir des couvertures supplémentaires du vaisseau.

– Est-ce que tu essaies de les embrouiller ? demande Gage tandis que Kali et lui nous accompagnent jusqu'à la porte du sas.

– Mieux vaut que ce soit moi que ma mère, répond-elle en actionnant la descente de la rampe.

Merde. Cette journée n'en finit pas de révéler ses mauvaises surprises. Je commence à descendre.

– Allons-y, qu'on en finisse.

– Soyez prudents ! nous lance Kali.

C'est la première fois qu'on me dit ça. J'aime bien. Si bien qu'en posant le pied sur Glacéa, j'ai le sourire aux lèvres – je ne pensais pas qu'une chose pareille pouvait arriver. Mais savoir que Kali m'attend sur le vaisseau est agréable, même si on a encore des trucs à régler.

– *Pas mal de trucs*, ajoute Max.

Je grogne.

– *T'es obligé de me gâcher la fête ?*

– *Oh parce que c'est une fête, maintenant ?*

– *En tout cas c'est mieux que nos plans foireux habituels.*

– *Ça, c'est bien dit.*

Il me donne une claque dans le dos tandis que nos bottes rencontrent le mélange de glace et de neige qui tapisse en permanence les rues de ce trou pourri gelé. C'est le petit matin, il fait particulièrement froid, un soleil pâlichon éclaire la glace et la neige autour de nous, mais ses rayons n'ont rien de chaleureux. Je resserre les pans de ma veste alors que nous traversons la ville. C'est Beckett qui est en tête, puisqu'elle est la seule à savoir où nous allons.

J'ai essayé de lui soutirer des infos sur l'endroit, juste pour examiner un peu les lieux depuis le *Starlight* et m'assurer qu'on ne tombe pas dans un piège. Mais en bonne rebelle, elle a refusé de me révéler les coordonnées de leur QG.

C'est logique, j'imagine. Je déteste m'embarquer là-dedans à l'aveugle. Beckett fait confiance à sa mère, mais pas moi. On raconte beaucoup de choses au sujet de Marlina Orsgood, et c'est pas du bon.

Mais on manque de temps et c'est notre meilleur espoir d'y arriver. Même avec l'aide des rebelles, on n'est pas assurés de réussir cette mission. On pourrait tous mourir dans l'attaque. J'ai commencé à élaborer un plan pour garantir au moins la sécurité de Kali et Rain. Si ça part en eau de boudin, elles prendront la fuite à bord du *Starlight*. Gage aussi, sans doute. Il a ses qualités, mais c'est pas un combattant. Ce type est un trauma crânien sur pattes.

Évidemment, je n'ai pas parlé de tout ça avec les uns et les autres. J'ai l'intuition que Kali va se montrer particulièrement opposée à ce plan. Ça me fera pas changer d'avis, mais je vais attendre le dernier moment pour aborder le sujet.

Devant nous, Beckett dérape légèrement sur la glace et je me précipite pour lui attraper le bras et lui éviter de se retrouver le cul par terre. Bien sûr, elle me remercie en grondant et en me repoussant. Mais j'ai le temps de voir son visage de près.

Elle est livide et, malgré le froid, une pellicule de sueur fait briller son front. Je note qu'il faudra se réapprovisionner en cachets antidouleur qu'elle avale comme des bonbons. Mais à vrai dire, je crois qu'ils ne pourront rien pour elle.

– Tu es sûre que c'est la chose à faire ? je demande pour la centième fois sans doute au cours des derniers jours.

La vie de Milla en dépend ; on n'a pas le droit à l'erreur. Beckett me regarde en clignant des yeux comme s'il lui fallait quelques secondes pour comprendre le sens de mes mots. Puis elle finit par dire :

– Non. En fait on devrait retourner à bord du *Starlight* et payer une petite visite à la mère de Kali à la place, pour voir si elle veut bien nous aider.

En général, j'ai horreur du sarcasme. Chez les autres.

Max glousse de rire et je le fusille du regard, ce qui le fait redoubler d'hilarité.

Je ne sais pas ce qui le rend si heureux. À part que Beckett nous offre une vraie chance.

Je me dis depuis longtemps que sauver Milla est une mission suicide, mais je crois que cette fois nous avons les moyens de réussir. Pour ça, il faut d'abord convaincre les rebelles de nous aider.

Nous traversons la ville. Tout est encore fermé à cette heure, mais l'endroit semble assez prospère, surtout comparé à l'autre côté de la planète où c'est vraiment la merde.

Ici, les maisons en brique semblent solides, il y a beaucoup de magasins qui vendent des tas de choses. Et même des épiceries avec de la nourriture pas trop dégueulasse.

C'est une des villes aisées du système, visiblement.

Du coup je me demande si c'est lié à la présence des rebelles, ou s'il se passe ici des choses qui m'ont échappé. Peu importe, en fait, mais les mystères, j'aime pas trop ça. Surtout les mystères avec des sommes inexpliquées, parce que ça rime souvent avec davantage d'emmerdes.

Dans la plus grande partie du système Senestris, la Lumière n'est pas la religion officielle. C'est la recherche de profits qui tient cette place. Les gens sont capables de tout pour quelques planétas.

À notre retour sur le *Starlight*, je vais faire quelques recherches supplémentaires au sujet de Sorcha.

Si on en revient.

Le vent se lève. L'argent peut pas arranger le fait que Glacéa est un trou à la météo merdique. Je courbe l'échine pour résister au froid tandis que nous empruntons plusieurs rues, nous enfonçant de plus en plus au cœur de la ville.

Je sais pas à quelle distance du *Starlight* nous nous trouvons maintenant. Mais c'est pas moi qui décide, c'est Beckett.

Elle finit par s'arrêter devant une taverne portant le nom engageant de « Le Varnouk qui guinche ».

– On y est, annonce-t-elle.

Pour la première fois, elle a l'air nerveuse.

– Ça va ? je lui demande.

Peut-être que sa pâleur est due à son appréhension à l'idée de voir sa mère plus qu'à ses problèmes de santé.

– Occupe-toi de tes fesses, m'aboie-t-elle avant de pousser les lourdes portes battantes.

Je regarde Max : *quand faut y aller, faut y aller.* Nous entrons à sa suite. Il fait sombre à l'intérieur et mes yeux mettent un moment pour s'y habituer.

La salle est plus grande que je n'aurais cru, avec beaucoup de tables – vides pour l'instant – et des feux déjà prêts dans les cheminées aux extrémités de la pièce. Je me dirige vers l'un d'eux, mais Beckett toussote et m'indique une porte sur le côté du bar.

Un grand homme barbu se tient devant, un pistolet sur chaque hanche et une grimace sur la tronche. Beckett se dirige vers lui, Max et moi sur les talons.

– *Ça va le faire*, me rassure Max.

– *Ça a intérêt.*

L'homme – un Permunien visiblement, comme la plupart des rebelles – ne parle pas. Il nous examine, le visage dénué d'expression, puis ouvre la porte et nous fait signe d'entrer.

Cette pièce-ci est bien plus petite, avec une autre porte faisant face à la première, et aucune fenêtre. Mais il y a une flambée et je sens sa chaleur réchauffer mes os. Bon sang, comme je déteste cette planète de merde.

Il y a un problème. Nous sommes seuls. Peut-être que la mère de Beckett ne vient pas, finalement. Elle a peut-être décidé qu'elle ne nous faisait pas confiance.

– *Elle va arriver.* (L'optimisme inébranlable de Max me tape sur les nerfs.) *Et tu te comportes comme un misérable abruti.*

Je hausse un sourcil.

– *Un réaliste, tu veux dire ?*

À cet instant, la porte du fond s'ouvre et un homme entre. Celui-ci n'est pas permunien. Si je devais deviner, je dirais qu'il vient de Serati. Il est grand, large, imposant dans toutes ses mensurations, en fait. Il a des arabesques sur la peau, les yeux bleu foncé, et une tignasse noire ébouriffée qui ressemble à la chevelure de Max quand il a oublié d'aller chez le coiffeur pendant un certain temps.

À côté de moi, Beckett émet un petit cri de surprise. Automatiquement, ma main se porte sur mon arme, mais elle court vers l'inconnu, qui ouvre les bras, et elle lui saute au cou. Puis il la lance dans les airs avec un rire grave qui emplit la pièce.

– *Voilà quelque chose qu'on n'a pas l'occasion de voir tous les jours*, je fais remarquer mentalement.

– *Un géant ?*

– *Beckett heureuse.*

Il a l'air de trouver que ce ne sont pas mes affaires. Le colosse finit par reposer Beckett en lui tapotant la joue. Et elle n'essaie même pas de lui arracher la main. On nage en plein délire.

– Ça me fait tellement plaisir de te revoir, Vix ! dit Beckett.

Mais le colosse se tourne vers Max et moi en fronçant les sourcils.

– Armes, grogne-t-il.

– Oh, j'ai ce qu'il me faut, merci, je réponds en tapotant le pistolet laser sur ma hanche.

J'ai très bien compris ce qu'il veut dire, mais je n'aime pas m'en séparer.

– Armes, répète-t-il.

– Aïe, moi qui espérais un câlin de bienvenue.

Il plisse les yeux en guise d'avertissement.

– Je lui fais confiance, Ian, donne-lui ton pistolet, me dit Beckett, avant de me faire un grand sourire. Je te protégerai, promis.

– Merde, je grommelle, tout en me soumettant à l'inévitable.

Tandis que je tends mon arme, je vois que Max fait de même.

– Et le reste, nous ordonne le géant.

Mécontent, je sors le couteau de sous ma veste et le flanque bruyamment sur la table. Il hausse un sourcil. Merde, comment il fait, il lit dans les pensées ou quoi ? Je me plie en deux pour sortir la lame de ma botte gauche, puis sans attendre une nouvelle demande, je sors aussi la dernière que je garde dans mon dos. Maintenant, je me sens nu.

– Eh voilà, c'était pas si difficile, si ? nous nargue-t-il.

– Pratiquement insurmontable.

Il va à la porte et donne trois coups. Un instant plus tard, elle s'ouvre sur la mère de Beckett. Je sais tout de suite qu'il s'agit d'elle, car il y a un fort air de famille entre les deux femmes. Si fort qu'on pourrait les prendre pour des sœurs. Mais la mère semble en bien meilleure santé que la fille. De taille moyenne, elle a la peau couleur olive, ses cheveux noirs frisés sont rassemblés en queue de cheval, et elle a ces fameux yeux jaunes caractéristiques des Permuniens. Elle porte un pantalon kaki rentré dans des bottes hautes, une chemise assortie et un long imperméable en cuir, ouvert, qui laisse voir le pistolet laser à sa taille, et le couteau à sa cuisse.

Je parie qu'elle porte encore plus d'armes cachées sur elle que je n'en ai d'habitude.

Dans l'ensemble, c'est une belle femme, mais elle a l'air sacrément coriace. Je vois d'où Beckett tient ça. Je n'arrive pas à lire son regard, ce qui me déplaît. Mais son expression s'adoucit un peu en voyant Beckett.

– Ma fille. (Elle pose la paume sur la joue de Beckett.) Je t'ai crue morte.

Beckett sourit.

– J'ai bien cru moi aussi que j'allais y passer.

– Je t'avais prévenue que cette foutue mission était trop dangereuse. Mais tu m'aurais écoutée ?

– Non, maman.

– Des risques calculés, toujours, c'est ça que je t'ai appris. Ne l'oublie pas, la prochaine fois, hein ?

Beckett secoue la tête. C'est alors seulement que sa mère se tourne vers nous.

– Je suis Marlina Orsgood, et je crois que je dois vous remercier d'avoir sauvé la vie de ma fille.

Je hausse les épaules.

– Je l'aurais fait volontiers, mais je crois qu'elle a sauvé sa peau toute seule. Disons simplement qu'on l'a prise en stop.

– Qu'importe, vous avez ma gratitude.

– C'est bon à savoir.

Un sourire mesuré étire brièvement ses lèvres.

– Asseyons-nous et vous pourrez m'expliquer de quelle manière exactement vous voulez que j'exprime cette gratitude.

Bon, ça se présente bien. Trop, peut-être.

– Misérable abruti.

Les mots résonnent dans ma tête, mais je ne réponds pas. Il faut que je garde la tête froide et que je me concentre sur ce dont il retourne. C'est notre meilleure chance de libérer Milla. Et puis si cette rencontre ne se passe pas bien, j'ai comme l'intuition qu'on ne sortira pas vivants de la pièce. Alors je fais ce qu'on me dit. Je m'assieds. Marlina s'installe face à moi, Beckett à côté d'elle, et Max prend la chaise près de moi.

Le grand type sort une bouteille et quatre verres, qu'il dispose sur la table avant de retourner se poster près de la porte, les bras croisés sur la poitrine.

Marlina nous sert une bonne rasade de ce que je pense être du blazketty et lève son verre.

– Mort à l'Empire, murmure-t-elle avec un accent de défi.

– Pour un peuple libre, je lance en complétant le slogan rebelle.

Je l'ai suffisamment entendu au cours de mes périples pour savoir à quel moment le placer. Je lève mon verre et le vide d'un trait.

– Bien, dit Marlina. Parlons.

Je m'attendais à ce qu'elle prenne des nouvelles de Beckett d'abord, mais visiblement elle est là pour causer affaires.

Je n'avais pas encore décidé comment présenter les choses, je voulais d'abord la rencontrer en personne. Mais je crois qu'elle n'est pas du genre à perdre du temps à parler de la météo, alors je vais droit au but.

– Je dois sortir quelqu'un de Delta V47. On a besoin d'armes pour ça, et Beckett pense que vous pourriez accepter de faire diversion, pour nous aider.

– Et pourquoi je ferais ça ?

Je souris.

– Par gratitude.

– J'aime ma fille, mais je ne crois pas être reconnaissante à ce point. Après tout, vous l'avez juste « prise en stop ». Et les bâtiments là-bas sont sous haute surveillance. Personne ne va dans les Confins sans une bonne raison. (Elle prend une gorgée de son breuvage.) Qu'est-ce que j'y gagne d'autre ?

– Un coup porté à la Corporation est un coup porté à l'Empire, avance Max.

– Certes. Et… ?

– Vous pourrez vous approprier ce qu'on trouvera.

Elle réfléchit un moment.

– Personne ne sait ce qu'abritent ces bâtiments. Il pourrait très bien ne rien y avoir.

– Du rien sous haute surveillance, je lui rappelle.

Elle ne semble pas convaincue, alors j'abats la dernière pièce de mon arsenal.

– Ma source de renseignements m'a dit que le jour de paie tombe dans six jours. On pourrait se synchroniser avec ça. Vous pourriez mettre la main dessus.

Elle commence à être intéressée.

– Parlez-moi des prisonniers, demande-t-elle. Ma fille m'a donné quelques éléments l'autre soir, mais je veux en savoir plus.

– La… sœur de Max et Ian, commence Beckett en nous adressant un regard d'excuse, se trouvait dans un convoi qui se rendait là-bas. Ils veulent la faire sortir. Et je me suis dit que… (Elle déglutit.)… qu'il se pourrait que Jarved y soit aussi. Nous avons vu qu'il a purement et simplement disparu des registres carcéraux. Mais on n'a trouvé aucune preuve qu'il a été exécuté. Et ce n'est pas faute d'avoir soudoyé de nombreuses personnes.

Marlina Orsgood s'est totalement immobilisée.

– Ce que tu dis est impossible. Ton frère est mort. (Tandis qu'elle se tait, nous attendons.) Je n'ai pas envie d'y croire, admet-elle. Je ne veux pas me dire qu'il est resté là à souffrir pendant toutes ces années. Je l'avais tué dans mon cœur, ça a failli me briser. Mais je me demande si ça, ça ne serait pas pire encore. Putain, on l'a laissé tomber. On a abandonné.

– Et nous ne pouvons pas le laisser tomber une seconde fois, dit Beckett d'une voix véhémente. Et s'il était toujours en vie ? Je sais que les chances sont minces, mais nous ne pouvons pas ignorer cette piste. Au moins pour découvrir ce qui lui est arrivé.

Marlina se laisse aller contre le dossier de sa chaise, remplit son verre et sirote en silence. Ça me démange de prendre la parole.

– *Ne dis rien*, me dit Max dans ma tête, et je serre les lèvres. *Marlina a besoin de bien réfléchir.*

Une fois son verre vidé, elle le repose délicatement sur la table.

– Dites-moi quel est votre plan et en quoi nous pouvons aider.

J'expire lentement. On n'est pas encore tirés d'affaire, mais à ce stade, je m'autorise à penser que ça va peut-être marcher. Qu'on va peut-être réussir à libérer Milla et que ce cauchemar prendra fin.

Je prends quelques minutes pour exposer notre plan. Elle écoute, intervenant parfois pour pointer des faiblesses ou poser des questions.

Quand je me tais, Marlina réfléchit encore pendant quelques minutes. Puis elle fait un bref hochement de tête. Je me retiens de pousser un cri de joie.

– On dirait que vous avez réussi à trouver votre distraction, dit-elle.

Je me verse un autre verre et me laisse retomber sur ma chaise. Je suis épuisé. J'avais pas conscience de l'état de tension dans lequel j'étais.

– *On va retrouver Milla*, me dit Max.

– *Enfin.*

– Il reste un point à discuter, annonce Marlina.

Je dresse l'oreille.

– De quoi s'agit-il ?

– C'est une affaire entre ma fille et moi. (Elle se tourne vers Beckett.) As-tu fait ce que je t'ai demandé ?

Le visage de Beckett perd alors le peu de couleur qu'il lui restait. Et là, je sais qu'on est foutus.

Encore une fois.

CHAPITRE 69

BECKETT

Je savais pourtant que cette question allait surgir. Je redoutais cet instant. Non, évidemment que je n'ai pas tué Kali. Il y a des semaines, j'aurais pu, quand on s'est rencontrées à bord. Mais maintenant que je la connais ? Qu'on forme une sorte d'équipe ? Et puis, jamais Rain ne me le pardonnerait.

– Non.

Sa bouche se pince.

– Tu avais une seule chose à faire. J'avais dit que je vous aiderais, mais il fallait que tu fasses ça pour moi.

– Quelle chose ? demande Max, son regard nous interrogeant tour à tour, anxieux.

Je ne réponds pas. Il n'a pas besoin de le savoir.

– Je sais ce que je fais, maman, je lui dis, même si c'est sans doute mon plus gros mensonge – ça fait un bout de temps que je ne sais plus ce que je fais. Tu dois me faire confiance.

– Je t'ai fait confiance, et tu m'as déçue. (Elle se tourne vers Ian et Max.) On annule tout.

– Mais quoi ?

Ian se dresse d'un bond, si bien que Vix vient le surplomber d'une manière intimidante. Il n'aime pas les mouvements brusques quand ma mère est dans les parages.

– Vous ne pouvez pas juste annuler…

– Je fais exactement ce que je veux. Vous êtes chez moi.

Elle se recule.

Ian m'adresse un regard qui signifie très clairement « arrange ça ». Je ne sais pas si c'est de mon ressort, mais je vais faire de mon mieux.

– Vous voulez bien sortir, les gars ? Je vais parler seule à ma mère quelques instants.

Ils semblent indécis.

– C'est bon, je leur dis.

Les regards de ma mère (sur eux comme sur moi) indiquent clairement le contraire. Mais puisque tout dépend de moi, je n'ai pas le choix. Et comme Ian ne réagira pas sans perdre son sang-froid à une discussion portant sur l'envie d'assassiner Kali, je dois les faire sortir de la pièce.

– Allez, ouste ! je les presse. Mais laissez les bijoux.

– Des bijoux ? relève ma mère.

Et soudain, elle est de nouveau dans le coup. Je comptais là-dessus.

Ian a l'air de vouloir discuter, alors je lui jette un regard sévère, et il dépose à contrecœur une poignée des colliers de Kali sur la table. Pas tous, je note, mais je crois que si j'étais à sa place, j'aurais fait pareil. D'autant plus que de son point de vue, tout s'est écroulé sans la moindre raison.

Après leur avoir permis de retrouver leurs armes, Vix les fait passer dans le bar. Je suis seule avec ma mère.

– Tu étais seule avec la princesse héritière sur ce vaisseau et tu ne l'as pas tuée ? me reproche-t-elle. As-tu renié la cause de la Rébellion, ou c'est juste de la lâcheté ?

– Ni l'un ni l'autre. Mais la tuer ne voudrait rien dire, maman. L'Impératrice l'a déshéritée.

– Pour le moment. Je te l'ai dit l'autre jour : le sang royal passe avant tout. Tu ne devrais pas l'oublier.

Après la dernière rencontre entre Kali et sa mère, j'en doute sérieusement. Mais je peux me tromper, c'est vrai que ma mère a plus d'expérience que moi concernant les Familles Dirigeantes.

– Mais ce n'est pas tout. (Je joue ma dernière carte.) Je ne pouvais pas tuer Kali sur le *Starlight*, maman. Pas si je voulais avoir plus de chance qu'une boule de neige sur Sérail de revenir ici.

– Tu crois qu'une petite princesse serait venue à bout de toi ? (Elle est choquée.) Ma propre fille ?

– Pas Kalinda, Ian. Il est amoureux d'elle.

De surprise, ma mère relève brusquement la tête.

– Ce grand gaillard endurci, ce mercenaire qui était assis là est amoureux de la princesse héritière ?

– Complètement piqué. Si elle mourait, alors qu'il n'y a que cinq autres personnes sur le vaisseau, il ne laisserait pas le coupable vivre un jour de plus. Et je n'aurais pas eu la moindre chance de survivre. Et bien sûr cela aurait aussi anéanti notre meilleure chance de découvrir si Jarved est ou a été sur Delta V47.

Ma mère garde le silence un long moment. Elle m'étudie comme elle l'a fait pour Ian et Max quelques instants plus tôt. Comme si elle essayait de déterminer si elle peut me faire confiance.

– Et une fois la mission terminée ? me demande-t-elle. Quand tu seras sur l'astéroïde pour trouver ton frère ? Tu tueras la princesse ?

Je ravale la nausée qui monte dans ma gorge, ignore de mon mieux la douleur qui fend mon crâne en deux.

– Bien sûr, oui, je murmure, sans pouvoir m'imaginer le faire un seul instant.

Elle m'étudie encore.

– Et tu reviendras avec nous après ? Une fois que la princesse sera morte.

– Bien sûr, je répète.

Je savais que ça allait arriver à un moment ou à un autre. Que je devrais laisser Rain dans un futur proche. Mais le dire à haute voix me fait quand même mal. Je souffre de savoir que la fin est proche.

Ma mère reporte son attention sur les quatre colliers devant nous.

– Ceux de Kalinda, j'imagine ?

– Oui.

Elle en soulève un. C'est un immonde pendentif mauve gigantesque, serti de rondolinite. Elle l'examine de près puis le lève dans la lumière.

– Ce sont des vrais. Et ça fait partie des joyaux de la Couronne.

Elle me regarde à nouveau.

– Va confirmer la liste d'armes avec tes amis. Elles seront prêtes pour notre rendez-vous dans les Confins dans six jours.

Ça se termine mieux que je ne pensais. On obtient presque plus que ce que j'osais espérer.

Mais alors que je me dirige vers le bar, elle me lance :

– Tu dois honorer ta part du contrat. Sinon, il y aura des répercussions.

Ian, qui a entendu ses paroles, me questionne du regard. Je n'ai aucune intention de les éclaircir. Il soupçonne quelque chose, mais je n'ai aucun moyen de dissiper ses doutes.

Je me tourne vers ma mère pour lui répondre d'un hochement de tête. J'ai compris. Bien sûr qu'il y aura des répercussions. Dans mon monde, chaque action a des conséquences. Désagréables, la plupart du temps.

Pourquoi ça serait différent cette fois-ci ?

CHAPITRE 90

RAIN

Les Confins sont juste devant nous, je les vois sur les écrans du *Starlight*. Je ne sais pas quel est mon ressenti par rapport à ça. Parce qu'une fois qu'on aura sauvé Milla – et peut-être Jarved – il n'y aura plus rien à faire. Nous partirons chacun de notre côté et je ne reverrai peut-être plus jamais ces gens.

Je ne reverrai peut-être jamais Beckett.

Elle me l'a déjà presque dit la semaine dernière, avant la rencontre avec sa mère. Mais l'entendre et savoir que ça va arriver dans très peu de temps, c'est tout à fait différent. Si on ajoute le fait que j'ai décidé que je ne retournerai jamais à l'Ordre, je me sens complètement déboussolée.

Une sensation de glace emprisonne mes nerfs et j'ai le ventre noué par la terreur. Il y a tellement d'inconnues. De douleur. Apprendre à vivre « dans le vrai monde » est bien plus difficile qu'il n'y paraît. Mais je n'échangerais pas ces dernières semaines, et tout ce que j'ai appris, ce que j'ai fait, contre l'ignorance rassurante du monastère. Ni contre rien au monde.

– On peut parler ? dit la voix de Beckett dans mon dos.

J'aimerais refuser. Lui parler maintenant est la dernière chose dont j'ai envie, mais qu'on parle ou non ne changera rien, alors… je hoche la tête.

Elle me prend la main et m'entraîne hors de la passerelle.

– Tu veux quelque chose à boire ? me demande-t-elle alors que nous passons à côté de la cambuse. Une tasse de thé ou…

Je me jette sur elle, lui écrasant les joues avec mes mains, puis je colle ma bouche sur la sienne comme si le destin de l'univers dépendait de ce baiser.

Et ça pourrait bien être le cas. Bon, pas le destin de l'Univers, mais certainement celui de mon univers.

Beckett se raidit contre moi, j'ai l'impression qu'elle va me repousser. Puis elle nous fait faire un tour sur place, me plaque le dos contre le mur et défait la fermeture de ma combinaison en même temps.

Je m'arrache à sa bouche.

– Qu'est-ce que tu… ? je hoquette, essayant de lui dire que nous ne sommes ni dans la chambre ni dans la pièce de stockage, mais dans le couloir, où n'importe qui peut passer.

Mais elle ne me laisse pas parler, elle m'embrasse à son tour, fougueusement, mordillant et suçotant ma lèvre supérieure, puis inférieure, tandis qu'un gémissement de désir sort de sa gorge. Sa main atteint mes sous-vêtements, ses doigts tâtent mon sexe soudain mouillé, puis pénètrent en moi.

Je laisse échapper un petit cri choqué, mais très vite j'oublie où nous sommes et à quel point je suis terrifiée à l'idée que ce soit la dernière fois qu'elle est dans mes bras. La dernière fois que je la sens en moi. Ma belle, sombre, complexe Beckett.

Je me laisse complètement submerger par les sensations.

La chaleur. Le désir. Le plaisir. Ces sensations montent et me dépassent, tout comme Beckett me dépasse.

– Oh oui, oui, oui ! (Mes doigts se prennent dans ses boucles et mes jambes lui enlacent la taille.) Oui, oui !

– Je suis là, murmure-t-elle avant de poser le pouce sur mon clitoris, tandis que ses doigts frottent ce point en moi qui me donne l'impression d'être une étoile filante dès qu'elle le stimule.

– Je suis là, Rain. Ma douce, ma belle Rain.

Entendre mon prénom dans sa bouche, sur ses lèvres, alors qu'elle fait de la magie avec ses doigts suffit à me mener à l'orgasme. Je jouis en gémissant son nom, et elle plaque sa bouche sur la mienne pour étouffer mes bruits de plaisir.

– S'il te plaît, je pleurniche lorsqu'elle écarte sa bouche.

J'ai le visage baigné de larmes, et je n'essaie pas de les contenir. Je la supplie de ne pas me quitter, de nous accorder une chance, de rester encore un peu. Mais tout ce que j'arrive à dire, c'est :

– S'il te plaît, s'il te plaît…

Alors elle m'embrasse le cou, masse mes tétons érigés de sa main libre et fait tourner ses doigts en moi, profondément en moi. Et elle me prend encore.

Une dernière fois.

Lorsqu'elle referme ma combinaison, je suis suffisamment remise pour retenir mes larmes. Et quand elle recule, je sais que c'est fini. Alors je fais la seule chose que je suis capable de faire : je dépose un doux baiser sur ses lèvres. Et même si tout en moi brûle de lui dire que je l'aime, que je l'aimerai toujours, je ravale les mots, la gorge serrée comme jamais, et je murmure à la place :

– C'est bon.

– Rain…

– C'est bon, je répète, en tenant son visage entre mes mains. C'est bon, je dis en l'embrassant une dernière fois. C'est bon…

Et je lui tourne le dos pour aller à la rencontre d'un avenir sans elle.

CHAPITRE 91

KALINDA

Un frisson me saisit lorsque nous atterrissons sur l'astéroïde pour le rendez-vous avec la mère de Beckett, la cheffe de file de la Rébellion. Étrange que je doive compter sur elle pour assurer la sécurité de mes amis et la mienne, alors que j'ai passé une bonne partie de ma vie à les détester, elle et sa cause.

Mais cette haine était basée sur un mensonge. Et l'avenir que j'essaie de construire aura la vérité pour socle, y compris ses aspects les moins reluisants. En l'occurrence, la vérité, c'est que j'ai mal jugé Beckett, ainsi que sa mère. Je leur dois des excuses.

Enfin, je suis la princesse héritière du système Senestris… Il y a beaucoup de gens à qui je dois des excuses. Un jour, peut-être aurai-je l'occasion de réparer tous les dégâts causés par ma mère.

Si nous arrivons à sortir vivants des Confins.

Si le soleil ne meurt pas avant.

Si je trouve le moyen de rétablir la paix dans le système.

Mais ces tracas devront attendre un autre jour. J'ai déjà assez de souci à me faire concernant cette journée.

À commencer par le fait que le *Starlight* va bientôt abaisser la rampe et que je vais voir de mes yeux un astéroïde pour la première fois. Je ne pensais pas dire cette phrase un jour, et encore moins vivre cela.

Apparemment, la mère de Beckett a choisi cet endroit parce qu'il se situe à la lisière des Confins, avec une gravité acceptable, et qu'il se trouve à une heure environ de Delta V47, là où l'homme qu'Ian a tué sur Rodos nous a dit que le *Réformateur* avait conduit Milla. Malheureusement, l'atmosphère n'y est pas respirable – comme sur beaucoup d'astéroïdes. À l'exception de Delta V47, qui semble avoir été terraformé, et qui se trouve être plus grand que Serati *et* Kridacus rassemblées.

Gage nous a déniché des masques respiratoires sur le vaisseau, qui semblaient fonctionner lorsqu'on les a essayés, même s'ils ont sans doute été conçus par et pour les Anciens. Ils sont encombrants et bizarres, mais en les ajustant bien, ils sont efficaces.

– Qu'est-ce que tu fais ici ? me demande Beckett en arrivant derrière moi.

Je ne peux pas manquer de remarquer qu'elle semble terriblement mal en point. J'aimerais lui demander ce qu'elle a, mais ce *modus vivendi* entre nous est encore trop récent et fragile. La mettre au pied du mur serait le plus sûr moyen de le mettre à mal.

– Je voulais juste voir l'astéroïde directement, pas son image retransmise sur un écran.

Je brandis mon masque pour lui montrer que je suis prête. Mais ça ne semble pas la faire sauter de joie.

– Ouais, ben, tu vas devoir rester hors de vue. Bien cachée, même. C'est un rendez-vous avec les rebelles, et réformée ou non, tu es la princesse, et ils ne sont pas vraiment fans.

Je crois que je n'avais pas vu les choses sous cet angle. J'aurais dû. Je ne veux surtout pas compromettre cet arrangement que Beckett, Ian et Max ont eu tant de mal à obtenir.

Je recule au moment où Ian surgit dans le couloir, suivi par Max et Merrick.

– Reste hors de vue sur le vaisseau, m'ordonne Ian.

Je roule des yeux sans me cacher.

– Oh oui, mon seigneur et maître. Tes désirs sont des ordres.

– Merde, c'est drôlement sexy. Tu devrais me redire ça plus tard, quand tout ça sera fini.

– Ian !

Le rouge me monte aux joues (je suis gênée… et peut-être un peu excitée à cette idée) mais il se contente de rire. Puis il me donne un baiser qui m'envoie des spasmes délicieux jusque dans les orteils.

– Tu ne devrais pas penser à ce que tu as à faire là-bas ? je lui demande quand il me relâche enfin.

Ma voix semble un peu guindée – à vrai dire, je suis essoufflée. Ian a beau avoir des défauts (nombreux), il sait embrasser… entre autres choses, que je ne compte pas dévoiler devant nos compagnons de route !

– J'y pense, j'y pense. Et c'est pour ça que tu dois me promettre de bien rester dans le vaisseau.

– Oui. J'ai déjà promis à Beckett.

– Ah oui ? fait-il tout en regardant Beckett d'un air étrange.

Elle lui retourne un regard bien appuyé.

– Bon, on est prêts ? demande Max en s'interposant entre eux, mettant fin à ce duel de regards.

Je poserai des questions plus tard, quand tout ça sera derrière nous. Pour l'instant, j'ai des sujets bien plus graves à traiter que leurs chamailleries.

Tout le monde enfile son masque – sauf Rain et moi. Apparemment nous sommes les deux fleurs fragiles qui ne doivent pas sortir. Ainsi que Gage qui reste sur la passerelle au cas où nous devrions fuir précipitamment. Je comprends pourquoi je n'ai pas le droit de sortir, mais pourquoi Rain ? J'aurais pensé qu'elle voudrait rencontrer la mère de Beckett.

Je m'apprête à lui poser la question, mais je m'aperçois qu'elle ne semble pas dans de meilleures dispositions que Beckett. J'imagine que je ne suis pas la seule à angoisser pour la suite de l'histoire.

La rampe du *Starlight* s'abaisse, ouvrant le passage à Ian, Max, Beckett et Merrick, qui descendent tandis que Rain et moi restons dans le sas. Mais au moment de faire remonter la rampe, au lieu d'appuyer sur le bouton, Rain enfile son masque et va sur la rampe. Au début, je crois qu'elle va faire fi des instructions de notre capitaine et descendre sur l'astéroïde, puis je comprends qu'elle veut juste regarder la vue. Et que moi aussi, je peux faire ça, sans rompre la promesse que j'ai faite à Ian et Beckett : avec le masque, personne ne peut deviner nos identités respectives !

Alors je rejoins Rain en haut de la rampe.

Lors de ce rendez-vous, nous allons récupérer les armes que les rebelles nous ont apportées, et nous assurer d'arriver tous sur Delta V47 en même temps.

Ils ont passé des heures à peaufiner le plan ces derniers jours, en communiquant via le système du vaisseau. Je crois que tout est enfin calé.

Enfin, j'espère, car il est temps d'y aller. Et on n'aura droit qu'à un seul essai.

Je souhaite juste que cette rencontre se passe bien. Si c'est le cas, il deviendra bien plus facile de croire que nous parviendrons aussi à triompher de toutes ces autres étapes potentiellement mortelles qui nous séparent de Milla et Jarved.

CHAPITRE 92

BECKETT

Je vais vomir. Je ne suis pas de nature nerveuse, mais là mes paumes sont moites, j'ai le souffle court… Je me dis que c'est le masque à oxygène – depuis que je me suis retrouvée sur la *Caelestis*, je suis claustrophobe et les masques respiratoires me donnent cette sensation d'être oppressée.

Mais au fond je sais qu'il ne s'agit pas de cela. C'est tout ce qui s'est passé avec Rain, c'est l'incertitude concernant cette entrevue avec ma mère. D'un côté, je me dis que ça va aller. Que ma mère va respecter l'accord, qu'on va pouvoir remonter à bord du *Starlight* et voler vers l'astéroïde comme prévu.

Mais je la connais bien. Même si entre les bijoux et sa fille, elle fait une bonne affaire, elle va toujours chercher à mettre tous les atouts dans son jeu, à s'assurer qu'elle est la seule à tirer parti du marché. Après tout, si elle est restée en vie et à la tête de la Rébellion si longtemps, c'est bien en se montrant plus rusée que ses adversaires.

Et je crains qu'elle compte sa propre fille parmi ces derniers… Si c'est le cas, je ne sais pas de quoi elle est capable. Mais je suis consciente que le double jeu ne lui est pas étranger.

Je n'ai pas fait part de mes réserves aux autres. Je crois que je n'ai même pas besoin de l'exprimer. Ian et Max sortent de la même école des coups tordus que moi : ils sont toujours prêts au pire. J'espère simplement que cette fois, cette préparation est inutile, d'un côté comme de l'autre.

Une fois au sol, je jette un coup d'œil en direction du vaisseau, et je vois Rain. Elle agite la main en s'apercevant que je la regarde et la douleur dans ma tête, dans mon ventre, augmente au quintuple. J'ai encore son odeur sur les doigts, le souvenir de son corps collé au mien.

Je n'arrive pas à croire que c'était notre dernière fois.

La navette de ma mère a déjà atterri à environ cent mètres du *Starlight*. Alors que nous marchons dans sa direction, la porte s'ouvre et la rampe s'abaisse, laissant passage à deux personnes : Vix et ma mère, équipés de masques respiratoires translucides.

Je m'avance pour les saluer, flanquée par Merrick et Ian. Ma mère n'est pas la seule à avoir des gardes du corps. Mais ce n'est pas sur nous qu'ils portent leur attention : ils fixent l'heptosphère qui flotte à quelques mètres au-dessus du sol, juste derrière notre vaisseau.

– Qu'est-ce que c'est que ce truc ? demande ma mère.

– C'est l'heptosphère, je réponds. Je t'en ai parlé.

– Je n'imaginais pas ça si gros, dit-elle en secouant la tête. C'est une époque étrange que nous vivons, n'est-ce pas ?

– De plus en plus étrange, appuie Ian.

Le regard que je lui jette est acéré, mais il me regarde avec une expression impassible, puis se tourne vers ma mère :

– Quel plaisir de vous revoir, Marlina.

– De même.

Elle lui adresse un signe de tête, puis salue Merrick et Max. Je lui présente Merrick, et même si j'omets de dire qu'il fait partie de l'Ordre, ma mère pose sur lui un regard étréci, comme si elle savait exactement qui il était. Il faut dire que ma mère a roulé sa bosse dans tout le système (même dans les Confins) et qu'elle reçoit des informations et des rumeurs d'un peu partout. Ça ne me surprendrait pas qu'elle sache que Merrick est le garde du corps de la grande prêtresse.

– Bon, maintenant qu'on a fait le tour des présentations, vous avez les armes ? demande Ian.

Il n'est vraiment pas doué pour les mondanités, mais je le comprends. Ça fait vraiment longtemps qu'il attend ce jour.

Ma mère fait un signe à Vix, qui regagne la navette et entre un code pour ouvrir la soute, qui abrite trois coffres de métal noir.

Max et Merrick s'approchent, sortent les coffres et les rapportent où nous nous trouvons. Je remarque que ma mère porte de nouveau son regard vers le *Starlight*. L'imitant, je ne remarque rien d'anormal.

– Vous ne nous en voudrez pas de faire un inventaire ? demande Ian.

Le sourire de ma mère est carnassier.

– Je me jugerais insultée si vous ne le faisiez pas.

Ils ouvrent les coffres et en vérifient le contenu. De loin, je répertorie les articles aussi. Pistolets laser, grenades assourdissantes, fumigènes, explosifs. Il y a là plus que nous pourrions utiliser. Mais Ian et Merrick sont d'avis qu'il faut se préparer à toute éventualité. Et je dois dire qu'ils n'ont pas tort. Les seules personnes plus retorses que les rebelles, c'est les types de la Corporation. Tu as beau être malin et bien préparé, ils trouvent toujours le moyen de te baiser.

Je suis la première à en avoir fait les frais.

– Tout vous semble en règle ? demande ma mère tandis qu'ils referment les couvercles.

– Ça m'en a l'air, admet Ian, avant de lui tendre la main.

Elle accepte de la serrer, le regardant droit dans les yeux.

– Un plaisir d'avoir fait affaire avec vous, lui affirme-t-elle.

Puis, rapide comme une étoile filante, elle dégaine son pistolet laser et tire… vers le haut de la rampe du *Starlight*.

Sur Kali… et Rain.

– Quoi ?! s'exclame Ian, mais je vois dans ses yeux qu'il a compris ce qui se passe.

Il essaie d'arracher l'arme des mains de ma mère, mais elle lui envoie un coup de pied dans les testicules avant de mitrailler la rampe.

Je me jette sur elle, l'attrape par le milieu du corps et la plaque au sol. *Pas Rain.* C'est la seule pensée qui occupe mon esprit alors que nous heurtons violemment le sol toutes les deux. Pas Rain, pas Rain, pas Rain !

– Tu n'étais pas obligée de faire ça ! je hurle en m'efforçant de lui arracher son pistolet.

– Mais si, répond-elle en me donnant un coup de coude qui m'atteint à la mâchoire. Tu as déjà prouvé que tu n'es pas suffisamment femme pour faire ce qu'il faut.

Derrière moi, j'entends Merrick et Ian aux prises avec Vix et ma panique monte en flèche. Ils savent se battre tous les deux, mais Vix est une montagne, et le meilleur combattant que j'aie connu. À deux contre lui, ils ont peut-être une chance, mais bien mince.

Je commence à me tourner pour les alerter, mais ma mère vient me chevaucher, le poing levé. Vraiment, non, je n'ai pas envie de me bagarrer avec ma mère, mais je crois que je ne vais pas avoir le choix. Son poing arrive droit sur mon nez.

Je lance moi aussi mon poing et l'atteins en pleine bouche. Elle rit. *Qu'est-ce qu'on s'amuse, maman…* Puis se relève et tire de nouveau vers le vaisseau.

J'imagine que Kali et Rain ne sont pas bêtes au point d'être restées sur place, mais peu importe. Ces gens sont les seuls dont je me soucie dans tout le système, alors c'est bon, ça suffit maintenant.

Je cogne ma mère en plein visage, et quand elle recule sous le choc, je lui arrache le pistolet des mains et vise Vix – qui comme je le craignais tire très bien son épingle du jeu contre les deux autres.

Je ne sais pas où est passé Max, et pour l'instant je m'en fiche.

– Recule, Vix ! je crie en tirant à ses pieds pour lui faire comprendre que je ne plaisante pas.

Je ne pourrais pas lui tirer dessus, mais il n'a pas besoin de le savoir.

– Prenez les armes et tirez-vous ! j'ordonne à Merrick et Ian qui me dévisagent, choqués.

J'imagine qu'ils ne voyaient pas une réunion de famille se dérouler de la sorte.

Ma mère se redresse, essayant de récupérer son pistolet, alors je la frappe au visage, juste assez pour qu'elle retombe. Je n'ai pas l'intention de la tuer, je veux juste la mettre hors jeu quelques minutes de plus.

Ian dégaine son arme à son tour, mais je m'interpose dans sa ligne de tir. Je ne veux plus de coups de feu aujourd'hui, sauf si c'est moi qui tire.

– Allez-y ! je crie de nouveau, en agitant le pistolet dans leur direction cette fois, pour qu'ils voient bien que je me montre équitable.

Ils ne protestent pas plus, attrapent chacun une caisse de munitions et se magnent le train en direction de la rampe, comme s'ils avaient la mort aux trousses.

Une fois en haut, ils se tournent pour me faire signe de les rejoindre. Il est trop tard, j'ai fait mon choix. Et puis si ce que la Corporation m'a fait finit par me tuer, je veux partir seule. Pas question d'entraîner Rain dans ma chute.

Mais en voyant le *Starlight* décoller sans moi, je ne peux m'empêcher de me demander ce qui va se passer ensuite. Et si je survivrai suffisamment longtemps pour le découvrir.

CHAPITRE 93

IAN

– Par la Lumière, qu'est-ce qui s'est passé ? s'exclame Merrick tandis que la rampe se rétracte.

– On s'est fait baiser, voilà ce qui s'est passé, je grogne. La mère de Beckett nous a baisés.

Je regarde autour de moi, pressé de voir Kali. Et Max, où est-il, bon sang ?

– Ici ! m'appelle-t-il dans mon dos.

Je fais volte-face et le découvre accroupi avec Kali aux côtés de Rain, qui est étalée par terre. On dirait qu'elle a perdu beaucoup de sang.

Je ne suis pas fier de l'avouer, mais je ressens d'abord de la gratitude : ce n'est pas Kali qui est blessée. Puis je me penche pour examiner la plaie.

– C'est grave comment ? demande Merrick en tombant à genoux.

Il a mauvaise mine – presque autant que Beckett quand elle a agité ce pistolet dans notre direction en nous ordonnant de partir.

– C'est pas bon, dit Max. Elle est blessée au bras, mais l'artère est touchée.

– On doit la soigner, dit Merrick en levant les yeux vers moi. Est-ce que tu sais comment… ?

– Je peux essayer, je réponds d'un air sombre. Mais c'est Rain qui est douée pour soigner les autres, bien plus que moi.

– Je vais chercher la trousse de secours, propose Kali en courant vers l'infirmerie.

De nouveau, j'éprouve une vague de gratitude que ce ne soit pas elle à terre. Devoir opérer la femme que j'aime serait au-delà de mes forces.

Il faudra que j'analyse cette pensée un autre jour.

– Gage ! je crie. C'est toi le pilote maintenant.

– Beckett ne vous a pas suivis ? demande-t-il en venant de la passerelle, puis il blêmit en apercevant Rain. On va où ? Je sais qu'il y a un hôpital à Rodos…

– Elle ne tiendra pas jusque-là, je dis. (Bien que Max ait installé un garrot sur son biceps, elle a déjà perdu beaucoup de sang. Il faut s'en occuper en toute urgence.) Mets le cap vers l'astéroïde.

– Comment ça ? gronde Merrick. Pas question qu'on y aille après…

– On n'a pas le choix. Les rebelles connaissent nos plans. S'ils vendent ces infos à la Corporation demain ou la semaine prochaine, on sera foutus, ils seront avertis de notre venue.

– On n'a pas de diversion, avance Gage.

– Ouais, ben, t'es censé être le cerveau de l'opération. T'as environ une heure pour trouver une idée.

Kali revient en courant, armée de serviettes, d'une bouteille de gerjgin et d'une volumineuse trousse de secours.

– Je crois que tout y est, me dit-elle.

– Parfait, je réponds, avant de porter la bouteille d'alcool aux lèvres de Rain. Il vaut mieux que t'en boives un bon coup, ma puce. Parce que ça va faire un mal de varmak.

CHAPITRE 94

IAN

Une heure plus tard, j'ai un visuel de Delta V47. L'équipage est tendu. Il faut dire qu'entre le fait d'avoir perdu Beckett, failli perdre Rain et que Gage ait dû faire une transfusion sanguine en direct, on a connu des après-midis plus relaxantes.

Je ne crois pas que Beckett nous trahirait en nous livrant à la Corporation, mais sa mère a prouvé qu'elle n'est pas digne de confiance. Et elle connaît notre plan dans les moindres détails.

Actuellement, le *Starlight* se situe derrière l'astéroïde – qui est un gigantesque caillou gris, plus vaste que ma planète natale – et derrière un autre morceau de roche qui nous dissimule. Cet endroit est un amalgame de menaces mortelles. Pas étonnant que personne veuille y aller.

Heureusement, les bâtiments où nous voulons entrer sont tous du côté interne de la ceinture d'astéroïdes. Je ne crois pas que le *Starlight* aurait survécu en s'aventurant plus loin dans les Confins. Même ici il y a des cailloux qui volent dans tous les sens et que nous devons éviter.

On en est à l'étape où le vaisseau rebelle aurait dû passer à l'attaque et créer une distraction. Cette option n'est plus au planning. Visiblement, on va devoir être à la fois la distraction et l'opération de sauvetage.

Gage a préparé une sorte de bombe contrôlée par informatique que le *Starlight* doit lancer devant les bâtiments quand nous passerons en vol à côté. Elle a un minuteur qui devrait la déclencher environ deux minutes avant qu'on atteigne notre point de sortie. C'est assez faiblard – non, c'est dramatiquement faiblard – mais c'est tout ce qu'on a.

Putains de rebelles. Si on s'en sort vivants, je n'oublierai pas de sitôt à quel point ils nous l'ont faite à l'envers.

Allez, il est temps de passer à l'action.

Mon ventre se contracte tandis qu'un frisson d'excitation court le long de mes nerfs.

On y est. Enfin.

Je me retourne pour voir où se trouve Kali. Je n'arrive pas à m'en empêcher depuis qu'elle a évité de peu une nouvelle blessure par tir, et que Rain, elle, a été gravement blessée – elle est tirée d'affaire, solidement arrimée, alerte et pimpante, bien qu'un peu pâle encore.

– Je lance la diversion, annonce Gage en appuyant sur un levier contrôlant les armements.

Quelques secondes plus tard, la bombe se déploie.

Quand faut y aller, faut y aller.

– J'entame la manœuvre d'approche, continue-t-il.

Je reporte mon attention sur l'affichage holographique de mon siège de capitaine. Nous nous mettons à découvert. Je regarde Delta V47 devenir de plus en plus gros à l'écran. Je retiens mon souffle en attendant l'éclair qui indiquera qu'ils nous ont repérés et qu'ils attaquent. Notre contact nous a dit qu'ils n'ont pas d'armement défensif de ce côté de l'astéroïde parce qu'ils n'imaginent pas qui serait suicidaire au point de s'aventurer à cette distance dans les Confins. Ce qui veut juste dire qu'ils ne nous connaissent pas. Mais bon, il est déjà arrivé que des renseignements obtenus auprès de mercenaires louches avec qui j'ai travaillé il y a bien longtemps s'avèrent pourris.

Pas de tirs dans notre direction. Ouf.

– Extinction des feux, j'annonce, et l'éclairage du *Starlight* s'éteint.

Parce que voir où on va quand on atterrit sur un caillou, c'est complètement superflu. Évidemment.

L'idéal aurait été que notre vaisseau nous fasse de nouveau son coup de l'invisibilité. Mais c'est son petit secret, qu'il garde pour lui. C'est pas frustrant du tout de diriger un vaisseau intelligent *et* têtu.

Nous descendons au plus près de la surface, nous dirigeant vers notre destination. Nous avons prévu d'atterrir le plus près possible de l'entrée des bâtiments. En espérant que les gardes seront trop occupés à comprendre d'où sort cette bombe pour remarquer la modification dans le paysage.

Nous sommes en mode furtif évidemment, mais je ne peux rien faire pour la sphère géante qui nous suit partout... Dans le genre discret, on a vu mieux.

Le plan, c'est de s'introduire à l'intérieur aussi silencieusement que possible, trouver Milla et Jarved (s'il est bien là, ce dont je doute). Je suis partagé à son sujet : après le merdier d'il y a une heure, je suis tenté de le laisser pourrir là, mais je ne peux pas faire ça. Si je pouvais, je ferais évader tous les prisonniers de cet endroit. L'ancien Ian n'en croirait pas ses oreilles.

Mais ce n'est pas faisable pour l'instant, alors je vais juste faire de mon mieux pour Jarved. Même si la logique veut qu'il soit mort, à supposer qu'il ait atterri ici. Personne ne survit des années dans les Confins. Personne.

Une fois qu'on les a trouvés, on ressort tout aussi discrètement. Dans le meilleur des cas, personne ne se rendra compte de notre intrusion.

Mais on est prêts au combat. On est armés jusqu'aux dents, grâce aux deux coffres qu'on a pu emporter. Deux pistolets chacun, et les explosifs et grenades que j'avais réclamés sont dans un sac à mon épaule. Juste au cas où il y ait des portes à faire sauter.

Je distingue les bâtiments maintenant. Les bureaux, trapus, bas sur le paysage gris, et un autre bâtiment plus foncé qui ressemble à un laboratoire ou une prison. Mon instinct me souffle que Milla est là.

Je frémis en me disant que ça fait trois mois qu'elle est dans cet enfer. Trois mois...

Gage pose le *Starlight* en douceur à côté de l'entrée du laboratoire. Je ne repère pas de mouvements : j'espère que personne ne s'est rendu compte de notre présence. Gage fait pivoter son siège pour me regarder d'un air inquiet.

– Prêt à y aller ?

– Presque.

Je traîne les pieds parce que je suis terrifié à l'idée de ne pas trouver Milla. Qu'elle ait été déplacée, encore, et que cette fois, on ait perdu toute chance de la retrouver. Mais je ne peux plus reculer.

J'essuie mes mains moites sur mon pantalon et prends une grande inspiration avant de tenter le coup.

– *Milla* ?

Rien. Je jette un coup d'œil à Max, qui essaie aussi de la contacter. Il secoue la tête.

– *Milla, tu es là* ?

De longues secondes passent et mon estomac commence à se rebeller.

– *Putain c'est pas trop tôt.*

Je l'entends ! Bien distinctement. Le grand sourire de Max m'indique que lui aussi l'a entendue.

– *Ne bouge pas*, je dis. *On vient te chercher*.

CHAPITRE 95

KALINDA

– Vas-y ! je siffle, car Ian s'est arrêté au milieu de la rampe et me regarde comme si j'étais un enfant récalcitrant et qu'il était un parent vérifiant que je suis bien à ma place.

À ma place, c'est-à-dire là où il m'a donné l'ordre d'être.

C'est à se demander s'il ne s'attend pas à ce que je fasse un truc stupide… comme rester au sommet de la rampe, bien en vue de la femme la plus recherchée du système, qui s'est donné comme objectif de vie d'annihiler toute ma famille et qui ne rechigne pas à tirer sur tous les passagers du *Starlight* dans l'espoir de me toucher…

Rain, qui est heureusement revenue à elle, a admis avec moi que ce n'était pas l'idée du siècle. Mais pour l'instant, Ian n'accepte pas nos excuses.

Pourtant, je prévois de rester avec lui, ce qui est une bonne chose puisqu'il a prévu de ne pas me quitter d'une semelle. Max et Merrick vont aller désactiver les caméras, puis ils entreront pour barrer le passage à tous ceux qui essaieraient de pénétrer dans le bâtiment pendant que nous y sommes. Ils sont tous les deux derrière nous. Merrick a mauvaise mine. Il vient de recevoir un appel de Serati, et je suis sûre qu'il s'est fait remonter les bretelles à cause des blessures que Rain a subies, et qui auraient pu lui être fatales…

Finalement, être le garde du corps de Rain est bien plus difficile qu'il n'y paraît au premier abord.

Gage est resté avec Rain à bord du *Starlight*. Ils sont prêts pour un décollage d'urgence si besoin. Et ce sera très certainement le cas.

Je prends une grande inspiration avant de poser le pied sur l'astéroïde. Ça ressemble beaucoup à une planète, si ce n'est que l'air est froid et raréfié, comme si on était en altitude. Ian se place aussitôt à côté de moi. Quelle surprise.

– Pas de menottes, cette fois ? je demande.

– Ne me provoque pas, grogne-t-il.

Je décide d'arrêter de l'embêter. Il est déjà assez nerveux comme ça.

La rampe se relève derrière nous, et je me tourne pour regarder une dernière fois le vaisseau. L'heptosphère s'est stabilisée à côté, toujours suspendue à quelques mètres de la surface de l'astéroïde. Je n'ai jamais été plus proche d'elle, à part sur la *Caelestis*, et déjà je sens son attraction. Je m'efforce d'y résister, mais ce n'est pas si facile.

– Allons-y, lance Ian.

Je le suis à découvert jusqu'à l'entrée du bâtiment, qui est fermé par une imposante porte métallique. Max s'en occupe déjà avec un laser, tandis que Merrick utilise un gadget que Gage lui a confié pour désactiver l'alarme. En quelques secondes, les portes sont ouvertes.

Une fois à l'intérieur, nous devons faire vite. Il y a des centaines de caméras, et même si nous espérons que les gardes sont suffisamment occupés par les explosions que nous entendons de l'autre côté du complexe, ça ne durera pas très longtemps. J'espère que Merrick et Max parviendront à atteindre la guérite des gardes, où les caméras sont branchées d'après notre informateur, et qu'ils auront le temps de les désactiver avant que nos silhouettes ne soient diffusées en haute définition dans tous les bâtiments.

Au bout du premier couloir, Ian tourne à droite. Il a mémorisé les plans depuis des jours. Je suis effarée par le nombre de portes. Même s'il était là, comment parvenir à trouver Jarved ? C'est impossible.

Ian s'arrête un instant. Je devine qu'il communique avec Milla.

– À gauche, puis on descend quatre niveaux, dit-il à voix basse. Elle est dans les cellules individuelles réservées aux prisonniers qui foutent la merde.

Voilà qui ressemble beaucoup à Ian.

Merrick et Max nous quittent pour s'occuper des caméras tandis que nous partons à la recherche de l'escalier dont Milla lui a parlé. À mesure que nous descendons, l'odeur est de pire en pire : un mélange de sueur, de sang et un produit chimique non identifié – de l'ammoniaque ? Maintenant que nous nous dirigeons vers les entrailles de l'astéroïde, le bâtiment propre et bien éclairé laisse place à des murs où la roche affleure et des couloirs sombres.

Je ne repère pas de caméras à ces niveaux. Est-ce parce que les prisonniers n'ont pas d'importance, ou parce qu'il est inimaginable que quiconque s'introduise ici ? Pire encore : ça pourrait être parce qu'ils ne veulent pas que ce qui se passe ici soit filmé. Quoi qu'il en soit, je veux sortir. Tout de suite. Mon corps me supplie de remonter, d'aller vers l'heptosphère, avec une force qui me mène au bord de la panique.

Je refoule ces émotions, ravale ma peur et me concentre pour suivre Ian. Plus il fait sombre, moins je le vois distinctement. Je suis le faisceau de sa lampe qui découpe une mince ligne blanche spectrale à travers les ombres. Parfois, des gémissements douloureux s'élèvent autour de nous, et je sursaute à chaque fois, au comble de la frayeur.

J'essaie de me convaincre que ça va bien se passer, que le plan se déroule à merveille. Mais ça ne rend pas cette épreuve plus facile à vivre.

Les gémissements deviennent plus forts, et il y a aussi des cris de douleur. Je voudrais sauver tous ces gens. Savoir que tout ceci est autorisé par ma mère – sous mon nez – m'emplit de honte.

D'une manière ou d'une autre, je vais y mettre un terme. Quoi qu'il en coûte.

Ian s'arrête devant une lourde porte en bois munie de verrous en haut et en bas. Il reste immobile une minute. Je me dis qu'il y a quelque chose qui ne va pas. Ou alors il a peur de ce qu'il va découvrir derrière.

Mais pour finir, il s'accroupit pour défaire le verrou du bas, puis se redresse et ouvre en haut aussi. Enfin, il tire la porte vers lui et fait entrer le faisceau de sa lampe dans la cellule.

Presque aussitôt, quelqu'un se jette sur lui. Je lève mon arme, bien que je ne puisse pas tirer sans toucher Ian.

Mais à en juger par son cri de soulagement, je crois qu'il n'a pas besoin de ma protection. La torche tombe à terre tandis qu'il serre la femme puis la fait sauter dans les airs. Elle rit.

Je ramasse la lampe en attendant qu'ils finissent de célébrer leurs retrouvailles.

– Pouah, tu pues, fait remarquer Ian lorsqu'ils s'immobilisent.

Il la repose délicatement sur ses pieds, puis ils se mettent front contre front, communiquant sans doute sans parler.

Ils se tournent ensuite vers moi. La ressemblance de Milla avec Ian est frappante, encore plus qu'avec Max. Elle est grande (peut-être cinq centimètres de plus que moi), elle a la peau marron foncé et les mêmes yeux qu'Ian. On dirait que ses cheveux noirs ont été rasés et commencent tout juste à repousser. Elle partage aussi avec Ian ses pommettes hautes et une bouche passionnée. Et à en croire son menton relevé, elle doit aussi avoir la même attitude.

Manquait plus que ça. Deux casse-couilles à gérer.

Mais mon sourire est si rayonnant qu'on le voit probablement depuis le *Starlight*.

Elle porte une combinaison grise similaire à celle que portait Beckett quand nous l'avons rencontrée, à cela près que celle-ci est en loques, couvrant à peine son corps émacié. Ses bras nus sont parsemés de contusions sombres et de cicatrices.

– Qui est-ce ? demande-t-elle à voix haute en me considérant froidement.

Même sa voix m'est familière.

– C'est Kali. Elle est avec nous.

Son regard s'étrécit avec méfiance.

– Depuis quand ?

– Depuis… (Il hausse les épaules.) Bon, on te racontera ça plus tard. Pour l'instant, on doit y aller.

– Bonne idée. (Puis après un instant d'hésitation, elle demande :) Il y a de la place pour combien de personnes ?

Je m'avance.

– On devrait sauver autant de monde que possible. Est-ce que par hasard tu connais un jeune homme du nom de Jarved ?

Milla sourit.

– Oh que oui. Mieux encore : je peux te mener à lui.

Enfin, la chance est de notre côté. Pour Beckett, on va le tirer de là.

Milla touche le visage d'Ian.

– Merci. J'ai cru que j'allais mourir dans ce trou à rats.

– Moi aussi. Mais ne me remercie pas encore… il y a beaucoup d'étapes à franchir avant qu'on sorte d'ici. (Il se tourne vers moi.) Kali, passe devant.

Je m'exécute aussi vite que possible. Encore un peu de patience et nous quitterons cet endroit horrible.

Mais j'ai la boule au ventre et l'horrible sensation que, jusqu'ici, tout s'est déroulé trop facilement.

On va y arriver sans encombre, je me répète. *On a tout prévu.*

Ce qui est dommage, c'est que je n'y crois pas une seconde.

CHAPITRE 96

IAN

Max et Merrick nous rejoignent en cours de route, dans le couloir menant à la porte. J'entends des gardes arriver derrière nous, je sais que d'un moment à l'autre, ils vont nous rattraper.

Milla se tourne vers nous :

– Suivez-moi, on va libérer les autres, dit-elle, avant de foncer à une telle vitesse que malgré mes efforts désespérés, je n'arrive pas à suivre.

C'est évidemment la suite logique, mais je crains qu'ils se fassent massacrer à peine sortis de prison. Le groupe armé qui nous talonne n'aura aucune pitié.

J'essaie de faire part de mes réserves à Milla tandis que nous courons, mais elle secoue la tête.

– *Ne les sous-estime pas.*

– *Ils ne sont même pas armés.*

– *Non, mais ils ne sont plus complètement humains non plus.*

– *Qu'est-ce que… ?*

Elle envoie à Max et moi une image mentale de ses jambes. Je reconnais le tatouage sur le haut de sa cuisse (un trèfle à trois feuilles), mais l'arrière de sa jambe… est entièrement mécanisé. Il n'y a ni peau ni muscles, rien que des pièces métalliques. Une horreur.

– *Qu'est-ce qu'ils t'ont fait ?!*

– *Tu es devenue un cyborg ?* intervient Max. *Putain, un cyborg !*

– *Des expériences pour « améliorer l'humain », je cite de mémoire.*

Je suis aux prises avec un nouvel accès de rage. C'est ça qu'ils font ici ? C'était ça le but des expérimentations sur la *Caelestis* ? Trouver des gens avec de l'ADN alien pour la sphère de compagnie du docteur Veragelen, et si ça fonctionnait pas – et qu'ils n'en mouraient pas – elle les envoyait ici ? Pour en faire des humains augmentés, tester des technologies pour le compte de la Corporation et de l'Empire, et l'aider à torturer et tuer encore plus d'innocents ?

Putain, j'aurais dû tuer cette Dr Vicelarde quand j'en avais la possibilité. Je ne referai pas cette erreur si jamais je recroise ce monstre.

– *Et tu vas bien ?* je demande à Milla.

– *Je suis rapide.*

Ça n'est pas la même chose. Du tout.

Toutes ces cicatrices sur le corps de Beckett commencent à prendre leur sens.

Mais ce n'est pas le moment de rentrer dans les détails, alors que j'entends des bruits de cavalcade derrière nous. Je ne dois pas m'enliser dans la colère, ça ne fera que me ralentir. Mieux vaut sortir d'ici et trouver le moyen de les faire tous payer pour leurs méfaits.

Nous dévalons un escalier et Milla s'arrête devant la première cellule à barreaux. Elle attrape le deuxième pistolet à ma ceinture et tire sur la serrure pour ouvrir la porte.

– Sortez tous ! crie-t-elle. Il y a une attaque. Soit vous vous battez, soit vous vous cachez en attendant la fin. (Personne ne bouge.) Dehors !

Puis les prisonniers sortent à la queue leu leu, et nous passons à la cellule suivante. Max, Kali et moi l'aidons à dégommer les serrures en tirant à maintes reprises, jusqu'au bout du couloir. Dans le dernier cachot, il y a un jeune homme recroquevillé dans un coin. Au début, je ne vois que ses cheveux noirs frisés et sa combinaison sale. Puis il relève la tête et nous remarque. Et je reconnais aussitôt cet éclat de défi dans ses yeux jaunes. C'est le même regard qui m'a nargué du poste de pilotage un millier de fois depuis le début de notre aventure sur le *Starlight*.

Jarved.

– On y va, on y va, lui crie Milla, et lentement il se redresse. Tu peux leur faire confiance. Voici Max et Ian.

Dans son visage fatigué, je vois qu'il sait qui nous sommes.

– C'est ta sœur qui nous envoie, j'ajoute. Elle a tout donné pour qu'on arrive à te trouver. Et maintenant, on va te ramener auprès d'elle.

Max l'aide à remonter le couloir de sortie.

– On doit rejoindre le *Starlight*, je crie alors que nous faisons irruption dehors. Maintenant !

J'entends des véhicules approcher. Pire encore, des navettes volent droit vers nous. Et j'imagine qu'elles sont remplies de soldats armés. Si on se tire pas vite fait, on est fichus.

On aimerait bien, mais on ne peut pas se battre contre les gardes et la Corporation et en sortir victorieux. Ce sera un combat pour un autre jour, comme on dit. J'espère qu'on a donné à ces pauvres gens une chance de continuer à se battre et à vivre – ou alors on les a condamnés à une mort rapide. Je ne peux pas y réfléchir maintenant. J'attrape la main de Kali et nous nous précipitons en direction du *Starlight*. Qui n'est pas camouflé. Alors qu'il devrait l'être.

Je remarque de plus que la rampe est relevée et la porte fermée. Inquiétante, l'heptosphère flotte toujours à côté, comme si elle me narguait alors que j'appuie désespérément sur le bouton actionnant la rampe. J'utilise mon bracelet de communication.

– Gage, ouvre cette porte, putain. (Pas de réponse. Je pousse un juron.) T'es où Gage ?

Toujours rien. Salaud. Bouillant de frustration, je regarde le vaisseau tandis qu'un mauvais pressentiment me prend aux tripes. Tout est fermé, pas moyen d'entrer.

– Appelle Rain, me suggère Kali.

– Elle n'est sûrement pas réveillée, elle avait besoin de beaucoup de repos, je proteste. Je l'ai assommée de médicaments.

– Essaie quand même ! me presse Max. On ne peut pas rester là à attendre de se faire tirer dessus.

J'appelle l'infirmerie.

– Rain ? Rain, tu es réveillée ?

Pas de réponse. Je recommence. Rien.

Je vois les véhicules qui arrivent maintenant par la droite, immenses. Ce sont des camions blindés avec de grosses roues pour circuler en terrain accidenté. À gauche, la première navette est en vol stationnaire à quelques mètres au-dessus du sol, vomissant son contingent de soldats avant de s'élever de nouveau. Je vois se déployer des hommes portant la méca-armure noir et violet des forces impériales. Bon, c'est officiel, ce complexe de l'horreur est le fruit d'une étroite collaboration. Je note.

Tout à coup, je frissonne et me retourne pour voir si Kali va bien. Et c'est un nouveau degré d'horreur qui explose en moi.

– Où est Kali ?!

CHAPITRE 97

KALINDA

– Kali !

Je stoppe ma course dans le couloir, où j'étais partie à la recherche d'une échelle ou quelque chose de ce genre pour entrer dans le *Starlight,* puisque la rampe semble coincée. Quelqu'un m'appelle, alors je me retourne et scrute l'ombre. Gage se tient dans l'encadrement d'une porte et m'invite à le rejoindre.

J'hésite, mais de nouveau il me fait signe. Il est peut-être blessé, il a besoin d'aide. Quand je me retrouve près de lui, il semble aller parfaitement bien.

– Qu'est-ce que tu fais ici, Gage ? Tu devais rester avec Rain sur le vaisseau. On ne peut pas entrer et il faut qu'on monte à bord, on doit aider tous ces prisonniers.

Comme il ne répond pas, je le regarde avec plus d'insistance dans la lumière sourde. Il y a quelque chose qui cloche. J'avance d'un pas et aussitôt il se jette sur moi, m'attrape le poignet. Je résiste.

Qu'est-ce qui lui prend ?

L'esprit embué par la panique, j'essaie de convoquer les leçons de combat que m'a données Ian. Je détends mes muscles et le laisse me tirer vers lui. Puis je remonte brusquement le genou pour lui donner un coup dans l'entrejambe. Et je rate. Il resserre sa prise. Alors j'essaie de lui griffer le visage. Je ne sais pas du tout ce qui se passe, mais mon instinct me dit que ce n'est pas bon du tout. D'autant que le *Starlight* est inaccessible.

Heureusement, Gage n'est pas bagarreur comme Ian et nous sommes à peu près de forces égales. Je peux m'en sortir. Je serre le poing et m'apprête à l'enfoncer dans son flanc, mais soudain il presse quelque chose contre moi et une onde de douleur me traverse.

Je perds le contrôle de mon corps et m'écrase par terre. L'espace d'un instant, tout devient noir.

Quand je reprends connaissance, il me traîne dans un couloir, plaquée contre lui, ses bras m'enserrant la taille. Il m'éloigne du *Starlight*. Je me sens faible comme un drokaray nouveau-né.

– Qu'est-ce que tu m'as fait ?

– Taser. Tu n'auras pas de séquelles. Je ne veux pas te faire de mal, Kali. Je vais te sauver, même.

– Me sauver de quoi ?

– Les autres sont perdus. Ils vont mourir. Mais pas nous.

Il fait une pause à la porte et jette un coup d'œil.

La panique me serre le ventre. Où est Ian ? Il n'a pas remarqué que je ne suis plus là ? Le gars ne me lâche pas des yeux depuis des jours, et c'est le moment où il choisit d'être distrait ? Je dois continuer à faire parler Gage, pour le ralentir, quoi qu'il ait en tête. Il va finir par commettre une erreur, je trouverai un moyen de rejoindre les autres.

– Gage, je t'en prie, dis-moi ce qui se passe. Et je ne ferai pas d'histoires pour te suivre.

Il s'humecte les lèvres et bouge nerveusement.

– Dr Veragelen m'a contacté, juste après que tout le monde a quitté le vaisseau. Elle m'a dit qu'elle avait réactivé la puce dans ma tête. Je ne savais pas que c'était possible. C'est comme ça qu'ils nous ont retrouvés. Elle dit qu'elle peut commander son auto-destruction à distance, que ça va exploser dans ma tête. Sauf si je fais ce qu'elle me demande. Elle a promis de me faire réintégrer la Corporation. Pour ça, il faut juste que je te sauve la vie.

Je suis furieuse, des taches rouges se mettent à danser devant mes yeux.

– Ce n'est pas tout, non. Tu nous as trahis. Tu nous as empêchés de remonter à bord du *Starlight*, pour qu'on ne puisse pas s'enfuir. Comment ? Qu'est-ce que tu as fait ?

– J'ai éteint tous les systèmes et j'ai tiré sur le mécanisme de la porte. Juste au cas où il déciderait d'agir de son propre chef.

Salaud.

– S'ils meurent, je m'assurerai que tu meures aussi.

– Tu ne comprends pas. Je n'avais pas le choix.

Combien de fois j'ai cru cela ? Combien de mes actions – ou plutôt, mon inaction – justifiées par ce mensonge ?

– On a toujours le choix, je lui dis. Il suffit d'accepter les conséquences de ses choix. Ramène-moi avant qu'il ne soit trop tard.

– Je mourrai si je fais ça. Et toi aussi. De toute façon, ils vont mourir. On ne peut pas gagner contre la Corporation.

Je le fusille du regard et essaie de lever les bras pour le repousser, mais je n'ai toujours pas de forces. Dans quelques minutes, peut-être…

– Toi, peut-être pas, mais…

– Gage !

En entendant la voix d'Ian, je manque de me laisser tomber par terre. Parce que oui, me débrouiller toute seule, c'est super, mais des fois c'est quand même précieux d'avoir une équipe qui assure mes arrières.

Je regarde Ian. Il n'est pas venu seul. Milla, Max, Jarved et Merrick sont derrière lui, ainsi que toute une foule de personnes en combinaisons grises déchirées. Les prisonniers.

Le visage d'Ian est crispé, son regard meurtrier. Il lève son pistolet.

– Lâche-la, Gage.

– Je ne peux pas. Je vais la tuer s'il le faut.

Il enfonce l'arme dans mon flanc.

Un grognement sourd sort de la gorge d'Ian.

– Si tu lui abîmes un seul cheveu, je t'arrache les bras pour te battre à mort avec.

Je vois sa frustration. De peur de me blesser, il n'ose pas tirer sur Gage. Je ne dois pas laisser Gage m'emmener ailleurs. J'imagine que c'est le seul détail qui empêche les troupes de passer au carnage. Ils attendent le signal que Gage m'a capturée.

C'est quand même satisfaisant de savoir à quel point Dr Veragelen croit qu'elle a besoin de moi. C'est toujours bon d'avoir un avantage à jouer. Mais pour l'heure, je dois me débarrasser de Gage.

Je prends une grande inspiration. Je peux y arriver, j'ai été entraînée par les meilleurs, après tout.

Je fais aussi vite que mes muscles affaiblis me le permettent, et lui enfonce mon coude dans le plexus solaire. Gage se plie en deux, le souffle coupé, puis je remonte le bras pour lui donner un coup de poing. Je l'atteins à la mâchoire, ce qui me fait mal dans toute la main. Il hurle et je finis par libérer mon bras d'un coup sec, avant d'avancer d'un pas maladroit.

Gage essaie de me rattraper, mais un tir arrive par la gauche et l'atteint en pleine poitrine, le faisant tournoyer sous l'impact. La vie s'éteint dans son regard. Il est mort avant même de tomber au sol.

Je me tourne lentement et découvre Max, tenant son arme à bout de bras.

Le visage inexpressif, il laisse retomber son bras, puis, après un dernier regard pour Gage, il se détourne.

Ian se précipite et me prend dans ses bras, me serrant contre lui.

– Des menottes, marmonne-t-il dans mes cheveux. J'aurais dû te mettre des putains de menottes.

CHAPITRE 98

IAN

Je suis certain que c'était le pire moment de ma vie.

Salaud de Gage. Jamais j'aurais dû lui faire confiance.

– Tu t'es bien débrouillée, je dis à Kali.

Mieux que ce que j'aurais cru. Elle a gardé son sang-froid et nous a fourni l'occasion dont on avait besoin. Mais j'en tremble encore, je veux plus la lâcher.

Je prends une grande inspiration et recule. Il faut qu'on s'arrache de cet astéroïde pour mettre tout le monde à l'abri. Une fois en sécurité, je veux rien d'autre que l'entendre dire qu'elle m'aime. Ensuite je l'emmènerai sous la couette et on n'en ressortira pas avant que le monde explose autour de nous. Et ça ne suffira peut-être même pas à nous déloger.

Un torrent de prisonniers se précipite hors du couloir, à présent. Je tire Kali sur le côté pour laisser passer le flux qui se dirige vers l'entrée. Nous les avons prévenus qu'une armée les attendait dehors – visiblement ils s'en fichent, mais seuls quelques-uns sont armés.

Ça va être un massacre.

Les premiers se précipitent à découvert. J'entends des cris, le choc sourd de corps tombant à terre. Ça ne décourage pas les suivants. Ils affluent en masse vers la sortie et une cacophonie de tirs s'élève à l'extérieur.

On avait prévu de sortir discrètement par l'arrière. C'était ça le plan.

Je serre les dents et regarde Kali. Elle opine.

Je regarde Max, qui acquiesce lui aussi.

– On y va.

On va aller aider ces gens, et on va mourir. Je veux pas mourir. Pas avant que Kali m'ait dit qu'elle m'aime.

Putain, mais quand est-ce que je suis devenu aussi ridicule ?!

– Quelqu'un a une objection ?

Personne. Bon, on dirait que c'est une décision unanime, alors, même si Milla semble un peu déroutée. Avant, l'altruisme n'a guère joué de rôle dans notre vie. Mais elle dégaine son arme, prête à en découdre comme nous.

– Allons-y.

Je me tourne vers les ex-prisonniers restants et leur dis :

– Donnez-nous cinq minutes pour déblayer le terrain. Ensuite, foncez. Prenez les armes que vous pouvez. (Je promène mon regard sur eux et me sens obligé de le dire :) La plupart d'entre vous n'en sortiront pas vivants. Certains, peut-être.

– C'est quand même un meilleur pronostic qu'avant ! dit une des femmes. Ici, personne ne fait de vieux os.

Je hoche gravement la tête. Milla a survécu, pourtant. Et Jarved aussi.

– Si on arrive à s'en tirer et à regagner notre vaisseau, on prendra à bord autant de passagers que possible. Pour les autres, on appellera des renforts.

Il me reste un atout. Je plonge la main dans mon sac et en sors les grenades que j'ai apportées. Je m'imaginais plutôt faire sauter des portes, mais je crois que ça peut marcher aussi avec des gens. J'en ai quatre. J'espère que ça suffira à nous donner un bref avantage. J'en tends une à Kali, une à Max et en lance une à Merrick.

Après une grande inspiration, je me dirige vers la porte, Kali à mon côté, Milla et Max juste dans mon dos, et Merrick qui ferme la marche.

Je jette un coup d'œil dehors. La lumière est faible, mais je repère tout en une seconde. Une troupe de soldats impériaux se dirige vers nous. Les gardes de la Corporation se sont mis à couvert derrière une rangée de camions sur la gauche.

– Kali, vise les camions. Nous autres, on s'attaque aux troupes. Ensuite, visez les genoux. C'est le point faible des méca-armures.

Nous sortons en enjambant les corps qui jonchent le seuil. Les soldats ne tirent pas tout de suite, ils semblent attendre quelque chose. Peu importe de quoi il s'agit, moi j'attends pas.

– Maintenant ! je crie.

J'arrache la goupille et lance ma grenade avant de me jeter au sol tandis que les rugissements des explosions emplissent l'air. Mes oreilles bourdonnent, assourdies par les détonations. C'est le chaos à présent : des gardes et des soldats blessés crient de tous côtés. Derrière moi, j'entends les prisonniers libérés affluer. Je roule sur moi-même pour me relever et tirer. Kali est debout aussi, bras tendus comme je lui ai appris. Elle plisse les yeux, mais elle n'est pas blessée.

J'abats un soldat encore debout. Puis un autre qui essaie de se relever. Pas de pitié, on se bat pour notre vie.

Enfin, je me retrouve dos à dos avec Kali, bras tendus… mais il n'y a plus personne sur qui tirer.

On est toujours vivants.

Je ne m'y attendais vraiment pas.

Le silence tombe, seulement entrecoupé des gémissements des agonisants. Puis une clameur triomphale s'élève parmi les prisonniers rescapés. Je passe en revue mon petit groupe : tous vivants, même si Merrick a été blessé à la jambe. Mais ça semble superficiel, il y survivra.

Je me tourne vers Kali. Je m'attends à lire la jubilation sur son visage, mais elle contemple le carnage d'un air dévasté, la lèvre inférieure tremblant violemment.

– On n'a pas eu le choix, je lui dis. C'était eux ou nous.

– Je sais. Mais ce n'est pas juste. Ils faisaient leur boulot. Sans savoir pourquoi.

– Ils auraient dû demander pourquoi, rétorque Merrick.

On pourra en débattre plus tard. Là, ce n'est pas le moment.

– On doit aller au *Starlight*.

– On va devoir trouver un moyen d'y entrer. Gage l'a saboté.

– Ce sale traître assoiffé d'argent.

J'ai même pas eu le temps de commencer à réfléchir à ce qu'on va faire que mon bracelet de communication grésille, puis une voix se fait entendre :

« *Ici le croiseur* Ravenol. *Nous avons un missile de quatre mille kilos orienté vers votre position. Lâchez vos armes et rendez-vous, ou nous détruisons l'astéroïde. Vous avez cinq minutes.* »

Puis la communication est coupée.

CHAPITRE 99

KALINDA

Je regarde dans le ciel cet immense vaisseau qui flotte, telle une limaceuse distendue. Je vois les lanceurs situés à l'avant de l'appareil. Pointés droit sur nous.

Tout ce chemin parcouru, tant d'obstacles surmontés, tout ça pour ça…

Cinq minutes.

Moins, maintenant.

Je ne veux pas mourir.

Je contemple ce spectacle de dévastation, puis le *Starlight*. Ça ne peut pas finir comme ça.

Ian glisse sa main dans la mienne.

– On peut se rendre, si tu veux. Ils ne te feront sans doute pas de mal.

– Pas question, je crache.

Peut-être épargneraient-ils ma vie, mais pas celle de mes amis. Jamais je ne pourrais vivre avec ça.

Il doit y avoir un moyen. Il faut juste que je le trouve.

Mon regard se pose sur l'heptosphère. J'ai dit que j'allais la tester ici dans les Confins, mais pour ça, il fallait qu'il y ait moins de monde. Pas des dizaines d'innocents qui comptent sur nous pour leur survie. Mais on a besoin d'un gros truc. Quelque chose de drastique.

Je ne voulais pas accepter le danger associé au fait d'être la Star Bringer. Peut-être… est-il temps de l'embrasser.

Je m'élance vers l'heptosphère, en regardant par-dessus mon épaule pour m'assurer qu'Ian est toujours là. C'est le cas. Tout le monde court derrière moi.

Je m'arrête en dérapant devant l'orbe, qui lévite à quelques mètres du sol, et mon idée me paraît soudain moins lumineuse. Un vestige des Anciens qui possède le pouvoir de créer et détruire les soleils. Ce n'est peut-être pas génial de le déclencher sans savoir ce qu'il va faire exactement.

Mais au-dessus de nous, je vois l'ogive du *Ravenol* qui rougeoie. Notre temps est presque écoulé.

– Vas-y, Kali, me glisse Merrick, qui se tient à côté de moi.

Sur son visage, je lis une confiance que je suis loin de ressentir.

Mais il se produit un phénomène étrange en moi. C'est comme si elle m'appelait, à l'intérieur de ma tête, me demandant de la toucher. Sans en avoir pris consciemment la décision, j'avance, mes pieds se mouvant de leur propre chef.

Et elle est là, juste devant moi, et chaque particule de mon corps réclame de la toucher. Je me tourne vers Ian, une question dans les yeux. Il hoche la tête, alors je lève les mains et les appuie contre la surface arrondie de l'heptosphère. C'est tiède, animé par une douce vibration à l'intérieur. Mais c'est tout ce que je ressens. Jusqu'à ce qu'un frémissement la parcoure, puis me traverse, et soudain ma tête est emplie de tourbillons de lumières iridescentes.

Elle est activée.

Et maintenant ?

Je ne sais même pas ce que cette chose peut faire, encore moins comment la faire fonctionner.

Je lève la tête vers le ciel, vers les armes dirigées vers nous, prêtes à tirer.

– Fais quelque chose, je supplie cette sphère gigantesque. Ne laisse pas tous ces gens mourir…

Un autre frisson m'interrompt, plus puissant que le premier. Puis l'orbe se lève et se met à tourner lentement sur un axe invisible. Un rayon de lumière fuse soudain, mais dans la direction opposée au croiseur !

Merde ! Voilà pourquoi je voulais d'abord m'entraîner ! Je suis terrifiée, je ne veux pas regarder ce que vise l'heptosphère.

Puis j'entends Ian grommeler « Bordel de merde ! » dans mon dos, et je suis bien obligée de regarder. Les yeux écarquillés, c'est le *Starlight* qu'il contemple. Le rayon tombe pile dessus et le vaisseau s'anime, parcouru de lumières vives, et il s'élève aussi puis se tourne en direction du ciel.

Mais c'est trop tard. J'ai mis trop de temps à agir.

Le croiseur tire son ogive dans un éclair éblouissant. J'attrape le bras d'Ian, me préparant à l'explosion.

Mais, soutenu par l'heptosphère, le *Starlight* renvoie un puissant rayon lumineux, si éblouissant que je ferme les yeux pour ne pas devenir aveugle. Quelques secondes plus tard, un énorme bruit d'impact emplit mes oreilles. Quand je rouvre les yeux, une monstrueuse boule orange occupe le ciel. C'est tout ce qu'il reste du croiseur. Puis un nouveau rayon le fait exploser en mille morceaux.

– Mettez-vous à couvert ! hurle Ian.

Mais il n'y a rien pour se protéger.

Ce n'est pas grave, le *Starlight* a déjà tout prévu. Mille rayons de lumière fusent de l'heptosphère et se répandent dans toutes les directions, se chargeant de réduire les débris en minuscules étincelles, parsemant le ciel d'étoiles filantes.

On dirait bien que je suis la Faiseuse d'étoiles, après tout.

CHAPITRE 100

KALINDA

Au-dessus de nous, le ciel est dégagé. Les navettes ont été détruites par l'explosion ou ont battu en retraite. Les lumières de l'heptosphère s'estompent peu à peu tandis que le *Starlight* atterrit près de là où nous sommes.

Nous n'avons plus qu'à monter à bord.

Une fois face à la porte fermée, Ian fait comme à son habitude : il cogne dessus de toutes ses forces. En vain.

– Pourquoi tu n'as que la violence comme réponse ? je lui demande.

– Parce que, des fois, ça marche.

Alors qu'il s'apprête à recommencer, la trappe sur le dessus du vaisseau s'ouvre, et laisse passer la tête de Rain.

– Je n'arrive pas à abaisser la rampe, nous crie-t-elle, et quand elle voit ce qui nous entoure, elle ouvre de grands yeux. Qu'est-ce que j'ai loupé ?

Elle a l'air un peu sonnée, mais globalement en forme pour quelqu'un qui s'est fait tirer dessus. Et je me mets à rire. Parce que malgré toutes ces péripéties, nous sommes vivants. Et pour l'heure, c'est tout ce qui compte.

– Envoie l'échelle, on va te raconter, je dis.

– Son bras… commence Merrick, qui s'interrompt en voyant mon regard.

– Elle est bien plus capable que ce que tu crois, tu sais.

Comme pour me donner raison, l'échelle se déroule le long du flanc du vaisseau. Nous voilà de nouveau opérationnels, apparemment.

Nous faisons monter à bord autant de personnes que possible. Le *Starlight* n'est pas grand, et nombreux sont ceux qui devront attendre un autre transport. Mais nous avons perdu Gage, ainsi que Beckett, et il n'est pas envisageable de quitter cet enfer sans en tirer quelques personnes.

Merrick et moi les installons dans la cambuse et dans la pièce de stockage. Milla aide ceux qui en ont besoin. Ce n'est pas le luxe, mais c'est toujours mieux que le sas – sans parler du laboratoire de l'horreur dont nous les avons délivrés.

Mais en retournant sur la passerelle, j'éprouve un sentiment étrange, un vide au creux du ventre qui s'aggrave à mesure que j'approche de la salle centrale fermée du *Starlight*.

Je pose une main sur la paroi en passant, comme je le fais toujours. Mais à la place du réconfort que j'en retire habituellement dès que mes doigts l'effleurent, une décharge électrique me traverse, assez puissante pour me faire retirer vivement la main.

– Qu'est-ce qu'il y a ? s'alarme Milla.

– Rien. Je… je suis juste nerveuse, je crois.

Je m'éloigne d'un pas vif, déterminée à mettre le plus de distance possible entre cette pièce et moi. Mais plus je m'éloigne, plus je ressens douloureusement ce vide.

Je fais comme si de rien n'était une fois que Milla, Merrick et moi nous retrouvons sur la passerelle.

Ian vient de terminer une conversation avec Marlina. Et à en juger par l'air satisfait qu'il affiche, il l'a convaincue de voler au secours de ceux que nous avons dû laisser sur l'astéroïde. Apprendre que nous avons sauvé son fils a dû peser dans la balance.

– Alors, où on va ? demande Ian, après que Rain a installé Jarved dans notre ancienne cabine, tandis que Max finit de faire l'inventaire de nos réserves de nourriture.

On va devoir se rationner un peu, mais on va se ravitailler dès que possible.

– Le système Senestris est à nous, il ajoute.

– Tu oublies que nos têtes sont toujours mises à prix, lui rappelle sèchement Max.

– Et on n'a jamais réussi à savoir précisément qui essayait de nous tuer, surenchérit Rain. On devrait peut-être d'abord s'occuper de ça avant de prendre nos aises.

– Je le sais, moi, répond Merrick.

– Ah ouais ? lance Ian en l'interrogeant du regard, tout en essayant de régler son affichage holographique qui semble bloqué. Mais je t'en prie, éclaire-nous.

– Cet appel que j'ai reçu, juste avant d'aller libérer Milla… C'était un de mes contacts sur Serati. J'avais échangé avec lui il y a quelques jours pour des renseignements, qu'il a fini par obtenir.

– Serati ? relève Rain, qui semble choquée. Je sens que je ne vais pas du tout aimer ce que tu vas dire…

– C'est l'Ordre sororal qui a essayé de nous descendre. Et quand je dis nous, ça veut dire Kali et toi.

– Moi ? (Malgré moi, je suis scandalisée.) Mais qu'est-ce que je leur ai fait ?

Et puis je me souviens. Comme à peu près tout dans ma vie en ce moment, il ne s'agit pas de ce que j'ai fait. Mais de ce que ma mère a fait. Heureusement que j'ai commencé à changer la donne, parce que jusqu'ici, elle m'a vraiment pourri la vie.

– Ils veulent nous tuer toutes les deux, résume Rain d'un ton lent, comme si les éléments commençaient à se mettre en place.

Je me penche vers elle, curieuse de ce qu'elle va dire, et de voir s'il s'agit de la même idée qui prend forme dans ma tête.

– En tuant Kali, ils veulent provoquer une nouvelle réincarnation de la grande prêtresse. Mais si je suis toujours vivante, ça sera incompréhensible. Alors ils doivent nous tuer toutes les deux, pour tout recommencer. Et ils pensent qu'ainsi ils trouveront enfin leur Faiseuse d'étoiles.

– Sauf qu'elle est déjà là, rappelle Merrick, avec un grand sourire de cousin tout fier de sa cousine.

– Je n'irais pas jusqu'à dire ça, je ne sais toujours pas vraiment comment on se sert de ce truc, je lui dis.

– Moi, je suis d'avis que l'heptosphère a prouvé le contraire, me contredit Ian.

Et je me rappelle cette expérience, le moment où je l'ai touchée, où j'ai senti cette chaleur, toute cette puissance palpitant contre mes paumes. Ils ont peut-être raison. Dommage que je n'aie pas la moindre idée de ce que je suis censée faire maintenant.

– Je déteste être celui qui apporte les mauvaises nouvelles, intervient Max, mais je me rends compte qu'on a un autre problème.

– C'est ce que tu dis, mais tu adores les problèmes, le taquine Milla.

– Eh bien puisque nous n'avons plus Gage ni Beckett…

Il attend que nous fassions le lien.

– Ah oui, merde, grogne Ian, qui à présent tape sur la console de son siège sans parvenir à décoincer son dispositif.

Il se tourne soudain vers moi avec une drôle de lueur dans l'œil.

– Pourquoi tu me regardes ? Pas question. Je ne suis pas prête. Beckett ne m'a pas enseigné grand-chose, j'ai juste écouté les leçons qu'elle donnait à Rain. Peut-être qu'elle…

– Ça va pas ? m'interrompt Rain avec un sourire entendu. Je me suis fait tirer dessus. Pas question de piloter. Et puis je vais devoir être le nouveau mécanicien à bord.

– Tu sais vraiment réparer les trucs ? s'informe Ian d'un ton sceptique.

– Bah, je ne me contente pas de taper dessus, alors je crois que je suis plus avancée que toi.

Pour appuyer ses déclarations, elle tend son bras valide pour resserrer quelque chose sous le tableau de commandes d'Ian. Et son affichage holographique disparaît sans heurt.

– Bien joué, la félicite Max.

– Merci, lui dit Ian avant de m'adresser un grand sourire.

– Je suis le capitaine, et le capitaine ordonne que tu ailles poser tes fesses sur ce fauteuil de pilotage.

Je dois admettre que je n'ai jamais été si nerveuse de ma vie… mais il y a aussi une part d'excitation.

Une fois à la place de Beckett, je reste immobile un instant, touche l'élastique à cheveux jaune qu'elle a laissé autour de l'accoudoir. Puis je me penche en avant et mets le contact.

Lorsque le vaisseau revient à la vie, je laisse éclater un grand sourire.

– On va où, capitaine ?

– N'importe où, mais on quitte ce foutu astéroïde, répond Ian.

– Bien monsieur !

Je me distrais en le taquinant pour oublier l'étrange sensation qui ne cesse de grandir en moi. Ça va sûrement se résoudre une fois qu'on s'éloignera de cet endroit maléfique.

Quelques instants plus tard, nous sortons de l'atmosphère et entrons dans l'espace, tout le système solaire déployé devant nous.

Jamais la liberté n'a semblé si appréciable.

Mais vingt minutes plus tard, alors que nous avons mis le cap sur la lointaine Serati, nous devons de nouveau affronter des avis de recherche sur nos écrans. Je me sens tellement mal que j'arrive à peine à rester assise. Et ensuite, un autre événement étrange survient.

L'affichage holographique s'allume et l'écran donne une vision parfaite de l'heptosphère, qui nous suit toujours. Mais elle est différente. Elle est complètement illuminée, une lueur rouge émane du sommet et des nombres défilent au milieu.

– Qu'est-ce que c'est que ça ? je demande, changeant l'affichage de l'écran principal pour mieux voir l'image.

30-07-10-15

Sous nos yeux, la suite change.

30-07-10-14

30-07-10-13

30-07-10-12

– C'est un compte à rebours, dit Max.

30-07-10-11

– Mais pour quoi ? demande Rain.

– Oh merde, non, dit Milla en venant à côté de moi, les yeux fixés sur l'heptosphère. Dites-moi que ce n'est pas ce à quoi je pense.

Son regard croise le mien.

– Ça dépend à quoi tu penses.

– Dans les Confins, les gens parlent. Il y a beaucoup de rumeurs, mais il y a un truc qui revenait beaucoup, et on n'entend pas un truc pareil autant de fois sans qu'il y ait un peu de vérité. Ça disait qu'il y avait un gros engin avec lequel l'Empire essayait de sauver l'univers, mais qu'en fait, c'était terriblement dangereux. Dangereux pour les humains, d'une manière que nous ne pourrions jamais bien comprendre avant qu'il soit trop tard.

Il y a quelque chose dans la manière dont elle présente les choses qui me glace les sangs. Quoi de plus dangereux pour les humains qu'un soleil sur le point d'exploser ?

Avant de pouvoir demander à Milla une explication, de nouvelles lumières s'allument sur l'heptosphère, envoyant un arc-en-ciel de couleurs dans l'espace.

– Qu'est-ce qu'elle fout ? se demande Max.

Je n'en sais rien, mais plus le festival de lumières s'affole, plus il devient difficile d'ignorer ma compulsion. Pour finir, je n'y tiens plus et, tandis que tous les regards sont tournés vers l'écran, attendant de voir ce qui va se produire, je défais mon harnais, me lève et emprunte le couloir.

Pour la première fois depuis que nous sommes à bord du *Starlight*, la porte mystérieuse est ouverte. Grande ouverte.

– Comment ça se fait ? dit Ian derrière moi (Je découvre que tout l'équipage m'a suivie.) Tu as fini par trouver le moyen de l'ouvrir ?

Je secoue la tête : je n'y suis pour rien.

– Le *Starlight* veut nous montrer quelque chose, apparemment.

Rain nous jette un regard impatient avant de se faufiler entre le cadre de porte et moi.

Malgré cette sensation de vide (et cette compulsion envahissante), je ne veux pas entrer dans cette pièce. Mais rester sur le seuil ne changera rien à ce qu'il y a à l'intérieur. Alors j'échange un regard fataliste avec Ian et pénètre dans la pièce.

– À quoi ça sert ? demande Max en s'approchant.

– Je ne sais pas, je réponds. Peut-être que Gage…

Je ne finis pas ma phrase, rattrapée par la réalité : je prends conscience qu'il ne résoudra plus jamais de problèmes sur le *Starlight*.

Je suis furieuse contre lui pour ce qu'il a fait sur l'astéroïde, mais il y a une partie de moi qui porte le deuil de cette personne et de ce qui aurait pu se passer.

Ian me frotte le dos de manière réconfortante, mais je n'ai pas le temps de lui dire que ça va, un minuscule laser sort d'une petite ouverture au-dessus du dispositif et scanne Rain, qui en est la plus proche.

– Mais c'est qu… ?

Max s'interrompt lorsque le laser passe à lui.

Rien n'apparaît à l'écran, mais le laser passe à Ian. Puis Merrick. Milla. Et enfin, moi.

Et cette fois, au lieu de passer au suivant, l'appareil émet un long bip aigu. Et des centaines de noms de dossiers commencent à défiler sur l'écran de haut en bas, en petits caractères bleus étonnamment lisibles. Si on prend en compte le fait que ça date des Anciens, peut-être le *Starlight* les traduit-il pour moi.

– Qu'est-ce que c'est que tout ça ? demande Rain.

Max secoue la tête.

– Je ne sais pas. Ça va si vite que je n'arrive pas à lire.

– Et toi, Kali ? demande Merrick. Pourquoi tu n'essaierais pas de toucher l'écran ?

Cela me répugne profondément… et en même temps pas du tout. Mon cerveau n'a pas envie de toucher l'écran, mais tout le reste de mon corps ne demande que ça.

– Vas-y, me dit Ian. On est tous avec toi.

Quelque chose me dit qu'on n'ira nulle part tant que je ne l'aurai pas fait, alors je finis par prendre une grande inspiration et tends la main vers l'écran.

À peine ai-je touché un fichier qu'il s'ouvre et les informations recouvrent alors le mur.

– « Succès modéré » je lis sur la section centrale, tandis que la plupart des autres ne contiennent que des données numériques. « Deux planètes mortes, Tybris et Nabroch. Vie florissante sur les autres. »

– « Succès modéré » ? répète Merrick, aussi perdu que moi. À quel propos ?

Je referme ce fichier, en choisis un autre au hasard sur la liste qui défile.

Celui-ci aussi contient de nombreuses données chiffrées, mais le même résumé central.

LOT DE SPÉCIMENS TÉMOINS SUR SENESTRIS, SUCCÈS DE 77 % À DATE, MAIS LES DONNÉES SUGGÈRENT QUE CE TAUX CHUTERA À 55 % D'ICI LA FIN DU MILLÉNAIRE. ASKKANDIA EST LA PLANÈTE LA PLUS PROSPÈRE, SUIVIE PAR KRIDACUS ET GLACÉA, MAIS LES DONNÉES INDIQUENT QU'ELLE VA BIENTÔT ÊTRE EN PERTE DE VITESSE. RECOMMANDATION : RÉCOLTE PRÉ-EXTINCTION.

– Récolte ? murmure Rain. Qu'est-ce que ça veut dire, « récolte » ?

– Rien de bon, je réponds d'un air sombre.

Quand je passe au fichier suivant, l'équipement émet une série de bips aigus et les nombres reprennent le décompte à l'écran :

30-07-03-57

Six minutes de moins au décompte.

Nous attendons encore pour voir ce qu'il se passe. Mais peu importe où je clique, tout ce qui change c'est la séquence du décompte qui continue de défiler à l'écran.

– Je n'aime pas ça, dit Max.

– Tu m'étonnes… fait Ian. Mais ici, on peut rien faire de plus.

Quand il quitte la pièce, je le suis, car il a raison. Mais je ne peux m'empêcher de me dire qu'on ne peut rien y faire tout court.

De retour sur la passerelle, nous pouvons constater que la séquence est toujours affichée sur l'heptosphère. Mais quelque chose d'autre est apparu au milieu. Une phrase :

SPÉCIMENS HUMANOÏDES DU SYSTÈME SENESTRIS. NOUS VOUS AVONS LOCALISÉS, NOUS SOMMES EN CHEMIN. NOTRE RÉCOLTE EST EN RETARD.

– Encore ce mot, commente Merrick. Récolte.

L'heptosphère émet de nouveau des signaux lumineux, puis la phrase circulant au milieu change de nouveau.

RÉCOLTE DE LA POPULATION DANS 30-06-59-12

– Récolte de la population ? répète Merrick. De quoi s'agit-il, au juste ?

– Je crois que tu as très bien compris, répond Ian.

Rain frissonne.

– Quelque chose veut nous récolter, nous ?

– Récolte pré-extinction, je rappelle ce que j'ai lu dans la pièce au milieu du vaisseau.

– Mais qu'est-ce qu'il se passe ? demande Rain en désignant l'heptosphère. Ça fait des jours que ce truc nous suit et cette pièce n'a jamais été ouverte jusqu'ici.

– Kali a dû les connecter, suggère Max, quand elle a fait le truc sur Delta V47 avec l'heptosphère et le *Starlight*.

– Tu crois que c'est ça ? je demande, horrifiée. Tu crois que j'ai activé le compte à rebours, d'une manière ou d'une autre ?

– Tu as une meilleure explication ?

Pas vraiment. Mais nous n'avons pas le temps d'approfondir la question : l'heptosphère change à nouveau. Les mots disparaissent dans un flux de lumière, ne laissant que le décompte défiler au milieu de la sphère, tandis qu'une lumière pulse aux extrémités.

– À quoi servent ces lumières, vous croyez ? je chuchote, mais je crains d'en avoir deviné l'utilité.

– On dirait une balise, répond Merrick, confirmant ma sombre hypothèse.

– Bon, si je résume, fait Ian en se passant la main sur le visage, non seulement nous avons signalé à quelqu'un que nous sommes prêts à être récoltés, mais on leur fournit une foutue étoile polaire pour arriver jusqu'à nous.

– Pas effrayant du tout, conclut Milla d'une voix traînante.

– Et ce n'est même pas le plus terrifiant.

– Ah bon ?

Elle semble plus curieuse qu'horrifiée, ce qui n'est pas le cas de la majorité du groupe.

Rain répond à ma place.

– Quelle civilisation peut bien être si développée au point de nous considérer comme de simples plantes à récolter ?

– Exactement ce que je me demande, je dis en attrapant la main d'Ian, tandis qu'un frisson me saisit. Et que prévoient-ils de faire de nous après la récolte ?

REMERCIEMENTS

Écrire ce livre a été très exaltant, et je suis ravie d'avoir eu la meilleure équipe au monde pour travailler avec moi.

Nina Croft, merci d'avoir été une partenaire d'écriture formidable.

Stacy Abrams, ta patience et ton enthousiasme sont contagieux. Merci pour tous ces appels tard le soir et ces idées brillantes.

Emily Sylvan Kim, tu es le meilleur agent du monde. Merci pour tout ce que tu as fait pour que ce livre voie le jour.

Hannah Lindsey, merci pour tout. Tu es la plus merveilleuse compagne de tournée, rédactrice en chef et soutien qu'on puisse souhaiter.

Liz Pelletier, merci pour tout. J'ai toujours voulu écrire un livre sur l'espace et je te serai éternellement reconnaissante d'avoir fait de ce rêve une réalité. Tu es extraordinaire !

Molly Majumder, merci d'avoir consacré tant de temps et d'efforts pour que ce livre brille de mille feux.

Merci à toute l'équipe d'Entangled et de Macmillan pour l'aide et le soutien apportés à ce livre. J'ai beaucoup de chance de faire partie d'une équipe aussi formidable. Je remercie tout particulièrement Veronica Gonzalez, Curtis Svehlak, Toni Kerr, Heather Riccio, Meredith Johnson, Bree Archer, Elizabeth Turner Stokes, Nicole Resciniti et le groupe de lecture Entangled Buddy pour tout ce que vous avez fait pour mettre ce livre entre les mains des lecteurs.

Ma famille, merci pour l'amour et le soutien que vous m'avez apportés pendant mes soirs d'incertitude. Je vous adore tous.

Et enfin, merci à mes incroyables fans. J'ai les fans les plus merveilleux qui existent et j'éprouve tellement, tellement de reconnaissance envers chacun d'entre vous.

Tracy

REMERCIEMENTS

Un grand merci à toute l'équipe d'Entangled Publishing pour leurs efforts exceptionnels afin de donner vie à *Star Bringer*. J'adore la couverture ! Un merci tout particulier à Liz Pelletier, pour m'avoir invitée à participer à l'écriture de ce livre extraordinaire, pour ses idées, ses conseils, son enthousiasme constant et pour avoir cru en mes capacités. J'ai adoré chaque instant de mon travail sur *Star Bringer*.

À la merveilleuse Tracy Wolff, ma coautrice, dont l'esprit de collaboration, la perspicacité et la créativité ont enrichi chaque page de ce livre.

À Rob, ma meilleure moitié, pour avoir supporté que je disparaisse constamment dans des mondes que j'invente moi-même, tout en m'apportant un soutien indéfectible et des encouragements constants.

Enfin, à tous les lecteurs qui, je l'espère, prendront autant de plaisir à lire *Star Bringer* que j'en ai eu à l'écrire.

Je vous remercie !

Nina

Ā PROPOS DES AUTRICES

TRACY WOLFF est autrice de best-sellers et passionnée de vampires, de dragons et de tout ce qui rôde à la faveur de la nuit. Autrefois professeure d'anglais, elle consacre désormais tout son temps à l'écriture de sombres histoires romantiques peuplées de héros torturés et d'héroïnes qui déchirent. Elle a écrit plus de soixante-dix romans depuis Austin, au Texas, où elle vit avec sa famille.

tracywolffauthor.com

NINA CROFT a grandi en Angleterre, rêvant de lointains pays ensoleillés et de poneys.

Lorsqu'elle a découvert que les deux, et que bien d'autres choses encore, pouvaient se rencontrer entre les pages d'un livre, sa vie a changé. Aujourd'hui, Nina vit sur une plantation d'amandiers dans le sud de l'Espagne. Elle passe ses journées à lire, à écrire des romances et à monter son cheval Ragnar… preuve que les rêves peuvent vraiment devenir réalité !

ninacroft.com